Martina Parker

Zuagroast

Martina Parker

Zuagroast

Garten-
krimi

GMEINER

Das ist eine fiktive Geschichte, die an burgenländischen Originalschauplätzen spielt. Die Personen und die Handlung dieser Geschichte sind frei erfunden. Etwaige Ähnlichkeiten mit tatsächlichen Begebenheiten oder lebenden oder verstorbenen Personen wären rein zufällig.

Im Ehnried 5, 88605 Meßkirch
Telefon 07575/2095-0
info@gmeiner-verlag.de

Im Juli 2020 erschien »Zuagroast – von Wien ins Weinviertel« in der Edition Weinviertel
7. Auflage 2022

Lektorat: Claudia Senghaas, Kirchardt
Umschlaggestaltung: U.O.R.G. Lutz Eberle, Stuttgart
Illustration und Cover Design Lena Zotti, Wien
Druck: GGP Media GmbH, Pößneck
Printed in Germany
ISBN 978-3-8392-0095-7

»Ich bin Leben, das leben will, inmitten von Leben,
das auch leben will.«

Albert Schweitzer

Für Dich

Ein Glossar der österreichischen und burgenländischen Ausdrücke finden Sie auf Seite 474.

PROLOG

Es war eine dieser pannonischen Sommernächte, in denen es einfach nicht abkühlte. Obwohl die Sonne schon lange untergegangen war, klebten ihm die Kleider am Leib. Er hätte die Klimaanlage aufdrehen können, aber dann hätten ihn die Motorengeräusche verraten. Und niemand sollte wissen, dass er hier war. Die neue Siedlung am See war kurz vor der Fertigstellung. Es gab noch keine Straßenbeleuchtung. Die Dunkelheit war seine Verbündete. Er parkte hinter dem Baucontainer mit Schutt und wartete, bis sie kamen. Und das taten sie.

Im Neubau ging in einer der Wohnungen das Licht an. Eine grelle Glühbirne, die an einem Kabel von der Decke baumelte. Es gab hier noch keine Lampenschirme, keine Jalousien, keine Möbel. Die beiden standen am Fenster der leeren Wohnung wie Schaufensterpuppen in einer Auslage.

Der Mann im Wagen sog zischend Luft ein. Er hatte es geahnt. Er hatte Gewissheit haben wollen. Er hatte gedacht, dass nichts schlimmer sein konnte als dieser nagende Zweifel, der seit Wochen wie ein Giftpfeil in seinen Eingeweiden steckte. Aber jetzt, nachdem er die beiden erwischt hatte, war der Schmerz des Giftpfeils lächerlich. Ein Nichts gegen die Qualen, die er nun verspürte. Es war, als würde ihm eine eiserne Faust in den Magen schlagen. Und bei jedem weiteren Bild, das sich in seine Netzhaut brannte, schlug die Faust erneut zu. Aber wegschauen konnte er trotzdem nicht.

Er sah, wie der Mann in der Auslage auf die Frau zuging. Sie grinsend bedrängte. Sich an ihr rieb, ihr seine Zunge in den Mund steckte. Die Frau wich zurück, bis sie mit dem Rücken an der Mauer anstieß.

Ob die Bauträger diese Wand wohl unverputzt ließen? Wahrscheinlich. Nackte Betonmauern sahen auch im tiefsten Burgenländischen nach New York aus. Hatte er tatsächlich gerade über die Wand nachgedacht? In dieser Situation. Ob das der Schock war?

Die Frau trug nur ein dünnes Top. Die Betonwand musste kühl und rau sein. Die Frau lachte. Der Typ nahm ihre Arme hoch und presste ihre Hände mit den seinen fest gegen die Mauer. Dann drückte er ihr sein Knie zwischen die Beine. Sie warf den Kopf nach hinten. Es gefiel ihr. Sie, die immer allen mit ihren feministischen Grundsätzen in den Ohren lag, ließ sich von dem Kerl hier einfach gegen die Wand knallen. Der Typ zog ihr das Top hoch. Den BH habe ich ihr zu Weihnachten gekauft, dachte der Mann im Wagen. Dann bemerkte er, dass seine Wangen nass waren. Schweiß? Tränen? Er konnte sich nicht erinnern, wann er zum letzten Mal geweint hatte.

Schock. Fassungslosigkeit. Wut. Wie lang ging das schon mit den beiden? Wie lange hatte sie ihn an der Nase herumgeführt? Ihre Lust einem anderen geschenkt, während sie parallel ungerührt auch mit ihm geschlafen und ihm Harmonie vorgegaukelt hatte? War sie verliebt oder hatte sie nur über Wochen und Monate mit diesem anderen ihre pure sexuelle Geilheit genossen? Sie hatte ihn zum Narren gehalten, für blöd verkauft.

Das Handy in seiner Jackentasche vibrierte. Er sah auf die Anruferkennung und drückte auf »Annehmen«.

»Bist du dort?«, fragte die Stimme aus dem Lautsprecher.

»Ja«, antwortete er. Seine Stimme klang so fremd, dass er sich gar nicht sicher war, dass es seine eigene war.

»Und?«

»Es ist so, wie du vermutet hast.« Eine Welle des Schmerzes erfasste seinen Körper. Seine Frau, die Mutter seiner Kinder, die einzige Vertraute seiner Emotionswelt trieb es gerade vor seinen Augen mit einem anderen. Kurz überlegte er, ob er in die Wohnung stürmen sollte. Aber was hätte er dort getan, sie angebrüllt, eine Szene gemacht, den Typen zum Duell herausgefordert? Sollte er sich vor dem da tatsächlich zum billigen Klischee des gehörnten Ehemanns machen?

Die Anruferin musste seine Gedanken erraten haben.

»Du musst dir nicht das volle Programm geben«, sagte sie leise. »Bitte fahr zurück. Wir treffen uns bei dir. Dann reden wir weiter.«

Der Mann nickte tonlos.

»Hast du mich verstanden?«

»Ja«, sagte er leise, »aber es hat eh alles keinen Sinn mehr.«

»Bitte mach, was ich sage«, flehte die Stimme, »wir kriegen das hin, wir finden eine Lösung, ich verspreche es dir. Leg jetzt auf, du musst dich konzentrieren.«

Der Mann startete den Wagen. Auf Motorengeräusche würden die beiden im Haus in ihrem gegenwärtigen Zustand nicht mehr achten. Trotzdem ließ er die Scheinwerfer ausgeschaltet, bis er die Landstraße erreichte. Die Faust hatte aufgehört, auf seine Eingeweide einzudreschen. Stattdessen hatte er das Gefühl, dass glühende Lava seine Speiseröhre hochkroch. Sodbrennen, dachte er. Auch das noch. Er hatte das Gefühl, schwer Luft zu bekommen. Eine Stressreaktion. Auch das musste der Schock sein. Er hätte besser anhalten sollen, aber er wollte so schnell wie möglich weg von diesem Ort.

Mit der linken Hand tastete er das Seitenfach der Fahrertür ab. Da musste doch noch ein Sackerl mit dem Mittel gegen Sodbrennen sein. Gott sei Dank. Da war es. Er hatte schon wieder einen Schweißausbruch. Aber jetzt konnte er endlich die Klimaanlage einschalten. Er stellte das Gebläse auf Maximum, riss das Sachet mit den Zähnen auf und saugte die milchig-minzige Flüssigkeit gierig auf. Eine Konsistenz wie Sperma, dachte er. Er bremste scharf, riss die Beifahrertür auf und erbrach sich direkt auf die Fahrbahn. Ein entgegenkommendes Auto blinkte ihn wild an und hupte. »Deppertes Ogsuff«, brüllte der Lenker aus dem geöffneten Autofenster.

Zum Glück war keiner hinter mir, der hätte mich abgeschossen, dachte der Mann, der sich nicht betrunken, sondern unendlich ernüchtert fühlte. Er zitterte. Er musste weiter. Nur mehr zwei Kilometer bis nach Hause. War das überhaupt noch sein Zuhause? Er wusste es nicht. Aber die Frau, die am besten wusste, was in ihm vorging, würde da sein. Sie würde wissen, was jetzt zu tun war.

Das Ortsschild seines Heimatdorfes begrüßte ihn. Das Sodbrennen war wieder schlimmer geworden. Kein Wunder, nachdem er gerade Gift und Galle gespien und dabei wohl seine Speiseröhre verätzt hatte. Eine Gelse surrte an seinem Ohr. Die war sicher ins Wageninnere geflogen, als er gekotzt hatte. Gelsen mitten in der Nacht? Warum war es heute so verdammt heiß? Es war doch schon nach 22 Uhr.

Nur noch einmal links abbiegen. Ihr Wagen war bereits vor seinem Haus geparkt. Gott sei Dank, sie war schon da. Sie stand vor seiner Eingangstür und blickte ihm entgegen. Er wartete auf das Gefühl von Erleichterung, als er sie dort stehen sah, aber stattdessen registrierte er, dass nicht nur seine Speiseröhre, sondern sein ganzer Brustkorb in Flammen stand. Es war, als wäre die Faust zurückgekehrt und würde nun seine Brust zerquetschen. Der Mann bekam keine Luft mehr. Er röchelte. Ihm wurde schwarz vor Augen. Er fiel nach vorne auf das Lenkrad.

Dass sein Wagen in den ihren knallte, bekam er gar nicht mehr mit.

KAPITEL 1
EGRESCHL UND NACKTSCHNECKEN

Obwohl Nacktschnecken Zwitter sind und sich daher auch alleine befruchten können, paaren sie sich mit Leidenschaft. Manche Schnecken streicheln sich dabei bis zu 24 Stunden lang, bevor es zur Sache geht. Den größten hat dabei die Limax redii. Bei einer Körpergröße von 13 bis 15 Zentimetern hat diese Schnegelart einen bis zu 85 Zentimeter langen Penis.

Vorsätzlicher Mord wäre Vera Horvath in ihrem früheren Leben in der Stadt nie in den Sinn gekommen. Doch jetzt lebte sie im Südburgenland. Und es schien, als würde das Land das Schlimmste in ihr zum Vorschein bringen.

Es war ein Morgen, der für Gärtner prinzipiell nach Hoffnung roch: Sonne, Vogelgezwitscher, die Aussicht auf eine baldige reiche Ernte. So würde es zumindest ein poetisch veranlagter Mensch beschreiben. Vera war eher der praktische Typ.

Sie ging den schmalen Weg entlang, der vom Haus zum Bauerngarten der Urlioma führte. Das Gras war hoch und morgenfeucht, und sie spürte, wie die Feuchtigkeit durch das dünne Netzmaterial ihrer Turnschuhe drang und die kühle Nässe ihre Zehen erreichte und klamm werden ließ.

Vera zog die Zehen ein, beugte sich zu einem kleinen dornigen Strauch herunter und griff vorsichtig nach einer Stachelbeere. Wie hatte die Urlioma immer auf Heanzisch dazu gesagt? Egretscherl, genau – wie lautmalerisch. Sie drückte die noch grüne Frucht prüfend zwischen Zeigefinger und Daumen.

Die Beere fühlte sich hart an. Sie wiederholte den Test bei ein paar anderen Früchten, verletzte sich dabei an einem langen Dorn, fluchte und widmete sich dann den Beeren, die auf der Hinterseite des Busches weiter außen, näher zur Sonne wuchsen. Endlich ertastete sie eine, die ihr reif schien. Sie knipste das borstige Ende und den Stielansatz mit den Fingernägeln ab und schob sich die Stachelbeere in den Mund.

Die Frucht zerplatzte beim Daraufbeißen, das gelartige Fruchtfleisch war eher süß als sauer. Die brauchten wohl noch zwei, drei Wochen. Vera war dennoch auf den Geschmack gekommen und nahm noch ein paar weitere Egretscherl in der hohlen Hand als Wegzehrung auf ihre morgendliche Inspektionsrunde mit.

Unter der Hortensie grinste sie ihr Gartenzwerg an. Die Hortensie hieß Annabelle. Der Gartenzwerg hatte keinen Namen. Er war auch kein Sympathieträger, sondern ein unbeholfenes Abschiedsgeschenk von Veras Ex-Kollegen von der Zeitschrift »Lust aufs Land«, bei der sie die letzten acht Jahre als Redakteurin gearbeitet hatte.

»Lust aufs Land« war jahrelang das Erfolgsprodukt des Verlags gewesen, wie alle Magazine auf dem Markt, die das Wort »Land« im Titel trugen. Honigbiene, Heimat und Harmonie statt Krieg, Krise und Klimawandel. Zu den besten Zeiten hatten wir mehr Leser als das »Profil«, dachte Vera bitter. Aber die fetten Jahre waren vorbei. Die Printkrise hatte auch vor den Heften, die die heile Welt promoteten, nicht Halt gemacht.

Sankt Martin in der Wart – mit 18 hatte Vera geglaubt, diesen Ort für immer hinter sich gelassen zu haben. Jetzt, mit 42, saß sie im Haus der verstorbenen Urlioma und versuchte, eine Gstätten zu bändigen, die so gar nichts mit den illustren Gartenbildern in der »Lust aufs Land« zu tun hatte. Die Urlioma hatte lange im Heim gelebt, bevor sie gestorben war und Vera das Haus hinterlassen hatte. In dieser Zeit hatten Brennnesseln und Brombeeren die Herrschaft über die einstmals gepflegten Beete an sich gerissen. Vera sah ihre wuchernden Triebe überall emporkommen.

Gab es noch etwas Schlimmeres? Ja, die Schnecken. Diese schleimige wurmförmige Plage, die alles vernichtete, was zögerlich emporwuchs. Erst hatten die Schnecken die Erbsensprösslinge und den Pflücksalat über Nacht weggefressen, dann die aufkeimenden Kürbis- und Gurkenpflanzen. Die Schnecken waren die Feinde des Neubeginns, die Zerstörer der gärtnerischen Zuversicht.

Vera hatte im Kampf gegen die Schnecken alle Empfehlungen aus der »Lust aufs Land« ausprobiert. Sie hatte Eierschalen als abschreckende Barriere um die Jungpflanzen gestreut. Die Schnecken ließen sich nicht aufhalten. Am nächsten Tag waren die Jungpflanzen weg. Hindernisse wie den Kupferdraht, die Sägespäne und den Kaffeesatz überwanden die Viecher mühelos.

Eingegrabene Bierfallen hatten den Effekt, dass, angelockt vom Bierdunst, alle Schnecken aus dem Bezirk Oberwart zum Massenbesäufnis kamen. Und Besoffene haben wohl wirklich immer ein Masel. Denn ertrunken waren nur wenige.

Inzwischen hatte Vera schon so viel Geld für Schneckenbarrieren und immer neue Jungpflanzen ausgegeben – letztere natürlich alte Sortenraritäten in samenfester Bioqualität –, dass sie um das Geld ihr Gemüse auch gleich im teuersten Delikatessengeschäft Wiens hätte kaufen können.

Vera steckte sich eine Stachelbeere in den Mund. Heute

war es besonders schlimm. Die Roten Wegschnecken dachten gar nicht daran, sich ihrem Namen entsprechend am Weg aufzuhalten. Einzelne Exemplare wiegten sich in den Ruten der Sommerhimbeeren und hatten die heranreifenden Früchte bereits mit einer Schleimschicht überzogen, die in der Sonne getrocknet war und wie dünne Folie glitzerte. Ein Dutzend fetter, ledriger Exemplare kroch über die Kohlrabi und fräste sich zielstrebig durch die jungen Früchte. Besonders schlimm hatte es das Salatbeet erwischt: Das Grazer Krauthäuptel war Austragungsort einer wahrhaften Schneckenorgie, je zwei oder gar drei Exemplare paarten sich dort, indem sie sich seltsam verschlungen aneinanderpressten. Der Gartenzwerg grinste dämlich.

Vera dachte an die Kündigung. Aussortiert. Sie war ausgemustert worden. Zu alt, wertlos, unnütz und offenbar sogar zu deppert, um den Urliomagarten halbwegs in Schuss zu halten und mit ein paar hirnlosen Schnecken fertig zu werden. Sie spürte einen Knoten im Hals. Tränen schossen ihr in die Augen. Wut stieg in ihr hoch.

Sie steckte sich die restlichen Stachelbeeren auf einmal in den Mund, um die Hand frei zu haben. Dann griff sie zum Löwenzahnstecher, den sie nach dem gestrigen Kampf gegen die Brombeerwurzeln am Beetrand abgelegt hatte. Ein letzter prüfender Blick auf ihr erstes Opfer. Dann hob sie die Hand und stach zu. Die Schnecke sank beim Versuch, sie zweizuteilen, in die weiche Erde ein, und Vera hackte noch ein paar Mal auf die Stelle, um ganz sicher zu sein, dass das im Erdreich versunkene Tier tot war. Beim nächsten Exemplar war sie klüger: Sie bugsierte ihr Opfer erst mit dem Werkzeug aus dem Beet heraus, bevor sie es auf dem Rasen erledigte. Die dritte Schnecke war besonders leicht zu erlegen, weil sie am hölzernen Beetrand emporkroch, der dem Schneidewerkzeug entsprechend Widerstand leistete. Ein einziger Schnitt mit der scharfen Klinge genügte. Schleimige, gelb-graue Innereien quollen aus den Körpern der Toten. Schnecken haben kein Blut, aber das, was Vera erfasste, konnte man nur als Blutrausch bezeichnen. Eine nach der anderen erledigte sie wie im Fieber. Zehn, elf, zwölf, 13 – Vera zählte mit – 29, 30, 32 … Die Nacktschnecken auf den Himbeeren schüttelte sie von den Ruten, bevor sie sie erledigte. Und es fühlte sich gut an, erleichternd, befreiend, befriedigend … bis sie die letzte Stachelbeere zerbiss und bemerkte, dass das schleimige Massaker vor ihr auf unangenehme Art dieselbe Textur hatte wie der Obstbrei in ihrem Mund. Vera ließ den Löwenzahnstecher sinken. Ihr war schlecht.

Sie bohrte das Werkzeug ein paar Mal in die Erde, um dieses vom Schneckenschleim ihrer Opfer zu befreien, und ging dann langsam zum Haus zurück.

Eigentlich war das Urliomahaus ja ein Hof. Aber Vera war vorsichtig mit diesem Begriff, seit sie zum ersten Mal die zweifelnden, fragenden Blicke von Besuchern aus der Stadt bemerkt hatte. Diese hatten sich unter »Hof« einen stattlichen Vierkanter vorgestellt, wie man ihn im Waldviertel findet. Das Urliomahaus hatte gerade einmal vier winzige Räume mit niedrigen Decken und kleinen Kastenstockfenstern. Küche, Bad, Wohnzimmer und Schlafzimmer.

Die Urlioma hatte ausschließlich in der Küche gelebt: auf der Bettbank neben dem Beistellherd, auf dem den ganzen Tag eine Suppe vor sich hin geköchelt hatte. Der Beistellherd wurde auch Sparherd genannt, weil er bei geringstem Kostenaufwand ein echtes Multitalent war. Er wärmte die Küche, seitlich gab es ein Becken, in dem den ganzen Tag heißes Wasser bereitstand. Und das Backrohr war nicht nur nützlich, um »Grumpan zu brodn«*, hier konnte man – bei gemäßigter Temperatur – auch Nüsse und Pilze trocknen und sogar Eisfüße wiederbeleben.

Vera konnte sich noch an einen Winter erinnern, als sie als Kind so lange in einem Schneehaufen herumgesprungen war, bis ihre Schuhe und Socken pitschnass waren. Die Urlioma hatte geschimpft, als sie die Bescherung gesehen hatte. »Jessas, hiaz wiarst ma no kraunk. Hiaz muaß i di vor die Rearn setzen.«** Dann hatte sie Vera gepackt und auf einen Hocker vor den Herd gesetzt, das Türl aufgemacht, eine Decke ins Backrohr gelegt und »der Vera ihre nackerten Fiaß« auf die Decke gelegt.

Veras nasse Socken und Handschuhe hängte die Urlioma auf dem Scherengitter über dem Ofen zum Trocknen auf. Und Veras nasse Lederschuhe kamen in das Wärmefach unter dem Rohr. Vera konnte die Wärme von damals heute noch spüren.

Das Wohnzimmer hatte die Urlioma nie beheizt. Nicht nur aus Spargründen. Das Wohnzimmer wurde nur zu Weihnachten benutzt oder wenn jemand gestorben war. Und nicht nur Christbaumnadeln und Weihnachtsmehlspeise, auch die bis zum Begräbnis zu Hause aufgebahrten Toten hielten sich in einem kalten Raum einfach länger frisch.

Das ehemalige Schlafzimmer der Urlioma hatte Vera mittels Rigipswand in zwei Räume teilen lassen. Der Arbeiter, der das erledigen musste, hatte ob dieser Bausünde die Hände über dem Kopf zusammengeschlagen. Aber ihr war keine andere Lösung eingefallen. Ihre 13-jährige Tochter Letta brauchte ja auch ein eigenes Zimmer. Einen Rückzugsbereich.

* Kartoffeln zu braten

** Jesus, jetzt wirst du noch krank werden. Jetzt muss ich dich vor das Backrohr setzen.

Das mit dem Rückzugsbereich war voll aufgegangen. Wenn sie nicht in der Schule war, lag Letta die meiste Zeit mit ihren Kopfhörern in ihrem Verschlag, wie sie ihr Kämmerchen nannte, und wartete. Sie wartete darauf, dass sie endlich alt genug war, um in die Stadt zurückzuziehen.

»Ich hasse das Burgenland«, sagte Letta oft zu ihrer Mutter, und ihre dunklen Augen wurden dann noch eine Spur schwärzer. »Dir ist schon klar, dass du mein Leben zerstört hast.« Für Letta kam der Umzug nach Sankt Martin in der Wart einer Verbannung gleich.

Vera zog ihre feuchten Turnschuhe aus und stellte sie auf die Brüstung des Arkadengangs zum Trocknen in die Sonne. Der Arkadengang war typisch für südburgenländische Bauernhöfe – so klein diese auch sein mochten.

Vera hatte irgendwann einmal eine Geschichte über burgenländische Arkaden geschrieben und wusste seither, dass das älteste bekannte Arkadenhaus der 1874 errichtete Pfarrhof der evangelischen Pfarre Oberwart war. Zu der Zeit lebten die meisten burgenländischen Bauern noch in Lehmbauten mit Strohdächern. Aber als Mitte des 19. Jahrhunderts die Abhängigkeit der Bauern von den Grundherren abnahm, wollten die Bauern auch so feudal wohnen wie die Priester und Kleinadeligen und statteten ihre neu gebauten Höfe mit überdachten Bogenkonstruktionen in Renaissanceanmutung aus. Das sah nicht nur nach mehr Prestige aus, es war auch praktisch. Denn die so gewonnene Laube war zumindest im Sommer ein zusätzlicher Lebensraum.

Hier war es auch egal, wenn man ein bisserl Dreck machte, perfekt für Tätigkeiten wie Ribiseln orebeln*, Bohnschadln auslossn** oder Nüsse knacken. Und unter den regensiche-

---

* Johannisbeeren abrebeln
** Bohnenschoten öffnen

ren Bogengängen trockneten dann der aufgehängte Kukuruz* und die Knoblauch- oder Zwiebelzöpfe vor sich hin.

Vera hatte noch keine Ernte eingebracht, die sie unter den Arkaden hätte verarbeiten können. Dann gibt's halt Käsetoast zum Mittagessen, dachte sie und ging in die Küche zurück. Den isst Letta wenigstens. Sie wusch sich die Hände und warf den Plattengriller an.

»Da ist schon wieder alles sperrangelweit offen, irgendwann werden s' euch noch was stehlen.« Vera zuckte erschreckt zusammen. Ihre Mutter Hilda Horvath stand wie eine Erscheinung hinter ihr.

»Wer soll uns was stehlen?«, fragte Vera stirnrunzelnd. Sie bereute die Entscheidung, ihrer 75-jährigen Mutter ein iPad geschenkt zu haben, mittlerweile zutiefst. Seit diese im WeltWeitenWahnsinn surfte, kam sie jeden Tag mit neuen Horrorgeschichten an.

»Na, die Trickbetrüger«, sagte Hilda. »Zu älteren alleinstehenden Frauen, wie du eine bist, kommen die besonders gerne.«

Vera zuckte bei den Attributen »älter« und »alleinstehend« leicht zusammen. Sie war 42, Single und Alleinerzieherin, aber nicht alleinstehend.

»Hast das heute Früh in der ›Krone‹ gelesen?«, fragte sie forschend zurück.

»Ich hab die ›Krone‹ gekündigt«, sagte Hilda, »weil die hab ich jetzt eh gratis online abonniert.«

»Du hast die ›Krone‹ nicht abonniert, sondern auf deren Facebook-Seite ein Like-Hakerl gesetzt.«

»Ich hab sie abonniert, auf meinem Facebook steht bei der ›Krone‹ abonniert«, sagte Hilda beharrlich.

»Und deswegen bekommst jetzt den ganzen Unsinn in

* Maiskolben

deinen Feed gespült«, seufzte Vera. Kein Wunder, dass bei diesem Medienverständnis Print zum Sterben verurteilt war.

»Was für ein Feed?«, fragte Hilda. »Und sag nicht Unsinn, da erfährt man interessante Sachen. Gestern haben sie was über die Heidi gebracht. Ich versteh echt nicht, dass die mit diesem Sänger zusammenbleibt. Der war ja früher mal fesch, aber jetzt ist der so blad geworden.«

»Welche Heidi, Mama?«

»Na, das Model. Aber vielleicht steht die auf Blade. Der mit den Autos, der Fabio Brillatore, der war ja auch blad.«

»Er heißt Flavio Briatore, Mama. Und was hat das jetzt mit den Trickbetrügern zu tun?«

»Na, gar nichts. Das erzähl ich dir nur so, man wird ja noch ein Gespräch führen dürfen.«

Sie rollte beleidigt mit den Augen. »Also die Trickbetrüger kommen in die Häuser. Sie kommen zu zweit, und einer fragt, ob er ein Glas Wasser haben darf oder geht aufs Klo, und der andere raubt inzwischen die Wohnung aus.«

»Und wo ist das passiert, Mama?«

Vera hatte sich angewöhnt, alle Erzählungen ihrer Mutter genau zu hinterfragen. Eine Berufskrankheit aller Journalisten.

»Na, in Deutschland, aber die kommen sicher auch zu uns. Gestern hat es bei mir auch nach 19 Uhr am Abend geläutet. Ich hab gar nicht aufgemacht. Nach 19 Uhr. Das ist a Frechheit.«

»Du hast doch einen Türspion, hast du nicht nachgeschaut?«

»Natürlich hab ich geschaut. Es waren der Harry und der Dietmar vom Sportverein.«

»Und warum hast du dann nicht aufgemacht, wenn du gesehen hast, dass es welche vom Sportverein waren, die du kennst?«

»Na, weil die auch nur mein Geld wollen. Genauso wie die Trickbetrüger. Die gehen um Spenden. Und zehn Euro will ich denen nicht geben, und fünf Euro sind zu wenig. Da wirst dann hinterher im ganzen Dorf ausgerichtet. Dann heißt es gleich, die alte Horvath ist sierig. Drum ist es besser, man tut so, als wär man nicht zu Hause. Zum Schluss hätten s' mir noch einen Kalender geschenkt. Also echt, wer braucht jetzt einen Kalender. Einen Kalender verschenkt man im Dezember, nicht im Mai. Du musst echt noch viel lernen, wenn du jetzt wieder am Land leben willst. Was kochst du da?«

Der Käse, dachte Vera. Shit. Er hatte sich durch die Hitze verflüssigt, war über die Platten auf die Heizstäbe geronnen und dort zu einer stinkenden Masse verschmort. Was war nur aus Käse geworden? Früher war Käse beim Grillen in Form geblieben. Er war an den Rändern ein bisschen braun geworden, und dann hatte er beim Reinbeißen Fäden gezogen. Aber das, was da über die Platten kroch, war eine dottergelbe Suppe.

»Supermarktklumpert«, kommentierte Hilda. »Auf meinem Facebook schreiben die, dass im Käse gar keine Milch mehr drinnen ist. Und in einer steirischen Käsefabrik hams sogar Käfer im Käse gefunden. Ich kauf Käse nur im Bauernladen, aber nur, wenn die Frau Fuith aus Mariasdorf Dienst hat, weil die anderen Verkäuferinnen …«

»Nach was riecht es da so komisch?«, fragte Letta stirnrunzelnd. Der Hunger hatte sie offenbar aus ihrem Verschlag getrieben. Sie nahm die Kopfhörer ab. »Leave me alone …«, die Stimme von Deprirapper NF waberte aus den Lautsprechern.

»Ich hab den falschen Käse gekauft«, gestand Vera.

»Na super. In Wien hätten wir jetzt Pizza bestellen können«, sagte Letta. »Aber hier in der Einöde müssen wir verhungern.«

»Du kommst mit zu mir, ich mach dir ein Schnitzerl mit Reis«, sagte Hilda zu ihrer einzigen Enkelin. Die Bereitschaft, zu jeder Tages- und Nachtzeit Schnitzerl mit Reis zu machen, hatte ihr den Bonus eingebracht, dass Letta zu ihr weitaus freundlicher war als zu allen anderen Menschen in ihrem Umfeld.

»Wie war's in der Schule?«, fragte Hilda.

Letta rollte mit den Augen. »Geht so. Die haben mich heute gefragt, ob meine Mama mal was mit einem Basketballer hatte.«

Vera zuckte zusammen. Sie wusste, was diese Anspielung bedeutete. In der Oberwarter Basketballmannschaft gab es zahlreiche dunkelhäutige Legionäre aus den USA. Kurz überlegte sie, ob die Bemerkung wohl rassistisch gemeint war. Aber vermutlich war es nur neugieriges Gerede ohne Hintergedanken.

Lettas Haut war dunkler als die der anderen Kinder. Bei einer Buntstiftzeichnung hatte sie nie nach dem »hautfarbenen« Rosa gegriffen, das alle anderen Kinder benutzten, um Gesicht und Hände auszumalen, sondern immer nach Ockerbraun. Ihre Hautfarbe war das Erbe ihres brasilianischen Vaters. Ein Fotograf, mit dem Vera eine heftige, wenn auch komplett dysfunktionale Beziehung gehabt hatte, bei der die Distanz zwischen Rio und Wien noch das kleinste Problem gewesen war. Vera hatte seit ihrer Schwangerschaft keinen Kontakt mehr zu ihm. Letta, eigentlich Violetta, war wirklich das einzig Positive, das dieser Typ je zusammengebracht hatte, dachte sie.

»Hattest du was mit einem Basketballer?« Letta sah sie fragend an.

»Nein«, seufzte Vera.

»Die Heidi hat auch ockerfarbene Kinder«, sagte Hilda fröhlich. »Und jetzt mach ich dir ein Schnitzerl.«

TRAUERARBEIT
AKT 1

»Alles, was ich denken konnte, war: Ich will ihn noch einmal sehen! Ihn einfach noch einmal anschauen. Ihn ein letztes Mal berühren. Aber die haben es mir nicht erlaubt. Die Ärztin gab mir ein starkes Beruhigungsmittel. Das hat mich völlig lethargisch gemacht. Dass ich ihn nicht mehr sehen durfte, werde ich ihnen nie verzeihen.«

KAPITEL 2
EVA UND PAUL

Stubenfliegen können Essen mit ihren Füßen schmecken! Dafür sorgen Geschmacksrezeptoren an ihren Unterschenkeln und Füßen. Landet eine Fliege auf einer Mahlzeit, die ihr zusagt – die Bandbreite reicht dabei von Hundescheiße bis Kuchen –, wird sie möglichst oft darauf herumlaufen, um etwas von dem guten Geschmack zur nächsten Mahlzeit mitzunehmen.

Eva drückte auf das Pluszeichen des glatten Displays, aber nichts passierte. Sie probierte es noch einmal. Keine Chance. Seufzend griff sie zu einem Küchentuch aus grauviolettem Leinen und wischte über die Oberfläche, um etwaige Feuchtigkeit zu entfernen. Sie hasste diesen hypermodernen Herd. Automatikprogramme, kabelloses Speisenthermometer, Pyrolyse-Ausstattung, aber ein Touch-Bedienfeld, das sie fast zum Weinen brachte.

Der Herd war Pauls Entscheidung gewesen, wie auch das Haus, der Umzug und alles andere, was Evas Leben ausmachte. Wäre Paul ein Herd, wäre er genauso einer, dachte Eva verbittert. Äußerlich schick und spiegelglatt, aber in seinen Aktionen unberechenbar. Vor lauter Frust trommelte Eva jetzt mit den Fingern gegen die Glasplatte.

Ein schrilles Geräusch ertönte. Auch Paul wurde in letzter Zeit gerne mal laut. »Du sitzt wie eine Prinzessin den ganzen Tag daheim, du hast ja keine Ahnung, was ich ständig um die Ohren habe«, brüllte er dann. Prinzessin. Irgendwann war Eva tatsächlich seine Prinzessin gewesen. Damals, als sie mit 15 in der Schulvorführung das Schneewittchen gespielt hatte und gar nicht glauben konnte, dass sich der große, blonde charismatische Paul ausgerechnet für sie interessierte.

Aus dem selbstbewussten Klassenschönling der 5c war ein erfolgreicher Architekt geworden. Oder genauer gesagt, ein »Beinahe-Architekt«. Nur Eva wusste, dass Paul das Studium nie abgeschlossen hatte. War auch nicht nötig. Das »Planungsbüro Achleitner« lief auch ohne akademische Urkunde. Und die notwendigen Stempel für die Einreichungen konnte man sich ja kaufen.

Das Schrillen ging Eva durch Mark und Bein. Sie war eine empfindsame Frau und viel zu empathisch. Einer dieser Menschen, die 1000 Kleinigkeiten wahrnehmen und manchmal ganz erschöpft waren von der Vielzahl der Eindrücke in ihrem Kopf. Menschenmassen, Lärm und Geschwindigkeiten überforderten sie und machten ihr Angst. Früher hatte ihre Sensibilität Pauls Beschützerinstinkte geweckt. Heute zeigte er sich zunehmend genervt. »Stell dich nicht so an. Andere Frauen stellen sich auch nicht so an.« Andere Frauen waren der ständige wunde Punkt in Pauls und Evas Beziehung.

»Buchschachen ist ein frischer Start für uns«, hatte er ihr versprochen, als seine letzte Affäre aufgeflogen war und er Frau und Kind fast in einer Nacht- und Nebelaktion vom Nord- ins Südburgenland transportiert hatte. Eva hatte den Verdacht, dass weniger Pauls moralische Läuterung der Grund für den Umzug war als Ungereimtheiten bei seinem letzten Großprojekt, dem Bau des »Seewinkler Inselparadieses«.

»Überzoide Wochenendhütten für gstopfte Wiener«, wie Paul gerne sagte. Immerhin: Das Projekt plus der Verkauf des Familienhauses im Norden hatte genug Geld eingebracht, um das ultramoderne Anwesen zu erwerben, das wie ein schwarzes Raumschiff über dem Buchschachener Hotter schwebte. Das Haus hatte einem gehört, dem sein Fremdwährungskredit zum Verhängnis geworden war. »Dann is eam a no die Oide oboscht«*, hatte die Nachbarin Eva erzählt. Manchmal würde Eva auch gerne oboschn. Einfach verschwinden. Aber wohin?

Eva hatte es nach dreimaligem Durchlesen der Betriebsanleitung endlich geschafft, den Herd anzuwerfen, und begann, Zwiebeln und Fleisch in Olivenöl zu bräunen. Französisches Boeuf en Daube, also provenzalischer Schmortopf vom südburgenländischen Moorochsen. Das signalisierte Regionalbewusstsein und Weltoffenheit. Genau das, was Paul ausstrahlen wollte. Sie musste sich beeilen. Die Gäste würden zwar erst am Abend kommen, aber Paul mochte es nicht, wenn das ganze Haus nach Zwiebeln roch, was bei dem offenen loftartigen Grundriss des Raumschiffes fast unvermeidbar war.

Eva öffnete die Eingangstür, um zu lüften. Auf den Stiegen stand ein Karton Eier. Die Eier waren laut Pickerl am Karton vor zwei Monaten abgelaufen. Als das das erste Mal passiert war, hatte sich Eva den Kopf darüber zermartert, warum ihr die Nachbarn abgelaufene Eier vor die Tür gestellt hatten. War das eine versteckte Message, ein Zeichen, vielleicht sogar eine Drohung? Dann hatte sie irgendwann gecheckt, dass die Eier von den eigenen Hühnern der Nachbarn stammten und nur in die alten Kartons aus dem Supermarkt verpackt wurden. Allerdings hieß das nicht

* Dann ist ihm auch noch die Frau abhandengekommen

zwangsläufig, dass die Eier immer frisch waren. Es waren freilaufende Hühner, die legten, wo sie wollten. Manche Eier wurden erst Wochen später gefunden.

Eva nahm eine Schüssel Wasser und legte die Eier hinein. Die meisten Eier richteten sich in der Sekunde auf. Frisch waren die nicht mehr. Ein Tiramisu traute sich Eva damit nicht zu machen. Vielleicht lieber Schokoladenbrownies oder eine Mohntorte mit Joghurt und Himbeertopping.

Eva hatte schon immer gerne gekocht und gebacken. In ihrer Rolle als One-Woman-Eventunternehmen für Pauls Geschäftsanbahnungen hatte sie diese Fähigkeit perfektioniert. Paul erwartete von Eva, fürsorglich, unterstützend, loyal, geduldig und fröhlich zu sein. Er erwartete das 24/7. Aber ganz besonders, wenn Gäste da waren.

Die, die für heute angesagt waren, waren wichtige Leute. Der Chef der »Pannonia Bau« samt Gattin. »Da darf nichts schiefgehen«, hatte ihr Paul eingebläut.

Zumindest würde seine Laune heute Abend besser sein. Sein Charmepegel stieg mit der Wichtigkeit des Besuchs. Je einflussreicher und nützlicher ihm die Menschen erschienen, desto mehr warf er sich ins Zeug, ließ den unterhaltsamen Sonnyboy raushängen, war witzig und charismatisch. Evas Freundinnen behandelte er zumeist mit Ignoranz, außer sie gefielen ihm.

Eva stellte die Daube ins Rohr, drehte das Display auf 160 Grad und machte sich fertig, das Haus zu verlassen. Sie musste noch ihre Tochter Carla abholen, die im benachbarten Pinkafeld beim Jazzdance-Unterricht war. An die ständige Fahrerei hier im Süden hatte sie sich erst gewöhnen müssen. Das Busnetz war hier wesentlich schlechter ausgebaut, die Häuser in Buchschachen verstreuter als die Straßendörfer im Norden.

»Eigentlich sieht Buchschachen schon steirisch aus«, hatte ihnen der Vorbesitzer des Hauses erklärt. Das war positiv gemeint. Er wollte ausdrücken, dass Buchschachen mehr nach Geld aussah als die umliegenden burgenländischen Dörfer. Die urbanen Zuagroasten, die sich hier niederließen und ihre Kohle in die Revitalisierung der Arkadenhöfe steckten, schätzten das Dorf wegen seiner Nähe zur Autobahn. Man war gerne am Land, aber wollte auch schnell wieder weg.

Eva stieg in ihren schwarzen SUV, betätigte die Zündung und gab Gas. Der Wagen rollte langsam aus der Einfahrt. Sie blinkte und bog auf die Landstraße ein. Auf dem Bankerl vor der Kirche saßen zwei Frauen und winkten ihr freundlich zu. Eva winkte zurück. Sie erkannte ihre Nachbarin an der auffällig geblümten Kittelschürze. Den darauffolgenden Dialog der beiden hörte sie natürlich nicht.

»Wor des dei Weanerin, derst immer die Oa aufibringst?«, fragte die eine und fügte ein bisserl süffisant hinzu: »Woarum tuist da deis, bei dem Wogn kaun sa si d' Oa a kafn?«

»Jo, weil i neigierig bin«, sagte die andere. »Außerdem is des ka Weanerin, sondern ane ausn Nordburgenland.«

»Jessas«, sagte die erste. »Nordburgenlandler san des … geh, hear ma auf. Do is ma jo a Neger no liawa.«*

*

* War das die Wienerin, der du immer die Eier hinaufbringst«, fragte die eine und fügte ein bisschen süffisant hinzu: »Warum tust du das, bei so einem Wagen kann sie sich auch Eier kaufen?« »Ja, weil ich neugierig bin«, sagte die andere. »Außerdem ist das keine Wienerin, sondern eine aus dem Nordburgenland.« »Jesus«, sagte die erste. »Nordburgenländer sind das … Geh, hör mir auf. Da ist mir ja ein Dunkelhäutiger noch lieber.«

Vor der Schule, in der der Tanzunterricht stattfand, hatten sich schon zahlreiche Eltern mit ihren Fahrzeugen eingeparkt. Es war windig. Eva beschloss, in die Aula der Schule zu gehen und dort auf Carla zu warten. Eine der Mütter, die bereits dort stand, kannte Eva vom Sehen. Viktoria? Veronika? Nein, Vera. Die Frau hieß Vera. Sie hatte sich den Namen gemerkt, weil sie bei der Anmeldung hinter ihr gestanden und ihr deren Tochter mit den blitzenden Augen und den dunklen Locken aufgefallen war. Irgendwie hatten Vera und ihre Tochter eine urbane Aura. Das lag auch an der Kleidung. Vera hatte ihre dunklen Haare zu einem schlampigen Dutt hochgesteckt und trug derbe Boots zu einem schlichten grauen, asymmetrisch geschnittenen Kleid. Vera musste bemerkt haben, dass Eva sie angestarrt hatte, denn sie blickte fragend zurück und hob das Kinn. Eva errötete.

»Du bist die Mutter von Carla, oder?« Vera lächelte breit.

Sie musste wirklich aus der Stadt sein, so leicht wie ihr das Du über die Lippen kam. Die anderen Mütter hatten Eva bisher immer gesiezt.

»Ja, wir sind erst vor einem halben Jahr nach Buchschachen gezogen. Ich dachte, ›Dance Together‹ könnte Carla Spaß machen.«

»Jede Freizeitbeschäftigung, bei der mein Kind nicht auf seinem Bett liegt und am Handy herumwischt, ist ein Gewinn«, sagte Vera.

Eva schmunzelte, dann überkam sie wieder die gewohnte Schüchternheit. Sie war nicht sonderlich gut in Small Talk. Das war Pauls Part. Vera hatte ihr in drei Minuten ihre halbe Lebensgeschichte und den Grund für ihre Heimkehr nach Sankt Martin in der Wart erzählt. Eva fiel es wesentlich schwerer, sich zu öffnen. In ihrer Unsicherheit starrte sie auf eine Pinnwand schräg vis-à-vis, auf der diverse Zettel und Prospekte hingen. Feng Shui, eine Aufforderung zum Mülltrennen, die Ankündigung eines Schulkonzertes. Ein Zettel mit einem grünen Daumenabdruck.

Vera folgte ihrem Blick.

»Oh, schau mal, da ist ein Aushang von einem Gartenstammtisch. Das wär was für mich. Wenn ich nicht bald die Schnecken in den Griff bekomme, zuck ich aus. Die Viecher haben mir das ganze Gemüsebeet leergefressen. Habt ihr in Buchschachen auch einen Garten?«

Eva nickte. Sie liebte alles, was wuchs und gedieh. Bei diesem Thema fühlte sie sich sicher. »Ja, aber weniger Gemüse, mehr Stauden und alte Rosen. Das meiste habe ich aus dem Nordburgenland hierher verpflanzt, aber der Garten hier ist riesig, es gibt noch so viele Lücken, ich bin noch lange nicht fertig.«

»Na dann«, sagte Vera und fotografierte den Flyer mit dem Handy, um die Kontaktdaten zu speichern. »Vielleicht sieht man sich dort.«

»Vielleicht«, sagte Eva.

Der Tanzunterricht war zu Ende. Die Tür zum Turnsaal ging auf. Dutzende Kinder stürmten zu ihren Eltern. Vera winkte Eva noch einmal zu und verschwand mit Letta im Schlepptau.

Eva blieb nachdenklich vor dem Flyer stehen. »Worauf warten wir noch«, fragte Carla.

»Ich mach noch schnell ein Foto von dem Aushang da«, sagte Eva. »Aber dann müssen wir uns tummeln, sonst wird der Papa grantig.«

Der Papa war tatsächlich grantig. »Wo warst du bitte die ganze Zeit«, herrschte er Eva an. »Ich hab dir doch gesagt, das heute Abend ist wichtig, und du fährst den ganzen Nachmittag in der Gegend spazieren.«

»Ich bin nicht spazieren gefahren, ich habe Carla von der Tanzstunde abgeholt«, verteidigte sich Eva.

Aber es war sinnlos, Paul hatte sich schon in Rage geredet: »Die kommen in zwei Stunden, das ganze Haus fäult nach Zwiebeln, nix is fertig, und du siehst erbärmlich aus. Wir müssen heute repräsentieren, geht das in deinen Schädel nicht rein? Das heute ist wichtig! Wenn ich dann einmal was von dir erledigt haben möchte, kriegst du es nicht auf die Reihe. Also bitte, komm endlich in die Gänge. Tua weiter.«

Eva seufzte tief. Als ob sie nicht wüsste, was sie zu tun hätte. Dann tat sie, was zu tun war.

Es war schon der dritte Repräsentationsabend für zukünftige Kunden und Kontakte in dieser Woche. Paul hielt Hof. Anders konnte man das, was er hier abzog, nicht beschreiben. Er gab sich vor Besuch wie ein König, der sein Reich präsentierte.

Die Hausführung war immer der erste Akt bei Pauls Abendeinladungen. Er ließ die Leute sogar ins Schlafzimmer blicken. Eva hasste die Blicke der männlichen Gäste, die dann zwischen dem luxuriösen Boxspringbett und ihr hin und her schweiften. Sie konnte deren Gedanken lesen. »Hier nagelt er also seine Frau. Sieht eh hübsch aus, die Puppe. Aber wenn man so reich ist wie der Achleitner, dann stehen die Weiber halt auf einen.«

Als ob sie Paul wegen seines Geldes geheiratet hätte. Als sie ihn kennenlernte, hatte er noch gar keines. Es war Evas Vater, der Paul damals bei der Hochzeit das Geld für die Gründung der Firma gegeben hatte. Evas Vater war ein Patriarch. Die Mitgift war der letzte Akt seiner Versorgungs- und Unterhaltspflicht für Eva gewesen. Und der ehrgeizige Paul hatte die in ihn gesetzten Erwartungen erfüllt. Er hatte mit dieser Starthilfe ein florierendes Bauunternehmen geschaffen. Dass er sein Architekturstudium nie abgeschlossen hatte, war allerdings seine Achillesferse. Vor allem, weil Eva sehr wohl ihren Abschluss auf der Universität für Bodenkultur gemacht hatte. Wofür eigentlich, fragte sich Eva. Sie hatte keinen Tag in ihrem Beruf als Landschaftsarchitektin gearbeitet. Ihr Job war es, den Haushalt zu führen und Paul in all seinem Tun zu unterstützen. Dann hatte sie nach mehreren Fehlgeburten Carla bekommen, und jetzt war es ohnehin zu spät für eine Karriere. Sie wusste, dass sie in ihrer Rolle der verzweifelten Hausfrau ein wandelndes Klischee war, und trotz ihres brillanten Intellekts betrübte sie diese Erkenntnis noch mehr als die Tatsache selbst.

Die Türglocke riss sie jäh aus ihren Grübeleien. Der Chef der »Pannonia Bau« und seine Frau waren eingetroffen. »Immer herein in meine bescheidene Hütte«, tönte Paul. Das mit dem »bescheiden« war pure Komplimenthascherei. Denn natürlich fühlte sich der Besuch dadurch genötigt, einen Lobgesang auf das Raumschiff und dessen Kommandanten anzustimmen. Paul sonnte sich in dem Lob. »Seht her, wer ich bin! Seht her, was ich erreicht habe!« Und dann immer die subtile Message: »Als meine Verbündeten könnt ihr Teil dieses Glanzes sein.«

Eva wusste genau, wie es nun weiterging. Nach der obligatorischen Hausführung würde Paul den Champagner aufreißen, und aus Herrn Direktor Zieserl und Gattin würden Harald und Sylvia werden.

Bis zum Plopp des Champagnerkorkens hatte sie Zeit, um die Vorspeisen vorzubereiten.

Sie bestrich kleine Blunzenpogatscherl mit Leberaufstrich von der südburgenländischen Weidegans und träufelte etwas Uhudlergelee darüber. Das Walderdbeeraroma der Uhudlertrauben passte gut zum erdig-würzigen Leberaufstrich aus der Region. Paul mochte fleischbetonte Küche mit dem gewissen Extra. Veganismus hielt er für eine Krankheit.

Eva servierte die Vorspeise gerade rechtzeitig zum Anstoßen und zum Bruderschaftskuss. Die Lippen des Herrn Direktor waren weich und fleischig auf ihren Wangen. Sylvia verteilte nur spitzlippige Luftküsse.

Sie reichte die Platte mit den Pogatscherln herum. Harald Zieserl griff begeistert zu und lobte den Geschmack dieses »innovativen Schmankerls«. Eva musste innerlich lachen: Hatte er gerade wirklich »Schmankerl« gesagt? Gab es tatsächlich Menschen, die dieses Unwort des Gastromarketings in den Mund nahmen?

Der Bauch des »Pannonia Bau«-Direktors wölbte sich über seiner Anzughose, er hatte ein freundliches Gesicht mit Hamsterbacken und einem leichten Doppelkinn, und seine Augen blitzten jovial. Er sah aus wie einer, der sich gerne anfüttern ließ. Wahrscheinlich hatte er sich sein Übergewicht auf Dutzenden Besprechungen, Veranstaltungen und politischen Events angefressen.

Seine Frau Sylvia war deutlich jünger, und alles an ihr wirkte hart. Ihr gestählter Body, der in Stretchhose und hochhackigen Boots steckte, ihre Fake-Brüste, die unter dem engen Top fast waagrecht von ihr wegstanden, der Zug um ihren Mund. Ihre grauen Augen hatte sie mit viel schwarzem Kajal umrandet. Auch ihre Haare waren pechschwarz gefärbt. Eva hätte wetten können, dass die Frau auch irgendwo ein schwarzes Tattoo aus ihrer wilden Zeit hatte, bevor sie die Frau Baudirektor wurde, vielleicht sogar ein Arschgeweih. Altersmäßig könnte das hinkommen. Eventuell würde Paul dieses Geheimnis lüften. Den interessierten Blick, mit dem er Sylvia aus dem Augenwinkel taxierte, kannte Eva nur zu gut. Aber Paul war viel zu schlau, um sein Interesse offen zu zeigen. Das konnte warten. Seine heutige Priorität war nicht, die Frau anzubraten, sondern den Mann einzukochen. Und das tat er gerade nach allen Regeln der Kunst.

Paul war ein blendender Unterhalter. Er hatte ein Feuerwerk an witzigen Geschichten parat. Eva kannte die meisten dieser Anekdoten schon und lächelte daher nur, wie jemand halt lächelt, der einen Witz zum 100. Mal hört, aber die Zieserls hingen gebannt an seinen Lippen. Außerdem verstand es Paul ausgezeichnet, anderen Leuten das Gefühl zu geben, sie wären etwas Besonderes. Er hatte sich gut auf den Abend vorbereitet, den bisherigen Lebenslauf des »Pannonia Bau«-Direktors recherchiert und streute ihm jetzt gekonnt Rosen. »Also das Wohnprojekt Pinkatal. Damit ist dir schon ein Coup gelungen, mein lieber Freund. Das hat Style. Das hätte die Zaha Hadid* auch nicht besser hinbekommen.« Dem Direktor schwoll die Brust vor Stolz.

Und schon lenkte Paul das Gespräch geschickt auf das Thema, auf das er schon den ganzen Abend hinsteuerte. »Ehrlich gesagt erinnern mich die Wohnungen im Pinkatal ein bisschen an mein letztes Werk. Ihr wisst schon, das ›Inselparadies‹ am Neusiedlersee. So etwas können wir auch hier schaffen. Mit einem attraktiven Wohnprojekt wie diesem bringen wir die Menschen in unsere Region, stärken die südburgenländische Wirtschaft und schaffen zusätzliche Arbeitsplätze.«

Paul hätte echt in die Politik gehen können. Er sagte bereits »unsere Region«, obwohl er gerade mal ein paar Monate hier lebt, überlegte Eva. Aber dem »Pannonia Bau«-Typen schien das runterzugehen wie Öl. »Ich bin in meiner Funktion natürlich ein großer Freund der Regionalentwick-

---

* Zaha Hadid war eine bekannte irakisch-britische Architektin.

lung«, sagte er und biss begeistert in das fünfte Blunzenpogatscherl.

»Unser Gast hat Hunger, was macht die Hauptspeise?« Das »Tua weiter« sparte er sich in Gegenwart der Gäste. Aber Eva hörte es, auch wenn es unausgesprochen blieb.

»Kommt sofort!«, sagte sie mit einem strahlenden Fake-Lächeln und verzog sich in die Küche.

Sie selbst hatte null Appetit. Sie hatte schon mit Carla eine Kleinigkeit gegessen, die nach dem Tanzen ausgehungert gewesen war und nun vermutlich in ihrem Zimmer lag und Serien schaute. Eva hätte sich gerne zu ihr ins Bett gelegt und ihr dabei Gesellschaft geleistet.

Dabei roch die Daube köstlich. Das Fleisch war butterweich, die Soße sämig. Ein Duft von Thymian, Rosmarin, Lorbeer und Wacholder erfüllte die Küche, als sie kurz den Deckel lüftete. Die angebrochene Flasche Kochwein stand noch neben der Abwasch. Eva genehmigte sich einen kräftigen Schluck. Anders würde sie diesen Abend nicht durchstehen. Als Beilage hatte sie weiße Polenta und Bittersalate mit Apfel-Wacholder-Vinaigrette gemacht. Die Gäste würden zufrieden sein.

Sie trug das Essen auf. Der Champagner war schon leer. Paul öffnete gerade eine Flasche Desiderius 2013. Die Gäste mussten ihm wirklich wichtig sein, wenn er mit dermaßen großen Geschützen auffuhr.

»Ah, der Wein vom Szemes. Ich dachte, der Jahrgang ist längst ausverkauft«, sagte Harald Zieserl anerkennend.

»Nicht, wenn man die richtigen Leute kennt«, grinste Paul verschwörerisch. »In unserem Geschäft sind gute Beziehungen doch alles.« Er zwinkerte dem »Pannonia Bau«-Chef zu. »Soll ich dir eine Kiste besorgen?«

Eva kaute betont langsam an einem Bittersalatblatt. Sie kam sich an solchen Abenden immer öfters vor wie die Zuschauerin in einem bizarren Theaterstück. Nicht nur Paul und Harald, auch Sylvia Zieserl ließ sich ordentlich auftischen. Diese Sylvia isst viel zu viel für ihre Figur, dachte Eva. Entweder sie macht Intervallfasten, oder sie ist Bulimikerin. Bitte, lieber Gott, lass sie nicht in mein Klo speiben.

»Würmchen, träumst du schon wieder, der Herr Direktor sitzt auf dem Trockenen, schenk ihm doch nach.« Eva hasste es, wenn Paul sie Würmchen nannte. Ein Spitzname, den er ihr wegen ihrer Gartenleidenschaft gegeben hatte. Sie war Landschaftsarchitektin und kein Kompostwurm. Aber das jetzt auszudiskutieren, wäre sinnlos gewesen.

Sylvia Zieserl grinste belustigt. »Würmchen? Wie originell.« Und dann nach einer kleinen Pause: »Darf ich hier rauchen?«

Nein, dachte Eva, sie hatte keine Lust, dass das Raumschiff danach wie ein Aschenbecher stinken würde.

»Natürlich«, sagte Paul, griff zum Feuerzeug, das neben dem Kamin lag, und gab Sylvia lässig Feuer. Eva sah, dass er dabei mit dem kleinen Finger ihre Hand streifte. Sylvia zog überrascht die Augenbraue hoch, wirkte aber eher geschmeichelt als brüskiert. Harald Zieserl kriegte davon nichts mit.

Paul war bereits beim Hauptakt seiner Aufführung angelangt. »Wir sollten hier im Süden wirklich über so ein Projekt wie das ›Inselparadies‹ nachdenken. Die Lafnitzer Auen wären ideal dafür. Wohnen in und mit der Natur. Attraktive Wochenendhäuser für die urbanen Bobos, die mehr Geld als Verstand haben und sich nach Entschleunigung sehnen.«

Harald Zieserl nickte interessiert. »Was ist ein Bobo?«, fragte Sylvia gelangweilt.

»Na, so ein bürgerlicher Pseudoidealist, der wegen der Klimakrise nicht mehr nach Mauritius fliegt und dem es in seinem Wochenendhaus im Waldviertel zu kalt ist. Hier im Südburgenland ist das Wetter fast so schön wie in der Toskana. Der Bobo kann hier am Wochenende seinen Traum vom Landleben zelebrieren und ist dank der guten Autobahnanbindung am Montag trotzdem pünktlich in seinem Büro in der Stadt«, klärte Paul auf. »Habt ihr noch nie von Bobos gehört? Bourgeoiser Bohémien. Der siebente und der achte Bezirk in Wien und das Lendviertel in Graz sind voll von solchen Leuten.«

Die Zieserls lauschten gespannt. »Das Ganze muss natürlich eine finanzielle Win-win-Situation für uns sein«, sagte Paul und rieb den Daumen der rechten Hand gegen den Mittelfinger. »Die Bürgermeister müssen halt mitspielen, wegen der Umwidmung, aber im Nordburgenland war das auch kein Problem. Da wäscht eine Hand die andere. Da kennst du sicher die richtigen Leute. Win-win, sage ich nur. Wir müssen halt schauen, dass die Grünen nicht zu schnell Wind von der Sache kriegen. Die wehren sich ja gegen jede Bautätigkeit und verstehen einfach nicht, dass eine attraktive Wohnanlage mit einladenden Grün- und Kommunikationsflächen auch dem Schutz von Grund und Boden dient.«

»Ich hab eh gute politische Beziehungen, auch in der Bundesregierung«, sagte Harald Zieserl stolz.

»Was stinkt denn da so grauenhaft?«, fragte Sylvia und rümpfte angewidert die Nase.

Eva stürzte in die Küche. Auf der linken Herdplatte stand die Plastiktortenform mit der Mohntorte, die sie am Nachmittag gebacken hatte. Die Herdplatte war an, das Plastik war geschmolzen und stank entsetzlich.

Eva versuchte, die Form wegzuziehen, aber sie klebte an der Platte fest. Ihr Versuch, den Herd auszuschalten, war ebenfalls ergebnislos. Das Ding piepste nur wie verrückt.

Paul war ihr gefolgt. Sie bemerkte seine steile Zornesfalte. Er hasste solche Ungeschicklichkeiten, weil sie seine perfekte Performance störten. »Was hast du da wieder angestellt«, zischte er sie an, »eine Plastikschüssel auf einen aufgedrehten Herd stellen. Wie blöd kann man sein?«

»Ich schwöre, der Herd war nicht an!«, sagte Eva. »Ich war seit einer halben Stunde nicht mehr in der Küche. Der muss von allein angegangen sein.«

»Jaja, von allein«, höhnte Paul. »Das war vermutlich der Heilige Geist. Mach das weg und dann lass dir was einfallen wegen dem Dessert. Ist noch Eis eingefroren? Dann nimm das. Und servier ja nicht den Kastanienreis, den die Putzfrau ständig aus Ungarn daherzaht, der besteht nur aus Bohnen und Zucker. Ich mach inzwischen einen Eiswein auf.«

Er rannte wieder zurück zu den Gästen. Eva hatte er finster angestarrt, aber sobald er in Sichtweite der Zieserls war, knipste er wieder sein Siegerlächeln an.

»Kleines Problem mit dem Herd.«

Eva hatte es inzwischen geschafft, den Herd abzudrehen. Sie kratzte mit dem Ceranfeldschaber das weiche rauchende Plastik von der Platte. Sie hatte den Dunstabzug auf Höchstleistung aufgedreht und eine Duftkerze angezündet, aber es stank immer noch fürchterlich. Schnell richtete sie in kleinen Schälchen Eis an. Sie konnte sich noch immer nicht erklären, warum der Herd angegangen war. Sie wusste zu 100 Prozent, dass sie diese Platte den ganzen Abend lang nicht bedient hatte. Vielleicht wurde sie auch verrückt. Paul warf ihr ständig vor, dass sie ein Traummännlein war, das Geister sah und ein Fall für den Psychologen war.

Eva griff zum Tablett, stellte die Eisschälchen, Waffeln und eine Schüssel Schlagobers darauf und ging damit zurück zu Paul und seinen Gästen. Wenigstens würde er sie nicht weiter sekkieren, solange die beiden da waren. Dass sie sich nachher etwas anhören würde können, war sicher.

Die wahre Schuldige kam freilich nicht nur ungestraft davon, sie wiederholte sogar ihre Missetat: Die fette Fliege kreiste summend um den Herd und ließ sich dann zum zweiten Mal an diesem Abend gemütlich auf dem Pluszeichen des Displays nieder, an dem kaum sichtbar ein Tropfen Uhudlergelee klebte.

KAPITEL 3
SKIKURS

Ob und wann er darf, darüber entscheidet bei den Tauflie-gen immer das Weibchen – und es macht es dem Auserwähl-ten nicht leicht. Anstatt dem Werben zügig nachzugeben, weist es dieses zuerst zurück. Doch hat das Männchen es geschafft, sie zu begatten, hat es gewonnen. Denn seine Samenflüssigkeit löst bei ihr ein mysteriöses Post-Sex-Ver-halten aus: die Abwehr weiterer Verehrer und vermehrte Eierproduktion.

Paul erwachte mit einer Morgenlatte. Kurz überlegte er, ob er seine noch schlafende Ehefrau damit konfrontieren sollte. Aber dann entschied er, dass ihm das zu mühsam war. Er hatte gestern, nachdem die Zieserls gegangen waren, noch einen wilden Streit mit Eva gehabt. Er hatte ihr vorgewor-fen, dass sie unfähig war, ein simples Essen auf den Tisch zu bringen. Gerade dann, wenn es wirklich wichtig für ihn war. Und dann hatte er sie gefragt, ob sie sich mit Absicht so blöd anstellen würde, um ihn zu demütigen. Eva hatte geheult und war hysterisch geworden.

Für Versöhnungssex war es jetzt zu spät. So wie er Eva kannte, war die schon im »Gekränkt-und-beleidigt-Mo-dus« und würde den ganzen Tag kaum mit ihm sprechen, sondern ihn nur mit waidwundem Blick mustern. Wie er diese Märtyrernummer hasste.

Evas passive Opferhaltung widerte ihn zunehmend an. Konnte sie nicht ein bisschen Feuer im Arsch haben. So wie diese Zieserl. Jaja, die Zieserl. Er dachte an ihre Titten. Die waren echt geil. Er fuhr mit der Hand in seine Boxershorts und stellte sich vor, sein Schwanz läge zwischen ihren Titten. Er bewegte seine Hand langsam auf und ab. Dass Eva was mitbekommen würde, schloss er aus. Die hatte Ohrenstöpsel drinnen, wegen seiner Schnarcherei. Und außerdem hatte sie ihre komischen CBD-Tropfen genommen, wie immer, wenn sie was aufregte. Das war dann aber auch schon der letzte Gedanken, den er an Eva verschwendete. An die Zieserl zu denken, war weitaus vergnüglicher. Er grunzte zufrieden, als er sich seinen Fantasien hingab.

Eva wachte auf, weil sie spürte, dass sich die Matratze, auf der sie lag, rhythmisch bewegte. Sie erstarrte.

Das konnte jetzt bitte nicht wahr sein. Ihr Mann lag neben ihr und holte sich einen runter.

Was sollte sie tun? Sie könnte hochfahren, ihn anschreien, ihn beschämen. Aber stattdessen hielt sie die Augen fest geschlossen und stellte sich schlafend. Sie spürte einen Kloß im Hals. Sie biss sich auf die Zunge. Tränen stiegen hinter ihren geschlossenen Lidern auf. Sie hatte all das schon einmal erlebt. So ähnlich und noch viel schlimmer.

Es passierte in der zweiten Klasse Oberstufe während ihrer Zeit im Gymnasium. Eva war unsterblich in Paul verliebt. Sie war die Jüngste in der Klasse, gerade mal 15. Sie war noch Jungfrau. Paul wollte es tun, aber sie hatte Angst davor, dass es wehtun würde, davor, schwanger zu werden, und am allermeisten davor, sich dumm anzustellen. Dümmer als all die anderen erfahrenen Weiber in der Klasse wie die Bettina oder die Sandy, mit denen der Paul schon was gehabt hatte.

Küssen hatte Eva beim Flaschendrehen gelernt. Flaschendrehen wurde damals auf jeder Klassenparty gespielt. Sie hatte immer gebetet, dass sie nicht den pickligen Robert oder den schweißelnden Alex, sondern den Paul erwischen würde. Und dann erwischte sie ihn wirklich. Eva konnte sich noch genau an das Etikett der Flasche erinnern. Es war eine leere Mavrodaphne-Flasche – den süßen griechischen Wein hatten sie zuvor alle gemeinsam gesoffen. Eva vertrug schon damals nichts. Sie hatte rote Wangen vor Aufregung und drehte die Flasche besonders wild, als sie an der Reihe war. Die Flasche kurvte sicher achtmal im Kreis, bevor sie wackelnd zur Ruhe kam. Der Flaschenhals zeigte auf Paul.

Paul grinste und robbte auf den Knien zu ihr, dann nahm er ihr Gesicht in seine Hände und küsste sie. Und der Kuss war richtig gut, nicht so nass und schlabbrig wie der vom Dietmar und den anderen Buben in der Klasse, die sie in ihrer ewigen Pechsträhne immer zu erwischen schien, wenn sie Flaschendrehen spielten. Von da an war Eva verliebt in Paul. Und aus irgendeinem Grund hatte der Paul dann auch einen Stand auf sie gehabt. Nur das mit dem Sex, oder besser gesagt, das mit dem Keinen-Sex-Haben, war ein Problem.

Dann war der Skikurs gekommen. Der Höhepunkt des Schuljahres, obwohl das Quartier ein einziger Tiefpunkt war. Eine Jugendherberge in Zell am See. Man schlief zu sechst oder zu acht in einem Raum mit Stockbetten. Wählte man das untere Bett, so staubte es aus der Rosshaarmatratze des oberen Betts auf einen herunter. Falls der oben Schlafende sich während der Nacht zu viel bewegte, konnte man ihn mit ein paar Tritten in seinen Rücken daran erinnern, dass man auch noch da war. Allerdings musste man dabei aufpassen, nicht den Lattenrost aus den Angeln zu heben. Schlief man oben, so war der Plafond so knapp über dem

Bett, dass es einer gewissen Körperbeherrschung bedurfte, unter die Decke zu gleiten, ohne sich den Kopf anzuhauen.

Eva hatte oben in so einem Bett gelegen, weil sie die Kleinste der Klasse war und deswegen weniger Platz brauchte als die Sandy, die unter ihr lag und schon so groß und entwickelt war wie eine richtige Frau.

Eva konnte dem Skifahren per se nur wenig abgewinnen. Sie war nicht unsportlich, sie machte Ballett und Rhythmische Gymnastik, aber Skifahren war einfach nicht ihres. Wacklige Sessellift- und Schleppliftfahrten, bei denen der Bügel immer weiter über den Hintern rutschte, bis man aus der Spur fiel. Klamme, schmerzende Finger, wenn nach einem Sturz Schnee in die Fäustlinge geraten war. Klobige Skischuhe, mit denen sie in der Hütte auf den Stiegen zum Klo immer stolperte. Viel zu lange Leihski, die machten, was sie wollten. Eisflächen, Mugel, brauner Matsch.

Am meisten freute sie sich immer auf später, wenn die Lehrer schliefen und sich Paul und ein paar andere Burschen heimlich in das Zimmer der Mädchen schlichen, sie dicht an dicht auf ihrem Stockbett saßen, »Bravo« lasen, gemeinsam Paprikachips aßen und den heimlich mitgebrachten Fernet tranken. Die Lehrer hatten angedroht, dass jeder Bursch, der in einem Mädchenzimmer erwischt wurde, von der Schule fliegen würde. Aber Paul hatte schon damals gewusst, wie er es anstellen musste, um nicht erwischt zu werden.

Und dann war dieser verhängnisvolle letzte Abend gekommen. Es hatte eine Abschlussdisco gegeben. Die Mädchen hatten sich alle in Schale geworfen. Sie trugen Glitzershirts und hellrosa getönten Lippenpflegestift, um die gerade erworbene Skifahrerbräune zu betonen.

Die Disco war ein Raum ohne Fenster, aber mit Ghettoblaster. Und bei »Everything I do, I do it for you« von

Bryan Adams hatte Paul mit Eva eng getanzt und ihr ins Ohr geflüstert, er würde heute zu ihr ins Zimmer kommen, aber allein und viel später. Und dann würde er es mit ihr tun.

»Nein«, hatte Eva erschrocken gesagt. War er deppert geworden? Am Skikurs in einem Raum mit allen anderen? Er hatte nur blöd gegrinst und die Augenbraue hochgezogen und noch mehr Cola getrunken, das die Klasse vorsorglich schon vorher mit Inländer Rum gespiked hatte. Und dann hatte er sie für den Rest des Abends ignoriert.

In der Nacht war Eva dann aufgewacht, weil sich das Stockbett rhythmisch bewegt hatte. Erst wusste sie nicht, was es war. Ein Erdbeben? Eine Lawine? Sie wollte schon das Licht anmachen.

Aber dann hörte sie unterdrücktes Stöhnen, und da wusste sie, die Sandy unter ihr trieb es mit jemandem.

Es dauerte nicht lange, vielleicht zehn Minuten, aber Eva kam es vor wie eine Ewigkeit. Sie fand es furchtbar peinlich und verstörend, aber irgendwie auch spannend und erregend.

Dann stand der Bursche, der bei der Sandy im Bett gewesen war, auf. Eva sah, wie er sich aufrichtete und seine Trainingshose hochzog. Er hatte keine Schuhe an, nur Socken. So schlich er zurück zur Tür, und als er diese öffnete, um den Raum zu verlassen, fiel das Notlicht aus dem Gang auf sein Gesicht, und Eva sah, wer es war. Paul.

Eva weinte die ganze Nacht. Am nächsten Tag redete sie im Bus auf der Rückreise nach Eisenstadt kein Wort mit ihm. Paul redete interessanterweise auch kein Wort mit Sandy.

Eine Woche war absolute Funkstille zwischen Eva und Paul. Eva hätte ihn hassen sollen, aber stattdessen hatte sie das Gefühl, das alles wäre ihre Schuld gewesen. Es war passiert, weil sie zu unreif und ängstlich war und ihrem Freund nicht das geben konnte, was er brauchte. Sie wollte ihn nicht verlieren. Sie konnte ihn nicht verlieren. Sie brauchte ihn.

Am darauffolgenden Wochenende holte Paul sie am Samstag ab wie immer. Sie gingen in die Disco in Eisenstadt. Eva trank fünf Tequila auf ex, dann sagte sie ihm, sie fühlte sich nun reif für Sex.

Paul fuhr mit ihr in den Wald und entjungferte sie im Auto. Es tat weh. Eva hatte das Gefühl, dass sie sich ungeschickt anstellte. Und danach fragte sie sich, was alle anderen an Sex fanden. Aber von diesem Tag an waren Paul und sie offiziell zusammen.

Paul war der geborene Leader. Er forderte einfach ein, was er wollte, und auch wenn er bei manchen unbeliebt war, gelang es ihm, eine Illusion großer Popularität zu schaffen.

Schon mit zehn reagierte er auf Bemerkungen wie »Du bist nicht mehr mein Freund« nur mit einem lapidaren Schulterzucken und einem höhnischen Lachen: »Ist mir doch egal.«

Mit zwölf war er der König beim »Bluatfetzen«, einem Spiel, bei dem der eine Spieler versuchen muss, eine Münze in die Luft zu werfen und diese im Flug nach bestimmten Regeln zu fangen. Gelingt ihm das nicht, darf ihm der andere Spieler die Münze mit den Fingern gegen die Knöchel der geballten Faust schnippen. Und das wurde so lange gespielt, bis die Knöchel blutig waren.

Mit 14 zerdrückte Paul leere Bierdosen auf seiner Stirn und entdeckte den Alkohol und die Mädchen. Und diese entdeckten ihn. Vor allem die, die in den Mädchencliquen das Sagen hatten, rissen sich um ihn. Dabei basierten all diese Interaktionen auf einem gravierenden Irrtum. Alle Beteiligten verwechselten bei der Partnerwahl Popularität mit Beliebtheit. Beliebtheit drückt aus, wen man persönlich gern mag. Popularität hingegen drückt aus, was man denkt, wen die anderen am meisten mögen.

Mit 16 küsste er beim Flaschendrehen zufällig Eva. Danach schmuste er ein paarmal mit ihr. Sie war ihm vorher nicht wirklich aufgefallen, obwohl sie ausgesprochen hübsch war. Ihre Rolle in der Klasse war es, keine bestimmte Rolle zu haben. Sie war weder stark noch schwach, weder Mitläuferin noch Verteidigerin. Sie war in dieser ganzen mafiösen Gruppendynamik einfach neutral. Und sie war die Erste, die Paul mochte, weil sie ihn mochte und nicht, weil er populär war. Der Haken war nur: Paul mochte sich selbst nicht besonders, und er wusste nicht, ob er Eva für ihre Gefühle lieben oder verachten sollte.

TRAUERARBEIT
AKT 2

Die Menschen sagen, dass ein schneller Tod ein Geschenk ist. Aber er hätte nicht sterben sollen. Nicht er. Es gibt keine Gerechtigkeit. Ich will, dass er Krebs bekommt. Ich weiß, wie Krebs ist. Ich habe das alles schon einmal gesehen. Wie ein Krebskranker nach Luft schnappt, sich mit starken Schmerzen herumschleppt. Wie sich seine Lungen mit Wasser füllen. Wie der Bauch anschwillt. Wie sich die Augen gelb färben und die Haare ausgehen. Aber Krebs bekommen auch immer die Falschen. Wer Gerechtigkeit will, muss selbst dafür sorgen.

KAPITEL 4
JOHANNAS KRÄUTERSTAMMTISCH

In Asien gibt es Mönche und Nonnen, deren Philosophie es ist, niemandem wehzutun, auch nicht den kleinsten Wesen auf diesem Planeten, weder in Gedanken, Worten noch Taten. Die Anhänger des Jainismus tragen stets einen Mundschutz, damit sie nicht versehentlich Insekten verschlucken, und fahren mit Staubwedeln über den Boden, bevor sie diesen betreten, um keine Insekten zu zerquetschen.

Echtes Blau ist im Gartenreich schwer zu finden. Eine Tatsache, mit der sich auch Johanna plagte. In der Mitte ihres »blauen Beetes« thronte eine Bauernhortensie, die zwar hellblau aufblühte, aber dann immer wieder beharrlich in ein schmutziggraues Lila umschwenkte.

Johanna hatte schon mit allerlei Listen versucht, die Pflanze umzustimmen. Sie hatte rund um den Wurzelstock Alaun und rostige Nägel vergraben, Essig ins Gießwasser gegeben und die Staude mit Rhododendronerde angehäufelt. Mal hatte sie dabei mehr, mal weniger Erfolg. Aber erst wenn der Herbst kam und die Blüten zusehends grüner wurden, war das Ringen um die richtige Farbe vorbei, und Johanna war wieder versöhnt – bis zum nächsten Jahr.

Unberechenbar waren auch die Akeleien, die sich im blauen Beet selbst aussäten. Denn immer wieder schlich sich unter den blauen Akeleien eine rosafarbene ein, die, sobald sie Farbe bekannte, von Johanna an eine andere Stelle des Gartens verpflanzt wurde. Sie einfach auszurupfen und auf den Komposthaufen zu werfen, hätte sie nie übers Herz gebracht. Johanna liebte diese Feenblumen seit ihrer frühesten Kindheit.

Als Zehnjährige hatte sie sich immer in den Nachbarsgarten geschlichen. Ihre Eltern bezeichneten dieses Stück Land als verwildert, Johanna als verwunschen.

Der verwunschene Garten gehörte zu einem Wochenendhaus, das reichen Wienern gehörte, die nur zwei- bis dreimal im Jahr herunter in den Süden kamen und deshalb die Blumenschönheiten, die hier neben Giersch und Ackerwinden gediehen, nur selten zu Gesicht bekamen. Johanna genoss deren Anblick dafür umso mehr. Die Akeleien sahen genauso aus wie die Blumen in den Illustrationen in Johannas Märchenbüchern – glockenförmige Blüten, auf denen Feen und Waldgeister schaukelten. Johanna liebte die Akeleien der Nachbarn, und manchmal bildete sie sich sogar ein, eine Fee zu sehen. In ihren Träumen war sie die Herrin dieses Zaubergartens. Jetzt, 40 Jahre später, hatte sie ihr eigenes magisches Gartenreich geschaffen und genoss es. Jedenfalls solange sie an der richtigen Stelle Blau sah.

Eigentlich war Johanna nur an einer einzigen Pflanze gescheitert, und das war ausgerechnet die, wegen der sie das blaue Beet ursprünglich geplant und angelegt hatte: dem Rittersporn.

Die blaue Staude war fixer Bestandteil jedes englischen Cottagegartens. Aber der südburgenländische Lehmboden war anscheinend nicht das richtige Substrat für den Rittersporn.

Johanna war keine, die schnell aufgab, aber irgendwann musste auch sie erkennen, beim Gärtnern galt die

Regel: Standort ist alles. »20 Jahre bin ich beim Versuch, Rittersporn im Südburgenland anzupflanzen, gescheitert«, erzählte sie gerne ihren Gartenbesuchern. Denn egal ob gekaufte Pflanzen, geschenkte Ableger oder Pflänzchen, die sie selbst aus Samenkörnern zog, bei Johanna mochte der Rittersporn einfach nicht sein. Nicht einmal die wunderschöne zierliche Wildform, die sie jahrelang von einer Freundin überreicht bekommen hatte, hatte im burgenländischen Lehmboden überlebt. »Jojo, des Südburgenland, dei Stroßn san aus Luam, owa dahuam is dahuam.«* Die Strophe aus dem Mundartgedicht hätte passender nicht sein können.

Irgendwann hatte auch Johanna eingesehen, dass die Natur am längeren Ast saß, und ersetzte den Rittersporn durch den robusten, aber giftigen Eisenhut. »Der passt sowieso besser zu mir«, scherzte sie dann. Sie spielte auf ihren kräftigen Körperbau und ihre resolute Art an. Letztere legte sie aber nur an den Tag, wenn ihr jemand wirklich »blöd daherkam«.

Im Grunde ihres Herzens war Johanna ein gutmütiger und großherziger Mensch.

Wenn sie nicht in ihrem Garten anzutreffen war, war sie in ihrem Geschäft gleich nebenan. Das Geschäft war eine Mischung aus Bauernladen und Gemischtwarenhandlung. Johanna nahm sich den Luxus heraus, neben Brot, Fleisch, Milch, Eiern und Gemüse auch das zu verkaufen, was ihr selbst gefiel. Mit Pflanzenfarbe gefärbte Schafwolle und originelle Keksausstecher, handgebundene Rosshaarbesen, lokales buntes Keramikgeschirr, Tischtücher aus Bauernleinen und dazu jede Menge Kramuri.

Wäre Johannas Hofladen in der Stadt gewesen, wäre sie damit wahrscheinlich reich geworden, aber hier in dem

* Die Straßen sind aus Lehm, aber daheim ist daheim.

300-Seelen-Dorf waren die meisten Kunden Pensionisten, die kein Auto hatten, um in den nächstgelegenen Supermarkt zu fahren. Und der Bedarf der Alten an Geschirr, Besen und Keksausstechern war längst gedeckt. Sie kamen für einen Laib Brot oder einen Liter Milch oder einfach nur zum Tratschen. Johanna störte das nicht. Sie hatte sogar einen kleinen Tisch und ein paar grün lackierte Sessel neben die Budel gestellt, damit sich die Besucher zum Tratschen hinsetzen konnten. Denn zum Tratschen kamen sie alle.

Weil man im Südburgenland jeden Besucher bewirtet, stellte sie ihren Stammkunden auch immer eine Kanne mit Kaffee oder einen Tee aus selbst gepflückten Kräutern und eine Mehlspeise hin. Dafür verrechnete sie natürlich nichts. Eine Tatsache, die der Finanzbeamte aus Oberwart bei einer Kontrolle fassungslos zur Kenntnis genommen hatte. Erst hatte er ihr nicht geglaubt und wollte eine Gastgewerbekonzession sehen, dann hatte er geglaubt, sie wolle ihn bestechen, weil Johannas warmer gedeckter Mürbteigapfelkuchen gar so gut war. Aber die hatte ihn nur ausgelacht.

Die Umsätze in Johannas Hofladen hielten sich in bescheidenen Grenzen, aber sie fühlte sich trotzdem reich, auch wenn andere das nicht verstanden. »Man ist glücklich, wenn man ein bisschen mehr hat, als man braucht, und wenn man nicht so viel hat, muss man halt ein bisschen weniger brauchen«, war ihr Motto.

Obwohl sie nur wenig Geld zur Verfügung hatte, wusste sie mit Geschick und Beziehungen das Beste daraus zu machen. Die Möbel in ihrem Geschäft waren vom Flohmarkt, das Gewächshaus war aus alten Fenstern selbst gebaut, und auch die Wege durch ihren Garten hatte sie mit alten verwitterten Steinen selbst verlegt, dazwischen wuchsen Teppichthymian und Rasenkamille, die sie selbst ausgesät hatte. Und Gemüse pflanzte sie statt in teuren Hochbeeten in ausgedienten Badewannen. Samen und Ableger verschenkte sie genauso freigiebig, wie sie ihr Gartenwissen mit anderen teilte.

Soll ich meine Rosen im Frühling oder im Herbst schneiden? Was mache ich gegen die Blattläuse? Warum haben meine Birnen innen drinnen braune Flecken? Johanna hatte auf alles eine Antwort. »Du solltest einen Gartenstammtisch eröffnen«, hatte irgendwann einer ihrer Stammkunden gesagt. Und irgendwie hatte sie der Gedanke nicht losgelassen. Ein regelmäßiges Treffen mit interessierten Gleichgesinnten, bei dem man Wissen und Samen austauschen konnte, gemeinsame Gartenausflüge machte … Das klang wunderbar.

Am nächsten Tag war Johanna zu ihrem Onkel gegangen, der bei einer Druckerei arbeitete, und hatte Flyer drucken lassen und zum ersten Stammtisch des »Klubs der Grünen Daumen« eingeladen. Jetzt stand sie supernervös in ihrem Hofladen und flehte innerlich, dass zumindest irgendwer kommen würde.

*

Kreisverkehre, überall Kreisverkehre. Als Vera hier im Südburgenland in die Schule gegangen war, hatte es die noch nicht gegeben. Jetzt schien das ganze Landstraßennetz voll davon zu sein. Bis zu einer Million Euro kostet die Errichtung eines Kreisverkehrs, hatte Vera einmal gelesen. Eigentlich unglaublich, dass ein paar Quadratmeter Asphalt so teuer waren. Hier im Bezirk mussten mittlerweile zig Millionen in die Erde versenkt worden sein.

Es gab sogar einen zweispurigen Turbokreisverkehr vor dem Einkaufszentrum am Stadtrand. Aber der schien den

Verkehr manchmal eher zum Stocken als zum Fließen zu bringen. Vera wäre fast auf das Auto eines Pensionisten aufgefahren, der nach der Einfahrt in das Rondeau scharf abbremste, statt turbomäßig die Kurve zu nehmen. Jetzt stand der Wagen des Mannes in der Mitte der beiden Fahrbahnen. Der Lenker blinkte verwirrt einmal links und einmal rechts. Andere Fahrzeuge begannen zu hupen. Vera hatte Mitleid mit dem alten Mann. Als dieser den Führerschein gemacht hatte, war der korrekte Spurwechsel in einem millionenteuren Turbokreisverkehr sicher noch kein Thema gewesen.

Sie war spät dran. Heute war dieser Gartenstammtisch in Johannas Hofladen, für den sie sich angemeldet hatte. Beim Betreten des Hofladens wusste Vera sofort, welche von den Frauen in der Gruppe Johanna war. Die kleine, stämmige Frau mit den rotbraunen Locken und den wachen grünen Augen strahlte einfach eine natürliche Kompetenz aus, die sie sofort als Hausherrin offenbarte.

»Entschuldigt bitte mein Zuspätkommen … der Verkehr.« Vera biss sich auf die Zunge. Durfte man auf dem Land den Verkehr als Ausrede verwenden oder klang das blöd? »Ich meine, der Kreisverkehr.« Okay, das klang jetzt noch blöder. Zum Glück ignorierten die anderen ihre Verlegenheit.

Sie nutzte die Begrüßungsrunde, die nun folgte, um die anwesenden Frauen ausgiebig zu mustern. Was für ein bunter Haufen. Johanna trug dunkelgrüne Gummistiefel und eine giftgrüne Tunika. Farben, die ihre roten Haare noch mehr zum Leuchten brachten.

Neben ihr stand eine große, schlaksige Frau, die sich als Isabella vorstellte.

»Sie ist Kräuterpädagogin und führt die Drogerie in Pinkafeld«, erklärte Johanna.

Vera wusste nicht, was eine Kräuterpädagogin war. Inwiefern brauchten Kräuter eine Erzieherin? Sie beschloss, das bei nächster Gelegenheit zu recherchieren.

»Mathilde«, sagte eine dritte Frau und reichte Vera die Hand. Sie sah aus wie eine Rockabilly-Braut. Als sie Vera die Hand drückte, schob sich der Ärmel der Bluse hoch und gab den Blick auf ein Tattoo frei. Eine Blumengirlande.

»Mathilde ist Köchin im ›Kurfürstenhotel‹ in Bad Tatzmannsdorf«, sagte Johanna.

Vera wusste nicht, ob erwartet wurde, dass auch sie ihren Beruf erklärte. Und was sollte sie sagen? Das Erste, das ihr spontan einfiel, war: geschasste Journalistin mit Schneckenproblem. Während sie noch überlegte, betraten zwei ältere Damen den Laden. Es schienen Stammkundinnen zu sein, denn sie wurden von Johanna herzlich auf südburgenländisch begrüßt. »Jo schau, seids a scho do, kimmts eina und druckts eich glei an Kaffee owi.«*

»Das sind die Grete und die Mitzi.« Sie stellte die Anwesenden einander vor. Dahinter betrat Eva den Raum.

»Super, dass du auch gekommen bist.« Vera freute sich, Eva zu sehen.

»Nachdem wir jetzt vollzählig sind, können wir nun beginnen«, sagte Johanna, hakte auf einer Liste die Namen der Teilnehmerinnen ab und hob den Jahresmitgliedsbeitrag von je drei Euro pro Person ein.

»Das mit dem Klubbeitrag muss leider sein, damit mir der vom Finanzamt keine Probleme macht«, seufzte sie. »Der unterstellt mir ständig, dass ich hier schwarz ein Kaffeehaus führe, drum hab ich das Ganze jetzt gleich als Klub bei der Bezirkshauptmannschaft angemeldet. So hat alles seine Ordnung.«

* Ja schau, seid ihr auch schon da, kommt herein und drückt euch einen Kaffee herunter.

Reich wird die mit unseren paar Euros eh nicht werden, dachte Vera. Aber um Reichtum schien es Johanna nicht zu gehen. Das erste Thema des Gartenstammtisches war sinnigerweise »Sparsam und nachhaltig gärtnern«.

Handouts wurden ausgeteilt. Johannas Tipps reichten von Anzuchttöpfen aus Eierkartons und Klopapierrollen über Kaffeesatz als Dünger bis zum Bau einer Rankhilfe für Bohnen aus selbst geflochtenen Weidenruten.

Jetzt weiß ich endlich, was ich mit den alten Eierkartons mache, die mir die Nachbarn ständig vor die Tür stellen, dachte Eva. Bei Tipp 5, der da lautete »Die Erde eines Maulwurfshügels im Backrohr sterilisieren und dann als Anzuchterde verwenden«, war sie sich hinsichtlich der Umsetzung nicht so sicher. Maulwurfserde im Dampfgarer. Sie wusste genau, wie Paul auf so etwas reagieren würde. »Jetzt bist echt ein Fall für die Psychiatrie«, würde er sagen.

Johanna begann mit ihrem Vortrag: »Am günstigsten fahrt ihr, wenn ihr mit dem Kreislauf der Natur gärtnert. Baut nur samenfeste Sorten an, keine Hybride, dann lasst ihr ein Fünftel der Ernte stehen, bis sie blüht, und gewinnt das Saatgut. Das klappt toll bei Salat, Mangold, Gurken, Tomaten. Bei Wurzelgemüse bilden sich Samen oft erst im zweiten Jahr. Samen von reifen Zucchini und Kürbissen kann man besonders leicht ernten, es dürfen nur keine ungenießbaren Zierkürbisse in der Nähe angebaut werden, denn die verkreuzen sich. Ansonsten kann das Kreuzen aber auch eine spannende Angelegenheit sein. Ihr bekommt über die Jahre eigene Hofsorten, die optimal an euren Standort angepasst sind. Bei Bohnen macht das besonders Spaß. Bunt, gescheckt, getupft, die Natur hat immer Überraschungen parat. Und wenn ihr Samentütchen zukauft, seid auf der Hut. Da gibt es enorme Unterschiede in Preis und Inhalt.

In manchen sind gerade mal fünf Samen drinnen, in anderen das Doppelte und Dreifache. Ich schlage ohnehin vor, dass wir bei unserem nächsten Treffen einen Samentausch machen.«

»Saaaamentausch«, sagte Mathilde lang gezogen. »Das klingt heiß!«

»Und aus den Blumensamen, die überbleiben, können wir dann Samenbomben basteln und das Burgenland zum Blühen bringen«, schlug eine der älteren Besucherinnen vor. »Der Ploberger hat letztens im Fernsehen erklärt, wie das geht. Man muss nur Samen mit Erde, Tonpulver und Wasser mischen und dann daraus Kugeln formen.«

Die Frau, von der dieser Vorschlag kam, hatte eine Kappe auf. Sie war sicher schon über 80, aber sie gab sich kriegerisch wie eine Guerillakämpferin.

Sie kam Vera bekannt vor. War das nicht die Malerin Grete Sobotka, die sich im Südburgenland ein Kellerstöckl gekauft hatte? In den 1980er Jahren hatte die Sobotka für die Hainburger Au demonstriert und sich an Bäume gekettet. Ihr Kampfgeist für die Natur war offenbar ungebrochen.

Samenbomben, keine schlechte Idee. Zum Beispiel, um die Grüninseln in den hässlichen Kreisverkehren zu bombardieren, dachte Vera, aber gemessen an der Anzahl würde es dafür wohl Tonnen von Blumensamen brauchen.

»Ich war ja früher beim hiesigen Verschönerungsverein, aber da bin ich ausgetreten, denn die wollen immer nur Muschkateln setzen«, sagte die Guerilla-Grete kämpferisch: »Die haben ja null Geschmack oder Sinn fürs Regionale. Dabei sind heimische Wiesenblumen so viel schöner als das künstliche importierte Zeug aus Holland.«

»Ich kann auch was beitragen«, sagte Mathilde: »Bei uns im Hotel bleiben immer jede Menge Plastikkübel von der

Molkerei und leere Ölkanister über, die dann weggeschmissen werden. Ich kann die das nächste Mal mitbringen, wenn Bedarf besteht. Man kann darin Brennnesseljauche ansetzen oder sie zum Schneckenabsammeln nehmen.« Zustimmendes Gemurmel erfüllte den Raum.

»Kann ich euch fragen, was ihr gegen die Schnecken tut?«, fragte Vera.

»Jessas, dei Schnecka«*, seufzte die zweite ältere Frau namens Mitzi. »I woas no genau, wia da erste rote Schneck in Owawort eizogn is. Im 87er Johr wor deis. Dei san va Bocksdorf iwa Stegersbach zu uns aufikrallt. I bin hinteri in mein Goardn, der wos ban Boch glegn is, und do hots nur so gwurlt, olles vulla Schneckn. Mia hots so graust.«**

»Die Spanische Wegschnecke ist in den 80er Jahren über Gemüsetransporte in Österreich eingeschleppt worden«, ergänzte Johanna. »Angeblich waren sie gar nicht in den Kisteln selbst, sondern in den Hohlräumen der Radfelgen. Und weil die Schnecken hier keine natürlichen Feinde haben, haben sie sich rasend schnell vermehrt und sind bis heute ein Riesenproblem.«

»Die Leit hom dann olle iahnere Gärtn gschliffen wegn dei Schneck, wals iahna olles ogfressn hom, und dann is a die Zeit kummen, wos olles in Supermoakt kaft hom«, bestätigte Mitzi.***

Johanna nickte. »Jetzt hat das Garteln und Selbstversor-

* Jesus, die Schnecken

** Ich weiß noch genau, wie die erste rote Schnecke in Oberwart eingezogen ist. Im Jahr 1987 war das. Die sind von Bocksdorf über Stegersbach zu uns heraufgekrochen. Ich bin nach hinten in meinen Garten, der beim Bach gelegen ist, und dort hat es nur so gewuselt, alles voller Schnecken. Mir hat es so gegraust.

*** Die Leute haben dann alle ihre Gärten geschleift wegen der Schnecken, weil die ihnen alles abgefressen haben, und dann ist auch die Zeit gekommen, wo sie alles im Supermarkt gekauft haben.

gen ein Comeback. Nur gegen die Schnecken gibt es noch immer keine Lösung. Indische Laufenten helfen, das sind die einzigen Vögel, die die bitteren Schnecken fressen, aber die brauchen einen Tümpel oder einen Bach und müssen vom Gemüse ferngehalten werden, weil sie das sonst auch fressen. Am besten ist, man versperrt den Schnecken einfach den Zugang zum Beet. Ich baue mein Gemüse zum Großteil in alten Badewannen an.«

Vera bedankte sich für die Antwort. Das Ganze klang logisch und war durchaus eine Überlegung wert, auch wenn sie keine Ahnung hatte, wo man alte Badewannen auftreiben konnte.

»Ich würde jetzt gerne zum Thema ›natürlich düngen‹ kommen«, sagte Johanna.

»I häng immer an Strumpf mit Hianamist in die Reigntonne, so hob i glei a düngts Wossa«, sagte die Mitzi: »Friacha, oisa Junge, howi a immer die Rossäpfel aufklaum miassn, wenn d' Ressa vabei san, owa heit hot jo kuana mehr Ressa im Dorf. Drum howi hiats d'Hiana, und eppa tua i ma a no a Goass ham.«*

»Tierischer Dünger ist eine super Sache, aber es ist auch schon viel gewonnen, wenn ihr anfangt, eure Küchenabfälle zu kompostieren«, riet Johanna. »Ich habe einen Experten von der Firma ›Inkaerde‹ eingeladen, der euch erklären wird, wie das richtig geht, er müsste gleich da sein. Will inzwischen wer einen Apfelfleck?«

Fliegender Themenwechsel vom Abfall zum Apfel. Aber

---

* Ich hänge immer einen Strumpf mit Hühnermist in die Regentonne, so habe ich gleich ein gedüngtes Wasser. Früher, als ich jung war, habe ich immer die Pferdeäpfel aufsammeln müssen, wenn die Rösser vorbeigekommen sind, aber heute hat ja niemand mehr Pferde im Dorf. Darum habe ich heute die Hühner, und vielleicht nehme ich mir auch noch eine Ziege nach Hause.

alle griffen mit Appetit zu, und der Kuchen war ein Gedicht. »Könnte ich das Rezept haben?«, fragte Eva.

»Da gibt es kein Rezept, das macht man iwahaps«, sagte Johanna verwirrt. »Das ist einfach Mürbteig mit Apfelfülle.«

Vera lachte. Sie hatte während ihrer Zeit bei »Lust aufs Land« öfters genau diese Antwort von Bäckerinnen am Land bekommen. Frauen wie Johanna hatten das Backen einfach im Gefühl. Da wurde nichts gewogen oder gemessen.

Die Hofladentür ging auf. Ein junger Typ in Arbeitshosen und T-Shirt betrat den Raum.

»Ah, der Finz von der ›Inkaerde‹, grad haben wir über dich geredet«, sagte Johanna.

Der Finz sah nett aus. Normal, dachte Vera. Sie hatte sich bei dem Wort »Inkaerde« irgendwie einen exotischeren Repräsentanten erwartet. Jemanden im Poncho mit Panflöte. Sie musste selber über ihr blödes stereotypes Denken lachen.

Finz hatte einen Stoß Prospekte und mehrere Päckchen Erde mitgebracht.

Vera überlegte, ob sie seine Erläuterungen aufzeichnen oder mitschreiben sollte. Wäre sicher nicht schlecht. Aber das Ganze mit dem Smartphone zu machen, wirkte hier in diesem Rahmen ziemlich deplatziert.

»Hat wer einen Stift?«, fragte sie in die Runde und nahm die Rückseite eines Kassenbons, den sie in ihrer Handtasche fand, als Schmierzettel. Alle Anwesenden hatten geflochtene Weidenkörbe mit Notizblöcken und Stiften dabei. Hier war alles noch so angenehm analog.

Finz räusperte sich und fuhr sich mit der Hand durch sein dichtes braunes Haar.

»Das Wichtigste, was ihr wissen solltet, ist, dass Erde ein Lebewesen ist. Unterirdisch wird zehn Mal so viel Leben ernährt wie oberirdisch. Pro Hektar gibt es 25 Tonnen Bodenleben – sofern die Erde intakt ist. Aber die klassische Landwirtschaft laugt den Boden aus. Egal, ob Griechen oder Römer, alle großen Kulturen sind früher oder später am Boden gescheitert. Eine Zeit lang konnten sie das kompensieren, indem sie Kriege begannen und andere Länder eroberten. Trotzdem, älter als 1.000 Jahre ist keine Kultur geworden. Wenn wir die Erde fruchtbar halten wollen, was gerade in Zeiten der Klimakrise und der Bevölkerungsexplosion ein riesen Thema ist, müssen wir ihr Substanz zurückgeben, und das geht nur über Humusaufbau. In Österreich haben sich bereits 3.000 Landwirte diesem Ziel verschrieben, aber jeder Einzelne kann dazu beitragen, indem er anfängt, zu Hause zu kompostieren.«

Finz hatte eine ruhige Stimme, drückte sich klar aus, schien von dem überzeugt zu sein, was er vertrat. »Hier«, sagte er und griff zu einem Säckchen Erde, öffnete es und reichte es herum.

»Was ist das?« Vera befühlte den Inhalt mit den Fingern. Er fühlte sich grob und fasrig an und roch leicht nach Torf. »Fühlt sich an wie ganz normale Blumenerde.«

»Richtig«, sagte Finz und zog die Stirn in Falten. »Nur dass Blumenerde zumeist gar keine echte Erde ist, sondern ein Mix aus Torf und Nährstoffen. Torf – dafür werden jahrtausendealte Moorlandschaften zerstört. Das hat nichts mit Erde zu tun. Das ist tote Materie. Gemüse, das darauf angebaut wird, schmeckt fad. Es gibt sogar Wissenschaftler, die glauben, dass unsere modernen Zivilisationskrankheiten daher kommen, dass wir unser Gemüse auf künstlichem Substrat ohne jede Art von Bodenlebewesen anbauen. Und jetzt schaut euch das an.«

Das zweite Säckchen machte die Runde. Diesmal war der Inhalt feuchter, krümeliger. Die Erde wirkt irgendwie fetter, dachte Vera, echter.

»Das ist Kompost. In dieser Handvoll Erde stecken acht Milliarden Kleinstlebewesen.« Eva, die das Säckchen in der Hand hielt, zuckte erschrocken zurück, als hätte sie einen Sack voller Flöhe geöffnet. »Keine Angst, die beißen nicht«, sagte Finz und grinste. Eva lief rot an.

»Wer von euch hat einen Komposthaufen daheim?« Alle bis auf Vera zeigten auf. »Und was kommt da alles drauf?«

»Küchenabfälle«, sagte Mathilde.

»Zeitungen, Gartenabfälle, Grünschnitt, Laub«, ergänzten die anderen. Die burgenländischen Landfrauen schienen allesamt Kompostexpertinnen zu sein.

»Und was darf keinesfalls drauf?«, fragte Finz.

»Gespritzte Zitrusfrüchte, Unkraut, das Samen trägt, und Fleischabfälle«, sagte Vera, stolz, die Antwort zu kennen. Sie hatte zwar keinen Komposthaufen, aber einmal einen Artikel darüber geschrieben.

»Falsch«, sagte Finz. »Das liest man zwar überall, aber es ist Blödsinn. Alles Organische kann kompostiert werden. Der Kompost muss nur heiß genug werden. Dann werden Spritzmittel abgebaut, Samen getötet. Und Fleisch verfault nicht, sondern kompostiert. Und heiß wird euer Komposthaufen, wenn ihr ihn richtig aufsetzt. Ich kann euch den YouTube-Kanal ›Erdgeflüster‹ empfehlen, schaut euch den einmal an, da gibt es einen Film zur richtigen Anleitung.«

»Erdgeflüster«, flüsterte Vera Eva zu. Sie kam sich gerade vor wie eine schlechte Schülerin, die vom Lehrer getadelt wurde, und reagierte auf dieses peinliche Gefühl mit der gleichen Übersprungshandlung wie früher in der Schule: Sie begann, mit ihrer Sitznachbarin zu tratschen. Aber Eva ließ sich nicht darauf ein, sie nickte nur und schrieb eifrig weiter.

»Wenn ihr Heißkompost richtig herstellt, könnt ihr sogar kranke Pflanzen kompostieren, zum Beispiel Tomatenranken, die die Braunfäule haben«, erklärte Finz. »Die Natur findet dann eine Lösung, bildet aktive Gegenspieler im Kompost, so geht moderner Pflanzenschutz. Zumindest in der Theorie. Denn in der Praxis sind die meisten Komposthaufen reine Abfallhaufen. Merkt euch eines: Wenn es stinkt, ist es kein Komposthaufen. Zu viel Rasenschnitt, zu viele Küchenabfälle, dann beginnt es zu stinken und zu faulen. Und das zieht dann nur die Schnecken an.«

Schnecken, immer nur Schnecken, dachte Vera. Irgendwie waren diese Viecher allgegenwärtig.

Gerade hatte Finz ein drittes Säckchen herumgereicht. Eine schwarze Komposterde, die er selbst nach einem geheimen Rezept der Inkas herstellte.

Nix Poncho und Panflöte. Daher kam also der Name seiner Firma.

Vera studierte Finz und fragte sich, wie es wohl gekommen war, dass ein junger Typ sich dermaßen brennend für Kompost interessierte.

KAPITEL 5
FINZ

Oxytocin gilt als das Hormon, das uns vertrauen lässt. Das Kuschelhormon findet sich nicht nur bei Menschen, sondern auch bei Pferden, Ziegen und – Goldfischen. Somit ist die Ähnlichkeit zwischen Mensch und entwicklungsgeschichtlich weit entfernten Tieren vermutlich größer, als bislang angenommen.

Jeder Mensch hat eine besondere Begabung. Eine Stärke, Fähigkeit oder Leidenschaft, die seinen X-Faktor bestimmt. Etwas, das ihn einzigartig macht.

Veras X-Faktor war es, Menschen mit ihren Texten zu berühren, Johannas X-Faktor war ihr grüner Daumen, Evas X-Faktor war, dass sie durch ihre Sensibilität viel mehr wahrnahm als andere Menschen. Der X-Faktor von Serafin, den alle nur Finz nannten, war Sex.

Es war ihm lange nicht bewusst gewesen, dass er ausnehmend gut im Bett war. Wie hätte er sich auch messen und vergleichen sollen? Er merkte es einzig an den Reaktionen der Frauen, mit denen er schlief, die ihm eher früher als später allesamt verfielen. Sogar und gerade die, die ihn zuvor überheblich behandelt und unterschätzt hatten.

Tatsächlich war an Finz auf den ersten Blick nichts Besonderes. Ein Phantombildzeichner hätte wohl lange vergeblich nach seinen speziellen Merkmalen gefahndet. Finz war mittelgroß, mittelschwer, hatte mittelbraunes Haar. Er war weder besonders schön noch besonders hässlich. Er war fast schon auffällig unauffällig. Aber wenn es um Erotik ging, machte ihm niemand etwas vor. Er konnte Frauen lesen wie ein Buch. Er spürte ihre Wünsche, noch bevor die Frauen sich dieser bewusst waren. Wenn er mit ihnen intim war, ließ er sich von ihrem Atem leiten. Dieser verriet ihm immer, was den Frauen gefiel. Er fachte ihre Lust an, und statt sie zu erlösen, ließ er sie für eine gefühlte Ewigkeit in brennender Agonie schweben. Er weckte unbändiges Verlangen und ließ sich jede Menge Zeit, um dieses zu stillen. Und wenn er es dann endlich tat, führte er die Frauen zu orgiastischen Gipfeln und erotischen Abgründen, die jenseits ihrer bisherigen Vorstellungskraft lagen.

Alle Frauen reagierten auf den Sex mit Finz auf die gleiche Weise: Sie verwechselten Lust mit Liebe. Sie wollten es noch mal erleben, und noch mal und noch mal. Ihre Geilheit überschritt durch Finz' X-Faktor alle Grenzen. Die Frauen taten schon nach kürzester Zeit Dinge mit ihm, die sie sich niemals hätten träumen lassen. Das schockierte sie. Und deshalb suchten sie nach einer Lösung, um das, was sie taten, vor sich selbst moralisch zu rechtfertigen. Der Ausweg hieß Liebe. Jede einzelne Frau, die Finz vögelte, verliebte sich in ihn. Und jedes Mal geschah es mit einer Heftigkeit, die Finz Angst machte und ihm die Luft zum Atmen raubte.

In der Schulzeit hatten ihn die Mädchen, mit denen er geschlafen hatte, an der Bushaltestelle abgepasst, ihn mit Zettelchen und Anrufen bombardiert. Jetzt war Finz 31, und seine Wirkung auf Sexpartnerinnen hatte sich nicht verändert, nur die Methoden ihres postkoitalen Aufmerksamkeitsterrors – dank WhatsApp, Facebook, Messenger und Instagram.

Wäre Finz' X-Faktor nicht Sex gewesen, hätte er vermutlich irgendwann eine ganz normale Beziehung gehabt, die sich langsam und natürlich entwickelt hätte. Er hätte die Zeit und den Raum gehabt, selbst tiefere Gefühle aufzubauen. Durch die heftigen Reaktionen der Frauen fühlte er sich aber innerhalb kürzester Zeit emotional so bedrängt, dass er nur einen Gedanken hatte: Flucht.

Das alles hatte in der Vergangenheit zu unschönen Szenen geführt: Vorwürfe, Tränen, Beschimpfungen. Frauen, die behaupteten, er würde sie nur ausnutzen.

Eine Aussage, die Finz paradox erschien. Sie wollten ihn ja immer und immer wieder.

Eine Zeit lang hatte er sich ganz von Frauen ferngehalten. Aber ein Talent, das ein X-Faktor ist, lässt sich nicht langfristig unterdrücken. Durch Zufall fand er die Lösung für sein Problem. Und diese Lösung hatte ihren Ursprung in Finz' Kindheit.

Finz' Vater war ein Künstler gewesen, bekannt für seine ausdrucksstarken Porträts im Stil des Russen Yaroslav Kurbanov. Als Elfjähriger hatte Finz stundenlang vor den halbfertigen Kunstwerken gestanden. Eines hatte es ihm besonders angetan: Es zeigte eine Frau mit großen flehenden Augen, die verschwörerisch einen Finger auf ihre Lippen legte. So, als würde sie den Betrachter bitten, ihr Geheimnis niemandem zu verraten. Die Frau auf dem Bild faszinierte Finz. Er kam täglich heimlich ins Atelier, um sie zu betrachten. Er suchte nach einer Möglichkeit, mit ihr in Verbindung zu treten. Irgendwann wusste er, wie. Er griff zum Pinsel und malte an einer unauffälligen Stelle einen winzigen Punkt in das Bild. Als der Vater am nächsten Morgen ins Atelier ging, hatte Finz Todesangst. Würde der Vater etwas bemerken? Finz wusste, dann würde ihm ein riesen

Donnerwetter drohen, vielleicht sogar Schläge. Aber der Vater bemerkte nichts. Und als die »Frau mit Geheimnis« vollendet war, war Finz' geheimer Punkt für immer ihr und sein Geheimnis.

Finz wiederholte seine Tat fortan bei jedem Porträt seines Vaters, das ihm gefiel. Es bescherte ihm eine heimliche Freude, unbemerkt Teil der Bilder zu werden. Jetzt, rund 20 Jahre später, tat er eigentlich genau dasselbe. Er war der geheime Farbtupfer im Leben von Frauen, die nicht ihm gehörten.

Er datete ausschließlich verheiratete Frauen. Finz schätzte diese geheimen Liaisonen, weil sie ihm genug Freiraum ließen. Verheiratete Frauen wollten und konnten ihn nicht jeden Tag sehen. Jedes Telefonat, jede Textnachricht war für sie ein potenzielles Risiko, ihren Mann, ihre Kinder, ihre Existenz zu verlieren. Der Kontakt musste deshalb auf ein für beide Seiten zuträgliches Maß beschränkt werden. Und das Beste: Verheiratete Frauen wollten weder bei ihm einziehen noch wollten sie ihn groß verändern oder ihm vorschreiben, wie er sein Leben zu leben hatte. Das gefiel ihm. Denn er mochte sein Leben, so wie es war.

Finz hatte sich lange Zeit gelassen, erwachsen zu werden. Dann hatte er durch Zufall einen Job gefunden, der ihn nicht zu sehr forderte, aber abwechslungsreich genug war, um ihn nicht zu langweilen. Bei einer seiner Reisen in den Amazonas-Regenwald war er im wahrsten Sinne des Wortes darüber gestolpert. Er flog bei einer Dschungelwanderung über eine Bodenunebenheit und landete in schwarzem Dreck. Sein Guide erzählte ihm, das sei Terra Preta – die geheime Schwarze Erde.

Im Regenwald entlang des Amazonas ist ein ganz bestimmtes Gebiet meterdick mit dieser schwarzen nährstoffreichen Erde bedeckt. Man konnte sich ewig nicht erklären, wie die dort überhaupt hingekommen war, denn geologisch hätte das Gebiet Wüste sein sollen. Wissenschaftler fanden dann nach langem Suchen eine Erklärung: Die Inkas hatten diese Indianererde aus Holz- und Pflanzenkohle, Tonscherben, Knochen, Fischgräten und tierischen und menschlichen Fäkalien über Jahrhunderte geschaffen, um den nährstoffarmen Boden am Amazonas fruchtbar zu machen. Das »Warum« war nun geklärt. Mit dem Aussterben der Ureinwohner war aber das genaue Wissen über das »Wie« verloren gegangen.

Kohle, Küchenabfälle und jede Menge Scheiße. Finz dachte darüber nach, wie er das zu Geld machen konnte. Er musste diese Erde nachbauen. Terra Preta aus Brasilien auszuführen, ist bei Gefängnisstrafe verboten, aber Finz hatte sich schon immer gerne über Gesetze hinweggesetzt. Als sein Guide nicht herschaute, füllte er die Taschen seiner Cargohosen unbemerkt mit dem Schwarzen Gold.

Zurück in Österreich recherchierte er das Potenzial der Inkaerde als natürlicher Dünger, und das, was er herausfand, war vielversprechend. »In Terra Preta gepflanzte Tomaten bringen viermal mehr Ertrag«, las er. »Ist der Kohlenstoff einmal im Boden, bleibt er mehr als 1.000 Jahre verfügbar. Ein Perpetuum mobile der Fruchtbarkeit.«

War das nicht genau die Sache, die man all diesen Zuagroasten, die für jeden Bioscheiß ein Vermögen ausgaben, teuer verkaufen konnte?

Finz versuchte, aus verkokelter Grillkohle, Biomüll und seiner eigenen Pisse Terra Preta herzustellen. Ein Experiment, das nicht sofort von Erfolg gekrönt war. Er brauchte einen Profi als Partner und fand diesen. Der Bruder eines alten Schulfreundes, der im Südburgenland eine Biomasseanlage betrieb und Klärschlamm und Grünschnitt der umliegenden Gemeinden kompostierte. Der Betreiber der Kompostanlage war es längst leid, immer nur den Dreck anderer zu entsorgen. Finz konnte ihn für die Idee, gemeinsam lokale Inkaerde herzustellen, im Nu begeistern. Drei Jahre lang tüftelten die beiden an dem ultimativen Rezept für ihr Schwarzes Gold. Dann war die Inkaerde marktreif.

Ein tolles Produkt, eine Geschichte, die man super vermarkten konnte. Die Lokalpresse war begeistert. Die Zuagroasten waren es auch. Sie zahlten, ohne mit der Wimper zu zucken, einen Euro pro Liter Schwarzerde.

Finz kam mit dem Liefern gar nicht mehr nach. Er schaffte sich einen alten Pick-up mit großer Ladefläche an, um der ständigen Nachfrage nachkommen zu können. Um Geld musste er sich nun keine Sorgen mehr machen. Um sein Sexleben auch nicht. Denn das Gros seiner Kundinnen waren verheiratete Frauen.

TRAUERARBEIT
AKT 3

Am Tag der Beerdigung war ich richtig wütend. Ich fand die Grabrede verlogen, das Essen beim Leichenschmaus billig, das Wetter unangemessen. Es waren nur Kleinigkeiten, aber ich wusste, was mich wütend machte. Diese Heuchelei.

Irgendwann habe ich diese Farce nicht mehr ertragen und gesagt, was ich mir denke. Da haben sie mich weggebracht. Als ob ich einen Fehler gemacht hätte. So kann man mit mir nicht umgehen. So nicht!

KAPITEL 6
VERA ZU BESUCH BEI PAUL UND EVA

Bei den Laubenvögeln bauen die Männchen eine Art Verführungstheater, eine Laube, die sie mit hübschen Gegenständen wie Blumen, Schmetterlingen oder weißen Steinen ausstatten. Seidenlaubenvögel errichten solche Lauben mit zwei parallelen Wänden. Das Weibchen sitzt dazwischen und schaut vorn heraus. Wenn das Männchen sich paaren will, muss es um die Laube herumgehen, um das Weibchen von hinten zu besteigen. Aber wenn ihr das nicht gefällt, schlüpft sie einfach zur Vorderseite wieder hinaus.

Gepflegte Unterkühltheit, moderne Sachlichkeit – dafür steht die Bauhaus-Schule auch noch 100 Jahre nach ihrer Gründung. Was 1919 in Weimar als Experiment begann, um Kunst und Handwerk zu verbinden, entwickelte sich zu einer einflussreichen Stilrichtung, die die Architektur bis heute prägt. Der Bauhausstil: nüchtern, schnörkellos, reduziert. Betonkästen. Flachdach. Fertigteile. Glatte Fassaden. Glasvorhänge.

Erschwinglicher Wohnraum war knapp in der Weimarer Republik. Bauhaus-Gründer Walter Gropius schien die Antworten zu kennen. Er brüstete sich mit der Aussage, er könne preiswerten Wohnraum für alle schaffen. Die Stadtväter von Dessau waren begeistert und beauftragten ihn 1926, eine Wohnsiedlung zu bauen. Das Ganze sollte ein Vorzeigeprojekt werden. Modern, sozial, günstig. Denn Gropius hatte versprochen, billiger zu sein als die Konkurrenz – und schneller. Häuser quasi am Fließband. Das Tempo, in dem diese Siedlung aus dem Boden wuchs, war tatsächlich atemberaubend – in kürzester Zeit entstand Wohnraum für Tausende Menschen. Doch schon bald nach dem Einzug bemerkten die Bewohner massive Baumängel. Die Wärmedämmung war miserabel, die Wände viel zu dünn. Risse entstanden. Die Reparatur- und Umbaukosten verschlangen mehr Geld als geplant. Das Sozialprojekt wurde zu einem sozialen Problem. Es eskalierte. Die Sozialdemokratie wandte sich vom Bauhaus ab. Und Gropius verließ die Stadt und das Bauhaus.

Wer aus der Geschichte nichts lernt, ist dazu verdammt, sie zu wiederholen. Hätte Paul nur sein Architekturstudium beendet. Vielleicht wäre er dann klüger gewesen. Doch so wiederholte sich die Story eins zu eins bei ihm und seinem »Seewinkler Inselparadies«.

Paul war von dort weggezogen. Er hatte seine Baufirma in den Konkurs geschickt und am nächsten Tag als Planungsunternehmen neu gegründet. Er war jetzt als One-Man-Show unterwegs. Er war ein Visionär: Planen, konzipieren, andere begeistern – das konnte er immer schon besser als Sachen praktisch umsetzen. Er hatte die Baumängel auf die Subfirmen geschoben. Es gab ein paar Bürgermeister und Kommunalpolitiker, die viel Geld und eine Menge Wählerstimmen verloren hatten und denen er besser nicht mehr über den Weg lief. Aber mitgefangen hieß mitgehangen. Wer mit Paul gepackelt hatte und sich auf korrupte Grundstücksbeschaffungen und -umwidmungen eingelassen hatte, hielt die Goschn.

Fakt war: Paul war ohne größeren persönlichen Imageschaden aus der ganzen Sache herausgekommen.

Nur die Käufer gaben keine Ruhe. Es war schon gut, dass er jetzt in Buchschachen saß.

Paul pfiff fröhlich vor sich hin, während er sich anzog. Er wusste immer schon, wie er sich am besten in Szene setzte. Für das heutige Treffen mit dem Zieserl und dem Bürgermeister wählte er einen khakifarbenen Anzug von Dsquared2, dazu ein hellblaues Hemd über einem weißen T-Shirt, beides von Arket, und teure weiße Sneakers von Yeezy. Er war sicher, dass diese Marken den Hinterwäldlern hier nichts sagten, deshalb band er sich seine Vintage Rolex ums Handgelenk. Ein diskreter Hinweis für die ganz Blöden, dass er ein Erfolgstyp war.

Er sprühte sich ein bisschen Terre d'Hermès auf, fuhr sich durch die Haare und betrachtete sich zufrieden im Spiegel. Die Irene, mit der er im Nordburgenland ein Pantscherl gehabt hatte, hatte gemeint, er sähe ein bisschen aus wie eine Mischung aus Leo Hillinger und Ryan Gosling, nur mit längeren Haaren. Sie war unglaublich verbrunzt in ihn gewesen. An die Irene hatte er jetzt schon länger nicht mehr gedacht. Aber die würde sich eh auch nicht mehr so schnell bei ihm melden. Schade eigentlich, er hatte sie gemocht. Sie war lustig und unkompliziert gewesen.

Eva beobachtete Paul, wie er sich umständlich fertig machte. Könnte er bitte endlich das Haus verlassen? Sie hatte Vera und Johanna eingeladen, weil sie ein paar Fragen zu den Obstbäumen hatte, die sie gekauft hatte und in den nächsten Tagen pflanzen wollte. Und sie wollte partout nicht, dass die beiden Paul in die Arme liefen.

Paul bemerkte, dass Eva ihn beobachtete.

»Du stehst grad so gemütlich, mach mir noch einen Kaffee, bevor ich fahr«, feixte er.

Eva lief zur Küchenzeile und tat, wie ihr geheißen. Die Anrichte war schon wieder voller Fliegen, dabei hatte sie nur kurz gelüftet.

Es läutete an der Tür. Evas Gebete waren nicht erhört worden. Die Gäste waren schon da. Überpünktlich wie alle hier im Süden. Sie öffnete.

»Wer ist da?«, fragte Paul.

»Johanna und Vera vom Gartenklub.«

Paul bedachte den Besuch nur mit einem flüchtigen Blick und einem kurzen Hallo, hörte aber ganz genau zu, als Eva die beiden begrüßte und das Gespräch begann.

Paul hielt sich nicht nur für einen ausgezeichneten Menschenkenner, sondern insbesondere für einen hervorragenden Frauenkenner.

Sein Urteil zu den beiden lautete schlicht: »Uninteressant.« Die eine mit den grünen Holzpantoffeln, dem Leinenkleid und den roten Haaren fiel für ihn in die Kategorie »burgenländische Landpomeranze«, die andere, eine schlanke Brünette mit Pferdeschwanz, sah zwar nicht schlecht aus, wirkte aber so, als ob sie gerne zurückredete. Und Frauen, die zurückreden, fand er anstrengend.

»Ich lass euch Ladies alleine, ich hab einen wichtigen Termin mit der ›Pannonia Bau‹ und der Gemeinde«, sagte Paul. »Würmchen, du kannst ja die Hausführung machen.«

»Wir wollten in den Garten gehen«, sagte Eva hastig und navigierte ihren Besuch an Paul vorbei.

Der warf demonstrativ lässig seinen BMW-Schlüssel in die Luft und fing ihn wieder auf, während er zur Garage schlenderte. »Vergiss nicht, dass du noch meine Post machen wolltest. Die Förderungsanträge müssen bis nächste Woche raus.«

»Ich weiß«, sagte Eva leicht genervt. Paul machte wieder mal auf: Wer ist hier der Boss? Das war so typisch, dass er sich vor den neuen Freundinnen deppert aufspielen musste.

Yeezy Turnschuhe, der macht wohl auf Berufsjugendlicher. Was für ein Einefetzer, dachte Vera, als sie Paul nachschaute. Dank Letta war sie bei den aktuellen Trendmarken up to date. Die Achleitners müssen echt gstopft sein. Bei Johanna kam die Botschaft überhaupt nicht an. Sie hatte nur Augen für die leuchtend orangegelbe Rose an der Garagenwand. »Eine ›Gebrüder Grimm‹, wie im Märchen, super, dass die hier Halbschatten hat, dadurch bleibt die Blütenfarbe schöner«, bemerkte sie.

Eva war froh über die Ablenkung. »Ich hab ein paar Blüten abgezupft und daraus eine Rosenbowle gemacht, mit Sekt und Erdbeeren. Darf ich euch was einschenken?« Sie verteilte das eiskalte Getränk gleichmäßig in drei bauchigen Gläsern. Vera nahm einen Schluck. Die Bowle schmeckte gut, nicht zu süß, nicht zu stark. Genau richtig für einen Frühlingstag wie heute. »Die Obstbäume, die ich gekauft habe, stehen gleich da drüben. Ich war extra in einer lokalen Baumschule, die auf alte Sorten spezialisiert ist.«

Vera studierte die Etiketten an den Stämmchen. »Klaräpfel, die liebe ich seit meiner Kindheit. Die bekommt man nie im Supermarkt, weil die gleich nach dem Pflücken mehlig werden. Aber frisch vom Baum sind sie knackig und zitronig frisch. Die besten Sommeräpfel der Welt. Und unsere Urlioma hat daraus immer Apfelmus gemacht, zu den Grumperndatschi.«

»Wie, was?« Eva verstand nur Bahnhof.

»Grumperndatschi sind Kartoffelpuffer, und die Urlioma ist die Uroma von der Letta, meine Großmutter. Sie ist vor ein paar Jahren gestorben. Wir leben jetzt in ihrem ehemaligen Haus.«

»Du hast nicht ernsthaft einen Holler gekauft«, stieß Johanna überrascht heraus und machte kugelrunde Augen.

»Ja, hab ich«, sagte Eva. »Was ist daran verkehrt? Ich mag Holler. Gekochte Hollerbeeren sind gesund, und aus den Blüten kann man Saft machen.«

»Aber einen Holler kauft man doch nicht.«

»Warum nicht?«

»Ja, weil der eh überall wild aufgeht. Hier drüben zum Beispiel.« Sie zeigte auf ein paar Sträucher auf der anderen Straßenseite. »Da geht man einfach hin und grabt ihn aus.«

Johanna schüttelte verwundert den Kopf. Holler kaufen. Diese Zuagroasten waren wirklich leicht übers Ohr zu hauen. Mehr Geld als Verstand. Aber die kauften ja auch Bärlauch, obwohl die Wälder voll davon waren, und die Löwenzahnsamen, die der Supermarkt seit Kurzem anbot. Wahrscheinlich würden sie auch Brennnesseln kaufen, wenn jemand ein Preispickerl dran anbringen würde.

»Wo sollen denn die Bäume hin?«, fragte Vera.

»Ich hab mir gedacht, ich pflanze sie hier entlang der Mauer«, sagte Eva. »Dann kann ich beim Pflücken auf der Mauer stehen und bequem in die Baumkrone greifen.«

»Der Plan geht aber nur auf, wenn du Hochstämme gekauft hast«, sagte Johanna. »Mittel- und Niederstämme in diesem Alter wachsen nicht mehr in die Höhe, sondern nur mehr in die Breite. Außerdem wird es eh fünf bis sieben Jahre dauern, bis du die ersten Äpfel ernten kannst.«

Eva schwirrte von den ganzen Informationen schon der Kopf. Sie hatte ein abgeschlossenes Studium als Landschaftsarchitektin und schien dennoch von nichts eine Ahnung zu haben. Allerdings hatte sie sich in ihrem Studium eher auf Grünflächen im urbanen Raum konzentriert und sich mehr mit Park- und Alleebäumen beschäftigt als mit den Besonderheiten diverser Obstbäume.

»Zumindest beim Holler geht's schneller«, tröstete Vera. »Da kannst heuer schon Saft machen.«

Ein Lieferwagen parkte sich vor dem Raumschiff ein. »Das wird der Finz mit der Inkaerde sein«, sagte Eva. »Er hat gesagt, er bringt mir Komposterde für die Pflanzlöcher.«

So schnell sieht man sich wieder, dachte Vera. Und beobachtete Finz, der die Auffahrt heraufschlenderte. Schlendern war das richtige Wort. Alles an Finz war leicht und selbstverständlich. Während die meisten Menschen die Last der Welt auf ihren Schultern zu tragen schienen, schien Finz komplett unbelastet zu sein.

Finz hatte nicht nur die versprochenen Säcke mit Inkaerde dabei, sondern auch einen Plan. »Eigentlich sollte man Bäume im Februar pflanzen, aber die, die du gekauft hast, sind ja nicht wurzelnackt, sondern im Topf, das geht auch jetzt noch. Kann ich mir bitte die Hände waschen?« Finz' Hände waren vom Hantieren mit den Erdsäcken ganz schmutzig.

»Natürlich, wir können alle reingehen. Ich hab Salzstangerln und ein Verhackertes gekauft, hat jemand Hunger?«

»Und ich hab einen Apfelkuchen mitgebracht«, sagte Johanna und lüftete ihren Korb. »Oder habt ihr geglaubt, ich komm mit leeren Händen?«

Dieses ewige Auftischen hier im Süden wird noch meine Figur ruinieren, dachte Vera. Finz schien diese Angst nicht zu haben, er wusch seine Hände in der Spüle und griff dann ordentlich zu.

Vera fand das Haus beeindruckend, aber nicht ungewöhnlich. Viele ihrer früheren Bekannten in den Wiener Nobelbezirken oder in Klosterneuburg hatten so gewohnt. Offene Designerküche, viel Stein und Edelmetall, edle Ecksofas, dazwischen ausgesuchte Designklassiker wie der Loungechair vom Eames. Teure Bilder an den Wänden und statt einzelner Fenster ganze Glasfronten.

Johanna folgte Veras Blick: »So große Fenster. Die möchte ich nicht putzen müssen.«

»Paul sagt, die Fenster sind mit irgendeinem Lotuseffekt ausgestattet, damit das Wasser besser abperlt«, sagte Eva. »Die Aussicht ist toll, aber umgekehrt kann uns auch jeder reinschauen. Ich komm mir vor wie in der Auslage, vor allem, wenn es dunkel ist. Manchmal fürchte ich mich sogar ein bisschen, wenn ich alleine bin. Aber für Paul kommen Vorhänge nicht infrage.«

Finz beteiligte sich nicht am Gespräch. Ihm waren die Fenster, gelinde gesagt, wurscht. Aber Eva fand er süß. Eva trug dunkelblaue Jeans, die ihre zierliche Figur betonten, weiße Turnschuhe und eine weiße Bluse. Sie sah aus wie eines dieser Models aus der Ralph-Lauren-Werbung. Fehlten nur mehr das Pferd und der Labrador. Er schätzte, sie war fünf, sechs Jahre älter als er selbst. Und verheiratet. Sein Beuteschema.

Zurzeit gab es keine spannende Frau in seinem Leben. Klar könnte er die eine oder andere Ex reanimieren. Aber seine letzte fixe Geliebte hatte mit ihm Schluss gemacht, als sie unerwartet schwanger geworden war. Hoffentlich sah das Kind ihrem Mann ähnlich und nicht ihm.

Er studierte Evas Gesicht. Es war oval und blass. Es waren die Augen, die sie so hübsch machten. Riesige blaue Augen, die aussahen, als würden in ihrer Iris Tausende Saphirsplitter funkeln. Das satte, tiefe Blau war ein spannender Kontrast zu ihrem hellen Teint und ihren dunklen Haaren. Die Augen faszinierten ihn. Es waren Augen, die lachten, aber nicht spöttisch, sondern liebevoll. Verständnisvolle Augen. Finz bemerkte, dass er Eva anstarrte, und wandte schnell den Blick ab.

Die Eingangstür ging auf. Paul stand im Türrahmen. War die Zeit wirklich so schnell vergangen? Er war kaum eine Stunde weg gewesen. Eva bemerkte sofort, dass er schlechte Laune hatte. »Dieser Bürgermeister ist so ein Pleampl«, schimpfte er statt einer Begrüßung. »Null Visionen, der Zieserl und ich werden es jetzt auf der steirischen Seite probieren, die haben hoffentlich mehr im Hirn als die dummen Südburgenlandler hier.«

Eva versank fast in den Erdboden. Ihr war die Szene mega peinlich. »Wer ist das?« Paul hatte Finz entdeckt, der seelenruhig in sein Salzstangerl biss und Paul in aller Ruhe studierte.

Den Typ cholerischer Ehemann kannte er nur zu gut. Dass Paul offenbar ein Arschloch war, tat ihm leid für Eva.

»Herr Kreishofer hat uns Erde geliefert«, sagte Eva.

»In die Küche?«, fragte Paul süffisant. Aber mit einem Lieferburschen wollte er sich ohnehin nicht abgeben. Seine Aufmerksamkeit konzentrierte sich wieder auf seine Frau: »Du warst hoffentlich schon auf der Post?«

»Nein, aber ich wollt … also, ich hab nicht vergessen, ich muss eh gleich los, also, ich fahr eh gleich.« Eva stotterte. Vera überlegte, wie sie die Stimmung entspannen konnte, aber ihr fiel nichts ein. Wahnsinn, war das unangenehm. Sie konnte Evas Verlegenheit fast körperlich fühlen. Die Stimmung war dahin.

Da ergriff Johanna das Wort. »Sie sollten die Wand hinter dem Herd in einer anderen Farbe streichen lassen«, sagte sie freundlich lächelnd zu Paul. »Orange zieht Fliegen an. Das kann im Sommer unglaublich lästig sein.«

Es kam selten vor, dass Paul sprachlos war. Aber auf diese Aussage wusste er tatsächlich nichts zu erwidern. Hatte diese Landpomeranze gerade sein Einrichtungskonzept infrage gestellt?

Und das Schlimmste war, sie hatte auch noch recht. Er musste an die Frankfurter Küche im Wiener MAK denken. Die Frankfurter Küche wurde 1926 im Rahmen des Projekts Neues Frankfurt von Ernst May initiiert und von der Wiener Architektin Margarete Schütte-Lihotzky ausgearbeitet. An den sichtbaren Stellen war diese Küche blaugrün gestrichen, da Wissenschaftlern der Universität Frankfurt zufolge Fliegen blaugrüne Flächen meiden. Warum hatte er daran nicht gedacht, als er die Küche geplant hatte?

Paul drehte sich wortlos um und ging aus dem Raum. Heute war wirklich nicht sein Tag.

Er spürte Ärger in sich hochkochen. Wie eine riesige Welle durchflutete ihn die Wut und verbreitete ein Gefühl tiefer Unruhe und Ohnmacht.

Es ärgerte ihn, dass der Bürgermeister von Buchschachen seine Visionen nicht geteilt hatte. Er wollte hier wirklich etwas auf die Beine stellen. Eine Ferienanlage mit Zweitwohnsitzen, die cooler und stylischer waren als diese fantasielosen Blöcke mit den winzigen Fenstern und den grässlich bunten Fassaden, mit denen die Siedlungsgenossenschaften sonst das Land verschandelten. Moderner, minimalistischer Luxus. Ein Projekt, das urbane Leute mit Stil und Geschmack ansprach. Leute wie ihn selbst. Die Architektur musste beeindrucken, aber gleichzeitig auch dieses neue allumfassende Bedürfnis nach Entschleunigung erfüllen. Die Gegend hier war ideal. Rund eine Stunde von Wien und

Graz entfernt und somit für die urbane Zielgruppe leicht erreichbar. Und wenn man erst einmal die hässlichen Durchzugsstraßen mit den Hunderten Kreisverkehren verließ, war es atemberaubend schön und idyllisch. Sanfte Hügel, unberührte Natur, Weinberge. Hier sah es stellenweise aus wie in der Toskana. Eine Enklave für Ruhesuchende. Perfekt auch als Refugium für Promis. Er könnte auch noch in der Natur versteckte Häuser für diese Klientel planen. Die hätten so ihre Ruhe. Die Einheimischen waren ein angenehm simpler Menschenschlag, nicht so stur wie die Tiroler oder so bockig wie die Oberösterreicher. Die Südburgenländer waren irgendwie freundlich devot. Als Promi konnte man echt in Frieden leben, dachte er. Kein Wunder, dass der Frank Hoffmann, der Andreas Vitasek, der Gery Keszler, die Konstanze Breitebner, der Günther Mokesch und die Elke Winkens hier bereits Häuser hatten. Angeblich hatte sogar David Bowie mal ein Haus in Stadtschlaining gesucht. Promis waren im Südburgenland sicher. Die eine Hälfte der Bevölkerung war zu hinterwäldlerisch, um diese überhaupt zu erkennen, und die andere zu schüchtern, um sie anzusprechen und zu belagern.

Paul wusste, er musste sich noch einmal mit dem Zieserl zusammensetzen, wenn er dieses Projekt auf die Beine stellen wollte. Es ärgerte ihn, dass er hier im Süden einen neuen Verbündeten brauchte, ohne den er bei seinen Plänen nicht weiterkam. Ein Partner, das war für ihn ein Zeichen von Schwäche. Aber er war auf fremdem Territorium. Im Nordburgenland war er der Rädelsführer gewesen. Er hatte die Regeln gekannt, die Schlüsselfiguren. Jetzt fischte er in unbekannten Gewässern. Er brauchte den Harald, um ihn durchzuführen, um ihn zu leiten. Aber dieses Gefühl der Ohnmacht ärgerte ihn auch. Er kannte die Gesetze der

Natur. Nur die Stärksten überleben. Er musste das richtige Kräfteverhältnis wiederherstellen. Und er wusste auch schon, wie. Wie hatte Haralds Frau noch mal geheißen? Sylvia? Er tippte den Namen ins Handy, kam direkt zu ihrem Social-Media-Konto. Er grinste selbstzufrieden, als er das Profilfoto sah, auf dem Sylvia mit geschürzten Lippen posierte. Dann schickte er die Freundschaftsanfrage ab.

KAPITEL 7
PAUL, DER NARZISST

Schmetterlinge gelten als Delfine unter den Insekten, dabei sind es eigentlich grausliche Viecher. Sie süffeln hingebungsvoll an Blut, Schweiß und Tränen oder laben sich an Aas. Vereinzelt trinken Schmetterlinge auch ihren eigenen Urin. Und das mit so viel Hingabe, dass sie es nicht einmal bemerken, wenn man sie dabei fängt.

Der nächste Tag begann für Eva so wie immer. Mit einer Flut von Vorwürfen. »Warum isst du denn nichts? Setz dich da her, wie andere Frauen das auch tun, setz dich einfach her und iss endlich was. Sei doch bitte so lieb.«

Eva zog es den Magen zusammen. Sie hatte null Appetit. Aber sie wollte den häuslichen Frieden nicht schon wieder riskieren. Schon Carla zuliebe. Für Paul war das sonntägliche Familienfrühstück wichtig. Am liebsten auf der Terrasse, damit die Nachbarn sehen konnten, wie glücklich die Achleitners waren. Eine echte Vorzeigefamilie.

Vielleicht stand er deswegen auch so auf Häuser mit Glasfronten. Da war das inszenierte Bilderbuchleben quasi im permanenten Ausstellungsmodus.

Der Terrassentisch war ein Stahlgestell mit einer Platte, die aus einem einzigen Stück Eiche geschnitten war. Die Bänke rundherum waren mit grauen Schaffellen belegt. Es war ja erst Mai. Eva hatte den Tisch mit schwerer grauer und schwarzer Keramik gedeckt, die sie bei einer angesehenen lokalen Künstlerin in Stadtschlaining gekauft hatte. Die Keramikerin Petra Lindenbauer produzierte auch die Tableware für berühmte Sterneköche wie den Heinz Reitbauer, den Silvio Nickol oder den Konstantin Filippou. Das ganze Ambiente wirkte exklusiv nordisch. Paul mochte nordisches Design. Nur nordisches Essen mochte er nicht so. Für Gerichte mit Moos und Flechten hatte er nichts übrig. Eva hatte Rührei mit Schinken zubereitet, eine Käseplatte mit Nüssen und Apfelspalten gerichtet und einen Striezel und ein Vollkornbrot gebacken. Ohne Brotbackmaschine. Paul mochte es nicht, wenn die Brote vom Rührhaken der Maschine ein Loch im Boden hatten. Außerdem hatte sie einen Smoothie aus Himbeeren, roten Rüben, Ingwer und Kurkuma gemixt. Jetzt musste sie nur noch den Kaffee fertig machen.

»Du wirkst so unentspannt, kriegst die Regel?« Paul liebte es, ungefragt Evas Zustand zu interpretieren. Blass, unzufrieden, unausgeglichen, nervös. Das waren die Attribute, mit denen er sie gerne bedachte, sogar wenn sie nur ruhig und gemütlich Sachen erledigte oder so wie gerade eben Kaffee kochte. Du bist dies, du bist das. Du bist immer irgendwas.

Eva lächelte bemüht, ging an Paul vorbei hinaus zur Terrasse und stellte die Kaffeekanne auf den Tisch. »Ich hol nur noch schnell die Marmelade.« Sie ging zum Vorratskasten, der optisch dezent in die Küchenfront integriert war, und drückte leicht dagegen. Die Tür sprang auf. Quitte mit Chili, Weinbergpfirsich mit Zitronenverbene, Rosengelee … Eva hatte es sich eine Zeit lang zum Hobby gemacht, ausgefallene Marmeladensorten einzukochen. Allerdings waren die bei ihrer Familie auf wenig Gegenliebe gestoßen. Paul aß in der Früh lieber deftig, und Carla mochte nur klassische Sorten. Eva griff nach einem Glas Erdbeere mit weißer Schokolade. Die würde bei Carla gerade noch als »normal« durchgehen.

Als sie auf die Terrasse zurückkam, standen zu ihrer Überraschung Vera und Letta da. »Wir haben uns in Oberwart E-Bikes ausgeborgt und wollten einen Ausflug zur Meierhofermühle machen, aber ich glaub, wir haben uns verfahren.« Vera wirkte erhitzt: »Wir wollen aber nicht stören. Ich wollt nur fragen, ob ich kurz mein Handy bei dir aufladen kann oder deines benutzen darf. Ich hatte Google Maps an, und das hat so am Akku gesaugt, dass der jetzt leer ist. Nur ohne Maps finden wir den richtigen Radweg nie.«

»Ihr stört überhaupt nicht, setzt euch zu uns. Wir wollten gerade frühstücken, habt ihr Hunger?«, sagte Paul jovial.

Letta blickte gierig auf die Pfanne mit Rührei und Schinken, die in der Mitte des Tisches stand. »Also gut, aber nur, wenn es euch wirklich nichts ausmacht.«

»Auf gar keinen Fall, wir freuen uns riesig, bitte bleibt ein bisschen. Carla, steckst du bitte Veras Handy im Haus an.«

Menschen, die ihm förderlich erschienen, lud Paul gerne an seinen Tisch sein. Bei ihrem Besuch am Vortag hatte er Vera kaum beachtet, dann hatte er erfahren, dass sie Journalistin war. Und das hatte die Sache natürlich sofort verändert. Er wollte sofort alles über ihre Netzwerke und Kontakte wissen. Das konnte er ja jetzt bitte selbst herausfinden.

Eva war die perfekte Gastgeberin. »Ich hol euch gleich Teller und Besteck, Kaffee für dich, Vera. Letta, magst du einen Kakao? Ich hab auch einen Smoothie gemacht, mit Kurkuma, der soll ja so gesund sein.«

»Kann ich bitte auch einen Kaffee haben?« Carla blickte Letta bewundernd an. Dass die schon Kaffee trinken durfte.

Aber Letta sah auch erwachsener aus als sie selbst, erwachsen und exotisch, wie die albanische Sängerin Dua Lipa, die auch schon mit 15 alleine in London gelebt hatte. Carla war ein großer Fan von Dua Lipa.

»Mit viel Milch bitte«, sagte Vera hastig.

»Ich hol nur schnell mein Tablet, dann zeig ich dir Bilder von meinen Projekten«, sagte Paul eifrig. Eva wusste, was jetzt kommen würde. Paul würde solange über sein iPad wischen, Bild nach Bild zeigen und sich in detailreichen Beschreibungen und Selbstbeweihräucherung verlieren, bis der Kaffee und die Rühreier eiskalt geworden waren. Ihr perfektes Frühstück wäre für die Katz gewesen.

»Schatz, lass uns doch zuerst essen«, sagte sie betont freundlich.

»Ist schon okay«, sagte Vera. »Ich bin nicht hungrig, und es interessiert mich wirklich. Ich hab mir schon einige deiner Projekte im Internet angesehen. Sieht toll aus.«

Die Sonne ging in Pauls Gesicht auf.

Eva dachte an die unzähligen Situationen, als sie anhimmelnd neben ihm stehen musste. Paul erwartete Zuspruch, was immer er auch tat. Sogar wenn er ein Bild aufhängt, will er, dass ich dabeistehe und jeden Hammerschlag benicke, dachte sie.

Sie griff nach ihrer Kaffeetasse und beobachtete Paul und Vera. Paul, der redete und erklärte, als ginge es um sein Leben, und ihre neue Freundin, die freundlich lächelte und interessiert schaute. Er war charmant, eloquent, witzig. Natürlich fand sie Paul toll. Alle taten das.

Letta und Carla hatten sich schon längst in Carlas Zimmer zurückgezogen. »New Rules«, ein Lied von Dua Lipa, drang durch die geschlossene Tür.

»Now I'm standin' back from it, I finally see the pattern

I never learn, I never learn.«

»Drehts die Musik leiser«, brüllte Paul.

»I finally see the pattern.« Ich sehe endlich das Muster, dachte Eva.

Paul gab Vera das Gefühl, dass er sich für sie interessiere. Er imitierte perfekt den angeregten Gesprächspartner. Dabei tastete er nur ab, wie er sie sich später einmal zunutze machen konnte. Eva hatte zum zweiten Mal in dieser Woche das Gefühl, dass sie die Einzige war, die Paul durchschaute – wie die Zuseherin in einem Theaterstück.

Früher, in einer anderen Zeit, hatte Paul sich auch Eva gegenüber so verhalten. Hatte sie umgarnt, umschmeichelt, eingelullt. Er war verrückt nach ihr gewesen. Dass sie so unerfahren war, hatte er entzückend gefunden. Dass sie ihn bewunderte und sich gerne und willig leiten ließ, hatte seinem Ego geschmeichelt. Sie war seine Traumfrau gewesen, die einzige Frau, die er je heiraten wollte und die er auch geheiratet hatte. Seine Vorzeigeehefrau. Er wusste auch nicht, was aus dieser Frau geworden war. Sie war irgendwann verschwunden. Stattdessen war jetzt diese weinerliche, unfähige Person an seiner Seite, für die er zunehmend nur noch Verachtung empfand.

Aus Evas Sicht sah das Ganze etwas anders aus. Je mehr Eva versuchte, sich von ihm zu distanzieren und zu emanzipieren, desto mehr tat er alles in seiner Macht Stehende, um sie kleinzuhalten. Paul war ein guter Rhetoriker. Er hatte immer schon verstanden, Eva in ihrer Meinung über andere Menschen zu beeinflussen. Er säte so lang Zweifel, bis sie ihrer eigenen Meinung nicht mehr traute. Fast wäre ihm das auch mit ihren Eltern gelungen.

»Dass du so ein Psycherl bist, liegt sicher an deiner Kindheit, deine Eltern haben dich zu wenig geliebt.« Evas Proteste blieben ungehört. Paul lachte nur verächtlich und wusste es besser. Das sei ja typisch für eine psychisch Kranke wie sie. Sie würde es einfach nicht einsehen wollen, dass sie ein Problem hätten. Und Kindheitstraumata würde man halt verdrängen. Das wüsste doch jeder! Was hätte sie da noch sagen sollen? Der Stich ging mitten ins Herz. Eva hatte geheult. Paul hatte die Heulerei als hysterisch und verrückt bezeichnet. Typisch für eine Mimose wie sie. Aber er hatte erreicht, was er wollte. Er hatte sie verunsichert. Eva lag nächtelang grübelnd im Bett und dachte über ihre Kindheit nach. War da tatsächlich etwas vorgefallen? Hatten ihre Eltern sie wirklich nicht geliebt? War sie etwa nicht liebenswert genug gewesen? Ihr Verstand sagte ihr, dass sie ein ganz normales mittelprächtiges Verhältnis zu ihren Eltern hatte. Im Gegensatz zu Paul, der für seine ehemals berufstätige Mutter nur abschätzige Verachtung übrighatte. »Ein karrieregeiles Weib, das familiär über Leichen gegangen ist, bloß um eine überforderte Sekretärin ohne Aufstiegschancen zu werden.« Das war nicht seine Vorstellung von Familienleben.

»Würmchen, träumst du schon wieder, mach uns noch einen Kaffee, der ist ja schon ganz kalt.«

Pauls Stimme schreckte Eva aus ihren trüben Gedanken hoch.

»Nein, lass nur«, sagte Vera, »wir müssen echt weiter. – Letta!« Sie rief den Namen ihrer Tochter laut Richtung Haus. Aber der Ruf hatte gegen Dua Lipas lautstarken Gesang keine Chance.

»Ich hol sie schon«, sagte Eva. »Carla wird enttäuscht sein, dass ihr schon fahrt. Sie findet Letta toll. Das hat sie mir nach der Tanzstunde gesagt. Außerdem hasst sie es, hier nur mit uns rumzusitzen.«

»Letta auch. Sie kann uns ja morgen besuchen kommen«, sagte Vera.

»Wir hören uns, du kannst ja mal über mich schreiben«, sagte Paul und küsste Vera auf die Wangen. Ein Hauch Terre d'Hèrmes blieb an ihr hängen. Paul ging mit federnden Schritten zum Haus zurück. Vera und Letta radelten davon.

Eva machte sich daran, das Geschirr abzuräumen. Pauls Tablet lag noch immer auf dem Terrassentisch. Sie sah eine Push-Nachricht im Facebook Messenger aufpoppen. Ihr Blick blieb am Display hängen. Sie erstarrte, als sie den Text las: *Sylvia Zieserl hat deine Freundschaftsanfrage bestätigt.*

TRAUERARBEIT
AKT 4

Zweieinhalb Monate nach seinem Tod ging ich für die Trauerbewältigung zu einer Psychologin. Es hat mir genau gar nichts gebracht. Sie hat gemeint, ich müsse lernen zu verzeihen. Was für ein Schwachsinn. Sie hat nur meinen Verdacht bestätigt, dass die Leute Psychologie studieren, weil sie selbst einen Pecker haben. Meine Freunde meinten, sie hörten mir zwar gerne zu, aber wirklich helfen könnten sie mir nicht. Ich war allein.

KAPITEL 8

EVA BEI DER NACHBARIN

Im Mittelalter gestand die Justiz Tieren Gefühle, ein Bewusstsein und in Folge auch Schuldfähigkeit zu. In einem Prozess des Jahres 1520 wurden Holzwürmer angeklagt, Möbel beschädigt zu haben. Auch Maikäfer gerieten ins Visier der mittelalterlichen Justiz: Sie hatten Felder leer gefressen und erhielten drei Tage Zeit, sie wieder zu verlassen.

Eva hatte lange überlegt, wie sie sich bei der Nachbarin für die regelmäßige Eierlieferung revanchieren konnte. Nachdem sie tagelang darüber nachgedacht hatte und ihr keine zündende Idee gekommen war, hatte sie sich für ein eingetopftes Usambaraveilchen und eine Flasche Prosecco entschieden. Damit lag sie goldrichtig. Die Nachbarin hatte bereits eine ganze Sammlung Usambaraveilchen in allen Lilaschattierungen im Stiegenhaus stehen.

Eva hatte gewusst, dass die Nachbarin daheim war, weil es aus dem Schornstein des Hauses wild rauchte. Die Nachbarin heizte nicht, sie verheizte. Kartons, Altpapier, alle Werbebroschüren der Supermärkte, die der Postler täglich brachte. Verheizen, das war auf dem Land für viele die traditionelle Art der Müllbeseitigung. Manchmal nahm der Rauch, der über ihrem Haus in den Buchschachener Himmel aufstieg, seltsame Farben an, war lilablau wie die Usambaraveilchen und stank widerlich. Eva wollte gar nicht wissen, was die Nachbarin an solchen Tagen alles verheizte.

Paradoxerweise legten die Nachbarn, die regelmäßig Dreck in den Himmel jagten, in ihrem unmittelbaren Umfeld größten Wert auf Sauberkeit. Das kündigte schon die Türmatte an. »Füße und Pfoten bitte abtreten.« Ein Malteser kam kläffend herbeigelaufen, als Eva läutete. Sein Fell war makellos weiß, von der Hundefrisörin gebleicht. Die Türglocke spielte »The Final Countdown« von Europe. »Der Heinzi, mein Mann, mag das Lied so gerne«, sagte die Nachbarin erklärend. »Dabei spielens das eh jeden Tag im Radio. Ich mag ja lieber den Andreas Gabalier. Aber den kann der Heinzi auf den Tod nicht ausstehen. Ich glaub, der ist ein bisserl eifersüchtig auf den Andi.«

Eva überreichte ihre Mitbringsel. Die Nachbarin war hocherfreut. »Den Prosecco mach ma gleich auf, und dann erzählst mir, wie ihr euch so eingelebt habt.« Sie war eine kleine kräftige Person Mitte 50 mit einer Frisur, die Eva an die früheren Playmobilfiguren ihrer Tochter erinnerte. Ein dunkelbrauner Farbhelm. Dunkelbraun waren auch ihre Leggings. Farblich abgestimmt auf das beigefarbene lange T-Shirt mit dem goldbraunen Print. An den Füßen trug die Frau goldene Sandalen mit Klettverschluss und Keilabsätzen. Ein konsequenter Versuch, Bequemlichkeit mit einem individuellen Modeanspruch zu vereinen. Die Nachbarin hatte sich in der Früh geschminkt. Jetzt waren nur mehr Reste des braunroten Lippenstiftes übrig. Durch die tätowierte Lippenkontur stach das Fehlen der Lippenfarbe noch stärker hervor. Die Augenbrauen fehlten ebenfalls. Statt Härchen saßen dort dunkelbraune Striche. Die Striche wanderten rhythmisch in die Höhe, wenn die Nachbarin sprach. »Komm herein. Aber bitte putz dir die Füße ab.« Der Malteser schnüffelte an Evas Beinen, sprang an ihr hoch und versuchte, sie zu begatten. »Butzi, lass das. Pfui, Butzi. Schäm dich, Butzi.«

Die Nachbarin schubste Butzi mit dem Fuß weg. Der schnappte nach dem Klettverschluss der Sandale, ergriff dann aber kläffend das Weite. Seine gebleichten Pfoten rutschten beim Laufen über den Laminatboden in Buchenoptik. »Entschuldige bitte«, sagte sie, »der Butzi freut sich immer so, wenn Besuch kommt.«

Sie bat Eva ins Wohnzimmer, das penibel aufgeräumt war. Vermutlich war alles an umherliegendem Mist zuvor verheizt worden. Der Kachelofen war noch warm. Auf dem Wohnzimmertisch lag ein gehäkeltes Spitzendeckerl. Die Nachbarin holte Korkuntersetzer, legte diese auf das Spitzendeckerl und platzierte die Sektgläser darauf. Bleikristall. Einen Aschenbecher aus Bleikristall gab es auch, aber geraucht wurde hier nicht. Im Aschenbecher lagen die Rabattmarkerl einer Supermarktkette. Eva blickte sich um, Einbaumöbel aus Kirsche, überall Nippes. Engel, Porzellanrosen. Ein Kalender mit Sprüchen. »Ehrlichkeit ist ein teures Geschenk, das man von billigen Menschen nicht erwarten kann«, stand da.

»Nett habt ihr es«, lobte Eva höflich.

»Ja gell, den Einbauschrank hat uns ein Tischler aus der Oststeiermark gemacht, der arbeitet super sauber, der saugt sogar den ganzen Dreck selber weg. Mit dem kann man auch reden, wegen der Rechnung.« Sie zwinkerte Eva verschwörerisch zu. »Falls ihr mal wen in der Richtung braucht.«

»Du, danke, aber der Paul hat da eh seine Kontakte.«

»Ich wollt es nur gesagt haben.« Die Nachbarin wirkte ein bisschen eingeschnappt.

Eva blickte aus dem Fenster. Auf der Konifere vor dem Wohnzimmerfenster balancierte ein Vogel. Eine Fliege kroch über die Scheibe, aber sie würde nicht mehr lange kriechen. Eine pestizidgetränkte Klebeblume versperrte ihr den Weg. Orangefarbene Vorhänge und gelbe Gardinen schufen einen dramatisch farbstarken Rahmen für ihren schleichenden Tod.

Die Nachbarin öffnete eine Schachtel mit Knabbergebäck. Party-Mix vom Diskonter.

»Jetzt erzähl einmal, wie es dir geht, ich bin ja froh, dass wir endlich wieder Nachbarn haben. Schon wegen den Einbrechern. Man fühlt sich einfach sicherer. Es steht ja so viel leer im Dorf. Die Jungen wollen nichts übernehmen und ziehen weg, und dann verfällt alles. Oder sie streiten sich ewig übers Erbe. Es will ja keiner mehr was arbeiten. Hast du gehört, dass der Michelbauer oben an der Kreuzung seinen Buben enterbt hat? Weil der ist spielsüchtig. Computerpoker. Da würd nur alles den Bach runtergehen. Da ist es besser, er lasst den Buam durch die Finger schauen und verkauft den Arkadenhof teurer an so an depperten Zuagroasten.« Sie schlug sich die Hand vor den Mund. »Euch hab ich natürlich nicht gemeint, ich rede von den anderen Wienern.«

Eine betretene Pause entstand. Die Nachbarin griff zum Glas.

»Schön, dass ma endlich einmal auf unsere Nachbarschaft anstoßen können!« Sie prostete Eva zu. »Ich seh' dich immer so fleißig im Garten, hast neue Beete angelegt, gell.«

Eva nickte. »Wir haben uns Inkaerde liefern lassen. Die soll ja für immer fruchtbar …«

»So a Blödsinn«, unterbrach die Nachbarin sie rüde. »Mit dem biologischen Zeugs holst dir nur a Unkraut in den Garten.« Sie hob spielerisch drohend den Finger: »Wehe, ihr schleppt mir das Ragweed* ein. Aber ich verrat dir was. Zum Glück hat der Heinzi noch eine Quelle fürs Glyphosat**. Falls ihr mal was braucht ...«

»Du, ich wär da vorsichtig, Glyphosat ist krebserregend«, sagte Eva.

»So a Blödsinn, von einem Pflanzenschutzmittel kriegst keinen Krebs. Der Krebs, der kommt von der Psyche. Die, die vor euch in dem Haus gewohnt haben, da hat die Frau einen Unterleibskrebs gekriegt. Das war nur psychisch, wegen der Scheidung.« Sie schüttelte bedauernd den Kopf. »Die Leute lassen sich heute viel zu leicht scheiden. Eine gute Ehe, das ist harte Arbeit. Das musst wollen. Wenn der Heinzi und ich uns nicht so bemühen täten, wären wir schon lang nicht mehr zusammen. Aber die Leute heute denken ja nur an ihr Vergnügen. Lauter Egoisten. Keine Moral.«

Die Nachbarin blickte bedeutungsvoll in ihr Kristallglas, dann schaute sie Eva prüfend in die Augen.

»Ich verrat dir jetzt ein Geheimnis: Kennst die Gerlinde drei Häuser unter dir?«

Eva schüttelte den Kopf.

»Ich glaub, die ist eine Geheimprostituierte. Jeden Nachmittag schickt die ihre Kinder auf die Straße. Weil die Mama ist müde, die Mama muss sich hinlegen, die Mama muss sich ausrasten. Und dabei sind fremde Autos in der Straße geparkt.«

Die Nachbarin senkte verschwörerisch die Stimme.

»Ich bin sicher, die hat Männerbesuch. So was von sicher bin ich mir. Aber von mir hast das nicht. Gell. Ob das nicht der Callboy aus Unterwart ist. Das ist ein Araber oder ein Albanier oder ein Afghane, so ein Murl von da unten halt.

---

* Invasive Pflanze, die Allergien auslösen kann.
** Umstrittener Wirkstoff zur Unkrautbekämpfung.

Der macht kleine Reparaturen und Gartenarbeiten. Aber jeder weiß, was los ist. Das kommt davon, wenn die Männer die ganze Woche in Wien sind. Früher war in Oberwart in den Discos am Donnerstag Damentag. Da bist mit der Freundin hin, und dann haben die Frauen miteinander getanzt und was getrunken und dann sind sie wieder heim. Ganz anständig war das. Aber heute hamma orientalische Callboys in Unterwart. Die Welt steht nicht mehr lang.«

Eva stand der Mund offen. Ein Partycracker mit Sesam klebte unangenehm an ihrem Gaumen. Sie spülte ihn mit dem halbsüßen Prosecco runter, obwohl sie langsam Kopfweh davon bekam. »Kann ich bitte ein Glas Wasser haben?«

»Klar, wir haben einen Wasserfilter, da bleibt der ganze Kalk und der Dreck aus den Rohren hängen, man weiß ja nie, was da im Leitungswasser drinnen ist. Der Heinzi war mal Wasserwart, das willst gar nicht wissen, was da so in den Rohren schwimmt.«

Eva schwirrte schon der Kopf. Aber der Redeschwall der Nachbarin nahm kein Ende. Sie hechelte einen Dorfbewohner nach dem anderen durch. Geburt, Hochzeit, Scheidung, wer gestorben war, bald sterben würde oder zumindest ins Altersheim abgeschoben wurde. Nur zur größten Enttäuschung der Nachbarin kannte Eva die Betroffenen nicht. Das machte das Ausrichten nur halb so lustig.

»Ja habt ihr denn noch gar niemanden kennengelernt?«, fragte sie schließlich frustriert.

»Doch, kennst du die Zieserls? Die waren gestern bei uns zu Besuch.«

»Soso, die Zieserls.«

»Ist was mit denen?«

»Na, die Zieserl is ka Guade.«

»Wie meinst du das?«

»Ich mein, dass die ein fleißiges Wischperl hat.«

»Ein was?«

Eva stand noch immer auf der Leitung.

»Na, die is a Flitschn. Du, da würd ich aufpassen! Die Zieserl hat kan Genierer. Die krallt sich deinen Mann, so schnell kannst nicht schauen. Übrigens, wenn ihr bei euch den Weg weiter Richtung Wald fahrt, gibt es da eine Stelle, da ist alles voll mit Gummis. Die fahren da alle in den Wald zum Pudern. Magst vielleicht einen Eierlikör? Ich hab noch einen von Ostern über. Die Hendln legen grad wie verrückt.«

Eva verneinte. Ihr wurde schlecht. Sie wusste nicht, ob von dem bösen Getratsche oder von dem vielen Alkohol oder von dem giftigen Rauch, der vermutlich immer noch wie eine Glocke über dem Haus schwebte.

»Ich glaub, ich muss jetzt gehen, die neue Putzfrau kommt heute zum ersten Mal, und der muss ich alles erklären.«

»Ich hoff, es ist keine Ungarin, die putzen alle so langsam«, sagte die Nachbarin.

Eva schaute auf die Uhr. Die ungarische Putzfrau würde erst in einer halben Stunde kommen. Aber sie hatte Lust auf eine Dusche. Obwohl sie die letzte Stunde in so einem blitzsauberen Haus gewesen war, fühlte sie sich auf einmal richtig dreckig.

Kaum hatte Eva das Haus verlassen, griff die Nachbarin zum Telefon. »Gerlinde, hallo, ich bin's. Bist allein? Wie, nein. Dann schick die Kinder halt raus, wenn die so einen Lärm machen. Ich muss dir was erzählen. Du, die Zuagroaste war grad bei mir. Du wirst es nicht glauben, die Zieserl war auch schon bei denen. Ich fress einen Besen, wenn die nicht schon längst was mit dem Architekten laufen hat. Der ist ja genau ihr Typ. Erinnerst dich noch an den Fleischhacker, mit dem die Zieserl vorher das Pantscherl gehabt hat?

Der hat genauso ausgeschaut. Der gleiche Typ. So ähnlich wie der Hillinger, ja.

Wie die sonst ist, die Eva? Ja eh nett. Ein bisserl naiv. Die kauft auch diese sauteure Unkrauterde. Die Blöden sterben halt nicht aus. Und wenn sie aussterben, ziehen neue her. Du, Gerlinde, ich muss aufhören, bei mir läutet es. Mein Gärtner ist da.«

»The Final Countdown« ertönte. Die Nachbarin öffnete die Tür. Der Mann war Anfang 20, und hätte er nicht diesen dunklen Dreitagebart gehabt, hätte man ihn noch jünger geschätzt. Seine Gesichtszüge waren fein, mit hohen Wangenknochen und schräg geschnittenen Augen, dunkelbraun wie Schokolinsen. Sein dichtes schwarzes Haar hatte er mit Gel gebändigt. Er war nur einen knappen Kopf größer als die Nachbarin. Und wirkte auf eine anziehende Art feminin und maskulin zugleich. Er trug Jeans, T-Shirt und Turnschuhe. Seine Kleidung war alt, aber gepflegt, genauso wie das Fahrrad, das er bei sich hatte.

Die Nachbarin ging in die Garage und kam mit einer Unkrautspritze zurück. »Du heute Terrassenfugen sauber machen, verstehen? Aber aufpassen, nix einatmen, ist giftig. Und danach reinkommen, duschen. Ich auf dich warten.«

KAPITEL 9
VERAS ALLTAG

Katzen sind Raubtiere und fressen im Notfall alles, was ihnen das Überleben sichert – auch wenn es Herrchen oder Frauchen ist. Da sie eine Vorliebe für frisches Fleisch haben, knabbern sie besonders gerne an Leichen im frühen Stadium der Verwesung. Bevorzugt werden exponierte Körperteile wie Nase, Mund, Hände oder Füße angefressen.

»Rexi, Reeeexi, Reeeeeeeeeeexxxxxxiii.« Vera wurde durch lautstarkes Rufen aus dem Schlaf gerissen. Sie blickte auf das Display ihres Handys, das neben ihr am Nachtkasterl lag. 5.35 Uhr. »Reeeeeeeeexxxxxxxxiiiiiiiiiii, wo bist denn, do kimm her, Rexi, jo wo is denn mei Rexi, braver Rexi, kimm zum Frauli, REEEEEEEEEEEEXXXXIIIIII.« Die Stimme der Nachbarin überschlug sich fast. Aber der Rexi stellte sich taub oder war es längst geworden. Vera seufzte tief und zog sich die Decke über den Kopf. Das mit dem ruhigen Landleben war ein Mythos. Die Nachbarin hatte ihren Schäferhund wie immer frühmorgens zum Äußerln rausgelassen, und der Rexi dachte – ebenfalls wie immer frühmorgens – nicht im Traum daran, wieder ins Nachbarhaus zurückzukehren. Vera mochte die Nachbarin, sie mochte auch den Rexi. Aber an Schlaf war jetzt nicht mehr zu denken, und außerdem war es eh langsam Zeit aufzustehen. Sie stieg aus dem Bett und ging schlaftrunken zum

Fenster, um zu checken, wie das Wetter heute war. Es war grau und sah windig aus. Eher November als Anfang Mai. Rexi hob gerade das Bein und pinkelte gegen den gelben Sack mit Plastikmüll, den Vera gestern an den Straßenrand gestellt hatte.

Hier am Land gab es ein genaues System, an welchen Tagen in welchen Ortsteilen Restmüll, Papier oder der gelbe Sack von der Müllabfuhr abgeholt wurde. Die Bewohner stellten dann Tonnen und Müllsäcke an den Straßenrand. Weil nur wenige den Plan auswendig konnten, richtete man sich nach dem, der als Erstes damit begann. Nicht auszudenken, was passieren würde, würde sich jemand einen Scherz erlauben und zum Beispiel an einem Plastikabholtag Papier hinausstellen. Der Nachahmeffekt würde das Dorf ins Chaos stürzen.

Der Nachbar schräg vis-à-vis hatte einen schwarzen Müllsack hinausgestellt. Vermutlich waren ihm die gelben Säcke, die man bei der Gemeinde bekam, ausgegangen. Neben dem Müllsack stand ein Sechsertragerl Puntigamer Bier. Offenbar ein Bestechungsversuch an die Müllabfuhr, damit die Männer über die Farbverfehlung hinwegsahen. Irgendwann schreib ich mal ein Buch über das alles hier, dachte Vera.

Sie öffnete langsam die Tür zu Lettas Kabuff. »Letta, aufstehen, heute ist Schule.«

Letta stöhnte grantig. Dass der Schulbus schon um 6.40 Uhr fuhr, weil die Schule hier am Land um 7.25 Uhr begann, kam für sie einer Folter gleich. »Dafür bist schon um 13 Uhr fertig mit allem«, hatte Oma Hilda getröstet. Aber Letta wusste nicht, wofür sie fertig sein sollte. Für endlose langweilige Nachmittage in der Einöde? Vera füllte Kaffee und Wasser in die Bialetti und stellte den Espressokocher auf den Herd. Sie wusste nicht, ob es vertretbar war, dass eine 13-Jährige starken italienischen Kaffee trank, aber anders kam Letta in der Früh gar nicht in die Gänge, und außerdem gab sie eh reichlich Milch dazu. An Frühstück war um diese Uhrzeit nicht zu denken. Vera packte ihr eine Jause ein. Einen Apfel, den Letta wochenlang zur Schule hin und wieder zurück tragen würde, bis er angeschlagen und faul weggeworfen werden würde, und ein Vollkornbrot mit Hummus und Paprika, das noch heute im Mist landen würde. Letta würde sich später beim Schulautomaten eine in Plastik eingepackte Zimtschnecke rausdrücken, die voller Chemie und Transfette war. Aber Vera hatte keinen Nerv mehr für die ewige Schuljausen-Diskussion. Sie beschloss, in der Apotheke Vitamintabletten für Letta zu kaufen. Als Ausgleich.

Letta zog sich missmutig ihre Jeansjacke an, schulterte ihren Rucksack und ging zu Tür. »Ciao, mein Schatz, hab viel Spaß«, sagte Vera betont fröhlich.

»Werd ich haben«, sagte Letta. »In zwei Jahren. Sobald ich Geld verdienen darf, ziehe ich nach Wien zurück.«

»Du schmeißt die Schule sicher nicht, du machst Matura!«, rief Vera, aber sie war sich nicht sicher, ob Letta das noch gehört hatte. Die Tür war bereits krachend ins Schloss gefallen.

Vera atmete tief durch. Die Katze strich um ihre Beine. Sie hatte Lettas Abgang genutzt, um durch die offene Tür blitzschnell ins Haus zu kommen. Sie war schon da gewesen, bevor Letta und Vera ins Urliomahaus eingezogen waren. Sie war grau, alt, struppig und namenlos. Sie gehörte niemandem und fraß bei jedem, der ein weiches Herz hatte und sie fütterte. Vera hatte ein weiches Herz. Sie riss einen Softbeutel Katzenfutter auf und ärgerte sich, dass wie jedes Mal beim Öffnen ein bisschen was vom Inhalt auf ihre Hand spritzte. Irgendwann würde sie dem Katzenfutter-Hersteller ein Beschwerdemail schreiben. Konnte der seinen depperten Katzenfuttersoftbeutel-Aufreißfalz nicht spritzsicher designen? Ihre Laune war am Tiefpunkt.

Und das nicht nur, weil sie vom Geschrei der Rexibesitzerin geweckt worden war, weil Letta die Schule schmeißen wollte und ihre Hand mit ekligem Katzenfutter bespritzt war. Sie wusste zum ersten Mal in ihrem Leben nicht, wie es wirklich weitergehen sollte.

Sie hatte kaum mehr Geld auf dem Konto und noch schlimmer, sie hatte keine Perspektive.

Sie schnappte sich ihren Laptop und checkte die Mails. Das erste war von ihrer Hausbank. Ihr Kundenberater hatte eine digitale Nachricht in ihrem Postfach hinterlassen. Vermutlich ging es um ihren voll ausgeschöpften Überziehungsrahmen. Vera löschte das Mail. Das war das Gute an der Digitalisierung. Man musste sich nicht mehr persönlich mit solchen Lästigkeiten befassen. Der Avatar des Kundenberaters, den sie eh nicht persönlich kannte, konnte in der virtuellen Mailbox versauern.

Veras Handy läutete. Es war Eva. »Hi, geht's dir gut?«

»Oh hallo, ja danke, ich sitz gerade am Computer.« Das klang zumindest beschäftigt. Sie musste ja nicht sagen, dass sie schon fast so weit war, sich im Internet Katzenvideos anzuschauen.

»Du, ich ruf dich eh wegen was Beruflichem an. Du hast doch gesagt, dass du auch Homepage-Texte schreibst. Also, der Paul hat doch jetzt ein neues Planungsbüro, der würde einen Text für seinen neuen Webauftritt brauchen.«

Vera horchte auf. Das kam ja wie gerufen.

»Viel zahlen kann er aktuell aber nicht«, dämpfte Eva Veras aufkeimende Begeisterung. »Er stellt sich ja beruflich gerade erst wieder neu auf. Es ist aber echt nicht viel Text. Er braucht nur eine Startseite und eine kurze Bio und vielleicht die Beschreibung von ein, zwei Projekten, damit die Leute hier herunten sich ein Bild darüber machen können, wer er ist und was er so macht.« Eva nannte den Betrag, den Paul als Honorar veranschlagt hatte. Der war so klein, dass der Paul dafür nicht mal einen halben Designerturnschuh hätte kaufen können. Eine Wiener Agentur hätte dafür nicht einmal einen Dreizeiler getextet. Aber Vera war nicht mehr in Wien. Sie knirschte innerlich mit den Zähnen, sagte aber dennoch ja. Lettas Zimtschnecken in Plastik mussten ja irgendwie finanziert werden.

»Ich schick dir auch gleich eine Mail mit allen Infos.«

»Ist gut, ich danke dir, wir sehen uns dann eh beim nächsten Gartentreffen.« Noch während sich Eva verabschiedete, fuhr Vera ihren Webbrowser hoch. Sie wollte mal sehen, was der WeltWeiteWahnsinn über Paul ausspuckte.

Sie tippte Pauls Namen in die Suchmaschine und begann mit einer Bildsuche. Das Ergebnis war nicht besonders aussagekräftig. Es waren entweder Bilder von modernen Häusern, die geradlinig wie Duplo-Steine waren, nur nicht so bunt, oder Porträts, die Paul von seiner besten Seite zeigten. Paul beim Handshake mit dem Landeshauptmann, Paul bei einer Veranstaltung zum Thema »Visionäres Wohnen«, Paul beim Spatenstich für das »Seewinkler Inselparadies«. Fesch war er ja, der Paul. Und charismatisch. Er stand auf allen Bildern aufrecht – Siegerlächeln. Siegerpose. Vera, die bucklig vor dem Laptop gesessen hatte, straffte unbewusst ihre hängenden Schultern und verzog den Mund zu einer Grimasse.

Eva hatte gesagt, Paul hätte gerne Infos über seine Projekte. Vera startete eine neue Suche zum Thema »Seewinkler Inselparadies«. Die Artikel, die sie dazu fand, hatten wohl eins zu eins den PR-Text übernommen. Wohnluxus am Wasser, stylische Residenzen am See, zeitgemäße Architektur, Imagegewinn für die Region. Die Beiträge überschlugen sich fast vor Lobhudeleien. Ein einziges Magazin witterte Verstöße gegen die für die Seeregion geltenden UNESCO-Weltkulturerbe-Schutzbestimmungen. In den Kommentaren zum Artikel war eine erbitterte Diskussion zwischen Befürwortern der Siedlung und Umweltschützern entbrannt. Ein Kommentar weckte besonders ihre Aufmerksamkeit: »Die Siedlung kannst demnächst eh mit dem Bagger in den See schieben, die Häuser sind jetzt schon feucht und schimmlig«, schrieb ein gewisser CostaPannonius.

Sie öffnete ein neues Suchfenster und tippte auf gut Glück »Seewinkler Inselparadies« und »Baumängel« ein. Bingo! In kürzester Zeit fand sie einen Chat, in dem betroffene Käufer ihr Leid klagten. Risse im Putz, feuchte Flecken zwischen Glasflächen und Wand, Flachdächer, bei denen es hineinregnete. Offenbar waren die Nachbesserungsarbeiten noch im Gange. Ob der adrette Paul da wohl geschlampt hatte? Komisch, dass davon kaum was in den Medien war.

»Du sollst keinen Aufdeckerartikel schreiben, sondern Werbung für den Typen machen«, schalt sich Vera selbst. »Dafür wirst du bezahlt.«

Dennoch saß sie noch eine ganze Zeit lang nachdenklich vor dem Computer. Bis sie plötzlich aufgeregtes Gegacker hochschrecken ließ. Sie lief nach draußen. In einer der Blumenkisten vor dem Haus lag ein Ei. Davor lief laut gackernd ein Huhn auf und ab. Vera traute ihren Augen nicht. Sie wusste, dass sie ganz sicher kein Huhn besaß. Auch niemand von den unmittelbaren Nachbarn besaß Hühner. Wo das wohl herkam? Das Huhn war rot-braun und weiß gesprenkelt und sah etwas zerrupft aus. Sein Hals war ganz kahl. Vermutlich das letzte in der Hackordnung, das auf der Suche nach einem sicheren Legeplatz vor seinen Artgenossen geflüchtet war. Vera nahm das Ei in die Hand. Es war noch ganz warm. Das Huhn schien bereits das Interesse an seinem Ei verloren zu haben. Es stolzierte Richtung Garten davon und machte sich über den Salat her, der in einem der Beete aufkam. Na toll, dachte Vera. Kurz überlegte sie, das Huhn zu verscheuchen, aber andererseits war ein frisches Ei im Gegenzug für ein paar mickrige Salatpflanzerln ein guter Tausch. Und außerdem liebte Letta Tiere. Vielleicht würde sie das Huhn auf andere Gedanken bringen.

Vera hatte panische Angst um Letta, seit sie zum ersten Mal bemerkt hatte, dass Letta alles zu Hause hortete, was scharf war. Messer, Scheren, Rasierklingen, Teppichcutter, Glasscherben.

Ritzen ist ein merkwürdiges Phänomen: Während die meisten Menschen Schmerzen oder körperliche Schäden instinktiv vermeiden, schneiden sich andere selbst. Meist sind es Jugendliche, in aller Regel Mädchen.

Letta wusste selbst nicht mehr, wie es angefangen hatte. Eigentlich war alles wie immer gewesen. Stress in der Schule, Streit mit ihrer Mutter. Die beiden hatten sich angeschrien, Letta war ins Badezimmer der weitläufigen Wiener Altbauwohnung geflüchtet. Auf dem Rand der Wanne war Veras Rasierer gelegen. Letta hatte danach gegriffen und dann die Klinge ganz langsam über ihren linken Unterarm gezogen. Einmal. Und dann noch einmal. Und noch einmal. Es war ein schönes Gefühl gewesen, es hatte Erleichterung gebracht. An diesem Tag hatte sie sich zum ersten Mal selbst verletzt.

Monatelang war es ihr gelungen, die blutigen Schnitte und Narben zu verstecken. Sie trug lange Shirts, sogar im Hochsommer, wenn es draußen 35 Grad im Schatten hatte. Sie zog sich für den Turnunterricht auf dem Klo um und verdeckte ihre Unterarme mit Stulpen oder unzähligen Armketten und Festivalbändern.

Vera hatte »es« vom Klassenvorstand des Wiener Gymnasiums erfahren, das Letta damals besuchte. Andere Mütter hatten sich beschwert, dass Letta ihre Töchter mit dieser Ritzerei »angesteckt« hätte.

Vera hatte Letta die Jacke vom Leib gerissen und die Narben gesehen. Narben, die alt und silbrig weiß waren, geometrisch wie ein Spinnennetz. Narben, die frisch und rot waren und wulstig hervortraten. Narben, die von Verzweiflung zeugten.

»Warum tust du das?«, hatte Vera gefragt.

»Es hilft mir, die Traurigkeit auszuhalten«, hatte Letta geantwortet. Woher diese Traurigkeit käme? Schweigen.

»Das ist nur eine Modeerscheinung, eine pubertäre Phase, das tun jetzt alle Mädchen«, hatten Veras Freundinnen sie beruhigt. »Wir hatten damals alle Essstörungen, und die heute ritzen sich. Da geht es um den Kick.«

Aber Vera fühlte trotzdem ein nagendes Gefühl der Schuld. Letta war anders, sie war schon durch ihre Hautfarbe auf den ersten Blick anders, und daran war nur sie, ihre Mutter, schuld.

»Letta spürt sich nicht«, hatte die Schulpsychologin gesagt. »Sie steht neben sich. In so einer Situation lässt einen der Schmerz wenigstens irgendetwas spüren. Wenn Blut fließt, merkt sie, dass sie noch am Leben ist.«

»Letta idealisiert das Leiden«, hatte der Klassenvorstand gesagt: »Wir haben ›Die Leiden des jungen Werther‹ durchgenommen. Und während der Rest der Klasse die Leiden als erbärmlich übertrieben und Werther als Vaserl bezeichnet hat, hat Letta ihn glühend verteidigt.«

Vera hatte Letta zehn Mal zum Psychiater geschickt. Die Ritzerei hatte aufgehört, aber Letta war immer noch traurig. Die anderen Mütter hatten ihren Töchtern den Umgang mit Letta verboten.

»Das Mädel gehört aufs Land, hier kommt sie auf andere Gedanken«, hatte Oma Hilda gesagt. Und in Veras aktueller beruflicher Situation war der Umzug ins Südburgenland ohnehin die einzige Lösung. Eine neue Schule, ein neuer Start, neue Freunde. Tanzunterricht, damit Letta sich wieder spüren konnte. Vera hoffte, dass sich ihre Erwartungen erfüllen würden.

TRAUERARBEIT
AKT 5

Ich entwickelte kleine Rituale, die mir halfen, mit seinem Tod fertigzuwerden. Wenn die Trauer zu schlimm wurde, fing ich an, Dinge zu streicheln, die er mir hinterlassen hatte. Ich fuhr täglich zum Friedhof und putzte wie verrückt seinen Grabstein, so wie ich früher die schmutzigen Fenster in unserer Wohnung geputzt hatte. Ich sprach viel mit ihm, als würde er neben mir stehen. Und irgendwann antwortete er. Er sagte zu mir: »Du musst etwas tun. Du darfst ihn nicht einfach damit davonkommen lassen.«

KAPITEL 10
PAUL UND DIE ZIESERL

Im Auge einer männlichen Fliege gibt es eine bestimmte Region, die »Liebesstelle« genannt wird. Sie wird verwendet, um weibliche Fliegen zu entdecken und zu jagen. Dieser »Spot« befindet sich in der dorso-frontalen Region ihrer Augen und wird unter anderem benutzt, um eine potenzielle Partnerin im Flug im Auge zu behalten.

Paul wusste, am besten lügt man, wenn man haarscharf an der Wahrheit vorbeischrammt. Er erzählte Eva, dass er nach Graz musste, um den Ziviltechniker zu treffen, den er ob seines fehlenden Architektentitels benötigte, damit dieser gegen Bares seinen Stempel auf Pauls Einreichpläne setzte. Er erzählte Eva allerdings nicht, dass er danach noch die Zieserl auf einen Spritzer in einem Grazer Café treffen würde.

Sylvia Zieserl wiederum hatte ihrem Gatten erzählt, sie müsse nach Graz zum Chiropraktiker, weil sie seit ihrer Brustvergrößerung unter Rückenschmerzen litt. Die Titten waren sein Geschenk zu ihrem 40. gewesen. Jetzt würde Paul von diesem Geschenk profitieren.

Da war er sich 100-prozentig sicher. Die Zieserl hatte sofort auf seine Freundschaftsanfrage auf Facebook geantwortet. Ihr Gatte übrigens auch. Der ahnungslose Depp.

Paul wusste, dass er die Zieserl vögeln würde, seit er ihr das erste Mal Feuer gegeben hatte. Die hatte ihn an diesem

Abend so auf eine bestimmte Art angeschaut. So auf eine verdorbene Art. Er wusste sofort, dass da was gehen könnte. Er hatte so was immer schon gewusst. Er kannte diesen Typ Frau. Das war eine, die es früher richtig wild getrieben hatte und sich dann aus Berechnung einen reichen, aber langweiligen Mann geangelt hatte, der es nie verstanden hatte, es ihr ordentlich zu besorgen. Die Höhepunkte dieser Ehe waren die monatlichen Treffen mit der Oberwarter Hautevolee. Nun, das würde er ändern.

Die Zieserl saß schon im Café, als Paul dort ankam. Er hatte sich absichtlich etwas Zeit gelassen. Die Erfahrung hatte ihm gezeigt, dass die Hasen mehr spurten, wenn man sie ein bisschen zappeln ließ. Sylvia sah scharf aus. Enges, weit ausgeschnittenes Top, Push-up-BH. Die Augen hatte sie wieder schwarz umrandet. Sie musterte Paul kühl. »Wenn du mich kennenlernen willst, musst du dich beeilen. Ich geh nämlich gleich wieder.«

Paul zog amüsiert die Augenbrauen hoch. »Dann verlieren wir am besten keine Zeit.«

*

Eva spürte sofort, dass etwas anders war, als Paul gegen 22 Uhr aus Graz zurückkam. Er hatte diese selbstzufriedene Aura, die er immer hatte, wenn er sich als Mann bestätigt fühlte.

Sie schnupperte verstohlen an ihm, als er sie zu Begrüßung auf den Mund küsste. Er roch wie immer. Weder frisch geduscht noch verschwitzt, sondern so steril, als hätte er nach dem Sex ohne Duschgel geduscht. Beides hatte sie in der Vergangenheit schon erlebt. Vielleicht bildete sie sich das Ganze doch nur ein und sah Gespenster. Paul hatte ihr ja versprochen, dass der Umzug in den Süden ein neuer Start war.

»Carla schläft schon. Wir hatten Pastaauflauf, soll ich dir was aufwärmen?«

»Ich hab keinen Hunger, ich hab schon mit dem Nemeth gegessen. Der erwartet ja jedes Mal, dass ich ihn zum Essen ausführe. Dabei zahl ich ihm echt genug für seine depperten Stempel.«

Eva nickte verständnisvoll. Dass der Nemeth den Hals nicht vollbekam, war ein ständiges Problem ihres Leider-nein-Architekten-Gatten.

»Ich hab aber an anderen Hunger!« Paul blickte sie treuherzig an. Eva trug eine rosa Flanellpyjamahose mit weißen Herzen, ein grünes Kapuzen-T-Shirt und rosa Kunstfrotteesocken. Ihr war null nach Sex zumute. Aber wenn Paul lächelte, hatte er immer noch dieses Grübchen auf der linken Wange, in das sie sich mit 15 verliebt hatte.

»Komm her, ich hatte einen echt stressigen Tag, du könntest mir helfen, mich zu entspannen.« Eva zögerte. Sie hatte als quasi Alleinerzieherin auch einen stressigen Tag gehabt. Sie hatte zwar null Lust, aber sie wollte Pauls gute Laune nicht zerstören. Ein fröhlicher Paul war ihr allemal lieber als ein verletzender, zynischer Paul. Außerdem war es echt schon ewig her, seit sie miteinander geschlafen hatten. Sie sollten es wirklich wieder mal tun. Warum nicht jetzt. Dann würde sie vielleicht auch wieder mehr Lust auf Sex bekommen. Mit Sex ist das ja eine ganz komische Sache. Je weniger man hat, desto weniger geht er einem ab. Zumindest war das bei Eva so.

»Wir könnten auch wieder die Spielzeugkiste aufmachen«, flüsterte er ihr ins Ohr.

Eva erstarrte. Als vor zehn Jahren »Fifty Shades of Grey« herausgekommen war, war Paul auf den Bondage Trip aufgesprungen und hatte seinen Fitnessraum in eine Sado-Maso-

Kammer verwandelt. Eva hatte das Ganze gar nicht getaugt, sehr zu seinem Missfallen. Als Mutter eines Kleinkindes war sie mit durchwachten Nächten und vom Stillen wunden Brustwarzen schon genug gefoltert. Sie brauchte Zärtlichkeit und Schlaf und keinen Ehemann, der ihr Brustklammern anlegte und auf strenge Kammer machte.

Zum Glück hatte sich das Ganze erledigt, als Carla größer wurde und ein solches Spielzimmer in einem Familienhaushalt nicht mehr vertretbar war. Die Sado-Maso-Accessoires wanderten in die Versenkung und wurden nie wieder gesehen. Eva hatte sie schon ganz vergessen. Paul grinste anzüglich: »Oder du könntest mir einen blasen.« Er war wirklich geil. Er hatte mit der Zieserl im Auto geschmust, als er sie zu ihrem Wagen gebracht hatte, den sie in der Grazer Tiefgarage geparkt hatte, und alles war nach Plan gelaufen. Aber dann hatte sie diese unnötige Masche »Ich bin keine Frau für eine schnelle Nummer« abgezogen und war davongefahren. Weiber.

Als Eva und Paul miteinander schliefen, dachten sie paradoxerweise beide an die Zieserl. Paul, weil er noch immer von den Titten der Zieserl angeturnt war. Und Eva, weil sie überlegte, ob Paul und die Zieserl wirklich nur Facebookfreunde waren.

Später, als er längst schlief und leise schnarchte, schlich Eva ins Badezimmer. Pauls Kleider lagen fein säuberlich über dem Badewannenrand. Sie tastete nach seiner Hose. Die Geldbörse steckte in der rechten hinteren Hosentasche. Eva klappte die Brieftasche mit zitternden Händen auf. Sie musste Gewissheit haben. Sie atmete auf, als sie die flache Verpackung mit dem kreisförmigen Inhalt ertastete. Eva vertrug die Pille nicht. Paul hatte immer eines seiner Spezialkondome in der Geldbörse. Er nahm ausschließlich diese Marke. Sie atmete erleichtert auf. Das Kondom war noch da.

KAPITEL 11
GARTENSEIFE

Skorpione gibt es auch im Süden Österreichs. Zur Paarungszeit verströmen die Weibchen Sexuallockstoffe, die die Männchen anlocken. Haben die Männchen ein paarungswilliges Weibchen gefunden, versuchen sie, dieses durch Zuckbewegungen in Paarungsstimmung zu versetzen. Hat das Männchen seine Partnerin »überzeugt«, greifen sie einander an den Scheren, und ein manchmal stundenlanger Paarungstanz beginnt.

»Duftstück mit Lavendel«, schrieb Johanna mit ihrer akkuraten Handschrift, die fast genauso lang gezogen und eckig war wie die Kurrentschrift ihrer Großmutter, auf die Etiketten. Johanna kriegte noch immer einen Zorn, wenn sie an das Gespräch mit dem Lebensmittelinspektor dachte. Der hatte ihr doch tatsächlich untersagt, ihre handgemachten Naturseifen zu verkaufen, zumindest solang, bis sie die dafür erforderlichen gesetzlichen Auflagen erfüllen würde.

Wochenlang hatte Johanna wegen dieser gesetzlichen Auflagen recherchiert. Die baulichen Veränderungen und Kosten, eine eigene Seifenküche zu installieren, wären da noch die geringste Hürde gewesen. Johanna hätte für jede einzelne Seifensorte ein Labor mit einer kostspieligen Sicherheitsbewertung beauftragen müssen. Ein Ding der Unmöglichkeit, denn sie erfand immer neue Seifensorten. Auch jede einzelne Banderole hätte sie einreichen und beäugen lassen müssen. Und für die Erlaubnis, diese Verpackung zu verwenden, hätte sie dann wieder teuer bezahlen müssen. Die Kosten wären in die Abertausende gegangen und das, obwohl sie pro Seife nur wenige Cent verdiente.

Da haben die großen Lobbyisten gute Arbeit gemacht und alles bis zum Erlöschen reguliert, ärgerte sich Johanna. Sie hasste Ungerechtigkeiten. Seifensieden war nichts, das von Konzernen betrieben werden sollte. Es war ein jahrhundertealtes Handwerk. Seife war sauber. Seife war nützlich. Seife hatte in der Corona-Krise Millionen Leuten das Leben gerettet.

Aber sie hatte eine Lösung gefunden. Sie nannte ihre Seifen einfach »Duftstücke« und schrieb dazu, dass man damit Unterwäscheladen parfümieren konnte. Was die Leute dann wirklich damit machten, war ja unkontrollierbar. Mal schauen, was der Lebensmittelinspektor dazu sagen würde.

Und sie würde sich Verbündete holen, ihr Wissen auch an die anderen Frauen im »Klub der Grünen Daumen« weitergeben. Johanna fand es gut, wenn es mehr Seifensiederinnen gab. Man könnte sich gemeinsam gegen die Auflagen der Lobbyisten auflehnen. Eine Seifensieder-Revolution. Das wäre doch herrlich befreiend, oder?

Eva hatte das Thema Seifensieden immer schon interessiert. Sie versprach sich davon innerfamiliär mehr Erfolg als von ihren ausgefallenen Marmeladensorten. Vera fand die Idee, Seifen zu kochen, auch spannend.

Auch die anderen Klubmitglieder waren wieder mit ihren obligatorischen Weidenkörben angerückt. Darin befanden sich heute neben Zettel und Notizblock auch diverse Zutaten für die Seifenküche. Getrocknete Blüten, Mohnsamen, Weizenkleie, ätherische Öle. Die Grundzutaten hatte Johanna besorgt.

Der Lehrgang fand in ihrer Wirtschaftsküche statt. Diese befand sich in der Garage ihres Hauses gleich neben dem Laden. Da Johanna kein Auto, sondern einen Lieferwagen besaß, den sie nur mit Mühe durch das enge Garagentor manövrieren konnte, hatte sie sich irgendwann entschieden, dass der Lieferwagen draußen bleiben musste. Stattdessen hatte sie sich hier den Traum einer Wirtschaftsküche erfüllt. Es gab eine tiefe Abwasch, um Gemüse, das sie vom Garten hereinbrachte, zu putzen, einen doppelt breiten Gasofen mit sechs Flammen, um Marmelade, Sugo und Chutney einzukochen, unzählige Holzregale mit Vorräten und einen großen Arbeitstisch. Die Regale und Arbeitsflächen waren jetzt mit Zeitungspapier abgedeckt.

Johanna sah aus, als wollte sie eine lebensnotwendige Operation durchführen. Sie trug eine Schutzbrille und eine Atemmaske. Ihre Hände steckten in langen dicken Gummihandschuhen.

»Seife sieden ist nicht gefährlich, wenn man sich genau an das Rezept und an die Sicherheitsbestimmungen hält«, sagte sie. »Aber wir produzieren eine Lauge, und eine Lauge ist ätzend, deswegen darf nichts davon in die Augen oder auf die Haut kommen. Falls ihr euch wirklich einmal auf der Haut verätzt, neutralisiert die Stelle mit Essig. Die Lauge entsteht, wenn wir Ätznatron mit Wasser mischen. Ätznatron bekommt ihr bei Isabella in der Drogerie. Wichtig, haltet euch beim Seifenmachen aufs Gramm genau an die Mengenabgaben.«

Vera hatte noch nie Ätznatron gesehen. Es sah kristallin aus, ein bisschen wie Meersalz. Kosten wäre aber vermutlich tödlich gewesen. Johanna maß mit einer Grammwaage die richtige Menge Natron ab. Dann schüttete sie es vorsichtig in ein Plastikgefäß, das die genau abgemessene Menge Wasser enthielt. Es begann zu rauchen und zu stinken wie früher in der Chemiestunde. Zum Glück war das Garagentor weit offen. Sie stellte das Gefäß auf den Tisch vor der Garage.

»Die Dämpfe dürft ihr auf keinen Fall einatmen. Durch die chemische Reaktion ist die Lauge jetzt auch sehr heiß geworden. Wir warten, bis sie auf 40 Grad abkühlt. Inzwischen erwärmen wir die Fette und Öle auf genau dieselbe Temperatur. Mag das eine von euch machen?«

»Ich nicht, ich stehe ohnehin den ganzen Tag am Herd«, feixte Mathilde, die tätowierte Köchin. Eva meldete sich und erwärmte diverse genau abgewogene Fette und Öle sorgfältig auf kleiner Flamme. Mit einem langen hitzebeständigen Thermometer überprüfte sie mehrmals, ob die Temperatur passte.

»Beides genau 40 Grad«, sagte sie schließlich stolz.

»Jetzt gießen wir die Lauge in die Ölmischung, immer so und nie umgekehrt«, sagte Johanna. »Man gießt ja auch das Natron ins Klo, um den Abfluss zu reinigen, und nicht das Klo ins Natron. So kann man sich das merken. Und jetzt umrühren«, sie griff zum Stabmixer. »Die moderne Hexe kann sich dabei ruhig der modernen Technik bedienen.«

Die Truppe sah gespannt zu, wie die vorher farblose Flüssigkeit unter dem gleichmäßigen Schlagen des Rührstabes immer trüber und dicklicher wurde, bis sie nach zehn Minuten aussah wie Vanillepudding. Man konnte an der Oberfläche mit dem Stab Schlieren ziehen.

»So, die Masse verteile ich jetzt in kleine Töpfe, und dann könnt ihr eure Seife individuell mit Pflegeöl anreichern, beduften und färben. Aber zieht euch bitte vorher Schutzkleidung an. Gerade wenn die Masse köstlich duftet, vergessen viele die nötigen Vorsichtsmaßnahmen.«

Vera entschied sich für eine Gartenseife mit Peelingeffekt. Sie reicherte die Grundseife mit Mohnsamen, duftendem

Zitronenöl und einem großen Schluck pflegendem Mohnöl an. Eva entschied sich für eine herbe Kräuterseife mit Muskatellersalbei und Rosmarin. Bei den anderen standen kulinarische Inhaltsstoffe wie Honig und Kaffee, Nussöle und Haferschrot hoch im Kurs.

»Jetzt könnt ihr die Seife in eure mitgebrachten Formen gießen«, sagte Johanna. Die meisten Anwesenden hatten ausgediente Tupperware mit. Nur Guerilla-Grete hatte ihre Rosenseife in Silikonbackmulden in Rosenform gegossen. Da hatte sich wohl eine wieder besonders gut vorbereitet.

»Die Seifenbehältnisse müssen über Nacht abgedeckt werden. Dann kommt die Seife in die Gelphase – die zweite Verseifungsphase. Nach 24 Stunden ist die Seife hart, und ihr könnt sie in Stücke schneiden. Und dann lasst ihr sie noch acht Wochen rasten, bevor ihr sie verwendet. Dadurch wird sie milder. Hier ist noch mal das Grundrezept. Ich hab es euch ausgedruckt.«

Eva überflog das Manuskript. »Oh verdammt, ich habe das Überfetten vergessen«, stöhnte sie, »macht das was?«

»Leider ja«, sagte Johanna. »Die Öle, in die wir die Lauge geschüttet haben, werden komplett verseift. Das Überfettungsöl am Schluss gibt man dazu, damit die Seife rückfettend und pflegend wird. Deine Seife ist jetzt vermutlich zu scharf und trocknet die Haut aus. Willst du nochmal von vorne anfangen? Wir können deine Seife aus der Form wieder in den Topf zurückleeren, noch mal erwärmen und Öle dazugeben. Ist halt ein bisschen eine Patzerei.«

»Nein, lass nur.« Sie wirkte enttäuscht.

»Ich schenk dir was von meiner Seife, wenn sie fertig ist«, tröstete Vera.

»Du kannst die Seife raspeln und als Waschpulverersatz verwenden«, schlug Johanna vor.

Eva zog eine Grimasse. Paul hatte null Toleranz für diesen Kräuterhexenquatsch, wie er den »Klub der Grünen Daumen« abschätzig nannte. Sie konnte sich jetzt schon sein Gesicht vorstellen, wenn eines seiner blütenweißen Hemden mit Kräuterflankerln aus der Maschine kommen würde.

»Ich geh jetzt«, sagte Eva und verabschiedete sich rasch von den anderen Kursteilnehmern. Irgendwie hatte sie das fehlgeschlagene Seifenprojekt deprimiert. Sie kam sich noch unfähiger und bedeutungsloser vor als sonst.

Als sie Johannas Laden verließ und zum Parkplatz ging, bremste sich ein Motorrad neben ihr ein. Eine klassische Harley Davidson. Der Lenker nahm den Halbschalenhelm ab. Finz fuhr sich mit den Fingern durch die verstrubbelten Haare. Er trug zerrissene Jeans, ein Pinkarocker T-Shirt und eine Lederjacke. Er sieht genauso aus wie die Typen, vor denen mich meine Eltern früher immer gewarnt haben, dachte Eva. Wenn die gewusst hätten, dass die Gefahr auch in Wildlederschuhen und Kaschmirpullis daherstolziert kommen konnte.

»Was ist los, seid ihr schon fertig?«

»Nein, aber ich habe keine Lust mehr. Was machst du hier?«

»Nur eine kleine Spritztour. Dann ist mir eingefallen, dass ihr heute euer wöchentliches Hexentreffen bei Johanna habt, und ich dachte, ich schau vorbei.«

»Ich wusste gar nicht, dass du ein Motorrad hast.«

»Das ist kein Motorrad, das ist ein Chopper, Baby«, hüstelte Finz mit rauer Stimme.

Ein Zitat aus »Pulp Fiction«. Eva erkannte es und musste lachen.

»Das war der Bruce Willis, oder?«

»Ja, aber das hab ich jetzt nur wegen der Pointe gesagt, das ist gar kein Chopper, sondern eine Sportster.«

Eva verstand nur Bahnhof, nickte aber dennoch wissend.

Finz grinste sie an. »Was ist, magst mitfahren?«

Eva kaute auf ihrer Unterlippe. Sie war noch nie auf einer Harley Davidson gesessen.

»Ohne Helm?«

»Du kannst meinen haben.«

»Und du?«

»Ich pass schon auf. Wir fahren nur auf den asphaltierten Güterwegen, okay?«

Eva zögerte. Sie wollte nicht, dass er sie für eine langweilige bürgerliche Hausfrau hielt. Und überhaupt. Motorradfahren war eines der Dinge, die man im Leben getan haben musste. Auch wenn man vielleicht draufkam, dass man es danach nie wieder tun wollen würde.

Er reichte ihr den Helm. »Komm schon, steig auf. Leg einfach deine Arme um mich und entspann dich.«

Das mit dem Entspannen war leichter gesagt als getan. Eva erschrak, als der Motor losröhrte und die Maschine zwischen ihren Beinen zu vibrieren begann. Finz lachte. Er drehte den Kopf zu ihr. »Gut festhalten!«

Sie legte die Arme um seine Taille und war ihm jetzt so nahe, dass sie ihn riechen konnte. Leder und Öl und irgendetwas Frisches. Pfefferminzshampoo.

Ihr Herz klopfte bis zum Hals. Gleichzeitig fühlte sie sich waghalsig und rebellisch. So, als würde sie etwas schrecklich Verbotenes tun.

Finz gab Gas. Das Motorrad kippte zur Seite und der Schotter spritzte ein bisschen, als er den Parkplatz verließ. Eva sank das Herz in die Hose. Am liebsten hätte sie gebrüllt, er sollte sofort wieder stehen bleiben, aber sie wollte sich keine Blöße geben. Sie kniff die Augen zu. Aber mit geschlossenen Augen war das Ganze noch bedrohlicher.

Finz schien ihre Angst zu spüren. Er fuhr ganz vorsichtig in großen Bogen in die Kurven und behielt auch auf den Geraden ein moderates Tempo bei.

Langsam ging Evas Pulsschlag auf Normalwerte zurück. Sie legte ihren Kopf auf Finz' Rücken. Der harte, aber auch behäbig wummernde Sound des Motors beruhigte sie, der weiche Sitz und die komfortabel ausgelegte Federung entspannten zusätzlich. Finz schien das zu spüren, denn jetzt beschleunigte er das Tempo wieder, ging mehr in die Kurve und ließ die schwere Maschine heraus beschleunigen. Bäume, Häuser und Zäune flogen an ihr vorbei. Sie fuhren auf einem Güterweg die Pinka entlang, sahen einen Storch auffliegen. Gelbe Rapsfelder, deren Blüten sich in der Sonne wiegten. Eva vertraute ihm jetzt voll und ganz. Sie hatte keine Angst mehr, dass das Motorrad in jeder Kurve umkippen könnte. Sie verlagerte ganz instinktiv ihr Gewicht, bewegte sich synchron zu Finz. Fühlte sich plötzlich wie eine Einheit mit ihm. Als sie nach einer halben Stunde wieder bei Johanna ankamen, war sie richtig high.

Finz nahm ihr den Helm ab und lächelte sie an. »Na, wie war das?«

Evas Augen leuchteten. Sie rang nach Worten. »Unglaublich, fantastisch.« Er wusste, es hatte sie voll erwischt.

TRAUERARBEIT AKT 6

Ich wusste nicht, was ich denken sollte, als sie mir das Säckchen mit den kleinen Stoffpuppen gaben. Jeder Puppe darf maximal eine Sorge erzählt werden, hieß es. Hat man sich alle Probleme von der Seele gesprochen, kommen die Figuren zurück in ihr Säckchen und werden unter das Kopfkissen gelegt. Sie kümmern sich nun die ganze Nacht darum, dass am nächsten Tag alles wieder positiver scheint. Am Morgen sind die erzählten Probleme dann halb so schlimm oder sogar ganz verschwunden. Die hatten ja keine Ahnung. Als sie gegangen waren, habe ich die Puppen aus dem Säckchen genommen und ihnen die Köpfe abgeschnitten.

KAPITEL 12
SYLVIA UND PAUL IM KELLERSTÖCKL

Forscher haben herausbekommen, dass Fruchtfliegen intensive Orgasmen haben. Unbefriedigte Fliegenmännchen neigen hingegen dem Alkohol zu. Man vermutet, dass der Umstand, ob sich ein Tier erfolgreich gepaart hat oder zurückgewiesen wurde, auch seine Motivation beeinflusst, Drogen zu nehmen.

Früher produzierten die Südburgenländer ihren Wein direkt im Weingarten, so entstanden die Kellerstöckl als Arbeitskeller mitten im Weinberg. Über den Erdkellern bauten die Besitzer kleine, einstöckige spitzgiebelige Bauten. Hier konnte man sich eine Mahlzeit kochen, sich besaufen und danach seinen Rausch ausschlafen. Der Opa saß nach getaner Arbeit vor seinem Kellerstöckl in der Sonne, rauchte sein Pfeiferl, in dem manchmal auch was anderes als Tabak war. Er feierte mit seinen Freunden, und manch einer hatte hier auch sein Gspusi. Denn die Opas und Omas waren auch nicht so brav und anständig, wie sie es uns immer glauben machen wollen.

Nach der Modernisierung im Weinbau waren die Kellerstöckl zu klein. Das Bewirtschaften der kleinen Hanglagen rechnete sich kaum mehr. Die Kellerstöckl begannen, vor sich hin zu rotten. Doch dann erkannten Tourismusmanager das unglaubliche Potenzial der winzigen Hütten im Nirgendwo. Sanfter Tourismus, zurück zur Natur. Entschleunigung. War es nicht genau das, nach dem sich der gestresste Städter sehnte?

Wenn man so ein Kellerstöckl zum Buschenschank, zur Gaststube oder zu einer Ferienwohnung umfunktionierte, konnte das eine echte Goldgrube sein.

Das dachte sich auch das Ehepaar Zieserl. Sylvia Zieserl hatte so ein Kellerstöckl am Hannersberg von ihren Eltern überschrieben bekommen. Den Weingarten hatten sie schon längst einem größeren Weinbauern verpachtet. Geld floss da keines. Die Pacht waren zwei Kisten Uhudler. Der Winzer tat ihnen ja noch einen Gefallen, dass er das schmale steile Grundstück überhaupt mitbetreute. Den Keller selbst nutzten die Zieserls kaum, höchstens, um im Sommer einmal eine Party zu feiern. Aber jetzt, wo sich alle Nachbarn mit ihren Kellerstöckl-Airbnbs eine goldene Nase verdienten, wollten auch die Zieserls am Kuchen mitnaschen.

»Ich werd den Paul bitten, sich das Ganze die Woche mal anzuschauen«, hatte die Sylvia ihrem Mann beiläufig erzählt. »Weil wenn, müssma das schon gscheit machen.«

Harald Zieserl hatte nur abwesend genickt. »Ja, mach nur.« Er war froh, wenn er nicht mit den Umbauplänen seiner Frau behelligt wurde. Als Chef der »Pannonia Bau« hatte er beruflich die ganze Zeit mit Plänen und Bauprojekten zu tun. Da wollte er sich nicht auch noch privat damit befassen. Und außerdem, der Paul würde sich eh um alles kümmern, und das hoffentlich gratis. Der profitierte ja von ihm. Eine Hand wäscht die andere.

Frauen schaffen Gelegenheiten, Männer nutzen sie, dachte Sylvia, als sie zum Hörer griff und Paul anrief, um ein Treffen am Hannersberg zu vereinbaren.

Paul war noch nie am Hannersberg gewesen. Die kurvige Straße durch den Wald hinauf auf den Berg wäre der Traum jedes Motoradfahrers gewesen. Nur »in der Fettn« möchte ich dann nicht runterfahren, kein Wunder, dass die Dauerbsoffenen sich alle da oben Hütten zum Übernachten gebaut haben, dachte er.

»Park dein Auto am besten beim Buschenschank in der oberen Kellergasse«, hatte die Sylva ihm erklärt. »Ich hol dich dort ab. Der Weg zu unserem Kellerstöckl ist nicht so leicht zu finden.«

Tatsächlich wollte sie vermeiden, dass der Paul direkt vor dem Grundstück parkte. Auch wenn ihr Mann Bescheid wusste, dass sie sich mit dem Paul am Hannersberg traf, wollte sie nicht die Aufmerksamkeit der extrem neugierigen Nachbarn wecken. Die würden sonst noch eine Stoppuhr stellen, wie lange sie und der Paul im Haus zugange waren. Und Sylvia hoffte schon, dass das eher länger als kürzer der Fall sein würde.

Paul grinste, als er die Sylvia in ihrem schwarzen Audi sah. Die hatte sich ja für eine nachmittägliche Hausbesichtigung ganz schön in Schale geschmissen. Kirschrotes Kleid, wieder mit phänomenalem Ausschnitt. Sylvia hatte ewig überlegt, ob sie eine Strumpfhose oder Strümpfe anziehen sollte. Eine Strumpfhose war halt mega unerotisch, aber halterlose Strümpfe oder gar Strapse hätten zu »vorbereitet« gewirkt. Gerade so, als ob sie eine Professionelle wäre, wo sie ihm doch in Graz gerade noch die »Ich bin eine anständige Frau-Nummer« vorgespielt hatte. Also entschied sie sich für nackte Beine, die sie am Vorabend noch mit Selbstbräuner getönt hatte. Wahnsinn, was man als Frau alles planen musste. Es war zwar noch ein bisserl zu kühl für nackte Beine. Aber das hielt sie aus. Ihr Auto hatte eh eine Sitzheizung. Sie kam also quasi vorgewärmt am Hannersberg an. Mit einer Viertelstunde Verspätung. Diesmal wollte sie Paul warten lassen. Der bog aber zeitgleich um die Kurve, parkte ein und stieg zu Sylvia in den Wagen. »Perfektes Timing, schöne Frau.«

Kein Begrüßungsbussi. Er musterte sie nur selbstbewusst und richtete sich die Sonnenbrille. Selber schön, dachte Sylvia, aber das sagte sie natürlich nicht. Sie hatte schon einige Affären gehabt und wusste: Auch in Affären muss man ganz klar auf die Machtverhältnisse achten und darf sich ja nicht zu viel vergeben, vor allem nicht am Anfang.

»Da hams ja in den 70ern und 80ern einiges verpfuscht«, war Pauls erstes Urteil, als er das Kellerstöckl sah. Das Gebäude war auf typische Weise in den Hang hineingebaut worden, der obere Teil wirkte aber mit einer dunkel gebeizten Bretterfassade und grünen Fensterläden eher alpin als pannonisch. Die roten Pelargonien unterstrichen den Eindruck.

»Das gehört alles weg. Das muss hell werden, luftig, open space, Glas. Man muss das Haus optisch und technisch durchlüften, dabei aber möglichst viel Substanz erhalten«, dozierte Paul. Er war ein Visionär. Projekte, bei denen kein Stein auf dem anderen blieb, hatten ihn immer schon besonders gereizt.

Am Eingang stand ein Weinfass, das kitschig mit Bacchusmotiven und den verschlungenen Initialen H&S verziert war. Das Fass hatten Harald und Sylvia zum fünften Hochzeitstag geschenkt bekommen. Sylvia war kein Fan von dem Weinfass, aber sie wollte sich auch keinen abfälligen Kommentar von Paul dazu anhören, also sperrte sie schnell die Eingangstür auf und lotste ihn ins Hausinnere.

Sie war extra am Vorabend hinaufgefahren, hatte geputzt, gelüftet, eingeheizt und in Oberwart eine beigefarbene Kunstfelldecke und ein paar Kissen gekauft, die jetzt die grindige weinrote Ausziehcouch ihrer Eltern verbargen.

Paul hatte ja recht: Alles hier schrie 70er und 80er Jahre. Der Linoleumboden, der Allibert im Badezimmer, der E-Herd, der noch nicht mal ein Ceranfeld, sondern noch Kochplatten hatte, die alte Mikrowelle. Pauls Blick schweifte durch den Wohnraum, und für einen Moment sah Sylvia die Einrichtung durch seine Augen und schämte sich. Sie schämte sich für die ungarische Messinglampe, die hässlichen Zinnkrüge, die Kommode mit der naiven Bauernmalerei und die Edelserpentin-Delfine, die ihre Eltern als Deko hinterlassen hatten.

Sie schämte sich sogar für die Wanddeko im Badezimmer, die sie selbst gemacht hatte. Flache Flusskiesel vom letzten Urlaub, die sie in Gips gedrückt hatte. Der Paul war Architekt, der hatte Geschmack. Der fand das hier sicher total gestrig und provinziell.

Das war doch eine blöde Idee gewesen, ihn gerade hierher zu bringen. Sie wäre doch besser mit ihm ins Hotel »Daniel« nach Graz gegangen, wie er das letzte Mal vorgeschlagen hatte, das hätte mehr Stil gehabt.

In Situationen wie diesen war immer Alkohol ein Segen. Während Paul noch beschrieb, wo er welche Wand herausreißen würde, wo ein Stahlträger nötig sein würde und wie herrlich die Aussicht nach Ungarn durch die neue Glasfront sein würde, rannte sie in die Küche und kippte ein Achterl Uhudler hinunter. Der Uhudler war ein südburgenländischer Wein, typisch für die Region. Er hatte lange den Ruf gehabt, die Leute deppert im Schädel zu machen, so wie früher in Frankreich der Absinth. Das war aber Unsinn. Eine andere Legende besagte, man solle während der Saison so viele Vierterl trinken, wie man alt ist. Als ob die Zieserl je jemandem ihr wahres Alter verraten würde. Der Paul verzog angewidert den Mund, als er den Uhudler kostete. Das

Walderdbeeraroma taugte ihm gar nicht. Das Trankl war ein echter Dosenöffner. Aber darum war er ja da. Er setzte sich auf die Couch. »Komm her«, sagte er und klopfte mit der Hand auf die Kunstfelldecke, wie man einen Hund zum Platz machen aufforderte, und die Sylvia folgte sofort. »So is brav«, sagte er und grinste frech. Das Grübchen auf seiner Wange sah entzückend aus. Sylvia streckte die Hand danach aus und berührte es leicht. »Du hast mich ja letztens in Graz ganz schön hängen lassen. Böses Mädchen. Ich glaub, ich muss mir eine Strafe für dich einfallen lassen. Heute kommst mir nicht so leicht davon«, blödelte Paul. Dann legte er sie mit einer einzigen geübten Bewegung übers Knie. Sylvia riss überrascht die Augen auf. Paul grinste. Diese Mischung aus Erschrecken und Erregung in den Augen einer Frau hatte er immer schon besonders anziehend gefunden.

*

Was Eva am meisten aufregte, war nicht, dass der Paul sie schon wieder beschiss. Am meisten regte sie auf, dass er allen Ernstes glaubte, sie wäre zu blöd, es zu bemerken. Dabei waren die Zeichen unübersehbar. Entweder tippte er verstohlen am Handy und legte es blitzschnell zur Seite, wenn sie ins Zimmer kam, oder er hatte es ausgeschaltet. In den Wochen davor hatte er es nie ausgeschaltet gehabt. Sie hatte ihn auch kürzlich im Nebenzimmer telefonieren gehört. Mit seiner neuen Social-Media-Freundin Sylvia. Und man hörte schon an seinem Tonfall, dass das nicht nur irgendeine Social-Media-Freundin war. Paul hatte dann sofort diese Stimme. Eva nannte die Stimme die »Hey Baby«-Stimme. Mein Gott, sie kannte ihn, seit sie 15 war. Sie kannte ihn in- und auswendig.

Als sie ihn ganz vorsichtig auf die Zieserl ansprach, brach allerdings ein Tsunami an Vorwürfen über sie herein. Denn Paul ging in Sekundenschnelle auf Angriff. »Du bist ja paranoid. Fangst jetzt schon wieder mit deinen Halluzinationen an? Du glaubst doch nicht ernsthaft, dass ich mir mit dem Zieserl seiner Oidn was anfang, wo ich ihn doch als Partner beim Lafnitztaler Projekt brauche. Deine Eifersucht ist ja krankhaft. Dass ich es mit einer wie dir überhaupt aushalte. So eine Wahnvorstellung kann auch nur deinem kranken Hirn entspringen.« Und dann, als sie ihn erinnerte, dass er sie ja schon früher beschissen hatte: »Kannst jetzt bitte endlich aufhören, diese alte Geschichte auszugraben. Und außerdem, das war deine Schuld. Das hat sogar die Paartherapeutin bestätigt. Die hat dich auch gleich durchschaut. Damals hast du mich ja regelrecht von dir weggetrieben mit deinen ewigen Vorwürfen und deiner kalten, lieblosen Art.« Eva glaubte, im falschen Film zu sein. Sie hatte das Treffen mit der Paartherapeutin ganz anders in Erinnerung, aber Paul war nicht zu bremsen. »Und wenn du weiter so gestört und hysterisch bist und mich so unfair verdächtigst, wirst schon sehen, wohin das führt. Irgendwann passiert noch mal was.« Seine Augen waren jetzt ganz schmal und kalt.

»Irgendwann passiert noch mal was.« Das war Pauls Lieblingsdrohung. Und so vage und unspezifisch dieser Satz war, damit schaffte er es immer, Eva ein latentes Unbehagen einzujagen. Irgendwann passiert noch mal was, dachte Eva, als sie den Biomüll zum frisch angelegten Komposthaufen trug. Tränen liefen über ihr Gesicht. Diese Angst hatte er in ihren Hinterkopf gepflanzt. Und dort saß sie und beherrschte sie. Es war die gleiche Angst, die Kinder haben, die sich vor dem Monster unter dem Bett fürchten, auch wenn man ihnen 100 Mal erklärt, es gibt kein Monster, sie müssen einfach nur aufstehen und das Licht aufdrehen. Aber sie schaffen es einfach nicht.

»Alles okay?« Finz stand am Gartentor und sah die heulende Eva prüfend an. Oh Gott, der Finz. Sie hatte total vergessen, dass der heute noch mal kommen wollte. Er blickte sie prüfend an. Auf seinem T-Shirt stand »Gardeners know all the dirt«. Eva musste trotz der Tränen lächeln.

»Alles gut, ich hab nur Zwiebeln geschnitten, das bringt mich jedes Mal zum Heulen.« Eva fuhr sich über die Augen und deutete auf die Zwiebelschalen im Komposteimer.

»Magst?« Finz hatte etwas grünes Krautiges aus einem Beutel genommen und begann, eine Zigarette zu drehen. Eva erstarrte. Sie hatte schon ewig nicht mehr geraucht. In der Schule hatte sie ein paar Monate lang versucht, es sich anzugewöhnen, weil sie auch gerne in der Pause bei den Coolen im Hof gestanden wäre. Paul war immer dort gewesen. Aber meist war ihr von diesen Vormittagszigaretten nur schlecht geworden.

»Ist kein Tabak, sondern CBD-Gras, das beruhigt.«

Ein legaler Joint. Warum nicht. Eva hatte Lust, zumindest ein bisschen rebellisch zu sein. Sie nickte. Sie nahm die Selbstgedrehte und ließ sich Feuer geben. Sie hustete, als sie inhalierte. Es kratzte im Hals, und ihr wurde ein bisschen schwindlig, aber sie versuchte, sich nichts anmerken zu lassen. Sie reichte das Ding an Finz weiter und beobachtete, wie er den Joint zwischen die Lippen nahm und daran zog. Diese orale Komponente am Rauchen hatte schon etwas Erotisches. Wenn er den Filter mit den Lippen berührte und dann sie und dann wieder er, das war eine sehr intime Geste. Diese gemeinsame Raucherei am Komposthaufen war verbindend. Eva fühlte sich tatsächlich sofort entspannter und auch ein bisschen leicht im Kopf. Wie nach einer Stunde Hot Yoga.

»Ich hab Schutzdraht für deine Obstbäume gebracht, wenn du magst, können wir den gleich anbringen. Das verhindert, dass die Rehe und Hasen die Rinde anfressen. Ihr wohnt ja gleich beim Wald. Wenn die Rinde rundherum angefressen wird, gehen die Jungbäume ein.«

Eva ging mit ihm zum neu bepflanzten Obstgarten. »Was ist denn das, die sind mir das erste Mal gar nicht aufgefallen.« Finz blieb beim Teich stehen.

Eva verzog den Mund. »Das sind Pauls Koikarpfen, er ist verrückt nach ihnen. Er sieht sie als feuchte Geldanlage. Auf der Bank gibt es keine Zinsen mehr. Viele in seiner Branche schwören auf Gold oder spekulieren mit Aktien, andere kaufen sich Oldtimer oder Kunst. Paul investiert in Kois. Besonders schöne Exemplare sind angeblich Tausende Euros wert. Irgendein Japaner soll sogar mal eineinhalb Millionen für einen Koi bezahlt haben.«

»Für einen Zierfisch? Und, bringen sie euch Geld?«, fragte Finz.

»Bis jetzt noch nicht«, sagte Eva. »Die Teichanlage hat ein Vermögen verschlungen, und das Spezialfutter kostet auch eine Lawine.«

Die Koikarpfen hatten die Betrachter am Teichrand bemerkt und schwammen in der Hoffnung auf Futter am Uferrand in Zirkeln hin und her.

Ihre fleischigen Lippen öffneten und schlossen sich erwartungsvoll. Ihre Glubschaugen starrten dröge.

»Für mich wirken die immer wie mutierte Goldfische, denen der Lack abgeht«, sagte Finz.

Eva bekam einen Lachkrampf. Sie hatte den ganzen Joint fast alleine geraucht und war sich inzwischen nicht mehr sicher, ob da tatsächlich nur CBD drin gewesen war.

»Weißt du, wie Paul sie nennt? Juwelen im Tümpel. Juwelen im Tümpel, gib dir das!« Sie konnte gar nicht mehr aufhören zu lachen. Sie lachte, bis ihr die Tränen kamen, bis sie in die Knie gehen musste. Finz lachte mit. Evas Bauchmuskeln taten schon weh vom Lachen, aber sie konnte noch immer nicht aufhören. Gleich würde sie vor Lachen am Boden rollen.

»Was ist denn hier los?« Paul schnupperte misstrauisch. »Nimmst du etwa Drogen? Drehst jetzt total durch?« Die schneidende Stimme ihres Mannes ließ sie herumfahren. Im ersten Impuls war Eva versucht, den Jointstummel zu verstecken und alles abzustreiten, aber sie spürte die nächste Lachattacke aufkommen, und plötzlich ritt sie der Teufel.

»Ist nur CBD-Gras, das entspannt voll, solltest du auch mal probieren«, prustete sie los, dann tat sie etwas Unerhörtes. Sie nahm den Stummel zwischen Daumen und Mittelfinger und schnippte ihn in den Teich. Der fetteste Karpfen von allen schwamm herbei, öffnete sein hässliches Maul und verschlang ihn.

Paul drehte sich auf dem Absatz um und verschwand im Haus. Vor einem Hackler – und als solchen betrachtete er diesen Finz – diskutierte er nicht mit seiner Frau.

Aber der Streit am Abend war vorprogrammiert. Kaum hatte Carla ihren Eltern Gute Nacht gesagt und sich in ihr Zimmer zurückgezogen, baute sich Paul vor Eva auf.

»Kannst du mir bitte erklären, was in deinem Spatzenhirn vor sich geht? Der Koi kann an so was krepieren. Das ist eine Wertanlage. Machst du mir so was zu Fleiß, oder bist du wirklich so beschränkt?«

»Deine Fische sind Allesfresser, das sind Schweine, die verschlingen alles, was sie am Stück schlucken können, sogar ihre eigenen Jungen. Da wird sie ein Futzerl Papier sicher nicht umbringen.«

»Ein Futzerl Papier! Das waren Drogen. Ich hab das gerochen. Du rauchst Drogen mit diesem Burli. Wir sind am Land!« Paul raufte sich erregt die Haare: »Stell dir vor, die Nachbarn sehen das. Mein Ruf ist ruiniert! Ich will mir hier was aufbauen, ich brauch eine Frau, die etwas darstellt, keine, die mit so einem windigen Typen im Garten giftelt.«

»Paul bitte, reg dich nicht auf, das war CBD-Gras, das ist legal, das bekommst du sogar im Automaten vor dem Oberwarter Einkaufszentrum. Das ist ein Wellnessprodukt.«

»Ein Wellnessprodukt, dass ich nicht lache, du glaubst auch jeden Blödsinn, den sie in ›Radio Burgenland‹ erzählen.«

Das Schlimme an solchen Diskussionen mit Paul war, er gab nicht nach. Er wollte Eva psychisch brechen. Vorher konnte er einfach keine Ruhe geben. Eine Stunde später drehte sich das Gespräch immer noch im Kreis. Nur dass Paul mittlerweile in seinem Zorn immer untergriffiger wurde. Inzwischen war er schon bei Evas alkoholkranker Tante angekommen, der sie vermutlich nachkam. »Ja, renn nur weg«, höhnte er, als sie ins Schlafzimmer flüchtete.

»Irgendwann renn ich wirklich weg, wenn du so weiter machst!«, schrie sie entnervt.

»Du und wegrennen«, lachte er zynisch. »Wo willst denn hin? Ohne mich bist nichts und hast nichts. So bequem wie bei mir hast du es nirgendwo. Und auch, wenn dir der Gärtnerschakl jetzt schöne Augen macht. Dem taugst auch nur, solangst a Kohle hast. Meine Kohle, um das mal klarzustellen.«

»Du kannst dir deine Kohle sonst wohin stecken. Mit dem Finz ist nichts. Wir sind nur Freunde.«

»Ich werd dir gleich zeigen, was dein Freund gern mit dir anstellen würde.« Paul warf Eva aufs Bett, drückte ihre Arme grob nach hinten und kniete sich auf ihre Unterarme.

»Lass mich in Ruh, du tust mir weh!«, schrie sie und versuchte verzweifelt, sich zu befreien. Sie hatte jetzt wirklich Angst. Paul grinste nur diabolisch. Eva zitterte am ganzen Körper. Sie wusste nicht, ob vor Furcht, vor Wut oder vor Ekel. Sie sah nur sein schönes Gesicht, das wutverzerrt wie eine irre Fratze wirkte.

»Ich hab eh keinen Bock auf dich«, sagte er plötzlich verächtlich und ließ von ihr ab. »Da gibt's Bessere als dich da draußen.«

Er ging aus dem Schlafzimmer und schlug die Tür hinter sich zu. Kurze Zeit später hörte sie auch die Eingangstür ins Schloss fallen und seinen Wagen starten.

»Mama, ist alles okay? Ich hab den Papa schreien gehört.« Carla stand plötzlich im Raum. Obwohl sie schon zwölf war, wirkte sie plötzlich wieder wie ein kleines Kind, das einen Albtraum hatte. Verloren.

»Alles okay, mein Schatz, der Papa hat nur so viel Stress in der Arbeit, wir hatten ein kleines Missverständnis. Da hat er sich aufgeregt, aber alles ist gut. Geh wieder schlafen.«

Carla war gar nicht richtig wach und ließ sich deshalb schnell beruhigen. Eva begleitete sie ins Kinderzimmer, legte sich zu ihr und strich ihr über die Haare, die nach Erdbeershampoo dufteten. Eva umarmte sie noch fester. Carla schlief sofort wieder ein. Eva lag noch ewig wach. Irgendwann musste sie dann aber doch eingeschlafen sein, denn am nächsten Tag weckte sie Pauls Stimme aus dem Badezimmer. »Geh bitte, jetzt ist das Duschgel auch noch leer. Eva! Eva, bring mir ein neues Duschgel, ich steh unter der Dusche und bin ganz nass, Evaaaaaaa, wo bist denn, tua bitte weida.«

Das war auch so typisch für ihn. Verschwinden, zurückkommen und dann so tun, als wäre nichts gewesen. Und wenn sie ihn jetzt darauf anreden würde, würde er erklären, dass das Ganze eh ihre Schuld gewesen war. Pauls Geldbörse und Schlüssel lagen in der Schüssel beim Eingang. Eva ging wie in Trance hin und öffnete die Brieftasche. Das Kondom war weg.

Sie griff in ihren Weidenkorb, der ebenfalls im Vorzimmer stand, und nahm einen in Papier gewickelten Block heraus. Sie schnitt ein Stück davon ab und ging damit ins Badezimmer. »Ich hab kein Duschgel gekauft, wegen dem Plastikmüll, aber hier ist Seife.«

»Seife? Du mit deinem Ökofimmel!« Paul drehte Eva den Rücken zu und begann, sich von oben bis unten einzuseifen.

»Bitte, danke«, sagte Eva. Aber das hörte Paul nicht. Das Wasser aus der topmodernen Duscharmatur rauschte nämlich so laut wie ein Wasserfall.

TRAUERARBEIT AKT 7

Alle sagen, das erste Jahr ist das schlimmste. Das erste Mal Weihnachten ohne ihn, das erste Mal seinen Geburtstag feiern, den er nicht mehr erlebt. Jetzt ist das Trauerjahr vorbei, aber es geht mir immer noch nicht besser. Wenn im Fernsehen eine Sendung über Italien kommt, schalte ich ab. Dort haben wir früher immer Urlaub gemacht. Gestern habe ich einen Artikel über Trauer gelesen. Darin stand, dass ich eine »komplizierte Trauer« habe. Ich kann damit nicht abschließen. Aber mich trifft keine Schuld. Ich muss endlich aktiv werden. Es muss endlich etwas passieren.

KAPITEL 13
PAUL AUF DER JAGD

Viele Säugetiere benutzen Urin und Kot, um ihr Revier abzustecken. Wildschweine verteilen darum ihren Kot durch Rotieren der Schwänze in der Umgebung.

Die intensive Ausbildung zum Jäger wird auch »Grüne Matura« genannt, da die Anforderungen und notwendigen Kenntnisse bei der Prüfung sehr hoch sind. Über 150 Stunden Theorie und Praxis müssen zum Teil mehrmals wöchentlich über einen Zeitraum von vier bis sechs Monaten absolviert werden. Paul hatte sich das angetan. Er hatte Land- und Forstwirtschaft, Wildkunde, Ökologie und Jagdgesetz gestrebert, eine Schießausbildung und einen Erste-Hilfe-Kurs gemacht. Nicht, weil er sich tatsächlich für die Jagd interessierte. Er jagte lieber Schürzen als Böcke und zog ein saftiges Stück Rindfleisch jedem Wildbret vor. Er hatte den Jagdschein einzig und allein deshalb gemacht, weil er irgendwann bemerkt hatte, dass die großen Geschäfte entweder auf dem Hochsitz oder auf dem Golfplatz gemacht werden, und für Golf fehlte ihm leider das Talent.

Simon Gollner, der Bürgermeister der kleinen Gemeinde auf der steirischen Seite der Lafnitz, war begeistert, als er hörte, dass der Paul ein Jäger war. Er hatte beim ersten Treffen mit dem Achleitner, das der Zieserl von der »Pannonia Bau« initiiert hatte, sofort gespürt, dass er und der

Paul aus demselben Holz geschnitzt waren. Manche Dinge besprechen Männer am besten unter sich. Zum Beispiel in der Abenddämmerung auf der Pirsch.

Simon Gollner hatte den Achleitner auf einen Einserbock eingeladen. Eine unglaubliche Ehre, noch dazu für einen Zuagroasten. Es war ein ganz besonderer Bock, den er bereits seit fünf Jahren beobachtete und dem er auch einen Namen gegeben hatte. Charly. So alt wie der Charly musste ein Reh erst mal werden. Die meisten Böcke erwischte es wesentlich früher. Aber der Charly war fünf Jahre alt geworden, weil er schlau und vorsichtig war. Gefährlich wurde es für den Charly nur in der Brunftzeit. Wenn er die Weiberl witterte, vergaß auch er seine Vorsicht. Eigentlich war er dem Paul somit gar nicht so unähnlich.

»Der Charly kommt jeden Tag um 19.40 Uhr aus dem Wald«, sagte der Simon. »Darauf kannst Gift nehmen, der hat a Uhr, das sag ich dir.« Der Simon sah aus wie ein Jäger aus dem Märchenbuch: moosgrünes Gewand, kariertes Hemd, Krachlederne, Stutzen, Jägerhut. Er war ein kleiner gedrungener Mann mit schütterem Haar und Schnauzbart. Paul wirkte daneben optisch wie ein britischer Landadeliger. Er hatte sich für Lederstiefel, Cargohosen, helles Hemd, Steppweste und eine britische Schieberkappe entschieden. Er machte sogar im südoststeirischen Wald eine gute Figur. Paul hatte seit Jahren nichts mehr geschossen. Er wusste, heute ging es um viel. Der Einserbock war quasi seine Feuerprobe im Spiel mit dem Bürgermeister.

»Der Charly ist ein Abnormer«, sagte der Simon stolz. Ein ungerader Achter. Was im Nicht-Jägerlatein bedeutete, dass dem Charly sein Geweih in diesem Fall auf der einen Seite drei und auf der anderen vier Geweihstangen hatte. Eine Laune der Natur, die echte Jäger so anturnte wie andere ein

Lottosechser. Der Simon hatte dem Paul versprochen, dass er das Haupt vom Charly auskochen und bleichen würde, damit er sich dann die Trophäe an die Wand hängen konnte.

»Ist das dein Revier?«, fragte Paul, als sie entlang der Lafnitz in den Wald fuhren.

Der Simon schnaufte: »Nein, das hat der Brunnhuber gepachtet.«

»Den magst wohl nicht«, sagte der Paul.

»Wer wird schon einen mögen, der sein Wild füttert wie die Tiere im Zoo, der legt sogar an der Grenze zu meinem Wald wilde Kirrungen aus. Du und ich, wir wissen, füttern ist eine Hegemaßnahme, die nicht zu Abschusszwecken missbraucht werden darf. Und schon gar nicht dafür, mein Wild in seinen Wald zu locken. Der verbrunzte Brunzhuber der.«

Paul sagte nichts darauf. Schweigend fuhren sie in den Wald. Der Forstweg war geschottert.

Zwischen dem groben Kiesel sah Paul auch Ziegelbruch und Metallteile, sogar geschreddertes Plastik. »Da hat wer sein Haus entsorgt«, sagte der Bürgermeister. »Bei uns bringens ja sogar die alten Asbestschindeln in den Wald. Die scheißn sich echt nix, die Leut.« Er parkte sein Auto, und die beiden stiegen aus. »Jetzt müssen wir zu Fuß weiter, aber es ist nicht mehr weit.« Tatsächlich. Nach nur wenigen Minuten hatten sie den Ansitz erreicht. Es war einer dieser traditionellen Hochsitze aus Holz.

»Der Brunzhuber hat so ein neumodisches Klumpert aus Metall, mit gepolsterter Sitzbank und Rückenlehne, das nur mehr an einen Baum gelehnt wird«, schnaufte der Simon verächtlich. Er schien den verbrunzten Brunzhuber und seinen verbrunzten Hochsitz echt nicht zu mögen.

Paul hoffte, dass der Charly wirklich pünktlich war. Er war nicht homophob, aber er mochte es nicht, mit einem fast fremden Mann auf so engem Raum zu sitzen. Das Schweigen und Flüstern waren ihm zu intim. Er reagierte auf die erzwungene Nähe mit Gereiztheit, die er sich aber auf keinen Fall anmerken lassen konnte. Ihn juckten heute auch die Eier, aber er wollte sich nicht vor dem Bürgermeister kratzen. Die erste halbe Stunde fühlte er sich gleichzeitig unangenehm bedrängt und gelangweilt. Noch dazu roch der Bürgermeister stechend nach Schweiß. Seinen Lodenjanker reinigte er wohl nicht allzu oft. Paul versuchte, nur flach durch den Mund zu atmen. Er hätte doch lieber an seinem Golfschwung arbeiten sollen, dann hätte er sich das da ersparen können. Aber dann, als die Dämmerung hereinbrach, änderte sich nicht nur die Stimmung im Wald, sondern auch Pauls Befindlichkeit auf überraschende Weise. Je stärker er sich auf seine Umwelt und die Geräusche im Wald konzentrierte, desto spannender wurde es. Laub raschelte, Äste knackten, ein Schatten schlich durchs Unterholz. Irgendwo rief ein Käuzchen. Der Jagdtrieb ist etwas Archaisches. Paul fühlte sich wie ein Raubtier. Beide Männer starrten durch ihre Ferngläser. 19.39 Uhr. Der Bürgermeister macht eine nickende Bewegung Richtung Wald. »Ich bin drauf«, flüsterte Paul tonlos – eigentlich bewegte er nur die Lippen. Paul war jetzt wie unter Starkstrom. Er spürte, wie das Adrenalin durch seine Adern strömte, während er den Rehbock ins Visier nahm. Charly stand wie eine Statue am Waldrand. Er war extrem wachsam. Der Bock hob das Haupt und drehte die Lauscher aufmerksam in alle Richtungen. Dann trabte er über die Wiese genau auf die beiden Jäger zu. Plötzlich blieb er wie erstarrt stehen, stellte sich breit hin und drehte den Hals in Richtung der Männer. Paul hatte das Gefühl, Charly hätte ihn entdeckt und würde seinerseits nun ihn ins Visier nehmen. Die großen braunen Augen des Tieres sahen genau in seine Richtung. Eva hat auch solche vertrauensseelige Augen, dachte er. Gestern im Bett hat sie mich genauso angesehen. Unschuldig, unterwürfig, fetzendeppert. Dann drückte er ab. Dem Tier knickten die Vorderläufe weg, und es brach in Sekundenbruchteilen zusammen. Paul merkte, wie ihm das Endorphin einschoss, und ihm ein dünnes Rinnsal Schweiß den Rücken runterlief. Er fühlte sich plötzlich ganz leicht im Kopf, wie nach einem Hundertmeterlauf oder wie nach Sex.

»Kapitaler Schuss«, brüllte der Simon. Die beiden Männer kletterten vom Hochsitz und näherten sich breit grinsend dem toten Charly. Simon zückte einen Flachmann. »Da, steirische Hirschbirn, auf dich, mein Freund.« Paul hatte einen Zweig Eichenlaub abgerissen und steckte diesen dem toten Rehbock in den Äser. Der letzte Bissen. »Aufrichtiges Waidmannsheil.«

»Waidmannsdank.« Die toten braunen Augen starrten Paul ausdruckslos an. Auf den Brauch, einen zweiten Zweig durch die blutende Schusswunde zu streifen und sich an die Kappe zu stecken, verzichtete er. Paul machte sich nicht gerne die Hände schmutzig.

»Komm, wir fahren zu mir und feiern das«, sagte der Simon. Er packte den toten Rehbock am Geweih, schleifte ihn zu seinem Pritschenwagen und hievte ihn auf die Ladefläche. »Ich brech ihn auch für dich auf!«

Zwei Stunden später saßen die beiden Männer im Kellerstüberl des steirischen Bürgermeisters, aßen frisch geröstete Rehleber und tranken Blaufränkischen.

»Jetzt könn ma über die Feriensiedlung reden, die du und der Zieserl planen«, sagte der Simon.

Paul nahm einen großen Schluck Rotwein. »Na ja, das wird eine Geschichte, von der jeder was haben soll …«

Der Bürgermeister unterbrach ihn. »Mir musst nichts erklären. Richtung Graz runter habens vor ein paar Jahren einen Stausee ausgehoben. Und weißt, wer die ersten vier Häuser bekommen hat? Der, der die Gruabn ausgehoben hat, der, der die Grundstückskäufe gemanagt hat, der von der Bezirkshauptmannschaft, der alles genehmigt hat, und der Bürgermeister fürs Umwidmen. Und zahlt haben die alle nichts. Denen ihre Häuser sind von den anderen Käufern mitzoid worden. Aber ich sags dir gleich, a so aner bin i net. Ich brauch ka Ferienhaus.«

»Was brauchst dann?«

Simon seufzte tief: »An guten Job für mein Sohn. Weißt, der hat sein Studium an der Wirtschaftsuni gschmissn, und dann hat er dies und das gemacht, aber nix Gescheits, und jetzt ist er schon fast 30, und mia wissen nit, was ma mit ihm tun sollen. Er taugt zu nix gescheit. Aber für an Beamten wird's schon reichen. Ich hätt ja mit die Meinigen in der Landesregierung geredet, nur da ist grad die falsche Farb am Ruder. Aber der Zieserl hat ja Kontakte bis nach Wien. Da wird ja wohl was gehen. Sozialministerium warat net schlecht. Weil der Bua is sunst boid söwa a Sozialfall.«

Paul nickte verständnisvoll. »Mir wean scho schaun, dass was geht.«

»Aber nur pragmatisiert, sonst hauns ihn dort auch wieder raus. Und dann hob i mi umsunst für eich ins Zeug glegt.«

»Und du richtest uns das mit den Grundstücken und der Umwidmung.«

Der Simon grinste listig. »Erst der Job fürn Buam. Weil so guat kenn ma uns a no net. Aber i hab da den Charly überlassen. Das ist doch schon was.«

»Ehrlich gesagt, hab ich mich eh gefragt, wie du das als Jäger mit deinem Gewissen vereinbaren willst!«, provozierte ihn Paul. »Immerhin geht für das Projekt einiges an Auwald drauf.«

»Das kann ich dir sagen!«, grölte der Simon, der jetzt schon ziemlich betrunken war. »Weils der Wald sein wird, den der Brunzhuber gepachtet hat. Und rat amal, wo dem sei Wild dann hinrennen wird.« Er lachte laut und schlug sich auf die Schenkel. »Amoi derfst raten, aber nur amoi.«

Der Paul lachte laut. Es stimmte schon, was ihm der Prüfer bei der Jagdprüfung damals mit auf dem Weg gegeben hatte. Noch größer als der Futneid ist nur der Jagdneid.

KAPITEL 14
VERA UND DER NEUE JOB

Früher wurde der Storch als natürlicher Kammerjäger gern gesehen. Es wurden deshalb Nisthilfen in Form von Wagenrädern oder Körben auf den Dächern angebracht. Weißstorchpaare sind einander nicht ein Leben lang treu, wirklich treu sind sie nur ihren Nestern. Sie versuchen, jedes Jahr wieder den Horst des Vorjahres zu besetzen. Findet sich zur gleichen Zeit dann zufällig wieder das gleiche Storchenmännchen oder -weibchen ein, kann es sein, dass sich beide wieder paaren.

Ein Essen mit Letta und Oma Hilda war wie ein Essen mit zwei Teenagern. Beide saßen vor ihren Bildschirmen und surften in ihren Social-Media-Kanälen. Während sich Letta auf Instagram die neuesten Storys ihrer Lieblingsrapper reinzog, betrachtete Oma Hilda Haarschneidevideos. Ihr Lieblingskanal hieß »Schminken und Frisieren«, ein YouTube-Kanal – Oma Hilda sagte immer JUTUPP –, auf dem Friseure bei der Arbeit gezeigt wurden.

»Mama, warum schaust du dir das an?«

»Damit ich dem Peter sagen kann, was er tun muss.« Der Peter war der Friseur von Oma Hilda. Hilda sagte den Leuten immer gerne, was zu tun war.

»Die sieht gleich zehn Jahre jünger aus«, sagte sie anerkennend, als ein Video aufpoppte, in dem einer rothaarigen

Mittvierzigerin eine flotte Kurzhaarfrisur verpasst wurde. »Würde dir auch stehen, Vera.«

Vera stocherte in ihren Eiernockerln. Das Ei dafür stammte tatsächlich vom Wanderhuhn, das ihr jeden Morgen einen Besuch abstattete. »Mama, ich brauch keine neue Frisur, ich brauch einen neuen Job.«

Hilda hörte ihr gar nicht richtig zu. Sie war noch immer in das Video vertieft.

»Dass diese Friseure heutzutage aber auch alle so tätowiert sind.« Sie schüttelte den Kopf. »Wie schaut denn das aus. Der sollt sich lieber ein langärmliges Hemd anziehen, das würde eleganter aussehen als diese ganzen Tattoos auf den Armen. Wo doch jeder weiß, dass das urschädlich ist. Die Farbe geht in die Lymphknoten, und dann kriegt man Krebs. Hast du dein Tattoo noch?« Hilda fragte alle paar Monate mal, ob Veras Tattoo noch da war. Vera hatte sich das Tattoo vor über 20 Jahren auf der »Inform« zugezogen, der Oberwarter Landwirtschaftsausstellung, bei der aus unerfindlichem Grund damals neben all den Rinderzüchtern und Traktorenfirmen auch ein Kosmetikstudio Permanent Make-up und nicht permanente Tattoos angeboten hatte.

Vera hatte sich ein Schriftzeichen ausgesucht, das »Hoffnung« bedeuten sollte, aber die Hoffnung, dass das Tattoo nach einem halben Jahr verblassen würde, erfüllte sich nicht. Jahrzehnte später war das Tattoo zu Hildas Schrecken immer noch da. Und es hieß auch ganz sicher nicht Hoffnung. Das wusste Vera, weil sie mittlerweile einige Asiaten gefragt hatte, und die hatten immer nur komisch geschaut. Wahrscheinlich hatte sie Frühlingsrolle oder Schlimmeres auf ihrem Unterarm stehen.

»Das mit dem Tattoo ist nämlich blöd, weil ich hab dir

ein Vorstellungsgespräch beim ›Burgenländischen Boten‹ besorgt.«

»Du hast was?«

»Am besten, du ziehst was Langärmliges an.«

»Mama, ich zieh sicher nichts Langärmliges an.«

»Dann gib dir ein Pflaster über das Tattoo, wenn du hingehst. Du wirst halt ein größeres Pflaster brauchen.«

»Mama, was hast du schon wieder getan?«

»Also du kennst doch den Benkö, der von ›Freunde der Rauhaardackel‹. Also dieser Facebook-Gruppe.« Oma Hilda war auch Mitglied bei zahlreichen virtuellen Hunde-Gruppen. »Also der Benkö hat eine Cousine, deren Mann kennt die, die beim ›Boten‹ die Anzeigen verkauft. Und die sollst anrufen. Ich schick dir den Kontakt über Messenger.«

»Wie heißt die, und was für ein Job ist das überhaupt?«

Aber Hilda war schon wieder in ihr Video vertieft. »Dass die mit so langen Kunstnägeln Haare schneiden kann. Ein Wahnsinn.«

Vera fand es etwas seltsam, die Bekannte des Mannes der Cousine des virtuellen Rauhaardackel-Freundes ihrer Mutter anzurufen. Aber andererseits hatte sie auch keine Wahl. Die Sozialversicherung war überfällig.

Die Anzeigenverkäuferin des »Burgenländischen Boten« war zum Glück nicht irritiert, als Vera ihr erklärte, wie sie von dem freien Job erfahren hatte. »Der Benkö hat der Cousine von meinem Freund schon gesagt, dass du dich bei uns melden wirst. Du hast doch für ›Lust aufs Land‹ geschrieben. Das les ich voll gerne. Es stimmt, bei uns ist was freigeworden, weil eine Mitarbeiterin ins Tourismusbüro nach Eisenstadt gewechselt hat. Aber wir stellen niemanden an. Es wäre nur eine freie Mitarbeit, hauptsächlich für das Verfassen von Druckkostenbeiträgen.«

»Ich verstehe«, sagte Vera lang gedehnt. Druckkostenbeiträge waren bezahlte Werbung. Eine Firma schaltete ein Inserat und erwartete dafür einen lobenden Bericht.

Es sprach wirklich nichts dagegen. Der Chefredakteur des »Boten«, ein nervöser Mittdreißiger, der dauerhaft unter Strom zu stehen schien, überflog Veras Lebenslauf nur flüchtig. »Hab schon von dir gehört, du bist ja ein alter Hase, na gut, dann muss ich dir wenigstens nicht erklären, was ein Titel und ein Vorspann ist. Hast du am Wochenende schon was vor? Da sind die ›Gartentage im Schloss Kohfidisch‹. Wir bräuchten eine Seite darüber. 2.000 Zeichen, drei Bilder, du kannst doch fotografieren, oder?« Er sprach unglaublich schnell. Fast schon stakkatoartig. Wie einer von Lettas Rappern. Vera brauchte nur zwischendurch zu nicken. Natürlich sagte sie zu. Sie freute sich über das Thema. Ein Artikel über eine Gartenveranstaltung. Das klang nett. Und Eva würde sicher gerne mitkommen.

Schloss Kohfidisch war eines dieser verwunschenen Schlösser im Südburgenland, die in privatem Besitz waren und seine Bewohner täglich vor neue Herausforderungen stellte. Für die Eigentümer war das Schloss eine ewige Sparkasse. »Wenn ich die falsche Tür aufmache, kann es sein, dass ich in einer Bruchbude stehe«, erzählte die Schlossbesitzerin Vera. Sie war eine Ururenkelin von Kaiserin Sisi, der sie sogar ein bisschen ähnlich sah.

»Aber vergessen S' die Baroness. Ich hab Forstwirtschaft studiert. Genaugenommen bin ich Diplomingenieurin.«

Die Diplomingenieurin bewohnte mit ihrer Familie nur einen kleinen Teil des Anwesens und verdiente ihr Geld vornehmlich mit dem, was der Wald und die hauseigene Jagd hergaben. Ab und zu fanden auch Hochzeiten und Jagdgesellschaften hier in wildromantischer Kulisse statt.

Irgendwann hatte die beste Freundin der Schlossherrin die Idee gehabt, das Schloss aus seinem Dornröschenschlaf aufzuwecken und im Park eine Gartenausstellung abzuhalten. Seither waren die »Gartentage auf Schloss Kohfidisch« jährlicher Fixpunkt für Gartenbegeisterte aus dem In- und Ausland. Die Veranstalterinnen hatten ein exzellentes Händchen bei der Auswahl der Aussteller bewiesen. Das ausgewählte Pflanzenangebot überzeugte Hobbygärtner und Fachleute gleichermaßen. Dazu gab es Gartenmöbel und -accessoires, Kunsthandwerk und Kulinarisches: südburgenländische Strudelspezialitäten, ungarische Baumkuchen, Spanferkel, Moorochsengulasch und intensiv nach Knoblauch duftende Langos.

»Viele Gartenausstellungen haben heute leider Jahrmarktcharakter. Wir wollen uns wieder auf das Wesentliche konzentrieren. Und das sind interessante Pflanzen und hochwertige Gartenideen, bei uns kaufen deshalb auch viele Gärtner ein«, erzählten die beiden Organisatorinnen.

Eva, die Vera bei ihrem ersten journalistischen Auftrag im Südburgenland erwartungsgemäß begleitete, war begeistert. »Wow, das ist ja cooler als die ›Chelsea Flower Show‹*, und ich darf das sagen, denn ich war schon dreimal dort. Und das Wetter ist auch besser als in England.«

Tatsächlich zeigte sich der Frühsommer heute im Südburgenland von seiner schönsten Seite. Die Rosen, Pfingstrosen, Hortensien, Clematis und Stauden der Aussteller blühten um die Wette. Das schönbrunnergelb gestrichene Schloss gab mit seiner grünen Parklandschaft und dem blitzblauen Himmel ein fast schon kitschiges Bild ab. Hunderte von Besucher befanden sich im Schlosspark, aber weil das Areal so offen und weitläufig war, wirkte alles dennoch

* Bekannte Gartenausstellung in London.

entschleunigt und entspannt. Während ein Teil der Besucher von Stand zu Stand flanierte, um sich mit Pflanzen, Gartenwerkzeug und Deko einzudecken, saßen andere auf Picknickdecken auf der grünen Wiese, tranken Pimms und lauschten einer Bluesband. Die Musiker hatten Strohhüte auf, standen barfuß in der Wiese und zupften Gitarre, Banjos und Kontrabass und sorgten so richtig für Stimmung.

»Ma, ist das lässig hier! Lass uns eine Runde drehen«, sagte Vera. Sie wusste gar nicht, wo sie zuerst hinschauen sollte. Links von ihr demonstrierte eine Ausstellerin, wie man aus den Blütenfäden des Krokus Safran gewinnen konnte. Eine andere bot Pflanzenschutzmittel aus Tabak und Schmierseife an. Ein paar Meter weiter zeigte ein Mann vor, wie man eine Wiese fachgerecht mit der Sense mäht.

»Apropos Sensenmann, hast du die Grabbepflanzungen da hinten an der Schlossmauer gesehen?«, fragte Eva. »Der Gärtner stirbt nicht, er gibt die Schaufel ab«, stand auf dem einen Grabstein, »Another one bites the dust«, auf dem anderen. »Mir gefällt: ›Died from not forwarding that text-message to ten people‹ am besten«, sagte Eva.

»Der Finz ist sicher auch da«, sagte Vera und knipste begeistert das Geschehen.

Tatsächlich, sie mussten nicht lange suchen, Finz warb gleich hinter dem Schloss für seine Inkaerde. Der Blickfang an seinem Stand war ein altes Eisenbett. Die Matratze fehlte, der Lattenrost war mit Folie bedeckt und mit Inkaerde aufgefüllt. Darin wuchsen Wildblumen, Ringelblumen und Cosmeen. Sozusagen ein Blumenbett. Finz trug ein Leinenhemd, graue Hosen und eine derbe Lederschürze. Er sah genauso aus, wie man sich einen Gärtner in einer »Lust aufs Land«-Fotostory vorstellte. »Gutes Marketing ist alles«, feixte er, als Vera sein Outfit kommentierte.

»Siehst eh gut aus, der Look steht dir«, lachte die.

Finz freute sich, Eva und Vera zu sehen. »Soll ich uns was zu trinken holen, bleibt ihr kurz am Stand. Ich bin gleich wieder da!« Er verschwand für zehn Minuten. Als er zurückkam, steckten in seiner Lederschürze eine Flasche Gin, zwei Dosen Tonic, ein Sack Eis und drei Becher. »Es ist schon 16 Uhr, also Gin o' Clock«, grinste er. »Der Gin ist vom Csaterberg. Echter Burgenland Gin. Schmeckt fantastisch und heißt auch so. Fantastische Ginny. Schaut euch mal das Label an, echt abgefahren.«

Die Etikette der Flasche zierte ein weiblicher Flaschengeist. Ein außerordentlich hübscher Flaschengeist im Mangastil mit wallendem dunklem Haar, nacktem Busen und einem Tattoo auf dem Unterarm. Veras Tattoo. Das Tattoo, von dem niemand wusste, was es eigentlich bedeutete. »Wer macht den Gin?«, fragte sie, obwohl sie wusste, dass sie sich die Frage sparen konnte.

»Der Dunkel Tom, ein Haberer von mir, eh ein Oberwarter, der hat früher dort ein Lokal in der Discostraße geführt, jetzt hat er einen Buschenschank auf dem Csaterberg und macht Gin«, erklärte Finz. »Der Tom hat sogar schon einen Preis dafür gewonnen.«

Vera schluckte. »Der Dunkel Tom, ist der da?«

»Nein, der ist der volle Eigenbrötler geworden, seit er am Berg haust. Die Mädels von der italienischen Weinbar in Oberwart verkaufen hier seinen Gin für ihn mit.« Vera fühlte sich erleichtert und enttäuscht zugleich.

»Ist was mit dir?«, flüsterte Eva ihr zu, als Finz von Kunden abgelenkt wurde. In ihrer intuitiven Art hatte sie gleich bemerkt, dass irgendwas nicht stimmte.

»Der Dunkel Tom ist mein Ex von vor 100 Jahren, aber nicht irgendein Ex, sondern der Ex, an dem man sein Leben lang kiefelt, da schau.« Sie deutete auf das Tattoo der Flaschengeistschönheit.

Eva sah sie mit großen Augen an. »Na offenbar kiefelt er auch noch.«

»Wer kiefelt an was?«, fragte Finz.

»Nix«, lenkte Vera ab.

»Kann ich ein Foto für den ›Boten‹ machen? Eva kann ja die interessierte Kundin spielen, und du erklärst ihr die Erde, dann sieht das nicht so gestellt aus.« Sie gab genaue Anweisungen, wie sich Finz und Eva vor dem Blumenbett positionieren sollten, zückte ihre mitgebrachte Kamera und machte mehrere Aufnahmen. Eigentlich war die Kamera ihres Smartphones mindestens genauso gut, wenn nicht besser als ihre alte Spiegelreflexkamera, aber sie hatte die Erfahrung gemacht, dass die Menschen Event-Fotografen nur ernst nahmen, wenn sie eine richtige Kamera mithatten.

Die Bilder mailte sie samt Artikel noch am selben Abend an den »Burgenländischen Boten«. »Superschnelle Arbeit«, lobte der speedige Chefredakteur. Schnelligkeit war genau seines. »Das kommt gleich in die nächste Ausgabe.«

Tatsächlich schaffte es die Aufnahme von Eva und Finz, die vor dem Efeu umrankten Märchenschloss und dem Blumenbett posierten, sogar auf die Titelseite. Die zierliche Eva sah in ihrem Feenkleid aus wie eine moderne Märchenprinzessin. Und Finz wie der arme Handwerksbursche, der sich letztendlich als Prinz entpuppen würde.

Paul schnaubte nur, als er das Bild sah. Er hatte schon ein paar abfällige Kommentare über den Süchtler auf der Zunge. Aber dann dachte er, dass er das Ganze auch als positive PR verbuchen konnte. Seine Frau, die sich publikumswirksam die Hände schmutzig machte, das wirkte so bodenständig, so »down to earth«. Das kam bei seinen potenziellen Kunden sicher gut an. Immerhin war seine Frau als Architektengattin Eva Achleitner sogar in der Bildunterschrift namentlich genannt. Gratis Werbung sozusagen.

Der »Burgenländische Bote« liebte es, Menschen in den Artikeln namentlich zu nennen. Der Chefredakteur vertrat die Ansicht, dass sich erstens jeder gerne in der Zeitung sah, zweitens die Leser es liebten, wenn sie bekannte Gesichter entdeckten, und drittens halfen diese Fotos beim Akquirieren neuer Druckkostenbeiträge. Er würde gleich eine Mail an die Anzeigenverkäuferin schicken, auf dass sie das »Planungsbüro Achleitner« und die Firma »Inkaerde« um Inserate anhauen sollte.

»Architektengattin Eva Achleitner überzeugt sich bei Serafin Kreishofer von den Vorteilen der Lafnitztaler Inkaerde.« Diese Zeilen las rund 100 Kilometer entfernt auch Stephanie Lentsch.

Stephanie Lentsch hatte sich mit einer Freundin zum Brunch in der »Mole West« am Neusiedlersee verabredet. Die Freundin hatte aber eine Nachricht geschickt, dass sie sich verspäten würde, und Stephanie vertrieb sich die Wartezeit, indem sie die an der Bar aufliegenden Zeitungen durchblätterte. Sie erkannte Eva sofort. »Hier bist du also gelandet«, sagte sie halblaut. Der Sommerspritzer, der vor ihr stand, schmeckte plötzlich bitter. Vielleicht war aber auch die Zitronenschale, die darin schwamm, daran schuld. Stephanie blätterte zum Innenteil und las aufmerksam den Artikel über die »Gartentage auf Schloss Kohfidisch«. Dann griff sie zum Handy und gab die Wörter Achleitner und Südburgenland bei Google ein. Sie hatte Glück. Die neue Website des »Planungsbüros Achleitner«, die von Vera betextet worden war, war am Tag zuvor online gegangen. Sie klickte auf den Reiter »Kontakt«. Die Adresse poppte auf. »Buchschachen«, sagte Stephanie. Und dann noch einmal: »Buchschachen. Da treibst du dich jetzt herum. Schau einer an.«

KAPITEL 15
PAUL UND DIE SEIFE

Der Buchdrucker ist ein Borkenkäfer, der es im Verborgenen zwischen Stamm und Rinde treibt. Die Käfer bohren Gänge in die Rinde, und die Männchen legen dort eine sogenannte Rammelkammer an, das Zentrum des Brutsystems. Dorthin locken sie die Weibchen, um sie zu begatten. Sichtbar wird der Schaden erst, wenn der Baum abstirbt.

Für Paul lief es gut im Südburgenland. Der Harald Zieserl hatte es tatsächlich geschafft, dem Bürgermeistersohn einen Posten in Wien zu verschaffen. Zwei Strohmänner hatten schon mit der Grundstücksbeschaffung begonnen. Der Deal, den er den Bauern vorlegte, war klar: Wer schnell unterschreibt, kriegt mehr Geld.

Die meisten unterschrieben schnell. Den Besitzern war ihr Grund eh lästig. Pflegeintensive Streuobstwiesen, die man nicht einmal vernünftig mähen konnte, weil die riesigen modernen Mähwerkzeuge unter den Baumkronen der Apfel- und Mostbirnbäume nicht durchkamen. Wald, der seinen Besitzern lästig geworden war, seit sich der Käfer dort ausgebreitet hatte. Der Borkenkäfer mochte es heiß und trocken, er war der Gewinner des Klimawandels, aber der Feind der Forstwirtschaft. Die Waldbesitzer wurden per Bescheid zum Bäumefällen und Wiederanpflanzen angehalten. Aber das kostete Zeit und Geld.

Viele Besitzer waren Pendler, hatten ihr Waldstück geerbt und keine Lust, nach einer anstrengenden Arbeitswoche in der Stadt ihr Wochenende mit Holzarbeit zu verbringen.

Und Geld verdienen ließ sich mit dem Holz auch nicht mehr. Gut verkaufen ließ sich nur 1A-Ware, den Rest konnte man dem Hackschnitzelwerk gleich schenken. Es gab noch ein paar Idealisten, die Brennholz machten. Die Zuagroasten hatten ja alle Kamine und Kachelöfen. Aber die erwarteten dann auch noch, dass man ihnen das Holz feinsäuberlich in die Garage schlichtete. Zu viel Arbeit für zu wenig Marie.

Paul rieb sich die Hände. Ein Stück Wiese oder Wald gab es hier im Süden für an Netsch zu kaufen; sobald das Ganze zu Bauland umgewidmet war, konnte man ein paar Nullen hinten dranhängen. Da würde er kräftig mitschneiden. Und mit der Planung der Siedlung würde er dann noch mal ordentlich Kohle machen.

Ihm war jetzt schon nach Feiern zumute. Mit der Zieserl. Die war eine Frau nach seinem Geschmack. Sie war lustig, nicht zimperlich und im Bett eine Granate. Die ging richtig ab. Das gefiel ihm, weil er sich dann so richtig toll und bestätigt fühlte. Und blöd war sie auch nicht.

Die Zieserl war schon mit vielen Männern zusammen gewesen, bevor sie den Harald vor den Traualtar geschleift hatte. In Oberwart wurde gerne getuschelt, dass die Zieserl früher eine richtige Schlampe gewesen sei. Aber das stimmte so nicht. Die Zieserl hätte sich all diese Idioten gerne erspart. Ihr Problem war, dass sie sich nur von den Falschen angezogen fühlte. Sie stand nämlich auf Narzissten wie den Paul. Sie hatte schon Dutzende Selbsthilfebücher darüber gelesen. Dadurch war sie jetzt klüger, aber nicht gescheiter. Weil die Dinge sich eben nicht ändern, nur weil man sie versteht.

Wer in eine Beziehung mit einem Narzissten gerät, glaubt am Anfang meist, den Lottosechser gezogen zu haben: Er trägt einen auf Händen, lässt rote Rosen regnen und betont ständig, wie froh er ist, einen gefunden zu haben. Ist die erste Phase erst einmal vorbei, fahren Narzissten die Krallen aus: Sie werten sich selbst auf, indem sie ihr Gegenüber manipulieren, emotional ausbeuten und abwerten.

Die Zieserl hatte das vor der Heirat mit dem gutmütigen Harald Dutzende Male erlebt. Und auch wenn sie das nicht abgehalten hatte, sich mit dem Paul einzulassen, so war sie dennoch auf der Hut. Ihre früheren Scheißbeziehungen waren zumindest für eines gut gewesen: Sie hatten sie gelehrt, wie Narzissten ticken. In diesem Fall sagte ihr schon das Bauchgefühl, dass sie wieder einmal in ihre alten Muster zurückgefallen war und am Haken eines Egomanen zappelte.

Der Paul ging mit ihr immer nur zum Buschenschank nach Pornoapáti in Ungarn, wo sie keiner kannte. Schließlich wollte sich keiner von beiden erwischen lassen. Und danach trieben sie es im Auto oder im Kellerstöckl, und er bumste ihr die Seele aus dem Leib. Inzwischen auch manchmal ohne Gummi. Sie nahm eh die Pille. So war der Sex einfach intensiver. Und deswegen traf sie ihn ja. Weil der selbstbewusste, charmante, charismatische Paul sie anturnte, wie es der sanfte, verständnisvolle Harald nie geschafft hatte. Sie musste nur auf ihr Herz aufpassen. Aber auch das war eine Illusion. Er würde es brechen. So wie sie ihre alten Beziehungsmuster wiederholte, würde er auch seines wiederholen.

Sie war bei ihm daheim gewesen, sie hatte ja gesehen, wie er seine Frau behandelte – wie ein Hündchen. Irgendwann würde das auch ihr blühen, und dann würde sie Schluss machen, und der Harald würde ihre Wunden lecken müssen. Aber noch war es nicht so weit. Noch wollte sie das Ganze ein bisschen auskosten, ein bisschen noch.

Das Kellerstöckl war mittlerweile ein richtiges Liebesnest geworden. Sylvia hatte die hässlichen Dekostücke ihrer Eltern zur Caritas gebracht und einen Großeinkauf gemacht. Neue Bettwäsche, ein Kuhfellteppich, schicke Weingläser, Bademäntel. Dem Harald hatte sie gesagt, dass sie ohnehin auch ins Interieur investieren mussten, jetzt, wo alles neu und modern werden würde.

Letztens, als der Paul mit seiner Alten einen Wickel gehabt hatte, hatte er zum ersten Mal die ganze Nacht mit ihr dort verbracht. Er hatte sie gegen 22 Uhr angerufen und gesagt: »Ich muss dich sehen, sofort.« Sie hatte dem Harald erzählt, ihre beste Freundin hätte Liebeskummer, und deswegen würde sie jetzt zu der fahren. Und dann hatte sie der besten Freundin getextet, damit die sie, falls notwendig, decken würde. Die Nacht war ganz nach ihrem Geschmack gewesen. Nicht nur der Sex. Sie hatten unglaublich viel gelacht und geblödelt, und er hatte gesagt, dass ihn noch nie eine Frau so gut verstanden hatte wie sie. Danach hatte er sich drei Tage gar nicht gemeldet. Da war sie schon ein bisschen unrund gewesen. Aber sie hatte sich zusammengerissen und ihm keine Textnachricht geschickt. Sie wusste ja auch, wie man dieses Spiel spielt. Nur nicht lästig sein. Lästig ist schon die Alte daheim.

Aber heute wollte er sie wiedersehen. Und da war die Sylvia natürlich gleich unerhört gut gelaunt. Es regnete, aber das war gut so, da waren die neugierigen Nachbarn nicht am Berg. Sylvia hatte Kerzen aufgestellt. Eine davon war eine Duftkerze, Mimose und Kardamom. Auch wenn das Kellerstöckl jetzt optisch mehr hermachte, roch es immer noch ein bisschen modrig und feucht. Die Duftkerze verschleierte das.

Paul schien diesmal ziemlich unter Strom zu stehen. Er stürmte bei der offenen Tür rein, zog sie an sich, küsste sie wild und kam gleich zur Sache. »Heut hab ich ein bisschen Stress, Baby, magst mir nicht einen blasen.« Er hatte oft Stress.

Sylvia lächelte, ging auf die Knie, machte ihm die Hose auf und zog ihm Jeans und Boxershorts runter, aber das, was sie sah, gefiel ihr gar nicht.

»Paul, das sieht nicht gut aus, ich glaub, du hast da was.«

»Was soll ich denn haben?«

»Ich weiß nicht, das sieht alles so entzündet und rot aus.«

Paul erschrak, es stimmte schon, seine Eier hatten sich schon gestern ein bisschen wund angefühlt. Er hatte gedacht, das wäre vom Schwitzen beim Laufen gewesen, und sich heute früh noch besonders gründlich mit Seife gewaschen.

»Tut mir leid, da läuft bei mir nichts«, sagte Sylvia entschieden. »Nicht, dass ich mir bei dir noch was hole, was soll ich denn dem Harald erzählen.«

»Bist deppert, was unterstellst du mir da, ich bin gsund.«

»Gsund sieht das aber nicht aus. Kann es sein, ich mein nur so theoretisch, dass du noch eine andere ... oder dass die Eva ...«

»Kommst mir jetzt genauso paranoid wie meine Alte? Und lass die Eva aus dem Spiel, die ist nicht so eine.«

Sylvia merkte, wie Wut in ihr hochstieg.

»Wie, was für eine? Ich glaube, es ist besser, du gehst jetzt.«

»Ihr paranoiden Weiber, ihr seids alle gleich.« Paul zog sich die Hose hoch.

»Vergleich mich nicht mit deinen anderen Weibern.«

»Dann sei nicht so deppert wie die anderen Weiber. Und außerdem. Vielleicht hab ich mir das eh von dir geholt.«

»Spinnst du, ich bin ja keine Schlampen.«

»Sagst du. In Oberwart sagens was anderes.«

»Schleich dich!«

»Mit dem größten Vergnügen.«

Paul stürmte aus dem Haus. Sylvia blieb fassungslos zurück. Sie fühlte sich unter Schock. Wie nach einem Tsunami. War das gerade wirklich passiert, oder hatte sie das geträumt?

Paul fuhr den Berg hinunter, bremste sich aber bei der ersten Gelegenheit ein und drehte die Zündung ab. Er öffnete den Gürtel und die Jeans und warf einen Blick in seine Unterhose. Die Haut war überall schuppig und gerötet. Bei Berührung brannte es auch ganz ordentlich. Verdammt, was hatte er da? Er brauchte einen Arzt. Einen diskreten Arzt. Gab es hier überhaupt einen gescheiten Urologen? Oder ging man mit so was zum Hautarzt? Wen sollte er deswegen fragen? Die Gedanken in seinem Kopf überschlugen sich. Je mehr er sich auf die Stelle zwischen seinen Beinen konzentrierte, desto stärker juckte und brannte es.

Und doch gab es etwas, das noch mehr schmerzte als der Ausschlag. Sylvias Stimme dröhnte in seinen Ohren nach: »Kann es sein, dass die Eva …«

Paul googelte einen ganzen Abend lang seine Symptome. Ein schwerer Fehler. Danach war er überzeugt, dass er gleichzeitig Chlamydien, Tripper und Syphilis hatte. Oder auch Prostatakrebs, eine Pilzinfektion und eine Harnröhrenentzündung. Oder alles zusammen.

Eva hatte schon an Pauls betropetzter Art und seinem klammen Gang bemerkt, dass irgendwas nicht stimmte. »Alles okay mit dir?«

»Natürlich«, log Paul. Er duschte mittlerweile dreimal täglich – mit Seife. Vielleicht konnte man diese Pilze und Bakterien einfach wegschrubben. Aber es wurde immer schlimmer. Eva sagte nichts mehr, aber sie beobachtete ihn ganz genau. Paul schlief immer nackt. Sie lüftete die Tuchent. Sein Penis sah mittlerweile aus wie eine Raunna. So nannten die Südburgenländer eine rote Rübe.

Eine Flut an unterschiedlichen Gefühlen durchfuhr sie. Mitleid, Genugtuung, Rache, aber auch ein neues Gefühl, das sie noch nie gespürt hatte: Das Gefühl hieß Überlegenheit.

Als Paul sich am nächsten Tag anzog, schrie er fast vor Schmerzen, als der Stoff der Unterhose seine Genitalien berührte. Er wusste, er konnte es nicht mehr länger ertragen. Er brauchte sofort einen Arzt, koste es, was es wolle. Er konnte es einfach nicht mehr hinauszögern. Er hielt es keine weitere Sekunde mehr aus.

Vor einem Mann die Hosen herunterzulassen, war für Paul schlimm. Es fühlte sich wie eine Demütigung an. Vor allem in seinem Zustand. Sein Kopf war bei der Untersuchung fast so rot wie seine Genitalien, die mittlerweile schon von nässenden Flecken bedeckt waren.

»Das ist eine Kontaktdermatitis«, sagte der Mediziner schließlich. »Aber eine der schlimmsten, die ich je in meiner Laufbahn gesehen habe. Wie lange haben Sie das schon? Könnte auf eine Latexallergie hindeuten.«

»Ich bin gegen Latex allergisch, deswegen verwende ich nur latexfreie Kondome«, erklärte Paul.

»Dann können wir das ausschließen. Es könnte natürlich auch eine extreme Reaktion auf ein Körperpflegeprodukt oder ein Waschmittel sein. Ich verschreibe Ihnen eine Kortikosteroid-Salbe und sicherheitshalber auch ein Antihistaminikum. Waschen Sie sich ab jetzt nur noch mit Wasser, Haut trockentupfen und danach dünn die Salbe auftragen. Und wechseln Sie sicherheitshalber auch das Waschmittel, kein Weichspüler, nichts, das Parfümstoffe enthält. Wenn es in drei Tagen nicht besser wird, überweise ich Sie zum Allergietest.«

Paul schlich im wahrsten Sinne des Wortes mit eingezogenem Schwanz nach Hause. Eva fand die Rechnung des Arztes in seiner Jackentasche. Darin stand auch die Diagnose. Sie holte die Seife aus der Dusche und raspelte diese in kleine Flocken. Was hatte Johanna gesagt? Die konnte man bei Bedarf noch als Waschpulver verwenden.

KAPITEL 16
STEPHANIE FÄHRT AUF KUR

Die Zecke ist extrem gefährlich, zäh und trotzdem faszinierend. Zecken können bis zu drei Wochen unter Wasser überleben! Spülen Sie eine Zecke daher nie im Klo hinunter. Die Zecke wird wahrscheinlich überleben. Und wer weiß, vielleicht kriecht sie durch das Abflussrohr wieder nach oben, um Rache zu nehmen.

Ein Tiefenpsychologe hätte Pauls Vorlieben für riesige Fensterfronten wohl in der Kindheit geortet. Paul war ein lediges Kind. Und das war im Eisenstadt der 1980er Jahre Grund für Getuschel und Getratsche. Vor allem, weil seine Mutter den Namen des Vaters nicht preisgab. Das nährte die Gerüchteküche. War es der Landeshauptmann oder gar der Bischof gewesen? Pauls Mutter arbeitete als Sekretärin für einen Notar. Der Notar hatte kein Problem, eine ledige Mutter zu beschäftigen. Er hatte ihr aber klar gemacht, dass er kein Verständnis dafür haben würde, wenn sie wegen des Gschrappen ständig fehlen würde. Also wuchs Paul als Schlüsselkind auf. Die Wohnung war eine Parterrewohnung, aber eigentlich stimmte das nicht ganz, denn das Haus, in dem sie sich befand, war in den Leithaberg hineingebaut, somit war Pauls Zimmer, das auf der hinteren Seite lag, eher ein Kellerzimmer. Es hatte anstelle von Fenstern nur schmale Luken im oberen Drittel. In den Luken steckten dicke, trübe Glasbausteine, durch die niemals die Sonne drang. Kein Wunder, dass der erwachsene Paul immer in der Sonne stehen wollte.

Stephanie Lentsch stand ein paar Meter vom Achleitnerschen Anwesen in Buchschachen entfernt. Durch die offene Glasfront konnte sie alles sehen. Paul, der auf der riesigen Designercouch saß und auf den Fernseher starrte. Eva, die in der Küche herumwurstelte. Carla, die offenbar Hausübung machen sollte, aber das Tablet neben dem Mathebuch liegen hatte. Wie idyllisch die drei aussahen. Wenn man es nicht besser wusste. Stephanie wusste es besser.

Ihr Antrag auf eine Kur in Bad Tatzmannsdorf war sofort bewilligt worden. Stephanie war eine erfolgreiche Friseurin mit eigenem gut gehendem Salon in Neusiedl. »Schulterschmerzen vom ständigen Föhnen«, das nahm ihr die Krankenkasse sofort ab. Außerdem war sie eine gute Beitragszahlerin, die wollte man lange gesund und arbeitsfähig erhalten. Stephanie hatte sich die Kur nur weniger anstrengend und zeitraubend vorgestellt.

Stephanie hatte gedacht, sie würde sich vorrangig ausruhen, in der Kurkonditorei Kardinalschnitten essen, im Kurpark Eichkatzerln füttern und im Thermalwasser dösen. Bezahlter Urlaub sozusagen. Die neue Strategie der Kurbetriebe setzte aber auf Aktivität statt auf Anwendungen. Stephanie hatte schon einen echten Muskelkater von den vielen Heilgymnastikeinheiten.

Die Achleitners zu stalken, war ob des Designs des Hauses einfach, aber unergiebig. Sie tat das jetzt schon den dritten Nachmittag in Folge. Sie saß mit einem Opernglas in dem kleinen Tannenwäldchen gegenüber dem Haus und hoffte, dass sie im hohen Gras keine Zecke abbekommen würde. Sie hatte Essen, Trinken und sogar einen Ersatzakku für ihr Handy dabei. Sie hörte über ihre Kopfhörer ihren Lieblingspodcast »Drama Carbonara«, in dem drei Frauen Groschenliteratur vorlasen. Sie brachten Stephanie immer zum Lachen. Ohne diese Zerstreuung wäre die Beschattungsaktion auch nicht auszuhalten gewesen. Es tat sich nämlich einfach nichts Bemerkenswertes im Hause Achleitner. Gleich 18 Uhr, sie musste zurück ins Kurhotel, das Abendessen würde in einer halben Stunde beginnen. Stephanie wollte für diesen Tag schon ihr Lager abbrechen, da sah sie durch das Fernglas, dass Paul den vor ihm liegenden Ordner zuklappte und kurz aus ihrem Blickfeld verschwand. Als er wieder zurückkam, hatte er eine Sporttasche in der Hand. Paul verließ das Haus und ging in die Garage. Stephanie lief schnell zu ihrem Mietwagen, den sie etwas oberhalb des Hauses geparkt hatte. Ihr Herz schlug bis zum Hals. Sie hatte noch nie jemanden verfolgt. Sie durfte jetzt keinen Fehler machen. Sie wartete ein paar Minuten, dann startete sie ihr Auto und fuhr die Straße hinunter. Pauls BMW war noch zu sehen. Glück gehabt. Er bog in Richtung Oberwart ab, nahm die lange Landstraße durch den Buchschachener Wald. Stephanie drosselte das Tempo. Hier war kaum Verkehr. Sie wollte auf keinen Fall Pauls Aufmerksamkeit erregen. Erst als sie die B50 erreichten und Paul das Tempo erhöhte, gab auch Stephanie wieder mehr Gas. Paul fuhr auf den Parkplatz der »Avita Therme«. Stephanie parkte sich eine Reihe weiter oben ein und betrat hinter ihm das Foyer. Rechts von der Kassa war der Souvenirshop. Stephanie versteckte sich hinter einem Drehaufsteller mit Schwimmbrillen. Paul ging zum Empfang, stellte seine Sporttasche auf den Boden und zückte seine Brieftasche. »Eine Abendkarte bitte«, sagte er zur Kassiererin. »Mit Sauna.«

Stephanie jubilierte. Das war *die* Gelegenheit. Sie müsste nur schnell zum Kurhotel zurück und ihre Badesachen holen.

Eigentlich war die Teilnahme bei den Mahlzeiten während der Kur obligatorisch, aber sie hatte dem Restaurantleiter schon am ersten Tag einen Fünfziger zugesteckt. Sie gab in Hotels immer schon am allerersten Tag Trinkgeld. Es war ihr schleierhaft, warum das die meisten Menschen erst beim Auschecken machen. Da hatten sie ja nichts mehr davon. Sie arbeitete selbst in der Dienstleistungsbranche. Sie wusste um die Macht von Trinkgeld. Der Restaurantleiter würde sie sicher nicht verpfeifen. Und außerdem – sie hatte jetzt Wichtigeres zu tun, als Hühnerfrikassee und Reis Trauttmansdorff zu essen.

Keine halbe Stunde später war sie wieder in der Therme. Sie zahlte den Eintritt und zog sich um. Sie betrachtete sich im Spiegel. Die drei Wochen Intervallfasten hatten sich gelohnt. Sie sah toll aus. Der silberne String-Bikini war vielleicht passender für einen Strandurlaub in Belize als für die Therme in Bad Tatzmannsdorf. Aber sie war auf einer Mission. Deshalb hatte sie auch nur sexy Outfits eingepackt. Sie hatte sich die Haare blondiert. Sie hatte sich eine Wimperndauerwelle machen lassen, obwohl sie während der Behandlung das Gefühl hatte zu erblinden. Sie hatte sich im Nagelstudio Finger- und Zehennägel mit Gel überziehen lassen und war überrascht gewesen, wie weh es tat, als das Gel unter der Infrarotlampe aushärtete. Sie war bei einer Waxinglady gewesen, die ihr jedes einzelne Körperhaar ausgerissen hatte. Auch diese Schmerzen würde sie nie vergessen. Sie war zehn Mal im Solarium gewesen, obwohl sie wusste, dass ihre Haut sich später dafür mit Flecken und Falten rächen würde. Aber egal. Diese Opfer waren notwendig für ihr Vorhaben. Sie war jetzt eine golden gebräunte, seidenglatte, blonde Göttin mit geschwungenen Wimpern und scharfen Krallen. Sie kannte Paul, und er würde sie kennenlernen.

Feuchte Wärme waberte ihr entgegen, als sie die Badelandschaft betrat. Es roch nach Chlor und Raumduft. Es war keine laute Therme. Es gab keine Rutschen, kein Wellenbad, keine Sprungtürme. Keine Kids, kein Geschrei. Das Gemurmel der Besucher tönte nur gedämpft durch die Badehalle. Besucher trieben auf Poolnudeln wie erschöpfte Schiffbrüchige. Sie dösten im badewarmen Wasser und erschraken fast zu Tode, wenn ab und zu die Wasserfallduschen tosend angingen und für wenige Minuten mit ihrem prasselnden Toben die Ruhe störten. Doch der Spuk war immer genauso schnell beendet, wie er begonnen hatte. Danach versank wieder alles in warmem, wattigem Wohlbefinden.

Stephanie hatte ihre Flipflops vergessen und bewegte sich nur auf Zehenspitzen. Eine Reinigungskraft saugte mit einem kastenförmigen Gerät die Pfützen auf dem Boden auf. Stephanie folgte ihr. Es ekelte sie vor den nassen Fliesen. Kurz überlegte sie, zum Thermenshop zurückzugehen und sich Badeschlapfen zu kaufen, aber sie wollte wirklich nicht noch mehr Zeit verlieren. Außerdem hätten Adiletten ihre göttliche Erscheinung ruiniert.

Paul zu finden, war gar nicht so einfach. Das Thermenareal war riesig, hier gab es unzählige Becken und Ruhelandschaften. Die nassen Haarschöpfe in den Becken sahen alle gleich aus. »Bitte, lass ihn nicht in der Sauna sein«, stieß sie ein Stoßgebet heraus. Für einen nackten Paul war sie wirklich nicht bereit.

Ihr Gebet wurde gehört. Endlich entdeckte sie ihn, er stieg gerade in eines der Massagebecken. Ein runder Pool, entlang der Wand waren alle paar Meter Düsen in aufsteigender Höhe angebracht. Diese mussten nach einer ungeschriebenen Regel eine nach der anderen absolviert werden. Man begann bei der Ferse, arbeitete sich über Waden, Schenkel und Gesäß hoch, bis man erst zum unteren Rücken, dann zum oberen und schließlich zum Nacken kam. Ein dumpfes Tröten signalisierte den Besuchern, wann es Zeit war, die Düse zu wechseln. Stephanie reihte sich in der Schlange nach Paul ein und versuchte, ihn nicht allzu auffällig anzustarren. Sie konzentrierte sich auf die Massage. Das Wasser in diesem Becken war noch heißer als in den anderen. Sie merkte, wie ihr Schweißperlen auf die Stirn traten. Aber der Wasserstrahl war angenehm. Sie drehte sich ein bisschen und stellte den einen Fuß etwas auf, damit auch ihre Fußsohlen in den Genuss einer Massage kamen. Dabei verlor sie das Gleichgewicht und trieb ein wenig in Pauls Richtung. »Entschuldigung«, sagte sie leise. Paul lächelte sie an. Er hat keine Ahnung, wer ich bin, dachte sie.

Die letzten Düsen, die ganz hoch am Beckenrand angebracht waren, waren die beliebtesten. Verspannungen in Schultern und Nacken hatte offenbar jeder. Stephanie beobachtete Paul, wie er sich genussvoll zurücklehnte. Er hatte die Augen geschlossen und schien zu dösen. Das Wasser prasselte gegen seinen Nacken. Sein blondes Haar wurde nass und wirkte jetzt ganz dunkel. Fast überhörte er das Signal, den Platz freizugeben. Erst als Stephanie sich am Beckenrand entlang hantelte und sich auf ihn zubewegte, hob er den Kopf, lächelte und überließ ihr die Düse. Gleich neben der Unterwassermassage waren die Wasserliegen mit Whirlpoolfunktion. Wieder platzierte sich Stephanie direkt neben Paul. Der lag breitbeinig da. Menspreading in der Therme, dachte sie. Seine Badeshorts hatten sich mit Luftbläschen gefüllt und waren aufgeblasen wie ein Ballon. Es sah lächerlich aus, wie eine prall gefüllte Windelhose.

Stephanie versuchte, im sprudelnden Wasser die ideale Liegeposition zu finden, und berührte dabei wie zufällig mit dem Fuß sein Bein. »Tut mir leid«, sagte sie und lächelte verlegen. Paul schien sich an dem Tritt aber keineswegs zu stören. »Man braucht hier echt Erfahrung, wie man sich am besten hinlegt, um nicht abgetrieben zu werden«, lachte er. »In der Bauchlage ist es einfacher.« Er drehte sich um und stützte sich mit den Unterarmen am Beckenrand auf. Die Luft entwich dabei in einer einzigen großen Blase aus seiner Badehose. Wie ein gigantischer Furz. Stephanie drehte sich nun ebenfalls um und hielt sich am Beckenrand fest. Die Luftbläschen kitzelten sie auf Busen und Bauch. Ein paar Sprudelbläschen trafen sie zwischen den Beinen. Schnell presste sie die Oberschenkel zusammen. »Das kitzelt«, sagte sie.

»Unangenehm?«, fragte er.

»Nicht wirklich«, gab sie zu. Er sah ihr direkt in die Augen, und sie wusste, dass er in diesem Moment an Sex dachte. Unglaublich, dachte sie, ich habe vier Sätze mit ihm gewechselt, und er brät mich an. Mich! Wie arg ist der bitte! Aber sie ließ sich nichts anmerken.

»Bist du hier aus der Gegend?«, fragte er sie.

»Nein, ich bin aus Wien«, log sie. »Ich bin hier auf Kur!« »Für einen Kurgast bist du aber 30 Jahre zu jung«, sagte er. »Die schicken jetzt uns Junge auf Kur, damit wir möglichst lange arbeitstauglich bleiben und den Staat erhalten. Ich bin Friseurin, meine Schulter macht Probleme.« Paul nickte verständnisvoll. Er mochte Friseurinnen. Von wegen Stereotype. Alle Friseurinnen, die er bisher getroffen hatte, waren gebildet, kreativ, witzig und alles andere als blöd gewesen. Aufmerksame Zuhörerinnen mit Fingerspitzengefühl – was wollte ein Mann mehr?

Außerdem sah sie gut aus. Sie war eine von diesen klassischen, eleganten Blondinen, die Männern gefiel und mit denen sich Frauen gerne identifizierten. Mit der hätte man sofort Werbeaufnahmen für die »Avita Therme« machen können »Paul«, sagte er und streckte Stephanie die Hand hin. »Vicky«, sagte Stephanie.

Stephanie hatte 1000e Male darüber nachgedacht, wie es wohl sein würde, wenn sie Paul finden würde. Wie würde das Gespräch ablaufen? Was würde sie dabei denken und fühlen? Wie konnte sie mit ihm in Kontakt bleiben? Tatsächlich war es banal und einfach. »Ich bin durstig, ich geh ins Restaurant was trinken, kommst mit?«, fragte Paul.

»Gerne«, sagte Stephanie, »ich muss eh raus aus dem heißen Wasser. Meine Finger sind schon ganz aufgeweicht.« Sie hielt ihre Hände in die Höhe. Paul grinste innerlich. Scheiß auf die Zieserl, andere Mütter haben auch schöne Töchter. Vielleicht ging sie nachher sogar mit in die Sauna. Er wäre bereit dafür. Sein Ausschlag war dank der Salbe zum Glück schon ganz weg.

KAPITEL 17
DIE NARZISSEN

Kois sind wie alle Karpfen Allesfresser. Am liebsten haben sie jedoch lebende Beute. Sie haben keinen Magen, sondern nur eine magenähnliche Erweiterung zum Abspeichern der Nahrung in geringen Mengen. Diese Eigenart erklärt, warum sie kein Gefühl der Sättigung kennen.

»Der Legende nach war der Halbgott Narziss so schön, dass er von Männern wie Frauen heiß umworben wurde. Doch Narziss verschmähte die Liebe, die ihm entgegengebracht wurde, und stieß jeden, der für ihn Gefühle zeigte, rüde von sich. Wohin er ging, er hinterließ nur gebrochene Herzen.

Der Göttin Nemesis missfiel das, und sie bedachte Narziss mit einer besonders listigen Strafe. Da Narziss nicht fähig war, echte Liebe zu anderen zu empfinden, sollte er fortan nur mehr sich selbst lieben, und diese Selbstliebe sollte unstillbar sein.

Narziss hatte nur mehr Augen für sich selbst. Als er sich eines Tages zum Trinken über einen Teich lehnte, verliebte er sich unsterblich in sein Spiegelbild. Er erkannte nicht, dass er nur sich selbst betrachtete, und die Verzweiflung darüber, dass sein ›Geliebter‹ ihm keine Antwort gab, wuchs und wuchs. Narziss verbrachte fortan Tag und Nacht am Teich. Irgendwann hielt er es vor Sehnsucht nicht mehr aus. Er versuchte, das geliebte Wesen im Teich zu umarmen, stürzte in den Teich und ertrank. Und an der Stelle, an der er zuvor gesessen hatte, wuchs eine Narzisse.«

Johanna schob die Lesebrille hoch, schlug das Buch über griechische Mythen und Sagen zu und blickte in die Gartenrunde. Alle Augenpaare waren auf sie gerichtet. Mathilde lag in der Hängematte. Grete, Isabella und Mitzi saßen auf der breiten Gartenbank. Eva und Vera im Gras auf ihren Jacken. Vera überlegte kurz, ob sie applaudieren sollte, fand das dann aber doch unangebracht. Eva dachte kurz darüber nach, dass dieser Narziss Paul sein könnte, und was passieren würde, wenn er in seinen Koi-Karpfenteich fallen und ertrinken würde. Vermutlich würden ihn seine depperten Fische über kurz oder lang auffressen. Sie musste über ihren schwarzen Humor schmunzeln und lächelte versonnen.

Finz lehnte am Apfelbaum. Die Knospen des Apfelbaums waren prall und zum Platzen gespannt. Noch ein, zwei warme Tage und er würde ebenso in voller Blüte stehen wie die Kirschen-, Zwetschken- und Pfirsichbäume in Johannas Garten. Finz war der einzige Mann in der Runde. Er hatte Johanna gefragt, ob es okay wäre, dass er ab und zu bei den Meetings des »Klubs der Grünen Daumen« dabei wäre. Und natürlich hatte nichts dagegen gesprochen.

Als Thema für das heutige Treffen hatte Johanna »Zwiebelblumen im Frühling« gewählt. Anschauungsmaterial gab es dafür in ihrem Garten genug.

Die Köpfe der Dichternarzissen nickten im Wind, bunte Wildtulpen, Krokusse, Muscari und Blausternchen blühten. Veilchen und Primeln waren wie bunte Farbtupfer über die ganze Wiese verstreut. Dabei hatten sich die wilden gelben Primeln mit den roten und violetten Zierprimeln verkreuzt und ganz neue Farbschattierungen herausgebracht. Eine graulila Primel mit dottergelbem Auge war besonders stylisch. Die wäre perfekt für das Cover von »Lust aufs Land«, dachte Vera. Sie musste wirklich aufhören, so zu denken, als wäre sie noch dort beschäftigt.

Sie widmete ihre Aufmerksamkeit dem Buffet, das Johanna für ihre Gäste gerichtet hatte. Hopfensprossen-Eiaufstrich auf knusprigem selbst gebackenem Landbrot, Erdbeerroulade und Waldmeisterbowle, hausgemachter Rhabarbersirup. Diese Johanna könnte auch ein Restaurant eröffnen.

Die Baumscheiben ihrer Obstbäume hatte die Gastgeberin mit Pflastersteinen eingerahmt, die so entstandenen Beete mit Erde aufgefüllt und darin den Frühling gepflanzt.

»Wusstet ihr, dass ein Zuagroaster Narzissen und Tulpen ins Südburgenland gebracht hat?«, fragte Johanna. »Narzissen stammen ursprünglich aus dem Mittelmeerraum. 1556 nahm der niederländische Gelehrte Carolus Clusius einige Zwiebelpflanzen von einer Reise in den Orient mit. Carolus Clusius galt als der berühmteste Botaniker seiner Zeit. Er war Hofbotaniker bei Maximilian II., aber als dessen Sohn Rudolf II. an die Macht kam, wurden alle kaiserlichen Angestellten mit evangelischem Bekenntnis entlassen. So auch Clusius, und der fand, wie so viele Protestanten, Zuflucht im Südburgenland. Balthasar Batthyány, der Burgherr von Güssing, nahm ihn gerne auf und freute sich auch über die mitgebrachten Blumenzwiebeln des Holländers. Manche waren ja damals so wertvoll wie Gold. Denkt nur an die Tulpenkriege, die ein paar Jahrzehnte später deswegen geführt wurden. Der Batthyány war selbst ein begeisterter Hobbybotaniker. Er ließ sich im Austausch gegen prominente türkische Kriegsgefangene Samen, Wurzeln und Zwiebeln exotischer Pflanzen aus der Türkei schicken. Viele Burgherren des heutigen Burgenlandes waren damals Verfechter der Reformation. Die Herrschaft Bernstein gleich ums Eck gehörte den Königsberg, einer der führenden evangelischen Familien Österreichs.«

»Unsere Urlioma war evangelisch, sie wohnte in Bad Tatzmannsdorf und durfte wegen ihrer Religion nicht in die katholische Grundschule des Ortes gehen, sondern musste jeden Tag durch den Wald in die evangelische Schule nach Neustift laufen,« erzählte Vera. Sie selbst war auch auf das evangelische Oberstufengymnasium in Oberschützen gegangen und nicht in das »normale« Gymnasium 300 Meter weiter. Interessant, wie diese Glaubenssache bis in die Gegenwart nachwirkte.

Johanna hatte ihre Gartenführung inzwischen fortgesetzt und schlenderte mit der Gruppe weiter durch den Garten.

»Wahnsinn, du hast sogar eine karierte Tulpe!« Vera wurde beim Anblick der Blume aus ihren religiösen Gedanken gerissen. Johanna lachte: »Das ist keine Tulpe, sondern eine Schachbrettblume. Eine Fritillaria meleagris. Sie ist in ganz Europa vom Aussterben bedroht, gehört zur Familie der Liliengewächse und ist streng geschützt. Aber weiter unten im Süden gibt es in Hagensdorf und Luising zwei Feuchtwiesen, die voll damit sind. Die solltet ihr euch unbedingt mal anschauen.«

»Klassische Tulpen hast du aber nicht so viele?«, stellte Finz fest.

»Ich hab mich vor ein paar Jahren auf Wildtulpen verlegt, weil mir die Wühlmäuse immer die anderen Tulpenzwiebeln aufgefressen haben. Es war mir zu mühsam, die jedes Mal beim Eingraben mit einem Gitterdraht zu schützen. Hochgezüchtete Tulpen erschöpfen sich auch schnell, die Zwiebeln wandern jedes Jahr tiefer, und nach ein paar Jahren hat man nur noch Blätter und keine Blüten mehr.«

»Meine Schwägerin hatte auch so ein Wühlmausproblem, deshalb hat sie die Tulpenzwiebeln immer im Herbst ausgegraben, in der kühlen Speis übern Winter trocknen lassen und dann im Frühling wieder eingegraben«, erzählte Mathilde.

»Und stell dir vor, irgendwann sind die Zwiebeln immer weniger geworden. Und da ist sie draufgekommen, dass sich ihr Bua immer, wenn er vom Fortgehen heimgekommen ist, eine Eierspeis gemacht hat und sich da die Zwiebeln reingeschnitten hat. Er hatte gedacht, das wären normale Zwiebeln.«

»Hat er das nicht geschmeckt?«, lachte Finz.

»Na ja, er hat gesagt, sie haben etwas süßer geschmeckt als normale Zwiebeln, aber er fand das ganz angenehm.«

»In Holland habens während des Zweiten Weltkriegs auch die Tulpenzwiebeln gegessen«, sagte Johanna. »Da gabs sogar Kochrezepte in den Hausfrauenzeitschriften dazu. Dahlienknollen kann man übrigens auch essen, gekocht wie Kartoffeln. Manche haben ein fenchelartiges Aroma oder schmecken nach Sellerie. Bei anderen erinnert der Geschmack an Schwarzwurzeln, Spargel oder Kohlrabi.«

»Kann man Narzissenknollen auch essen?«, fragte Eva.

»Ja, einmal«, lachte Finz. »Das wäre dann zugleich das erste und das letzte Mal.« Er senkte bedeutungsschwanger seine Stimme. »Im Arabischen bedeutet Narzisse so viel wie Todesbote. Es heißt dort, die Pflanze blühe am Eingang zur Unterwelt.«

»Für Kinder und Haustiere kann die Narzisse tatsächlich gefährlich sein«, sagte Johanna. »Die Blumen enthalten giftige Alkaloide. Es gab schon Fälle, dass das Blumenwasser getrunken wurde und das Ganze tödlich ausging. Ein Erwachsener wird wohl mit leichten bis mittleren Vergiftungserscheinungen davonkommen. Aber lustig ist das sicher nicht. Die Narzisse vergiftet übrigens auch andere Blumen in der Vase, sie sondert einen Schleim ab, den andere Schnittblumen nicht vertragen …«

Evas Handy läutete. Es war Paul. Just in dem Moment, als sie den Anruf annahm, richtete Finz, der direkt neben ihr stand, sein Wort an Johanna. »Narzissen dulden keine Nebenbuhler«, sagte er und lachte schallend.

»Narzissten dulden keine Nebenbuhler«, verstand Paul.

»Wo bist du?«, fuhr er Eva an.

»Bei Johannas Gartenstammtisch.«

»Lüg mich nicht an, ich hör ja den Süchtler neben dir reden und deppert lachen.«

Eva lief hochrot an. »Paul, bitte …« Sie wandte sich von der Gruppe ab und ging ein paar Schritte weg. Außer Hörweite war sie dennoch nicht. Vera hörte sie aufgebracht argumentieren.

»Nein, wenn ich es dir doch sage, ich bin beim Gartenstammtisch.«

»Spinnst du jetzt komplett?«

»Natürlich lüge ich nicht.«

»Hör auf, mich anzuschreien, die können dich alle hören, wenn du so brüllst.«

»Bitte Paul, bitte lass es einfach.«

»Nein, Paul, noch mal, ich lüg dich nicht an, ich bin bei Johanna.«

»Er ist zufällig da. Ich kann ja wohl niemandem untersagen hierherzukommen, es ist ein freies Land.«

»Nein, er ist nicht wegen mir da.«

»Wir reden über Narzissen. Über Blumen!«

»Ich soll dir das beweisen?«

»Und wie soll ich das beweisen?«

»Ich soll was?«

»Du hast sie ja echt nicht mehr alle.«

»Warum schickst mir nicht gleich einen Detektiv hinterher?«

»Natürlich sag ich die Wahrheit.«

»Dann beweis ich es dir halt.«

»Aber nur, wenn du dann Ruhe gibst.«

»Also gut.«

Sie beendete den Anruf. Ihre Hände zitterten.

Vera ging zu Eva und zog sie in die äußerste Ecke des Gartens. Die anderen taten so, als hätten sie nichts bemerkt. Nur Finz musterte sie mit einem Stirnrunzeln.

»Was will er?«

»Er will, dass ich ihm sofort ein Selfie schicke, das beweist, wo ich bin und mit wem. Der spinnt jetzt komplett.«

»Und was machst du jetzt?«

»Na, ich schick ihm eines. Wenn ich das nicht mache, habe ich daheim einen Wickel, der sich gewaschen hat.«

Eva nahm das Handy, streckte den rechten Arm von sich und drückte auf den Auslöser. Johannas Hofladen und die Anwesenden waren im Hintergrund klar zu erkennen.

Vera, die neben ihr stand und daher groß im Bild war, dachte kurz daran, die Zunge rauszustrecken, ließ es dann aber bleiben. Sie war immer schon leicht renitent gewesen, aber in Situationen wie dieser bedeutete aufmüpfiges Verhalten wohl eher, Öl ins Feuer zu gießen. Damit täte sie Eva nichts Gutes.

Eva begutachtete das Foto und drückte auf »Senden«. Ihr Gesicht war mit hektischen roten Flecken überzogen.

»Komm, lass uns zurückgehen«, sagte Vera.

Die Gruppe hatte sich mittlerweile um zwei Körbe geschart. Darin befanden sich runde Dinger, die in Seidenpapier gewickelt waren.

»Geschenke«, rief Johanna fröhlich. »Ich hab euch ein paar Blumenzwiebeln, die sich bei mir vermehrt haben, ausgegraben. Die könnt ihr bei euch daheim einpflanzen. Ihr müsst euch nur entscheiden. Wildtulpe oder Narzisse?«

»Tulpe«, sagte Vera.

»Narzisse«, sagte Eva.

KAPITEL 18
SEX MIT DEM EX

Selbst wenn sich Weißstörche schon eine Weile kennen, wird der Partner mit respektvollem Klappern begrüßt. Beide biegen, synchron oder abwechselnd, ihren Hals zurück und schließen und öffnen geräuschvoll die Schnäbel.

»Ich fahr noch auf ein Getränk ins ›Sapore‹, kommt ihr mit?«

Finz hatte das Angebot ganz allgemein in die Runde gesprochen. Aber Eva spürte, dass er vorrangig sie ansprach.

»Ich weiß nicht«, sagte sie zögernd.

»Los, komm, wir holen uns noch ein Trankl«, sagte Vera. »Oder musst du heim wegen Carla?«

»Nein, die ist über die Feiertage bei der Oma in Eisenstadt, sie trifft sich dort mit alten Schulfreundinnen. Sie hat sich immer noch nicht eingelebt.«

»Das trifft sich ja super, Letta schläft heute bei meiner Mama, sie schauen gemeinsam ›Germany's Next Topmodel‹. Das ist ihr gemeinsamer wöchentlicher Fixtermin. Da richten sie stundenlang gemeinsam die armen Models aus. Wie die Hyänen. Wir haben also sturmfreie Bude.«

»Na ja, aber der Paul …«

»Jetzt pass mal auf«, Vera zog Eva zur Seite, »der Paul hat sich gerade aufgeführt wie das größte Arschloch des Universums. Du bist eine erwachsene Frau und nicht seine Leibeigene. Es ist nicht einmal 18 Uhr. Du wirst doch bitteschön noch mit uns was trinken gehen dürfen. Du machst ja nichts Heimliches. Weil wennst was Heimliches machen willst, brauchst wirklich nicht ins ›Sapore‹ zu gehen. Öffentlicher geht nicht.«

»Ja okay, wenn du auch mitgehst, weil, wenn der Finz und ich da alleine hingehen, dann schaut das ja aus wie …«

»… wie wenn ich der begehrteste Junggeselle des Südburgenlandes bin, ich Glückspilz«, sagte Finz und legte die Arme um Vera und Eva. »Schnappt eure Autos, wir treffen uns dort.«

»Sapore«, das bedeutet auf Italienisch der Geschmack. Und den hatten die Betreiberinnen, zwei bildhübsche italophile Schwestern, tatsächlich, als sie die ehemalige Bäckerei in eine entzückende italienische Weinbar verwandelten. Sie hatten die ehemals dunkle Verkaufstheke mit alten Fensterläden verkleidet, hellgrau lackiert und mit einer neuen hellen Platte versehen.

Im antiken, mit dekorativen Schnitzereien verzierten Bücherregal, das ebenfalls grau und cremeweiß lackiert war, wurden italienische Pasta, Kaffee aus Neapel und selbst gemachte Marmeladen, Chutneys und Sughi zum Verkauf angeboten. Cremefarbene Regale und dekorative Zementfliesen rundeten das Interieur ab.

Katrin, die eine der beiden Schwestern, schnitt gerade Prosciutto auf, als Vera, Eva und Finz das Lokal betraten. Sie richtete den hauchdünn geschnittenen Schinken gemeinsam mit Kapern, Oliven, Pecorino und eingelegtem Gemüse auf einem grauen Keramikteller an.

»So ein ähnliches Geschirr haben wir auch daheim«, freute sich Eva. »Das ist von dieser Künstlerin aus Stadtschlaining, stimmt's?« Katrin nickte.

»Habt ihr Hunger?«, fragte sie.

»Nein, wir kommen gerade von Johannas Gartenstammtisch. Sie hat uns wie immer gemästet. Aber Durst hätten wir«, lachte Finz.

Katrin kannte Finz und Vera. Eva hatte sie noch nie gesehen. Aber als diese ihr vorgestellt wurde, ging ihr sofort ein Licht auf. Das war also die Frau vom Achleitner, dem Zuagroasten, mit dem die Zieserl angeblich eine Affäre hatte. Ganz Oberwart redete darüber. Die Einzigen, die wie immer nichts davon wussten, waren die Betrogenen. So war das am Land.

Wie jede gute Wirtin ließ sich Katrin nichts anmerken. »Was wollt ihr trinken, Aperol Sprizz, Basecco, das ist unsere Proseccokreation mit Holundersirup und Basilikum …«

»Ich nehm ein Bier«, sagte Finz. Eva und Vera entschieden sich für Basecco.

»Ist deine Schwester auch da?«, fragte Vera. »Die Sandra hilft gerade dem Dunkel Tom, den Gin in den Keller zu räumen«, sagte Katrin. »Der hat uns heute eine Lieferung gebracht. Sie müssten eh gleich kommen.«

»Ich geh mal aufs Klo«, sagte Vera und flüchtete auf die Toilette.

Ihr Herz klopfte bis zum Hals. Shit, shit, shit. Der Dunkel Tom war da. Wie sah sie aus? Sie betrachtete sich im Spiegel. Pferdeschwanz, ungeschminkt, Jeansrock und ein uraltes T-Shirt von French Connection mit dem Aufdruck »SXE PELASE«. Na toll! Hoffentlich glaubte er nicht, dass die Message an ihn gerichtet war. Was hatte sie eigentlich für eine Unterwäsche an. Und noch schlimmer. Warum dachte sie überhaupt darüber nach, was für eine Unterwäsche sie anhatte. Ahhhhhhhrr. Sie löste den Zopf, machte die Hände nass, fuhr sich durch die Haare und versuchte, eine Art Frisur zu kneten. Dann kramte sie in ihrer Handtasche nach einem Lippenstift und tupfte ein bisschen davon auf Lippen und Wangen.

Zehn Sekunden später wischte sie alles wieder weg. Was würden Finz und Eva denken, wenn sie voll angeschmiert vom Klo zurückkommen würde. Außerdem waren ihre Wangen jetzt eh rot. Lag vermutlich auch daran, dass sie den Basecco mehr oder weniger auf ex hinuntergekippt hatte, als der Name Dunkel Tom gefallen war.

Sie musste jetzt schleunigst zurück. Die anderen würden denken, sie wäre ins Klo gefallen. Auf dem Regal über dem Handwaschbecken hatten die Schwestern ein paar Parfüms für ihre Gäste stehen. Vera tupfte L'Impératrice von Dolce & Gabbana auf. L'Impératrice – die Herrscherin. Diese Kraft würde sie jetzt brauchen.

Sie wusch sich die Hände und stieß die Tür zur Bar auf. Der Dunkel Tom stand an der Bar bei ihren Leuten. Er hatte eine Ginflasche und ein Tablett voller Gläser vor sich stehen. Es sah nach einer privaten Ginverkostung aus. Er hatte Vera den Rücken zugedreht, aber er musste ihren Blick im Rücken gespürt haben, denn er drehte sich um und sah ihr direkt in die Augen.

»Hi«, sagte Vera.

»Hi«, sagte Tom.

Vera hatte sich unzählige Male versucht vorzustellen, wie es sein würde, wenn sie den Dunkel Tom einmal wiedersehen würde. Jetzt war der Moment da, und vor lauter Nervosität spürte sie rein gar nichts. Sie stand einfach nur neben sich.

Der Dunkel Tom und sie, das war eine eigene Geschichte gewesen. Sie hatte ihn kennengelernt, als sie 18 war, und während der folgenden drei Jahre hatte sie zehnmal mehr

Zeit damit verbracht, sich entweder nach ihm zu sehnen oder ihn abgrundtief zu hassen oder seine Psyche mit ihren Freundinnen zu analysieren, als dass sie tatsächlich Zeit mit ihm verbracht hätte. Zusammen waren sie ohnehin meist nur in der Nacht gewesen. Am Wochenende. Im »Kamakura«, diesem Undergroundklub, der den Musikgeschmack einer ganzen Generation geprägt hatte. Iggy Pop, Pixies, Soft Cell, The Cure. Richtig zusammen waren sie nie. Er fand sie immer dann am interessantesten, wenn sie gerade nicht an ihm interessiert oder anderweitig vergeben war. Immer wenn sie dann wollte, war er wieder mit seiner blöden Ex zusammen. Aber die paar Male, als das Timing stimmte, hatten sich für immer in Veras Herz und Seele eingebrannt.

Das erste Mal mit Tom, Vollmond am See, Sonnenaufgang am Csaterberg. »Wish you were here« von Pink Floyd im Auto. So laut und so lange, bis die Autobatterie leer war und sie per Autostopp zurückfahren mussten. Das andere Mal, als sie ins Freibad eingebrochen waren und um 4 Uhr in der Früh auf der Wiese gelegen, geraucht und Asteroiden gezählt hatten. Da hatte er ihr von seinem gewalttätigen Vater erzählt und geweint und sie angefleht, ihn nie zu verlassen. Vielleicht war er aber auch nur betrunken gewesen. Weihnachten im »Kamakura«. Ein Christbaum stand auf der Tanzfläche. Alle hatten darum herumgetanzt. Danach hatte sie ihn heimgeführt, durch einen Schneesturm. Lebensgefährlich war das gewesen. Es war 5 Uhr in der Früh. Der Schneepflug war noch nicht gefahren. Die Fahrbahn war spiegelglatt. Getrunken hatten sie auch. Ein Tequila hatte zehn Schilling gekostet. Das wären heute 70 Cent. Vera mochte immer den goldenen Tequila mit Orange und Zimt, Tom den silbernen mit Salz und Zitrone. Sie waren in den Graben gefahren, aber sie waren nicht gestorben. Ein Auto hatte angehalten, und vier Nachtschwärmer aus Stinatz waren ausgestiegen und hatten geholfen, den Wagen aus dem Graben zu heben. Ein Weihnachtswunder. Vera war dabei bis zur Hüfte im Schnee versunken. Damals gab es noch richtige Winter im Südburgenland. Sie und Tom waren klitschnass eingestiegen und weitergefahren, und irgendwie hatten sie es ohne einen weiteren Unfall bis zu seiner Wohnung geschafft. Sie waren beide durchgefroren, und Veras Zähne hatten so schlimm geklappert wie niemals zuvor und niemals danach in ihrem Leben. Sie und Tom hatten dann gemeinsam gebadet. Nicht nur, um sich aufzuwärmen. Tom hatte in der Badewanne einen Hut aufgesetzt und Gedichte vorgetragen. Vera hatte sich schiefgelacht. Danach hatten sie Kaffee mit Weinbrand getrunken, Kekse gegessen und Tracy Chapman gehört und waren unter seine riesige Daunentuchent gekrochen. Es war das beste Weihnachten ever gewesen.

Zu Silvester war Tom dann wieder mit seiner Ex zusammen. Und danach war Funkstille gewesen. Zehn Jahre lang. Bis er eines Nachts vor Veras Tür in Wien gestanden war. Betrunken und verzweifelt. Betrunken und verzweifelt konnte er immer schon gut.

»Ich war ein Idiot, ich habe dich scheiße behandelt, weil ich Angst vor meinen eigenen Gefühlen hatte«, hatte er gesagt.

»Ich bin schwanger«, hatte Vera gesagt. »Ich liebe einen anderen.«

Das war es dann gewesen. Bis heute.

Und jetzt stand er einfach da. Mitten im »Sapore«. Und er sah eigentlich genauso aus wie damals, schon älter, aber gut älter. Dunkle kurze Haare, Dreitagebart, die Bartstoppeln ein bisschen grau. Dicke Lider. Aber es fiel ihr nicht im Traum ein, diese »Tränensäcke« zu nennen. Die hatte er immer schon gehabt, und Vera fand die sexy. Über dem T-Shirt-Ausschnitt war am rechten Schlüsselbein das Ende einer Tätowierung sichtbar: zwei schwarze Spitzen. Vera kannte das ganze Tattoo. Es war der Ivan, den George Clooney in »From dusk till dawn« trug. Nur dass der Tom sich seinen klugerweise etwas tiefer hatte stechen lassen.

»Magst auch ein Gin Tonic?«, fragte er.

»Klar«, sagte Vera. Mit irgendwas musste sie ja den Frosch in ihrem Hals runterspülen.

Tom ging hinter die Bar. Er schenkte etwas Gin in ein Glas und gab Eis, ein Stück Gurke und etwas Limette dazu, dann füllte er mit Tonic auf. »Gin ist so ein Modegetränk. Da wird gerade mit den verrücktesten Aromen experimentiert, aber ich mag es gerne klassisch. Wacholder, Orange, Kardamom, Ingwer. Und das Tonic darf nicht zu süß sein. Prost.«

Vera nahm einen Schluck. »Schmeckt gut«, sagte sie. Sie trank schnell. Zu schnell. Ihr wurde angenehm warm im Magen. Der Gin brannte die Nervosität weg. »Was machst du jetzt so?«, fragte sie.

»Ich habe einen Buschenschank am Csaterberg, ganz dort in der Nähe, wo uns einmal das Auto eingegangen ist, erinnerst du dich noch?« Was für eine blöde Frage. Natürlich erinnerte sie sich. Und sie wusste, dass er wusste, dass sie das nie vergessen würde. Sie flüchteten sich in Small Talk. Die wichtigen Fragen »Hast du jemanden, den du liebst?« und »Wie geht es dir jetzt, wo du mich endlich wiedersiehst?« wurden nicht gestellt.

Vera trank noch einen Gin Tonic und dann noch einen. »Schatzi, so kenn ich dich gar nicht«, sagte Sandra. »Du hast heute aber einen Zug drauf wie früher.« Sie hatte mit Vera auch schon einige Tequilapartys im »Kamakura« gefeiert. Früher.

»Ich glaub, ich fahr jetzt«, sagte Vera. Finz und Eva würden auch ohne sie klarkommen. Die beiden schienen ohnehin in eine bedeutungsvolle Diskussion versunken zu sein. Und Tom. Ach Tom.

»Sandra, ruf mir ein Taxi, bitte.«

»Ich kann dich nach Hause fahren«, sagte Tom. Vera lachte zweifelnd. »Ich lass meinen Wagen stehen, weil ich zu viel getrunken habe, und dann soll ich mit dir mitfahren, der mindestens genauso viel gesoffen hat?«

»Erstens vertrage ich mehr und zweitens kenne ich die Schleichwege«, sagte Tom trocken. »Also, was ist?« Er griff zu seiner Jacke und seinen Autoschlüsseln. Vera zögerte. Sie dachte daran, dass sie Letta 1000e Male eingeschärft hatte, niemals im Leben zu einem Betrunkenen ins Auto zu steigen, und nun tat sie selbst genau das. »Wir könnten auch ein Taxi rufen«, sagte sie zögerlich. »Ich hab in meinem ganzen Leben im Südburgenland noch nie ein Taxi gerufen«, schnaubte Tom verächtlich.

»Darauf brauchst dir aber nichts einzubilden«, sagte Vera. »Das ist einfach nur hirnlos!«

»Lass uns fahren«, sagte Tom. Vera nahm ihren Mantel. Auch wenn die Aktion wirklich fetzendeppert war.

Im Lokal war es heiß und stickig gewesen. Als die beiden es verließen, schlug ihnen die kühle Nachtluft entgegen.

Tom ging zu seinem Range Rover und entriegelte mit dem Autoschlüssel die Türen. Vera wartete kurz, ob er ihr die Tür aufhalten würde. Tom deutete ihr Zögern richtig und riss mit einer übertriebenen Verbeugung die Beifahrertür auf.

»Bitte, Madame.«

»Danke«, sagte Vera trocken und versuchte, so einzusteigen, dass ihr Rock dabei nicht allzu weit hinaufrutschte.

Trotzdem bemerkte sie Toms Blick auf ihre Beine. Und es gefiel ihr. Sie mochte ihre Beine.

Tom stieg ein und startete die Zündung. Die Musik ging an. »Roads« von Portishead ertönte. »Meine Lieblingsdeprimusik der Nullerjahre«, scherzte Vera. Tom erwiderte nichts. Er konzentrierte sich auf die Fahrbahn, bog rasch von der Hauptstraße weg Richtung Schuldenberg und wählte dann den Güterweg nach Sankt Martin.

»Hier steht keine Polizei, denn die würde ewig stehen, bis um diese Zeit mal ein Auto vorbeikommt, aber wenn dann eines kommt, wär die Trefferquote für einen Alktest jedes Mal 100 Prozent.«

»Bei dir sicher«, sagte Vera.

Sie war froh, dass hier kein anderes Fahrzeug unterwegs war. Der Güterweg war nicht beleuchtet. Auf den Feldern sah sie im Scheinwerferlicht gelbe Augen aufblitzen. »Pass auf, da sind Rehe«, warnte Vera.

»Das sind keine Rehe, das sind Werwölfe«, scherzte Tom. »Wir kommen gleich zum Moor.«

»Hüte dich vor den Irrlichtern«, blödelte Vera.

Langsam fing sie an, sich zu entspannen. Tom fuhr sicher, in zehn Minuten würde sie zu Hause sein. Aber eigentlich wollte sie genau das nicht. Tom schien ihre Gedanken zu erraten. »Magst zum Chinesen fahren, wie früher?«

»Sag nicht, du hast was zum Rauchen mit«, sagte Vera. Der Chinese war ein senkrecht in der Erde steckendes Rohr mit einem gelben Plastikhütchen oben drauf. Irgendwer hatte mal behauptet, es wäre eine Entlüftung oder Markierung für irgendwelche Gasleitungen. Solche Chinesen gab es auf südburgenländischen Feldwegen mehrere. Der im Moor war aufgrund seiner Nähe zur Diskothek »Kamakura« als

Kiffertreff besonders beliebt gewesen. »Damit hab ich schon vor Jahren aufgehört«, sagte Tom, »obwohl's das Zeug ja inzwischen auf jedem Pflanzentauschmarkt verkaufen.«

»Also eine kleine Zeitreise?«, sagte Vera.

»Wir könnten zumindest nachschauen, ob der Chinese noch da ist«, sagte Tom und bog nach rechts Richtung Fischteich ab. »Den Weg bin ich zuletzt vor 20 Jahren gefahren, lassen wir uns überraschen.« Er bog wie früher an der bewussten Abzweigung nach links.

Natürlich war der Chinese noch da. Tom bremste kurz davor ab und schaltete den Motor aus. »Voilà, alles wie gehabt.«

»Wir sollten echt einmal recherchieren, wofür diese Dinger wirklich gut sind«, sagte Vera.

»Es sind Pforten in die Vergangenheit«, sagte Tom und beugte sich zu Vera. Dann legte er lässig den Arm um sie und zog sie ein bisschen an sich. Es fühlte sich ein wenig verdreht und ungelenk an, diese Umarmung von Autositz zu Autositz.

Vera drehte den Kopf zu ihm und wägte für den Bruchteil einer Sekunde ab, was sie jetzt tun sollte.

Sie könnte ihm sagen, dass er sich mit seinem cheesy Nostalgietrip verpissen konnte. Dass sie beide keine 19 mehr waren, und dass es mehr als eine Rohrleitungsmarkierung und etwas Portishead brauchte, um sie auszuziehen. Oder sie konnte sich einfach darauf einlassen.

Sie legte die Hand auf Toms Wange und blickte ihm prüfend in die Augen. Tom erwiderte ihren Blick. Sein Blick war der eines trägen Raubtieres, das seine Beute fixierte.

Vielleicht war das aber auch nur der Alkohol oder die Tränensäcke. Wahrscheinlich war er wieder mal bummzu. Vera wurde trotzdem flau im Magen. Fuck, da waren sie wieder, die Schmetterlinge, wie damals. Sie wusste: Wenn sie jetzt diese Grenze überschritt, dann war es das – dann war klar, wo das Ganze hinführen würde. Und dann gab es auch kein Zurück mehr. Fuck it, dachte sie. Dann schloss sie die Augen und küsste ihn.

Die ersten Küsse waren spielerisch, prüfend wie eine forschende Entdeckungsreise. Erst küsste sie ihn einfach nur zart auf den Mund, dann nahm sie erst seine Oberlippe, dann seine Unterlippe ganz sanft zwischen die ihren und sog leicht daran. Tom grinste und imitierte ihren Stil. Noch keine Zunge. Er stöhnte trotzdem. Vera überlegte, ob sie sich damals auch so geküsst hatten, aber sie wusste es nicht mehr. Es war zu lange her.

Sie legte ihre rechte Hand in seinen Nacken und fuhr ihm mit den Fingern durch die Haare.

»Du hast mich damals genauso angegriffen«, sagte er mit rauer Stimme. Er konnte sich also erinnern.

Auf Vera wirkte Tom körperlich vertraut und fremd zugleich. Vertraut, weil es Tom war, und fremd, weil sie, ob sie es wollte oder nicht, noch immer auf Lettas Vater Gabriel geprägt war. Sie hatte nicht die geringste Lust, Gabriels Erinnerung auferstehen zu lassen und die beiden zu vergleichen. Mit Gabriel war sie fertig. Aber ihr Hirn konnte es trotzdem nicht lassen, die Unterschiede zu registrieren.

Tom hatte breitere Schultern als Gabriel. Tom hatte eine glattere Brust. Tom hatte eine weichere, breitere Zunge als

Gabriel, und er küsste sie damit lasziver und fordernder zugleich auf eine Art, die sie komplett verrückt machte.

Tom zog erst sein und dann ihr T-Shirt aus und öffnete ihren BH. »Wahnsinn, du siehst unglaublich aus. Du hast dich echt toll gehalten, du siehst noch heißer aus als damals«, sagte er.

»Du redest so eine machoide Scheiße«, sagte Vera und freute sich insgeheim trotzdem über die machoide Scheiße.

In ihrem Kopf war sie jetzt ohnehin wieder 19. Eine 19-Jährige, die auf dem Beifahrersitz eines Autos beim Chinesen im Oberwarter Moor Sex hatte. Nur, dass der Sex wesentlich besser war als damals, als sie beiden noch ungeschickte pseudocoole Teenager gewesen waren.

Tom wusste genau, was er tat. Vera bemerkte mit ungläubiger Faszination, wie heftig ihr Körper auf ihn reagierte, wie ihr Hirn aussetzte und sie zitterte und stöhnte und schrie, als sie sich unter seinen Händen komplett gehen ließ. Und als er schwer atmend auf ihr lag – sein Gewicht auf ihr, etwas, das Vera auch früher immer schon geliebt hatte – wusste sie ein, zwei Minuten lang nicht mehr, wo seine Haut aufhörte und ihre anfing.

KAPITEL 19
PAUL ISST DIE ZWIEBEL

Die Balz von Enten geht häufig mit Kämpfen und sexuellen Belästigungen einher, vor denen sich die Entenweibchen auf ungewöhnliche Weise schützen: Sie ziehen ihre Vagina zusammen, wodurch diese eine im Uhrzeigersinn gewundene Form annimmt, ähnlich einem Korkenzieher. Der Penis der Erpel ist aber genau entgegen dieser Richtung gedreht. So verhindert die Entendame, dass ein unliebsames Männchen in sie eindringen kann.

Die Leute streiten sich ja oft darüber, ob etwas Zufall oder Schicksal ist. War es Zufall oder Schicksal, dass Vera an diesem Abend früher gehen wollte? War es Zufall oder Schicksal, dass Eva und Finz danach exakt 23,5 Minuten brauchten, um ihre Fluchtachterl auszutrinken, zu zahlen, auf die Straße zu gehen und sich mit einer Umarmung zu verabschieden? War es Zufall oder Schicksal, dass Paul just in diesem Moment mit seinem Wagen vorbeifuhr? Egal, ob Zufall oder Schicksal, es war auf alle Fälle ganz mieses Timing.

Paul bremste den Wagen 100 Meter weiter am Straßenrand und beobachtete im Rückspiegel die Abschiedsszene. Der Anblick machte ihn so wütend, dass er das Lenkrad umklammerte, bis die Knöchel seiner Hände schneeweiß anliefen. Er war in der »Avita Therme« gewesen und auf dem Heimweg. Mit vielem hatte er gerechnet, aber nicht damit, dass seine Frau, die ihm eben noch scheinheilig ein Selfie von ihrem angeblichen Gartentreffen geschickt hatte, auf der Straße diesem Giftler um den Hals fiel.

Sie hatte ihn ganz dreist angelogen. Dieses hinterlistige Stück. Und die Weiber vom Gartenklub steckten mit ihr unter einer Decke. Sogar die Vera, die er für die Texte bezahlt hatte. Verlogene Wühlmäuse. Paul beobachtete, wie Eva und Finz zu ihren Fahrzeugen gingen. Er wartete, bis seine Frau einstieg, dann rief er sie an.

»Wo bist du?«

»Im ›Sapore‹, aber wir sind schon am Gehen.«

»Ich dachte, du bist bei dem Gartenklubtreffen?«

»War ich auch, aber die Vera hatte noch die Idee, dass wir ins ›Sapore‹ fahren.«

»Du bist also mit der Vera unterwegs?«

»Ja, eigentlich schon, also ja, aber …«

»Also was jetzt.«

»Nichts, ich komm eh schon heim.«

»Du fährst jetzt heim?«

»Ja.«

»Gut, ich sehe dich in 20 Minuten zu Hause.«

Den letzten Satz hatte er schärfer gesagt, als er wollte. Aber länger wollte er sich nicht mehr für dumm verkaufen lassen. Er stieg aufs Gas und nahm den Abschneider durch den Wald. Die würde sich wundern.

Als Eva nach Hause kam, saß Paul bereits im Wohnzimmer im Fritz Hansen Egg-Chair. In der einen Hand hielt er ein Weinglas, mit den Fingern der anderen trommelte er gegen die Sessellehne. Er sah aus wie ein Rachegott. Seine Lippen waren zu dünnen Strichen gepresst, sein Kiefer angespannt. Seine blauen Augen funkelten sie kalt an.

»Du verlogene Schlampe«, stieß er hervor. »Mir wegen

jeder Frau, die ich beruflich treffe, die Hölle heißmachen, und dann lässt du dich mitten auf der Straße von dem Gärtner abschlecken. Und dann lügst du mich auch noch deppert an.«

Er stand auf und ging ein paar Schritte auf sie zu.

Er hob theatralisch die Stimme und äffte Eva nach: »Ich bin mit der Vera. Die Vera hatte die Idee, dass wir ins ›Sapore‹ fahren.« Er lachte diabolisch und baute sich in voller Größe vor Eva auf. »Glaubst du, ich bin ein Vollidiot, glaubst du das wirklich? Weil, wenn du das glaubst, dann hast du dich geirrt. Ich war nämlich da. Ich hab dich gesehen. Ich hab gesehen, wie du dich diesem Gärtner an den Hals geworfen hast wie eine läufige Hündin. Du kompromittierst mich, und du weißt, was passiert, wenn du mich kompromittierst ...«

Er packte sie an den Schultern und schüttelte sie.

»Paul, da ist nichts, ich schwör es dir, der Finz war nur zufällig da. Und weil die Vera schon wegmusste ... Wir waren mehrere Leute. Du kannst jeden fragen, der im Lokal war.« Eva wurde panisch. Sie fühlte, wie die Angst sie überrollte wie eine Welle. Ein eifersüchtiger Paul war unberechenbar, das hatte sie schon früher am eigenen Leib erleben müssen. Sie sollte sich wehren, kämpfen, flüchten. Aber sie tat nichts von alldem. Sie war wie gelähmt.

Paul lockerte den schraubstockartigen Griff und schubste sie dann nach hinten. Eva taumelte. »Geht das nicht in deinen blöden Kopf hinein.« Er hob die Hand. Sie schloss die Augen und duckte sich. Sie erwartete den Schlag, aber sie hatte nicht vorhergesehen, dass er so heftig sein würde. Sie vergaß jedes Mal, wie weh es tat. So wie frischgebackene Mütter die Wehen sofort vergessen. Aber Paul hatte keine Mühe, die Erinnerung aufzufrischen.

Als seine Faust sie traf, dachte sie, ihr Kopf würde explodieren. Er schlug sie immer seitlich hinter der Schläfe oder auf dem Hinterkopf. Dort, wo Haare waren. Wo man keine Blutergüsse sah. Außer man ging zum Arzt. Eva ging nicht zum Arzt. Nicht deswegen. Für ein paar Sekunden sah sie Sterne. Sie verlor das Gleichgewicht und stürzte gegen den kleinen Tisch neben dem Loungechair. Dort, wo Paul sein Weinglas abgestellt hatte. Das Glas fiel kurz vor Eva zu Boden. Beim Versuch, ihren Sturz mit der rechten Hand abzufangen, griff sie voll in die Scherben. Rote Flüssigkeit auf ihrer Hand, Rotwein und Blut.

»Da schau, was du angerichtet hast«, sagte Paul verächtlich. »Das kommt davon, wenn du mich provozierst. Räum den Dreck weg und dann geh dich duschen und verbind dir die Hand.« Eva rollte sich zu einem Ball zusammen und schluchzte. Ihr Kopf dröhnte, ihre Ohren rauschten. Sie spürte, wie ihre verletzte Hand pulsierte. »Ich hasse dich«, schluchzte sie zwischen zusammengebissenen Zähnen. »Ich hasse dich. Ich hasse dich. Ich hasse dich.«

Aber das hörte Paul nicht mehr. Er hatte den Raum bereits verlassen.

Eva wusste nicht mehr, wie sie an diesem Abend ins Bett gekommen war. Aber sie wachte auf, weil sie spürte, dass Paul sie von oben bis unten abschleckte. Es war ein ekelhaftes Gefühl, nass und schlabbrig. Es fühlte sich so an, als wolle er sie markieren.

Sein Atem roch schlecht, schal nach Alkohol und Zwiebeln. Er war erregt und er wollte Sex, aber er hatte sich nicht einmal die Mühe gemacht, sich die Zähne zu putzen. »Es tut mir so leid, Baby«, keuchte er. »Mir sind gestern die Nerven durchgegangen. Aber das kommt halt davon, wenn du mich anlügst. Wenn du mich nicht mehr anlügst, wird das auch nicht mehr passieren.« Er presste sein Knie gegen ihre geschlossenen Beine und legte sich auf sie. »Ich mach's wieder gut.« Eva schloss die Augen. Sie fühlte sich wie eine Puppe. Wie eine Sexpuppe. Aber sie wehrte sich nicht. Würde sie ihn abweisen, würde der Psychoterror weitergehen. Das hier war der Preis, den sie für ihren Frieden bezahlte. Es hieß nicht umsonst »eheliche Pflichten«. Sie schloss die Augen und versuchte, sich in einem Winkel ihres Kopfes zu verstecken, in dem er sie nicht finden konnte.

Als Paul fertig war, stand Eva auf, ging ins Bad, nahm zwei Ibuprofen und fünf CBD-Tropfen. Danach stellte sie sich eine halbe Stunde unter die Dusche und schrubbte sich von oben bis unten ab. Sie wollte Paul abwaschen. Sie ekelte sich vor sich selbst. Paul war längst wieder eingeschlafen. Eva hörte ihn schnarchen. Sie ging nicht zurück ins Schlafzimmer. Keine zehn Pferde hätten sie dahin zurückgebracht. Sie erneuerte ihren Verband, dann setzte sie sich auf die Stiegen zum Garten und starrte ins Leere. Wenn sie rauchen würde, hätte sie jetzt geraucht. Aber so konnte sie nicht einmal das tun.

Als Paul aufwachte, war es bereits 11 Uhr. Er war wunderbar gelaunt und tat so, als wäre alles in bester Ordnung. Die Sonne schien, der Himmel war blitzblau, draußen sangen die Vögel. Die Nachbarin bearbeitete einen Teppich, den sie über den Gartenzaun gehängt hatte, mit dem Teppichpracker. Sie hatte dabei das Radio eingeschaltet. Ein 80er Jahre-Lied. Neue Deutsche Welle. »Anna von Trio«. Der monotone Singsang plärrte aus den Boxen.

»Anna ... Lass mich rein, lass mich raus.« Ein Rasenmähroboter zog neben der Nachbarin in der Wiese seine Kreise. Ein junger dunkelhäutiger Bursche schnitt die Hecke. Alles wirkte surreal. Eva kam sich vor wie in einem seltsamen Paralleluniversum.

»Ich hab heute am Nachmittag die Präsentation im steirischen Gemeinderat«, sagte Paul. »Ich würde aber davor noch eine Kleinigkeit essen. Was gibt es heute?«

»Steaks mit Bratkartoffeln und Zwiebelsenf«, sagte Eva.

»Klingt gut«, lobte Paul. »Dann geh ich jetzt noch eine Runde in die Kraftkammer, ruf mich, wenn das Essen fertig ist.«

Er ging in den Bauch des Raumschiffs. Hier hatte er sich einen Trainingsraum eingerichtet. Laufband, ein paar Fitnessgeräte, Hanteln, Punchingbag.

Eva band sich die Haare zusammen und zuckte kurz, als sie den Haargummi festzurrte und sich dabei ihre Kopfhaut spannte. Ihr Kopf tat trotz Schmerztabletten immer noch weh.

Sie ging zum Kühlschrank und nahm die Filetsteaks heraus. Der Fleischhauer hatte diese extra dick geschnitten. Paul mochte das so. Eva hatte sie bereits vor zwei Tagen in einem selbst gemachten Kräuteröl mit Thymian und Knoblauchrauke mariniert. Die Steaks waren aus Markt Allhau, die Kartoffeln und Zwiebeln aus Riedlingsdorf. Eva kaufte immer regional.

Sie schälte Kartoffeln, kochte diese halbgar, vermischte sie mit Olivenöl, dem sie Rosmarinnadeln und eine klein gehackte Knoblauchzehe beigefügt hatte, und schob die Kartoffeln dann in einem Bräter in den Backofen. Während die Kartoffeln knusprig brieten, bereitete Eva den Zwiebelsenf zu. Sie vermischte drei Esslöffel scharfen Senf mit einem halben Teelöffel Zucker, etwas Salz und Pfeffer und fügte eine halbe klein geschnittene Zwiebel hinzu. Dann ging sie zu ihrer Handtasche und nahm die in Seidenpapier gewickelte Narzissenzwiebel heraus. Sie zog Gummihandschuhe an. Johanna hatte sie gewarnt, dass Narzissenzwiebeln Hautreizungen hervorrufen konnten. Eva griff zum Küchenmesser, schnitt ein großes Stück von der Zwiebel ab, hackte es klein und rührte es unter den Senf.

Sie ging zur Kellerstiege. »Paul, Essen ist in zehn Minuten fertig.«

»Ich geh noch schnell duschen.«

Eva erhitzte die schwere gusseiserne Grillpfanne und legte die öligen Steaks darauf. Es zischte und spritzte. Drei Minuten auf jeder Seite, dann zehn Minuten rasten lassen. Medium rare. So wie er es mochte.

Paul trug schwarze Jeans und ein schwarzes Leinenhemd, als er wieder aus dem Bad kam. Die Ärmel waren hochgerollt. Sein Haar war noch feucht. Seine Muskeln waren vom Workout aufgepumpt. Ein Bild von einem Mann. Ein Mann wie aus dem Bilderbuch. Ein Traummann. Ein Albtraum.

»Ah, das sieht gut aus. Isst du nichts?«

»Ich darf noch nicht. Ich mach 16 zu acht, 16 Stunden Fasten, acht Stunden Essen.«

»Ah gut, ich wollt heute früh nichts sagen, aber du hast ein bisschen zugelegt. Gut, dass du es selber bemerkst. Ich mag keine Frauen, die sich gehen lassen. Kurven sind geil, aber blad turnt mich nicht an.«

Paul lachte süffisant.

Arschloch, ich wieg so viel wie immer, dachte Eva, aber sie sagte nichts, lächelte nur gekünstelt.

»Du setzt dich aber schon zu mir«, forderte Paul.

»Natürlich!«

»So ist es brav, brav gefällst du mir am besten. Du musst nur spuren, und alles ist gut.«

Er säbelte ein großes Stück Fleisch ab. Blut trat an der Schnittstelle aus und vermischte sich auf dem Teller mit dem dort platzierten Häufchen Zwiebelsenf. Eva grauste ein bisschen, als sie das sah. Es erinnerte sie an ihre blutende Hand gestern. Sie strich sich über ihren Verband. Die Schnittwunde war ziemlich tief. Hoffentlich infizierte sich die Wunde nicht. Dann würde sie ins neue Oberwarter Krankenhaus fahren müssen.

Paul schien sich an dem Anblick auf seinem Teller nicht zu stören. Er wälzte das Fleischstück im blutigen Senf und steckte sich den Bissen in den Mund.

»Interessant, hast du eine neue Gewürzmischung ausprobiert?«

»Ja, ist ein neues Rezept vom Bernie Rieder«, sagte Eva.

Paul aß den ganzen Teller leer. Das Workout musste ihn hungrig gemacht haben. Und der Sex. Und das andere.

»Ich mach mich jetzt fertig und bin dann weg. Hast du heute noch irgendwas vor?«

»Ich treff mich mit meiner Mama in Oberpullendorf. Sie bringt mir die Carla dorthin. Sie kommt mir quasi auf halbem Weg entgegen. Es gibt ja keinen Bus von Eisenstadt hierher. Verrückt, dass es da keinen Zug oder Bus gibt. So, als ob das Nord- und das Südburgenland gar nicht zusammengehören würden.«

Paul nickte zustimmend, aber er hörte nur mit halbem Ohr zu.

»Ich sehe euch heute Abend. Ich muss los, ich hol noch den Zieserl ab. Wir wollen uns vor der Sitzung absprechen.« Er griff nach seinem Laptop und seiner Jacke.

Er küsste Eva auf den Mund. »Brav bleiben«, sagte er.

Kaum war er bei der Tür draußen, lief Eva ins Badezimmer und schrubbte sich Pauls Kuss von den Lippen, bis ihr Mund rot und wund war.

KAPITEL 20
PAUL BEI DER GEMEINDERATSSITZUNG

Rinder furzen und rülpsen etwa alle 40 Sekunden und stoßen somit täglich rund 250 Liter Methangas aus. Damit sind sie nicht zu unterschätzende Umweltverschmutzer. Aus dem Urin von Rindern kann der Farbstoff Indischgelb gewonnen werden.

Das neue Rathaus in der steirischen Gemeinde auf der Westseite der Lafnitz war ein beeindruckender Blickfang. Ein Zeitzeugnis moderner Architektur, das für seine Erschaffung immerhin sieben Millionen Euro an Steuergeldern verschlungen hatte. Böse Zungen munkelten, dass ein Teil dieses Geldes auch in den Neubau der Tochter des Bürgermeisters geflossen war. Immerhin wussten Besucher zu berichten, dass sie genau denselben Granitstein in ihrer Küche verlegt hatte, der auch den Eingangsbereich des Rathauses zierte. Aber beweisen konnte das freilich niemand.

Das neu errichtete Gebäude befand sich mitten im Zentrum, wo früher kleine Lebensmittelhändler gemeinsam mit der nahegelegenen Kirche den Ortskern gebildet hatten. Aber die Nahversorger gab es schon lange nicht mehr. Die Bürgerhäuser, in denen sich diese Läden befunden hatten, waren zugunsten des neuen Gemeindezentrums abgerissen worden. Die Bewohner der Marktgemeinde kauften inzwischen lieber im Industriezentrum an der Peripherie.

Dort, wo auch »im Steirischen« die Kreisverkehre, die Diskonter, der Tierfutterhändler und die Möbelhäuser waren.

Im Untergeschoss des neuen Rathauses befanden sich die Haustechnik und das Archiv. Im Erdgeschoss der Empfangs- und Wartebereich für den Parteienverkehr, das Bau-, Melde- und Standesamt sowie Büros und die Kaffeeküche.

Der Bürgermeister residierte selbstverständlich im Obergeschoss, gleich neben dem 150 Quadratmeter großen Sitzungssaal, der auch als Trauungssaal benutzt wurde.

Gleich drei Terrassen und großzügige Glasfronten sorgten für Transparenz und viel Tageslicht im Inneren des Gebäudes.

»Herr Diplomingenieur Achleitner, Herr Direktor Zieserl«, die Sekretärin des Bürgermeisters war gut gebrieft. Sie sprach die Eintretenden mit Namen und Titel an und führte Paul Achleitner und Harald Zieserl nach oben.

Dort wartete schon der Bürgermeister auf sie. Ein joviales Lächeln machte sich auf seinem Gesicht breit. Er trug einen Trachtenanzug. Sein dünnes Haar hatte er seitlich über den Oberkopf gekämmt, um die lichten Stellen zu verdecken. Diesmal hatte er seinen Körpergeruch intensiv mit Rasierwasser übertüncht. Er ging mit weit ausgebreiteten Armen auf Paul und Harald zu. »Ich begrüße euch, meine Freunde. Die interne Gemeinderatssitzung ist zu Ende. Jetzt ist gerade Pause. Aber in zehn Minuten geht es weiter. Dann ist euer Programmpunkt dran. Darf ich euch etwas zum Trinken anbieten? Resi, hast du die Herren gefragt, ob sie was trinken wollen?«

»Einen kleinen Braunen bitte«, sagte Harald Zieserl.

»Nur ein Mineralwasser, danke«, sagte Paul. Ihm war plötzlich übel. Das lag sicher am penetranten Rasierwasser des Bürgermeisters.

»Kommts, ich führ euch schon einmal in den Sitzungssaal. Ihr braucht sicher den Projektor für die Präsentation. Resi, hilfst du den Herren.«

Paul ließ Harald und Resi die technischen Anschlüsse machen. Er fühlte sich auf einmal zittrig. Er ging zur Terrassentür. Er musste an die frische Luft. Er atmete tief durch. Aber statt frischer Luft waberte ihm dort Zigarettenrauch entgegen. Eine Gruppe Männer mit Glimmstängeln in den Händen starrte neugierig zu ihm hin. Der Gestank verstärkte Pauls Unwohlsein. Diese verdammten Raucher. Paul bemerkte, wie sich sein Magen zusammenzog und ihn eine Welle der Übelkeit überrollte. »Wo ist hier die Toilette?«, fragte er die Resi, die noch mit dem Kabelsalat beschäftigt war. »Gleich bei der Tür raus links, am Ende des Gangs.«

»Ist alles okay, bist nervös?«, scherzte Harald Zieserl.

Paul flüchtete auf die Toilette. Er konnte gerade noch die Hose herunterziehen und sich hinsetzen, als die Scheißerei losging. Gleichzeitig setzte der Brechreiz ein. Paul schaffte es in letzter Sekunde, sich umzudrehen und sich röchelnd über der Klomuschel zu übergeben. Halbverdaute Fleischstücke trieben in der Kloschüssel. Dann ging es hinten wieder los. Kalter Schweiß stand ihm auf der Stirn. Der Geruch des Erbrochenen sorgte dafür, dass er sich gleich noch mal übergeben musste. Und dann setzte der Durchfall wieder ein mit schneidenden Bauchschmerzen. Paul massierte seinen Bauch. Noch einmal entluden sich seine Gedärme und noch einmal. Er wusste nicht, wie viel Zeit vergangen war, aber er wusste, er musste zurück in den Sitzungssaal. Er durfte das nicht vermasseln. Er spürte, wie das Blut in seinen Schläfen pochte. Er hatte plötzlich auch unerträgliche Kopfschmerzen, und ihm war schwindlig. Das musste der Kreislauf sein.

Er wankte aus der Kabine zum Handwaschbecken. Es war eine dieser hypermodernen Armaturen, bei denen das Wasser erst losplätscherte, wenn man die Hände in der genau richtigen Höhe vor den Sensor hielt. Paul schaffte es erst beim dritten Anlauf. Er schaufelte sich kaltes Wasser ins Gesicht, spülte seinen Mund aus, um den sauren Geschmack loszuwerden. Er stützte sich mit den Händen an der Wand ab und schaute in den Spiegel. Er war blass, die Augen blutunterlaufen. Mann, sehe ich scheiße aus, dachte er. Der Zieserl war ihm hinterhergekommen, stand in der offenen Tür. Er klopfte Paul auf die Schulter: »Hast gestern zu viel gesoffen, das passiert den Besten von uns.«

»Nein, ich war nicht weg. Ich glaub, ich hab mir einen Virus eingefangen.«

»Virus?« Harald hörte schlagartig auf zu klopfen und wischte sich die Hand an der Hose ab. »Was mach ma? Die warten da drinnen auf uns.«

»Es geht schon wieder, gib mir zwei Minuten, dann geht es wieder. Ich komm gleich.«

»Was für eine saublöde Situation. Dass dir das aber gerade jetzt passieren muss.«

»Harald, ich schaff das schon.«

Paul atmete tief durch, straffte die Schultern und verließ den Waschraum. Auf wackligen Beinen ging er zurück in den Sitzungssaal. Wie erwartet, richteten sich die Blicke aller Anwesenden auf ihn, als er den Saal betrat. So cool wie irgendwie möglich schritt er zu dem freien Platz neben dem Zieserl und setzte sich. Die fragenden Blicke des Bürgermeisters ignorierte er.

Der war gerade mitten in seiner Rede. »Mit dem neuen Wohnprojekt Lafnitztal, dessen offene Architektur die dynamische Entwicklung unseres Ortes widerspiegeln wird,

wird ein wertvoller Beitrag zur Zukunft unserer Gemeinde und unserer Region geschaffen werden«, schwärmte er voll Pathos. »Herr Diplomingenieur Achleitner wird Ihnen jetzt die Details zu diesem zukunftsweisenden Wohnbauprojekt präsentieren.«

Paul startete die PowerPoint-Präsentation und erläuterte das Vorhaben und die Pläne. »Ich darf dem werten Gemeinderat gleich einmal die Ergebnisse unserer siedlungsmorphologischen Analyse vorstellen, damit Sie einen Bewertungsschlüssel für die Entscheidung im Bereich der weiteren baulichen Entwicklung haben«, begann er. Paul hatte die Erfahrung gemacht, je abstrakter und hochgestochener er ein Projekt präsentierte, desto leichter ließen sich die Entscheidungsträger überrumpeln. Keiner gab gerne zu, dass er nur Bahnhof verstand.

Eine blonde Frau mit Brille zeigte auf. »Gibt es auch eine Analyse, wie sich die Baupläne mit dem Naturschutz vereinbaren lassen werden? Die neue Raumordnung betrifft ein Gebiet am Oberlauf der Lafnitz. Dort ist der Fluss naturnaher Lebensraum für einige seltene Tier- und Pflanzenarten.« Sie blickte auf ihren Spickzettel.

»Zu diesen Arten zählen die Wassernuss, der Lungen-Enzian, die Trollblume, der Eisvogel und der Schwarzstorch und unter den Schmetterlingen der Helle Wiesenknopf-Ameisenbläuling. Selten gewordene Biotope wie Pfeifengraswiesen, Hochstaudenfluren und Auwälder sind Charakteristika des Lafnitztals.«

»Aufpassen, das ist eine grüne Revoluzzerin«, wisperte Harald Paul zu, während die Rednerin noch Flora und Fauna aufzählte.

»Verehrteste, lassen wir den Herrn Architekten doch einmal seinen Vortrag machen. Ich bin sicher, Ihren Trollvögeln passiert nichts. Da haben wir als Gemeinde natürlich ein Auge drauf. Wie Sie wissen, bin ich Jäger, und Jäger sind Heger.« Der Bürgermeister strich sich über den Bart.

Paul machte die Unterbrechung nervös. Er spürte, dass es in seinem Bauch schon wieder losging. Er konnte nicht schon wieder aufs Klo rennen. Er musste diese verdammte Präsentation hinter sich bringen. Er musste gut sein, er musste überzeugen.

Aber jetzt meldete sich auch noch der Zieserl zu Wort: »Es gab natürlich eine Vorberatung im Bau- und Raumordnungsausschuss dazu, wir sind da mit größter Behutsamkeit vorgegangen. Ich kann Ihnen garantieren, die ›Pannonia Bau‹ als Partner verbürgt sich für den Transfer von naturnahen und sozialen Kriterien in der Wohn- und Freiraumgestaltung. Es handelt sich außerdem um kein großvolumiges Wohnbauprojekt. Und wir werden auch in der Siedlung naturnahe Freiräume schaffen.«

Das Brodeln in Pauls Bauch verstärkte sich, wurde immer schlimmer, die Schmerzen waren höllisch. Paul spannte seinen Schließmuskel, kniff die Pobacken zusammen und setzte ein gequältes Lächeln auf. Ihm brach erneut der Schweiß aus. Die Krämpfe in seinem Unterleib waren fast unerträglich, er hatte die schlimmsten Blähungen seines Lebens. Er spürte, wie die Gase in seinem Enddarm rumorten. Er musste sich Erleichterung verschaffen. Paul löste vorsichtig seine Arschbacken, um einen möglichst leisen Furz zu entlassen, aber stattdessen explodierte es in seiner Unterhose. Es gab nichts, das die flüssige Hölle aufhielt, die aus seinem After herausschoss. Er konnte fühlen, wie der Stoff seiner Unterwäsche unfähig war, die Sauerei zu bremsen, und die warme braune Brühe seine

Beine entlang herabfloss und auf den Boden tropfte. Die Anwesenden starrten Paul Achleitner mit weit aufgerissenen Augen an.

»Ich wusste, dieses Projekt stinkt zum Himmel«, sagte die blonde Frau trocken.

Die Sitzung ging in die Gemeindegeschichte ein als der »Tag, der in die Hosen ging«. Die Kunde, dass der Achleitner die Präsentation im wahrsten Sinne des Wortes verschissen hatte, verbreitete sich wie ein Lauffeuer. Harald Zieserl schwankte zwischen Zorn und Mitleid, ließ dann aber seine Vernunft entscheiden. »Da steht zu viel Geld auf dem Spiel, als dass wir das jetzt abblasen. Du hältst dich ab jetzt im Hintergrund, Paul, ich werde sehen, wie wir das Projekt noch retten können.«

Eva nahm das Ganze mit verständnisvoller Gelassenheit. »Mach dir nichts daraus, Schatz, du warst krank, niemand kann etwas dafür, wenn er krank ist.«

Sylvia Zieserl reagierte mit extremer Schadenfreude: »Das geschieht ihm recht, dem Orsch!«

Paul selbst erwies sich als echtes Stehaufmanderl. Er erholte sich unerwartet schnell von der Schmach und ortete die blutigen Steaks als den Grund seiner Blamage. »Botulismus ist eine schwere, häufig durch verdorbenes Fleisch hervorgerufene Lebensmittelvergiftung, die zu schwerem Brechdurchfall führt«, erklärte er jedem, der es hören oder nicht hören wollte. »Dem Fleischhacker drehe ich die Bude zu«, drohte er. »Ich hab ihm schon den Lebensmittelinspektor auf den Hals gehetzt.«

Das Letztgesagte stimmte zwar nicht. Aber weil Gerüchte am Land wie Stille Post funktionieren, wurde aus »Hast schon gehört, der Fleischhauer wird vielleicht zusperren müssen, weil …«, ganz schnell: »Hast schon gehört, der Fleischhauer hat zusperren müssen, weil …«

Der Fleischhauer selbst erfuhr natürlich nichts davon. Eine Woche lang verkaufte der arme Mann tatsächlich kein einziges Wurstradel und wusste nicht, warum. Waren jetzt alle vegan geworden? Dann fand das Volk ein anderes Thema, über das man sich die Mäuler zerreißen konnte. »Hast schon gehört, der Sohn vom Bürgermeister hat einen Job im Sozialministerium bekommen. Wer ihm das wohl gerichtet hat?«

Über Pauls Debakel wurde nicht mehr gesprochen, und die Dinge nahmen wieder ihren gewohnten Lauf.

KAPITEL 21
VERA BEI DER INKAERDE

Hühner sind so smart wie Menschenaffen. Sie verstehen beispielsweise, dass kürzlich versteckte Gegenstände noch vorhanden sind. Das geht über die Fähigkeiten eines Kleinkindes hinaus. Sie können Probleme lösen, sich an Vergangenes erinnern, Entscheidungen treffen, lernen und schlussfolgern. Küken können von Geburt an Additions- und Subtraktionsaufgaben im Zahlenraum zwischen null und fünf lösen.

»Baack, baack! Baack, baack.« Vera sah aus dem Fenster. Letta in schwarzem Kapuzenhoodie, grauen Skinny Jeans und rosa Doc Martens drehte im Hof ihre Kreise. In der rechten Hand hatte ihre Tochter eine pinkfarbene Plastikschaufel, die mit Dinkelkörnern gefüllt war. Letta hatte es sich zur Aufgabe gemacht, das Wanderhuhn zu zähmen. Bis jetzt allerdings mit mäßigem Erfolg.

Das Huhn war zwar gierig auf die Körner, fraß allerdings nur, wenn der von ihm gewünschte Social Distancing Abstand von 1,50 Meter gewahrt blieb.

Aber Letta gab nicht auf. Sie hatte das Huhn Queen Latifah getauft. Den Namen hatte sie mit pinkfarbenen Lettern auf den alten Hasenstall gemalt, den sie im Schuppen gefunden hatte.

Die Urlioma hatte Fleischhasen gehalten und ihnen eigenhändig das Fell über die Ohren gezogen. Wer auf dem Land aufwächst, kann sich dem Sterben nicht entziehen.

Vera erinnerte sich genau, als ihr als Sechsjährige zum ersten Mal bewusst wurde, dass das Kaninchen, das sie gerade noch gestreichelt hatte, nicht mehr im Stall, sondern in der Gefriertruhe der Urlioma weilte. Sie hatte stundenlang geweint und geschworen, nie wieder Fleisch zu essen. Das Gelöbnis hielt genau so lange, bis die Urlioma am Sonntag Schnitzel machte.

Seltsam, dachte Vera, was mir damals barbarisch erschien, macht heute den Fleisch essenden Teil meiner Freunde neidisch. Unter ernährungsbewussten Städtern gilt es als Luxus, genau zu wissen, wo das Essen herkommt. Vorzugsweise regional und bio soll es sein. Und früher mal glücklich. Aber selbst für ein gutes Leben des Tieres zu sorgen, das man später verspeisen will? Das ist den meisten zu viel. Auf nähere Bekanntschaft zum noch lebenden Tier legt kaum jemand gesteigerten Wert.

Queen Latifah sollte auf keinen Fall im Kochtopf landen, so viel stand fest. Vera hatte das mit dem Besitzer so vereinbart. Nachdem der Bauer drei Häuser weiter bemerkt hatte, wo sein Huhn sich tagsüber herumtrieb, war er mit der Mistgabel herbeigelaufen. Er fuhr mit den Zinken unter den Leib des Tieres, hob das geschockte Tier hoch, packte es an den Flügeln und beförderte es nach Hause. Aber nachdem Queen Latifah drei weitere Male ausgebüxt war, hatten er und Vera einen Deal gemacht. Vera hatte ihm 20 Euro und ein Sechsertragerl Bier gegeben und Queen Latifah freigekauft. Der Bauer würde sie nicht, wie ursprünglich geplant, töten, wenn die Legeleistung nachließ, sondern ihr weiterhin nachtsüber Quartier im Hühnerstall geben. Für das Futter würden künftig Vera und Letta aufkommen. Das Huhn war ohnehin den ganzen Tag bei ihnen.

Und es blühte in seiner Tagesfreizeit sichtbar auf. Die

ausgerupften Federn am Hals wuchsen nach. Es nahm zu und fing an, Persönlichkeit zu zeigen. Queen Latifah war ausgesprochen gesprächig und neugierig. Wenn sie etwas Spannendes entdeckte, wackelte ihr roter Kamm aufgeregt, und ihre Federn plusterten sich auf. Sie baute sich gerne mit schief gelegtem Kopf vor der namenlosen Katze auf und gluckste fragend vor sich hin. Das Gespräch blieb freilich sehr einseitig. Die Katze war Hühner gewohnt und ignorierte den schrägen Vogel.

Queen Latifah legte jeden Tag ein Ei. Die Frage war nur, wo? Auf dem Komposthaufen, in diversen Blumenkisten, im alten Sautrog im Schuppen. Die tägliche Eiersuche war Lettas Aufgabe. Für sie war nun jeden Tag Ostern. Wenigstens geht sie aus ihrem Zimmer raus, dachte Vera, und zum Glück ritzt sie sich nicht mehr.

Ihr Handy läutete. Es war der hektische Chefredakteur des »Burgenländischen Boten«. »Hallo, ich bin es. Alles gut? Hast kurz Zeit? Du, die Kohfidisch-Story war gut fürs Geschäft. Der Kreishofer inseriert jetzt in den nächsten drei Ausgaben. Ich hab ihm deswegen einen Artikel versprochen. Magst du den machen? Ich hab schon dreimal über diese Inkaerde geschrieben, und mir fällt echt nichts Neues mehr dazu ein. Du hast noch einen frischen Blick auf das Thema. Also, wir brauchen einen neuen Zugang, 3.000 Zeichen. Zwei Fotos. Am besten bis Freitag oder allerspätestens Montag in der Früh. Also, was sagst du?«

»Ja«, sagte Vera. »Klar doch. Mach ich gerne.« Diese Arbeit bei der Regionalzeitung machte Spaß. Sie bekam Geld dafür, dass sie ihre Freunde besuchte und deren Geschichten aufschrieb.

Sie beendete das Gespräch und rief Eva an: »Du, der ›Bote‹ will, dass ich eine Story über den Finz mache. Magst mitkommen, wenn ich zu ihm fahre? Ich rufe ihn an und frage ihn, ob er morgen Nachmittag Zeit hat.«

Eva zögerte: »Glaubst nicht, dass das blöd wirkt?«

»Warum soll das blöd wirken? Da ist doch nichts dabei. Der freut sich, wenn du mitkommst. Außerdem wünscht sich der ›Bote‹ eine Story mit einem frischen Blick. Dir als Nicht-Journalistin fallen sicher Fragen ein, die mir gar nicht in den Sinn kommen.«

Eva hatte tatsächlich Fragen an Finz. Sie bezweifelte nur, dass diese den »Burgenländischen Boten« interessierten. Finz war für sie ein Rätsel. Er kannte inzwischen schon fast ihre ganze Lebensgeschichte. Sie wusste hingegen kaum etwas über ihn. Das lag daran, dass Finz im Gegensatz zu Paul nicht andauernd über sich selbst sprach, sondern die Kunst des Zuhörens beherrschte. Wenn er sich mit ihr unterhielt, war er an ihr interessiert. Er hakte ein, fragte nach, wollte Details wissen, Gefühle erkunden.

»Der Zuhörer ist ein schweigender Schmeichler«, erkannte schon Immanuel Kant.

»Okay, ich komm mit«, sagte Eva. Diesmal wird er ausgefragt, beschloss sie. Vera hatte mit nichts anderem gerechnet.

Das Gelände der Firma »Inkaerde« war größer, als Vera es erwartet hatte. Und lauter. Ein riesiger Schredder zerkleinerte mit lautem Getöse Äste und Baumschnitt. Traktoren mit Kippmulden baggerten sich durch Erdhaufen. Eine Umsetzmaschine fraß sich wie ein hungriges Tier durch die langen Reihen der Kompostmieten, saugte das Material in ihren Bauch und mischte es dort kräftig durch, um es anschließend wieder auszuspucken.

»Ich hab mir das nicht so industriell vorgestellt«, staunte Eva.

»Wenn ich da händisch rangehen würde, würde das Umsetzen des Kompostes Jahre dauern«, lachte Finz. »So erledigen das die Maschinen, und wir haben in acht Wochen ein fertiges Produkt. Sollen wir ins Büro gehen?«

Er führte die beiden Frauen zu einer Tür neben einer der Lagerhallen. Sie traten ein. Drinnen roch es nach Bienenwachs und Kaffee. Zwei Schreibtische, Laptops, Bücherregale mit Aktenordnern, viel helles Holz. »Wir können uns hier hersetzen«, sagte Finz und deutete auf einen runden Tisch mit vier Sesseln, »Kaffee habe ich schon fertig. Mag irgendwer Kekse? Die Mutter meines Partners ist Hochzeitsbäckerin, dadurch sind wir ständig versorgt.« Er stellte eine Dose mit Nusskipferln, Linzeraugen und Mandelbögen auf den Tisch. »Also, schießt los, was wollt ihr wissen.«

Vera holte ihr Handy heraus und drückte auf Aufnahme. »Fangen wir mal mit den Basics an. Was kommt in deine Inkaerde alles hinein?«

»Das, was andere als Abfall loswerden wollen«, sagte Finz. »Laub, Grasschnitt und Astwerk von den Gemeinden, verschimmeltes Heu, kaputte Silage, organische Abfälle, Klärschlamm. Wir verwandeln stinkenden Dreck in wohlriechende Erde.«

»Klärschlamm?« Vera machte Riesenaugen: »Du meinst das, was bei den Kläranlagen rauskommt?«

»Klärschlamm ist die wichtigste Rohstoffquelle der Zukunft«, sagte Finz, »und beim Kompostieren werden Antibiotika, Medikamente und Reinigungsmittel komplett abgebaut und Krankheitserreger abgetötet. Wenn man den Klärschlamm direkt auf die Felder führt, was hier im Südburgenland immer noch praktiziert wird, ist das leider nicht der Fall. Da habe ich schon hygienische Bedenken.«

»Die führen menschliche Fäkalien auf die Felder?« Eva war schockiert. Sie überlegte, ob sie ihren Entschluss, regionales Gemüse zu kaufen, nicht revidieren sollte.

Finz nickte. »Die Kläranlagenbetreiber zahlen den Bauern 25 Euro für jede Tonne Klärschlamm, die sie ihnen abnehmen. Wenn man 20 Tonnen aufs Feld streut, sind das 500 Euro. Dafür findet sich bald einer. Aber ihr könnt aufhören, euch zu grausen, seit diesem Jahr ist die Inkaerde bio, und weil es für menschliche Ausscheidungen keine Biozertifizierung gibt, stammt der Klärschlamm, den wir verwenden, jetzt aus der Molkerei. Es sind Rückstände aus der Käseproduktion.«

»Das klingt ja schon etwas appetitlicher«, sagte Vera. »Nehmt ihr auch den Inhalt der Biotonnen an?«

Finz schüttelte den Kopf. »Nein, Lebensmittelreste sind extrem salzig. Da wäre die Inkaerde zu natriumreich. Die Menschen salzen ihr Essen einfach zu stark.«

»Und was ist sonst noch drinnen?«

»Ziegelsplitt, den kaufen wir beim lokalen Ziegelwerk, auch da müssen wir nachweisen, dass die Glasuren Bioansprüche erfüllen, und Pflanzenkohle. Die stellen wir selbst her.«

»Was ist das Faszinierende für dich an deiner Arbeit?«

Finz dachte nach. »Dass man das Gefühl hat, das Richtige zu tun. Wir arbeiten im Einklang mit der Natur. Die moderne Landwirtschaft hat die Böden jahrzehntelang ausgelaugt, bis nur mehr eine tote, staubige Oberfläche übrig blieb, die bei den aktuellen Klimaverhältnissen – extreme Hitzeperioden, dann sintflutartige Regenfälle – einfach weggeweht oder weggespült wird. Wer dort noch etwas anbauen will, braucht immer mehr Chemie. Wenn man wieder anfängt zu kompostieren, gibt man dem Boden seine

Humusschicht zurück. Er bekommt natürliche Nährstoffe, kann wieder Wasser speichern. Und zusätzlich löst man auch das Abfallproblem auf natürliche Art. Es ist verrückt, dass organischer Abfall stattdessen verbrannt wird. Denkt nur an die ganzen Brauchtumsfeuer. Was da in ganz Österreich an Tonnen wertvoller Biomasse verheizt wird und dann als Feinstaub in der Luft endet! Zum Glück gibt es aber immer mehr Menschen, die umdenken.«

Er griff in die Dose und schnappte sich einen Mandelbogen. Eva fiel auf, dass er ausnehmend schöne Hände hatte. »Habt ihr von Martin Grassberger gehört? Das ist ein Arzt und Biologe, der hat in einem Buch aufgezeigt, wie wichtig der Boden für den Nährstoffgehalt von Lebensmitteln ist. Gemüse, das auf gesundem Boden wächst, profitiert von den Bodenlebewesen. Nahrungsmittel aus konventioneller Landwirtschaft haben hingegen kaum mehr Nährstoffe. Grassberger glaubt, dass Zivilisationskrankheiten wie Diabetes, Alzheimer oder Herzleiden damit in Zusammenhang stehen.«

Eva nickte eifrig. Ein zustimmendes Gespräch über den Wert echter Lebensmittel entbrannte.

»Hast du dich immer schon für solche Themen interessiert?«, fragte Vera.

»Ich komm aus einer recht freigeistigen Familie. Mein Vater ist ein ziemlich erfolgreicher Maler, meine Mutter Lehrerin, und zwar eine durchaus unkonventionelle. Sie hat sich mit den Lehren von Rudolf Steiner beschäftigt, Unterricht in Feldenkrais gegeben, ein Schwimmbiotop gebaut, in das sich aber aus Angst vor Fröschen und Wasserschlangen keiner hineintraute. Ich komme aus einem winzigen Dorf ganz unten im Süden bei Jennersdorf. Die Nachbarn haben sich das Maul über uns zerrissen. Mir und meiner Schwester war das früher total peinlich. Ich weiß noch, wie meine Mutter aus Sojaersatzfleisch Geschnetzeltes gemacht hat und allen meinen Freunden weismachen wollte, es würde wie Huhn schmecken. Es hat überhaupt nicht wie Hendl geschmeckt, sondern wie Schaumstoff. Danach habe ich jahrelang niemanden mehr nach Hause eingeladen. Aber jetzt, wo die halbe Welt vegan geworden ist, fühlt sich meine Mutter als stolze Vorreiterin der Bewegung.« Er lachte und fuhr sich mit der Hand durch die dichten braunen Haare. Seine Augen blitzten lausbübisch. »Auf das Bodenthema und die Auswirkungen auf Klima und Ernährung bin ich aber erst durch meine Reisen nach Südamerika gekommen. Dort habe ich die Inkaerde entdeckt. Und seither missioniere ich halt auch andere. Je mehr Menschen sich mit diesem Thema beschäftigen, desto eher können wir die Herausforderungen der Zukunft bewältigen.«

Er streckte seine langen Beine von sich weg und griff nach der Kaffeetasse. Eva war bei dem Vortrag warm im Bauch geworden. Paul hätte Finz' Betrachtungen als esoterische Spinnerei und verblödetes Gutmenschentum bezeichnet. Aber ihr gefiel seine Einstellung. Besser gesagt, nicht nur die Einstellung.

»Sollen wir rausgehen, Fotos machen?«, fragte Vera.

»Wo hättest du mich denn gerne?«

»Können wir dich in der Erde eingraben, sodass nur der Kopf rausschaut? So wie bei diesen Urlaubsbildern, bei denen Kinder ihre Eltern im Sand vergraben. Vielleicht schaffst du es damit wieder auf die Titelseite des ›Burgenländischen Boten‹.«

»Hast du ein Glück, dass ich für jeden Blödsinn zu haben bin«, sagte Finz und zog seinen Pullover aus. Er hatte nichts darunter an.

Der Finz hat echt keinen schlechten Körper, dachte Vera ganz wertfrei.

Eva dachte dasselbe, nur mit Hintergedanken.

Die drei gingen nach draußen. Finz ließ sich rückwärts auf einen Erdhaufen fallen. Die Erde roch angenehm nach Wald.

»Da drüben ist eine Schaufel.« Er deutete mit der Hand nach rechts.

»Eva, kannst du ihn eingraben?«, fragte Vera. Sie schraubte das Objektiv auf die Kamera und maß die Lichtwerte.

Eva nahm den Spaten und näherte sich Finz. Sie stieß das Metall in die weiche, krümelige Erde, nahm etwas davon auf und fing an, Finz' Beine mit Erde zu bedecken. Er lachte. Sie schaufelte weiter. Er hatte enge Jeans an. Als sie auf Höhe seines Beckens kam, stoppte sie kurz. Er bemerkte ihren Blick und grinste. Sie lachte süffisant und ließ Erde über seinen Hosenbund und seinen nackten Bauch rieseln. Die Erde war von der Maisonne gewärmt. Ganz so unangenehm konnte das nicht sein. Noch ein paar Spatenstiche und von Finz war nur mehr der Kopf zu sehen. »Passt das so, Vera?«

»Ja, cool, danke dir, das sieht gut aus.« Vera drückte begeistert auf den Auslöser.

»Könnte man dich eigentlich auch kompostieren?«, fragte Vera.

»Ja klar, ich habe letztens eine tote Katze im Komposthaufen vergraben, nach acht Wochen war fast nichts mehr übrig.«

»Echt?« Vera war schockiert.

»Wir sind auch alle nur Biomasse.«

»Die Engländer beerdigen ihre toten Haustiere deswegen gerne bei den Rosenstöcken. Die Rosen wachsen dann durch die Proteine wie verrückt.«

»Diesmal ersparen wir dir dieses Schicksal noch«, sagte

Eva. »Komm, ich helfe dir auf.« Sie stieg auf den Erdhaufen und streckte Finz die Hand hin. Dabei verloren ihre Füße im weichen Untergrund den Halt. Sie kam aus dem Gleichgewicht und fiel der Länge nach hin und kam direkt neben Finz zu liegen. Ihr Gesicht neben seinem. »Na, heute bist aber sehr stürmisch«, sagte Finz. Eva lief rot an.

Im Film hätten sie sich jetzt geküsst, dachte sie kurz. Aber im echten Leben hatte sie den Mund voller Erde und musste husten und spucken.

Vera, die noch die Kamera in der Hand hatte, überlegte kurz, ob sie auf den Auslöser drücken sollte, entschied sich dann aber dagegen. Erst das Blumenbett, jetzt eine Optik, die an erotisches Schlammcatchen erinnerte. Sex sells, aber so medial missbrauchen konnte sie Eva auch nicht. Immerhin war die ja verheiratet.

KAPITEL 22
VERA PLANT EIN HÜGELBEET

Regenwürmer haben zehn Herzen und sind somit bestimmt die herzlichsten Lebewesen dieses Planeten.

Sehnsucht kann man körperlich spüren, Liebeskummer auch. Vera spürte die Traurigkeit hinter ihren Augäpfeln, so als ob sie gleich weinen müsste, aber nicht stark genug, als dass ihr wirklich die Tränen gekommen wären. Der Kummer saß ihr wie ein Kloß im Hals, von dort rann die Traurigkeit wie zäher Honig die Speiseröhre und die Atemwege hinunter bis zu ihrer Brust. Nicht unbedingt nach links, wo das Herz saß. Das Epizentrum saß genau in der Mitte des Brustkorbs. Wie ein Knoten, der sich immer enger zusammenzog. Sie wusste, das Einzige, was diesen Knoten auflösen könnte, war ein Lebenszeichen von Tom. Aber das ließ auf sich warten.

Sie schaute auf ihr Handy. Seit 14 Tagen Funkstille. Niente, nada. Sie könnte den ersten Schritt tun und Tom eine Textnachricht schicken, aber sie hatte Angst, dass das bedürftig und verzweifelt wirken könnte und ihn noch weiter von ihr wegtreiben würde. Außerdem würde sie dann die nächsten Stunden nur damit verbringen, immer wieder ihr Handy zu checken, um zu schauen, ob er zurückgeschrieben hätte, was vermutlich nicht der Fall sein würde.

Trotzdem formulierte sie im Kopf immer neue Nachrichten, die sie dann doch nicht abschicken würde.

Hi Tom, bin am Montag auf Schloss Kohfidisch, können wir uns abends sehen?

Zu direkt, was, wenn er Nein sagen würde. Zurückweisungen fühlten sich auch heute genauso schrecklich an wie damals.

Hi Tom, hast du eine Portishead-Depression? Lass sie uns mit Gin & Tonic ertränken.

Zu verständnisvoll. Sie war ja nicht seine Psychologin. Vielleicht hatte er gar keine Depression, sondern amüsierte sich gerade köstlich – mit einer anderen.

Hi Tom, ich bräuchte deine Hilfe bei der und der Sache.

Zu verlogen. Sie wollte nicht mit solchen billigen Tricks seine Aufmerksamkeit zurückerlangen.

Hi Tom, ich hab unendliche Sehnsucht nach dir.

Das war die Wahrheit. Aber eine sehnsüchtige Vera hatte er schon damals nicht vertragen.

Der Typ war immer schon beziehungsgestört, schalt sie sich. Warum sollte er sich geändert haben.

Vera sah aus dem Fenster. Es hatte aufgehört zu regnen. Es war ein gewaltiger Wolkenbruch gewesen. Fast immer kam die Gewitterfront vom Wechselgebirge über Pinkafeld nach Oberwart und Sankt Martin. Diesmal war das Unwetter aber aus der entgegengesetzten Richtung gekommen, aus Stadtschlaining. »Aus Schlaining kommt nichts Gutes. Wenn ein Unwetter aus Schlaining kommt, geht das nie gut aus!« Eine von Oma Hildas Weisheiten. Und tatsächlich hatten sich Hagelkörner in den Mairegen gemischt. Aber jetzt war der Spuk vorbei. Die Wolken rissen wieder auf, die Sonne kam durch.

»Ich geh in den Garten«, rief Vera Letta zu. Aber Letta hatte Kopfhörer auf und hörte sie gar nicht. Vera zog Jeans und ein altes David-Bowie-T-Shirt an. Sie liebte David Bowie. Dann band sie ihre dunklen Haare zu einem Pferdeschwanz und schmierte sich Sonnencreme ins Gesicht. Seit sie 40 geworden war, schienen ihre Sommersprossen jeden Sommer größer zu werden. Sie versuchte, nicht an das bedrohliche Wort Altersflecken zu denken. Das Label der Sonnencreme warb damit, Pigmentstörungen entgegenzuwirken. Hoffentlich nicht nur ein Werbeversprechen. Vera schlüpfte in ihre dunkelgrünen Gummistiefel. Der Weg in den Garten war nass. Queen Latifah sah Vera kommen, verließ den Hasenstall und lief im gewohnten Social Distance hinter ihr her. Vera kam an den Rabatten vorbei, in denen jedes Jahr der violette Spargel aufging. Diesmal waren aber noch keine Triebspitzen zu sehen. Seltsam. Der sollte doch schon längst Saison haben. Ob da das Huhn … ? Sie drehte sich nach Queen Latifah um. Das Huhn blieb ebenfalls stehen und blickte unschuldig in die Luft.

Vera griff zum Löwenzahnstecher und fing an, Unkraut auszuhebeln. Eigentlich ist das Wort Unkraut gemein, dachte sie. Unkraut, das sind doch nur Pflanzen, die am falschen Ort aufgehen. Und wer bestimmt eigentlich über falsch oder richtig?

Johanna sah das ein bisschen anders. Sie hatte die Hände über dem Kopf zusammengeschlagen, als sie das erste Mal bei Vera gewesen war und gesehen hatte, was alles wucherte. »A Wahnsinn, was bei dir alles aufgeht. Vogelmiere, Winden, Schöllkraut, Giersch, und den Beier hast auch im Garten, du Arme.« Vera hatte nicht gleich geschnallt, wer oder was der Beier war. Sie hatte dann herausgefunden, dass der Beier auch Quecke hieß und ein Süßgras mit einem weitreichenden Wurzelgeflecht war. Ihn restlos auszureißen, war fast unmöglich. Aus jedem winzigen Wurzelstück, das zurückblieb, trieb sofort neues Unkraut hervor. In der aufgeweichten Erde ließ sich der Beier aber leichter jäten als sonst. Vera spürte eine tiefe Befriedigung, als sie mit einem Ruck ein ewig langes Geflecht aus Wurzeln aus dem lockeren Untergrund zog und ans Tageslicht beförderte. Das Erfolgserlebnis beflügelte sie. Vera arbeitete ohne Handschuhe. Unter ihren Fingernägeln hatten sich bereits schwarze Trauerränder gebildet, aber sie liebte das Gefühl, mit bloßen Händen in der Erde zu wühlen. Um die Maniküre konnte sie sich später kümmern. Notfalls gab es ja auch noch schwarzen Nagellack.

Sie legte einen Quadratmeter Boden frei. Eigentlich könnte ich hier gleich was pflanzen, dachte sie. Bei Johannas Samentausch hatte sie einige Gemüsesamen ergattert. »Lila Karotte Purple Dragon«, stand auf einem Saatgutpäckchen, »Außen violett, innen leuchtend orange. Feiner, süß-aromatischer Geschmack.«

Karotten aß Letta auch. Vera zog vier Furchen in die Erde und öffnete das Samenpackerl. Die Karottensamen waren winzig wie Erdkrümel. Vera streute sie in die Rillen und bemerkte, dass die ausgelegten Samen viel zu dicht nebeneinanderlagen. Egal, sie würde die Reihen später auslichten. Oder Queen Latifah würde es tun. Vielleicht gingen auch gar nicht alle auf. Das Samenpackerl war schon vor drei Jahren abgelaufen. Bei der Urlioma war das Gemüse immer kerzengerade und gleichmäßig in Reihen gestanden wie Soldaten. Aber die Geduld und Genauigkeit beim Aussäen hatte Vera einfach nicht.

»Hallo, Vera!« Vera blickte auf, als ihr Name gerufen wurde. Finz kam den Weg entlang geschlendert. Er wirkte wie immer tiefenentspannt. Als er Vera entdeckte, fuhr er sich mit der Hand ein-, zweimal durch die verstrubbelten Haare, als wäre ihm gerade eben zufällig eingefallen, dass er heute ganz vergessen hatte, sich zu kämmen. Ein Lächeln überzog seinen Mund. Aufmerksam beobachtete er die Umgebung.

Das Huhn schlug mit den Flügeln und flatterte sicherheitshalber in den äußersten Winkel des Gartens. Es war auf der Hut. Männerstimmen assoziierte es mit Mistgabeln und Freiheitsentzug.

»Ich war bei der Eva, sie schickt dir das.« Er streckte Vera einen Blumenstrauß mit gelben Blüten entgegen.

Der Finz kommt von der Eva. Interessant!, dachte Vera, sagte aber nichts.

Sie blickte auf das Grünzeug in seinen Händen. »Was sind das für Blumen?« Finz lachte. »Das sind keine Blumen, sondern das ist blühender Palmkohl.« Eine hungrige Hummel umschwirrte laut brummend das Gemüse und versuchte, auf den gelben Blüten zu landen. Finz verscheuchte sie vorsichtig.

»Der Palmkohl hat in Evas Garten überwintert und ist neu ausgetrieben. Sie hat nur viel zu viel davon. Die jungen Blätter schmecken super, und um die Jahreszeit haben auch die Kohlweißlinge noch keinen Schaden angerichtet.«

»Hör mir mit den Schädlingen auf«, sagte Vera, »Schädlinge und Unkraut. Das ist alles, was in meinem Garten gedeiht.«

Finz legte den Palmkohl auf den Boden. Bei Queen Latifah siegte die Neugierde über die Angst. Sie kam herbeigeeilt und inspizierte das Gemüse. »Gscht, geh weg.« Vera klatschte in die Hände.

Finz blickte sich prüfend im Garten um. »Dein Boden hier ist sehr lehmig. Wurde hier früher viel umgegraben?«

»Jedes Jahr«, sagte Vera. »Die Urlioma hat im Herbst alles umgestochen und die Schollen über den Winter auffrieren lassen, damit die Erde krümeliger wird.«

»Das war früher üblich, aber das ist überholt.« Finz kratzte sich am Kopf und verteilte dabei den gelben Blütenstaub von seinen Händen in seinem Haar. »Boden besteht aus Schichten. Und in jeder Schicht tummeln sich bestimmte Kleinstlebewesen und bilden einen Mikrokosmos. Alles hat genau seinen Platz. Beim Umgraben bringt man diese Ordnung durcheinander und richtet nur Schaden an. Wusstest du, dass Regenwürmer senkrechte Tunnel graben, in denen sie bis zu acht Jahre lang leben? Wenn du ein Beet umgräbst, zerstörst du diesen Tunnel, und wenn der Wurm Pech hat, findet er nie wieder an die Oberfläche und stirbt.«

Vera bekam ein schlechtes Gewissen. Sie hatte beim Umgraben schon öfter Regenwürmer halbiert. Sehr zur Freude des Huhns, das die Überreste der Massakrierten gerne entsorgt hatte.

»Regenwürmer sind echt wichtig, sie lockern den Boden, düngen und ziehen Nährstoffe von oben in die tieferen Erdschichten.«

»Und was soll ich jetzt als zukünftige Regenwurm-Lobbyistin tun?«, fragte Vera.

»Mulchen wär nicht schlecht. Du könntest Rasenschnitt auf die Beete aufbringen. Die Würmer ziehen das dann in den Boden hinein, und das reichert den Boden mit Humus an.«

»Ich hab das schon versucht, aber unter dem Mulchmaterial verstecken sich nur die Schnecken. Ich hasse diese Viecher, dabei bin ich sonst echt tierlieb. Das Huhn mag sie auch nicht.«

Finz überlegte. »Hast du schon über ein Hochbeet nachgedacht?«

»Nachgedacht schon, aber ich hab kein Geld und keinen Freiwilligen, der mir das baut.«

»Dann vielleicht ein Hügelbeet.«

»Ein was?«

»Ein Hügelbeet. Das ist einfacher zu bauen als ein Hochbeet, weil es ohne Holzrahmen auskommt, und du kannst es trotzdem mit einer Schneckenkante als Einfassung schützen. Der Aufbau ist wie bei einem Hochbeet, erst Äste und Zweige, dann umgedrehte Rasensoden, dann feuchtes Laub oder Stroh und darüber Kompost und Gartenerde. Die kann ich dir bringen.«

»Und was soll daran besser sein als an einem normalen Beet?«

»Du hast durch die Hügelform mehr Anbaufläche, es speichert Wasser besser, und durch die Verrottung im Inneren ist es nährstoffreicher und wärmer. Gemüse liebt das. Ich hab eine Idee: Ich schlag der Johanna vor, dass wir das Thema Hügelbeet im Gartenklub behandeln. Ich halt einen Vortrag dazu, und den Praxisteil machen wir dann bei dir im Garten. Dann helfen alle mit, und das Beet ist in Nullkommanichts gebaut.«

»Ich hab ohnehin in 14 Tagen Geburtstag«, sagte Vera. »Machen wir es an diesem Wochenende, und ich schmeiß' danach eine Party für euch alle. Das machen wir! Deal?«

»Deal«, sagte Finz. Eine Party, zu der auch Eva kommen würde. Finz musste breit grinsen. Er versuchte, sich zusammenzureißen und ernst dreinzuschauen, aber innerlich grinste er einfach weiter.

Finz war in Eva verliebt. Er hatte das weder geplant noch gewollt. Es war ihm einfach passiert. Er dachte ständig an

Eva, und wenn er an sie dachte, hatte er ein flaues Gefühl im Magen. In seinem Kopfkino stellte er sich alle möglichen Momente mit ihr vor. Er stellte sich vor, wie es wäre, sie zu küssen, über ihre Haut zu streichen, mit ihr zu schlafen.

Er war extrem gut gelaunt, wenn er sie traf – meist unter dem Vorwand, irgendein Gartenproblem zu lösen –, und hatte Sehnsucht, wenn er sie ein paar Tage nicht sah.

Zum ersten Mal in seinem Leben wusste er nicht, was er tun sollte. Er spürte, sie mochte ihn auch, er könnte einfach beherzt zugreifen. So wie man eine Brennnessel am besten mit beiden Händen kräftig packt, damit die Brennhärchen abbrechen und nicht stechen.

Aber Eva war keine Nessel. Sie kam ihm vor wie eine zarte Pflanze, die man beschützen musste.

Ganz nüchtern betrachtet, waren seine Gefühle so wie die Gefühle aller Verliebten die Folgen eines Hormonrauschs, chemische Botenstoffe, die seinen Körper durchfluteten. Ein Chemiecocktail, der für hitzige Energie, freudige Erregung und Schmetterlinge im Bauch sorgt. Adrenalin, das das Herz klopfen lässt, Dopamin, das Glücksgefühle schürt, Testosteron, das Begehrlichkeit weckt.

Es gibt Forscher, die glauben, Liebe sei der stärkste Trieb der Welt, noch viel stärker als der Sex-Trieb. Die Intensität menschlicher Gefühle ist einzigartig in der Natur. Ratten finden einander nur für Sekunden attraktiv, Elefanten etwa drei Tage lang, selbst bei Schimpansen ist die Liebe nur von kurzer Dauer. Die menschliche Rasse hat als einzige Wesen entwickelt, die für den jeweils anderen sterben würden.

Und der Liebes-Chemiecocktail wird immer intensiver, wenn der Liebesbeziehung Widerstände entgegenstehen, wenn die Liebenden etwa in verschiedenen Ländern leben oder einer der beiden verheiratet ist. Eine Eigenschaft des Dopamin-Systems: Bleibt die Belohnung aus, arbeitet es nur umso heftiger.

Finz hatte sich extra immer verheiratete Partnerinnen gesucht, weil er dachte, dadurch sein Herz schützen zu können. Nun, als er sich ernsthaft verliebt hatte, wurde ihm genau das zum Verhängnis.

KAPITEL 23
STEPHANIE IM TANZCAFÉ

Egal, ob Fische, Vögel oder Säugetiere – wie Studien zeigen, praktizieren etwa 1.500 Tierarten gleichgeschlechtliche Paarungen. Zwei männliche Gänsegeier haben vor Kurzem ein Ei zusammen ausgebrütet und ziehen jetzt das Küken auf.

»So muss das Leben wohl sein
Es holt alle Verlierer mal ein
Ich komm' verlassen mir vor
Drum adios, adios, adios Amooooor«

Die Band legte sich voll ins Zeug. Die Lautstärke brachte das Kurcafé zum Brummen und die Anrainer zum Weinen.

Stephanie spielte mit den Zuckerkrümeln auf der Tischplatte. Sie formte die weißen Körner zu einem Häufchen und dann zu einer Linie. Ihr Gegenüber sah sie fragend an. Sie errötete und zerstörte die Linie schnell wieder. Sie fragte sich, warum hier überhaupt Zuckerstreuer auf den Tischen standen. Kaffee trank hier niemand. Auch ihre Tischgenossen waren schon auf Bier und Rotwein umgestiegen. Ab 17 Uhr gestattete auch die Kurverordnung Alkohol. Bis 22 Uhr, dann war Nachtruhe. Zumindest offiziell. Die alten Hasen unter den Kurgästen fragten vorsorglich immer die Gartenzimmer an. So konnte man auch später über den Balkon ins Zimmer zurückkehren. Um ein Gartenzimmer zu bekommen, erfand man bei der Reservierung am besten einen mitreisenden Hund, der dann kurz vor der Abreise verstarb. Stephanie musste noch viel lernen.

Sie war jetzt schon die zweite Woche auf Kur in Bad Tatzmannsdorf. Jetzt, da der Erstkontakt zu Paul hergestellt war, hatte sie aufgehört, ihn zu beschatten. Sie wusste, sie würde ihn wiedersehen, aber sie wollte ihn noch ein wenig zappeln lassen. Also hatte sie sich abgelenkt. Vormittags hatte sie ihre Kuranwendungen: Turnstunden, Heilgymnastik, Moorpackungen, Unterwassermassagen. Nachmittags hatte sie die Umgebung erkundet und dabei die Tipps der erfahrenen Kurgäste beherzigt. Sie hatte in der einen Konditorei die empfohlenen Maronikipferl gegessen und in der anderen die mit Uhudlergelee gefüllten Pralinen. Sie war beim Mostschank gewesen und beim Backhendlheurigen. Zum Glück hatte sie während der Kur extra das Diätessen bestellt, dadurch fielen diese zusätzlichen kulinarischen Ausflüge kaum ins Gewicht. Außerdem hatte sie sich ja auch bewegt. Sie war zu Fuß zur Burg Schlaining gewandert und mit dem Rad nach Eisenzicken gefahren. Sie war im Hotelpool geschwommen und hatte eine Golfschnupperstunde absolviert. Der fesche junge Trainer hatte ihren dynamischen Schwung gelobt. Wenn der wüsste. Sie hatte sich einfach vorgestellt, der Ball wäre Pauls Kopf.

Paul hatte ihr drei Tage nach dem ersten Zusammentreffen in der Therme einen Screenshot geschickt. Das Foto zeigte, unter welchem Namen er sie eingespeichert hatte. »Prinzessin Elsa«, ein Disneycharakter aus »Frozen«. Er nannte sie »Eiskönigin«, weil sie nicht mit ihm in die Sauna gegangen war. »Du hattest wohl Angst, du würdest in meiner Gegenwart dahinschmelzen, oder?« Stephanie kam fast das Kotzen. Der Typ war so peinlich!

Dann hatte er auch noch einen Vorschlag nachgeschickt, unter welchem Namen sie ihn einspeichern sollte: »Paul Traummann«. Ging's noch?

Schon wenn sie an ihn dachte, wurde Stephanie wütend. Sie stützte ihren Kopf in die Hände und schnaubte genervt durch die Nase. Die Zuckerkörner auf der Tischplatte stoben in alle Richtungen.

Stephanie saß mit den beiden Herberts am Tisch. Um Verwechslungen auszuschließen, hatte sie den Herberts Spitznamen gegeben, die sich auf deren Leiden bezogen: Bandscheibe und Tennisarm.

Bandscheibe und Tennisarm hatten sich vor acht Jahren auf Kur in Bad Tatzmannsdorf kennen und lieben gelernt. Vorher hatten sie keine Ahnung gehabt, dass sie »vom anderen Ufer« waren, wie sie es ausdrückten. Sie wollten sich auch nicht outen. Sie trafen sich nur hier, aber das, so oft die Krankenkassa oder ihr Geldbeutel das ermöglichte. Die ständigen Kuraufenthalte ließen sich leicht rechtfertigen. Ihre Berufe ließen keine Heilung zu. Bandscheibe war im echten Leben Taxifahrer, Tennisarm Eisverkäufer.

»Na, hat dich die Sonne schon erwischt?«, wollte Tennisarm wissen.

»Was meinst du?«, fragte Stephanie.

»Er will wissen, ob du schon einen Kurschatten hast«, erklärte Bandscheibe.

»So ein Schatten hilft über Unzulänglichkeiten des hiesigen Freizeitangebotes leicht hinweg«, ergänzte Tennisarm förmlich.

Tennisarm war halber Italiener und sehr geschmackvoll gekleidet. Er hatte sein grau meliertes Haar mit Brillantine zurückfrisiert und trug einen hauchdünnen gelben Kaschmirpulli, graue Chinos und Wildlederloafers. Bandscheibe war nicht so stilsicher. Seine Optik orientierte sich eher an Tom Selleck in den »Magnum«-Zeiten. Außerdem trug er ein Kurzarmhemd. Es gibt Kleidungsstücke, die besitzen einfach keine Würde, dachte Stephanie. Ein Kurzarmhemd hat stets etwas Unvollständiges. Man sieht darin auch mit 50 noch aus wie ein Schulbub.

»Ich hab euch gesagt, ich bin nicht auf Aufriss aus.«

»Da bist du aber die Einzige, schau dich mal um!«

Bandscheibe gab keine Ruhe: »Hier geht es heute wieder zu wie beim Sommerschlussverkauf.«

Das Tanzcafé war zum Bersten gefüllt. Unzählige Pärchen schoben sich über die Tanzfläche. An allen Tischen saßen kichernde Grüppchen, zumeist Frauen im sogenannten besten Alter, die die Lage sondierten und darauf warteten, aufgefordert zu werden. Passierte das nicht und juckten die Tanzbeine gar zu sehr, legten sie auch alleine los. Manche Frauen tanzten auch paarweise geschlossen. Die Frauen waren aufgehübscht. Glitzernde Oberteile, Pumps, toupiertes Haar, Lippenstift. Der Modestil war ein bisschen in der Disco-Ära der 90er hängen geblieben. Tief dekolletierte Bodys zu Jeans, hautenge Schlauchkleider. Nur die üppigeren Frauen hatten sich für wallende Tuniken über engen Leggings entschieden. Die Männer trugen zumeist bügelfreie Hemden, Bundfaltenhosen oder Jeans mit Bügelfalten.

Es gab einige ausgezeichnete Tänzer, aber auch solche, die wie unbeholfene Tanzbären herumtrotteten. Eins links, eins rechts. Warum sie sich das trotzdem antaten? Vermutlich, weil es schön war, jemanden im Arm zu halten. Stephanie ging das auch ab.

»Also, wer würde dir gefallen, so rein theoretisch?«

Bandscheibe riss sie aus ihren Gedanken. Seine dunklen Augen funkelten.

»Keiner.«

»Es ist nur ein Spiel, so wie wenn du in einer Modezeitschrift Schuhe betrachtest und dir überlegst, welche du kaufen würdest, obwohl du sie eh nie kaufst.«

Stephanie blickte zweifelnd in die Runde. Jetzt, wo der Zucker weggeblasen war, brauchten ihre Finger eine andere Beschäftigung. Ihr Weinglas war leer. Sie fing an, den vor ihr liegenden Bierdeckel in kleine Stücke zu zerreißen.

»Atemlos durch die Nacht
Bis ein neuer Tag erwacht
Atemlos einfach raus
Deine Augen ziehen mich aus!«

Die Band intonierte gerade unter jubelndem Applaus Helene Fischer. Ein Tanzpärchen brachte bei einer schwungvollen Drehung fast die Gipsstatue neben dem Gummibaum zu Fall. Messinglampen, Samtvorhänge. Das Café war sehr gediegen. Am Kronleuchter war eine kleine Discolampe befestigt, die bunte Lichtpunkte über die Tanzfläche streute.

»Okay, aber nur rein theoretisch. Also der mit den Hosenträgern dahinten sieht süß aus, der kann wenigstens tanzen.«

Der Mann mit den Hosenträgern trug ein langärmliges Hemd und wirbelte seine Partnerin gekonnt über die Tanzfläche.

Bandscheibe kriegte einen Lachkrampf. »Klar kann der gut tanzen. Das ist ein Taxitänzer.«

»Ein was?«

»Ein Taxitänzer. Einer, der vom Café bezahlt wird, damit er Frauen zum Tanzen auffordert. Der würde eh zu dir passen, der ist auch nicht auf Aufriss aus. Der verliert seinen Job, wenn er zutraulich wird. Bei dem läuft nichts.«

»Außer, wenn seine Schicht vorbei ist und er die Hosenträger abnimmt«, sagte Tennisarm.

»Außer dann«, bestätigte Bandscheibe.

»Ihr verascht mich, oder?«

»Keineswegs, Teuerste. Der ist von einer Agentur. Quasi handverlesen. Es gibt auch private Taxitänzer und sogar Pfuscher. Aber man muss sich halt entscheiden, ob man einen *Skoda* oder einen *Mercedes* will.«

»Genau, mein kleiner *Ferrari*«, sagte Tennisarm und streichelte unauffällig Bandscheibes Oberschenkel.

»Ich würde mich ja eher als *Maserati* bezeichnen«, erwiderte der. Die beiden blickten einander verliebt in die Augen.

»Geht's aufs Zimmer«, sagte Stephanie und verdrehte genervt die Augen.

»Du brauchst einen Kurschatten«, beharrte Bandscheibe. »Nichts ist aufregender, als wenn du unbemerkt neben der Heilgymnastikerin unter Wasser im Pool deinen Kurschatten küsst.« Er klatschte begeistert in die Hände. Sein Schnauzbart zitterte vor Vergnügen.

»Und es kann durchaus Liebe draus werden. Schau uns an! Bei der letzten Kur, da habe ich eine Verheiratete kennengelernt, die ist überhaupt nicht mehr nach Hause gefahren. Die ist gleich zu ihrem Kurschatten gezogen.«

»Ich sehe meine Beziehungen eher als Sternschnuppe«, sagte Stephanie. »Heute Stern, morgen schnuppe.«

Ihr Handy flackerte auf. Eine Nachricht erschien. *Hallo Eisprinzessin, lass uns die Eiszeit beenden. Gib mir noch eine zweite Chance. Ich lass auch die Kleider an, Paul Traummann ;)*

Stephanie wollte das Handy an sich nehmen. Aber zu spät. Ihre Begleiter hatten es sich schon geschnappt und lasen die Nachricht.

»Ha«, rief Bandscheibe triumphierend, »erwischt!«

»Du bist unmöglich. Hast du schon jemals etwas von einem Telefongeheimnis gehört? Und außerdem, es ist nicht so, wie ihr denkt.«

»Der sieht ja süß aus«, Herbert 1 blickte fasziniert auf das Foto, das Paul von sich mitgeschickt hatte. »Den würde ich auch nehmen.«

»Lass schaun.« Herbert 2 riss das Handy an sich. »Stimmt, der ist heiß, hetero, aber heiß.«

»Ich sag es ja immer, jeder, der auf Kur ist, hat einen Kurschatten. Wenn du das Wort im Internet eingibst, hast 1,5 Millionen Treffer. Da gibt es sogar eine eigene Dating-Plattform nur für Kurschattensuchende. Warst du vielleicht auf so einer?«

»Ich bin von dir enttäuscht, Darling«, sagte Tennisarm. »Da tust du so uninteressiert, dabei bist du eh schon versorgt. Aber dann müssen wir uns zumindest keine Sorgen mehr um dich machen.« Er wandte sich an seinen Freund: »Komm, lass uns noch mal tanzen. Es ist gleich 21.30 Uhr, dann müssen wir zurück ins Körbchen. Sonst gibt's wieder Ärger mit der Kuranstalt.«

Er zog seinen Partner auf die Tanzfläche, und die beiden begannen, sich hingebungsvoll im Takt der Musik zu wiegen.

»Kann ich einmal nicht bei dir sein, dam-dam, dam-dam.
Denk daran, du bist nicht allein, dam-dam, dam-dam.«

Die beiden Herberts rissen die Arme in die Höhe, wackelten mit den Hüften und bewegten sich aufeinander zu. Von ihren Beschwerden war gerade nichts zu bemerken. »Und jetzt alle miteinander«, rief der Sänger der Band durchs Mikrofon.

»Marmor, Stein und Eisen bricht
Aber unsere Liiiiiiieeeeeebe nicht
Alles, alles geht vorbei
Doch wir sind uns treuuuuuuu.«

Die Besucher stimmten lauthals in den Refrain ein. Tennisarm und Bandscheibe waren im Glück. Sie grölten aus vollem Hals, gingen voreinander in die Knie und spielten die Luftgitarre.

Schlimmer als das kann ein Date mit Paul auch nicht sein, dachte Stephanie trocken.

Sie würde bis morgen warten und ihm dann schreiben, dass er sie anrufen durfte. Ihr graute zwar vor dem Treffen, aber wer A sagt, muss auch B sagen. Immerhin war sie ja nicht zum Vergnügen da.

KAPITEL 24
STEPHANIE IM MOOR

Männliche Moorfrösche quaken nicht, sondern rufen mit leiser Stimme nach den Weibchen. Das klingt so ähnlich wie Luftblasen, die aus einer Flasche aufsteigen, die man unter Wasser hält. Ein helles Blubbern. Innerhalb von wenigen Minuten verfärben sich rufende Männchen dann himmelblau. Möglicherweise beeindruckt auch das die Froschweibchen. Das Blauwerden ist entfernt mit dem Erröten von uns Menschen vergleichbar.

Bis zum 18. Jahrhundert glaubte man, Moor sei ein Auswurf des Meeres. Erst dann erkannte man, dass die schwarze feuchte Moorerde die Komposition von halb zerstörten Moosen, Sumpfgräsern und Zweigen war. Tatsächlich dauert es 8.000 bis 150.000 Jahre, bis ein Moor entsteht. Und der einzige Grund, warum Pflanzen zu Moorerde zerfallen und nicht zu Kompost, ist Wasser. Viel Wasser. Ständig feuchter Boden ist sauerstoffarm, abgestorbene Pflanzen können nur unvollständig zersetzt werden. Statt Humus entsteht Torf.

Nun war die Gegend rund um Bad Tatzmannsdorf zwar bei Weitem nicht so regenreich wie die schottischen Hochmoore, aber es gab unterirdische Mineralwasserquellen, die den Boden 1000e Jahre lang feucht hielten. Und so entstand hier ein Quellmoor. Und die Natur hatte gleich zwei

Grundlagen für die Entstehung eines Kurortes geschaffen: Mineralwasser und Moorerde.

Die Kuranstalt nutzte das Moor für Packungen und Bäder. Dabei setzten die Anwendungen nicht nur auf die Eigenschaft von Moor als Wärmespeicher, sondern auch auf die Inhaltsstoffe. »Moor ist konzentrierte Pflanzenkraft«, hatte der Kurarzt Stephanie erklärt. »Die enthaltene Huminsäure wirkt gegen Entzündungen.«

Und Humin leite sich wiederum von »Humus«, dem lateinischen Wort für »Boden« ab.

Stephanie war nicht sicher, ob diese Gatschbäder etwas bringen würden. Aber der Kurarzt hatte sie ihr verordnet. »Das ist das Beste bei Gelenkschmerzen«, hatte er gesagt. Also saß sie auf einem Plastikstuhl im Gang vor den Behandlungskabinen und wartete darauf, aufgerufen zu werden. Ihr Kopf brummte. Das letzte Glas Wein im Kurcafé war doch eines zu viel gewesen. Diese verdammten Herberts und ihre Fluchtachterl. Stephanies Zunge fühlte sich pelzig an, und ihr Magen war ein bisschen flau. »Lentsch?« Eine stämmige Frau in dunkler Baumwollkleidung kam auf sie zu. Sie nahm Stephanies Behandlungsplan entgegen und verglich den Eintrag mit ihrer Liste. »Hier herein bitte.« Sie zeigte in den Therapieraum.

Hinter der Kabinentür Nummer vier stand eine schlichte Edelstahlwanne. Sie wurde gerade frisch aufgefüllt. Dunkelbrauner klumpiger Schlamm schoss aus einem grauen Schlauch. Der schwere schwarze Brei dampfte. Da soll ich rein? Pfui Teufel!, dachte Stephanie.

»Ihre Sachen können Sie hier aufhängen«, sagte die Badefrau, drehte den Zulauf ab und maß die Temperatur des Schlammes. »42 Grad, perfekt.«

Stephanie zog ihren Bademantel aus. Dann schlüpfte

sie aus den Flipflops. Sie ging die paar Schritte zur Wanne. Die Bodenfliesen waren dunkel, abgenutzt, feucht. Es roch moderig. Stephanie kam sich seltsam vor so nackt, verletzlich. Die Badefrau sah durch sie hindurch. Kein Wunder, die behandelt hier jede Woche 100e Nackerte, dachte sie. Und da sind sicher hässlichere dabei als ich. Stephanie war Ästhetin.

Die Vorstellung, in diesem Dreck hier zu baden, war für sie genauso schlimm wie die Idee, sich in lauwarmen Kuhfladen zu wälzen. Aber nackt hier länger herumstehen, ging auch nicht. Sie begann bereits zu frösteln. Sie atmete tief ein und stieg vorsichtig über eine kleine Treppe in die Wanne. Das Moor schmatzte, als sie zögernd eintauchte. Sie ließ das Geländer los, setzte sich nieder und versank langsam im Schlamm.

Hier zu liegen, war sonderbar, aber weniger schrecklich, als sie erwartet hatte. Das Moor fühlte sich warm, weich und breiig an. Und es war heiß. Sie fühlte, wie ihr das Blut ins Gesicht schoss und ihre Schläfen zu pochen begannen. Ein dünner Schweißfilm überzog ihre Stirn. Ihre Glieder wurden warm und schwer.

»Sie bleiben da 20 Minuten drinnen, aber ich schau zwischendurch rein, wie es Ihnen geht.« Die Frau verschwand. Stephanie schloss die Augen. Aus dem Zulaufschlauch tropfte es noch ein paar Mal, dann wurde es fast still um sie herum. Sie hörte nur mehr das sanft gurgelnde Geräusch des Moores, das schwappte, wenn sie sich bewegte. Vorsichtig ließ sie auch die Hände eintauchen. Sie schloss die Augen. Eingebettet in den heißen Schlamm wurde sie langsam müde, während ihre Gedanken um ihre Situation kreisen: Ich sitze in der Scheiße, dachte sie. Im wahrsten Sinne des Wortes. Aber wie bin ich da hineingeraten? Gab es tatsächlich Warnzeichen? Was mache ich da eigentlich? Tue ich das Richtige? Sie dachte an Paul und das, was er ihr angetan hatte, und auf einmal spürte sie ein Brennen im Kehlkopf. Tränen schossen in ihre Augen. Sie blinzelte. Aber die Tränen ließen sich nicht aufhalten. Sie wollte sie wegwischen, aber als sie die Hand aus dem Moor zog, war diese braun und schmutzig, und sie wusste, ihr Gesicht würde genauso dreckig werden, wenn sie es berührte. Diese Erkenntnis ließ sie noch verzweifelter werden. Sie fing an, hysterisch zu schluchzen. Ihr ganzer Körper begann zu beben. Sie heulte und heulte. So lange, bis sie Schluckauf bekam. Und noch immer flossen Tränen. Die salzige Flüssigkeit kitzelte im Gesicht und brannte auf ihrer Haut. Stephanie musste sich auf die Zunge beißen, um nicht loszuschreien.

Auf einmal war die Badefrau wieder da. »Ja, um Gottes willen. Was haben wir denn hier? Was ist denn los, Mädel? Geht es Ihnen nicht gut? Kommen Sie, ich helfe Ihnen raus.«

»Ich weiß auch nicht, was mit mir los ist.« Stephanie rang nach Atem und ließ sich beim Aufstehen helfen. Schwarzer Schlamm rann ihre Beine herab. »Aufpassen, da ist es rutschig.« Die Badefrau reichte ihr ein Handtuch und führte sie zur Dusche. Stephanie griff nach dem Handtuch und verbarg ihr Gesicht darin. Der Stoff war hart und dünn. »Kommen Sie, jetzt machen wir Sie erst einmal sauber, und dann legen Sie sich hin, und ich bringe Ihnen ein Glas Wasser. Oder soll ich den Doktor rufen?«

Sie drehte für Stephanie die Dusche auf und half ihr, den Rücken zu säubern. Wie eine Mama. Stephanie schniefte. Die Fürsorge machte es noch schwieriger, die Contenance zu bewahren. »Nein, wirklich, lassen Sie mich, es ist nichts, es geht schon, es sind nur die Nerven. Ich weiß auch nicht ...«

Die Frau sah sie mitfühlend an: »Manchmal erzeugt das Moor solche Reaktionen. Wenn was raus muss, das schon lange in einem gebrodelt hat. Grad bei uns Frauen. Wir müssen ja alles schupfen, bis irgendwann nichts mehr geht. Ich hab solche Zusammenbrüche schon öfters erlebt. Und meist steckt auch noch ein schlechtes Mannsbild dahinter.«

Wie recht du hast, dachte Stephanie. Sie wollte nicht mit der fremden Frau über Paul sprechen.

Diese schien das zu bemerken. Ihr Ton wurde wieder freundlich sachlich: »Moorbaden ist anstrengend, aber es heilt auch. Sie werden sehen, wenn Sie sich jetzt hinlegen, geht es Ihnen gleich besser.« Sie reichte Stephanie ein frisches Badetuch zum Abtrocknen, half ihr in den Bademantel und führte sie zu einer Liege im Nebenraum. »Da wickeln wir Sie jetzt ein, und dann machen Sie die Augen zu und denken einfach nur ans Atmen, ein und aus, einfach nur atmen.«

Sie breitete ein Leintuch über Stephanie und stopfte die Ränder des Stoffes straff unter deren Körper. Dann legte sie noch eine graue Decke darüber. »Und jetzt entspannen, einfach nur entspannen«, befahl sie. Stephanie war eingewickelt wie ein Säugling. Sie fühlte sich auch so. Nur nichts denken. Atmen. Einfach nur atmen. Sie atmete ein, sie atmete aus. Beim dritten Atemzug war sie eingeschlafen.

Als sie aufwachte, wusste sie kurz nicht, wo sie war. Sie war klitschnass geschwitzt, aber sie fühlte sich auf angenehme Weise leicht und erfrischt. Sie befreite sich von Tuch und Decke und zog sich an. Zurück in ihrem Zimmer trank sie ein großes Glas Wasser und duschte noch einmal. Ihre Haut fühlte sich ganz weich und samtig an.

Sie frottierte ihre blondierten Haare und wickelte das Handtuch wie einen Turban herum. Sie betrachtete sich im Spiegel. Große blaue Augen blickten sie fragend an. Die Falte zwischen den Augenbrauen wirkte skeptisch. Heute gehst du also mit Paul Achleitner aus. Bist du sicher, dass du dafür bereit bist? Ihr Spiegelbild sah genauso zweifelnd aus, wie sie sich fühlte. Paul hatte geschrieben, er würde sie um 16 Uhr abholen. Mit Paul im Auto? Sie war nicht sicher, ob das eine gute Idee war. Aber andererseits wollte sie auch nicht, dass er wusste, welches Auto sie fuhr, und eventuell Rückschlüsse auf ihre Spionageaktionen zog.

Stephanie öffnete den schmalen Kleiderschrank. Sie zog ein weißes langes Sommerkleid heraus. Ihre Freundinnen daheim hatten gesagt, damit sähe sie aus wie eine griechische Göttin. Sie föhnte ihre Haare und formte sie mit dem Lockenstab. Dann schminkte sie sich dezent, kleidete sich an und griff zur Schmuckschatulle. Lange Ohrringe, an deren Enden gehämmerte Anhänger baumelten, die an antike Münzen erinnerten. Diese verstärkten den Göttinneneffekt. Rachegöttin, dachte Stephanie und zog eine Grimasse. Vielleicht sollte ich mir ein kleines Messer in den Gürtel stecken. Ein Stich ins Herz und dann … Aber erstochen zu werden, war kurz und schmerzlos, ein viel zu milder Tod für Paul Achleitner. Sie könnte ihn foltern, langsam aufschlitzen. Die Fantasie ging mit ihr durch. Wenigstens fühlte sie sich nicht mehr so hilflos. Die Szene im Moorbad war ihr immer noch peinlich. Stephanie war keine Frau, die gerne Gefühle zeigte. Hoffentlich sah sie die Badefrau nie mehr wieder. Sie würde dem Kurarzt sagen, dass sie das Moorbad nicht vertragen hatte.

Ihr Smartphone vibrierte. Eine Nachricht poppte auf. *Ich warte am Gästeparkplatz.* Stephanie zog flache goldene Sandalen an. Die Lederbänder, die sich um ihre Knöchel rankten, sahen aus wie goldene Schlangen. Giftschlangen.

Sie fuhr mit dem Lift in die Lobby und verließ das Gebäude. »Zimmer 315, ich melde mich heute fürs Abendessen ab«, teilte sie der Rezeptionistin kühl mit. »Aber das hätten Sie schon am Vormittag …« Stephanie ignorierte sie und ging einfach weiter.

Als sie das Gebäude verließ, entdeckte sie Paul sofort. Er lehnte lässig an seinem Wagen und schob die Sonnenbrille hoch, als er sie entdeckte. Er wollte sie auf die Wangen küssen, aber Stephanie machte einen Schritt zurück und streckte ihm die Hand entgegen. Paul wirkte für den Bruchteil einer Sekunde verwirrt, reagierte dann aber blitzschnell. Er nahm die Hand, führte sie zu seinen Lippen und deutete einen Kuss an. »Viktoria, die Siegreiche, es ist mir eine Freude, dass Sie mir die Ehre geben«, sagte er übertrieben förmlich, aber der Schalk blitzte aus seinen Augen. Ich darf nicht vergessen, dass er glaubt, ich heiße Vicky, dachte sie. Er hielt die Wagentür auf. Sie stieg ein. »Ich hab die Klimaanlage an, du musst sagen, wenn es dir zu kalt wird. Wir fahren circa 30 Minuten. Der Buschenschank ist der absolute Geheimtipp, habe ich mir sagen lassen.«

Paul startete den Wagen. Er fuhr flott, aber sicher. Red' was, befahl sich Stephanie. Geh in den Small Talk-Modus. Ihr Erfolgsgeheimnis als Friseurin war nicht nur, dass sie gut Haare schnitt, sondern auch, dass sie mit jedem Menschen eine anregende Unterhaltung führen konnte. Sie zwang sich, Paul als Friseurkunden zu sehen. Der Trick funktionierte. Sie drehte sich zu ihm. »Also, Paul, du hast in der Therme gesagt, du bist Architekt. Was ist das Erste, was die Leute von dir wissen wollen, wenn sie herausfinden, was du beruflich machst?«

Paul grinste. »Sie fragen mich, ob ich mir mal unverbindlich ihr Haus anschauen könnte, sie würden demnächst umbauen wollen und hätten gerne meine Meinung dazu gehört. Natürlich erwarten sie eine Gratisberatung. Mich würde echt interessieren, ob das Menschen in anderen Berufen auch so geht.«

»Sicher«, sagte Stephanie, »ich werde auch ständig nach Frisurentipps gefragt. – Wie bist du eigentlich auf die Idee gekommen, Architekt zu werden?« Sie ließ nicht locker.

Paul grinste. Er hatte kein Problem damit, vor einem potenziellen Aufriss jemanden darzustellen, der er gar nicht war. Er hatte vor niemandem ein Problem damit. Das heißt, eigentlich vor fast niemandem. Die einzige Ausnahme war Evas Vater. Als Paul Eva am Skikurs das erste Mal betrog, hatte er keine Angst, dass sie es rauskriegen würde. Er wusste, sie fraß ihm aus der Hand. Er hatte Angst, dass Evas Vater es herauskriegen könnte. Als er beim Studium durch alle entscheidenden Prüfungen rasselte, dachte er nur: Was, wenn es Evas Vater erfährt?

*

Wie auch Paul war Evas Vater in kleinbürgerlichen Verhältnissen aufgewachsen. Die Vorfahren kamen aus der Tschechei, aus Znaim. Dort waren Essiggurkerln nach Znaimer Art eine Delikatesse, und weil die Gurken im warmen pannonischen Klima gar so gut gediehen, fing Evas Vater an, in den 70er Jahren im Südburgenland Gurken anzubauen, einzulegen, in Gläser zu füllen und zu verkaufen. »Den Geruch von warmem Essig vergisst du nie«, sagte er immer, wenn er nach seinen Anfangszeiten gefragt wurde. Das Unternehmen wuchs rasch, und Evas Vater erweiterte das Repertoire bald um eingelegte Pfefferoni und Ketchup. Chili und Tomaten wuchsen im Burgenland schließlich auch vorzüglich. Das Ketchup wurde zum Hit. Schon bald war er der zweitgrößte Ketchup-Produzent des Landes und fing an zu exportieren. Erst in die Nachbarländer, dann in die ganze Welt. Als Paul Evas Vater kennenlernte, war dieser bereits Millionär. Und Paul, das ledige Kellerkind, kam sich in dem gut situierten Elternhaus wie ein Fremdkörper vor. Alles war wie im Märchen. Die prächtige Villa in Eisenstadt erschien ihm wie ein Schloss, Eva war die Prinzessin, Evas Vater der König, und er war der arme Bursch, der um die Prinzessin warb. Paul nahm zu Recht an, dass Evas Vater sich eine bessere Partie für seine Tochter gewünscht hatte. Er überspielte seine Unsicherheit, indem er noch charmanter und selbstbewusster war als sonst, aber Evas Vater ließ sich davon nicht blenden. »Weißt du, Paul«, sagte er und nahm ihn zur Seite, »du kannst aufhören, diese Show abzuziehen, ich durchschaue dich. Ich weiß, wer du bist und dass du nichts hast. Aber es ist mir egal, weil ich dir zutraue, dass du was erwirtschaften kannst. Du erinnerst mich daran, wie ich früher war. Enttäusche mich nicht.«

Und mit diesen Worten gab er Paul ein Geschenk, das noch größer war als die Mitgift von 250.000 Euro, mit der er seine Firma gründete. Er gab Paul etwas, das ihm noch nie jemand zuvor gegeben hatte. Vertrauen. Evas Vater war der Erste, der an Paul glaubte. Warum er es dennoch verbockte? Weil Paul eben Paul war.

KAPITEL 25
PAUL UND STEPHANIE HABEN EIN DATE

Eine bestimmte Nacktschneckenart hilft sogar bei der Reinigung der Gehsteige: Der Kellerschnegel wohnt tagsüber in kühlen, feuchten Kellern. Nachts kommt er heraus und frisst bevorzugt Hundekot.

Die Frau sprang aus dem Wald direkt vor Evas Auto. Sie sah aus wie eine Hexe. Irrer Blick, mausbraune ungekämmte Haare, die zu Berge standen. Eva verriss den Wagen, trat auf die Bremse und kam schlitternd zum Stehen. Ihr Herz klopfte bis zum Hals. Sie war zu Tode erschrocken. Eva war einkaufen und auf der Fahrt nach Hause gewesen. Der Korb mit den Einkäufen war bei der Vollbremsung nach vorne gekippt. Äpfel kullerten über die Fußmatte nach vorne. Hoffentlich sind die Joghurtbecher nicht aufgeplatzt, dachte Eva. Doch bevor sie sich umdrehen und den Schaden begutachten konnte, klopfte es an die Scheibe.

Eine ungepflegte Hand, abgekaute Fingernägel, abgeblätterter Nagellack. Aber die Frau sah nicht bedrohlich aus, höchstens bedauernswert. Eva überlegte kurz, aufs Gas zu steigen und sich aus dem Staub zu machen, aber dann siegte ihr Mitleid. Sie drückte auf den Knopf für den Fensterheber und ließ die Scheibe einen Spalt herunterfahren. »Können Sie mich nach Buchschachen mitnehmen, bitte, bitte.« Die Frau sprach langsam, ihr Mund verzerrte sich dabei schief und gab den Blick auf ein paar verfaulte Zahnstummel frei. Geistig zurückgeblieben, dachte Eva.

»Ist Ihnen etwas passiert? Es ist gefährlich, einfach auf die Straße zu springen. Sie hätten überfahren werden können.« Sie sprach langsam wie mit einem kleinen Kind. Die Frau kaute an ihrer Unterlippe.

»Ich muss nach Hause, sonst bekomme ich Schimpfe.« Sie sah betrübt drein. »Bitte fahren Sie mich nach Hause, ich will keine Schimpfe bekommen.«

Eva ließ ihren Blick über die seltsame Autostopperin wandern. Es war unmöglich, ihr Alter zu schätzen. Irgendwas zwischen 30 und 50. Sie sah aus wie eine Sandlerin. Kaputte Hausschlapfen und keine Strümpfe. Die Zehen waren schmutzig. Die Haut auf den Fersen rissig. Nackte, dünne Beine ragten unter einem kurzen grünen Rock hervor. Darüber trug sie ein T-Shirt mit dem Logo einer Möbelkette und einen schmutzigen Anorak, keinen BH. Die schweren Brüste hingen ihr bis zum Bauch. Sie lächelte Eva an. »Kennst mich nicht, ich wohn unterhalb von dir.« Eva schüttelte den Kopf. »Ich muss nach Hause, sonst gibt es Schimpfe«, beharrte sie. »Wenn die Glocken läuten, muss ich nach Hause.« Irgendetwas in ihren Augen rührte Eva.

»Also gut«, sagte sie und ließ die Frau einsteigen: »Wie heißen Sie?«

»Manfreda«, sagte die Frau, »aber sie sagen Freddi zu mir.« Sie stank nach Alkohol, Schweiß und Pisse. Eva bereute, dass sie sie einsteigen hatte lassen. Zum Glück waren es nur wenige Minuten bis Buchschachen. »Da, da!«, rief die Frau und deutete auf ein kleines ärmliches Haus in der Gasse unterhalb von Evas Domizil. Der Vorgarten wirkte verwahrlost. Alles voller Brennnesseln. Im hohen Unkraut lagen Müllsäcke und Eisenstangen. Als die Frau ausstieg, sah Eva, dass ihre Beine mit blauen Flecken übersät waren. »Ich komm dich später besuchen«, sagte die Frau treuherzig.

Bitte nicht, dachte Eva. Sie fuhr die 100 Meter bis zu ihrem Haus und parkte in der Einfahrt. Als sie auf den Nachbarsitz blickte, sah sie, dass dort, wo die Frau zuvor gesessen war, eine zerdrückte Nacktschnecke lag. Die Frau musste sie am Oberschenkel picken gehabt haben und hatte es in ihrem Rausch gar nicht bemerkt. Eva grauste es. Sie suchte in ihrer Handtasche nach einem Papiertaschentuch, um das tote Tier zu entfernen. Sie ekelte sich entsetzlich, als ihre Fingerspitzen den weichen nassen Körper der Schnecke durchs Taschentuch erfühlten. Schnell warf sie alles in die Mülltonne. Eine glitzernde Schleimspur blieb im Stoff des Sitzes zurück. Ob sich die jemals wieder entfernen lassen würde?

Die Nachbarin, die ihr immer die Eier schenkte, winkte ihr zu. Eva stieg aus.

»Hast leicht die Freddi mitfahren lassen? Na, du bist mir echt eine barmherzige Seele.«

»Was stimmt mit der nicht?«

»Die is deppert im Schädel. Zu oft die Stiegen runtergefallen. Ihr Mann sauft und macht perverse Sachen mit ihr.«

»Was für Sachen?«

»Na, Sachen halt.«

»Und warum macht da keiner was?«

»Die Fürsorge ist eh ständig dort. Die Kinder hat man ihnen auch schon der Reihe nach abgenommen. Aber immer, wenn man denen ein Kind wegnimmt, dann machens ein neues. Da kann man nichts tun. Solche ändern sich nicht.« Die Nachbarin drehte sich um und ging wieder ins Haus zurück.

Eva fühlte sich geschockt und deprimiert zugleich. Sie

ging ins Haus. Der Gedanke an die Frau ließ sie nicht los. Sie wusste, wie es war, wenn man »Schimpfe bekam«. Sie kannte das Gefühl der Hilflosigkeit. Und gleichzeitig verabscheute sie den Gedanken, dass diese ungepflegte Frau und sie ähnliche Geheimnisse teilten. Sie wollte mit so einer nichts gemeinsam haben. Bei ihr war es etwas anderes. Paul gingen manchmal die Nerven durch. Das lag am Stress im Job. Aber prinzipiell waren sie kultivierte Leute. Nicht so ein Abschaum wie diese Hexe. Wie das wohl sein muss, wenn die Fürsorge kommt und einem die Kinder wegnimmt. Wenn sie ihr Carla wegnehmen würden, sie würde von der Brücke springen. Ganz bestimmt.

Sie öffnete die Terrassentür und holte die Wäsche herein, die sie dort zum Trocknen aufgestellt hatte. Als sie die Schiebetür wieder schließen wollte, scheiterte sie. Die Tür hatte sich verhakt, war halb aus der Führung geglitten, und Eva war zu schwach, um sie hochzuheben und wieder richtig einrasten zu lassen. Das hat man davon, wenn man sich meterhohe Glasfronten einbauen lasst, dachte sie bitter. Shit, was mache ich jetzt?

Sie konnte die Tür nicht offen lassen. Sie musste später noch einmal weg, und die Alarmanlage funktionierte nicht, wenn die Terrassentür offen war. Ehrlich gesagt, hatte sie noch nie vernünftig funktioniert, weshalb sie Eva immer ausgeschaltet ließ. Paul würde einen Anfall kriegen, wenn sie das Haus ungesichert zurückließe. Seine wertvollen Möbel und Bilder. Und was, wenn die Verrückte von vorher wirklich »zu Besuch« kam? Eva wollte diese Frau nie wieder sehen.

Sie stemmte sich gegen das Glas, aber die Tür bewegte sich keinen Millimeter. Also tat sie das, was sie immer in solchen Situationen tat. Sie griff zu ihrem Handy und rief Paul an.

Paul hatte sich gerade erst mit Stephanie an einen Tisch

im Garten der Mostschenke hingesetzt, als sein Telefon läutete. Unter normalen Umständen hätte er Evas Anruf ignoriert, aber er hielt sein Handy gerade in der Hand, weil er Stephanie Fotos vom Seewinkler »Inselparadies« zeigte, als ihr Bild auf dem Display erschien. Er wusste, dass er keinen guten Eindruck bei seiner neuen Eroberung hinterlassen würde, wenn er den Anruf seiner Frau einfach wegdrücken würde. Also nahm er das Gespräch an.

»Eva, was gibt es?« Er sprach bewusst mit seiner Business-Stimme. Eva kannte diese Stimme gut. Neutral mit einer Prise Genervtheit und einer Spur Geistesabwesenheit.

»Paul, die Terrassentür lässt sich nicht schließen.«

»Und was soll ich jetzt tun?«

»Ich weiß auch nicht, aber ich muss um 18 Uhr die Carla abholen und ich kann ja schlecht alles offen lassen, wenn ich wegfahre.«

»Eva bitte, kannst du dir nicht selber etwas einfallen lassen? Ich bin unterwegs, ich kann von hier aus auch nicht zaubern.«

»Ich dachte, du könntest eventuell früher heimkommen …«

»Das Leben ist kein Wunschkonzert.«

Paul blickte zu Stephanie. Er sah, dass sie ihn mit gerunzelter Stirn ansah. Sofort änderte er seine Tonart und sprach jetzt ganz weich und fürsorglich mit seiner Frau.

»Schau mal, das geht leider wirklich nicht, aber ich kümmere mich gleich morgen früh darum. Am besten, du bittest die Nachbarin herüber, die soll kurz die Stellung halten, während du Carla abholst. Und morgen löse ich das. Ich komm bald heim, versprochen. Mach dir keine Sorgen. Dich stiehlt schon keiner.«

»Okay«, sagte Eva, besänftigt von Pauls Stimmungswechsel. »Bussi, baba.«

»Baba. Bis später«, sagte Paul und legte auf. Dann steckte er das Handy in die Jackentasche.

Eine Sekunde später läutete es bei Eva wieder. Paul. Ob er ihr noch was sagen wollte. Vielleicht war ihm doch noch eine Lösung eingefallen. Aber statt seiner Stimme hörte sie nur ein Rauschen. Er hatte wohl versehentlich die Rückruftaste aktiviert. Sie wollte schon enttäuscht auflegen, da hörte sie wie aus weiter Ferne seine Stimme.

»Meine Frau, die ist lieb, aber so ein unbeholfenes Tschapperl. Die kann leider gar nichts selber regeln. Die ist nicht so eine toughe Businessfrau wie du.«

Eva hörte eine Frauenstimme glockenhell lachen. »Wie lange bist du schon verheiratet?«, fragte die Stimme.

»Da muss ich auf der Gravur meines Eherings nachschauen. Warum willst du das wissen? Soll ich mich für dich scheiden lassen?« Die Frauenstimme lachte noch einmal.

»Für mich musst du dich nicht scheiden lassen«, sagte sie.

»Du meinst also, du nimmst mich auch so«, antwortete Paul schlagfertig. Die Frau sagte irgendwas, das Eva nicht verstand. Es musste etwas Lustiges gewesen sein. Denn sie hörte Paul laut lachen.

Eva hatte das Gefühl, dass ihr der Boden unter den Füßen weggezogen wurde. Ihr wurde schwindlig. Was sie in der letzten Stunde erlebt hatte, war einfach zu viel. Sie rannte ins Badezimmer und übergab sich, bis sie nur mehr bittere Galle spuckte. Als sie wieder fähig war, ihr Telefon zur Hand zu nehmen, war der versehentliche Anruf bereits beendet. Sie wusste nicht, ob die Verbindung abgerissen war, oder ob Paul bemerkt hatte, dass er sie irrtümlich angerufen hatte und den Anruf von sich aus beendet hatte. Aber sie wusste mit 100-prozentiger Sicherheit, dass er es schon wieder tat.

Er betrog sie schon wieder. Und es war nicht die Zieserl, denn deren Stimme kannte sie.

Sie ging in die Küche, nahm den Nussschnaps heraus und goss sich ein Glas ein. Sie trank den Schnaps in einem Zug aus. Ihre Hand zitterte. Sie musste nachdenken. Sie schaute auf die Uhr. 17 Uhr. Carla war erst in einer Stunde zu holen, aber sie musste hier raus. Sie lief in den Garten. Die Nachbarin stand unter dem Apfelbaum und beaufsichtigte ihren hübschen dunkelhäutigen Gärtner, der mit dem Rasenmäher seine Bahnen fuhr.

»Ich hab eine Riesenbitte«, sagte Eva. »Könnten Sie unser Haus im Auge behalten? Die Terrassentür ist verklemmt und lässt sich nicht mehr schließen. Ich bin aber sicher eine gute Stunde weg.«

»Freilich, gerne«, sagte die Nachbarin. Ein Leuchten ging über ihr Gesicht. Das war quasi eine offene Einladung, sich bei den Achleitners umzusehen. Herrlich!

»Ich bin Ihnen ewig dankbar«, beteuerte Eva. Sie sprang ins Auto, versuchte, den Schleimfleck auf dem Beifahrersitz zu ignorieren, und gab Gas.

KAPITEL 26
DIE NACHBARIN IST NEUGIERIG

Ameisen erkunden auf der Erde jedes neue Terrain.

»Ich bin gleich wieder da, Achmed«, sagte die Nachbarin und stapfte die Auffahrt zum Achleitnerschen Anwesen hinauf. Sie ging vorbei an einer Gartenbank, die in einem graugrünen Farbton gestrichen war. Schimmelkäsegrün, wie ein alter Österkron, dachte sie und passierte auf dem Weg zur Terrasse die Blumenrabatte. »Ungepflegt«, murmelte sie, als sie den wild wuchernden Cottagegarten passierte. Elfriede Großschädel war keine Freundin von Stauden, die waren ja in ihrem wilden Durcheinander nicht zu bändigen.

Thujen sind gescheiter, dachte sie. Die kann man schön in Form schneiden.

Eva hatte ihren englischen Garten mit einem einfachen Holzzaun begrenzt, an dem sich Kletterrosen und Clematis emporrankten. Die Blüten des Tränenden Herzens wiegten sich im Wind. Die Köpfe der dunkelroten Pfingstrosen wirkten, als würden sie jeden Moment platzen. Noch ein paar Tage, und auch sie würden ihre bauschigen Blüten wie neckische Tüllröckchen der Sonne entgegenstrecken. Die violetten und weißen Blüten von Akelei, Türkischem Mohn und Bart-Iris harmonierten perfekt mit dem silbergrauen Laub von Wollziest und Frauenmantel.

Ein Garten, heißt es, sei der Spiegel der Seele. Und Evas romantische Seele hatte sich hier in kürzester Zeit eine Idylle mit duftenden Rosen, üppigen Staudenbeeten und verborgenen Winkeln geschaffen. Ein Garten, der so gar nicht zu dem Raumschiff passte, das wie ein dunkler Monolith im Gelände thronte.

Elfriede betrat das mit dunklem Schiefer belegte Sonnendeck, passierte die moderne Outdoor Lounge und schlüpfte durch den schmalen Spalt des raumhohen Schiebefensters ins Innere. In so einem Haus war sie noch nie gewesen. Sie stand in einem loftartigen Raum, der sie an eine Industriehalle erinnerte. Der Raum war nur spärlich möbliert, aber so groß, dass die Möbel darin winzig wirkten, obwohl gerade das Gegenteil der Fall war. Auf dem anthrazitfarbenen Ecksofa konnten locker 20 Leute sitzen. Rund um den riesigen Esstisch aus Stahl und Glas ebenso. Elfriede fragte sich, ob das Ehepaar Achleitner sich manchmal an den kurzen Seiten des Tisches gegenübersaß. Die würden dann ja direkt ein Megafon brauchen, um sich zu verständigen. Da war dann auch nichts mehr mit »Reich mir mal das Salz, Schatz.« Den Salzstreuer müsste man sich auf diese Distanz schon zuwerfen.

Über dem Esstisch hing ein mehrere Quadratmeter großes Schüttbild. Es sah aus, als hätte jemand rote Farbe gegen die Leinwand gekippt. »Moderne Kunst. Da ist echt nichts dabei. So ein Bild könnt ich auch malen«, schnaubte sie.

Dass das Bild ein waschechter Nitsch war und die rote Farbe mit Tierblut gemischt war, wusste die Nachbarin nicht. Wäre Paul da gewesen, hätte er sie aufgeklärt. Paul erzählte bei seinen Hausführungen immer, dass das Verschütten, Verspritzen und Verschmieren bei dieser Art von Aktionismus eine elementare sinnliche Erregung beim Künstler hervorruft.

Die Nachbarin ging weiter und kam in den Küchenbereich. Sie bestaunte neugierig die riesigen Glaswände und die hochglänzenden Küchenfronten. »Da sieht man jeden Fingertapper«, sagte sie kopfschüttelnd zu sich selbst. Der Küchenblock mit seinen grifflosen Fronten wirkte auf sie wie eine geheimnisvolle Kommandobrücke.

Über eine Treppe, die hinter dem Küchenbereich im Erdgeschoss begann, gelangte sie ins Obergeschoss. Die Treppe lief an einer Seite die Wand entlang und war auf der anderen offen. Kein Handlauf. Das ist sicher nicht erlaubt, dachte die Nachbarin. Wenn das die auf der Gemeinde wüssten. Sie zog die Schuhe aus, bevor sie die Treppe betrat. Obwohl niemand da war, der es einforderte, tat sie es, weil man das so tut.

Sie verspürte ein leichtes Schwindelgefühl, als sie die Stiegen hinaufging. Kein Handlauf, das war Wahnsinn. Das arme Kind. Das war ja quasi in ständiger Lebensgefahr. Ein Fall für die Fürsorge. Sicherheitshalber ging sie ganz an die Wand entlang gedrückt hinauf ins Obergeschoss.

Die Schlafzimmer waren unspektakulärer und kleiner als erwartet. Das Zimmer mit den altrosa Wänden und dem hellgrauen Teppich gehörte eindeutig der Tochter. An der Wand über dem Himmelbett waren eine Lichterkette und ein Message-Board mit Steckbuchstaben angebracht. »I DONUT CARE« stand da. Auf dem kleinen weißen Schreibtisch waren diverse Lipgloss-Tuben aufgereiht. Bunte kleine Plastikbälle und Zylinder. Auf dem Bett waren eine zottelige cremeweiße Tagesdecke und Fellkissen in allen Pinkschattierungen drapiert. Dazwischen lag, wie achtlos hingeworfen, ein abgegriffener Plüschhase.

Elfriede ging wieder zum Stiegenabgang und horchte. Nicht, dass die Achleitner früher heimkehrte und sie in einen Erklärungsnotstand käme. Aber alles, was sie hörte, war das entfernte Brummen eines Rasenmähers. Ihres Rasenmähers. Und überhaupt. Sie spionierte ja nicht. Sie schaute nur nach dem Rechten. Notfalls könnte sie immer noch sagen, sie hätte oben ein Geräusch gehört und hätte deshalb nachgeschaut. Sie war eine besorgte Nachbarin, eine Nachbarin, die sich kümmerte. Daraus konnte ihr keiner einen Strick drehen.

Sie stieß die Tür zum Elternschlafzimmer auf. Vor ihr stand auf einem Podest ein weißes Lederbett. Graue Leinenbettwäsche. Dahinter eine Betonwand. An einer der beiden seitlichen Wände hing eine gerahmte Bleistiftzeichnung. Ein erotischer Akt. Elfriede trat näher. Das Bild zeigte eine Frau, die auf dem Rücken lag, ihre angewinkelten Beine umarmte und an den Körper zog. Den Kopf hatte die Frau so weit nach hinten geworfen, dass der Betrachter das Gesicht nicht mehr erkennen konnte. Man sah nur die Kinnpartie und die zerwühlten Haare. »Angespannt«, stand auf einem Zettel, der seitlich am Rahmen des Bildes befestigt war. Der Name des Künstlers sagte ihr nichts. Das Bild gefiel Elfriede, obwohl sie sich so was nicht aufhängen würde. Was würde denn da die Putzfrau denken.

Elfriede schaute noch einmal aufs Bett. Sie konnte anhand der Arrangements auf den Nachttischen sofort sagen, wer von den beiden wo schlief.

Auf Pauls Seite lagen eine rotgefasste Lesebrille, eine Architekturzeitschrift und eine Packung Kleenex.

Auf Evas Nachtkästchen stand eine riesige bauchige Karaffe mit Wasser.

Wenn ich in der Nacht so viel trinken tät, müsst ich fünfmal aufstehen, Lulu machen, dachte die Nachbarin. Auf dem Grund der Karaffe lagen bunte Halbedelsteine. Daneben stand ein leeres Glas. Außerdem war da eine graue lederbezogene Box. Elfriede öffnete sie. Ein Bändchen, vermutlich von einem Schlafanzug, eine Haarspange, CBD-Tropfen, Ohropax, eine unglaublich teuer aussehende Gesichtscreme von einer Luxusmarke. Die Nachbarin öffnete den schweren Glastiegel. Sie fuhr mit den Fingerspitzen hinein und verteilte etwas Creme auf ihrem Handrücken. Sie schnupperte daran. Die Creme roch blumig, pudrig und fühlte sich samtig auf der Haut an. Sie schraubte den Tiegel wieder zu.

Neben der Kiste lagen zwei Bücher. »Permakultur heute«, hieß der eine Titel. »Hexenpflanzen – Geheimwaffen aus der Natur«, stand auf dem anderen. Wie kann man nur an einen solchen Unsinn glauben, dachte die Nachbarin.

Sie verließ den Raum, warf noch einen flüchtigen Blick in das Ankleidezimmer, das Bad und das Büro und ging dann nach unten. Sie schlüpfte wieder in ihre Schlapfen.

Sie wollte das Haus schon verlassen, da bemerkte sie in Höhe des Essbereichs eine weitere Tür. Wieder eine Treppe, diesmal eine, die nach unten führte. Zum Glück mit Handlauf.

Nun gut, das konnte sie sich auch noch anschauen, wo sie schon einmal da war.

Elfriede hatte eine Kellerbar erwartet oder ein Hobbyzimmer. Stattdessen befand sie sich in einem Trainingsraum. Der Raum hatte keine Fenster, aber eine Art gläserne Decke, die viel Licht hereinließ.

Sie sah einen Boxsack, eine Rudermaschine, eine Hantelbank, einen Seilzugturm, ein Laufband und einen Ergometer. Elfriede hatte auch einen Ergometer daheim, den hatte sie einmal beim Diskonter gekauft. Sie hatte ihn dreimal benutzt. Seither verwendete sie ihn als Wäscheständer. Aber dieser Ergometer war ganz anders als der, den sie daheim im Wäschekammerl stehen hatte. Dieser hier sah hochprofessionell aus. Wie in einem teuren Fitnesscenter. Er hatte sogar einen eingebauten Fernseher. Prüfend ließ sie ihre Hand über das Display wandern.

Am Ende des Raums hing ein zweiter Fernseher an der Wand. Davor war eine Art Chill-out Area angelegt. Eine breite Liege, eine Infrarotkabine, ein Kühlschrank mit Sportgetränken. Daneben ein kleiner Schrank. Er sah aus wie ein Tresor. Der Schlüssel steckte. Die Neugierde überflutete sie wie eine Welle. Sie trat näher, drehte den Schlüssel um und öffnete die Tür. Fast war sie enttäuscht, als sie sah, wie banal der Inhalt war. Ein Massageöl, eine Schmerzsalbe, ein Desinfektionsmittel. Da entdeckte sie die blaue Tube hinter dem Desinfektionsmittel. »Lust und Liebe Gleitgel«, stand auf der Tube. Und daneben war eine Papiertüte. Und als sie in diese hineinsah, entdeckte sie Handschellen und ein paar Wäschekluppen. Nur dass diese Wäschekluppen aus Silber waren.

KAPITEL 27
EVAS GESTÄNDNIS

Im Tierreich sind es meist die Weibchen, die bei der Partnerwahl das Sagen haben. Die Männchen müssen sich bei der Balz ins Zeug legen, um sie zu bezirzen und die Konkurrenz auszustechen. Sie tun es mit prächtigem Gefieder oder farbig leuchtenden Schuppen, mit ohrenbetäubendem Brüllen oder ausgeklügeltem Gesang.

Paul war in seinem Element. So eine Eisprinzessin wie diese Stephanie war eine besondere Herausforderung. Das kickte ihn richtig. Er forderte sie spielerisch heraus, er befeuerte sie mit Andeutungen, kleinen Spitzen, auf die sie ihm Kontra geben musste. Es war für ihn ein Test, um zu sehen, wie schlagfertig sie war, ob er es mit einer ebenbürtigen Gegnerin zu tun hatte. Ein Ausloten, ob sie dieses Spiel reizte und ob sie sexuell interessiert wäre. Er hatte bei seinen zahlreichen Frauengeschichten die Erfahrung gemacht, dass Frechheit siegte. Er war überzeugt, Frauen wollten keine Langweiler. Im Zweifel würden immer »Goschertsein« und ein bisschen Machogehabe siegen, auch wenn Frauen es nie so direkt zugeben würden.

Stephanie hielt sich bei diesem verbalen Schlagabtausch gut, obwohl er aus ihr wirklich nicht schlau wurde. Sie parierte auch die dreistesten Anspielungen eloquent. War selbstbewusst, gab ihm ordentlich Kontra, reagierte auf die Angriffe gekonnt oder richtete die Waffen gegen ihn. Und sie hatte Humor, konnte über sich lachen.

Und trotzdem, er konnte die Signale, die sie aussandte, nicht einordnen. Mal schien sie aufgeschlossen, dann wieder genervt. Mal gelangweilt, dann fast aggressiv. In der einen Sekunde lachte sie schallend, dann musterte sie ihn eisig. Ein bisschen schizo, die Gute. Aber die würde er auch noch knacken.

Er griff zur Karaffe Most, die vor ihm auf dem Tisch stand. Der »saure« Apfelmost war hier die Spezialität. Ein herber Cider. Süffig, aber alkoholhaltiger, als man dachte. Stephanie verdünnte ihren mit Apfelsaft und Mineralwasser zu einer Dreiermischung.

Es war ein heißer Nachmittag. Paul war durstig. Er trank in großen Zügen und merkte bald, wie ihm der Alkohol zu Kopf stieg. Er brauchte eine Unterlage. Wo blieb nur das Essen? Endlich brachte der Kellner das Bestellte. Einmal Schafkäse mit Kernöl und Käferbohnen für Paul. Blutwurst mit Senf und Kren für Stephanie. Blutwurst. Diese Wahl hatte ihn überrascht. Die Blutwurst kam im Ganzen. Prall und dunkel. Stephanie betrachtete das Teil, das auf ihrem Teller lag, und stach dann mit einer unerwarteten Heftigkeit hinein. Sie blickte Paul direkt in die Augen, während sie langsam ein Stück absäbelte. Pauls Eier zogen sich zusammen. Da war sie wieder. Diese unterdrückte Aggressivität.

Sie spießte ein Stück Blutwurst auf ihre Gabel, nahm es in den Mund und kaute genüsslich. Und plötzlich sagte sie wie aus heiterem Himmel:

»Weißt du, ich denke, Blümchensex ist nur für Vegetarier.«

Paul staunte, dann lachte er schallend los.

»Den Witz kann ich toppen: Blow Jobs sind Blumensträuße für Männer.«

Stephanie musterte ihn kühl. Du hast ja keine Ahnung, auf was du dich einlässt, dachte sie.

Als Eva durch den Wald fuhr, wusste sie einen Augenblick nicht, ob sie auf der Hauptstraße links oder rechts abbiegen wollte. Links führte die Straße zu Finz, rechts zu Vera. Frauenfreundschaften, damit hatte Eva sich in der Vergangenheit immer schwergetan. In Eisenstadt hatte sie sich einmal einer sogenannten Freundin anvertraut mit dem Erfolg, dass das vertrauliche Privatgespräch über ihre Seelennöte im ganzen Bezirk die Runde gemacht hatte. Das hatte sie wirklich nicht gebraucht.

Andererseits war Vera ganz anders. Sie mochte es prinzipiell nicht, wenn getratscht wurde, war direkt, hinterfragte alles.

Eva hätte lieber mit Finz gesprochen, aber der war in der Firma von Kunden und Mitarbeitern umgeben, da wäre es unpassend, wenn sie mit ihrem Kummer hineinplatzen würde.

Eva bog rechts ab. Sie hatte Sankt Martin immer schon als besonders idyllisch empfunden. Die alte Volksschule mit dem Storchennest auf dem Dach, die burgenländischen Bauernhöfe mit den Blumenrabatten. Und auch die Bewohner wirkten wie aus der Tourismuswerbung. Ein alter Mann mit einer blauen Arbeitsschürze fuhr mit einem fast ebenso alten Fahrrad über die Hauptstraße. Auf der Straße spielten ein paar Kinder Tempelhupfen. Dass es so was noch gab.

Eva parkte vor Veras Zuhause. Das Haus war einer von vielen schmalen Streckhöfen, die fast Mauer an Mauer gebaut worden waren. Man ging durch ein großes Tor und kam durch die Einfahrt in einen kleinen Innenhof. Links war das eigentliche Wohnhaus mit Arkadengang, rechts die Mauer zum Nachbarn, vor einem waren die ehemaligen Wirtschaftsgebäude. Zwei, drei Milchkühe, eine Sau und ein paar Hühner hatte in der Generation der Urlioma jeder Hof. Und gleich dahinter verlief der Weg zum Garten.

»Bin im Garten«, stand auch auf dem kleinen Schild, das an der Klinke zur Eingangstür des Wohnhauses hing.

Eva ging nach hinten. Ein Schwalbenpärchen kreiste aufgeregt zwitschernd über ihrem Kopf. Eva nahm es gar nicht wahr. Sie war komplett aufgelöst losgefahren, aber jetzt fühlte sie sich, als würde sie neben sich stehen, fast schon betäubt. Ob das der Schock war?

Als sie in den Garten kam, sah sie Vera und Finz, die gerade dabei waren, ein Stück Land mit Spaten und Spitzhacke zu bearbeiten. Finz schwitzte. Er hatte die Ärmel seines Hemdes hochgekrempelt und trat mit dem derben Profil seiner knöchelhohen Boots heftig auf die Kante des Spatens, um ihn noch tiefer in den lehmigen Boden zu rammen. Vera drehte die ausgestochenen Rasensoden um und warf sie auf einen Haufen. Aus manchen wanden sich aufgeschreckte Regenwürmer, deren Leben plötzlich auf dem Kopf stand. Es roch angenehm nach feuchter Erde. »Ich dachte, man soll nicht umgraben«, sagte Eva.

»In diesem Fall schon. Wir machen das Fundament für das Hügelbeet, du weißt schon, das, das wir am Sonntag gemeinsam mit dem Gartenklub bauen wollen«, erklärte Vera enthusiastisch. Sie rieb sich das Kreuz. »Ist was mit dir, du siehst so blass aus.«

»Ich wollte eigentlich mit dir reden, aber der Zeitpunkt ist wohl nicht so ideal.«

»Nein, der Zeitpunkt ist perfekt, ich wollt eh eine Pause machen. Mir bricht schon der Rücken ab. Sollen wir unter die Arkaden gehen?«

»Jaja, lass mich nur im Stich«, blödelte Finz, »ich mach inzwischen weiter, okay.« Er bemerkte sofort, dass Eva ein bisschen neben der Spur war, ließ sich aber nichts anmerken.

Vera hakte sich bei Eva ein und zog sie zurück Richtung Haus. »Hier, du setzt dich da auf den Liegestuhl in den Arkadengang, und ich hol uns was zu trinken. Hollersaft, Kaffee, Gin und Tonic?« Letzteres sagte sie eher im Scherz.

»Gin und Tonic wäre nicht schlecht.«

»Echt? Ich fürchte, ich hab weder Gin noch Tonic da, aber in der Speis steht noch eine Flasche Obstler. Keine Ahnung, wie alt die ist, aber ich glaube nicht, dass Schnaps schlecht werden kann. Willst du wirklich einen Schnaps?«

Eva nickte.

Vera brachte ein Glas und eine Dopplerflasche, die zu zwei Drittel mit einer klaren Flüssigkeit gefüllt war. Der Korken, der drinnen steckte, war schon komplett brüchig und porös. Sie musste beim Öffnen aufpassen, dass keine Korkbrösel abbrachen und in die Flasche fielen.

Eva schenkte sich das Glas halbvoll und trank es in einem Zug aus.

*

Paul musste niesen. Er bemerkte, wie seine Nase, seine Augenlider und seine Lippen anschwollen und sein Hals zu kratzen begann.

»Heuschnupfen?«, fragte Stephanie.

»Nicht, dass ich wüsste«, sagte Paul, »ich hab nur eine Latexallergie.«

Die Ausrede Nummer eins von allen Männern, die keinen Gummi nehmen wollen, dachte Stephanie, was für ein Schwein.

Wir leiten unseren Most durch Latexschläuche, überlegte der Wirt, der gerade die leeren Teller abräumte und das Gespräch gehört hatte. Er sagte aber nichts. Er hasste diese unnötige EU-Verordnung, die ihm vorschrieb, jedes einzelne mögliche Allergen in seinen Speisen und Getränken aufzulisten. Der Lebensmittelinspektor hatte ihm deshalb schon mehrmals die Hölle heißgemacht und ihm mit empfindlichen Strafen gedroht, sollte ihm noch einmal ein Fehler passieren.

Wenn diese Zuagroasten so empfindlich sind, dass sie von drei Partikeln Gummi Husten bekommen, dann kann denen eh keiner helfen, dachte er.

*

Als Finz mit dem Aushub fertig war und zum Haus zurückkehrte, fand er eine ziemlich betrunkene Eva und eine leicht angesäuselte Vera vor. »Setz dich zu uns«, sagte Vera, »wir trinken Obstler Slammer. Pur war der Schnaps leider nicht zu saufen, aber mit Frucade schmeckt er echt gut!«

»Müsstet ihr nicht eure Töchter vom Tanzunterricht abholen?«, fragte Finz. »Die tanzen heute länger, weil sie für eine Aufführung üben. Meine Mutter holt die beiden ab und bringt sie später hierher. Carla will bei Letta übernachten«, sagte Vera. »Wir haben also noch genügend Zeit, um uns lustige Rachepläne auszudenken. Du kannst uns dabei helfen.« Sie nahm ein Wasserglas, schenkte einen Fingerbreit Schnaps hinein, füllte das Ganze mit Frucade auf, setzte einen Bierdeckel darauf und schlug das Glas gegen die Tischplatte. Das Gebräu begann zu schäumen. »Hier, trink schnell!« Sie reichte das Glas Finz.

Der schüttelte den Kopf und wehrte ab. »Ich hab gerade deinen halben Garten umgestochen. Ich brauch erst mal ein Glas Wasser, um was geht es bitte?«

Eva griff nach dem verschmähten Glas und stürzte den Inhalt hinunter. Schaum geriet in ihre Nase. Ihre Augen begannen zu tränen. Kurz sah es so aus, als würde sie weinen, aber dann lachte sie laut. »Also, Finz. Mein Mann bumst andere Frauen, und Vera glaubt, dass er ein jähzorniger Narzisst ist, dem man eine ordentliche Lektion erteilen sollte.«

»Noch eine Lektion«, sagte Vera.

»Ich hab ihm nämlich schon zwei Lektionen erteilt«, sagte Eva stolz. »Ich habe ihm ätzende Seife gegeben und Narzissenzwiebeln, damit er Brechdurchfall bekommt.«

»Find ich super!«, sagte Vera. »Ich hätte dem auch schon längst Valium in den Kaffee getan, oder noch besser Betablocker, die machen impotent.«

»Oder etwas Psychedelisches«, sagte Eva verträumt. »Damit er einen Horrortrip durchlebt und es mit der Angst zu tun bekommt. In meiner Schulzeit gab es ein paar, die sind auf den Wechsel gewandert, weil dort angeblich psychedelische Pilze wachsen, aber niemand wusste genau, wie diese Pilze aussahen, deshalb haben sie dann irgendwelche Pilze gegessen und nur gekotzt.«

»Warum verlässt du ihn nicht einfach?«, fragte Finz.

Eva drehte sich zu ihm um. Ihre wasserblauen Augen waren noch eine Spur heller als sonst. Er bemerkte zum ersten Mal, dass in dem Blau bernsteinfarbene Flecken waren. »Du kennst ihn nicht!«, sagte sie leise. »Das würde er niemals zulassen. Ein Paul Achleitner wird nicht verlassen. Ich glaube, er würde mich vorher umbringen. Und wenn nicht, würde er sonst alles tun, um mir das Leben zur Hölle zu machen. Er würde mich nie in Ruhe lassen, ganz egal, wo ich hingehe. Er würde sich die besten Anwälte nehmen und dafür sorgen, dass ich Carla nie wiedersehe. Und überhaupt … ich kann das Carla auch nicht antun. Der Umzug war schon Belastung genug. Wenn sie jetzt noch einmal ihr Zuhause verliert …« Sie umklammerte das Glas so fest, dass Vera Angst bekam, es würde zerspringen.

Finz kratzte sich am Kopf. »Ich weiß nicht, was ich von euren Plänen halten soll. Ihr erinnert mich an die ›Hexen von Eastwick‹.«

»Wir wollen ihn ja nicht umbringen, wir wollen ihn nur ein bisschen quälen«, lachte Vera. »Vielleicht erweitert sich auch sein Bewusstsein, und er wird gescheiter.«

»Für eine Bewusstseinserweiterung muss man bereit sein«, mahnte Finz. »Hört mal, ich weiß, wovon ich rede. Ich habe in Südamerika schamanische Reisen mit Krötengift und Lianensud gemacht. Das sind dort rituelle religiöse Zeremonien. Ihr könnt nicht einfach irgendeinem Idioten, der ein Brett vor dem Kopf hat, Psychedelika geben und glauben, dass er dadurch ein besserer Mensch wird.«

»Vielleicht kein besserer, aber ein ängstlicherer«, sagte Eva. »Paul ist ein ziemlicher Hypochonder, und wenn er mit sich selbst und seinen Befindlichkeiten beschäftigt ist, kommt er sonst nicht auf blöde Ideen.«

»Schon, aber ihn auf einen Trip schicken … ich weiß nicht …« Finz war skeptisch.

»Wir wollen ihn nur schwächen. Er hat es verdient. Er ist ein Sadist und er schlägt sie«, platzte Vera heraus.

»Vera bitte … ich hab dir doch gesagt …« Eva war das Thema schrecklich peinlich, so, als hätte sie eine Mitschuld. Sie wusste immer noch nicht, wie Vera es geschafft hatte, dieses Geheimnis aus ihr herauszulocken. Die hatte aber auch eine ganz eigene Art, einen auszufragen.

»Das dürft ihr gar nicht wissen, wirklich. Ihr müsst mir schwören, dass ihr das niemandem erzählt. Wenn Paul herausfindet, dass ihr das wisst, dann …«

»Was dann?«, fragte Finz empört. »Der Typ gehört zur Rechenschaft gezogen, angezeigt.«

»Ich erzähl dir jetzt mal was«, sagte Eva heftig. »Ich war einmal auf der Polizei, das ist schon länger her. Die Beamten waren wirklich nett und verständnisvoll und haben alles zu Protokoll genommen. Danach haben sie Paul auf die Wache gebeten, und der hat ihnen weisgemacht, dass ich mir das alles nur ausgedacht habe, weil ich mich für einen Seitensprung rächen wollte. Er hat mir gesagt, sie hätten von Mann zu Mann miteinander geredet, und der Polizist wäre voll auf seiner Seite gewesen und hätte ihm gesagt, solche Falschaussagen von hysterischen Weibern kämen öfters vor. Die würden so was gar nicht ernst nehmen.«

Vera riss die Augen auf. »Der Paul hat dich sicher angelogen! Das hat der Polizist bestimmt nicht gesagt, das kann ich mir nicht vorstellen. Das wäre ja echt arg. Das hat er sich ausgedacht, um dich zu manipulieren.«

Eva zuckte mit den Achseln. »Ich weiß nicht, der Polizist war der Cousin von seinem damaligen Geschäftspartner. Auf jeden Fall habe ich daheim mein blaues Wunder erlebt.« Sie blickte starr in ihr leeres Glas.

Finz hätte sie am liebsten umarmt. Sein Beschützerinstinkt machte sich bemerkbar. Er verspürte eine unglaubliche Wut auf Paul.

»Also, siehst du, der Typ hat keine Gnade verdient«, beteuerte Vera. »Komm schon, Finz, du bist der Pflanzenexperte. Johanna können wir ja schlecht fragen. Welche Naturdroge kann ihm Eva verabreichen, wenn er nochmal handgreiflich wird?«

»Klassische Hexendrogen sind Nachtschattengewächse wie Tollkirsche oder Engelstrompete, aber die sind wirklich sehr schwer zu dosieren. Der Rausch tritt nach einer halben Stunde ein, manchmal dauert er fünf Stunden, dann wieder Tage«, erklärte Finz knapp.

»Engelstrompete? Du meinst diese Kübelpflanzen mit den glockenförmigen Blüten?« Eva horchte auf. »Ich glaub, unsere Nachbarin hat so eine.«

»Genau die«, sagte Finz.

Eva blickte auf die Uhr und wurde panisch. »Ich hab die Zeit übersehen. Ich muss fahren. Unsere Terrassentür ist verklemmt und schließt nicht. Paul ist nicht daheim. Ich hab die Nachbarin gebeten, ein Auge aufs Haus zu werfen, aber ich kann nicht ewig wegbleiben.«

»Ich fahre dich«, sagte Finz, »wenn du magst, kann ich mir das auch gleich anschauen, vielleicht kann ich es richten.«

»Das wäre nett«, sagte Eva. »Ich habe keine Ahnung, wann Paul heimkommt, aber wie ich ihn kenne, spät.«

»Und ich mach erst mal einen starken Kaffee, auch damit ich unseren Töchtern und meiner Mutter unter die Augen treten kann. Die wittert Alkohol 100 Meter gegen den Wind«, kicherte Vera. »Also los, benehmen wir uns wieder wie Erwachsene. Eva, du brauchst auf jeden Fall noch einen Kaffee, bevor ihr fahrt.«

Finz fühlte sich auf eine seltsame Art befangen, als Eva neben ihm im Auto saß. Er wusste auch nicht, was er zu ihr sagen sollte. Jetzt Small Talk zu machen, wäre ihm nach den Geständnissen zuvor banal vorgekommen. Einerseits brannte er darauf, alles über ihre Beziehung zu Paul zu erfahren, andererseits wollte er nichts von dem Typen wissen, weil ihn schon der Gedanke, dass dieser Mensch Eva mit Haut und Haaren besaß, schmerzte.

Eva wiederum fühlte sich auf eine unwirkliche Art leicht und befreit. Der Schnaps hatte ihren Kummer betäubt, und seit sie Vera und Finz alles erzählt hatte, fühlte sie sich, als wäre ein tonnenschweres Gewicht von ihrer Brust genommen worden.

Vera hatte ihr in ihrer emanzipierten Art den Rücken gestärkt, ihr gesagt, dass sie nicht alles hinnehmen musste. »Du musst dich anders verhalten, dann wird auch er sich anders verhalten. Es gibt immer einen, der tut, aber auch immer einen, der zulässt. Lass dir das nicht mehr gefallen, und die Dinge werden sich ändern.« Manchmal wünschte sich Eva, dass Paul einfach verschwinden würde. Ohne Streit, ohne Gewalt, ohne Scheidungskrieg, ohne dass sie vor Carla als diejenige dastand, die die Familie zerstört hätte. Er müsste sich einfach in Luft auflösen. Dann könnte sie noch mal von vorne anfangen. Sie war 38, das war noch nicht so alt. Sie hatte die besten Jahre ihres Lebens an diesen notorischen Fremdgeher Paul verschwendet. Was, wenn sie den Spieß einfach umdrehen würde. Sie könnte herausfinden, wie es war, einen anderen Mann zu küssen. Einen anderen Mann als Paul und die pubertären Idioten vom Flaschendrehen damals. Sie sah Finz von der Seite an. Sie könnte heute noch damit anfangen.

»Also komm, lass uns das Türproblem lösen«, sagte Finz, als er vor ihrem Haus zu stehen kam. »Welche Schiebetür ist es?«

»Die hinten beim Griller«, erklärte Eva. »Geh schon mal vor. Ich hol mir nur schnell einen Pullover.« Nachdem Finz um die Ecke gebogen war, lief sie leichtfüßig zum Vorgarten der Nachbarin und riss drei Blüten der Engelstrompete ab. Die Blüten waren riesig. Imposant. Fast schon monströs. Sie kicherte dabei. Sie kam sich richtig schlimm vor. Aber wohin nur damit? Sie sperrte das Haus auf und lief hinein, es war kühl geworden. Sie ging nach oben, um sich ihren Pullover zu holen. Als sie beim Schlafzimmer vorbeikam, sah sie ihren Wasserkrug mit den Heilsteinen und steckte die Blüten hinein. Da würden sie frisch bleiben, bis sie in ihrem Kräuterhexenbuch das passende Rezept gefunden hatte.

Dann lief sie zur Terrasse. Finz musterte die Sachlage bereits prüfend. Seine Finger glitten über die Führungsleiste. »Kannst du hier einmal angreifen«, bat Finz, »zu zweit ist das sofort erledigt. Hier rechts, du musst das Glas nur gerade halten, damit ich es anheben kann. Eins, zwei drei.« Die Tür rastete wie durch Zauberhand ein. »So, das wäre erledigt.« Er klopfte sich die Hände an der Hose ab und lächelte Eva an. »War doch keine Hexerei.« Er lachte, als ihm die Doppeldeutigkeit der Aussage bewusst war. »Obwohl du vermutlich schon eine kleine Hexe bist.«

Eva lächelte zurück, und dann tat sie etwas, was sie noch nie in ihrem Leben getan hatte: Sie ergriff die Initiative. Sie ging auf ihn zu, nahm seinen Kopf in ihre Hände und fuhr ihm mit dem Daumen der rechten Hand über die Lippen. »Eva, was soll das?«, sagte Finz. »Komm, lass das. Du bist betrunken, du weißt nicht, was du tust.«

»Ich bin nicht betrunken und weiß genau, was ich tue«, flüsterte Eva.

Dann hob sie den Kopf und küsste ihn mit einer Gier und einer Leidenschaft, die sie selbst überraschte. Und Finz konnte gar nicht anders, als sie zurückzuküssen. Der Kuss schmeckte nach Kaffee und Obstler und Eva, berauschend, narkotisch, süß. »Ich will nicht hierbleiben«, sagte sie flehentlich, drängend. »Können wir bitte zu dir fahren?«

KAPITEL 28
PAUL UND DIE ENGELSTROMPETE

Es gibt eine Pilzart, die auf Ameisen wächst und deren Verhalten manipuliert. Die Ameise hat dann keine Kontrolle mehr über ihren eigenen Körper.

Als Paul nach dem Heurigenbesuch nach Hause kam, war in seinem Haus alles finster. Er wunderte sich kurz und schaute dann vorsichtig ins Schlafzimmer, weil er dachte, Eva hätte sich bereits hingelegt. Aber zu seiner größten Verwunderung war das Bett leer. Er ging in Carlas Kinderzimmer. Ebenfalls leer. So etwas war noch nie vorgekommen.

Er griff zum Telefon und rief Eva an. Der Anruf ging direkt auf die Mailbox. Er durchsuchte das ganze Haus – nichts. Alle Türen und Fenster waren fest verschlossen. Sogar die Terrassentür, wegen der Eva am Telefon so ein Theater gemacht hatte. Auch im Garten war keine Spur von Eva und Carla.

Für einen kurzen Moment dachte er, sie könnten ihn verlassen haben, aber der Gedanke war so lächerlich, dass er ihn sofort wieder verwarf. Trotzdem überprüfte er sicherheitshalber die Kleiderschränke, ob etwas fehlte. Alles sah aus wie immer.

Er rief Eva noch einmal an. Keine Antwort. Dann tippte er »Wo bist du???« ins Nachrichtenfenster des Handys und drückte auf Senden. Er war mehr verärgert und verwirrt als besorgt. Das gab es doch nicht. Er dachte nach.

Er ging zurück in die Küche, wo der große Familienplaner hing. Normalerweise maß er den Einträgen keine Bedeutung zu. Er hatte seine eigenen Pläne, aber diesmal hoffte er, einen Hinweis zu finden, damit er sich einen Reim auf das Ganze machen konnte. ›Dance Together 16 h 30 – 18 h‹ stand da. »Dance Together«, das war doch diese Tanzgruppe, bei der auch Veras Tochter mitmachte. Er griff erneut zum Telefon, um Vera anzurufen und zu fragen, ob sie eine Ahnung von Evas Verbleib hatte, aber dann ließ er es sein. Das hätte ja fast so gewirkt, als hätte er seine Frau nicht unter Kontrolle. Wut stieg in ihm auf. Er hatte ohnehin schon schlechte Laune gehabt, als er heimgekommen war.

Diese Vicky hatte ihn erst mit ihren sexuellen Anspielungen voll geil gemacht und ihn dann eiskalt abserviert. Als er sie zu ihrem Hotel zurückgebracht hatte und sie im Auto küssen wollte, hatte sie ihn geohrfeigt. Geohrfeigt! Ihn! Und dann war sie davongestürmt. Die war ja nicht ganz dicht. Er fragte sich, warum er in letzter Zeit ständig mit solchen Psychoweibern gestraft war. Die Zieserl hatte wegen dem depperten Ausschlag ja auch total überreagiert. Und jetzt machte auch noch die Eva, was sie wollte.

Aber er würde herausfinden, wo sie war. Er war ja nicht blöd. Er verließ das Haus, stieg in seinen Wagen und fuhr los, Richtung Sankt Martin. Er wusste, wo Vera wohnte, weil er ihr einmal Material für die Website vorbeigebracht hatte.

Dass Evas Wagen vor deren Haus stand, bestätigte seine Vermutung. Bingo. Er hätte Detektiv werden sollen. Wo hätte sie denn auch sonst sein sollen? Eva ging nicht allein aus. So eine war sie nicht. Aber dass sie einfach bei Vera abhing, ohne ihn zu informieren, ging natürlich auch nicht. Die würde was erleben.

Er hatte keine Lust heimzufahren, also lenkte er den Wagen Richtung Oberwart. Er würde schauen, ob im »Sapore« noch was los war. Er hatte Glück, in dem kleinen Lokal brannte Licht.

Paul parkte direkt davor und trat ein.

Oben auf der Galerie sah er die Zieserl mit zwei Freundinnen sitzen. Er stellte sich an die Bar. »Ein Bier für mich und eine Flasche Prosecco für die Damen da oben«, sagte er zu Katrin, die hinter der Bar stand.

Die Zieserl hatte ziemlich angefressen dreingeschaut, als er hereingekommen war, aber als der Prosecco serviert wurde, schaute sie nicht mehr ganz so grantig.

Paul prostete ihr zu. Sie hob nur kurz das Kinn und betrachtete dann zweifelnd das Glas, das vor ihr stand. Wenn sie den jetzt trinkt, geht wieder was, dachte Paul.

Sylvia nahm das Glas und nippte zögernd daran.

Geht doch, triumphierte er innerlich. Mein Blatt hat sich gerade gewendet.

Eva wachte auf, weil die Sonne sie auf der Nase kitzelte. Finz' Dachwohnung, die über seiner Firma lag, hatte keine Vorhänge. Das Fenster war geöffnet. Sie hörte den Lärm der Maschinen, die die Kompostmieten umsetzten. Ihr Kopf brummte ein bisschen, aber ansonsten fühlte sie sich einfach nur glücklich.

Finz hatte gestern Abend ihren Verführungsversuchen stur standgehalten. Er hatte ihr erklärt, er wolle die Situation nicht ausnutzen, und sie in sein Bett verfrachtet, während er auf der Couch geschlafen hatte. Aber um 3 Uhr in der Früh war Eva aufgewacht und zu ihm unter die Decke geglitten und hatte ihm ganz klar gezeigt, dass sie nicht mehr betrunken war und genau wusste, was sie wollte. Und weil es dasselbe war, was Finz seit Wochen mit ihr tun wollte, hatten sie es getan, und es hatte sich einfach nur richtig angefühlt. Und jetzt lag sie in seinen Armen, und er hielt immer noch ihre Hand, die er genommen hatte, als sie gemeinsam eingeschlafen waren, und Eva hatte zum ersten Mal in ihrem Leben die Vorstellung, wie es sich anfühlen könnte, nicht die Frau von Paul Achleitner zu sein, sondern ein Mensch mit eigenen Wünschen und Bedürfnissen. Und das größte Bedürfnis flammte gerade neu auf. Sie hatte schon wieder Lust auf ihn. Sie biss ihn spielerisch in den Hals und ins Ohrläppchen.

»Finz, schläfst du noch?«

»Mhmmm.«

»Wenn du Mhhmm sagen kannst, schläfst du nicht mehr.« Sie küsste ihn weiter, ihre Lippen wanderten über seinen Körper. Finz stellte sich noch immer schlafend und ließ sich verwöhnen, bis er sie plötzlich heftig umarmte, an sich zog und mit einer einzigen gekonnten Drehbewegung auf den Rücken warf. Eva kreischte und lachte. Er lachte mit ihr mit. Das Leben war noch nie so einfach gewesen und gleichzeitig so kompliziert.

*

Circa zur selben Zeit wachte auch Paul in seinem Raumschiff auf. Allerdings ging es ihm bei Weitem nicht so gut wie seiner Frau. Sein Mund war trocken, die Zunge klebte am Gaumen. Er schwitzte. Er hatte Durst. Wahnsinn, ging es ihm dreckig. Von wegen Rausch ausschlafen. Er fühlte sich komplett high. Er versuchte, die letzte Nacht Revue passieren zu lassen. Es hatte ihn eine weitere Flasche Prosecco und seinen ganzen Charme gekostet, um die Zieserl wieder »auf süß« zu bekommen. Aber natürlich war sie wieder schwach geworden. Die Zieserl war ein Adrenalinjunkie wie er, die holte sich aus emotionalen Ups und Downs einen Kick. Und danach hatten sie es noch richtig lustig gehabt. Die Zieserl, die beiden Freundinnen von der Zieserl und er waren ins »Almrausch« gegangen. Dort war es zugegangen wie auf einer Après-Ski-Hütte, nur ohne Schnee. Sie hatten Runde um Runde Jägermeister getrunken, sich gegenseitig die Schraubverschlüsse auf die Nasen gesteckt und dabei vor Lachen fast angebrunzt.

Er hatte die Zieserl dann mit treuherzigen Hundeaugen angebettelt, ihn nach Hause zu fahren. Und sie hatte sich tatsächlich erweichen lassen. Evas Auto war noch immer nicht vor dem Haus gestanden. Und die Eva selbst war auch nicht daheim. Und das hatte ihn so geärgert, dass er die Zieserl hineingebeten hatte und mit ihr noch in der Chill-out Area im Keller aktiv war. Ein privates Afterwork sozusagen. Irgendwann in der Früh musste sie dann gegangen sein. Wie er in sein Bett gekommen war, wusste er nicht mehr. Nur, dass er noch immer unendlich durstig war. Brandig eben. Auf Evas Nachtkästchen stand wie immer ein Krug mit Wasser. Er schenkte sich ein Glas ein und trank es gierig aus. Das Wasser schmeckte schal. Der Tatsache, dass darin riesige rote Blüten schwammen, maß er keine Bedeutung bei. Dass Eva Speisen und Getränke mit lächerlichen Blumen anreicherte, war nichts Ungewöhnliches. Gänseblümchen in der Suppe, Rosen in der Bowle, Lavendel auf dem Pfirsichkuchen. Komplett unnötig, dieser Blumenkult. Paul drehte sich um und schlief noch einmal ein.

Finz war in der Dusche. Eva hörte das Wasser rauschen und Musik aus dem Badezimmer. Reggaemusik kam aus der Box. Bob Marley sang »No woman, no cry«. Der Geruch von Duschgel und Kaffee lag in der Luft. Das Fenster war offen. Eine leichte Brise wehte herein. Vögel zirpten. Alles hätte so entspannt sein können. Aber Eva war nicht entspannt.

Sie saß wie das Kaninchen vor der Schlange vor ihrem Mobiltelefon. Sie hatte panische Angst, ihr Handy wieder einzuschalten. Das Handy war ihre Nabelschnur zur Realität. Sie hatte die Nabelschnur gestern gekappt. Aber sie musste die Verbindung wiederherstellen. Sie war nicht nur die Ehefrau eines Cholerikers, sondern auch eine Mutter. Sie musste erreichbar sein. Sie hatte Verantwortung. Ihr Herz klopfte, als das Betriebssystem hochfuhr und Pauls Nachricht vom Vorabend aufflackerte. *Wo bist du???*

Er durfte nie erfahren, wo sie gewesen war. Niemals. Er würde sie bestrafen, schmerzhaft bestrafen. Keine Ahnung, was er mit Finz anstellen würde. Seine Reifen aufstechen, ihm die Drogenpolizei auf den Hals hetzen. Paul war alles zuzutrauen.

Die zweite Nachricht war von Vera. *Alles ok bei dir ;)?*

Eva drückte die Rückruftaste. Vera hob beim zweiten Läuten ab.

»Geht es Carla gut?«

»Ja klar, die schlafen noch, was ist los mit dir, warum flüsterst du?«

»Ich bin beim Finz.«

»Ich wusste es!«, jubelte Vera. »Na, endlich, die Chemie zwischen euch war ja schon nicht mehr auszuhalten. Danke, dass ihr es endlich getan habt. Der Finz passt ohnehin viel besser zu dir als der Paul.«

»Vera, das ist nicht lustig. Der Paul zuckt aus, wenn er

das erfährt. Was soll ich ihm überhaupt sagen? Ich war noch nie über Nacht weg.«

Vera schaltete blitzschnell.

»Komm so schnell her, wie du kannst, bevor die Mädchen aufwachen, dann können wir sagen, du wärst gestern spät am Abend zu mir gefahren und hättest bei mir geschlafen. Und Carla kann das dann vor Paul bestätigen.«

»Ich kann nicht zu dir kommen. Mein Auto steht bei dir.«

»Ach ja, stimmt. Das ist noch besser. Ich hol dich in zehn Minuten ab, und wenn die Mädchen inzwischen aufwachen, sagen wir, wir waren Semmeln holen. Wir kriegen das hin, Eva. Aber bitte versprich mir, dass du diesen Idioten verlässt.«

Die Badezimmertür öffnete sich. Finz kam heraus. Er hatte ein Handtuch um die Hüften geschlungen. Seine nassen Haare glänzten. Wasser tropfte von seinen Haaren auf seine Brust und rann von dort Richtung Bauch. Er zwinkerte Eva zu, während er sich die Haare trockenrieb. Sie hätte sich am liebsten sofort wieder auf ihn gestürzt.

»Ich verspreche es«, sagte sie.

Veras Strategie ging auf. Als Carla und Letta in typischer Teenagermanier gegen 11 Uhr aufwachten, saßen Vera und Eva am gedeckten Frühstückstisch.

»Eva und ich haben gestern Wein getrunken, und ihr wisst ja, dass man nicht Autofahren soll, wenn man etwas getrunken hat«, sagte Vera oberlehrerhaft.

Die Mädels hörten allerdings nur mit halbem Ohr zu. Sie hatten weit Wichtigeres im Sinn. Sie wollten das Huhn dressieren. Der erste Schritt war bereits gemacht. Queen Latifah ließ sich seit gestern angreifen und streicheln. Einer glorreichen Zirkuskarriere stand somit nichts im Wege. Letta hatte zahlreiche Online-Videos zu dem Thema angeschaut.

»Wenn ich mir Mehlwürmer auf die Schulter lege, fliegt sie mir vielleicht auf die Schulter«, strahlte sie.

Eva erschauderte. Ihr grauste vor den Würmern.

Vera schien kein Problem mit den wuselnden Maden zu haben. Sie fotografierte die engagierten Versuche, Queen Latifah auf Lettas Schulter flattern zu lassen, mit Evas Handy.

»Beweisfotos«, flüsterte sie Eva zu.

»Und die schickst du jetzt Paul mit der Erklärung, dass du über Nacht hier warst. Das befriedigt seinen Kontrolltrieb.«

Eva tat wie geheißen. Wahnsinn, dachte sie, die Vera hat total überzuckert, wie der Paul tickt.

»So, das wäre erledigt«, sagte Vera, »und jetzt legen wir uns in die Liegestühle.«

Eva ließ sich das nicht zweimal sagen.

»Wir müssen noch überlegen, was wir auf das Hügelbeet pflanzen, das wir am Sonntag hier mit dem Klub bauen. Ich dachte an gelbe und weiße Zucchini. Die gibt es so selten im Handel. Dabei schmecken sie viele besser als die grünen, findest du nicht?«

Vera war in ihrem Element, doch während sie die Vor- und Nachteile diverser Gemüsepflanzen der Gattung Cucurbitaceae rezitierte, fielen Eva in Nullkommanichts die Augen zu. Sie hatte in der letzten Nacht ja so gut wie gar nicht geschlafen. Sie dachte an Finz. Eine Welle des Wohlbehagens erfasste sie. Oder war es Wollust? Was er gestern alles mit ihr gemacht hatte und wie er es gemacht hatte. Sie hatte nie gedacht, dass solche Empfindungen möglich waren. Sie dachte daran, wie er sie küsste. Und schlief mit einem Lächeln ein.

Etwa zur selben Zeit wachte Paul zum zweiten Mal auf. Er fühlte sich immer noch besoffen. Er konnte sich nicht erinnern, wann er zuletzt so lange geschlafen hatte.

Er nahm den Krug neben dem Bett in beide Hände und leerte ihn bis zum letzten Zug. Eine Blüte blieb an seinem Mund kleben. Grauslich schmeckte das, musste an den komischen Energiesteinen liegen, die sie einsetzte, um das Wasser zu »beleben«.

Sein Handy läutete. Die Eiskönigin. Sie kam sofort zur Sache. »Sehen wir uns heute bei der ›Nacht der Ballone‹?«

»Schaun wir mal«, sagte Paul ausweichend. »Du, ich hab jetzt keine Zeit, ich melde mich später.« Er gab sich extrem kurz angebunden.

Dass die Weiber alle wieder dahergerannt kamen, daran war er gewöhnt. Mit der Ohrfeige war sie aber zu weit gegangen. Obwohl ihn ja prinzipiell reizte, so ein bockiges Weib zu zähmen. Er war noch nicht fertig mit dieser Vicky, aber vorerst würde er sie noch zappeln lassen.

Zur »Nacht der Ballone« musste er aber definitiv. Der Harald wollte sich dort mit ihm treffen, weil da immer die ganze Politprominenz war. Das wäre nicht schlecht für künftige Projekte, hatte er gemeint. Der Harald. Wenn der wüsste, was er gestern mit seiner Frau getrieben hatte. Apropos Frau. Wo, um Himmels willen, steckte die Eva? Er checkte sein Handy und sah ein Bild, das Eva, Carla, Vera und Letta mit einem Huhn zeigte. Dazu die Nachricht: *Hatten einen Chicken-Abend*. War die jetzt total deppert geworden? Na, die würde später was zu hören bekommen. Aber jetzt musste er erst einmal das Treffen mit dem Zieserl erledigen. Er konnte sich immer noch nicht erklären, warum er bis in den Nachmittag hinein geschlafen hatte. Er vertrug wirklich keinen Schnaps mehr. Ob das am Alter lag?

Ich muss nüchtern werden, beschloss Paul. Er ging in die Dusche, aber selbst der kühle Wasserstrahl klärte seinen Kopf nicht. Er trocknete sich ab und zog sich an. Ihm war immer noch heiß, und sein Mund war trocken. Ich brauch ein Reparatur-Seidl, dachte er. Er ging zum Kühlschrank, nahm ein Bier heraus und trank es hastig. Dann fiel ihm ein, dass sein Auto noch in Oberwart stand. Er rief ein Taxi und ließ sich direkt nach Bad Tatzmannsdorf fahren.

Eva döste noch immer im Liegestuhl, als sie das Läuten ihres Telefons aufschreckte. Paul, dachte sie in der ersten Sekunde panisch. Aber es war nicht der Paul. Es war der Harald Zieserl. »Hallo, Eva«, sagte er und tauschte hastig ein paar Höflichkeitsfloskeln aus, bevor er zum Wesentlichen kam. »Du, ich habe deinen Mann den ganzen Vormittag nicht erreicht, weißt du, wo er ist?« Eva verneinte. »Wir sind heute bei der ›Nacht der Ballone‹ verabredet. Ich will ihm ein paar Leute vorstellen. Falls du ihn vorher hörst, sag ihm bitte, ich warte um 17 Uhr beim Springbrunnen auf ihn. Die ›Nacht der Ballone‹ ist inzwischen so ein Massenauflauf geworden, ohne fixen Treffpunkt findet man sich schlecht.« Eva versprach, die Nachricht weiterzuleiten, sobald Paul sich bei ihr melden würde. Wobei sie sich sicher war, dass der Paul sich ohnehin vorher bei Harald melden würde. Treffen mit wichtigen Leuten hatten bei ihm eine höhere Priorität als seine Ehefrau.

»Wer war das?«, fragte Vera.

»Der Zieserl. Er ist heute mit Paul in Bad Tatzmannsdorf verabredet.«

»Herrlich«, sagte Vera. »Das heißt, du hast nochmal einen freien Abend.«

»Noch mal wegbleiben geht nicht. Heute schlafe ich daheim«, widersprach Eva.

»Ich nicht«, sagte Carla. »Letta braucht mich als Assistentin für Queen Latifah, kann ich noch eine Nacht hierbleiben, bitte? Es ist eh keine Schule.«

»Ich frag mich, wann ihr im Mai und Juni überhaupt Schule habt«, sagte Eva, »ein Feiertag jagt den anderen.«

»Klar kannst du hierbleiben«, sagte Vera. »Du schläfst hier, deine Mutter fährt nach Hause, wenn sie unbedingt will, und … ach Eva … kannst du vorher bitte bei der ›Inkaerde‹ vorbeifahren und mir einen Sack reine Pflanzenkohle mitnehmen? Ich glaube, ich brauche die für das Hügelbeet, das wir am Sonntag bauen.« Sie schaute treuherzig drein.

»Kupplerin«, zischte Eva, als Carla und Letta wieder um die Ecke verschwunden waren.

»Viel Spaß«, säuselte Vera, »und denk immer dran: Wenn du schon Ärger mit Paul bekommst, weil du nicht mehr nach seiner Pfeife tanzt, dann sollte sich der Ärger auch lohnen.«

Eine knappe halbe Stunde später war Eva wieder bei der »Inkaerde«.

Finz feixte, als er sie sah.

»Womit kann ich dienen?«

»Vera schickt mich, sie braucht Pflanzenkohle.«

»Ist das alles?«

»Nein.«

»Das dachte ich mir.«

Eva lief rot an.

»Komm her«, sagte er und breitete die Arme aus.

KAPITEL 29
PAUL VERSCHWINDET

Der Fliegenpilz hat seinen Namen, weil man damit früher versuchte, Fliegen zu töten. Man schnitt ihn in kleine Stücke, die man in gezuckerter Milch einlegte. Durch den Geruch wurden Fliegen angelockt, die nach dem Naschen anscheinend tot umfielen. Tatsächlich werden die Fliegen aber nur betäubt und können danach wieder weiterfliegen.

Die »Nacht der Ballone« war eine jährliche Fixveranstaltung in dem südburgenländischen Kurort. Rund 2.000 Menschen waren gekommen, um die Könige der Lüfte zu bewundern. Noch stand rund ein Dutzend Heißluftballone auf der Wiese verankert. Ab und zu entfachten die Brenner der Gefährte gezielte Feuerstöße, um die Luft im Inneren des Ballons zu erhitzen. Alle warteten auf den Start. Aber um sich die Wartezeit zu verkürzen, gab es für die Besucher jede Menge Zerstreuung. Es gab mehrere Freiluftbars mit Speisen und Getränken, eine Liveband und ein kleines Jahrmarktangebot mit einer Schießbude, einer Schiffschaukel und einem Kettenkarussell. Kinder warfen eben gekaufte Knallerbsen. Die ersten Betrunkenen fingen schon zu schunkeln und zu singen an.

Paul merkte bereits beim Aussteigen aus dem Taxi, dass etwas nicht stimmte. Das Gehen fühlte sich auf einmal so komisch an. Es war, als würde die Straße im Takt seiner Schritte mitwippen. Sein Mund war immer noch trocken.

Er ging zum ersten Stand und kaufte eine Flasche Bier. Er führte sie zum Mund und trank gierig. Ahhh, tat das gut, er spürte, wie die eiskalte Flüssigkeit durch seine Kehle hinunterrann, aber als er die Flasche in seinen Händen wieder betrachtete, bemerkte er zu seinem Erstaunen, dass sie verschlossen war. Die Kapsel saß bombenfest. Ein Rätsel. Eine brennende Zigarette flog an ihm vorbei. Paul war nur Gelegenheitsraucher, aber er fand, dass eine brennende Zigarette, die an einem vorbeiflog, eine gute Gelegenheit war, also griff er danach, machte ein paar Züge und ließ die Zigarette wieder los. Die Zigarette flog einfach weiter.

Plötzlich stand Eva vor ihm. Sie hatte einen Blumenkranz auf dem Kopf und eine Katze auf ihrer Schulter sitzen. Paul hatte eine unbegründete Abscheu vor Katzen. Er wich angewidert zurück. »Wo warst du die ganze Zeit?«, schrie Paul, aber Eva schien ihn nicht zu hören. Sie fing an, ein Lied zu summen und Blumen zu pflücken. Die Katze fauchte Paul böse an und sprang auf ihn zu.

Paul nahm seinen ganzen Mut zusammen und gab der Katze einen Tritt. Dann schaute er auf den Boden. Vor ihm lag ein Diamant. Er ließ sich auf die Knie fallen und versuchte, den Diamanten mit den Fingern zu lösen, aber er steckte fest im Boden. Er nahm seine Fingernägel zur Hilfe und kratzte wie verrückt.

Das Gemurmel der Leute um sich herum hörte er nicht.

»Schau mal, der Mann dort, der den Kaugummi vom Asphalt kletzelt, ist der verrückt?«

»Der sieht aus wie der Architekt aus Buchschachen. Der muss ja voll im Öl sein.«

»Also nur vom Saufen führt man sich so nicht auf. Ob da nicht Drogen im Spiel sind.«

Paul hatte es geschafft, den Diamanten freizulegen und steckte ihn in die Hosentasche. Dann wandte er sich wieder Eva zu, aber die lächelte nur und sagte: »Ich verrate dir jetzt, warum du keine Macht mehr über mich hast.« Aber statt es ihm zu verraten, verschwand sie einfach.

Paul war genervt. Er hasste nichts mehr, als wenn ihm jemand kryptisch daherkam und sich dann vertschüsste. »Eva!«, schrie er: »Eva, komm sofort zurück!«

Aber die dachte gar nicht daran.

Auf einmal wurde Paul unendlich traurig. Sein Leben lief wie ein Film vor ihm ab. Erinnerungen schwappten hoch. Und jede einzige davon war negativ. Er hatte das Gefühl, dass einfach alles, was er je getan, gesehen oder gemacht hatte, abgrundtief schlecht gewesen war. Vielleicht wäre es besser, sofort zu sterben. Aber dann wurde ihm klar, dass man nicht so einfach sterben konnte, nur weil man dachte, jetzt wäre der richtige Zeitpunkt dafür, und dass er vielleicht für immer in diesem Gefühl der unendlichen Verzweiflung verbleiben müsste.

Er ließ sich kraftlos ins Gras sinken. Das Gras war voller winziger Wesen, die blitzschnell die Grashalme hinauf und hinunterstoben. Paul zog sich die Schuhe und die Socken aus und beobachtete, wie die Wesen seine Zehen entlang hopsten und den Rist seiner Füße hinunterrutschten. Die Wesen sahen aus wie winzige Comicfiguren, wahnsinnig komische Typen. Unglaublich, wie da die Post abging. Aber dann veränderte sich seine Optik. Die Grashalme verwandelten sich in ein wildes Durcheinander aus fluoreszierenden Fasern, in denen durchsichtige Fliegen und Maden umherwuselten. Fliegen, Käfer und Raupen, die immer größer wurden. Sie wuchsen und wuchsen und waren auf einmal so groß wie Menschen.

Ich muss etwas dagegen tun, dachte Paul, ich brauche eine Waffe. Er erinnerte sich, dass er gerade bei einer Schießbude vorbeigekommen war, also hastete er dorthin und riss ein Gewehr an sich. Der Mann hinter der Bude beschimpfte ihn und wollte ihn aufhalten, aber Paul war auf einer Mission. Er nahm das Gewehr, zielte auf den Rasen und begann, die Viecher damit außer Gefecht zu setzen. Jedes Mal, wenn er eines der Biester erwischte, kam aus der Spitze des Gewehrs eine rote Rauchwolke heraus. »Ha«, brüllte Paul, »euch werde ich es geben, ich bringe euch alle um!«

Er spürte, wie ihm das Gewehr von einer Riesenmade unsanft entrissen wurde und ihn jemand festzuhalten versuchte. Paul begann zu schreien und um sich zu schlagen, aber die Made war stärker.

»Ist das nicht der Achleitner, mit dem die Zieserl ein Pantscherl hat?«, fragte ein dicker weiblicher Käfer.

»Psssst, sei ruhig, hinter dir steht der Zieserl ihr Mann«, zischte eine lebensgroße Spinne. »Scheiße, ich glaube, der hat dich gehört.«

Inzwischen hatte sich bereits eine ganze Gruppe von Käfern, Maden und anderen Insekten um Paul versammelt. Eine Heuschrecke streckte einen Fühler nach ihm aus und erwischte ihn an der Stirn. »Der hat Fieber, der Mann brennt. Außerdem hat er ganz schwarze Pupillen, wie ein Dämon.«

Paul schlug den Fühler weg. Aber die Worte kamen in seinem Hirn an.

Er sah, wie einer der Brenner der Heißluftballone eine Feuerwolke entzündete, und spürte, wie die Feuerkugel wie von Zauberhand auf ihn zuflog und von ihm Besitz ergriff.

»Ich brenne!«, schrie er, »ich bin ein brennender Dämon!« Er begann, panisch zu brüllen und um sich zu schlagen. Die Insekten ließen ihn los.

Er konnte gar nicht mehr aufhören zu kreischen und zu schreien und fing an, sich seine Kleider vom Leib zu reißen, weil ihm so heiß war. Dann entriss er, inzwischen komplett nackt, einem der Rieseninsekten eine Flasche Bier und begann diese über sich zu schütten, um das Feuer zu löschen. Er brauchte mehr Flüssigkeit oder er würde sterben wie ein Hexer auf dem Scheiterhaufen. Die Insekten wollten ihn schon wieder ergreifen, aber Paul flüchtete. Er rannte panisch los, bis er auf einmal einen Ausweg sah. Ein Springbrunnen! Er hechtete hinein. Er spürte, wie die Flammen auf seiner Haut zischend ausgingen. Er tauchte unter, er wälzte sich im knietiefen Wasser, er versuchte, so viel Wasser wie möglich zu trinken, um auch die Flammen in seinem Mund zu ersticken. Als er sich aufrichtete, sah er die Meerjungfrau in der Mitte des Brunnens. Die Gestalt kam auf ihn zu und fragte gelangweilt: »Und wann willst du mich endlich ficken?«

Paul sah die Meerjungfrau an. Sie war unglaublich schön. Sie hatte langes goldenes Haar, eisblaue Augen, perfekte Brüste, und ihr Fischschwanz glitzerte blausilbrig in der Sonne. Und das Beste an ihr: Sie war kalt wie ein Fisch. Sie würde nicht zulassen, dass er verbrennen musste.

»Bring mich hier weg«, flüsterte er. Die Meerjungfrau lächelte und reichte ihm ihre kühle Hand. Paul ergriff sie und verließ Hand in Hand mit ihr den Brunnen. Die Insekten wichen zurück. Irgendeines rief: »Wo bleibt denn die Rettung?« Aber Paul wusste, er brauchte keine Rettung. Er wurde gerade gerettet.

Die Meerjungfrau lief mit ihm davon, und irgendwann zog sie ihn in ein Auto. Paul wunderte sich, dass die Meerjungfrau mit ihrem Fischschwanz Autofahren konnte. Aber dann dachte er, eigentlich war da nichts dabei. Ihre Flosse hatte ja zwei Spitzen. Er freute sich, dass er so klug war und dieses Rätsel gelöst hatte.

Die Meerjungfrau schien auch zu wissen, wohin sie fuhr. Nach Hause. Paul war endlich zu Hause.

*

Vera wachte auf, weil ihr Telefon läutete. 7.15 Uhr, es gab nur eine Person, die um diese Uhrzeit anrief.

»Mama?«

Sie bekam kaum die Augen auf, während die Wörter aus Hilda Horvaths Mund wie Maschinengewehrsalven auf sie einprasselten.

»Hast du schon dein Facebook gecheckt? Natürlich nicht. Du und die Letta, ihr schlaft ja immer so lange. Bis du einmal aufstehst … in der Zeit habe ich schon gefrühstückt, die Küche geputzt und war spazieren. Nur heute werde ich später gehen, weil es so windig ist. Vielleicht gehe ich im Wald. Da ist es weniger windig. Obwohl dort ja die Jäger sind. Das ist auch blöd. Die sind so schießwütig. Die schießen sogar auf Hunde, die an der Leine gehen. In der ›Krone‹ ist gestanden …«

»Mama, um was geht es?«

»Na, um den Mann von deiner Freundin, der ist nackert in den Brunnen gesprungen. Bei der ›Nacht der Ballone‹. Chora Publikum.«

Coram publico, korrigierte Vera innerlich, sagte aber nichts.

»Du, ich glaub, der muss sich Haschisch gespritzt haben. Weil normal ist das nicht. Dieser Austropopper damals hat sich ja auch Haschisch gespritzt. Vielleicht hatte er aber auch Borreliose. Da bekommt man Gehirnhautentzündung und wird verrückt. Das kommt von den Zecken. Heuer ist so ein arges Zeckenjahr. Die Hunde haben auch ständig Zecken. Hast du gewusst, dass Hunde auch Borreliose bekommen können? Ich glaub, ich muss wieder das teure Zeckenmittel beim Tierarzt kaufen. Das kostet über 30 Euro. Da verdient die Pharmalobby wieder an uns Bürgern. Wie immer! Aber es ist halt das Einzige, was wirkt. Ich hoffe nur, dass das nicht giftig für die Hunde ist. Heute kriegt ja schon ein jeder Hund einen Krebs. Früher hat es das nicht gegeben.«

»Mama, wer ist in den Brunnen gesprungen?«

»Na, der Architekt aus Eisenstadt. Total nackt. Die Fotos sind schon im Internet. Deine arme Freundin. Der ist sicher übergeschnappt und muss in eine Anstalt. Da werden sie sich das schöne Haus nicht mehr lange leisten können. Und die Tochter tut mir auch leid. Da werden sie in der Schule über ihren Vater reden. Hoffen wir, dass sie nicht gemobbt wird. Das mit dem Mobbing wird ja auch immer schlimmer. Also zu meiner Zeit hat es kein Mobbing gegeben. Das ist alles nur wegen dem Internet …«

»Mama, ich schau mir das jetzt an. Wir hören uns, okay, Bussi.«

»Na gut, wenn du keine Zeit für ein vernünftiges Gespräch mit deiner Mutter hast.«

Hilda war eingeschnappt. »Ich ruf jetzt die Frau Fuith vom Bauernladen an. Die war gestern sicher auf der ›Nacht der Ballone‹.«

»Mach das, Mama. Ich hab dich lieb, Mama. Und ich schau mal, wie es der Eva geht. Okay?«

Vera öffnete den Internetbrowser ihres Mobiltelefons und durchsuchte die sozialen Netze nach Beiträgen zur »Nacht der Ballone«. Sie musste nicht lange suchen. Jemand hatte eine ganze Serie von Bildern hochgeladen, die einen nackten Paul im Springbrunnen zeigten.

Ein verwackeltes Video gab es auch. Darauf wirkte er wie von Sinnen. Mund und Augen waren weit aufgerissen. Er kreischte wie am Spieß. »Ich verbrenne, ich verbrenne …«

Er musste wirklich den Verstand verloren haben. Vera lief es kalt den Rücken hinunter.

Sie lud alles, was sie fand, aus dem Internet herunter. Sie wusste, die Beiträge würden nicht lange im Netz sein. Inhalte mit Nackten wurden von den Betreibern der Plattformen in Nullkommanichts gelöscht.

Dann rief sie Eva an. Die hob sofort ab.

»Eva, weißt du es schon?«

»Das mit den Bildern im Netz? Ja.«

»Und wie geht es Paul jetzt?«

Eva machte eine lange Pause. Vera dachte schon, die Verbindung wäre abgerissen.

»Eva, bist du noch da?«

»Ja.«

»Was ist mit dem Paul?«

Evas Stimme klang unendlich weit weg.

»Ich weiß es nicht, er ist nicht nach Hause gekommen.«

KAPITEL 30
DAS HÜGELBEET

Für eine Tasse Maikäfersuppe braucht man rund 30 Käfer. Diese werden gewaschen, in einem Mörser zerstoßen, danach in heißer Butter angeröstet und in Rindsuppe gekocht, abgeseiht und mit Semmelwürfeln angerichtet. Eine schlechte Suppe kann durch die Zugabe von Maikäfern verbessert werden.

Johanna war in ihrem Element. Sie liebte nichts mehr, als in der Erde zu buddeln. Sogar wenn es die Erde einer anderen war. Wobei Johanna ohnehin der Ansicht war, dass die Erde niemandem gehörte. Nur der Natur und den Pflanzen und Tieren, die mit ihr in Symbiose lebten. Johannas dunkelgrüne Tunika und ihre geflickten Jeans waren schon über und über mit Erdflecken bedeckt. Vor allem an den Knien. Johanna hatte die erste halbe Stunde ihres Besuchs damit verbracht, Pflanzen auszugraben, die bei Vera aufgingen, und die diese bisher weder identifiziert noch beachtet hatte.

»Da drüben haben sich Spornblumen vermehrt«, sagte Johanna begeistert. »Und hier gehen kleine Funkienbabys auf. Darf ich mir welche mitnehmen?« Ihre grünen Augen funkelten begeistert.

»Bitte nimm dir, was du magst«, sagte Vera. »Ich bin froh, dass ich mich irgendwie revanchieren kann, schließlich hilfst du mir beim Bau des Hügelbeetes.«

Johanna lachte. »In meinem Garten wäre gar kein Platz

mehr für weitere Beete. Ich bin froh, wenn ich mich hier verwirklichen kann.«

»Ich gebe dir dann auch Zucchini ab, wenn sie reif sind.« Vera hatte wirklich beschlossen, das Hügelbeet mit unterschiedlichen Zucchinisorten zu bepflanzen.

Johanna schlug die Hände über dem Kopf zusammen. Eine Strähne ihrer dicken dunkelroten Locken löste sich und fiel ihr in die Stirn. »Um Gottes willen, nein danke. Ich hab mal von irgendeinem Dorf gelesen, in dem die Bewohner ihre Ernte teilen und ihre Autos das ganze Jahr über unversperrt lassen. Nur im August verriegeln sie die Fahrzeuge. Aus Angst, dass ihnen eine wohlmeinende Seele Zucchini auf den Rücksitz legt.«

Vera lachte laut. Dass Zucchini eine Plage werden konnten, konnte sie sich gar nicht vorstellen. Sie wäre schon froh, wenn ihr Garten endlich einmal irgendwas Essbares in akzeptabler Menge produzieren würde. Das Hügelbeet, das die Mitglieder des Gartenklubs bei ihr heute anlegen wollten, sollte das Problem lösen.

»Die Riesentrümmer kannst dann mir bringen«, sagte Mathilde, die Köchin. »Ich kann die im Hotel super zu Zucchinicremesuppe verarbeiten, besser als das Klumpert aus dem Packerl, das der Chef sonst immer einkauft.«

Johanna zog die Augenbrauen hoch: »Ihr serviert den Kurgästen Packerlsuppe?«

Mathilde feixte. »Wenn ich Dienst habe, nicht. Aber ganz im Ernst: Zucchini sind super für einen Hotelbetrieb. Das ist eine Gemüsesorte, bei der der Gärtner mit dem Essen und Verarbeiten nicht nachkommt. Es braucht nur einmal gescheit regnen, und über Nacht verwandelt sich ein fingerdicker Baby-Zucchino in eine meterlange Riesenkeule, die eine Kompanie ernähren könnte.«

»Jetzt haben wir Anfang Juni, aber in zwei Monaten kannst du keine Zucchini mehr sehen«, warnte Grete.

»Lasst uns erst mal das Beet bauen, bevor du dir über die Verarbeitung der Ernte Gedanken machst«, lachte Johanna. Sie begutachtete prüfend das Fundament. Vera und Finz hatten die perfekte Vorarbeit geleistet. Sie hatten eine große V-förmige Grube gegraben und darauf einen etwa 70 Zentimeter hohen dichten Kern aus Ästen, Gestrüpp und groben Pflanzenresten geschichtet.

Jetzt würde Johanna den Anwesenden den weiteren Aufbau erklären. Eigentlich hätte Finz das übernehmen sollen, aber er fehlte heute. Es wäre etwas Berufliches dazwischengekommen, hatte er ausrichten lassen. Faule Ausrede. Der hat sicher genug davon, sich hier gratis abzurackern, dachte Vera.

Eva hatte eigentlich auch nicht kommen wollen. Seit Paul vor drei Tagen übergeschnappt und verschwunden war, hielt sie die Blicke der neugierigen Landbewohner kaum aus. Vor allem die neugierige Nachbarin hatte ihr Löcher in den Bauch gefragt. Aber Vera hatte sie überredet. »Wir vom ›Klub der Grünen Daumen‹ sind anders. Ich schwöre, keiner redet dich hier dumm an.«

Eva stand ein wenig abwesend neben dem Gestrüpphaufen und wünschte, sie wäre doch zu Hause geblieben. Wenn wenigstens Finz da wäre. Den hatte sie seit Pauls Verschwinden nicht mehr gesehen. Ob der jetzt auch untergetaucht war?

Eva war am Tag nach der »Nacht der Ballone« zur Polizei gegangen und hatte eine Vermisstenanzeige aufgegeben. Normalerweise schrieb die Polizei eine erwachsene Person nicht so schnell als gesucht aus, aber Pauls Bad im Springbrunnen war auch nicht normal gewesen. Das hier war nicht die gewohnte Abgängigen-Geschichte, wo ein Mann drei Tage auf Sauftour geht, um »die Oide zu ärgern«, und dann eh wieder reumütig heimkommt. Paul war nackt gewesen. Keine Kleider. Kein Handy. Keine Brieftasche.

Das Letzte, was man von ihm gesehen hatte, war, dass er aus dem Brunnen gestiegen und Richtung Vogelsangwald davongehüpft war.

»Warum hat den Mann niemand aufgehalten?«, hatte sie der diensthabende Polizist mehr als einmal gefragt. Dutzende hatten ihre Handys gezückt und den armen Irren fotografiert und gefilmt, aber geholfen hatte ihm niemand. Aber so waren die Menschen heute eben.

Jetzt war Paul wie vom Erdboden verschluckt. Hoffen wir, dass sich der nicht hamdraht hat, hatte der Polizist gedacht, aber das hatte er vor Eva natürlich nicht laut gesagt. Mit Hilfe der Feuerwehr hatte die Polizei schon ganz Bad Tatzmannsdorf und Umgebung durchkämmt. Allerdings erfolglos. Pauls Auto vor dem »Sapore« war auch schon gefunden worden. Jetzt suchte die Polizei Zeugen.

»Eva, möchtest du die nächste Schicht auftragen?« Johannas klare Stimme unterbrach ihre Grübeleien. »Als Nächstes legen wir die ausgestochenen Grasnaben über das Gestrüpp«, erklärte Johanna. »Wichtig ist, sie verkehrt herum aufzulegen, also mit der Rasenfläche nach unten. Ansonsten wächst das Gras weiter.« Eva tat wie geheißen. »Ihr könnt auch Rasenschnitt und Zeitungspapier dazugeben.« Vera hatte beides vorbereitet. Jede Menge helfender Hände verteilte das Material.

»Für die vierte Schicht brauchen wir feuchtes Herbstlaub«, erklärte Johanna.

Gut, dass ich so eine nachlässige Gärtnerin bin, dachte

Vera. Sie konnte tatsächlich mit Laub vom Vorjahr aufwarten. Sie hatte den Laubhaufen als Winterquartier für Igel stehen lassen. Aber der Igel war entweder nie ein- oder längst wieder ausgezogen.

»Laub, Äste, Zweige, Strauch und Staudenschnitt. So ein Hügelbeet ist perfekt, um alle Gartenabfälle ganz diskret loszuwerden«, sagte Johanna verschmitzt. »Immer zuerst das gröbere Material und nach oben hin feiner werden.«

Der verrottete Hühnermist, der die nächste Schicht ausmachte, stammte von Queen Latifahs Verwandten. Der Hühnerbauer hatte sich wieder auf ein Gegengeschäft mit einem Sechsertragerl eingelassen. Und als krönender Abschluss kamen eine Mischung aus der vorab abgetragenen Muttererde und Inkaerde aufs Beet. Vera schnitt die Säcke auf und verteilte den Inhalt gleichmäßig über dem Hügelbeet.

Sie atmete tief ein. Sie liebte den Geruch von Erde. Sie ließ das feuchte Granulat durch ihre Hände rieseln. Erde hatte so etwas Therapeutisches. »Gut festklopfen«, mahnte Johanna. »Sonst wäscht es die Erde beim ersten Regen weg. Am besten, wir graben im oberen Drittel eine kleine Mulde, in der sich das Wasser sammeln kann.«

»So ein Hügelbeet ist einem Komposthaufen gar nicht unähnlich«, erklärte Johanna. »Die verschiedenen Materialien der Schichten verrotten mit der Zeit und setzen dabei sowohl Wärme als auch Nährstoffe frei. Dadurch ist der Ertrag deutlich höher als bei normalen Beeten. Außerdem hat es durch die halbzylindrische Form doppelt so viel Fläche. Vera, hast du an die Schneckenkante gedacht?«

Vera nickte. Sie rammte eine Einfassung aus Blech in den Boden, deren Kante nach außen gebogen war, damit die Schnecken nicht darüber kriechen konnten. »Ausgesperrt«, feixte sie.

»Du wirst sehen, es lohnt sich«, sagte Johanna, »und jetzt kommt der schönste Teil: das Bepflanzen.« Sie klatschte in die Hände.

»Wir haben dir unterschiedliche Zucchinisorten mitgebracht«, sagte Grete. »Ich hab eine ›Zucchini Lemon‹ vorgezogen, das ist ein gelber kugelförmiger Zucchino.«

»Meine heißt ›Long White Bush‹«, sagte Mathilde. »Die Fruchtfarbe ist pastellgrün mit weißen Flecken, die Sorte wird beim Kochen schön sämig, perfekt für Soßen und Suppen.«

Sie spekulierte offenbar bereits auf reiche Ernte für die Hotelküche.

»Mein Zucchino ist eigentlich ein Kürbis«, verriet Eva, »›Patisson Blanc‹.« Sie reichte ein Samenpackerl herum, das ein weißes UFO-ähnliches Ding zeigte.

Passt zu ihrem Raumschiff-Haus, dachte Vera, sagte aber nichts. Eva musste man heute mit Samthandschuhen anfassen.

»Ich habe einen runden Zucchino für dich, der heißt ›Tondo di Piacenza‹«, sagte Isabella.

»Und meiner ist der stinknormale grüne italienische. Ich glaube, die Sorte heißt ›Nero di Milano‹ – sie hat besonders große Blüten, die kannst du mit Frischkäse oder Faschiertem füllen.« Grete dachte ebenfalls kulinarisch.

»Noch ein gelber Zucchino ›Gold Rush‹, und das Beet ist voll«, freute sich Vera und nahm Mitzis Gabe entgegen. »Darauf stoßen wir an.« Sie riss eine Flasche Pétillant Naturel vom Weingut »Schützenhof« auf und schenkte den Gästen ein. Die letzten Tropfen verteilte sie auf dem Beet. »Auf euch, danke für eure Hilfe, und jetzt wird gefeiert.«

Vera hatte unter dem alten Nussbaum einen Biertisch aufgestellt und ein Stück ungesäumtes Hausleinen vom Flohmarkt als Tischdecke darüber geworfen. Die Gartensessel waren auch vom Flohmarkt. Keiner glich dem anderen. Gedeckt war mit dem pastellfarbenen Lilienporzellan der Urlioma. Dass der eine oder andere Teller schon angeschlagen war, fiel in der hereinbrechenden Dämmerung kaum auf. Sobald die Sonne unterging, würden Dutzende Schwimmkerzen und kleine Lampions den provisorischen Essplatz in ein zauberhaftes Licht tauchen.

Vera hatte für ihre Gäste eine vegetarische Moussaka aus Paradeisern, Melanzani und Kartoffeln vorbereitet. Neben der Auflaufform stand eine große Schüssel Rucolasalat mit Birnen. Ein paar Salatblätter hatten winzige Löcher. »Sorry, das waren die Erdflöhe«, entschuldigte sich Vera.

»Kein Problem, die Löcher sind essbar«, sagte Johanna und steckte sich unerschrocken eine Gabel voll Salat in den Mund. »Schmeckt herrlich.«

»Danach gibt es noch eine Torta Caprese, eine himmlisch zarte Schokoladen-Mandeltorte ohne Mehl nach einem süditalienischen Rezept«, verriet Vera. »Also lasst noch Platz im Magen.« Sie war eine entspannte Gastgeberin. Eva dachte an ihre eigenen Dinnerpartys, bei denen jeder Gang minutiös geplant wurde. Wie viel gemütlicher es hier doch war.

Grete erzählte, dass Bistrita, die rumänische Straßenhündin, die sie vor einiger Zeit aufgenommen hatte, Welpen zur Welt gebracht hatte. Sechs Stück, und jedes Hundebaby sah komplett anders aus als seine Geschwister. Sie zeigte der Runde die Bilder auf ihrem Handy. Ein kunterbunter Wurf aus schwarzen, weißen, braunen und gefleckten Tieren, manche zottelig, andere glatthaarig. Eva lächelte, als sie die Fotos durchsah. Ein wuscheliger dreifärbiger Welpe mit frechen Kulleraugen gefiel ihr besonders. »Ich wollte schon immer einen Hund haben«, sagte sie.

»Und warum hast du dann keinen?«, fragte Vera.

»Paul mag keine Hunde.« Eva biss sich auf die Lippen. Sie hatte Paul nicht erwähnen wollen.

»Immer noch keine Spur?«, fragte Johanna mitfühlend.

»Nein, er ist immer noch nicht zurück.«

Das Gartentor quietschte. Zwei Männer kamen den Weg heruntergeschlendert. »Das ist der Finz«, sagte Vera. »Er ist doch noch gekommen.« Sie blickte zu Eva. Die machte große Augen. Dann erkannte sie den zweiten Mann. Tom.

Ihr Herz machte einen Sprung.

Finz wankte etwas. »Ich hab ihn im ›Sapore‹ aufgelesen«, sagte Tom. »Sorry fürs Partycrashen, aber er wollte unbedingt hierher, und da dachte ich, ich spiel Taxi.« Er zwinkerte Vera zu und küsste sie auf die Wangen.

Finz hatte glasige Augen und sprach mit schwerer Zunge: »Wir kommen, um das Hügelbeet zu ehren«, lallte er.

»Ich hab Gin mitgebracht«, sagte Tom. »Ich hatte noch eine Kiste im Auto.«

Vera hatte sich wieder gefasst. »Wollt ihr etwas essen?«

»Klar.« Finz griff mit den Fingern nach der Torte, schnappte sich ein Stück und schob es sich Richtung Mund. Das halbe Stück fiel ins Gras. »Hoppala«, grinste er.

»Mahlzeit«, sagte Vera. Sie stand auf, lief zum Haus, kam mit Tonic, Eiswürfeln und Gläsern zurück und schenkte den Anwesenden Drinks ein. Nur Johanna winkte ab. »Danke, aber ich vertrag nichts, mir hat schon der Sprudel gereicht.«

Tom hatte sich inzwischen an ihren batteriebetriebenen Bluetooth-Lautsprechern zu schaffen gemacht, die Vera am Nussbaum befestigt hat.

»Darf ich mich mit dem Handy einloggen, ich hab den

passenden Partysound für euch. Der ›Salon 15‹ hat ein Projekt mit südburgenländischen DJs gestartet. Jede Woche macht ein anderer DJ eine Stunde Musik und legt dabei nur Vinylplatten auf.«

»Was ist der ›Salon 15‹?«, fragte Eva.

»Die machen tolle Gastro- und Partykonzepte«, erklärte Tom. »Und das Beste ist, dass man ihre Musik online streamen kann. Fangen wir mal mit DJ Voto Martino an, der hat schon im ›Kamakura‹ aufgelegt, erinnerst du dich?«

Natürlich erinnerte sich Vera. »Zu der Nummer bist du immer herumgehupft«, sagte Tom.

»Somebody else's guy« von Jocelyn Brown erklang. Mathilde stand auf und begann, sich im Rhythmus der Musik zu wiegen. Sie trug heute ein weit schwingendes schwarzes Kleid mit rosa Kussmündern. Der Tellerrock drehte sich und entblößte ihre nackten frühsommerbraunen Beine. Vera nahm einen kräftigen Schluck von ihrem Gin Tonic und tanzte auf sie zu. Bei der nächsten Nummer – »Prisoner of Love« von Millie Scott – war der ganze Gartenklub auf den Beinen, und bei »Marcia Baila« von Les Rita Mitsouko ging bereits richtig die Post ab.

Die laute Musik lockte auch Letta und Carla aus dem Haus. »Jetzt drehen's durch, die Alten«, sagte Letta und beobachtete mit hochgezogenen Augen, wie ihre Mutter sich provokant vor einem fremden Mann räkelte. Sie blickte zu Carla und tat so, als würde sie sich den Finger in den Rachen stecken und sich übergeben müssen.

»Wo ist der Finz?«, fragte auf einmal jemand.

»Ich glaub, der ist Richtung Hügelbeet gegangen«, sagte

Grete. Alle Blicke richteten sich zum heutigen Werkstück des Gartenklubs. Finz stand mit heruntergelassener Hose vor dem frisch angelegten Beet und pinkelte in hohem Bogen auf den Erdhaufen.

»Spinnt der jetzt komplett«, schimpfte Vera. »Wenn der meine Zucchinipflanzen anpinkelt, bin ich echt sauer. So besoffen kann man doch nicht sein!«

»Lass nur, das passt schon«, sagte Johanna. »Menschlicher Urin ist ein extrem effizienter Dünger und einfach perfekt, um Katzen, Füchse und Kaninchen aus dem Garten zu vertreiben.«

»Ich bin nicht sicher, ob mir da ein Kaninchen nicht lieber wäre«, sagte Vera. »Kann bitte jemand etwas tun und den zur Vernunft bringen?« Aber Eva war schon losgelaufen und redete auf Finz ein. Sie schüttelte ihn und dann nahm sie seinen Kopf in ihre Hände. Und einen Augenblick sah es so aus, als ob Finz weinen würde.

Aber als sie mit ihm zur Gruppe zurückkam, bemerkten Vera und die Partygäste, dass er einfach nur betrunken vor sich hin lachte.

KAPITEL 31
EVA VERÄNDERT SICH

»Metamorphose« ist das griechische Wort für »Verwandlung«. So wie die Verwandlung von der Raupe zum Schmetterling. Während des Schlüpfens brauchen Schmetterlinge absolute Ruhe, sie mögen dabei keine Störungen. Frisch geschlüpfte Falter brauchen etwa einen Tag Zeit, damit ihre Flügel trocknen können.

Eva saß beim Friseur in Oberwart. »Ich hätte gerne einen Bob. Ganz kurz.« Sie zeigte zu ihren Ohren. »Und Stirnfransen.« Die Friseurin strahlte. Sie freute sich immer, wenn jemand nicht nur Spitzen schneiden wollte, sondern eine komplette Typveränderung anstrebte. Und genau das hatte Eva vor. Eva verzog keine Miene, als ihre brustlangen dunklen Haare Strähne für Strähne zu Boden fielen. Als die Friseurin ihr Werk beendet hatte, endeten Evas Haarspitzen ungefähr auf der Höhe ihrer Ohrläppchen. Auch den Pony ließ sie sich superkurz schneiden. Eva blickte zufrieden in den Spiegel. Sie sah jetzt so aus, wie sie sich fühlte. Wie Jeanne d'Arc und gleichzeitig super cool und futuristisch. Kurz stellte sie sich Pauls entsetzten Blick vor.

Ihr nächster Halt war der Caritas-Laden. Eva hatte das ganze Wochenende damit zugebracht, ihren Kleiderschrank auszusortieren. »Trenne dich von allem, das keine Glücksgefühle auslöst«, so die Grundregel der medial gehypten japanischen Aufräumexpertin Marie Kondo.

Eva hatte die Regel befolgt mit dem Ergebnis, dass ihr Ankleidezimmer jetzt fast leer war. All die beigefarbenen Bundfaltenhosen, die weißen und hellblauen Blusen, die floralen Seidenkleider, die pastellfarbenen Kaschmirjäckchen und die Ballerinas waren ihrer radikalen Aufräumaktion zum Opfer gefallen. Eva gab vier große Tragetaschen mit Kleidung bei der Caritas ab. Die Kleidung war hochwertig, fast neu. Aber die Eva, die solche Kleidung trug, gab es nicht mehr. Sie war gemeinsam mit Paul letzte Woche verschwunden.

Eva fühlte sich frei und leicht, als sie die Tragetaschen los war. Sie würde sich neu erfinden. Kurz hatte sie damit geliebäugelt, sich an Veras avantgardistischem Modestil zu orientieren. Aber Vera war einen Kopf größer als sie und hatte ewig lange Beine. Ihr stand der coole Skandi-Chic mit seinen avantgardistischen strengen Schnitten und den oftmals steifen dunklen Stoffen. Sie sah in den asymmetrischen Kleidern und den Oversized-Hosen minimalistisch stylisch aus. Zog die zierliche Eva so was an, ging die Optik eher in Richtung Clown oder übergroßer Kartoffelsack.

Aber es gab eine Alternative, mit der sie liebäugelte. Eva hatte schon immer den lässigen Bohème Style bewundert, der unter französischen Künstlerinnen beliebt ist. Und sie wusste, der französische Boho Chic würde ihr auch stehen. Ein kurzes Tunikakleid mit einem breiten Ledergürtel, der ihre schmale Taille betonte. Eine Fransenweste zur schmalen Siebenachtelhose. Ein reich verziertes Oberteil zu knappen Shorts und spitzen Ankle Boots. Innerhalb kürzester Zeit hatte Eva ein durchschnittliches Monatsgehalt in eine neue Garderobe und Accessoires investiert. Da eine neue Sonnenbrille, dort eine Kette. Neue Unterwäsche brauchte sie natürlich auch. Statt in Push-ups und Spitze – Pauls Standardgeschmack – investierte sie jetzt in zarte Bralettes und Hipsterhöschen.

Sie konnte die vielen Einkaufssackerln kaum mehr schleppen, wollte aber unbedingt noch in die Parfümerie. Ein dunkelroter matter Lippenstift musste her, und wenn sie schon mal hier war, könnte sie sich an der Brow Bar auch die Augenbrauen färben und zupfen lassen. Am Parfümcounter ließ sich Eva besonders viel Zeit. Sie brauchte einen neuen Duft. Etwas Ungewöhnlicheres. »Nehmen Sie Gucci Mémoire«, sagte die Verkäuferin, »so einen Duft haben Sie noch nie gerochen. Ein Unisexduft, der riecht ganz mineralisch nach römischer Kamille und Baumwurzeln.« Eva gefiel der hellgrüne Flakon, dennoch schaute sie skeptisch.

»Mémoire heißt Erinnerung, oder?« Sie wollte sich nicht erinnern.

»Sie können ja damit neue Erinnerungen machen«, sagte die Verkäuferin und zwinkerte ihr zu. Eva lachte. Sie wusste, der Rahmen ihrer Kreditkarte war für heute erschöpft, also zückte sie ihre Bankomatkarte.

Sie gab den Code ein. Abgelehnt.

»Komisch, ich hatte bisher kein Problem damit«, wunderte sich Eva.

»Vielleicht ist der Magnetstreifen beschädigt«, tröstete die Verkäuferin. »Das kommt öfters vor.«

Eva zahlte den Duft bar.

Als sie wieder zu Hause war, suchte sie die Zugangsdaten fürs Onlinebanking und loggte sich ein. Als das gemeinsame Konto aufpoppte, traf Eva fast der Schlag: Das Konto, auf dem letzte Woche noch 23.000 Euro gewesen waren, war leer. Jemand hatte es vor einigen Tagen leergeräumt. Dieser Jemand musste Paul gewesen sein.

Auch für die Polizei war die Information, dass Paul Achleitner offenbar pleite war, überraschend. Sie hatten seine Kreditkarten überprüft, um anhand möglicher Bewegungen Rückschlüsse auf Pauls Verbleib anstellen zu können. Alle Karten waren bis zum Limit überzogen. Die Konten leer.

»Außerdem hat der Achleitner drei Kredite rennen«, sinnierte Inspektor Franz Grandits. »Der war bis über beide Ohren verschuldet.«

Der korrekte Titel von Franz Grandits war Chefinspektor und Kommandant. Es gab auch noch eine Kontrollinspektorin, einen Abteilungsinspektor und einen Bezirksinspektor auf dem Oberwarter Posten. Die Kontrollinspektorin hieß Marlies Murlasits. Sie galt als Expertin für häusliche Gewalt und Sexualdelikte. »Am gefährlichsten ist es für Frauen nicht im dunklen Parkhaus, sondern in den eigenen vier Wänden«, sagte sie immer.

Die Kontrollinspektorin war eine robuste, durchsetzungsstarke Frau Anfang 50. Eine, der man besser nicht mit Ausflüchten und dummen Ausreden kam, aber sie war auch sehr ausdauernd, wenn sie glaubte, dass sich Geduld auszahlte.

Sie wusste, dass es sich meist lohnte, ihrem Kollegen Franz Grandits beim »laut Denken« zuzuhören, also sagte sie nichts und tunkte nur ab und zu ein Vanillekipferl in ihren Kaffee, während der Chefinspektor und Kommandant Selbstgespräche führte.

Die Vanillekipferl waren noch von Weihnachten eingefroren gewesen. Marlies Murlasits hatte Platz in der Tiefkühltruhe gebraucht für die Ribiseln und Stachelbeeren, die gerade reif wurden. Die Büsche in ihrem Garten gingen über.

Also standen jetzt jeden Tag Bärlauchpesto, Steinpilze und Vanillekipferl vom Vorjahr auf ihrem Speiseplan.

Die Vanillekipferl schmeckten ihr auch sechs Monate nach Weihnachten. Sie hatten die Eiszeit gut überstanden, waren aromatisch und mürbe. Fast schon zu mürbe. Jedes zweite Vanillekipferl löste sich auf, wenn die Kontrollinspektorin es in den Kaffee eintauchte. Die untere Hälfte brach dann ab und landete auf dem Boden der Tasse. Marlies Murlasits nahm sich einen Kaffeelöffel und angelte die Keksteile wieder heraus, während sie ihrem Kollegen beim Denken zuhörte.

»Die Frage ist, wo ist sein Handy?«, sagte Franz Grandits gerade. Er hätte sich auch gerne ein Vanillekipferl genommen. Aber er durfte nicht. Zu fett. Sein Arzt hatte ihm erst letztens einen Vortrag über seine miserablen Cholesterinwerte gehalten.

Der Verbleib von Pauls Mobiltelefon war ein Rätsel. Neben dem Brunnen in Bad Tatzmannsdorf waren Pauls Kleider und seine Brieftasche gefunden worden. Aber kein Handy, das war seltsam. Wer ging heute schon ohne Handy aus dem Haus? Die Peilung hatte nichts ergeben. Das Telefon musste ausgeschaltet sein.

»Vielleicht hat der sich abgesetzt«, sinnierte Grandits. »Aber dazu hätte er einen Komplizen gebraucht, der ihn splitternackt aufgelesen und aus Bad Tatzmannsdorf weggebracht hat.«

»Oder eine Komplizin«, sagte die Kontrollinspektorin. Sie war es gewohnt, auch in weiblichen Formen zu denken.

Beide waren sich sicher. Paul Achleitner war jetzt seit fünf Tagen weg. Wenn er nur auf einer Sauf- und Drogentour gewesen war, hätte er längst wieder hier sein müssen.

»Es wird Zeit, dass wir sein Umfeld unter die Lupe nehmen«, sagte Grandits.

Vera machte sich Sorgen. Eva reagierte weder auf ihre Anrufe noch auf ihre Textnachrichten. Aber heute war »Dance Together«. Sie wusste, da würde Eva auftauchen. Als sie es tat, erkannte Vera sie fast nicht. Der superkurze Bob, das neue Outfit, der blutrot geschminkte Mund. Sie sah nicht mehr aus wie Schneewittchen, sondern wie Uma Thurman in »Pulp Fiction«.

»Was ist los?«, fragte Vera, als die Mädchen hinter der Tür zum Tanzstudio verschwunden waren.

»Gar nichts«, sagte Eva ausweichend.

»Das glaub ich dir nicht«, sagte Vera. »Los komm, wir setzen uns in mein Auto und reden.«

»Es gibt nichts zu reden«, sagte Eva leise und drehte sich um. Dann ging sie und ließ Vera einfach stehen.

Vera war sprachlos. Sie blickte Eva nach, wie diese in ihren Wagen stieg und davonfuhr. Da stimmte doch etwas nicht. Das war nicht die Eva gewesen, die sie kannte.

Sie dachte nach. Dann fuhr sie zur »Inkaerde«. »Finz ist oben in seiner Wohnung«, sagte die Mitarbeiterin im Büro. Sie hatte Vera erkannt und wusste, dass diese mit Finz befreundet war. »Soll ich ihn anrufen?«

»Hab ich schon«, log Vera. »Er erwartet mich.«

Vera ging die Stiegen hinauf und klopfte an die Tür. Sie klopfte noch einmal und noch einmal. Endlich ging die Tür auf. Finz öffnete. Er war blass und unrasiert und wirkte, als hätte er seit Tagen nicht geschlafen. Die Wohnung roch muffig. Vera sah durch die geöffnete Tür, dass überall Gläser, Bierflaschen und Teller mit Essensresten herumstanden. Da müsste man auch mal lüften und aufräumen, dachte sie.

»Bist du krank?«, fragte Vera.

»Nein, aber ich hab gestern zu viel getrunken. Mir geht grad einiges durch den Kopf.«

»Hör mal, ich hab gerade die Eva gesehen, ich hätte sie fast nicht erkannt. Ich mach mir Sorgen. Irgendwas stimmt da nicht. Ich dachte, du kennst sie ja besser …«

Vera machte eine Pause. Sie wusste nicht, ob Finz klar war, dass sie über dessen Affäre mit Eva Bescheid wusste.

»Ich *dachte*, ich kenne sie besser«, sagte Finz. »Aber ich hab mich wohl getäuscht. Sie hat gesagt, sie will mich nicht mehr sehen.«

*

Franz Grandits und Marlies Murlasits standen vor dem Anwesen der Achleitners. Ein grauslicher Betonklotz, dachte Murlasits. Sieht aus wie ein schwarzer Atommeiler. Sie hatte für moderne Architektur nichts übrig. Sie fand die Bauordnung im Burgenland viel zu liberal. Jeder baute, wie und was er wollte. Und die meisten hatten keinen Geschmack. Das ruinierte das ganze Ortsbild.

Die beiden Polizisten läuteten an der Eingangstür. Aber niemand öffnete.

»Wollen S' zur Achleitner, die müsst eh gleich wieder da sein, die ist nur ihre Tochter holen.« Elfriede Großschädels Kopf lugte über den Gartenzaun.

Sie hatte heute ihre kurzen Haare mit einem dicken weinroten Samtgummi zusammengezwirbelt und trug ein auberginefarbenes Long Shirt mit einem bronzefarbenen Medusakopf zu den Leggings. Es sah so aus, als hätte sie sich erst kürzlich die Lippenkontur nachtätowieren lassen, denn der Farbrand wirkte besonders kräftig, und die Lippen waren leicht geschwollen.

»Kennen Sie die Frau Achleitner gut?«, fragte die Kontrollinspektorin.

»Ja, freilich«, sagte Elfriede Großschädel. »Ich bemüh mich immer, eine gute Nachbarin zu sein, das ist ja auch wichtig in Zeiten wie diesen, wo das ganze Gsindel aus dem Osten kommt. Der Meinige sagt auch immer: Aufmerksame Nachbarn helfen, Einbrüche zu verhindern.«

Elfriede Großschädel erwartete sich ein Lob von der Polizei, aber die ging leider gar nicht auf das Thema ein.

»Wann haben Sie denn den Herrn Achleitner das letzte Mal gesehen?«, fragte Chefinspektor Franz Grandits.

»Gesehen hab ich ihn nicht, aber heimkommen hab ich ihn gehört«, sagte die Nachbarin und kam sich dabei ganz wichtig vor.

»War das in der ›Nacht der Ballone‹?«, fragte Grandits.

»Nein, in der Nacht davor, oder besser gesagt, schon in der Früh. Es war sicher schon gegen 4 Uhr, weil es hat schon gedämmert, und der Butzi hat rausmüssen. Normalerweise muss er nicht so früh raus, aber er bekommt jetzt ein neues Diätfutter wegen seinen Nieren, und das verträgt er nicht so gut. Und da muss er öfters Gassi machen. Eine Frau war dabei, und der Achleitner ist über den Papiercontainer geflogen, den ich schon für die Müllabfuhr rausgestellt hatte. Das war vielleicht ein Krach … und wie ich dann gesehen hab, dass er nicht alleine ist, hab ich mir gleich meinen Teil gedacht …« Sie hüstelte. »Aber von mir haben S' das nicht. Nicht, dass es heißt, die Großschädel setzt irgendwelche Gerüchte in die Welt.«

»Was für Gerüchte?«, fragte die Kontrollinspektorin.

»Na ja«, die Nachbarin druckste ein wenig herum, »wissen S', ich hab die Frau erkannt. Das war die Zieserl Sylvia, und von der weiß doch jeder, dass die eine weiße Leber hat.«

KAPITEL 32
VERA FÄHRT IN DEN SEEWINKEL

Die Annahme, dass Gelsen (Mücken) durch Licht angezogen werden, hält sich hartnäckig, ist aber falsch. Während andere Insekten – wie zum Beispiel Falter – sehr wohl auf Lichtquellen reagieren, bleiben Gelsen davon unbeeindruckt. Sie verlassen sich nicht so sehr auf ihre Augen wie auf ihren Geruchssinn.

Vera hatte einen Plan. Wenn Eva nicht reden wollte, dann würde es vielleicht jemand anderer tun. Sie rief den Chefredakteur des »Burgenländischen Boten« an und schlug ihm eine Story über das Seewinkler »Inselparadies« vor.

»Das war das letzte Bauprojekt vom Achleitner …«

Sie brauchte gar nicht weiterzusprechen. Die Bilder, die zeigten, wie der Achleitner nackt in den Brunnen gehüpft war, waren der Quotenhit auf der Website des »Burgenländischen Boten«.

In nur ein paar Tagen hatte es Zigtausende Zugriffe gegeben. Eine echte Erfolgsstory. Das Thema Achleitner zog, da musste man dranbleiben.

»Ja, mach nur«, sagte der Chefredakteur und fügte dann gönnerhaft hinzu: »Und übrigens, falls du da oben Ausgaben hast, kannst du mir gerne die Rechnungen geben.«

Vera grinste und bedankte sich. So viel Großzügigkeit war sie vom Chef des »Boten« gar nicht gewöhnt.

Das »Inselparadies« liegt ganz im Norden im Seewinkel, dem letzten Zipfel, mit dem Österreich nach Ungarn hineinragt. Früher, in Zeiten vor Glasnost, war das einmal das Ende der westlichen Welt gewesen. Vera konnte entweder erst nach Eisenstadt und dann rund um den oberen Teil des Neusiedler Sees herumfahren, oder sie konnte den direkten Weg durch Ungarn nehmen. Sie entschied sich für die zweite Möglichkeit. Der Grenzübertritt wirkte leer und verlassen. Vera war noch ein Kind gewesen, als der Eiserne Vorhang gefallen war. Trotzdem hatte sie Erinnerungen daran, wie es früher war, wenn sie in den Osten fuhren. Die meisten dieser Erinnerungen waren grau, ganz so, als ob es bei den Grenzübertritten damals immer November gewesen wäre.

Vera hatte sich als Kind immer vor der Grenze gefürchtet. Die Urlioma hatte ihr Schauermärchen von den Minen erzählt, die im Niemandsland entlang der Grenze vergraben waren. Wenn man da irrtümlich drauftrat, sagte sie, würde es einen in der Luft zerreißen, so wie die Hasen, die da irrtümlich draufhoppelten und die es dann mit einem lauten Knall zerfetzte. Vera hatte monatelang Albträume gehabt.

Vera konnte sich auch gut an den Stacheldraht und die Wachtürme entlang der österreichisch-ungarischen Grenze erinnern. Der Stacheldraht wurde 1989 eingerollt, nachdem 600 Ostdeutsche ein Picknick mit ungarischen Oppositionspolitikern an der Grenze zur Massenflucht genutzt hatten und der Eiserne Vorhang fiel. Später wurden auch die Wachtürme abgebaut und an anderen Stellen rund um den Neusiedler See wieder errichtet. Nicht um Flüchtlinge zu stellen, sondern um Vögel zu beobachten.

Das alles war schon lange her, aber die Erinnerungen an das frühere Ungarn waren bei Vera auch über 30 Jahre später so präsent, als wäre es erst gestern gewesen.

Sie erinnerte sich an die bewaffneten Soldaten, die an der österreichisch-ungarischen Grenze patrouillierten. Die Soldaten hatten Maschinenpistolen gehabt, sie hatten streng dreingeschaut und sich in einer fremden Sprache unterhalten, die Vera nicht kannte und nicht einmal ansatzweise verstand und deshalb als bedrohlich empfand.

Man musste beim Grenzübertritt auf die ungarische Seite ein Formular ausfüllen und den Pass hergeben. Die Zöllner und Soldaten in ihren grauen Uniformen verschwanden damit in ihr graues Häuschen, und manchmal dauerte es sehr lange, bis sie wieder zurückkamen und endlich den ersehnten Stempel in den Pass drückten. Einmal waren die Soldaten zurückgekommen und hatten zu Onkel Fred gesagt: »Frau ist abgelaufen.«

Sie hatten den Pass von Veras Mutter Hilda gemeint, der abgelaufen war. Aber natürlich war der Satz für alle Ewigkeiten bei der Familie Horvath ein »running gag« gewesen.

Vera hatte sich oft gefragt, warum Onkel Fred und ihre Mutter sich die Ungarnfahrerei überhaupt antaten.

Aber sie fuhren aus denselben Gründen nach Ungarn wie alle anderen Burgenländer in den 1970er und 1980er Jahren. Sie fuhren hin, weil dort alles spottbillig war und sogar die ärmsten Burgenländer sich als reiche Männer und Frauen fühlen konnten.

Für umgerechnet ein paar Euro konnte sich damals in einem ungarischen Gasthaus eine ganze Familie die Bäuche vollschlagen.

Onkel Fred, der sich ein Essen im Wiener Hotel »Sacher« nie im Leben hätte leisten können, fuhr besonders gerne ins Hotel »Savaria« nach Steinamanger, so nannten die Burgenländer die nächstgelegene Stadt Szombathely. Das »Savaria« war ein altes Nobelhotel aus der k. u. k.-Zeit, das Devisenbringer mit Kaviar und Krimsekt bewirtete, während ein alter Pianospieler ungarische Weisen intonierte. Danach ging Onkel Fred immer einkaufen. Vor allem Alkohol: süßen Tokajerwein, Marillenschnaps, der in Ungarn »Barack« hieß, einen Magenbitter namens »Unikum« und jede Menge billige Zigaretten. Die Zigaretten waren stärker als die im Westen und kratzten mehr im Hals, und manche munkelten, der Tabak, der dafür verwendet würde, stamme aus Tschernobyl. Aber Onkel Fred lachte nur über diesen Blödsinn.

Er zeigte auch Nerven aus Stahl, wenn es darum ging, die Zigaretten bei der Heimfahrt am österreichischen Zoll vorbeizuschmuggeln. Ein Packerl war erlaubt gewesen, aber nicht gleich eine ganze Stange. Und Fred kaufte immer eine Stange. Mindestens. Sonst hätten sich ja die Benzinkosten nicht gerechnet. Er nahm Vera immer sehr gerne auf seine Schmuggeltouren mit. »Ein Kind wird nicht durchsucht«, meinte er und versteckte die Zigaretten in Veras Anorak. Er hatte recht behalten. Sie war nie durchsucht worden. Aber Vera bekam jetzt noch feuchte Hände vor Aufregung, wenn sie an die prüfenden Blicke der Zollbeamten dachte.

Das in Ungarn gekaufte Gewand hatte sie auch immer im Zwiebel-Style schichtweise übereinander anziehen müssen. Ihr wurde heute noch heiß, wenn sie daran dachte.

Die Einzige, die keine Angst vor den ungarischen Grenzbeamten gehabt hatte, war die Urlioma gewesen. Die legte immer Schokolade in die Pässe und war sogar so dreist, beim Durchfahren an der Grenze Plastiksackerln mit Kaugummi und Kugelschreiber aus dem Wagen zu werfen. »Hat san jo oame Teifln und hom nix«*, hatte sie gemeint.

Oma Hilda schmuggelte immer Forint-Banknoten im BH nach Ungarn und investierte diese dann in billige Lebens-

* Das sind doch arme Teufel, die nichts haben.

mittel: geräucherten Käse, Salami, Kastanienreis und natürlich tonnenweise Paprikapulver.

Die Salami aß Vera nicht mehr, nachdem ihr jemand erzählt hatte, dass da Pferde- und Eselfleisch drinnen war. Vermutlich dieselben Leute, die die Geschichte vom Tabak aus Tschernobyl erzählt hatten. Aber Gerichte mit Paprikapulver mochte sie auch heute noch gerne. Sie könnte wieder mal Hortobágy Palatschinken machen, deftige Fleischpalatschinken, die mit einer Paprikarahmsoße serviert wurden.

Vera folgte dem Navi auf ihrem Handy. Weil sie das Datenroaming ausgeschaltet hatte, war die Route zwar gespeichert, aber die detailreiche Grafik auf der Landkarte war einer einfacheren Grafik gewichen. Sie sah nur mehr die Straße, die sie nehmen sollte, und daneben zahlreiche Ortsnamen, die alle mit »Fertő« begannen. Fertő, so hieß der Neusiedler See auf Ungarisch. Ach Gott, der Neusiedler See. Dieser riesige schlammige Steppensee, der einem an seiner tiefsten Stelle gerade mal bis zu den Hüften ging und in dem trotzdem jedes Jahr Segler ertranken, die es bei Sturm nicht rechtzeitig in den Hafen schafften. Vera war als Kind in den Ferien ein paar Mal dort gewesen. Sie hatte es geliebt – bis auf die Milliarden Gelsen, die dort brüteten.

In Ungarn sah es baulich und landschaftlich ähnlich aus wie im Südburgenland. Und doch fielen dem aufmerksamen Beobachter Unterschiede auf: Zwischen den Häusern und der Straße verliefen hier kleine Gräben, um bei Regen das Wasser aufzufangen. Darüber führten kleine Brücken zu den Eingängen der Häuser. Im Südburgenland war das früher ebenso gewesen. Mittlerweile war die burgenländische Kanalisation aber unterirdisch verlegt. In Ungarn gab es hingegen noch allerorts Strommasten, die in den Himmel ragten.

Zahnarzt, Friseur, Kosmetikstudio, Schönheitsklinik. Zahlreiche Schilder warben auf Deutsch um Kunden aus dem Westen. Fuhr man früher nach Ungarn zum Schneider oder um seine Messer schleifen zu lassen, ließ man sich nun die Falten glätten oder Jacketkronen machen.

Dort, wo früher der Minengürtel verlief, konnte man heute herrlich Rad fahren. Am einfachsten immer am Rand des Nationalparks entlang, der den Neusiedler See umgab.

Vera dachte nach. Das ehemalige Niemandsland zwischen den Grenzposten war heute attraktives Bauland. Früher war das Burgenland das Armenhaus Europas gewesen. Heute bot es genau das, was der moderne Mensch suchte: Urtümlichkeit, Entschleunigung, Naturnähe. Nationalparks mit dekorativen Graurindern, weißen Eseln und seltenen Vogelarten.

Und während der Burgenländer unter der Woche zur Arbeit nach Wien pendelte, pendelten die Wiener an den Wochenenden ins Burgenland.

Vera hatte sich einen Interviewtermin mit dem PR-Mann des Tourismusbüros ausgemacht. Der erwartete sie bereits am Parkplatz zum »Inselparadies«.

Gemeinsam schauten sie übers Schilf, hinter dem das Wasser des Neusiedler Sees silbergrau glitzerte.

Der PR-Mann erzählte Vera, dass es schwer war, neue Tourismusprojekte zu realisieren. »Sowohl in Illmitz als auch in Weiden wurde ein Hotel am See verhindert. Das wären alles Projekte, die wir gebraucht hätten«, sagte er und putzte sich die Brille. »Aber zumindest das ›Inselparadies‹ ist uns gelungen«, sagte er. »Ich hab Ihnen hier eine Pressemappe mit allen Zahlen und Eckdaten zusammengestellt. Vier Häuser sind noch zu kaufen.« Er überreichte Vera das Dossier.

Dann öffnete er das Tor und marschierte mit Vera den asphaltierten Weg Richtung See entlang. Das »Inselparadies« bestand aus zwei Dutzend kleinen würfelförmigen Häusern mit akkurat abgezäunten Vorgärten. Die Häuser, die in der ersten Reihe lagen, hatten einen eigenen Seezugang. Die anderen mussten sich mit dem weit in den See hineinragenden Gemeinschaftssteg der Anlage begnügen.

In vielen der Gärten sorgten fuchsiafarbene Bougainvilleas für mediterranes Flair. In anderen standen Töpfe mit heimischen Bio-Paradeisern und Basilikum, die man sich später auf die Bruschette geben würde.

An den Hauswänden lehnten teure Mountainbikes. Frauen in Fransenbikinis und weißen Hippiekleidchen, so auffällig gestylt, als wären sie in einer teuren Strandbar in Saint Tropez oder Ibiza, sonnten sich auf ihren Terrassen. Roséwein schien hier am frühen Nachmittag das Getränk erster Wahl zu sein.

Der PR-Experte ging mit Vera den Gemeinschaftssteg entlang. Sie sah einige schicke Elektroboote lautlos über das Wasser gleiten. Daneben balancierte eine Gruppe Menschen auf Stand-up-Paddle-Boards. Das Gleichgewicht zu halten, war heute einfach. Der Neusiedler See war spiegelglatt.

»Mit dem Inselprojekt haben wir eine finanziell starke Zielgruppe ansprechen können. Die lassen viel Geld in der Region, gehen oft essen, kaufen teure Weine …«

»Ich hab gehört, es gibt Baumängel«, sagte Vera.

»Wo gehobelt wird, fallen Späne«, winkte der Tourismusbeauftragte ab. »Man darf nicht vergessen, dass diese Klientel hier extrem anspruchsvoll ist.«

»Und was ist mit den Rissen in den Wänden und im Dach?«

Vera erinnerte sich an die Kommentare in den Foren.

»Da ist der See dran schuld.«

»Der See?«

»Der See bewegt sich ständig«, erklärte der PR-Mann. »Der Wind schiebt das Wasser abwechselnd rauf nach Österreich, dann wieder runter nach Ungarn. Das sorgt für Bewegungen am Ufer, auch in den Seegründen. Aber die Leute wollen nun einmal so nahe wie möglich am Wasser sein.«

»Und was sagen da die Naturschützer? Das hier war doch ein Teil des Nationalparks, oder?«

Ein Stelzenläufer landete auf dem Steg und marschierte zackig auf dem Bretterboden auf und ab. »Sehen Sie den Vogel da, der ist doch der beste Beweis, dass Natur und Tourismus im Einklang leben können. Wir brauchen Gäste und Zuzügler. Schon allein, um die Landflucht zu stoppen. Die Burgenländer würden gerne im eigenen Land arbeiten, wenn sie es könnten. Aber dafür braucht es Jobs. Und Projekte wie diese schaffen Jobs. Schauen Sie sich die Inselbewohner hier einmal an, die träumen vom Landleben, koste es, was es wolle. Die rufen bei der Gärtnerei an und lassen sich einen neuen Rollrasen verlegen, wenn ihr Kind einmal auf eine Distel gestiegen ist. Die sind ein Gewinn für jeden Betrieb hier.«

Er redete sich richtig in Begeisterung.

»Es hat sich viel getan seit den 90ern. Wir haben die EU-Förderungen bekommen. Logistikfirmen haben sich angesiedelt wegen der Nähe zu Bratislava und Budapest. Der burgenländische Wein wurde weltbekannt. Die Burgenländer wollen nicht mehr so leben wie ihre Großeltern, die hier im kargen salzigen Boden Erdäpfel verbuddelt haben. Wir brauchen Erneuerung, Modernität.«

Für Vera hörte es sich so an, als hielte er diese Rede nicht zum ersten Mal.

»Wie war eigentlich die Zusammenarbeit mit dem Paul Achleitner?«

Der PR-Mann lächelte gewinnend: »Der Achleitner ist ein Visionär. Wissen Sie, wie es um den burgenländischen Tourismus bestellt ist? Schlecht! Unsere Hotels und Pensionen sind komplett veraltet. Die meisten Zimmer haben nicht einmal eine Klimaanlage, und das bei den heißen Sommern, die wir jetzt immer haben. Das ›Inselparadies‹ hat nicht nur Boden- und Wandheizung, sondern auch Boden- und Wandkühlung.«

Vera sah, dass eine der »Inselparadies«-Bewohnerinnen ihr zuwinkte. Vera war ein bisschen kurzsichtig, war aber zu eitel, eine Brille zu tragen, deshalb konnte sie die Frau nicht genau sehen. Sie winkte sicherheitshalber trotzdem zurück. Die Frau kam näher. Sie trug einen korallenfarbenen Kaftan, magentafarbene Birkenstocks und hatte ihre Haare zu einem wilden Vogelnest hochgesteckt. Jetzt erkannte Vera sie. Es war die Pischinger Susi, eine Fotografin, mit der Vera bei »Lust aufs Land« manchmal zusammengearbeitet hatte.

»Sag nicht, du nimmst dir hier auch ein Ferienhaus«, sagte sie überrascht.

»Nein, ich recherchier nur für eine Geschichte, aber wir sind eh schon fertig.« Vera steckte die Visitenkarte des Tourismus-PR-Mannes ein und verabschiedete sich von ihm.

»Dann komm noch zu mir in den Garten, ich hab gerade eine Flasche Rosé aufgemacht. Wir haben noch eine Stunde, bevor die Gelsen einfallen.«

»Du, nein danke, ich fahre über Ungarn, da ist null Komma null Promille, aber ein Wasser wäre super.«

Susi brachte Vera ein Glas Mineralwasser, in dem dekorativ ein paar Eiswürfel mit gefrorenen Beeren und ein Minzblättchen schwammen. Vera nahm sich vor, sich künftig mit ihrem Wasser auch mehr Mühe zu geben. Dann erzählte Susi, dass sie das Ferienhaus in der Anlage von einer Wiener Zahnärztin gemietet hatte, die das Objekt als Wertanlage gekauft hatte. »Die hat ein Vermögen dafür bezahlt«, erzählte sie. »Ich bin ja froh, dass ich nur Mieterin bin, denn ich hab ständig die Arbeiter da. Die haben beim Bau ganz schön gepfuscht. Hinten repariert gerade einer das Dach, weil es schon wieder reinregnet.«

Sie führte Vera zur Hinterseite des Hauses, wo gerade ein Arbeiter am Werk war.

»Sind Sie der Dachdecker?«, fragte Vera.

»Wenn Herr Milkovic sagt, ich sein Dachdäckär, dann ich Dachdäckär, wenn er sagt, ich sein Fliesenlägär, dann ich Fliesenlägär«, sagte der Mann pragmatisch. Er hatte einen starken ungarischen Akzent.

»Was ist das Problem mit dem Dach?«, fragte Vera.

»Schlimmä Problämä«, sagte der Arbeiter nur und legte die Stirn in missmutige Falten.

»Bei dem blöden Flachdach sammelt sich das Wasser in irgendwelchen Rissen, die gar nicht da sein sollten«, erklärte Susi. »Meiner Vermieterin reicht es schon, die Haushaltsversicherung hat ihr gekündigt, weil sie die wiederholten Wasserschäden nicht mehr decken will. Darum hat meine Vermieterin sich jetzt einer Sammelklage gegen den Achleitner angeschlossen. Sie will sich wenigstens einen Teil des Kaufpreises zurückholen. Die anderen hier denken ähnlich.«

»Weißt du, über welchen Anwalt das läuft?«

»Nein, aber das kann ich herausfinden.«

»Der Achleitner ist verschwunden.«

Vera erzählte Susi die Story von Pauls Nacktbadeaktion im Springbrunnen und seinem anschließenden Verschwinden.

Die riss Augen und Ohren auf.

»Glaubst du, dass sein Verschwinden mit der Klage zu tun hat?

»›Baumafia lässt Architekten verschwinden‹, oder: ›Architekt inszeniert seinen eigenen Abgang‹.« Sie sah schon die Schlagzeile im »Burgenländischen Boten«. »Obwohl, das würde wohl eher in Chicago passieren als im Burgenland«, sagte Vera.

»Unterschätz den Achleitner nicht«, mahnte Susi. »Ich hab den einmal kennengelernt. Der ist blitzgescheit. Dem trau ich zu, dass er untertaucht, wenn ihm das Wasser bis zum Hals steht.«

»Na, hier kann ihm das Wasser kaum bis zum Hals stehen, und untertauchen kann er hier auch schlecht.«

Vera deutete auf das seichte schlammige Wasser im See.

»Vielleicht ist er auch bei seiner heimlichen Geliebten«, sinnierte Susi.

»Bei wem?«

»Als ich hier eingezogen bin, habe ich einmal die Arbeiter reden gehört, dass es der Achleitner mit seinem Gspusi in jedem einzelnen Seehaus getrieben hat. Der wollte wohl ins ›Guinness-Buch der Rekorde‹.«

»Hast du eine Ahnung, wer diese Geliebte ist?«

Susi zuckte die Achseln. »Keine Ahnung. Ich hab's dir ja gesagt, ich hab den nur einmal hier gesehen. Das andere sind nur Gschichteln. Komm, trink doch ein Glas Rosé mit. Du kannst ja über Eisenstadt heimfahren.«

KAPITEL 33
MAN FRAGT SICH

Bei Meerschweinchen steigt in einer fremden Umgebung der Wert des Stresshormons Cortisol in nur zwei Stunden um 200 Prozent. Haben die Männchen allerdings ihr Lieblingsweibchen dabei, bleiben die Stresshormone konstant, das Männchen fühlt sich gut.

Sylvia Zieserl war in keiner Weise überrascht, als die Polizei bei ihr läutete. Eigentlich hatte sie schon damit gerechnet.

»Kommen Sie bitte herein«, sagte sie. Sie griff sich ans Ohr. Sie hatte sich kürzlich ein Helix-Piercing stechen lassen, ein Ohrloch ganz oben am äußeren Rand der Ohrmuschel. Das verheilte schlecht. Der ziehend juckende Schmerz war lästig. Sie ließ die Hand wieder sinken. »Nicht hingreifen«, hatte ihr die Piercerin eingeschärft, »das bringt nur Schmutz und Bakterien in die Wunde.«

Sylvia Zieserl trug einen schneeweißen Hosenanzug mit Stretchanteil, durch den sich die Konturen ihres Stringtangas abzeichneten. Dazu ein enges, tief dekolletiertes cremefarbenes Oberteil. Marlies Murlasits wunderte sich, wie man so ein helles Gewand tragen konnte, ohne sich schmutzig zu machen. Sie hätte sich in diesem Aufzug in der Sekunde angepatzt. Außerdem würde man da jedes Katzenhaar sehen, sofern man eine Katze besaß. Marlies besaß zwei Katzen aus dem Tierheim. Schwarze Katzen. Das Tierheim war voll von schwarzen Katzen. Die wollte keiner, weil sie angeblich Unglück brachten.

»Bitte nehmen Sie Platz.« Sylvia deutete auf einen Esstisch aus Glas. Rund um den Tisch standen weiße Kunstledersessel. Die weiße Wohnlandschaft war aus echtem Leder. Über dem Couchtisch aus Glas hing ein Muranoleuchter. Echt italienisch. Die Zieserls hatten die ganze Einrichtung in Udine gekauft.

»Sie sind mit Paul Achleitner befreundet.« Franz Grandits kam gleich zur Sache. Sylvia schmunzelte amüsiert. »Befreundet ist übertrieben. Mein Mann und ich waren einmal bei ihm und seiner Frau eingeladen. Mein Mann hat mit ihm geschäftlich zu tun.«

»Welche Art von Geschäften?«

»Da müssen Sie meinen Mann fragen.«

»Sie haben sich aber auch alleine mit ihm privat getroffen, zum Beispiel am Vorabend seines Verschwindens?«

Auf diese Frage war Sylvia vorbereitet. Pauls Auto war vor dem »Sapore« gefunden worden. Man hatte sie gemeinsam dort gesehen. Natürlich würden sie danach fragen.

Sylvia griff sich ans Ohr und drehte den medizinischen Stecker um eine halbe Drehung nach rechts, während sie antwortete.

»Ich habe ihn dort zufällig getroffen. Ich war mit meinen Freundinnen aus.«

Sie nannte die Namen. »Die Damen werden Ihnen das bestätigen. Genauso wie die Wirtin. Paul hat uns auf eine Flasche Prosecco eingeladen. Es war aber schon kurz vor der Sperrstunde, deswegen sind wir dann in ein anderes Lokal gewechselt, ins ›Almrausch‹.«

»Wie lange waren Sie dort, und wie sind Sie beide nach Hause gekommen?«

»Wir waren bis 4 Uhr im ›Almrausch‹. Paul Achleitner war nicht mehr fahrtüchtig, deswegen habe ich ihn nach Hause gefahren. Das war eine reine Samariteraktion. Ich hatte, ehrlich gesagt, die ganze Zeit Angst, der speibt mir ins Auto.«

»Und Sie waren noch fahrtüchtig?«

Als Marlies den Satz ausgesprochen hatte, wurde ihr klar, dass er provokanter geklungen hatte, als sie es beabsichtigt hatte.

Aber die Zieserl ließ sich davon nicht aus der Ruhe bringen.

Sylvia zog die Augenbrauen hoch. »Natürlich, ich bin immer fahrtüchtig, wenn ich fahre.«

Kalt wie ein Fisch, dachte die Kontrollinspektorin.

»Die Nachbarin hat gesehen, dass Sie den Herrn Achleitner in sein Haus begleitet haben.«

Sylvia lächelte süffisant.

»Der Herr Achleitner war so besoffen, dass er auf dem Weg vom Auto zur Eingangstür dreimal hingeflogen ist. Ich habe nur dafür gesorgt, dass er sicher in sein Haus kommt. Ich musste ihm helfen, die Eingangstür aufzusperren, ich wollte ihn seiner Frau übergeben, aber die war nicht da.«

»Schatz, willst du unseren Gästen nichts zu trinken anbieten?« Harald Zieserl stand plötzlich im Wohnzimmer.

»Danke, das ist nicht nötig«, sagte Franz Grandits, »aber gut, dass Sie da sind. Wir hätten ein paar Fragen zu Ihren geschäftlichen Beziehungen mit Paul Achleitner.«

Harald Zieserl zog ein Baumwolltaschentuch aus seiner Hosentasche und fuhr sich damit über die Stirn. Es war heute drückend heiß. Verdammter Klimawandel. Jahrzehntelang hatten alle gejammert, dass es im Burgenland keinen »richtigen Sommer wie damals« mehr gab, und jetzt dauerte der Hochsommer von April bis Oktober.

»Der Herr Achleitner ist auf mich zugekommen, weil er mit der ›Pannonia Bau‹ ein Bauprojekt realisieren will, eine Feriensiedlung. Er hat ja hinreichend Erfahrungen auf diesem Gebiet. Allerdings kamen mir in den letzten Wochen Zweifel, was seine Verlässlichkeit anbelangt. Er hatte schon bei der Erstpräsentation – hmm, wie soll ich sagen – Probleme zu performen, und dann dieser Auftritt bei der ›Nacht der Ballone‹. Ich hab mir da schon meine Gedanken gemacht. Ich sage Ihnen, ich glaube, da sind Drogen im Spiel. Er wäre nicht der erste Architekt, der Drogen nimmt. Das ist diese linke Kreativszene. Und wir wissen ja alle, dass wir hier als Tor zum Osten von Drogen überschwemmt werden.«

Er setzte sich neben seine Frau und tätschelte ihr liebevoll das Knie. »Meine Frau und ich lehnen Drogen entschieden ab. Es wäre auch eine menschliche Enttäuschung, wenn sich mein Verdacht bewahrheitet, aber man kann ja in die Menschen nicht hineinschauen, nicht wahr, meine Liebe.«

Sylvia nickte zustimmend und lächelte.

»Wo waren Sie beide am Abend von Pauls Verschwinden?«

»Ich war bei der ›Nacht der Ballone‹«, sagte Harald Zieserl. »Ich wollte mich dort auch mit dem Herrn Achleitner treffen, aber als ich ankam, wurde ich Zeuge seines peinlichen Auftritts. Ich habe mich zutiefst geniert. Nicht nur für ihn, sondern auch für seine Frau und die Tochter. Die arme Familie. So eine öffentliche Blamage. Ich war so erschüttert, dass mir die Lust, Ballone zu bewundern, vergangen ist. Ich bin gleich heimgefahren. Meine Frau kann das bezeugen, gell, Schatzi?«

»Ja, natürlich kann ich das«, sagte Sylvia. »Der Harald hat mir dann gleich alles erzählt und ich war genauso betroffen. Das ist ja nicht normal, so ein Verhalten. Das müssen Drogen gewesen sein oder eine beginnende Geisteskrankheit. Ich habe einmal von einem Mann gelesen, der einen Gehirntumor hatte. Das könnte doch auch eine Erklärung sein, oder?«

Sie drehte wieder an ihrem Ohrstecker.

»Stimmt, Schatzi, eine Geisteskrankheit, das klingt logisch.« Er streichelte wieder das Knie seiner Frau. So fürsorglich. Als sich die Beamten verabschiedeten, begleiteten Harald und Sylvia sie hinaus. Er hatte dabei seine Hand auf ihrer Taille und nahm diese erst weg, als die Polizisten in ihr Auto gestiegen und weggefahren waren.

Dann zog er sie allerdings zurück, als hätte er sich verbrannt. »Ich weiß, dass du es mit dem Achleitner getrieben hast«, fauchte er. »Ich habe dein Handy hacken lassen. Es hat mich 3.000 Euro gekostet, aber das war es mir wert.«

Er zog einen Stapel Ausdrucke aus seiner Aktentasche. »Da, alles schwarz auf weiß. Wenn das hier vorbei ist, lass ich mich scheiden.«

Sylvia sagte minutenlang nichts. Ihre Hand zitterte, als sie zu den Ausdrucken griff und die Nachrichten las, die sie längst gelöscht hatte, aber ihre Mimik blieb unbewegt. Botox sei Dank.

Sie griff wieder zum Ohrstecker und drückte so fest

dagegen, dass sie ein jäher Schmerz durchfuhr, aber danach konnte sie wieder klar denken.

»Das hier ist aber nicht vorbei«, zischte sie, »noch lange nicht. Wir wissen beide, dass du nach Pauls Verschwinden nicht gleich nach Hause gekommen bist. Ich kann mir vorstellen, was du getan hast. Aber ich werde den Mund halten, und du wirst den Mund halten.« Ihre Stimme überschlug sich jetzt fast. »Das hier ist erst vorbei, wenn ich es sage.«

*

Ich muss mit Eva reden, dachte Vera. Diesmal kommt sie mir nicht so leicht davon. Statt an der Vordertür zu läuten und eventuell abgewiesen zu werden, ging sie deshalb gleich ums Haus herum und klopfte an die Terrassentür.

Eva war gerade dabei, den Nitsch abzunehmen. Sie fuhr zusammen, als sie es gegen das Glas pumpern hörte. Sie öffnete die Schiebetür. »Hast du mich erschreckt!«

»Entschuldige, aber ich dachte, du machst vielleicht nicht auf.«

Eva zuckte nur mit den Achseln.

»Hätte ich vielleicht auch nicht. Aber wenn du schon hier bist, kannst du mir auch helfen. Ich muss das Bild abnehmen, das geht ins ›Dorotheum‹.«

»Das ist aber ziemlich groß, kriegst du das überhaupt ins Auto?«

»Es wird abgeholt und geschätzt.«

»Du verkaufst es?«

Eva nickte. »Ich muss es verkaufen.«

Vera musterte Eva, die neue Frisur stand ihr fantastisch, aber sie hatte dunkle Ringe unter den Augen und war noch dünner als sonst.

»Sagst du mir jetzt endlich, was los ist?«

Eva fuhr sich mit den Fingern durch den kurzen Bob.

»Paul ist verschwunden und hat mich mit einem Haufen Schulden sitzen lassen, das ist los.«

»Und warum wolltest du vorgestern bei ›Dance Together‹ nicht mit mir reden? Und mit dem Finz redest du offenbar auch nicht mehr. Eva, du bist uns eine Erklärung schuldig.«

Eva seufzte. »Es ist etwas passiert, aber ich will euch da nicht mit reinziehen.«

»Was ist passiert?«

Eva ließ sich auf den Boden sinken und lehnte den Rücken gegen die Wand. Sie zog die Knie an und schlang die Arme um ihre Beine.

Vera setzte sich neben sie.

»Du weißt doch, wie wir bei dir geblödelt haben, dass wir den Paul auf einen Trip schicken. Ich hab am Abend vor seinem Verschwinden Engelstrompeten gepflückt und in einen Trinkkrug mit Wasser gegeben. Ich hab mir gedacht, ich überleg mir später, was ich damit mache. Aber soweit ist es gar nicht gekommen. Paul muss das Wasser getrunken haben. Ich glaube, er war deswegen auf dem Ballonfest so schräg drauf.«

Vera durchfuhr es eiskalt. »Eva, kann es sein, dass er …, ich meine Engelstrompeten, scheiße, die sind urgiftig, kann es sein, dass du ihn …« Sie beendete den Satz nicht.

Eva schüttelte den Kopf: »Nein, ich habe alles an Literatur gelesen, was es gibt. Es ist schon verwunderlich, dass ein Kaltauszug überhaupt so starke Rauschwirkungen hervorruft. Die meisten Drogensüchtigen brauen einen Tee oder essen die Blüten, um sich zu berauschen. Aber das Perfide an Engelstrompeten ist, dass man sie so schwer dosieren kann. Jeder spricht da anders drauf an. Für einen kleinen, intensiven Rausch hat der Kaltauszug offenbar gereicht.«

»Und was glaubst du, wo der Paul jetzt ist?«

»Wahrscheinlich sitzt er mit der ganzen Kohle bei seiner Geliebten und lacht sich ins Fäustchen.«

Vera starrte sie ungläubig an.

»Welche Geliebte?«

»Irgendeine Geliebte. Vera, Paul bescheißt mich, seit ich 15 bin. Er glaubt, ich bin so blöd und bemerke es nicht. Aber so blöd bin ich nicht, so blöd nicht.« Sie hämmerte mit den Fäusten gegen ihre Knie.

»Du glaubst also, seine Geliebte hat ihn aufgelesen und mit heimgenommen?«

»Ich glaube gar nichts, aber die Polizei hat Zeugen, die ausgesagt haben, dass Paul im Vogelsangwald mit einer blonden Frau gesehen wurde. Und in der Woche vor seinem Verschwinden hat er mich aus der Hosentasche angerufen und da war auch eine Frau bei ihm, mit der er zweideutig geredet hat.«

»Hast du das der Polizei erzählt?«

»Das mit den Engelstrompeten nicht, das mit der Frau schon. Und dann ist da noch was. Er hatte massive berufliche Probleme.«

Vera nickte. »Ich war im Nordburgenland, ich weiß von der Sammelklage.«

»Für Paul ist Image alles. Hier ist er jetzt für alle Zeiten als der ›irre Nackerte‹ gebrandmarkt. Das hält er nicht aus. Da erfindet er sich lieber neu, ohne Ballast. Dabei hätte das hier der Neustart sein sollen. Er hat wieder gelogen und gepackelt und betrogen, wie immer.«

Eine einzelne Träne rann über Evas Wange. Sie wischte sie ungehalten mit dem Handrücken weg.

»Warum hast du dir das all die Jahre gefallen lassen?«, fragte Vera.

Eva zuckte resigniert mit den Schultern. »Ich weiß es auch nicht. Anfangs war ich irre in ihn verliebt. Dann wollte ich einfach nur, dass alles gut wird. Und er ist ein guter Vater. Hätt ich das der Carla antun sollen? Dass sie mit mir in einer Gemeindewohnung landet und ihren Vater verliert? Ich hab ja nicht einmal einen Beruf. Und die Kinder leiden bei einer Trennung am meisten.«

Vera sagte nichts.

Eva fuhr fort: »Es ist kompliziert. Weißt du, die meisten Menschen gehen beim Fremdgehen von der klassischen Tragödie aus. Er betrügt sie in einer langen Beziehung, sie bekommt es durch Zufall heraus, und dann folgt entweder Trennung oder Neubesinnung. Die Realität ist aber anders: Ich wusste von Anfang an von den anderen Frauen. Erst hab ich es nicht sehen wollen, weil ich ihn geliebt habe, dann hab ich absichtlich weggesehen, zwischendurch hab ich gekämpft und gehofft …«

»Und jetzt? Was ist mit dem Finz?«

Eva zuckte noch einmal mit den Schultern. »Ich weiß es nicht. Der Finz ist super, der Sex ist der Hammer. So was habe ich noch nie vorher erlebt. Aber ich glaub, ich war vor allem auf der Suche nach Trost und Selbstbestätigung. Und ich will ihn da wirklich nicht mit reinziehen. Was glaubst du, was los ist, wenn am Land hier irgendwer checkt, dass da was zwischen uns rennt? Da interessiert dann keinen mehr, dass der Paul mich 23 Jahre lang betrogen hat. Da bin ich die Schlampe, die gesteinigt gehört. Und die Carla muss die Hexenjagd mit ausbaden. Weißt du, der Paul hat immer gesagt: ›Irgendwann passiert was.‹ Ich glaube, jetzt ist es passiert.«

»Und was machst du jetzt?«

»Na, zuerst werde ich dieses Bild los, und dann hole ich mir einen Hund. Ich fahr am Nachmittag zur Grete.

Kommst du mit? Paul hat uns nie einen Hund erlaubt. Aber was Paul erlaubt oder nicht erlaubt, ist ja jetzt egal.«

»Und was, wenn er wieder zurückkommt?«

»Der Paul und zurückkommen?« Eva dachte nach. »Dann wird er bemerken, dass es die alte Eva nicht mehr gibt.«

KAPITEL 34 – DER GARTENKLUB SAMMELT TEEKRÄUTER

Die Weibchen der Leuchtkäfer Spezies Photinus pyralis imitieren perfekt das Blinken einer anderen Glühwürmchen-Art. Dadurch locken sie fremde Männchen an. Was wie eine klassische Verwechslungs-Komödie anmutet, endet für die dieserart verblendeten Männchen zumeist mit dem Tod. Für die Weibchen hingegen mit einem Festmahl.

Der Ausflug zu Grete endete damit, dass zwei Welpen ein neues Zuhause fanden. Carla und Letta hatten Eva und Vera begleitet. Eva wählte wie geplant die wuschelige dreifärbige Hündin mit den Kulleraugen und nannte diese Adele.

Letta verliebte sich in einen schwarzen glatthaarigen Rüden mit Schlappohren, einer weißen Pfote und einem weißen Fleck auf der Brust. Sie brauchte genau drei Minuten, um Vera zu überreden, ihr den Hund zu kaufen. Vera war schon immer spontan gewesen. Sie taufte den Hund Herr Schröder. Schröder war nicht nur ein Charakter aus den ›Peanuts‹, sondern auch der Name des Druckereileiters, mit dem Vera lange zusammengearbeitet hatte. Sie fand es lustig, ihm auf diese Weise ein Denkmal zu setzen. Ein Huhn, eine Katze und ein Hund, jetzt fehlt nur mehr ein Esel, und die Bremer Stadtmusikanten sind komplett, dachte Vera. Aber solange diese Menagerie Letta glücklich macht, soll mir alles recht sein.

Hunde und Töchter waren zum Treffen des »Klubs der Grünen Daumen« mitgekommen. Die Welpen zogen alle Aufmerksamkeit auf sich. Gut so, dachte Eva. Sie hatte immer noch die Paranoia, dass andere sie anstarren oder über sie tuscheln könnten.

Finz war nicht gekommen. Ist mir auch lieber, dachte Eva.

»Heute befassen wir uns mit dem Thema Teekräuter«, erklärte Johanna. Sie hatte in ihrem Garten einen großen Biertisch aufgestellt. Darauf befanden sich Bügelgläser mit unterschiedlichen Kräutern, Blüten und Gewürzen.

»Es gibt natürlich verschiedene Möglichkeiten, selbst Kräutertee herzustellen. Am einfachsten ist es, wenn ihr einen Tee aus nur einer Pflanze zubereitet. Gut geeignet dafür sind Salbei, Kamille, Holunderblüten, Pfefferminze oder Zitronenverbene. Ihr könnt die frischen Pflanzen aufbrühen oder diese erst trocknen.«

Johanna reichte ein paar Schraubgläser herum und ließ die Anwesenden an deren Inhalt schnuppern.

»Viele dieser Kräuter werden in der Volksmedizin seit Jahrhunderten verwendet«, ergänzte Isabella, die Drogistin. »Salbeitee wirkt gegen Halsweh, Kamille ist entzündungshemmend und krampflösend, Holunderblütentee wirkt leicht schweißtreibend und ist deswegen gut bei Erkältungskrankheiten.«

»Die Königsdisziplin sind dann Teemischungen«, erklärte Johanna. »Da muss der Geschmack harmonieren, und die Wirkung der einzelnen Kräuter und deren Zusammenspiel müssen natürlich auch berücksichtigt werden. Wir haben ja diese Woche Johannistag, deswegen habe ich mir gedacht, ich mache einen Mittsommertee. Über den Johannistag gibt es übrigens auch einiges zu erzählen.«

Johanna griff zu einem Blatt Papier, setzte eine grüne Lesebrille auf und begann vorzulesen:

»Der 24. Juni ist heute der Namenstag von Johannes dem Täufer. Tatsächlich hat sich da die katholische Kirche aber auf einen heidnischen Feiertag ›draufgesetzt‹. In der Antike war an diesem Tag die Sommersonnenwende. Da steht die Sonne am höchsten, scheint am längsten und verleiht daher der Legende nach alten Zaubern die größte Wirksamkeit. Wer Unheil überwinden wollte, musste in dieser Nacht durch das Johannisfeuer springen. Bis zum Johannistag wurde früher auf den Feldern gepflanzt. Danach kümmerten sich die Bauern nicht mehr um die ausstehenden Ernten. An diesem Tag endet auch die Rhabarber- und Spargelernte, damit sich die Pflanzen bis zum nächsten Jahr erholen können und auch weil der Rhabarber danach zu viel Oxalsäure enthalten würde.

Um den Johannistag herum reifen die Johannisbeeren – wir sagen ja Ribiseln dazu. Und die Glühwürmchen, vom Volksmund auch als Johanniskäferln bezeichnet, leuchten am intensivsten. Der Johannistag gilt als der Tag der Heilkräfte, an dem man Kräuter und Blumen für die Hausapotheke sammelt, vor allem das Johanniskraut. ›Johannisweiblein‹ nannte man früher alle kräuterkundigen Frauen. Unerwünscht sind ›Johannistriebe‹, die oft noch einmal durchtreibenden Seitensprosse von Holzgewächsen, die den heranreifenden Früchten die Nährstoffe rauben. Scherzhaft wird übrigens auch später Liebesdrang ›Johannistrieb‹ genannt.«

Johanna schmunzelte und schob ihre Brille auf die Stirn.

»Ich verrate euch jetzt mein persönliches Rezept für den Mittsommertee.«

Sie verteilte Zettel, auf denen in ihrer akkuraten steilen Handschrift die Zutaten aufgelistet waren. »Die Zutaten findet ihr alle in meinem Garten. Und wenn ihr euch die Pflanzen auch nach Hause in eure Gärten holen wollt, könnt ihr natürlich Ableger und Samen haben.«

»Junge Erdbeer-, Brombeer- und Himbeerblätter«, las Vera vor. »Das ist einfach«, sagte Isabella: »Die gibt es überall. Sogar im Wald. Man muss nur aufpassen, dass keine Läuse auf den Blattunterseiten sitzen.«

»Ringelblumen und Goldmelisse ... das Erste kenne ich, das Zweite nicht.«

»Goldmelisse wird auch Indianernessel oder Scharlach-Monarde genannt«, erklärte Johanna. »Sie hat dichte, schopfförmig zerzauste tiefrote Blüten und ein leichtes Erdbeeraroma. Apfelminze und Zitronenmelisse kommen auch noch hinein, damit es nicht so krautig schmeckt. Und damit der Tee eine schöne Farbe bekommt, gebe ich auch blaue Mauretanische Malve dazu.«

»Mauretanische Malve. Wer hat so was schon daheim?«, fragte Mathilde vorlaut, aber Mitzi fuhr gleich dazwischen: »Owa jo, deis hot ma scha, und waunn nit, daun kau mas setzen!«*

Johanna erklärte den Kursteilnehmerinnen, unter welchen Bedingungen die Pflanzen am besten wuchsen und was beim Pflücken und Trocknen zu beachten war. »Immer nur an trockenen Tagen sammeln und im Schatten trocknen, ich nehme dafür ein altes Mehlsieb.«

»Und jetzt kommen wir zur wichtigsten Zutat«, sagte Johanna, »dem Johanniskraut. Das geht in der Natur auf, man kann es sich aber auch nach Hause in den Garten holen. Hier wächst meines, kommt einmal näher.«

Die Runde versammelte sich um eine buschige, auffällig gelb blühende Pflanze.

»Das Johanniskraut ist das Hexenkraut schlechthin«,

---

* Aber ja, das hat man schon, und wenn nicht, dann kann man es setzen.

sagte Johanna. »Seht ihr die kleinen Löcher in den Blättern? Der Sage nach stammen diese Löcher vom Teufel, der aus Bosheit über die Macht, die dieses Kraut über böse Geister und über ihn selbst besaß, die Blätter mit Nadeln zerstochen haben soll.«

Vera zupfte ein Blatt ab und hielt es gegen das Licht. Die Löcher waren so noch deutlicher zu sehen. Johanna zupfte eine Blüte ab und zerrieb sie zwischen den Fingern. Ihre Fingerkuppen färbten sich blutrot. »Seht ihr das? Der Legende nach stand die Pflanze unter dem Kreuz Christi, und jede Blüte fing einen Tropfen seines Blutes auf.«

Johanna brach einen Stängel ab und reichte ihn herum.

»Aber auch wenn man die ganzen Legenden beiseitelässt: Kein Heilkraut wurde wissenschaftlich so genau und gründlich untersucht wie dieses. Es bringt Freude und Leichtigkeit in unser Gemüt und wirkt als leichtes Aphrodisiakum. Allerdings macht es die Haut auch lichtempfindlicher. Deswegen trinke ich den Mittsommertee am liebsten im Winter. So habe ich in der dunklen Jahreszeit Sonnenschein in der Tasse.«

Veras Telefon läutete.

»Mama?«

Vera entfernte sich von der Gruppe, um ungestört telefonieren zu können.

»Der Architekt ist nackert im Facebook.«

»Ich weiß, Mama, aber das ist schon 14 Tage her.«

Vera war irritiert. Bekam ihre Mutter eventuell Alzheimer?

»Ich weiß. Ich bin ja nicht blöd. Aber das war im Springbrunnen, jetzt ist er nackert in einer Wohnung. Und gefesselt ist er auch. Die Frau Fuith vom Bauernladen hat ihn als Erste gesehen, und die hat mich gleich angerufen, weil sie ja weiß, dass dem seine Frau die Freundin von meiner Tochter, also von dir, ist.«

»Wer hat das Bild gepostet, Mama?«

»Na, er selber.«

»Wie, er selber?«

»Na, über dem Foto steht sein Name. Und dass er ein Schwein ist, steht auch da. Aber das sieht man auch so. Weil wenn sich einer ständig nackert exhibitioniert, ist das schweinisch. Die Leute haben echt keine Moral mehr. Also zu meiner Zeit hätt's das nicht gegeben. Außer einmal, wie du noch klein warst, da ist so ein Exhibitionist im Park in Oberwart herumgegangen, der hat immer den Mantel aufgemacht und hatte drunter nichts an. Aber Fotos hätte der dabei nicht von sich verteilt. So was machen anständige Menschen einfach nicht. Aber jetzt mit dem Internet …«

»Mama, danke, ich schau mir das an.«

Vera wollte schon auflegen, da sah sie, dass Eva ein paar Meter weiter ebenfalls telefonierte und extrem aufgelöst wirkte.

»Mama, wart kurz, bleib dran bitte.«

Eva war weiß wie die Wand. Sie steckte ihr Handy weg und sah Eva mit weit aufgerissenen Augen an. »Das war die Polizei. Es sind online Fotos von Paul aufgetaucht. Sie haben mir die gerade geschickt. Die Fotos sind aus unserem Keller.«

»Der Paul ist in eurem Keller?«

Eva zuckte nur mit den Achseln. »Ich hab keine Ahnung.«

»Wir müssen sofort zu dir fahren.«

»Ja, müssen wir«, sagte Eva mit belegter Stimme. »Die Polizei ist auch schon auf dem Weg dorthin.«

Vera hielt ihr Telefon wieder zum Ohr.

Eva hörte, wie Vera ihrer Mutter knappe Anweisungen gab: »Mama, kannst du bitte zu Johannas Hofladen kommen und die Kinder und die Hunde abholen und zu mir nach Hause bringen und dort mit ihnen auf mich warten? Ja, bitte. Ja, natürlich kannst du ihnen auch was kochen. Die beiden haben immer Hunger. Nein, ich hab kein Schnitzelfleisch daheim. Nein, auch keinen Lungenbraten. Gar kein Fleisch. Na, weil ich halt selten Fleisch koche. Ja, Topfennudeln sind eine gute Idee. Danke. Die essen sie sicher. Mama, ich kann jetzt nicht reden. Ich erklär dir alles später. Die Eva braucht mich jetzt. Ja, danke. Bussi, Mama. Hab dich auch lieb.«

Eva reichte Vera den Screenshot des Facebook-Posts. Das Bild zeigte Paul auf einer weißen Doppelliege aus Leder. Paul war komplett nackt. Seine Hände waren auf dem Rücken gefesselt. Er war mit einem Fitnessband geknebelt. Seine Augen waren weit aufgerissen. Auf seiner Brust stand in blutroten Lettern ein einziges Wort »PIG«. Unter dem Bild stand ein Zitat: »Wenn das Vertrauen gebrochen wurde, ist eine Entschuldigung nichts mehr wert.«

»Verstehst du das?«, fragte Vera.

Eva schüttelte den Kopf. »Und woher weiß die Polizei, dass das euer Keller ist?«

»Ich habe es ihnen gesagt.« Evas Hände zitterten. Sie sah aus, als hätte sie einen Geist gesehen.

Vera nahm Johanna zur Seite und berichtete ihr kurz, was Sache war, dann erklärte sie Letta und Carla, dass die Oma sie abholen würde, weil sie und Eva noch was zu erledigen hätten.

»Und was ist das, was ihr auf einmal so dringend erledigen müsst?«, fragte Letta misstrauisch.

»Hat mit einer Geschichte für den ›Boten‹ zu tun«, log Vera, weil ihr nichts Besseres einfiel, und wechselte deshalb schnell das Thema.

»Die Oma macht euch echt burgenländische Topfennudeln.«

Bandnudeln mit Topfen und Rahm waren eines von Lettas Lieblingsgerichten.

»Mit Speck oder mit Zucker?«

»Wie du magst.«

»Egal, Hauptsache nicht mit Grammeln«, sagte Letta mürrisch. »Ich hasse Grammeln.«

Das Ablenkungsmanöver hatte funktioniert.

Drei Minuten später saßen Vera und Eva im Auto nach Buchschachen. Vera fuhr wie der Teufel und schaffte es sogar, vor der Polizei dort zu sein. Die erschien wenig später, sechs Mann hoch.

Eva schienen sie bereits zu kennen.

»Und wer sind Sie?«, fragte Oberinspektor Grandits.

»Vera Horvath vom ›Burgenländischen Boten‹«, sagte Vera selbstbewusst.

Na, super, dachte Marlies Murlasits, jetzt ist die Lokalpresse schon vor uns da.

Eva sperrte das Haus auf.

»Sie warten beide hier«, sagte Franz Grandits. »Wir wissen nicht, was uns da unten erwartet.«

Vera wartete mit Eva auf der Terrasse, während die Polizisten sich aufteilten, vier von ihnen das Haus umstellten und zwei mit der Hand an den Waffen die Stiegen zum Keller hinunterstiegen.

Fünf Minuten später waren die beiden wieder da.

»Und?«, fragte die Kontrollinspektorin.

»Nix und«, sagte der Polizist. »Da unten ist niemand.«

»Ruf die Spurensicherung an«, sagte Franz Grandits. »Wir wissen, dass er da unten war. Und unsere Technik soll sich den Social-Media-Account vornehmen. Da muss es Spuren geben, und die werden wir finden.«

»Eva, geht es dir nicht gut?«

Vera sah aus den Augenwinkeln, wie Eva in Zeitlupentempo einknickte und direkt neben der Rose »Gebrüder Grimm« bewusstlos zu Boden sank. Wie sie da so lag, sah sie aus wie Dornröschen.

KAPITEL 35
GEFÜHLE SIND KEIN STATUS QUO

Eine natürliche, chemisch ausgelöste Abtreibung wird in der Natur als »Bruce Effekt« bezeichnet. Sie ist hauptsächlich bei Nagetieren erforscht. Hier kann der Geruch des Urins eines männlichen Tieres bei einem schwangeren Weibchen eine Fehlgeburt auslösen.

Gefühle sind kein Status quo, den man einmal für alle Zeit definieren kann. Sie verändern sich die ganze Zeit über. Liebe, Lust, Ärger, Trauer, das alles hat denselben Ursprung: die Tatsache, dass man etwas für eine Person empfindet, sich um sie schert.

Als Eva im Krankenhaus Oberwart erwachte, empfand sie gar nichts. Weder wenn sie an Paul dachte, noch wenn sie an das Kind dachte, das sie eben verloren hatte. Sie fühlte sich einfach nur unendlich müde. Diese Leere und Müdigkeit trug sie wie einen unsichtbaren Schleier, als die Polizei sie befragte. Marlies Murlasits hatte diese Art von Müdigkeit und Leere schon früher bei Frauen gesehen. Bei Frauen, die Opfer waren.

Eva war mit starken Unterleibsblutungen eingeliefert worden. Eine Fehlgeburt. Spontanabort in der zehnten Schwangerschaftswoche. Es hatte Komplikationen gegeben. Eine Curettage musste durchgeführt werden. »Wir behalten sie lieber noch ein paar Tage zur Beobachtung hier«, hatte der behandelnde Arzt gesagt. Eva lag allein in einem Sonderklassezimmer. Sie hatte eine ausgezeichnete Zusatzversicherung. Die Polizisten klopften an die Tür des Krankenzimmers Nummer 112. Die 112 war das schönste Sonderklassezimmer auf der Gyn, es hatte sogar einen Balkon. Die Balkontür war einen Spalt geöffnet, aber die Luft, die von draußen reinkam, brachte keine Abkühlung. Es war stickig heiß. Draußen und drinnen.

Marlies Murlasits griff vor dem Eintreten zu einem Pfefferminzkaugummi. Sie fand immer, dass Spitäler komisch rochen. Außerdem wollte sie ihren Bärlauchatem überdecken. Sie musste durchhalten. Noch dreimal Bärlauch, und der Tiefkühl-Bärlauch vom Vorjahr war aufgegessen. Für dieses Jahr. Das Menthol des Kaugummis kitzelte sie in der Nase. Sie musste niesen. Ihr Kollege sah sie vorwurfsvoll an. »Nies bitte in deinen Ellenbogen.« Eva reagierte kaum, als sie den Besuch sah. Begrüßungsfloskeln wurden ausgetauscht.

Sie sah schmal und zerbrechlich aus, wie sie da in dem Spitalsbett lag. Auf dem Nachttisch lag ein Strickzeug. Cremefarbene Wolle. Stricken bei der Hitze. Mir würde die Wolle in den Händen festkleben, dachte Marlies.

»Es tut uns sehr leid.« Franz Grandits suchte nach den richtigen Worten. Wie kondoliert man einer Frau nach einer Fehlgeburt. Er räusperte sich. »Es tut uns leid, was Ihnen passiert ist.«

»Danke.« Evas blasses Gesicht verriet keine Gefühlsregung.

Franz Grandits waren diese Frauenthemen unangenehm. Er kam lieber gleich zum Punkt.

»Ähm, Frau Achleitner. Um bei unseren Erhebungen voranzukommen, ist es für uns wichtig zu wissen: Wann waren Sie zum letzten Mal da unten in Ihrem Keller?«

Eva strich die Bettdecke glatt. Die Bettwäsche im Oberwarter Krankenhaus war weiß-grün-blau gestreift. Aber die in der Sonderklasse war blütenweiß.

»Ich weiß es nicht, ich geh da eigentlich nie runter.«

»Nicht mal zum Putzen?«

Marlies Murlasits verdrehte innerlich die Augen. Ihr Kollege nahm grundsätzlich an, dass Hausarbeit in der Ehe Frauensache war.

»Unsere Putzfrau kommt zweimal die Woche«, konterte Eva kühl.

»Wir haben ja schon eine Aussage von Ihnen zum Verschwinden Ihres Mannes, aber können Sie uns noch einmal Schritt für Schritt sagen, wie Sie den Nachmittag und Abend verbracht haben, als Ihr Mann verschwand?«

Eva wirkte, als würde sie nachdenken. »Ich war an diesem Nachmittag bei meiner Freundin Vera Horvath, dann habe ich kurz vor 17 Uhr noch bei der Firma ›Inkaerde‹ eingekauft und dann im Garten gearbeitet, bis es dunkel wurde. Da muss es schon 21 Uhr gewesen sein. Ich bin dann recht bald ins Bett gegangen. Ich war müde. Ich war ja …« Sie beendete den Satz nicht.

Schwanger, dachte Marlies Murlasits.

»Und Ihre Tochter?«

»Die hat bei Frau Horvath übernachtet. Unsere Töchter sind befreundet. Die beiden verbringen viel Zeit zusammen.«

Marlies Murlasits fiel die Aussage von Evas Nachbarin ein.

»Und wo waren Sie in der Nacht davor?«

Eva blickte sie überrascht an.

»Warum ist das relevant?«

»Wir haben eine Aussage, dass Ihr Mann von jemandem

nach Hause gebracht wurde. Haben Sie diese Person gesehen?«

Eva schien nachzudenken. »Ich war in dieser Nacht nicht daheim. Ich habe bei meiner Freundin Vera übernachtet. Da, ich kann Ihnen die Nachricht zeigen, die ich meinem Mann geschickt habe.«

Eva kramte nach ihrem Handy. »Die Frau Horvath und unsere Töchter können das auch bestätigen.«

Warum will sie uns was beweisen?, dachte Marlies Murlasits.

»Übernachten Sie oft außer Haus?«, fragte Franz Grandits.

Eva schüttelte den Kopf. »Paul mag das nicht, aber er war nicht daheim, um mich abzuholen und wir – also Vera und ich – hatten was getrunken, und da fahre ich nicht Auto.«

»Sie haben getrunken, obwohl Sie schwanger waren?«, entfuhr es Franz Grandits überrascht.

Marlies stöhnte innerlich. Ihr Vorgesetzter hatte die Sensibilität eines Elefanten im Porzellanladen.

»Das war vor fast drei Wochen. Ich wusste zu diesem Zeitpunkt nicht, dass ich schwanger war«, sagte Eva eisig. »Was wollen Sie eigentlich von mir? Ich trinke fast nie.«

»Ihr Mann ist dem Alkohol aber nicht abgeneigt?«, fragte der Polizist. »Er war in dieser Nacht mit drei Frauen im ›Almrausch‹ und laut Augenzeugen sehr betrunken. Eine der Damen, Sylvia Zieserl, hat ihn nach Hause gebracht. Sie hat gesagt, sie wäre mit Ihnen befreundet«, ergänzte Marlies Murlasits.

Eva fuhr abrupt im Bett hoch. »Hat sie das? Nun, wenn sie unter Freundschaft versteht, dass ich sie aus beruflichen Gründen bewirten musste und sie dann zum Dank meinen Mann vernascht hat, dann stimmt diese Definition.«

»Sie behaupten also, die Frau Zieserl hatte ein Verhältnis mit Ihrem Mann?«

»Ich behaupte gar nichts, aber ich kenne meinen Mann. Vielleicht fragen Sie mal die Frau Zieserl, ob sie auch auf Fesselspielchen steht. Sie sieht mir ganz danach aus.«

Eva drehte den Kopf weg: »Ich habe Ihnen nichts mehr zu sagen.«

Eine Pflegehelferin kam herein und stellte das Tablett mit dem Abendessen auf den Tisch. Eine blassrosa Knackwurst mit zwei grauen Scheiben Brot. Zwei hauchdünn aufgeschnittene Paprikastreifen und ein bemitleidenswertes Sträußchen Kräuselpetersilie wagten den vergeblichen Versuch, beides appetitlicher aussehen zu lassen. Eva würdigte das Essen keines Blickes.

Marlies gab Franz ein Zeichen. Die beiden verabschiedeten sich.

»Lass uns auf einen Kaffee zum ›Schranz‹ runtergehen«, sagte Marlies. »Ich hab da so einen Verdacht, ich muss noch was nachprüfen.« Noch während sie auf die Bestellung warteten, machte Marlies mehrere Telefonate. »Ha«, sagte sie, als sie auflegte, »es war nur so ein Bauchgefühl, aber es hat sich bestätigt. Die Achleitner hat ihren Mann vor drei Jahren wegen häuslicher Gewalt angezeigt. Das Ganze ist sogar bis zum Gericht nach Wiener Neustadt gegangen. Aber dann ist es nie zu einer offiziellen Aussage von ihr gekommen, und das Ganze wurde nicht weiterverfolgt. Wir sollten uns mal ihre Krankengeschichte ansehen.«

Das ging dank der Digitalisierung schneller als angenommen.

»Na, bumm«, sagte Franz Grandits, als er am nächsten Tag die Akte durchlas. »Drei Fehlgeburten und eine Totgeburt. Die hat aber ordentlich was mitgemacht. Und ein paar Unfallberichte gibt es auch.«

Marlies schaute ihren Kollegen an. »Meine Schwägerin arbeitet in Eisenstadt im Spital auf der Unfallabteilung. Ich habe gerade mit ihr geredet. Die Achleitner hat man dort schon gekannt. Sie hat als Erklärung für die Verstauchungen und Prellungen gesagt, das wären Haushaltsunfälle, die ihr beim Fensterputzen und Vorhänge wechseln passiert sind. Du weißt schon, der Klassiker. ›Bin von der Leiter gefallen!‹ Aber sag du mir: Wer putzt Fenster und wechselt Vorhänge, wenn er eine Putzfrau hat, die zweimal die Woche kommt?«

Warum hatte Paul die Konten leer geräumt? Diese Frage ließ Vera keine Ruhe. Eva hatte ihr gesagt, bei welcher Bank sie und Paul Kunden waren. »Komm«, sagte sie zu Letta, »wir eröffnen ein Jugendkonto für dich. Es gibt da grad eine Aktion, dass die ›Prima Bank‹ dir 20 Euro schenkt, wenn du zu ihnen wechselst.«

Lettas Augen leuchteten auf. »Echt, wie geil.«

Vera musste für den Kontowechsel einen Termin ausmachen. Die Bankangestellte schien kaum älter zu sein als Letta. »Arbeiten Sie schon lange hier?«, fragte Vera. »Seit zwei Jahren, ich war auf der Handelsakademie, hatte aber keine Lust zu studieren.« Die HAK-Absolventin strich eine dunkelblonde Strähne hinters Ohr, die sich aus ihrem akkuraten Pferdeschwanz gelöst hatte. Sie trug eine blau gestreifte Bluse, einen beigefarbenen Rock und Perlenohrringe. Viel zu konservativ für ihr Alter. Vera überlegte, was sie wohl in der Freizeit trug und ob sie auch in die Oberwarter »Discostraße« ging wie alle Jungen hier am Land.

»Gefällt es Ihnen, hier zu arbeiten?«, fragte Vera.

»Geht so, ich glaube, vor zehn Jahren war es spannender, in einer Bank zu arbeiten. Da durfte man noch in der Filiale Entscheidungen treffen. Heute wird ja alles in Wien entschieden, wir führen nur aus, was die da oben sagen.« Sie war überraschend offen, obwohl sie Vera und Letta gar nicht kannte.

Vera und Letta mussten für den Kontowechsel Dutzende Papiere unterschreiben. Vera nahm einen dicken Packen Kopien entgegen, die würden daheim in einem Ordner landen, den sie nie wieder anschauen würde. Eigentlich könnte sie die auch gleich wegschmeißen. »Lad dir mal unsere App runter, ich erklär dir unser Onlinebanking«, forderte die Bankangestellte Letta auf. Es war für Vera immer wieder überraschend, wie rasch und intuitiv Letta ihr Smartphone bediente. Während Vera noch den App Store suchte, flogen Lettas Finger schon über die Tastatur. »Funktioniert viel logischer als bei meiner alten Bank«, freute sich Letta.

»Das sagt mein Freund auch«, sagte die Blonde, »der ist dort Kunde.«

»Ihr Freund hat sein Konto bei einer anderen Bank, obwohl Sie hier arbeiten?«, wunderte sich Vera. Die Bankangestellte klopfte mit ihren perfekt manikürten rosa Fingernägeln auf die Tischplatte. »Wir sind erst zwei Jahre zusammen, und man weiß ja nie. Wenn wir uns trennen, würde er die Bank erst wieder wechseln wollen, also bleibt er gleich bei seiner alten«, erklärte sie nüchtern.

Der Realismus dieser Generationen ist erschreckend, dachte Vera. Mit 21 habe ich noch an die ewige Liebe geglaubt.

»Bei einem Jugendkonto gibt es keinen Überziehungsrahmen, und wir können einen Maximalbetrag einrichten, den du wöchentlich beheben kannst, wenn ihr das möchtet«, sagte die Bankangestellte. »Wir haben dir auch ein Sparkonto eingerichtet. Das funktioniert wie früher das Sparbuch, nur eben online. Da kannst du natürlich nach Belieben einzahlen und abheben.«

»Wie viel Geld kann man bei euch eigentlich pro Tag abheben?«, fragte Vera.

»Beim Bankomat im Foyer hängt das von den jeweiligen Konto- und Karteneinstellungen ab«, sagte die junge Frau. »Am Schalter, so viel man will. Wir empfehlen, bei Beträgen über 35.000 Euro aber vorher anzurufen, damit wir auch sicher so viel Geld da haben.«

»Und das kommt noch vor, dass Leute so viel Geld abheben?«, fragte Vera.

Die Blonde lachte: »Ja klar, vor allem bei den alten Leuten, im landwirtschaftlichen Bereich und in der Baubranche. Da gilt noch immer: Nur Bares ist Wahres.«

Vera lachte. »Stimmt, ich mache Websitetexte. Einer meiner Kunden ist in der Baubranche, der Paul Achleitner. Er hat mir erzählt, wie rasch und diskret das mit der Barbehebung letztens bei euch geklappt hat. Er war so zufrieden. Er hat dann noch ein Mail bekommen, in dem er gefragt wurde, wie zufrieden er mit der Betreuung war, und hat fünf Sterne verliehen.«

Vera wusste, dass die Bank nach jedem Gespräch Kundenfeedback per Mail einholte. Den Rest hatte sie einfach ins Blaue hinein fabuliert und genau ins Schwarze getroffen.

»Paul Achleitner? Der war bei mir«, strahlte die Blonde. »Manchmal, wenn einer an einem Tag so viel Geld abhebt, mache ich mir schon meine Gedanken, aber der war ja mit einem von der ›Pannonia Bau‹ da. Und mit der machen wir viel.«

Bankgeheimnisse sind bei der echt gut aufgehoben, dachte Vera.

»Ich habe auch eine ›Pannonia Bau‹-Wohnung«, erzählte die Blonde stolz, »die läuft auf mich, auch wenn mein Freund bei mir wohnt. Aber man weiß ja nie, wir sind ja erst zwei Jahre zusammen. Und wenn es schiefgeht, muss ich mir sonst eine neue Wohnung suchen.«

Unfall oder Selbstmord, dachte Marlies Murlasits, wenn einer spurlos verschwindet und nicht nur auf Sauftour war, ist es meist entweder das eine oder das andere. Und auch bei Paul Achleitner war sie von Unfall oder Selbstmord ausgegangen. Ein Mord passierte im Südburgenland so gut wie nie. Nur das Bild aus dem Keller passte nicht ins Schema.

Ein Bild, von dem niemand wusste, wann es gemacht worden war und wer es ins Netz gestellt hatte. Es war von einem Fake Account unter Pauls Namen gepostet worden, viele seiner echten Kontakte waren markiert worden, damit sie den Beitrag auch sahen. Aber auch diese Auswahl ließ keine Rückschlüsse auf den Täter zu. Die Kontakte waren aufgrund seines echten Profils leicht einsehbar.

»Die Spezialisten in Eisenstadt haben das Foto stark vergrößert, aber die Auflösung ist schlecht«, sinnierte Franz. »Man kann nicht einmal erkennen, ob das Geschmiere auf seiner Brust Blut oder Farbe ist.«

Marlies seufzte: »Was hast du gehofft? Dass man in der Reflektion seiner Pupille den Täter sieht? Das gibt es nur im Fernsehen. Eine Uhr oder eine Tageszeitung mit Datumsanzeige ist leider auch nicht zu sehen«, ergänzte sie. »Das Bild kann in der ›Nacht der Ballone‹ gemacht worden sein, aber auch schon Wochen oder sogar Monate zuvor.«

»Vielleicht ist er unter Drogen gesetzt und entführt worden? Aber von wem und wo sind die Lösegeldforderungen?«, überlegte Franz Grandits. Er hatte die Jacke ausgezogen, und der kleine Ventilator, der auf seinem Schreibtisch stand, lief auf Hochtouren. Er nahm einen großen Schluck aus der eineinhalb Liter Petflasche mit Limonade, die vor ihm stand. Die Limonade war zu warm und schmeckte schal. Es war schon wieder so verdammt heiß.

»Und warum hat man ihn im Keller seines Hauses fotografiert? Das ist doch ein unnötiges Risiko, im Falle, dass seine Frau was mitkriegt?«, fragte Marlies.

»Außer es war seine Frau. Dieser Satz mit dem gebrochenen Vertrauen würde passen.«

»Oder jemand will es seiner Frau unterschieben«, antwortete sie.

Franz Grandits seufzte. »Seine Frau hatte ein Motiv.«

»Ich weiß nicht, so schnell bringt man den Vater seines Kindes nicht um. Wir sollten uns trotzdem sein restliches Umfeld ansehen. Er hatte angeblich eine Affäre mit der Zieserl, das macht sie und ihren Mann verdächtig.«

»Aber die Affäre wäre auch wieder ein Motiv für die Ehefrau«, ergänzte Grandits.

»Ich will auch mehr über das aktuelle Bauprojekt in den Lafnitzauen wissen«, beschloss die Kontrollinspektorin.

KAPITEL 36
JEDER GEFALLEN RÄCHT SICH

Mulmhöhlen sind Höhlen im lebenden Baum. Mulmhöhlen bilden sich über viele Jahrzehnte, meist sogar über mehr als 100 Jahre. Sie sind Lebensgrundlage für viele verschiedene Tierarten, die hier nisten beziehungsweise Unterschlupf und Nahrung finden. Hierzu zählen neben Insekten viele Wirbeltiere wie Vögel, Fledermäuse, Marder, Bilche und Amphibien.

Harald Zieserl saß hinter seinem riesigen Schreibtisch. Als Chef der »Pannonia Bau« saß er natürlich im größten Büro in der obersten Etage des mehrstöckigen Gebäudes. Die Sonne brannte erbarmungslos auf die Glasfassade. Die Klimaanlage lief auf Hochtouren. Unter dem Gerät stand ein grüner Plastikeimer, der tropfendes Kondenswasser auffing. Harald Zieserl ärgerte sich über die leckende Klimaanlage. Und über den Eimer. Wie sah denn das aus? Er hatte der Haustechnik schon dreimal den Auftrag gegeben, das in Ordnung zu bringen.

Marlies Murlasits sah den Tropfen beim Herabfallen zu. Wie bei einer chinesischen Folter, dachte sie.

Sie ließ lieber den Franz reden. Der Zieserl war ein hohes Viech, der beschwerte sich sofort beim Landeshauptmann, wenn man ihn nicht mit Samthandschuhen anfasste.

Franz wusste das, und es ärgerte ihn, aber er war lange genug bei der Polizei, um zu wissen, wie es lief. Später auf dem Posten würde er dann seinem Ärger Luft machen. Marlies hatte die Schimpftiraden über die Großkopferten in Eisenstadt schon im Ohr.

»Ich verstehe wirklich nicht, wie ich Ihnen behilflich sein kann«, sagte Harald Zieserl. »Sie verschwenden nur Ihre Zeit.«

»Wir müssen das berufliche Umfeld des Herrn Achleitner noch mal prüfen, reine Routine«, sagte Franz Grandits.

Harald Zieserl zog ein Stofftaschentuch mit seinen Initialen aus der Hosentasche und wischte sich über die Stirn. Er war einer von denen, die immer schwitzten. Marlies war froh, dass das Händeschütteln aus der Mode gekommen war. Er hatte sicher auch schweißige Hände. Die Sekretärin kam mit einer Karaffe Wasser und drei Gläsern und schenkte ein.

»Ich hatte große Hoffnungen in den Herrn Achleitner, deshalb habe ich ihn auch in mein geplantes Projekt an der Lafnitz involviert, aber er hat die in ihn gesetzten Erwartungen leider nicht erfüllt. Deswegen werden wir jetzt einen anderen Architekten beauftragen. Die Ausschreibung läuft schon.« Harald Zieserl griff zum Wasserglas und nahm einen großen Schluck.

»Wie ist der aktuelle Stand bei diesem Projekt?«, fragte Franz.

»Wir sind aktuell noch in der Verhandlungsphase.«

»Erwarten Sie Verzögerungen? Es gibt da bereits offizielle Anfragen der Grünen, weil ein Teil des geplanten Bebauungsgebiets Auwald ist. In den sozialen Netzwerken gehen schon die Emotionen hoch.«

Der Wohnbauchef winkte lapidar mit der Hand. »Hören Sie mir mit den Querulanten auf. Die Bäume sind innen hohl und morsch. Die gehören weg.«

Marlies musste sich extrem auf die Zunge beißen. Dieses Argument hatte schon zu unzähligen brachialen Abholzungen in der Gegend geführt. Immer heißt es: Der Baum ist innen hohl, also nicht mehr standsicher, er muss weg, die Verkehrssicherungspflicht gebietet es. Dabei sind Bäume klüger, als Behörden glauben wollen. Das mit dem Hohlwerden ist ein Trick der Natur. Ein hohler Baum ist biegsamer, bricht bei Sturm nicht so leicht ab. In England gibt es 400 Jahre alte Eichen, die innen hohl und dennoch kerngesund sind. Nur bei uns wird alles abgeholzt und zubetoniert, und dann wundern sich alle über den Klimawandel, dachte sie.

Unvermittelt sagte sie dann: »Unsere Spurensicherung hat im Keller der Familie Achleitner im Bereich der Chillout Area ein schwarzes langes Haar gefunden, und Ihre Frau …«

Der Satz blieb unvollendet, hing jetzt bedeutungsschwer im Raum. Marlies wusste selber nicht, warum sie das gesagt hatte. Ihr Chef, der Oberinspektor, sah sie entgeistert an. Das war nicht abgesprochen gewesen.

Aber der Effekt war ungeheuerlich. Zieserl richtete sich in seinem Chefsessel auf und wirkte auf einmal um einen halben Meter größer als die beiden Besucher, die auf unbequemen Stahlrohrsesseln hockten. »Passen Sie einmal auf«, sagte er schneidend, »meine Frau hat bereits zugegeben, dass sie den Herrn Achleitner ins Haus begleitet hat, weil der schwer alkoholisiert war und nicht mehr gerade gehen konnte. Selbst wenn das ihr Haar sein sollte, beweist das gar nichts, gar nichts und ich werde jeden durch Sonne, Mond und Sterne klagen, der das Gegenteil behauptet.«

»Die Frau Achleitner ist überzeugt, dass ihr Mann sie betrügt.«

Marlies wusste auch nicht, warum sie nicht einfach den Mund hielt. Wollte sie den Mann provozieren? Und warum? Weil er ein Baummörder war?

»Die Frau Achleitner ist eine bemitleidenswerte Person. Eine verhärmte Hausfrau, die kein eigenes Leben hat und Gespenster sieht«, sagte der Generaldirektor salbungsvoll. »Meine Frau und ich haben einen großen Fehler gemacht, nämlich, diesen Zuagroasten unter die Arme zu greifen. Wir haben unsere Lektion gelernt. Mein Urgroßvater hat immer gesagt: ›Jeder Gefallen rächt sich.‹ Hätt ich nur auf ihn gehört. Und jetzt entschuldigen Sie mich bitte, ich habe einen Termin.«

»Was ist dir da bloß eingefallen«, sagte der Franz zu Marlies, als sie wieder im Wagen saßen. Im Auto hatte es gefühlte 50 Grad. Er konnte das Lenkrad kaum angreifen, ohne sich die Hände zu verbrennen. »Wir haben ein schwarzes Haar gefunden? Ist dir die Hitz ins Hirn gstiegen? Wenn der uns draufkommt, dass das a Bluff war, könn ma einpacken. Dann lasst aber du Haare, nicht ich.«

Harald Zieserl wartete zehn Minuten, nachdem sein Besuch gegangen war. Dann griff er zum Hörer und tippte die Kurzwahltaste für seine Sekretärin: »Geh, ruf mir den Hartberger Architekten an, du weißt schon, der dort auch das Schwimmbad geplant hat. Der kriegt den Auftrag für den Lafnitztaler Wohnpark. Erklär ihm, was er ins Offert schreiben soll, damit das mit der Ausschreibung zusammenpasst.«

Er ging zum Tresor und öffnete ihn. Darin lag das Geld vom Achleitner, das für den Strohmann gedacht war. Jenen Strohmann, der die Grundstücke im Lafnitztal erwerben sollte, die dann an eine Firma verkauft werden sollten, bei der er und Paul stille Teilhaber gewesen wären, bevor sie dann um ein Vielfaches an die »Pannonia Bau« verkauft hätten. Aber er hatte eine bessere Idee. Und überhaupt. Wozu zweimal Grundsteuer zahlen?

Diesmal ließ sich Harald Zieserl nicht verbinden, sondern wählte die Nummer selbst.

»Mein Freund, ich hätte da eine Parteispende für dich. Die will ich aber als Förderung wieder zurück, verstehn ma uns, wenn ich unter Budget bleibe, krieg ich einen Bonus, der sich gewaschen hat.« Er lachte laut. »Ja, klar können wir das persönlich besprechen. Nein, nach Ungarn fahr ich mit dir nimmer. Seit die Rumänenmafia dort alles kontrolliert, ist mir das zu unsicher. Außerdem, sei net so a Schnorrer. Ja, über einen kleinen Exzess in Wien können wir reden. So wie der nach der letzten Wahl. Das habt ihr super organisiert. Drei Genießer auf 30 Damen. Ich hab mich gefühlt wie ein König. Und die Bevölkerung wundert sich immer, wieso die Eventagenturen der Parteien so viel Geld kriegen. Berauschende Mittel und geile Weiber kosten halt was und Diskretion auch.«

Er legte auf und betrachtete den Stapel gelber Euroscheine. Zweihunderter nahm in den Geschäften da draußen fast niemand an. Die waren extra für ein Business wie dieses hier gedruckt. Seine Hand schwebte über den Geldscheinen. Kurz zögerte er.

Und wenn der Paul wieder zurückkam? Ah geh. Der ist erledigt, dachte er, der kummt nimmer zruck.

*

Es war ein ganz besonderer Blumenstrauß. Buschige, pinkfarbene Pfingstrosen, weiße Gierschdolden, grüne Frauenmantelblüten und dazwischen die zarten ungefüllten Blüten der Strauchrose »Mozart«, deren karminrote Farbe zur Mitte hin in ein sauberes Weiß verlief.

Johanna hatte diesen Strauß gemacht. Alle Blumen stammten aus ihrem Garten. »Für die Eva. Mit den besten Grüßen vom Gartenklub«, sagte sie zu Finz, als dieser ihr erzählt hatte, er wolle Eva im Spital besuchen.

Jetzt stand Finz damit vor dem Krankenzimmer 112 und kam sich dämlich vor. Unsicher. Er hätte doch lieber Obst und Gartenzeitschriften bringen sollen statt Blumen. Blumen waren so bedeutungsschwer. Aber Johanna hatte ihm die Blumen richtig aufgedrängt. Und andererseits, wozu sich verstellen. Eva bedeutete ihm etwas. Er war zu alt für Spielchen.

Er straffte die Schultern und klopfte an die Tür des Krankenzimmers. Er musste mehrmals klopfen, bevor er sie endlich »Ja bitte?« sagen hörte. Als er eintrat, wusste er, warum. Sie hatte Kopfhörer aufgehabt, die sie nun abnahm. In ihrem linken Arm steckte eine Infusionskanüle. Ein langer Plastikschlauch führte zu einem Beutel mit Infusionslösung. Eva hing am Tropf. Sie verhedderte sich mit dem Kabel und dem Schlauch, als sie die Kopfhörer abnahm, und verzog schmerzhaft den Mund, als sich dadurch die Nadel in ihrer Haut unsanft bewegte.

Sie sah so anders aus mit dem Bob und diesem lächerlich kurzen Pony. Ihre Lippen waren aufgesprungen. Sie hatte dunkle Ringe unter den Augen. Finz überlegte kurz, ob er sie zur Begrüßung küssen sollte. Aber wohin? Auf die Wangen, auf den Mund? Er zögerte. Dann war der Moment vorbei und er sagte nur »Hallo«.

»Von Johanna«, fügte er schnell hinzu, als er den Strauß Eva übereichte, »und uns allen.«

Eva betrachtete die Blumen. »Schön«, lächelte sie schwach und fuhr mit den Fingern die Konturen der Frauenmantelblätter nach. »Da sammelt sich im Sommer der Morgentau«, sagte sie. »Der Sage nach sind das die Tränen der Göttin Frigga, die um ihren Gatten weinte.«

Finz wusste nicht, was er darauf erwidern sollte. War das eine Metapher? Wollte sie andeuten, dass sie um Paul weinte?

»Die Christen, die den germanischen Götterglauben verdrängten, haben das anders gesehen. Sie glaubten, es seien die Tränen junger Engel, die sich vom Teufel haben verführen lassen und es dann bitterlich bereut haben.«

Sie sah Finz an. Kein Lächeln. Nur dieser Blick.

Sein Magen zog sich zusammen.

Fragt sich nur, wer wen verführt hat, dachte er.

»War das mein Kind?«

Eva schüttelte den Kopf und stieß hörbar Luft aus. »Das wäre sich nicht ausgegangen ...«

Sie machte eine lange Pause. »Die haben gesagt, ich kann nie wieder ein Kind kriegen.«

»Scheiße, Eva, es tut mir echt leid. Das alles tut mir leid.«

»Mir nicht.«

»Wie meinst du das?«

»Dass es mir nicht leid tut. Gar nichts tut mir leid. Aber dass ich jetzt da liege, ist die Strafe für das, was ich getan habe. Für das, was wir getan haben. Das Karma ist ein Hund.«

»Und was wäre dann mein Karma?«

»Dass wir nicht zusammen sein können. Niemals.«

KAPITEL 37
WAS IST DENN DA VERGRABEN?

Zecken sind von Natur aus faul. Sie suchen nicht aktiv nach einem Wirt. Zecken warten ab, bis der Wirt zu ihnen kommt. Normalerweise bewegt eine Zecke sich in ihrem ganzen Leben nicht mehr als ein bis zwei Meter von selbst. Das heißt, sitzt eine Zecke auf einem Grashalm, wartet sie in aller Ruhe auf ihr Opfer.

Die Hitze lag wie eine dicke wabernde Glocke über dem Südburgenland. Die Luft flirrte. Es war der erste Sommer seit Jahrzehnten, in dem Vera nicht täglich ins Büro musste. Als freie Mitarbeiterin beim »Boten« verdiente sie zwar keine Häuser, aber sie liebte die damit verbundene Freiheit. Wie sagte Johanna immer: »Wenn du weniger hast, musst du weniger brauchen.« Und Vera brauchte hier auf dem Land nicht viel. Der Gemüsegarten war jetzt endlich in die Gänge gekommen. Das Hügelbeet war die beste Idee des Jahres gewesen. Auch wenn Johanna recht behalten hatte: Vera hatte viel zu viele Zucchini gepflanzt. Zucchinisuppe, Zucchinipuffer, Zucchinipasta, Zucchiniauflauf, gebackene Zucchini, gefüllte Zucchini, Zucchinitarte, Zucchinigratin, Zucchinibrot, Zucchinikuchen. Einmal hatte sie sogar Zucchini-Mandel-Eis gemacht. Vera hatte noch nie so viele Zucchini gegessen und verschenkt. Mathilde hatte mit dem, was Vera ihr abgab, schon zweimal Zucchinirisotto für alle Hotelgäste und die gesamte Belegschaft gekocht. Vera hatte so lange Zucchini an den gesamten »Klub der Grünen Daumen« verschenkt, bis Eva und Johanna sie anbettelten, damit aufzuhören. »Ich habe sogar schon Zucchini Chutney gemacht«, sagte Eva. »Aber jetzt reicht es, bitte, danke.« Der Natur reichte es noch lange nicht. Das Beet war ein Quell unendlicher Fruchtbarkeit. »Das ist die Inkaerde«, erzählte Vera jedem, der es hören oder auch nicht hören wollte. »Da explodieren die Pflanzen regelrecht.« Tatsächlich. Täglich bildeten sich unzählige neue Blüten. Aus den weiblichen Blüten wuchsen winzige gelbe, grüne und weiße Früchte, denen man beim Wachsen regelrecht zusehen konnte. Über Nacht verwandelten sich die zarten kleinen Früchte in gigantische Keulen und Kugeln. »Du musst die Blüten verspeisen«, sagte Johanna, »damit nicht mehr gar so viele Zucchini heranwachsen können.«

Also wurden auch die gefüllt, gebacken und gegessen.

Wenn Vera nicht gerade Zucchini zubereitete oder aß, war sie im Schwimmbad. So wie früher als Teenager.

Sie hatte eine Saisonkarte für das Freibad in Oberschützen gekauft. Die kostete nur moderate 30 Euro. Das Freibad in Oberschützen war das älteste Freibad des Burgenlandes und hatte schon 90 Sommer überdauert. »Deis Schitza Freibod is so retro, dass scho wieda in is«*, sagten die Leute. Und weil im Südburgenland fast jede Ortschaft – außer Stinatz – ein Freibad hat, war es auch nie überlaufen. Zeitig in der Früh hatte es Vera sogar oft ganz für sich allein, erst gegen 11 Uhr kamen die Wasserratten, die Kartenspieler und die Turmspringer. Pensionisten, die sich beim Sommerspritzer ihre Bummerl ausschnapsten, junge Burschen, die mit

* Das Oberschützener Freibad ist so retro, dass es schon wieder modern ist.

waghalsigen Sprüngen vom Dreimeterturm die Mädchen beeindrucken wollten. Letta jedoch ließen sie kalt. Sie und Carla hatten zusammen beim örtlichen Ponyhof als unbezahlte Helferinnen angeheuert. Letta hatte schon in Wien Reitunterricht gehabt, aber sich immer beschwert, dass die Pferde dort schon fix fertig gesattelt waren und sie deshalb keine Beziehung zu den Tieren hatte aufbauen können. Hier hatte sie beim Stallausmisten und beim Putzen der von der Koppel verdreckten Ponys genug Zeit, eine Beziehung aufzubauen. Dafür durften die Mädchen dann auch einmal gratis reiten.

»Besser, als sie treiben sich mit Burschen herum und geraten an den Falschen«, sagte Eva.

Eva war kein Freibadtyp. Sie hasste die Hitze. Die Sonne tat ihrer blassen Haut nicht gut. Sie schien sich langsam von der Fehlgeburt zu erholen, wirkte nicht mehr ganz so zerbrechlich. Ihre Stirnfransen waren auch nachgewachsen und sie sah jetzt wieder weniger aus wie eine Kunstfigur, mehr wie sie selbst.

Paul war immer noch verschwunden. Seit sechs Wochen. In ganz Oberwart kursierten Gerüchte, dass er sich über Ungarn und Rumänien ins Ausland abgesetzt hätte. Die Polizei prüfte das gerade. Pauls Handy war zuletzt in Ungarn geortet worden. Ob das bedeutete, dass Paul dort war? Vielleicht. Vielleicht war das Telefon aber auch bei der »Nacht der Ballone« aus dem zurückgelassenen Kleiderberg gestohlen worden.

»Wenn er sich wenigstens melden würde«, sagte Eva. »Schon wegen der Carla. Und weil ich dann wenigstens die Autoversicherung und den Handyvertrag ruhend legen könnte. Im Moment rennen alle Kosten weiter.«

Eva räumte viel im Haus herum, in der Hoffnung, Hinweise zu Pauls Verschwinden zu finden, wie sie sagte. In der Hoffnung, Dinge zu finden, die sie zu Geld machen kann, sagte Finz. Der war extrem komisch, wenn es um das Thema Eva ging. Er sparte nicht an bissigen Meldungen und war manchmal richtig aggressiv, wenn die Sprache auf sie kam.

»Hat die dir irgendwas getan?«, fragte Vera ihn einmal ganz direkt.

»Die Eva hat zwei Gesichter, das wirst du auch noch merken«, sagte daraufhin Finz. »Mich hat die nur benutzt.«

Vera verdrehte innerlich die Augen. Gekränkte Männer waren einfach nicht auszuhalten.

Vielleicht lag auch etwas in der Luft. Der Wetterbericht hatte schon seit Tagen heftige Gewitter angesagt. Die Atmosphäre war gespannt. Johanna hatte deswegen ihren Kurs im Kräutersirupmachen verschoben. »Wenn man bei Gewitterluft ansetzt, wird der Sirup schimmlig oder fängt zu gären an«, meinte sie, »aber ich sage dir: Heute kommt noch was. Die Schwalben fliegen so tief. Da kommt immer ein Wetter.« Und sie hatte wie immer recht. Als Vera an diesem Tag vom Freibad nach Hause radelte, sah sie schon die dicken gelbschwarzen Wolken über den Wechsel heranziehen. »So selten wie ein Kopf ohne Nagel, so selten ein Juli ohne Hagel.« Vera musste an diesen Spruch der Urlioma denken, als es losging. Ein gewaltiger Donner, ein riesiger Blitz, und dann öffnete der Himmel seine Schleusen, und Milliarden Eiskörner donnerten auf die Erde und bedeckten sie mit einer dünnen weißen Schicht.

Vera schaffte es gerade noch, sich in einem Schuppen bei der Ortseinfahrt von Sankt Martin unterzustellen. Das Naturschauspiel, das sich ihr bot, war einzigartig. Auf die Hagelkörner folgten riesige Tropfen, die wie Glaskugeln zu Boden prasselten. Die Wassermassen, die da mit einem Schlag herunterkamen, waren gigantisch. Der ausgetrocknete Boden war nicht fähig, diesen Starkregen schnell genug aufzunehmen. Das Wasser überflutete die Straßen, Wege und Wiesen. Suchte sich seinen Weg zu den Häusern, drang in die Keller ein. Die Sirene des nahen Feuerwehrhauses ging los, wurde aber schon in der nächsten Sekunde von einem weiteren Donnerschlag übertönt. Gleichzeitig blitzte es. Das Gewitter muss genau über mir sein, dachte Vera. Sie drückte sich gegen die Wand des Schuppens. Hoffentlich hat der einen Blitzableiter, dachte sie. Sie griff zu ihrem Telefon und rief die Reitstallbesitzerin an. Sie betete, dass die Mädchen nicht ausgeritten waren. »Nein, alles gut«, sagte die, »wir sind in der Halle, und bei uns regnet es auch kaum, das Gewitter hat uns nur gestreift.« Na, Gott sei Dank, zumindest das.

Ihr war eiskalt in ihrem dünnen Sommerkleid. Die Temperaturen mussten in wenigen Minuten um 20 Grad gefallen sein. Sie fröstelte und schlang ihr feuchtes Badetuch um ihren Körper. Das Herz schlug ihr bis zum Hals. Noch ein Donner und noch einer. Der Regen war jetzt so stark, dass sie die Häuserzeile auf der anderen Seite der Straße kaum mehr sehen konnte.

Dann wurde der Abstand zwischen den Donnerschlägen größer. Und dann war alles so schnell vorbei, wie es begonnen hatte. Das Gewitter war Richtung Großpetersdorf weitergezogen. Ein bisschen grollte es noch in der Ferne. Die Erde dampfte. Vera schob ihr Rad langsam nach Hause. Der Himmel war grau, ihre Füße in den Flipflops wurden beim Gehen nass und schmutzig. Aber als sie das Haus der Urlioma erreichte, riss auf einmal die Wolkendecke auf, und die Sonne bahnte sich wieder ihren Weg zur Erde.

Ich muss schauen, ob das mein Garten überlebt hat, dachte Vera. Die armen Tomaten hat sicher der Hagel erwischt. Sie zog sich schnell eine Jacke, Socken und Gummistiefel an und rannte in den Bauerngarten. Hier bot sich ihr ein trauriger Anblick. Die Blätter der Tomatenpflanzen lagen zerfetzt am Boden. Auch die Zucchini und der Salat sahen aus, als wären sie von Gewehrsalven zerschossen worden. Die rechte Seite des Hügelbeets war komplett abgerutscht. Scheiße, dachte Vera, einfach nur Scheiße, die ganze Arbeit war umsonst.

Sie rief Johanna an. »Die Natur richtet das schon«, sagte Johanna. »Geh ins Haus, mach dir einen Melissentee und schlaf eine Nacht drüber. Morgen sieht die Welt schon wieder anders aus. Versprochen.« Ihr Wort in Gottes Ohr. Vera wollte tatsächlich nur mehr heiß duschen und etwas essen. Letta würde in einer Stunde daheim sein. In Wien hätten sie jetzt Pizza bestellt. Hier stand Zucchinicremesuppe von totgeschossenen Zucchini auf dem Plan.

Johanna hatte wie immer recht behalten. Der nächste Morgen war ein Sommermorgen wie aus dem Bilderbuch. Die Sonne schien, der Himmel war blitzblau, die Natur wirkte vom Regen reingewaschen und gestärkt. Die von den Hagelkörnern und Wassermassen zu Boden gedrückten Pflanzen hatten sich über Nacht auf wundersame Weise wieder aufgerichtet. Neue Triebe und Blüten waren gesprossen, und auch der Schaden am Hügelbeet schien bei näherer Betrachtung nicht so schlimm zu sein wie am Vorabend. Es war ja nur ein bisschen Erde weggerutscht. Die konnte man wieder zurückschaufeln. Vera griff zu einem Spaten. Queen Latifah und Herr Schröder begleiteten sie in den Garten. Der Welpe war vier Monate alt und wurde mit jedem Tag frecher, aber das Huhn behandelte ihn immer noch mit der Nachsicht einer erfahrenen Glucke.

Der Boden war jetzt aufgeweicht. Zahlreiche Würmer und Insekten tummelten sich an der Oberfläche. Queen Latifah war nicht die Einzige, die sich an diesem Buffet bediente. Zwei schwarze Vögel pickten rund um das Hügelbeet. Krähen, Raben, Elstern? Vera kannte sich mit Vögeln nicht aus. Eine Biene schwirrte um Herrn Schröders Nase. Er schnappte danach. »Pass auf, die sticht dich«, warnte ihn Vera. Als ob der Welpe sie verstehen würde.

Fliegen gab es heute aber auch jede Menge. Vera schlug nach einem besonders lästigen Exemplar. Das grünblau schillernde Insekt ließ sich davon kaum beeindrucken und flog direkt gegen ihre Wange. Vera ohrfeigte sich fast selbst beim Versuch, die Fliege zu verscheuchen.

Sie entfernte die Schneckenkante und griff zum Spaten. Dann fing sie an, die abgerutschte Erde des Hügelbeets an ihre ursprüngliche Position zu bringen. Die beiden schwarzen Vögel warteten in unmittelbarer Nähe und beobachteten sie. Ab und zu pickte einer in das nasse Gras. Vera blickte zu Boden. Kleine weiße Würmer krochen aus dem Hügelbeet und schwärmten auf der Wiese aus, wo sie geradewegs in ihr Verderben Richtung hungriger Schnäbel krochen. Queen Latifah hatte das bemerkt. Sie hüpfte näher und pickte gierig nach den wuselnden Maden.

Der Welpe hatte kein Interesse an dem Ungeziefer, fand aber das nasse Beet hochspannend und steckte seine Nase in das Loch, aus dem die Maden krochen.

»Geh weg, das ist grauslich«, sagte Vera und zog den Hund am Brustgeschirr zurück. Es war wirklich grauslich. Herr Schröder hatte zwei Maden auf der Schnauze kleben. Ich muss gleich kotzen, dachte Vera, riss ein Zucchiniblatt ab und versuchte, damit die Maden wegzuwischen. Es war ein großes Zucchiniblatt, das den Boden bedeckt hatte. Jetzt, als es weg war, sah Vera das Loch, aus dem die Maden quollen und in das ihr Hund gerade seine Schnauze gesteckt hatte, besser. Da steckt ein Knochen, wunderte sie sich. »Hast du den vergraben?«, herrschte sie den Welpen an. Sie griff zum Spaten, stieß zu, um den Knochen herauszustechen. Angreifen wollte sie den nicht. Nicht einmal mit Gartenhandschuhen. Da tummelten sich ja auch Würmer darauf. Sie hatte zu heftig zugestochen. Die Erde geriet ins Rutschen, der Knochen flog ihr entgegen, landete vor ihren Füßen im Gras. Vera schaute genauer hin. Das war nicht nur ein Knochen, das waren mehrere. Es dauerte ein paar Sekunden, bevor ihr Gehirn das, was sie da sah, verarbeiten und einordnen konnte. Das war eine Hand. Eine halb verweste menschliche Hand. Der gelbbraune Daumen war klar erkennbar.

Vera schrie laut auf, ließ den Spaten fallen und sprang entsetzt zurück. Dann rannte sie wie vom Teufel gejagt zum Haus zurück. Der Welpe dachte, dies sei ein Spiel, und folgte ihr kläffend. Was war das gerade gewesen? Ihre Augen mussten sie getäuscht haben. Vielleicht war das so eine Scherzhand aus dem Faschingsbedarf gewesen. Aber die Maden. Maden gingen nicht auf Gummihände.

Sie würde noch mal nachsehen müssen. Aber das brachte sie nicht über sich. Keine zehn Pferde würden sie in den Garten zurückbringen. Sie griff zum Telefon. Wen sollte sie anrufen? Ihre Mutter? Nein, das konnte sie der nicht antun. Eva? Sicher nicht. Die hatte schon genug am Hals. Finz? Der war in letzter Zeit so komisch. Johanna. Sie würde Johanna anrufen. Johanna würde wissen, was zu tun war.

Vera wählte und erzählte der verdutzten Johanna in knappen Worten von ihrem grausigen Fund. Johanna hörte sich alles an, ohne sie zu unterbrechen. »Ich fahre sofort los«, sagte sie. »Aber du musst trotzdem noch mal zurück und das Huhn einsperren. Sonst ist nämlich keine Hand mehr da, bis ich komme.«

Vera lockte das Huhn mit einem Häferl voller Körner zurück in seinen Stall. Danach setzte sie sich in die Grehe und wartete. Sie hatte einen furchtbaren Verdacht.

Johanna war 20 Minuten später da. Sie umarmte Vera und ging dann allein zum Hügelbeet. Als sie zurückkam, war sie ebenfalls ein bisschen blass um die Nasenspitze. »Du musst die Polizei anrufen«, sagte sie.

Sieh an, die Frau Lokaljournalistin, dachte Marlies Murlasits, als sie erfuhr, wer die Besitzerin des Gartens war, in dem eine Menschenhand gefunden worden war. Nicht nur eine Menschenhand. Ein ganzer Mensch. Oder besser das, was noch von ihm übrig war. Wer auch immer in diesem Zucchinibeet gelegen hatte, jedenfalls war das Stadium der Kompostierung bereits deutlich fortgeschritten.

Die Spurensicherung hatte das Hügelbeet Zentimeter für Zentimeter abgetragen. Menschen in weißen Schutzanzügen, Absperrungsbänder, die die Schaulustigen fernhielten. Vera kam das alles vor wie in einem Albtraum.

Johanna hatte die Zucchini, die in einem Korb unter den Arkaden gestanden waren, genommen und auf den Komposthaufen geworfen.

»Ich werde nie wieder Zucchini essen!«, schwor Vera. »Wenn die auf dem Beet gewachsen sind, und da unten eine halb kompostierte Leiche war, heißt das dann, dass die Zucchini ihre Nährstoffe über die Wurzeln, ich meine …« Sie beendete den Satz nicht. Sie kannte die Antwort.

Sie war froh, dass Johanna bei der Befragung der Polizei

dabei war. »Wer hat das Hügelbeet gebaut? Wann wurde es gebaut? Wie wurde es gebaut?« Franz Grandits holte alle relevanten Informationen ein.

»Ich war das«, sagte Johanna, »ich und der ›Klub der Grünen Daumen‹, am 7. Juni. Es war ein Gemeinschaftsprojekt.«

Sie beschrieb den Polizisten genau, wie das Beet gebaut worden war.

»Wer war damals sonst noch anwesend?«, fragte er. Johanna zählte die Namen der Klubmitglieder auf. Ochsenhofer Maria, Kirnbauer Isabella, Werderits Mathilde, Sobotka Grete, Achleitner Eva …

Achleitner Eva. Ach, da schau an. Wenn das kein Zufall ist, dachte Marlies. Da verschwindet deren Mann, und dann taucht sechs Wochen später im Gemüsegarten ihrer Freundin eine Leiche auf. Marlies musste an den Krimiklassiker »Mord im Orient-Express« denken.

Vielleicht haben die die Leiche alle gemeinsam kompostiert. Oder das Ganze war so ein abstruses Hexenritual. War nicht Walpurgisnacht? Ihre Fantasie ging mit ihr durch. Sie musste sich konzentrieren. Sie dachte weiter nach: Wenn die Gartenfreundinnen die Leiche nicht gemeinsam eingegraben haben, dann musste sie schon hier gelegen sein, als die den Hügel aufschütteten.

»Wurde hier vorher umgestochen?«, fragte sie Vera.

»Ja«, sagte diese, »das hab ich am Vortag gemacht.«

»Alleine?«

»Nein, der Kreishofer Finz hat mir geholfen.«

»Das ist der Besitzer von der Inkaerde«, ergänzte Johanna. »Der hat auch die Erde für das Beet geliefert.«

»Kannte der die Achleitners?«

»Ja, klar«, sagte Johanna, »er ist bei den meisten unserer Gartenaktivitäten dabei. Aber viele wussten, dass wir ein

Hügelbeet vorbereiten, ich habe das fast jedem in meinem Geschäft erzählt.«

Franz Grandits wurde ganz schwindlig, als er darüber nachdachte, wie viel Arbeit ihm bevorstand. Er würde Dutzende Menschen einvernehmen müssen. Die Mitglieder des Gartenklubs, diesen Erdlieferanten, die Ehefrau, mögliche Zeugen. Berge an Papierkram wuchsen vor seinem inneren Auge in die Höhe.

»Wir kriegen Verstärkung aus Eisenstadt«, sagte seine Kollegin. »Und vielleicht findet die Spurensicherung was.«

Franz Grandits blickte sich zweifelnd im Garten um. »Da müsste der Täter schon was verloren haben, der Tote liegt seit sechs Wochen da, und gestern hatten wir hier eine Sintflut.«

»Vielleicht ergibt die Obduktion was«, sagte Marlies fröhlich. Sie war eine hoffnungslose Optimistin.

KAPITEL 38
DIE LEICHE WIRD OBDUZIERT

Werden die Regeln eingehalten, die uns der gesunde Menschenverstand im Umgang mit potenziellen Erregern lehrt, so geht von einer Faulleiche in keiner Weise eine erhöhte Gefahr aus. Die Gefahr einer Tetanusinfektion bei Kontakt mit normalem Waldboden ist höher einzuschätzen als das Risiko, aufgrund einer Leiche daran zu erkranken.

Es gibt einige 1.000 Todesursachen, die Menschen schneller oder langsamer vom Diesseits ins Jenseits befördern können. Für den Gerichtsmediziner gibt es allerdings nur drei mögliche Todesarten: natürlich, nicht natürlich und ungewiss.

Doktor Friedrich Löwa betrachtete den männlichen Leichnam, der vor ihm auf dem Obduktionstisch lag. Der Körper war in einem Gemüsebeet gefunden worden. Er war teilweise kompostiert, von Maden und Nagetieren angefressen, an manchen Stellen war schon das Skelett zu sehen. Am Kopf war der Abbau des Gewebes besonders stark fortgeschritten.

Wie schnell eine Leiche verfault und verwest, hängt stark von den Umgebungsbedingungen ab. Pathologen halten sich dabei an die Caspersche Regel: Einer Woche an der

Luft entsprechen zwei Wochen Liegezeit im Wasser oder acht Wochen in der Erde.

Friedrich Löwa tippte nach dem ersten Eindruck, dass hier der Tod vor fünf bis sechs Wochen eingetreten war. Er würde auf jeden Fall den prä- und postmortalen Zahnstatus abgleichen müssen, um die Leiche sicher als die Überreste von Paul Achleitner identifizieren zu können.

Der Tote hatte bereits das Stadium überschritten, bei dem Mikroorganismen sein Inneres aufgebläht hatten, zunächst die Lippen, dann auch Bauch, Brüste und Glied. Der Gasdruck im Inneren hatte Flüssigkeit aus seinen Körperöffnungen gepresst, die man auf den ersten Blick für Blut hätte halten können. Tatsächlich waren es jedoch die Zersetzungsprodukte seines Gewebes. Gasblasen hatten auch die Hautschichten platzen lassen und aufgerissen. Haare und Nägel hatten sich abgelöst. Kein schöner Anblick.

Wasserstoff, Stickstoff, Kohlendioxid, Schwefelgase – die Kraft der Gase im Inneren eines Toten ist gewaltig. Löwa erinnerte sich, als er am Anfang seiner Karriere zum ersten Mal mit dem Phänomen einer Sarggeburt konfrontiert gewesen war: eine schwangere tote Frau, deren Fötus durch die Fäulnisgase aus deren Unterleib gepresst wurde. Etwas, das er zuvor nie für möglich gehalten hatte.

Der Arzt konzentrierte sich wieder auf den Leichnam, der vor ihm lag, suchte, soweit das noch möglich war, nach Auffälligkeiten. Auf den ersten Blick war nichts zu erkennen. Keine erkennbaren Schuss- oder Stichwunden. Er sprach seine Beobachtungen in ein kleines Diktiergerät. Etwaige Würgemale waren mit freiem Auge nicht mehr zu erkennen. Auch die Suche nach Narben gestaltete sich bei dem Zustand des Gewebes ohne tiefergehende Untersuchungen als schwierig.

Der heiße Sommer hatte die Kompostierung des Körpers beschleunigt. Mist erzeugt Hitze. Allerdings war die Hitze nicht groß und flächendeckend genug gewesen, um Tiere, Insekten und Mikroorganismen daran zu hindern, sich an dem Toten satt zu fressen.

Die ersten Gäste am menschlichen Buffet waren die Feldmäuse gewesen. Der Gerichtsmediziner wusste aus seiner langjährigen Erfahrung, dass die Mäuse, sobald die Felder abgeerntet wurden, besonders hungrig und gierig waren. Sie hatten sich auf der Suche nach Nahrung in das Innere des Beetes gegraben. Der tote Mann im Erdreich war für sie buchstäblich ein gefundenes Fressen gewesen. Er inspizierte die Fraßstellen an den äußeren Genitalien. Eine postmortale Erektion tritt meist bei Männern auf, die erhängt, in den Kopf geschossen oder vergiftet wurden. Das wäre unmittelbar nach dem Tod ein mögliches Indiz für Fremdeinwirken gewesen. Aber nach Wochen im Beet war das nicht mehr nachzuweisen. Außerdem war von dem Penis wirklich nicht mehr viel übrig.

Löwa bewunderte immer wieder, wie präzise die Natur arbeitete, wenn es darum ging, einen toten Organismus in ihren ewig währenden Kreislauf zurückzuführen.

Es könnte auch eine Ratte gewesen sein, dachte er. Eine Ratte, die ihm im wahrsten Sinne des Wortes auf den Sack gegangen ist. Die Ratten will ja in unserer modernen zivilisierten Welt keiner wahrhaben. Dabei sind sie ständig unter uns. Auch wenn man sie nicht sieht.

Die Gänge, die die Nagetiere in das Hügelbeet gegraben hatten, hatten auch den Fliegen und Maden den Zutritt zum Leichnam ermöglicht. Fliegen und Maden mögen die feuchten Pforten am menschlichen Körper besonders gerne. Mund, Nase, Augen, Ohren – wenn Schmeißfliegen in diese Öffnungen ihre Eier legen, ist die Zukunft der nachfolgenden Generation gesichert. Drehte sich in der Natur nicht alles um Sex, Leben und Sterben?

Nur der Oberkörper des Mannes war den Umständen entsprechend noch in einem überraschend guten Zustand.

Doktor Löwa legte das Diktiergerät zur Seite und griff zum Messer, um mit der Obduktion der inneren Organe zu beginnen. Als er das Messer am Brustbein der Leiche ansetzte, fiel ihm etwas auf. Da war etwas Rotes auf dem Körper, das eindeutig weder getrocknetes Blut noch Gewebsflüssigkeit war. Er stutzte kurz, dann legte er das Messer weg und griff zu einer Lupe, um sich das Ganze genauer anzusehen. Das Rot sah nach Farbe aus … oder nach getrocknetem Lack.

*

Marlies Murlasits hatte heute Steinpilznudeln auf das Revier mitgebracht. Die eingefrorenen Steinpilze hob sie immer bis zuletzt auf. Die waren nach dem Auftauen immer so schlatzig. Trotzdem wurde sie nicht klüger. Jedes Jahr, wenn die Pilze heranreiften, sammelte sie im Wald weit mehr, als sie essen konnte, und fror dann die Überschüsse ein. Um diese dann mit Todesverachtung zu einem Zeitpunkt zu essen, wo schon längst frische Pilze in den Wäldern wuchsen.

Der Mensch ist halt echt nicht lernfähig.

Sie fuhr sich mit der Zunge über den Gaumen, der sich pelzig anfühlte, als ob er mit diesem Steinpilzschlatz überzogen wäre. In diesem Sommer würde sie Pilze, die sie im Wald fand, lieber trocknen.

»Wir haben die Obduktionsergebnisse«, sagte ihr Kollege. »Es ist der Achleitner, und das auf seiner Brust ist Lack. Nagellack genaugenommen.«

»Jemand hat mit Nagellack ›PIG‹ auf seine Brust geschrieben?«

»Ja, in einem ganz auffälligen Neonrot.«

KAPITEL 39
VERA IN DER PATHOLOGIE

Im Nahen Osten gibt es ein Sprichwort: »Drei Fliegen fressen mehr als ein Löwe.« Wird ein Leichnam über der Erde oder in einem offenen Grab aufgebahrt, so können Insekten je nach Temperatur und Jahreszeit innerhalb einer Woche rund 50 Prozent der Leiche verzehren, inklusive des Gehirns und der inneren Organe.

Kein Mensch wusste, warum das Krankenhaus Oberwart noch immer »Neues Krankenhaus« genannt wurde. Erstens war es nicht neu, sondern fast 50 Jahre alt. Zweitens gab es das alte Krankenhaus schon lange nicht mehr, und drittens wurde bereits an einem noch neueren Krankenhaus gearbeitet. Sollte dieses jemals fertig werden, würde man sich einen neuen Namen für den alten neuen Betonklotz am Stadtrand ausdenken müssen, der es sogar in die Top Ten der brutalistischen Bauwerke Österreichs geschafft hatte.

Die Vertreter dieser Bauart meinten einst, dass die modernen industrialisierten Gesellschaften eine möglichst kraftvolle Kunst benötigen. Sie sollten eine »geistige Befreiung« erleben, zum Sehen gebracht werden. Das kommt in dem zugrundeliegenden französischen Wort »brut« auch dadurch zum Ausdruck, dass es nicht nur »roh« bedeutet, sondern auch »rau«, »grob«, »herb« oder »ehrlich«.

Wie jede Art von Trend überlebte sich aber auch der Brutalismus. Spätestens seit den 1990ern galt das Neue Krankenhaus für viele als optischer Schandfleck der Stadt. Die schmutzigen Betonwände, die von Smog und Zerfall geprägt waren, fielen jetzt eher in die Kategorie »ästhetischer Vandalismus«.

Man müsste noch ein paar Jahre zuwarten, dachte Vera, dann würde der klotzige Betonbau mit seinen grellorangen Fenstern und Türen, dem gelben Linoleum und den giftgrünen Fliesen wieder richtig hip sein. Tatsächlich gab es schon Stimmen, die dafür plädierten, das Gebäude unter Denkmalschutz zu stellen.

Andere verlangten, es sofort abzureißen. Vor allem als Gerüchte auftauchten, es gäbe Pläne, daraus ein Asylantenheim zu machen.

Das hier wäre eine coole Location für ein 70er Jahre Clubbing, dachte Vera, als sie sich auf den Weg in die Pathologie machte.

Sie hatte unter falschem Namen mit der Signatur einer Kollegin vom Magazin »Burgenland Live«, die sogar ähnlich aussah wie Vera, um ein Interview zum Thema »Ein Tag im Leben einer Pathologin« angefragt. Unter ihrem eigenen Namen wäre das wohl sinnlos gewesen. Der ganze Bezirk wusste, dass ein Toter im Garten von Vera Horvath gefunden worden war. Wie Vera aussah, wussten aber nur wenige. Vera hatte sogar eine Visitenkarte ihrer Kollegin dabei, die die beiden einmal ausgetauscht hatten. Für Rückfragen würde sie ihrer Gesprächspartnerin aber eine andere Mailadresse geben.

»Wir in der Pathologie sind überwiegend Frauen. Das liegt daran, dass der Job so familienfreundlich ist. Gestorben wird immer, aber wir arbeiten nur von 8 – 16 Uhr«, erklärte Rosa, eine junge Ärztin, die aussah wie das blühende Leben. Man konnte kaum glauben, dass sie ihren Job in einem Keller voller Toter ausübte.

Auf Rosas Schreibtisch stand ein großer Teller Mehlspeise. Kleine weiße Krapferl, die mit Kokosraspeln und je einer kandierten Kirsche verziert waren. Weißer Traum, dachte Vera, eine Mehlspeise ihrer Kindheit. »Wollen Sie einen?«, fragte Rosa, »eine Kollegin hat Geburtstag und hat die mitgebracht, warten S', ich bring Ihnen auch einen Kaffee.« Sie verschwand kurz und kam mit einem Häferl und einem kleinen Teller zurück. Vera hatte seit Jahren keinen Filterkaffee mehr getrunken. Sie hatte auch seit Jahren keine Mehlspeise mit Puddingbuttercreme gegessen, aber jetzt fragte sie sich, warum sie je damit aufgehört hatte. Die Buttercreme legte sich in einer süßen, fettigen Schicht an ihren Gaumen. Der Kaffee schmeckte weder zu sauer noch zu bitter, sondern gerade richtig. Vielleicht sollte ich mir auch wieder eine Filtermaschine zulegen, überlegte sie.

»Sie wollen also etwas über die Toten wissen«, fragte die Pathologin. »Schießen Sie los.«

»Nun, mich würde zum Beispiel interessieren, wie schnell sich ein toter Körper verändern kann«, sagte Vera und schaltete ihr Smartphone auf Aufnahme. Die Pathologin zog die Stirn konzentriert in Falten. »Nun, wenn der Leichnam nicht gekühlt wird, kann das sehr schnell gehen. Zuallererst bildet sich auf Höhe des Blinddarms ein grüner Fleck. Dieser Leichenfleck ist ganz typisch. Das kann je nach Temperatur schon am selben Tag passieren. Als Nächstes hebt sich die oberste Hautschicht blasig ab. Und wenn man an diesen Bläschen ankommt, dann zerplatzen sie. Die Haut selbst ist erst lipidig und rötlich, und wenn der Fäulnisprozess einsetzt, wird alles grünlich und schaumig.«

Rosa schien kein Problem damit zu haben, bei ihren plakativen Beschreibungen lipidreichen Weißen Traum zu essen.

»Wir in der Pathologie obduzieren in der Regel nur Menschen, die wenige Stunden nach dem Sterben zu uns kommen. Man muss aber mindestens sechs Stunden warten, bis der Tod sicher bestätigt ist. Die Leichenstarre muss man schon abwarten.« Sie nahm noch einen Schluck Kaffee und stellte ihr Häferl ab. »Sollen wir in den Obduktionssaal gehen?«

Vera folgte der Ärztin durch die Gänge, gemeinsam betraten sie einen großen gefliesten Raum. Die Fensterrahmen waren auch hier grellorange. Eine Wand war giftgrün gefliest. Die 70er Jahre ließen grüßen. Die Fugen der Bodenfliesen waren verfärbt und wirkten schmutzig, obwohl sie sicher hygienisch rein und schon abertausendemal geputzt und desinfiziert worden waren. In der Mitte des Raumes standen zwei Metallliegen. Darunter je ein Auffangbecken, daneben je ein grüner Wasserschlauch.

Vera erschauderte, als sie das Obduktionsbesteck sah. Verschieden große Messer, Zangen, Pinzetten und Scheren lagen da. Irgendwie erinnerten sie diese Werkzeuge an Folterszenen in Spionagethrillern.

»Wir obduzieren die Organe in zwei Blöcken«, erklärte Rosa. »Wir beginnen mit den Thoraxorganen: Herz, Lunge, Luftröhre, Speiseröhre, Schilddrüse. Auf Zwerchfellebene wird abgetrennt. Dann folgen Leber, Niere, Milz, Darm und die inneren Genitale. Bei Bedarf wird auch das Gehirn seziert.

Erst wird der Körper geöffnet, und zwar vom Schlüsselbein bis zum Schambein. Mit dem großen Messer führe ich dann einen Schnitt durch jedes Organ durch. Wie die Schnittfläche aussieht, gibt Rückschlüsse auf eine mögliche Erkrankung. Schaum und Flüssigkeit deuten auf ein Lungenödem hin. Ist die Schnittfläche des Herzens lehmfarben, deutet das auf einen Herzinfarkt hin. Eine gestaute Leber hat eine Struktur wie der Querschnitt einer Muskatnuss. Das Ganze nennt man Makroskopie – das beschreibt das, was ich sehe. Lege ich Gewebsproben in Formaldehyd ein, kann ich mir mehr Infos durch weitere histologische Untersuchungen holen.«

»Sind Sie bei der Obduktion allein?«, fragte Vera. Die Pathologin verneinte.

»Nein, wir haben immer einen Obduktionsgehilfen dabei, der für uns den Wasserschlauch hält. Die Arbeit ist angenehmer, wenn Blut und Körperflüssigkeiten gleich weggespült werden. Sehen Sie, durch diese Löcher hier unten am Tisch kann die Flüssigkeit abrinnen. Ich hab beim Sezieren gerne eine Brille, weil, wenn es spritzt, spritzt es immer ins Auge. Man sollte deshalb bei der Arbeit auch wenig reden. Aber das ist halt unser Berufsrisiko.«

Leichenflüssigkeit, die einem in Mund und Augen spritzt? Vera beschloss, sich nie wieder über die Nachteile ihres Jobs aufzuregen.

»Unsere Obduktionsgehilfen sind übrigens beide gelernte Fleischhacker«, erzählte Rosa.

Vera machte sich eine geistige Notiz, das war eine tolle Story, die sie irgendwann dem »Burgenländischen Boten« anbieten konnte. Den Titel hatte sie schon im Kopf: »Erst zerlegen sie Schweine, dann Menschen – Die Folgen des Fleischersterbens am Land.«

Rosa führte sie nun zu den neun Kühlboxen, in denen die Toten verwahrt wurden.

Vera hatte einmal einen Sommer lang in der Küche eines Gasthauses gejobbt. Der Türgriff des Kühlhauses hatte genauso ausgesehen wie diese hier. Sie überlegte, ob da wohl dieselbe Firma dahintersteckte. Ob die auch dieselben Vertreter hatten? Fleischhacker und Obduktionsgehilfe, Kühlboxen für Leichen und Kühlhäuser für Lebensmittel. Irgendwie schien alles näher beieinanderzuliegen, als sie gedacht hätte.

»Liegt hier auch der Leichnam aus dem Gemüsebeet?«, fragte sie betont zwanglos. »Ich hab im ›Burgenländischen Boten‹ darüber gelesen.«

»Der Architekt aus Buchschachen? Nein, der ist in der Kühlkammer, gleich daneben. Normalerweise verwahren wir hier sehr adipöse Leichen, die nicht in die Boxen passen. Aber der ist quasi ein Sonderfall. Da ist die Gerichtsmedizin aus Graz dran, und die sind noch lange nicht mit ihm fertig. Das mit dem Nagellack hat alle verwundert …« Sie biss sich auf die Lippen.

»Nagellack?«

»Na ja, das Geschreibsel auf seiner Brust war neonroter Nagellack.«

»Kann ich ihn sehen?«, fragte Vera.

»Ich darf das nicht«, sagte die Ärztin und biss sich zögerlich auf die Unterlippe. »Das ist nicht erlaubt.«

»Schade«, sagte Vera. Es war also doch nicht so einfach wie gedacht.

»Wir haben unsere Auflagen«, sagte die Pathologin bedauernd. »Kommen Sie, ich zeige Ihnen unseren Einsargungsraum, der befindet sich gleich hinter den Kühlkammern. Hier richten die Obduktionsgehilfen die Leichen für die Abholung durch den Bestatter her. Sie ziehen sie an, damit die Verbliebenen die zugenähten Öffnungen nach dem Sezieren nicht sehen. Manchmal wird der Raum auch geschmückt, wenn sich die Familie noch vom Verstorbenen verabschieden möchte. Schauen Sie, hier haben wir Kerzen und Kunstblumen parat. Eine Kirchenvertreterin hat sogar Fotos mit verschiedenen Dekovorschlägen gemacht, wie man für jede Zielgruppe am besten dekoriert. Wir haben ja christliche und nicht christliche Tote, Erwachsene und Kinder. Es ist kein schöner Raum, aber man kann ihn zumindest ein bisschen feierlicher machen. Diese Tür führt ins Freie, damit der Bestatter zur Abholung des Leichnams direkt vorfahren kann.«

Vera stellte weitere Fragen, zeichnete auf, fotografierte und machte sich Notizen. Aber irgendwie hörte sie nur mehr mit halbem Ohr zu. Ihre Gedanken waren immer noch bei der brennenden Frage, ob das in der Kühlkammer wirklich Paul war.

Sie führte ihr Interview zu Ende und bedankte sich für das Gespräch. Die Ärztin begleitete sie Richtung Hauptausgang. Vera verabschiedete sich höflich und hinterließ ihre Kontaktdaten. In einer Woche würde sie der netten Ärztin eine E-Mail schicken, dass der Artikel aufgrund von Anzeigenmangel und den daraus resultierenden dünneren Heften aus Platzgründen auf unbekannte Zeit verschoben worden war. Das tat ihr ein bisschen leid. Es wäre ein interessanter Artikel geworden.

Sie ging die Spitalsauffahrt hinunter, aber statt zurück zum Parkplatz zu gehen, bog sie scharf nach links ab, bis sie wieder vor der Tür stand, die von außen in den Einsargungsraum führte. Die Tür war unversperrt.

Mit klopfendem Herzen betrat sie das Zimmer und huschte Richtung Kühlkammer. Wenn mich jemand erwischt, sage ich, ich hätte meine Schlüssel vergessen, sagte sie zur Beruhigung zu sich selbst. Aber sie hatte Glück: Weit und breit war niemand zu sehen.

Vera öffnete mit zitternder Hand die Kühlkammer. Ein beißender süßlicher Geruch machte sich breit. Sie zog instinktiv ihr Shirt hoch und hielt es sich vor den Mund. Das, was da vor ihr lag, erinnerte sie nicht an einen Menschen, sondern an einen Zombie aus einem Horrorfilm. Halb Mensch, halb Skelett. Der Körper war nur noch teilweise mit Haut bedeckt, die auf eine bizarre Weise an braune Lederfetzen erinnerte. Sein Gesicht war bereits komplett verschwunden. Stattdessen war da nur mehr ein kahler Totenschädel.

KAPITEL 40
FINZ WIRD VERHÖRT

Beim Stamm der Moche in Peru waren Fliegen beim Totenschmaus willkommene Gäste. Man überließ die Verstorbenen den Maden, weil man glaubte, dass die Fliegen, die daraus entstanden, die Seele befreien würden. Erst wenn die Insekten satt waren, wurden die Toten begraben.

»So, Herr Kreishofer, jetzt erklären Sie uns bitte noch mal der Reihe nach, welche Rolle Sie beim Bau dieses Hochbeetes gespielt haben.«

»Es ist ein Hügelbeet, kein Hochbeet«, sagte Finz, lehnte sich zurück und verschränkte die Arme.

Franz Grandits hasste es, wenn er korrigiert wurde. Diese Jack-lässig-Haltung ging ihm auf die Nerven. Es war heiß auf der Wache. Heiß und stickig. Der Bundespräsident lächelte friedvoll von der Wand. Der musste sich auch nicht den ganzen Tag mit Menschen herumschlagen, die ihn nur anlogen. Oder etwa doch? Der Chefinspektor hatte jetzt das gesamte Umfeld vom Achleitner befragt. Den Kreishofer hatte er sich bis zum Schluss aufgehoben, damit er ihn mit den Aussagen der anderen konfrontieren konnte. Mit dem stimmte was nicht, das spürte er im Urin.

Franz Grandits verhörte Verdächtige lieber in deren Umfeld, da konnte er sich ein besseres Bild machen, aber

Protokolle außerhalb der Wache waren nicht mehr erlaubt. Die Laptops der Polizei könnten dabei gehackt werden.

Franz Grandits kratzte sich am Kinn. Der Bart juckte, aber seine Frau fand, dass er mit Bart besser aussah, männlich markanter, und Franz Grandits war eitel. Sein Gesicht sah so auch schmäler aus. Seine Hose zwickte in letzter Zeit etwas. Das lag daran, dass die Marlies ständig was zum Essen aufs Revier brachte. So wie diesen Marillenkuchen heute. Mit den Tiefkühlmarillen vom Vorjahr wohlgemerkt. Damit sie Platz im Tiefkühler für die neuen Marillen hatte. Die hatte echt Probleme.

Der Chefinspektor fand den Mann, den er da vor sich hatte, höchst verdächtig. Er hatte nicht nur das Beet vorbereitet, in dem die Leiche gefunden worden war, er hatte auch ein Naheverhältnis zur Frau des Ermordeten gehabt. Zumindest hatten das die Arbeiter in seiner Firma bestätigt, als man denen Fotos von Eva gezeigt hatte. »Ja, Freundin von Chef«, hatte eine der ungarischen Teilzeitkräfte gesagt und ein bisschen dreckig gegrinst, wie man halt so grinst, wenn man nix Genaues weiß, aber viel zu wissen glaubt.

Außerdem hatte der Kreishofer kein Alibi. Weder für die »Nacht der Ballone« noch für die davor. Er sei allein daheim gewesen und hätte ferngesehen. Was er denn geschaut habe? Wieder so ein arrogantes Lächeln von diesem Kreishofer. »Wer schaut heute noch Programmfernsehen?« Er hätte natürlich genetflixt und gechillt. War das nicht ein Code für Serienschauen und Sex haben? Franz Grandits' Sohn hatte so was einmal erwähnt. Franz Grandits hasste es, wenn er als alter Trottel angesehen wurde. Seit seinem 50er passierte ihm das dauernd. Aber er hatte auch eine Ahnung von neuer Technik. Zumindest von Polizeitechnik. »Wissen Sie, was ich glaube«, sagte er zu dem Burschen, der da vor ihm saß,

»ich glaube, Sie hatten ein Pantscherl mit der Frau Achleitner. Und die ist schwanger geworden. Von Ihnen. Und ihr Mann hat das bemerkt und sie verprügelt, wie er sie auch früher verprügelt hat. Und da haben Sie rot gesehen und Ihre Freundin gerächt.«

Franz Grandits fuhr fort: »Ich denke, Sie wollten Ihren Nebenbuhler wegräumen. Sie haben den Achleitner zur Rede gestellt, überwältigt und dann erstickt und im Hochbeet von der Horvath vergraben. Ohne den Hagelsturm wäre der in einem halben Jahr Kompost gewesen. Und Kompostieren ist doch Ihre Spezialität.«

»Und warum soll ich ihn nackt gefesselt und mit Nagellack angemalt haben?«, fragte Finz.

»Um abzulenken«, sagte Franz Grandits. »Zeugen haben Sie auch aufs Beet brunzen sehen. Das zeigt doch, welche Aggressionen Sie gegen das Opfer hatten, sogar post mortem.«

Er war stolz auf sein Latein.

»Das müssen Sie mir erst einmal alles beweisen«, sagte Finz gepresst.

»Das werde ich auch, wussten Sie, dass Navis und Handys alle Bewegungen speichern? Ich hab mir vom Staatsanwalt die Erlaubnis geben lassen, Ihre Daten einzuholen.«

Hatte er nur den Eindruck, oder war der Kreishofer plötzlich nicht mehr so souverän wie zuvor?

*

»Vera, Vera, bitte mach auf.« Evas Fäuste trommelten so hart gegen die Tür des Urliomahauses, dass sie dachte, diese würde aus den Angeln springen.

»Ich komm ja schon.« Vera wirkte verschlafen. Seit sie

keine fixen Bürozeiten hatte, schlief sie öfters am Nachmittag auf der Bettbank der Urlioma. Deswegen hatte sie auch die Tür entgegen ihrer sonstigen Gewohnheit versperrt. Sie wollte sich auf keinen Fall am helllichten Tag von ihrer Mutter oder dem Postler beim Schlafen erwischen lassen. Das wäre ihr peinlich gewesen.

»Was gibt es?«, fragte sie gähnend.

»Sie haben den Finz verhaftet!«

»Waaas?« Vera rieb sich die Augen.

»Seine Naviaufzeichnungen haben ergeben, dass er in der ›Nacht der Ballone‹ von meinem Haus zu deinem gefahren ist. Sein Anwalt hat mich angerufen. Den Keller haben sie auch komplett auf den Kopf gestellt.«

Vera zog Eva ins Haus. Diese ließ sich auf einen Küchensessel fallen, in ihren großen blauen Augen spiegelte sich blanke Panik.

»Glaubst du, dass der Finz den Paul …« Vera sah Eva fragend an.

»Natürlich nicht, ich weiß, dass er Paul nicht ermordet hat. Ich weiß es einfach! Okay?«

Sie wirkte leicht hysterisch.

»Aber warum sollte er denn mitten in der Nacht diese Strecke gefahren sein?«

»Vielleicht hat er mich gesucht. Ich war ja kurz bei ihm, Erde kaufen, aber wollte nicht noch einmal bei ihm übernachten.«

»Hmm!« Vera blickte skeptisch.

»Vera, glaub mir! Der Finz ist kein Mörder. Aber wir können das nur beweisen, wenn wir den Menschen finden, der Paul auf dem Gewissen hat. Und ich weiß auch, wer das ist. Du erinnerst dich doch, ich habe dir erzählt, dass mich Paul am Vortag zur ›Nacht der Ballone‹ aus seiner Hosentasche angerufen hat und dass da eine Frau im Hintergrund gelacht hat. Ich kann mir denken, wer das war.«

»Klär mich auf bitte.«

Eva atmete tief durch. »Als wir noch im Nordburgenland gelebt haben, hatte Paul eine Affäre mit unserer Nachbarin. Ich hatte es durch Zufall erfahren. Ich wollte ihm Essen zur Baustelle bringen und hab sie dort im Auto in flagranti erwischt. Es war, als hätte es mir den Boden unter den Füßen weggezogen. Paul war nie treu. Aber das war eine Frau, mit der ich befreundet war. Die bei uns ein und aus gegangen ist. Der ich sogar einmal meine Wimperntusche geborgt habe, mit der ich mich über Paul und seine Untreue unterhalten habe. Eine Freundin. So wie du! Paul hat das total heruntergespielt. Ein einmaliger Ausrutscher. Kommt nie wieder vor. Aber ich habe ihm nicht geglaubt. Für mich war diese Zeit reine Folter. Jedes späte Nachhausekommen hat meine Alarmglocken anschlagen lassen. Jedes Mal, wenn er mit dem Handy aufs Klo gegangen ist, ist die Marter von vorne losgegangen. Hatte er wirklich so lange zu tun? Oder ist er wieder schwach geworden? Er konnte sie ja jeden Tag haben. Sie hat gleich gegenüber in der Straße gewohnt. Ich hab sie vor mir gesehen, wie sie es treiben. Herrgott, ich wusste, wie ihr Parfum roch. Ich hab jeden Abend an Paul geschnuppert, ob ich es rieche. Irgendwann hab ich die Zweifel nicht mehr ausgehalten und einen Detektiv engagiert – und bingo! Eine Woche später hatte ich Beweisfotos, dass die Affäre keineswegs zu Ende war.«

»Und was hast du getan?«

»Ich wollte die Fotos ihrem Mann mailen, aber …«

»Aber was?«

»Ihr Mann ist eine Woche später gestorben. Er hatte einen Herzinfarkt, während er ein Auto gelenkt hat. Er ist in einen geparkten Wagen gekracht. Aber die Leute sagen, an gebrochenem Herzen.«

»Und sie?«

»Sie ist total durchgedreht. Hat sich zum Opfer stilisiert. Ich hätte ihren Mann in den Tod getrieben. Es heißt, ihr Sohn wollte nach der ganzen Sache auch nichts mehr von ihr wissen. Eines Tages waren meine Reifen aufgestochen, meine Windschutzscheibe beschmiert. Ich hab einen Nervenzusammenbruch bekommen. Deshalb sind wir dort weggezogen. Vera, ich glaub, die hat was mit Pauls Tod zu tun. Die hat sich an ihm gerächt, weil ihre Familie zerbrochen ist. Und wer weiß, was die jetzt mit mir vorhat.«

»Hast du das der Polizei erzählt?«

»Ja, aber die glauben mir nicht. Die sagen, sie hätten schon mit ihr gesprochen, und ich würde Gespenster sehen. Bitte Vera, du bist doch Journalistin, kannst du der Sache nicht nachgehen? Die Leute erzählen dir immer alles. Du hast so eine Gabe, Sachen aus Menschen herauszubekommen. Die Pathologin hat dir auch von dem neonroten Nagellack erzählt, obwohl sie es gar nicht gedurft hätte. Du musst was tun, sonst landet Finz noch für etwas im Gefängnis, das er nicht getan hat.«

Vera nickte. »Okay. Ich fahre ins Nördliche. Ich hoffe nur, diese Irre richtet ihre Aggressionen dann nicht gegen mich. Wie heißt deine Ex-Nachbarin?«

»Irene«, sagte Eva, »Irene Tschida.«

KAPITEL 41
VERA TRIFFT IRENE

Die alten Ägypter hatten große Angst vor Fliegen. Sie fürchteten, dass eine Fliege sich von ihrem Fleisch ernähren und dabei ihre Seele verspeisen und damit davonfliegen könnte. Noch heute herrscht in ländlichen Teilen Ägyptens der Aberglaube, die metallisch glänzenden Schmeißfliegen könnten die Seele eines Vorfahren in sich tragen.

Die Fahrt in den Norden war für Vera bedrückend. Es war Mitte Juli. Die Grünstreifen entlang der Straße wurden gemäht. Das war der Tod für all die wunderschönen blau blühenden Wegwarten, die Vera so liebte.

Vera wusste sofort, welches der Häuser im nordburgenländischen Seewinkel das Ex-Haus der Familie Achleitner war. Das einzige Architektenhaus am Dorfrand, ein dominanter Klotz aus Glas und Beton. Sie überprüfte die Adresse, die Eva ihr gegeben hatte. Bingo. Das daneben musste das Haus von Irene Tschida sein. Ein klassisches Einfamilienhaus mit Gaupen und Giebeldach. Vera ging durch den kleinen Vorgarten und läutete an der Tür.

Sie war nervös. Es war nicht ihre Art, Leute zu überfallen. Sie hatte eine Freundin, die im Chronik-Ressort eines Boulevardblattes arbeitete und die ihr oft erzählt hatte, wie unangenehm ihr die Befragungen von Hinterbliebenen waren, auf denen ihr cholerischer Chefredakteur bestand.

Irenes Mann und ihr früherer Geliebter waren tot. Sie war im doppelten Sinne eine Hinterbliebene.

Die Tür ging auf. Eine aparte Frau mit blonden Haaren öffnete. »Ja, bitte?«

»Grüß Gott, sind Sie Irene Tschida?«

»Ja, wer will das wissen?«

»Vera Horvath vom ›Burgenländischen Boten‹ …«

Die Frau schaute sie neugierig an.

»Wollen Sie mir ein Abo verkaufen?«

»Nein, ich recherchiere im Fall Paul Achleitner.«

Rumms! Die Frau griff zur Klinke und wollte die Tür mit voller Wucht zuschlagen. Vera schaffte es im letzten Moment, ihren Fuß in die Tür zu stellen. Wie im Film. Was allerdings nicht wie im Film war, war der scharfe Schmerz, den sie verspürte, als die Tür auf ihren Fuß traf.

»Auaaaaaaaa!« Sie schrie wie am Spieß. Tränen schossen ihr in die Augen. Für eine Sekunde glaubte sie, Sterne zu sehen.

Irene Tschida erschrak und zog die Tür wieder auf. Vera machte einen Schritt zurück und versuchte aufzutreten, schaffte es aber nicht.

»Ich glaub, mein Fuß ist gebrochen.«

»Wer ist auch so blöd und stellt seinen Fuß in die Tür«, schimpfte die Frau.

Vera fühlte sich komplett wackelig auf den Beinen. Sie beugte sich vor und stützte ihre Hände auf die Oberschenkel. »Um Gottes willen, was mach ich jetzt mit Ihnen? Da, setzen Sie sich auf die Terrasse, lassen Sie mich schauen, was passiert ist.«

»Sind sie Ärztin?«

»Nein, das heißt ja, ich bin Fachärztin für Psychotherapie.«

»Echt?« Vera starrte sie ungläubig an.

Für eine Sekunde vergaß sie sogar den pochenden Schmerz in ihrem Fuß.

»Was ist daran so verwunderlich?«

»Die Eva hat gesagt, Sie sind meschugge, und jetzt sagen Sie, dass Sie Irre behandeln.«

Vera hatte eigentlich nur laut gedacht, aber der Satz war ihr dennoch über die Lippen gekommen. Er hatte aber einen überraschenden Effekt.

Irene Tschida begann, laut zu lachen. »Ach, sagt sie das? Ja, ich war verrückt genug, mich mit ihrem Mann einzulassen. Aber das wissen Sie vermutlich eh schon. Warum sonst wären Sie hier. Warten Sie, ich hole Ihnen Eis für Ihren Fuß.«

Sie verschwand im Haus und kam mit einem Coolpack und einem Geschirrtuch zurück.

Eva zog ihren Sneaker aus. Der Fuß war rot und angeschwollen. Morgen würde er grün und blau sein. Künftig würde sie solche Befragungen nur in Doc Martens machen.

»Das mit Ihrem Fuß tut mir leid«, sagte Irene. »Ich gebe Ihnen aber trotzdem kein Interview. Die Polizei war auch schon da. Es war schlimm genug, dass ich mit denen wieder über alles reden musste. Das Ganze ist über ein Jahr her. Ich will das endlich abschließen.« Sie griff zu einer Schachtel Gauloises, die auf dem Terrassentisch lag, und klopfte eine Zigarette aus der Packung: »Wollen Sie auch eine?«

»Ja, danke«, sagte Vera. Sie hatte seit Jahren nicht mehr geraucht, aber sie hatte das Gefühl, dass dieses Angebot einer Friedenspfeife gleichkam. Sie zündete sich eine Zigarette an und inhalierte vorsichtig. Es schmeckte viel ekelhafter als in ihrer Erinnerung. Ihr wurde in der Sekunde schwindlig. Sie musste sich konzentrieren.

»Ich bin nicht wegen eines Interviews da«, erklärte sie.

»Paul Achleitners Leiche wurde in meinem Gemüsebeet gefunden. Ein Freund sitzt jetzt wegen der Sache in Untersuchungshaft. Aber ich glaube, er ist unschuldig. Ich dachte, Sie könnten mir irgendwas erzählen, was helfen kann, ihn zu entlasten.«

»Der Paul …«, sinnierte Irene. »Überall, wo er hingeht, hinterlässt er nur Leid und Chaos.«

Sie hatte plötzlich einen harten Zug um den Mund. »Ich schreibe gerade ein Buch über Treue. Wussten Sie, dass in Umfragen 90 Prozent der Befragten angeben, dass Treue für sie das Wichtigste in einer Beziehung ist, und trotzdem jeder Zweite irgendwann fremdgeht?«

Vera schüttelte den Kopf.

»Und wissen Sie, warum Menschen ihre Partner betrügen?«

»Weil sie in ihren Beziehungen gelangweilt oder unglücklich sind?«, riet Vera.

Irene Tschida schüttelte den Kopf.

»Das sind Klischees, die können zutreffen, aber der Kern der Sache ist ein ganz anderer.« Sie zog an der Zigarette, inhalierte tief und blies den Rauch in kleinen Kringeln in den blauen nordburgenländischen Himmel. »Der Grund ist, sie sind auf der Suche nach sich selbst. Sie sind in einem Selbstfindungsprozess oder besser gesagt in einem Wiederfindungsprozess. Sie tun das, weil sie in ihrer Ehe einen Teil von sich selbst verloren haben.«

Vera dachte nach. Sie wog ihre Worte vorsichtig ab. »Aber ist es das wert, dafür die Familie zu riskieren?«, fragte sie schließlich.

Irene Tschida lächelte gequält. »Man betrügt nur aus einem einzigen Grund: weil man sich endlich wieder lebendig fühlen will. Man will nicht die Person verlassen, mit der man zusammen ist, sondern die Person, die man geworden ist. Es geht um die Fragen ›Was verpasse ich im Leben?‹ und ›Wer hätte ich sein können?‹«

Sie rauchte gedankenverloren.

Eine ungewöhnliche Person, dachte Vera, erst will sie mich rausschmeißen, und fünf Minuten später führt sie hochphilosophische Gespräche mit mir.

»Haben Sie die Antworten gefunden?«, fragte sie.

Irene dämpfte ihre Zigarette aus und schwieg lange. Vera fürchtete für einen Moment, mit dieser Frage zu weit gegangen zu sein.

Irene sah ihr scharf in die Augen.

»Ich habe einen sehr hohen Preis bezahlt. Wir leben in einer Kultur, in der es keinen entschuldbaren Betrug gibt. Einmal schwach werden, einmal eine Sekunde nicht aufpassen, und schon ist es zu spät. Man ist mittendrin. Ich hätte nie gedacht, dass ich einmal eine Frau sein würde, die ihren Mann betrügt. Und ich hätte mir vor allem gewünscht, er hätte es nie durch feige anonyme Mails erfahren. Das hat ihn gebrochen.«

Sie zündete sich noch eine Zigarette an. »Wollen Sie auch noch eine?«

Vera schüttelte den Kopf. Ihr war flau im Magen. Aber ihrem Fuß ging es etwas besser. Vielleicht war er doch nicht gebrochen.

»Fremdgehen kann jedem passieren, es ist das Wissen darum, das eine Beziehung kaputt macht«, sagte Irene und rauchte hastig.

»Oder man versucht einen Neubeginn, so wie die Achleitners«, sagte Vera.

Die Psychotherapeutin lächelte gequält. »Ich verrate Ihnen noch etwas: Betrogene Männer versuchen, die Harmonie in der Beziehung wiederherzustellen. Betrogene Frauen sind vorrangig wütend auf ihren Partner. 40 Prozent aller Frauen, die beschissen wurden, wollen ihren Partner für das, was er getan hat, bestrafen. Vielleicht sollten Sie doch ein bisschen intensiver in Richtung Eva Achleitner recherchieren, wenn Sie Ihrem Freund helfen wollen.«

»Eva sagt, Sie hätten ihre Reifen zerstochen und ihre Windschutzscheibe beschmiert.«

»Das ist Unsinn«, sagte Irene. »Hören Sie, ich habe eine Entscheidung getroffen, die zu schrecklichen Konsequenzen geführt hat. Aber ich bin nicht für alles verantwortlich, was passiert ist. Auch wenn das manche glauben und ihre Hexenjagd fortführen wollen. Wusste sie, dass ich sogar auf der Trauerfeier angegangen wurde?«

Ein Auto parkte vor dem Haus. Ein junger Mann kam mit einer Katze in einem Katzenkäfig den Weg entlang. »Hallo, Mama, da bring ich dir den Max wieder. Soll ich ihn reintragen? Ich leg dir die Tierarztrechnung auf die Kommode.«

Irenes Sohn. Offenbar hatte er doch nicht mit seiner Mutter gebrochen, wie Eva es erzählt hatte. Vera wusste langsam nicht mehr, was sie glauben sollte. Sie fand Irene nicht unsympathisch. Sie schien klug, gebildet, reflektiert. Nicht das billige Flittchen, das sie erwartet hatte. Wie war so eine an Paul geraten?

Ein Gedanke ging ihr durch den Kopf. »War Paul eigentlich bei Ihnen in Behandlung?«

Die Frau sah sie überrascht an. »Lustig, dass Sie das gerade jetzt sagen, ja, war er, allerdings bevor das mit uns anfing.«

»Und warum?«

Sie zögerte. »Sie wissen, dass ich auch nach dem Tod eines Patienten an das ärztliche Schweigegelübde gebunden bin, aber es war ohnehin hinreichend bekannt, warum er bei mir war. Das ganze Dorf hat darüber getratscht. Es war ja auch ein ungewöhnliches Problem. Paul hatte Ailurophobie. Er hatte panische Angst vor Katzen.«

»Und das war ein Problem?«

Sie lachte.

»Auf dem Land schon. Die Polizei hat meine Patientenakte übrigens mitgenommen. Die haben mich auch gefragt, ob es Selbstmord sein könnte. Aber das glaube ich nicht. Ich habe es Ihnen vorher schon gesagt: Schauen Sie sich lieber seine Frau genauer an. Die ist bei Weitem nicht so ein stilles Wasser, wie man glaubt.«

KAPITEL 42
DER GARTENKLUB MACHT SIRUP

Nicht alle Marienkäfer haben Punkte – manche sind gestreift.

Die Wetterlage hatte sich stabilisiert, und Johanna hielt nun endlich den versprochenen Kurs zum Thema »Kräutersirup selber machen« ab.

Eva hatte Vera abgeholt. Deren Auto hatte den Geist aufgegeben. »Das ist aber auch nicht dein Wagen«, sagte Vera, als sie einstieg.

»Nein, das ist der vom Paul. Ich kann dir den inzwischen borgen, wenn du magst«, bot Eva an.

»Meinst du echt?«, fragte Vera und fuhr bewundernd über die dunklen Ledersitze, die sogar mit einer Sitzkühlung ausgestattet waren. So einen schicken Wagen hatte sie noch nie gefahren.

»Klar«, sagte Eva. »Die Versicherung muss ich ohnehin bezahlen, also warum nicht.«

Als die beiden Frauen in Johannas Garten ankamen, war der Kurs schon in vollem Gange.

»Hier, zerreib das zwischen den Fingern und sag mir, wonach das riecht.«

Die Kursteilnehmerinnen befolgten Johannas Anweisungen. Das Kraut war gefiedert wie Dill oder Fenchel, aber als sie an ihren Fingerspitzen schnupperten, rochen diese nicht nach Anis, sondern süß, zitronig-aromatisch. »Cola«, sagte Mathilde, »das Kraut riecht nach Cola.«

»Richtig«, strahlte Johanna. »Das ist Kampfer-Eberraute, Artemisia abrotanum, auch Colakraut genannt. Daraus kann man Bio-Cola-Sirup machen. Aber Achtung«, sie blickte zu Eva, »da Eberraute eine krampflösende Wirkung hat, sollten Schwangere diese nicht zu sich nehmen, um vorzeitige Wehen zu vermeiden.«

Eva hatte gar nicht richtig zugehört. Sie war damit beschäftigt, Adele einen kleinen Gummiball zuzuwerfen. Das mit dem Ball nachjagen und danach schnappen funktionierte schon ganz gut. Das mit dem Zurückbringen noch gar nicht. Eva trug eine Art kariertes Hängekleidchen über einem weißen T-Shirt, dazu Sneaker und einen Strohhut. Sie ist immer noch dabei, ihren neuen Stil zu finden, dachte Vera. Ob ihr der Paul früher vorgeschrieben hat, wie sie sich kleiden muss?

Der Hund trug auch ein Karo-Halstuch und fühlte sich in Johannas Garten pudelwohl, schlug Haken, wälzte sich im Gras, jagte den Ball und schnappte zwischendurch erfolglos nach Fliegen.

Johanna ließ sich von dem Welpen, der zwischen ihren Beinen herumtobte, nicht stören und ging zum nächsten Kräuterbeet.

Sie stoppte vor einer Gruppe Blumen, die für Vera wie rote Margeriten aussahen.

»Weiß jemand, was das ist?«

»Pferdeminze«, sagte Mitzi.

»Goldmelisse«, sagte Mathilde.

»Indianernessel«, sagte Grete.

»Ihr habt alle recht«, sagte Johanna. »Die Monarda didyma hat im Volksmund viele Namen und viele Talente, ob als Schnittblume, Blickfang im Staudenbeet oder als Duft-, Tee-, Würz- oder Heilpflanze.«

Vera kam näher. Die Pflanze sah mit ihren roten schopfartigen Blütenkelchen tatsächlich exotisch aus.

»Die Staude kommt aus Nordamerika, wächst aber auch bei uns im Südburgenland problemlos«, erklärte Johanna. »Wenn ihr Sirup machen wollt, zupft ihr einfach die Blüten ab, die wachsen dann wieder nach.«

»Und wie schmeckt so ein Indianernessel-Sirup?«, fragte Mathilde.

»Zitronenartig, minzig«, erklärte Johanna. »Die Farbe ist auch toll, der Sirup ist knallrot.«

»Wie viel Zitronensäure gibst du in deinen Sirup?«, fragte Mitzi.

»Gar keinen«, sagte Johanna. »Zitronensäure nehme ich zum Entkalken und zum Putzen. Zitronensäure hat mit Zitronen nichts zu tun. Das ist ein Industrieprodukt, das aus Pilzen gewonnen wird und den Zahnschmelz angreift. Meine Rezepte enthalten nur Wasser, Zucker und frischen Zitronensaft.«

»Wird der Saft ohne Zitronensäure nicht schimmlig?«, fragte Eva, die offenbar beschlossen hatte, doch aufzupassen. Sie hatte beim Marmelademachen schon öfters Probleme mit der Haltbarkeit gehabt.

Johanna drehte sich freundlich zu ihr. »Ich mache nur kleine Mengen, und die sind schnell ausgetrunken. Im Winter will ich ohnehin keinen Hollerblütensaft trinken«, sagte diese.

Vera nickte zustimmend. Eine gute Philosophie. Alles hatte seine Zeit.

Sie musterte Eva verstohlen von der Seite. Sie fühlte sich ihr gegenüber etwas befangen. Am Telefon hatte sie ihr von dem Gespräch mit Irene erzählt, und Eva hatte unerwartet heftig reagiert. »Wenn du dich von der Schlampe einkochen lässt, sind wir die längste Zeit Freundinnen gewesen!«

»Komm bitte wieder runter«, hatte Vera gesagt, »ich habe dir nur erzählt, wie das Treffen mit ihr war, mehr nicht. Und außerdem hast du mich dorthin geschickt.«

Vera wusste langsam wirklich nicht mehr, wem oder was sie glauben sollte. Am meisten wurmte sie, dass sie selbst und Letta unter der ganzen Sache zu leiden hatten. Die Polizei behandelte sie aufgrund eines fehlenden Motivs zwar nicht wie eine Verdächtige, die Leute im Dorf dafür umso mehr. Schiefe Blicke, Getuschel, Gerüchte. Eine Nachbarin hatte sogar die Straßenseite gewechselt, als Vera ihr auf dem Gehsteig entgegenkam. Dieser Fall musste aufgeklärt werden. Sonst konnte sie hier gleich wieder wegziehen.

Johanna diktierte der Gruppe nun ihr Grundrezept für einen Kräuter- oder Blütensirup:

Erst einen Liter Wasser mit einem Kilo Zucker aufkochen, auf 55 Grad abkühlen. Dann zwei Handvoll Kräuter deiner Wahl mit dem Nudelholz anquetschen und hinzufügen, zwei ganze Biozitronen in Scheiben dazu und umrühren. Drei Tage stehen lassen, beim Abgießen die Zitronenscheiben ausdrücken und den Saft in sterilisierte Flaschen füllen. Wichtig: Vor dem Abfüllen nicht mehr aufkochen. Der Saft verliert sonst an Geschmack.

»Die bekanntesten Sirupe sind Holunderblüten, Minze und Zitronenmelisse, aber probiert mal Mädesüß, Rosenblüte, Basilikum oder Verbene.«

»Ich hab mal Brennnesselsirup gemacht, der hat echt toll geschmeckt«, verriet Mathilde. »Das geht aber nur ganz zeitig im Frühjahr, wenn die Brennnesselblätter noch ganz zart und jung sind.« Johanna nickte wissend.

»Ich hab da drüben einen Wiesendudler mit Wiesenkräutern für euch vorbereitet. Der basiert auf einem Kräutermix aus Schafgarbe, Giersch, Gundelrebe, Löwenzahn, Gänseblümchen, Rotklee und Wiesensalbei. Er wird mit Apfelsaft, Mineralwasser und Zitrone aufgespritzt.«

Sie ging mit der Gruppe zu einem Tisch unter dem Birnbaum, auf dem bereits ein Krug erfrischende selbst gemachte Limonade stand. »Wer möchte, kann auch einen Prosecco mit Lavendelsirup probieren, und ein Zitronenverbene-Joghurt-Mousse hätte ich auch anzubieten. Und wer nach all dem Süßen was Salziges braucht, da ist ein Korb Grammelpogatscherl.«

Vera schnappte sich ein Glas Wiesendudler und ein Grammelpogatscherl. Die Kombination aus der süß-herben Limonade und dem salzigen, flaumig lockeren Gebäck schmeckte großartig. Die Urlioma hatte auch immer solche Pogatscherl gebacken. Die Pogatschen waren mit der italienischen Focaccia verwandt. Nur dass hier das Germteiggebäck schichtweise mit faschierten Grammeln durchzogen war und mit grobem Salz und Kümmel bestreut wurde.

Sie legte sich in die Wiese und schaute in den Himmel. Ein Marienkäfer landete auf ihrem Knie. Einer von den einheimischen. Wenn ich den jetzt fliegen lasse, geht ein Wunsch in Erfüllung, dachte sie.

Was soll ich mir wünschen? Dass diese Sache mit dem Paul endlich aufgeklärt wird und wir wieder alle friedlich im Burgenland leben können.

Sie streckte vorsichtig den Zeigefinger aus und ließ den Marienkäfer draufkrabbeln.

Das Insekt kletterte eifrig bis zu Veras Fingerspitze und breitete dann seine Flügel aus. Vera zählte die Punkte. Sieben schwarze Punkte auf orangerotem Grund. Das durchsichtige zweite Paar Flügel unter den getupften Schwingen war kurz sichtbar, dann flog der Marienkäfer davon.

Im selben Moment betraten zwei Personen den Garten. Vera hörte ihre Schritte und konnte spüren, wie sich die Stimmung in der Gruppe schlagartig veränderte, obwohl niemand ein Wort gesagt hatte. Vera richtete sich auf und schüttelte sich ein paar Grashalme von den Jeans.

Die Kriminalpolizei. Marlies Murlasits und Franz Grandits gingen mit schnellen Schritten auf Eva zu. Vera bemerkte, dass Marlies trotz der Hitze ein langes Sakko trug. Die ist bewaffnet, dachte sie, die verdeckt so ihre Pistole. Die beiden gingen direkt auf Eva zu.

»Sie sind festgenommen«, sagte Franz Grandits zu Eva.

KAPITEL 43
LÜGEN IST MENSCHLICH

Bei Lachsen in Aquakulturen wurden Symptome einer Depression festgestellt. Laut einer Studie ist ein großer Teil der Tiere auffällig träge, verweigert Nahrung oder lässt sich kraftlos an der Wasseroberfläche treiben.

Lügen ist menschlich. Wir lügen täglich bis zu 200 Mal, das fängt schon beim »Guten Morgen« an, der oft gar nicht so gut ist. Und auf die Frage »Wie geht es dir?« will auch kaum jemand eine ehrliche Antwort hören.

Als Vernehmungsprofi war Franz Grandits gewohnt, belogen zu werden. In den Fernsehkrimis dauerte so eine Vernehmung ja nur fünf Minuten. Tatsächlich saß der Grandits Franz jetzt schon fünf Stunden mit dem Kreishofer Finz zusammen und versuchte akribisch, darauf zu achten, was von dem, was der Kreishofer von sich gab, Wahrheit und was Lüge war. Das war anstrengend.

Die Leute da draußen glauben ja, dass man einen Lügner daran erkennen kann, dass er nervös auf dem Stuhl herumrutscht oder mit den Fingern ständig im Gesicht herumfährt. Aber das sind Stresssymptome. Allerdings treten solche Stresssymptome natürlich auch dann auf, wenn wir lügen. Lügen ist eine geistige Höchstleistung. Der Lügner muss sich eine Geschichte ausdenken, muss sich diese genau merken. Und wenn man ihm nach fünf Stunden, am nächsten

Tag oder eine Woche später die gleichen Fragen stellt, dann sollte er bitteschön die gleichen Antworten geben. Und wenn nicht, dann hakt einer wie der Grandits Franz dort ein und bohrt und stirlt, bis er den Lügner überführen kann.

Finz tat sich mit dem Lügen schwer, weil das so gar nicht seinem Naturell entsprach.

»Hören Sie, wir haben Ihre Navidaten. Sie sind mitten in der Nacht von der ›Inkaerde‹ zum Haus der Familie Achleitner gefahren, haben dort 43 Minuten geparkt, sind dann wieder zu Ihrer Firma und dann zum Haus der Frau Horvath und dort erst nach 40 Minuten zurück in Ihre Firma. Ich will eine plausible Erklärung dafür und nicht diesen Bullshit, den Sie mir auftischen.«

Finz verfluchte den Tag, an dem er seinen uralten Pick-up gegen ein hypermodernes Modell ausgetauscht hatte. Dass solche modernen Autos Navis hatten, die auch aufzeichneten, wenn sie nicht eingeschaltet waren, daran hatte er wirklich nicht gedacht.

Finz' Version war, er hätte Eva nach einem Streit gesucht. Aber je öfter er die Geschichte wiederholte und je detaillierter Franz Grandits fragte, desto mehr verstrickte er sich in Widersprüche. Worum ging es bei dem Streit? Privatsache? Es ging um Ihre Beziehung mit der Frau Achleitner? Gestern haben Sie gesagt, es wäre nur ein One-Night-Stand gewesen? Fahren Sie immer die ganze Nacht durch die Gegend, um einen One-Night-Stand zu suchen? Sind Sie vor dem Haus der Frau Achleitner aus dem Auto ausgestiegen? Ums Haus herumgegangen? Haben Sie an der Tür geläutet? Nein? Das letzte Mal haben Sie gesagt, Sie hätten geläutet, aber es hätte keiner aufgemacht. Sie können sich nicht mehr erinnern? Sie waren aufgewühlt? In Ihrer ersten Aussage haben Sie gesagt, Sie hätten genetflixt und gechillt? Das hört sich eher entspannt an. Das war gelogen? Warum lügen Sie uns an, Herr Kreishofer, warum?

Finz war in die Justizanstalt Eisenstadt gebracht worden. Eine Einzelzelle, 15 Quadratmeter, ein Bett, ein Tisch, keine Nachttischlampe. Damit man sich nicht mit dem Kabel haamdrahn konnte. Das Licht ging morgens automatisch an und abends wieder aus. Das Essen wurde dreimal täglich durch eine Klappe hereingereicht. Der Blechteller glich einem Hundenapf. Es gab keinen Fernseher, kein Buch, keine Zeitung. Er hätte um diese Dinge ansuchen müssen, aber die Wartezeit betrug 14 Tage, und Finz hoffte, dass er in 14 Tagen nach der Haftprüfung nicht mehr hier sein würde, oder etwa doch? In der Zelle war es brütend heiß. Das Fenster ließ sich nur ein ganz kleines bisschen kippen. Draußen vor dem Fenster pickten Krähen Brot auf, das andere Gefangene wohl durch die Fenster nach draußen geworfen hatten.

Abgesehen von den Vernehmungen und dem täglichen Hofgang war Finz 23 Stunden mit seinen Gedanken allein. Er lag auf der harten Pritsche auf einem Laken aus einem seltsamen Material, das sich wie Plastik anfühlte. Das Material war bewusst so gewählt worden, damit man es nicht in Streifen reißen und sich mit den Streifen erhängen konnte. Das Kopfkissen war aus Schaumstoff und so dünn wie die Auflage auf einem Gartensessel. Es roch komisch. Finz wollte gar nicht daran denken, welche Köpfe schon darauf gelegen hatten.

Finz war kein ängstlicher Typ, aber nun hatte er Angst. Er hatte Angst vor den anderen Insassen, mit denen er täglich eine Runde im Hof drehte und die ihn abschätzend und lauernd ansahen. Auch im Gefängnis gibt es Hierarchien, die erst ausgefochten werden müssen. Wer weicht wem aus? Wer schaut wem in die Augen? Wer geht aufrecht? Schwache gehen im Gefängnis unter, werden gequält und gemobbt. Finz' Position war noch komplett unklar. Er hatte nicht die geringste Lust, sich seine Stellung in dieser Hackordnung zu erkämpfen. Aber das war wohl unvermeidlich. Er musste in Form bleiben, also lief er wie ein Tier im Käfig stundenlang in seiner Zelle auf und ab. Hin und her. Hin und her. Er machte Liegestütze, er sprang wie ein Hampelmann auf und ab. Danach war er schweißgebadet und reinigte sich notdürftig mit Wasser aus dem Waschbecken in seiner Zelle.

Duschen war keine Option. Es gab nur eine Gemeinschaftsdusche am Ende des Gangs, vor der eine Stahltür war und weit und breit kein Aufseher. In dieser Dusche hätten die Mitgefangenen mit ihm machen können, was sie wollten. Finz beschloss, auf das Duschen zu verzichten, solange er hier war.

Am schlimmsten war die Fremdbestimmtheit, das Ungewisse. Er wusste nicht, wann seine Zelle auf- und zugesperrt wurde, er wusste nicht, wann er geholt wurde. Er wusste nicht, wann seine nächste Anhörung sein würde. Ob ihm überhaupt Gehör geschenkt wurde. Er wusste schon lange nicht mehr, was in Evas Kopf vorging.

Er hatte Angst, einen riesengroßen Fehler gemacht zu haben. Und wenn er nachts wach lag, draußen Häftlinge brüllen und die Schlüsselbunde der Wärter scheppern hörte, rekapitulierte er die Gespräche mit der Polizei. Ein Satz von Marlies Murlasits. Die Kontrollinspektorin hatte ihn mitfühlend angesehen und gesagt: »Wir wissen, dass Sie da mit drin hängen. Überlegen Sie genau, ob Sie nicht benutzt wurden.«

Finz sah mit Schrecken, wie sich die gebärdeten, die schon zu lange in U-Haft waren. Männer, die ihren Frust abbauten, indem sie mit ihrem Blechgeschirr gegen die Gitterstäbe schlugen, die in einem irren Singsang mit den Krähen sprachen, die grundlos zu schreien begannen, gerne auch nachts. Männer, die versuchten, ihre Zelle anzuzünden.

Finz hatte bisher an den alten Ganovenspruch »Wer ja sagt, bleibt da, wer nein sagt, geht heim« geglaubt. Aber die Hoffnung, dass er heimgehen durfte, verflüchtigte sich mit jeder Stunde mehr, mit jedem Tag, der ihm hier in der U-Haft so endlos vorkam wie ein Jahr. Sie hatten seine Navidaten, sie hatten ihn. Die wiederholten Vernehmungen, das ewig kreisende Gedankenkarussell zermürbten ihn. Er wusste nicht mehr, was er gesagt hatte, was er sagen sollte, was er denken sollte. Sein Anwalt war ratlos. »Es sieht nicht gut aus. Wenn Sie irgendetwas wissen, sagen Sie es mir.«

Ihm wurde immer klarer, dass sein Leben verfahren war. Dass er sich nur durch seine unüberlegte, törichte Gutmütigkeit in eine Lage gebracht hatte, deren Ausgang furchtbar sein würde. Am sechsten Tag knickte Finz ein. Er griff zur Gegensprechanlage, die an der Wand montiert war.

»Wos gibt's, Depperter?« Wer in U-Haft saß, hatte offenbar jedes Anrecht auf Wertschätzung verspielt.

»Ich möchte ein Geständnis ablegen«, sagte er. Die Stimme, die das sprach, klang so hohl und leer, dass er sich kurz nicht sicher war, ob es seine eigene war. »Ich möchte bitte um eine Anhörung beim Staatsanwalt ansuchen.« Er hängte auf. Er würde ihnen alles sagen. Alles, was damals geschehen war. Er erinnerte sich zurück. An den Tag, der sein Leben für immer verändert hatte.

Er erinnerte sich zurück an den 7. Juni. Ganz Tatzmannsdorf feierte die »Nacht der Ballone«, und Paul war kurz davor, in den Springbrunnen zu springen. Aber das wusste Finz natürlich nicht. Er war in seiner Firma und traute seinen Augen kaum. Eva war wiedergekommen. Nur Stunden, nachdem sie sein Bett verlassen hatte, stand sie wieder bei ihm und stammelte irgendwas von einer Erde, die sie für Vera besorgen musste. Sie war unsicher. Wie man halt unsicher ist, wenn man eine Nacht mit jemandem verbracht hat, aber keine Ahnung hat, wie es nun weitergehen würde. Wenn man nicht sicher ist, ob man nicht lieber Spielchen spielen sollte, um sein Herz vor einer möglichen Enttäuschung zu schützen. Nur nicht zu viel, zu früh zugeben, nicht als anhänglich oder bedürftig abgestempelt werden. Das könnte den anderen abschrecken und alles ruinieren. Reden kann in so einem Gefühlszustand fatale Folgen haben. Man gibt entweder zu viel preis oder gibt sich zu cool und steht in beiden Fällen wie ein Idiot da. Also redet man besser nicht, sondern küsst sich und spürt sich lieber, als zu denken.

Als Eva zum zweiten Mal innerhalb von 24 Stunden in Finz' Bett aufwachte, war es dunkel.

Sie löste sich aus seiner Umarmung und sah auf die Uhr. »Wir haben die Zeit übersehen«, sagte sie, »es ist nach Mitternacht, ich muss sofort nach Hause.«

»Nein, nicht weggehen, schlaf hier«, murmelte Finz verschlafen.

»Ich kann nicht«, sagte Eva, die jetzt hellwach war, »der Paul wollt zur ›Nacht der Ballone‹, aber was, wenn er schon daheim ist, ich muss los, und zwar sofort.«

Sie sprang auf, suchte ihre Kleider zusammen und zog sich an. »Es tut mir leid, ich kann wirklich nicht bleiben.«

Sie stand vor dem Bett und sah ihn panisch an. »Du hast ja keine Ahnung, wozu der fähig ist.«

»Hey«, Finz nahm Evas Hand und zog sie an sich, »ruf mich an, wenn es Stress gibt, okay.«

»Okay«, sagte Eva.

Als sie ihn anrief, war es 2.30 Uhr. »Finz, du musst bitte kommen, es ist etwas passiert.«

Finz brauchte 15 Minuten zum Haus der Achleitners. Er fuhr durch den Wald, schaltete auf den letzten 100 Metern die Scheinwerfer aus, parkte hinter dem Haus. Er wollte nicht von den Nachbarn gesehen werden. Er kannte Eva noch nicht lange, aber er hatte bereits ein Gefühl entwickelt, ihre Stimme zu deuten. Er wusste, dass da etwas Gravierendes passiert sein musste. Der Mond schien und beleuchtete Evas Silhouette. Sie stand auf der Terrasse. Sie hatte ihre Arme um ihren Körper geschlungen, als wollte sie sich selbst beschützen.

»Was ist los?«, fragte er.

»Im Keller«, sagte sie nur. »Paul ist im Keller, und ich glaube, er ist tot.«

Sie gingen durch die Terrassentür ins Haus, die Stiegen hinunter. Nur nichts anfassen, dachte Finz. Er wunderte sich, dass ihm das gerade einfiel.

Finz war noch nie dort unten gewesen. Ein privates Fitnesscenter, viel Chrom, dunkles Holz, Spiegelwände, im hinteren Bereich eine Chill-out Area. Eine Lederliege, so breit wie ein Bett. Auf dieser Liege lag Paul. Und er sah alles andere als gechillt aus.

Er trug ein Sakko und war darunter splitternackt. Seine Hände waren am Rücken gefesselt. Seine Beine waren ausgestreckt und gespreizt. Sein Oberkörper halb aufrecht gegen das Rückenteil der Liege gelehnt. Sein Kopf war nach vorne gesunken. Ein Fitnessband baumelte wie eine Halskrause um seinen Hals. Auf seiner Brust stand in blutroten Lettern »PIG«.

Finz hatte Zivildienst gemacht und bei der Rettung gearbeitet. Er ging langsam näher und überprüfte, ob er noch lebte. Keine Atmung, kein Puls. Die Haut fühlte sich kalt an.

Paul hatte ein winziges Sporthandtuch auf dem Schoß liegen, wie eine Serviette.

»Das hab ich drauf gelegt, ich wollte nicht, dass er, dass du …«

»Eva, verdammt, was hast du getan?«

»Ich war das nicht«, sagte sie. »Finz, du musst mir glauben, ich habe ihn so gefunden. Ich schwöre es dir.« Die Worte sprudelten jetzt nur so aus ihr heraus.

»Ich bin nach Hause gekommen und war total erleichtert, weil sein Auto noch nicht da war. Ich hab geduscht und mich hingelegt, aber ich konnte nicht schlafen. Also bin ich wieder aufgestanden und runtergegangen, und dann ist mir aufgefallen, dass die Tür zum Fitnesscenter offen war und Licht brannte. Ich wollte es schon abdrehen und die Tür zumachen, aber dann hatte ich so ein komisches Gefühl und bin runtergegangen. Und da habe ich ihn gesehen. Genau so. Und dann habe ich dich angerufen.«

»Wir müssen die Polizei verständigen, sofort.« Finz griff nach seinem Telefon.

»Nein«, Eva krallte nach seinem Arm.

»Das können wir nicht. Finz, ich glaub, der Paul hat das Wasser getrunken, in das ich die Engelstrompeten gesteckt hatte, und davor hab ich ihm auch schon andere Sachen gegeben. Wenn die ihn obduzieren, glauben sie, ich war das.«

»Was für *Sachen*?«

»Narzissenzwiebeln, aber das ist schon ein paar Wochen her. Und ich hab seinen Pyjama in Eisenhut-Sud getränkt.«

»Du hast was?«

»Wenn man Pyjamas darin einweicht, wird das Gift über die Haut aufgenommen. Die Folge ist langsames Siechtum. Aber ich wollte ihn nie töten, ich wollte ihn nur schwächen …«

»Und wie erklärst du dir das da?«

»Ich weiß es auch nicht, der Paul hatte so Vorlieben, sexuelle Vorlieben.« Eva lief rot an. Es fiel ihr schwer, mit Finz darüber zu sprechen. »Fesselspielchen und so Sadomaso. Mir ist das zu heftig geworden, er hat es dann woanders ausgelebt. Er war vielleicht betrunken, im Drogenrausch von dem Wasser, hat eine mit heimgenommen, seine Spielchen übertrieben, und das Ganze ist eskaliert. Ja, so muss es gewesen sein.«

Sie begann zu weinen und ließ sich zu Boden gleiten. »Ich will nicht ins Gefängnis. Was soll dann aus Carla werden? Bitte, was soll ich tun?«

Finz sah auf die Leiche, die vor ihm lag. Er hatte sich in den letzten Tagen mehr als einmal vorgestellt, wie es wäre, wenn Eva nicht verheiratet wäre, wenn sie frei wäre. Jetzt war sie frei.

Eine Idee ging durch seinen Kopf. Eine durch und durch verrückte Idee, aber sie könnte funktionieren. »Du gehst jetzt hinauf und legst dich hin«, sagte er. »Nimm ein Beruhigungsmittel. Und wenn du morgen aufwachst, wirst du dir denken, du hast das alles nur geträumt. Ich kümmere mich um alles.«

»Vier Erdsäcke, stell dir vor, du schleppst vier Erdsäcke.« Paul über die Stiegen hinauf zum Auto zu schleifen, war schwieriger, als Finz gedacht hatte. Er brauchte gut 20 Minuten, um die zehn Stufen zu überwinden und den Toten auf die Ladefläche seines Wagens zu hieven.

Seine Lungen brannten, der Schweiß rann aus all seinen Poren. Er deckte den Toten mit einer Plastikplane zu. Er wusste, was er damit machen würde. Er hatte in seiner Firma einen riesigen Schredder, in dem der Baum- und Strauchschnitt des ganzen Bezirkes professionell zerkleinert wurde. Er würde die Leiche samt der Plane in diesem Haufen verstecken.

Der Radlagerfahrer, der um 7 Uhr mit seiner Schicht begann, würde gar nicht bemerken, was da mit der Greifzange erfasst wurde. Auch die Plane war nicht verräterisch. Viele Zulieferer lieferten Strauchschnitt in Plastikplanen. Und wenn der Schredder dann 300 Kubikmeter Gstauder hintennach schickte, fiel auch das bisschen zerkleinerte Biomasse nicht auf.

Schon am nächsten Tag würden seine Überreste auf einer Miete aufgesetzt werden, zusammen mit Gesteinsmehl, Pflanzenkohle und all den grob zerkleinerten Ästen und Baumstämmen. Ein paar zertrümmerte Knochen würden dabei gar nicht auffallen. Die Mieten werden bei der »Inkaerde« regelmäßig umgesetzt. Mit Fräswalzen bearbeitet, belüftet und gemischt. Und wenn die angehende Komposterde dann nach acht Wochen durchs Trommelsieb geschüttelt wurde, würden im Siebüberlauf nur mehr die groben Knochen überbleiben, aber die würden wie in jedem Kompostwerk einfach in den Kreislauf zurückgeführt werden, bis auch der letzte Rest vom Paul wieder Teil der Natur war.

Finz' Plan war einfach perfekt. Er scheiterte nur an einem einzigen bedauerlichen Umstand: Der Schredder war nicht da. Finz erstarrte, als er dies bemerkte und sich erinnerte. Sein Geschäftspartner hatte das Gerät am Vortag zur Wartung gebracht.

»Scheiße, Scheiße, Scheiße!« Er schlug mit den Händen gegen das Lenkrad. Er hatte Eva versprochen, dass er ihren Albtraum beenden würde, aber seiner hatte gerade erst begonnen.

Was nun, was sollte er tun? Seine Gedanken drehten sich im Kreis. Er musste diese Leiche loswerden. Jetzt sofort. Es fing schon zu dämmern an. Denk nach, denk nach. Er könnte die Leiche in einer der Mieten verstecken, bis der Schredder wieder zurück war. Aber die Wartung dauerte erfahrungsgemäß ein paar Tage. Ein paar Tage im Hochsommer. Er wollte gar nicht daran denken, in welchem Zustand der Körper dann war. Außerdem waren viel zu viele Arbeiter auf dem Gelände. Das Ganze war zu riskant. Sein Blick wanderte zu dem Flyer auf dem Beifahrersitz. Der »Klub der Grünen Daumen«. Das war die Lösung. Veras Beet, das am Wochenende gebaut werden sollte. Das Fundament war schon gegraben.

Er startete den Wagen und fuhr zu Veras Haus. Auch diesmal näherte er sich dem Anwesen von der Hinterseite ohne Licht. Zum Glück war die Gegend in Sankt Martin bretteleben und die Wiese hinter dem Garten bereits gemäht, sodass er über diese problemlos zu Veras Garten zufahren konnte. Dass sie ihn hörte, schloss er aus. Da war die Scheune dazwischen. Er parkte direkt neben dem Aushub zum neuen Hügelbeet. In Windeseile schob er die Zweige, die er und Vera bereits über dem Fundament ausgebreitet hatten, zur Seite und warf Pauls Leiche in die Grube. Dann holte er mehrere Säcke Inkaerde, die er auf seinem Pick-up hatte, und entleerte diese über dem Toten. Jetzt die Zweige und Äste wieder darüber geben. Er schnaufte, der Schweiß rann ihm in Strömen über die Stirn. Er ging mehrmals um das Beet herum, um sich zu vergewissern, dass auch nichts von Pauls Leichnam zu sehen war. Auf einmal hörte er ein Geräusch. Er fuhr herum. Wer war da? War er beobachtet worden? Aber es war nur Veras Huhn, das von einem Bein auf das andere tanzte und ihn anglotzte. Finz ignorierte das Huhn, raffte die Plane zusammen und schmiss diese auf den Pick-up. Die würde er morgen verbrennen, genauso wie seine Kleidung und seine Gartenhandschuhe. Zum Glück hatte er für die Herstellung der Pflanzenkohle einen kleinen Verbrennungsofen. Er startete den Wagen und fuhr nach Hause. Er hatte getan, was getan werden musste.

Franz Grandits las Finz' Geständnis, in dem er alles zugegeben hatte, was er getan hatte, mehrmals durch. Er ärgerte sich, dass der Staatsanwalt nicht ihn, sondern den Kollegen aus Eisenstadt zur Aufnahme des Protokolls hinzugezogen hatte. Immer diese Benachteiligung der Kollegen aus dem Süden. Er wäre auch in einer Stunde in Eisenstadt gewesen. Aber bei der Befragung dieser Eva würden er und die Marlies dabei sein. Das hatte er sich ausbedungen.

»Es ist schon ein Witz, dass die burgenländische Landespolizeidirektion ganz im Norden in Eisenstadt ist«, sagte er zu seiner Kollegin auf der Fahrt über die B50. »Keiner aus den Bezirken Oberwart, Güssing oder Jennersdorf kann dort je einen Job annehmen und Karriere machen, außer er zieht nach Eisenstadt, denn zum Pendeln ist das einfach zu weit. Und dann holen sie uns nicht einmal dazu, wenn der Kreishofer auspackt.«

Marlies gab ihm recht. »Ja, würdest du denn gerne in der Landespolizeidirektion arbeiten?«, fragte sie.

»Natürlich nicht«, knurrte Franz Grandits, »aber es geht ums Prinzip.«

Vor ihm tuckerten drei Lkws über den Sieggrabener Berg. Ans Überholen war nicht zu denken. Franz Grandits hätte größte Lust gehabt, das Blaulicht anzumachen und an denen vorbeizudüsen. Aber er wusste, was Marlies von solchen Aktionen hielt, also ließ er es bleiben. Er war frustriert.

Seine Laune besserte sich auch nicht, als er in Eisenstadt ankam und Eva Achleitner gegenübersaß, die nun ebenfalls eine Zelle in der Justizanstalt bezogen hatte. Aus der geplanten Befragung wurde nämlich nichts. Eine halbe Stunde lang überschütteten er und seine Kollegin Eva mit Fragen, aber die blieb einfach stumm. Sie sagte kein Wort. Kein einziges.

KAPITEL 44
VERA SUCHT NACH ZEUGEN

Rauchschwalben verdanken ihren Namen einem besonderen Umstand. In früheren Jahrhunderten flogen sie vielfach durch die Öffnungen im Giebel ein und aus, durch die auch der Rauch des Herdfeuers abzog.

»Wo Schwalben nisten, da wohnt das Glück«, hatte die Urlioma immer gesagt. Jahrelang war das Schwalbennest unter dem Dachvorsprung leer gestanden. Die Schwalbenpopulation im Südburgenland war zuletzt drastisch zurückgegangen. Umweltschützer machten die Pestizide auf den Feldern dafür verantwortlich. Aber dann waren doch wieder vereinzelt Schwalbenpärchen aufgetaucht.

Ein Rauchschwalbenpärchen hatte auf seinem Erkundungsflug das verwaiste Schwalbennest aus Schlammklümpchen und Stroh unter dem Mauervorsprung am Urliomahof entdeckt, saniert und bezogen. Schon bald brütete das Weibchen und wurde vom Männchen mit Nahrung versorgt. Dann schlüpften die Jungvögel, und fortan kümmerten sich beide Elternteile um die Brut, schleppten unentwegt Insekten herbei, um die ewig hungrigen Schnäbel zu stopfen. Zwei- bis dreimal brüten Schwalben im Sommer, bevor sie im Herbst zum Überwintern nach Afrika fliegen.

Als Vera an diesem Nachmittag nach Hause kam, war sie Zeugin eines besonderen Ereignisses: Die Flugschule hatte begonnen. Das Schwalbenpaar lehrte die Jungen das Fliegen. Mit wildem Gezwitscher ermunterten die Eltern den Nachwuchs, ihnen in Achterschleifen durch den Innenhof zu folgen. »Wid wid.« Ein rasch fließendes, melodisches Rufen war das. Der ängstliche Nachwuchs wurde mit Futter gelockt und von den älteren Geschwistern angespornt, bis die ganze Vogelschar ihre Kreise zog, immer und immer wieder, unermüdlich, in einem immer rasanteren Tempo.

Vera fragte sich, was ihr Schwalbenpärchen wohl von Treue hielt. Sie hatte von einer amerikanischen Biologin gelesen, die herausgefunden hatte, dass Schwalbenweibchen unglaublich hohe Ansprüche an ihre Partner haben. Vor jeder Brutsaison scheinen die Weibchen die Qualitäten ihres Partners neu zu bewerten. Schneidet das bisherige Männchen im Vergleich zu einem neuen schlechter ab, gehen sie fremd und legen ihrem Gatten »Kuckuckseier« ins Nest. Das bedeutet, dass die Weibchen der Rauchschwalben den Markt genau beobachten und für diese das Paarungsspiel anscheinend niemals beendet ist.

Vera hatte heute eine unangenehme Fahrt vor sich. Sie musste Carla und den Hund zu Evas Mutter nach Eisenstadt bringen. »Die Polizei hat ein paar Fragen an deine Mama, und bis das geklärt ist, bleibst du besser bei der Oma.« Mehr hatte sie nicht gesagt, und Carla hatte erstaunlicherweise auch nicht nachgefragt. Sie nickte nur, setzte ihre Kopfhörer auf und verschwand in ihre eigene Welt. Sie war ein extrem introvertiertes Mädchen. Vera hätte auch nicht gewusst, was sie hätte sagen sollen. Wie erklärt man einem Kind, dessen Vater gestorben war, dass seine Mutter unter Mordverdacht stand?

Evas Mutter sah wie eine ältere Version von Eva aus. Die gleiche zierliche Gestalt, die gleichen wasserblauen Augen.

Nur dass die Haare von Evas Mutter nicht schwarz, sondern grau waren. Sie schloss Carla in die Arme und blickte dann Vera prüfend an. »Eva hat mir von Ihnen erzählt. Ich bin froh, dass sie im Süden Freunde gefunden hat. Sie hat es nicht leicht gehabt in ihrer Ehe mit dem Paul.«

Vera nickte.

»Sie sind doch Journalistin, Sie müssen ihr helfen. Helfen Sie, die Wahrheit ans Tageslicht zu bringen.«

Vera fuhr nachdenklich nach Sankt Martin zurück. Wie konnte sie helfen? Was konnte sie tun?

Sie war keine Polizistin, keine Detektivin. Doch dann fiel ihr ein, was sie tun konnte: Sie konnte schreiben.

Die »Paul-Achleitner-Saga« war inzwischen ohnehin schon eine fixe Rubrik im »Burgenländischen Boten«. »Gibt es was Neues in dem Fall?«, fragte der immer unter Strom stehende Chefredakteur sie mittlerweile fast täglich.

»Ich dachte, ich könnte eine sehr persönliche Kolumne schreiben, in der ich die Ehefrau thematisiere«, überlegte Vera. »Sie spricht nicht mit der Polizei. Aber mit mir hat sie vor ihrer Verhaftung gesprochen, sie hat mir sogar gesagt, dass sich ihr Mann am Vorabend seines Todes mit einer anderen Frau getroffen hat.«

»Super Gschicht«, sagte der Chefredakteur, »wenn da was dran ist, wird das die Coverstory.«

Diese Kolumne war allerdings einer der schwierigsten Texte, den Vera je geschrieben hatte. Um Eva zu helfen, um Sympathie für sie in der Öffentlichkeit zu bekommen, musste sie einiges an Persönlichem aus dem Leben ihrer Freundin preisgeben. Andererseits wollte sie aber nichts von dem verraten, was Eva ihr im Vertrauen erzählt hatte. Sie beschloss, den Artikel aus ihrem eigenen Blickwinkel zu verfassen. Sie schrieb, wie sie Eva kennengelernt hatte, wie sie sich langsam mit ihr angefreundet hatte. Wie ihr Hobby, die Gärtnerei, ihr als der Zugereisten geholfen hatte, sich zu integrieren. Beim letzten Absatz kämpfte Vera etwas. Wenn sie jetzt über den Hosentaschenanruf und Evas Verdacht über die vermeintliche Affäre von Paul schrieb, begab sie sich in die Untiefen des Boulevards. Das wollte sie Carla nicht antun. Also beschrieb sie dieses angebliche Treffen bewusst neutral. Paul war am Abend vor seinem Verschwinden mit einer Frau unterwegs gewesen. Diese Zeugin wurde nun dringend gesucht, da sie eventuell wichtige Hinweise zur Lösung des Falls abgeben konnte.

Vera hatte die Rechnung freilich ohne ihren Chef gemacht. Der änderte nämlich den von ihr verfassten Titel »Fall Achleitner: Zeugin gesucht!« ganz dreist in »Mörderin oder Ehebrecherin? Wer kennt die geheimnisvolle Frau?« Und darunter stellte er natürlich auch aussagekräftige Bilder von Eva und Paul und einen Screenshot des gefesselten Paul im Keller. Damit gleich jeder wusste, dass es wieder einmal um den übergeschnappten Architekten ging.

Er freute sich jetzt schon auf die Verkaufszahlen. Die Hefte würden weggehen wie warme Semmeln. Er würde den Artikel auch gleich online stellen. Mit der Bitte an alle Online-User, ihn möglichst oft zu teilen. Wegen der sachdienlichen Hinweise oder so. Er rieb sich die Hände. Er war ein Genie. Genauso generierte man Clicks.

Herbert alias Bandscheibe parkte sein Taxi vor dem Supermarkt am Flughafen Wien-Schwechat. Er parkte immer dort, wenn sich ein Urlaubsflieger verspätet hatte und er Zeit totschlagen musste. Er angelte nach seinem Handy und fing an, in seinen sozialen Netzwerken zu surfen.

Seit er und Herbert alias Tennisarm regelmäßig auf Kur

nach Bad Tatzmannsdorf fuhren, bekamen sie auch regelmäßig Berichte aus dieser Region angezeigt.

»Mörderin oder Geliebte, wer kennt diese Frau?«, las Herbert. Er scrollte runter. »Das gibt's doch nicht!« Er musste sofort seinen Freund anrufen. Der würde das auch nicht packen.

»Gelateria Italiana, pronto.«

»Herbert, ich bin's, der Herbert!«

»Is was Dringendes, ich schwimm grad total. Bei der Hitz wollen alle ein Eis.«

»Ich glaub schon, dass dich das interessiert.«

»Ja, was ist denn, mach's nicht so spannend. Scusi, Signorina, un momento per favore?«

»Weißt du noch, wie wir mit der Vicky auf der Kur im Tanzcafé waren?«

»Ja, natürlich weiß ich das … aber könn ma darüber bitte ein anderes Mal … ja, ich komm schon … un momento, torno subito.«

»Na, da hat sie doch jemandem eine Textnachricht und ein Foto geschickt.«

»Ja, ich erinnere mich … aber Herbert, ich kann jetzt wirklich nicht.«

»Nix, aber. Der Jemand ist tot, finito. Und da ist auch ein Foto von dem Mann dabei. Das Ganze sieht sehr wie ein Lustmord aus.«

Jetzt hatte er die volle Aufmerksamkeit seines Freundes.

»Die Zeitung will wissen, wer die Frau war, mit der er sich am Vorabend seines Todes getroffen hat, und wir wissen beide, wer das war. Das war unsere Vicky.«

»Oida! Bist du deppert«, sagte der Herbert und dann noch einmal: »Oida, des is oag.«

Vera saß den beiden Männern gegenüber, die sie um ein vertrauliches Treffen in einer Tankstelle im Mittelburgenland gebeten hatten.

Sie war mit Pauls Wagen gekommen. Eigentlich hätte sie nicht damit fahren dürfen. Der Wagen war Teil von Pauls Nachlass. Aber da das Auto in dem Fall keine Rolle spielte, hatte sich die Polizei nicht dafür interessiert. Bis jetzt hatte sie noch niemand danach gefragt und außerdem, wie hätte sie auch sonst zur Tankstelle kommen sollen? Der Pendlerbus, der die Strecke mehrmals täglich abfuhr, hätte sich wohl kaum auf einen außertourlichen Stopp eingelassen.

Die Tankstelle war gut besucht. Dutzende Männer saßen in der kleinen Cafeteria, tranken und rauchten. Das ist auch so eine burgenländische Sitte, dachte Vera, dass sich die Leute zum Saufen auf der Tankstelle treffen. Von wegen don't drink and drive.

Sie erkannte die beiden angeblichen Zeugen sofort. Die einzigen beiden Männer, die Eistee tranken und abseits von den Tankstellensäufern Platz genommen hatten.

Die beiden Herberts wollten ihre Nachnamen nicht preisgeben, erklärten aber, dass sie beide in Wien wohnten und regelmäßig zur Kur nach Bad Tatzmannsdorf fuhren. Sie wirkten sehr vertraut miteinander. Vera hatte in der Medienszene mit so vielen homosexuellen Stylisten, Fotografen und Visagisten zu tun gehabt, dass sie sofort vermutete, dass die beiden ein Paar waren. »Ihre Tasche ist bezaubernd, ich liebe Jérôme Dreyfuss«, schwärmte der kleinere Herbert, der mit dem Schnauzbart.

»Sind Sie in der Modebranche?«, fragte Vera.

Herbert hüstelte: »Nein, ich bin in der Mietwagenbranche, aber ich bin modisch interessiert.« Er klopfte seinem

Freund einen Fussel vom Hemd. Ein schönes Hemd und auch ein schöner Mann, kurze schwarze Locken, graue Schläfen.

»Sie waren also Anfang Juni zur Kur in Bad Tatzmannsdorf?«, begann Vera.

»Si«, sagte Herbert, der Eisverkäufer, der noch immer im Arbeitsmodus war.

Der Taxifahrer stieß ihn in die Rippen. »Also, ich meine ja«, korrigierte er sich.

»Wir sind mit der Vicky beim Trinkbrunnen ins Gespräch gekommen. Das Wasser ist ja so gesund, obwohl es echt grausam schmeckt. Ich glaub, da ist Schwefel drinnen.«

»Nein, das mit dem Schwefel ist in Baden, Herbert. Ich glaub, das Wasser in Bad Tatzmannsdorf enthält Magnesium.«

»Da ist doch dieselbe Thermenlinie. Wenn es in Baden Schwefel enthält, dann muss es doch auch in Bad Tatzmannsdorf Schwefel enthalten.«

»Nicht unbedingt, denn dort sind ja die Gesteinsschichten ganz anders, Herbert.«

Ich habe mich nicht getäuscht, dachte Vera. Die beiden benehmen sich wirklich wie ein altes Ehepaar.

»Also, was ist jetzt mit der Vicky?«, fragte sie.

»Die Vicky fand das Wasser auch grauslich, deshalb haben wir ihr vorgeschlagen, dass wir am Abend mit ihr was Gescheites trinken gehen. Ins Tanzcafé am Hauptplatz. Da ist es immer lustig«, erklärte der Pseudoitaliener.

»Die Vicky war nämlich noch nie auf Kur in Bad Tatzmannsdorf«, ergänzte sein Freund. »Also haben wir gedacht, wir nehmen sie ein bisschen unter unsere Fittiche. Weil, wenn man ganz allein ist, ist das echt öde. Die Vicky hat ja noch niemanden gekannt.«

»Das heißt, wir haben *gedacht*, sie hat noch niemanden gekannt«, ergänzte der erste Herbert.

»Aber dann waren wir mit ihr im Tanzcafé, und ihr Handy ist am Tisch gelegen, und auf einmal sind diese Nachrichten gekommen, von einem Traummann, der sie wiedersehen will. Irgendwas vom Ende der Eiszeit und dass er diesmal die Kleider anlässt.«

»Und dann haben wir ihr das Handy weggenommen und uns das Foto des Typen angeschaut. Und das war der Tote aus Ihrem Artikel.«

»Sind Sie sich sicher?«, fragte Vera.

»Wir sind uns ganz sicher!«, sagte der eine Herbert inbrünstig.

»Hundertpro!«, bestätigte der andere. »Wir haben die Vicky natürlich ausgefratschelt, wer das ist, aber sie hat total geheimnisvoll getan. Und danach haben wir sie nicht mehr gesehen. Sie hat sich nicht mal von uns verabschiedet.«

Er wirkte ein bisschen beleidigt. »Das ist ja auch komisch, oder? Die war einfach nicht mehr da, obwohl sie am Montag noch die Schlussuntersuchung gehabt hätte. Und das mag die Krankenkassa gar nicht, wenn man da nicht hingeht. Das wird sicher Konsequenzen haben. Da muss sie sicher ein Pönale zahlen. Wer weiß, ob die ihr noch mal eine Kur bewilligen.«

»Habt ihr irgendwelche Infos zu ihr, Nachname, Adresse, Telefonnummer?«

Vera merkte vor lauter Aufregung gar nicht, dass sie zum vertraulichen Du übergegangen war.

Die beiden Herberts schienen sich nicht daran zu stören, schüttelten nur den Kopf.

»Wie hat sie ausgesehen?«

»Sie war sehr hübsch, Mitte, Ende 30, Bombenfigur«, sagte der modeaffine Herbert mit dem Schnauzbart. »Sie hatte schulterlange Locken, keine Dauerwelle, Natur, nur die Farbe war nicht echt. Sie war aber gut gefärbt. Balayage Technik. Das kostet.« Er rieb den Mittelfinger der rechten Hand gegen den Daumen, um zu unterstreichen, wie teuer das Procedere war.

»Baller- was?«, fragte Vera.

»Balayage, das ist eine Freihand-Färbetechnik für natürliche Strähnen«, erklärte der Eisverkäufer. »Sieht ganz natürlich aus, wie von der Sonne geküsst. Bella Bionda.« Diese italienischen Wörter kamen ihm mittlerweile so unwillkürlich über die Lippen wie einem Tourettekranken das Fluchen. Dabei war Herbert ein waschechter Ottakringer.

»Und ihr Nagellack war Bombe. Sie hatte Gelnägel, aber die hat sie nochmal neonrot überlackiert mit dem neuen Look Lack von Chanel«, ergänzte der andere Herbert.

»Neonroter Lack«, Vera war auf einmal wie elektrisiert. »Aber was ist ein Look Lack?«

»Du weißt nicht, was ein Look ist?«, fragte der italophile Herbert erstaunt. »Also das Ganze ist so: Fashionhäuser wie Chanel bringen jede Saison eine streng limitierte Make-up-Kollektion heraus, um einen angesagten Look zu schminken.«

»Und der aktuelle Chanel Look ist von Karl Lagerfelds Katze Choupette ausgewählt worden«, hauchte der kleinere Herbert atemlos. »Karl Lagerfeld war der Designer von Chanel. Er weilt ja nicht mehr unter uns, Gott hab ihn selig. Aber Choupette hat sein Erbe angetreten. Sie hat zwei Zofen, ihr eigenes iPad und isst von Designergeschirr von Goyard. Zu Weihnachten bekommt sie Kaviar serviert.«

Vera fielen fast die Augen aus dem Kopf, als sie das hörte. Die Zofen mussten sich vermutlich nicht mit spritzenden Katzenfutterbeuteln herumschlagen.

»Choupette ist die reichste Katze der Welt. Aber nicht nur, weil sie von Karl Lagerfeld geerbt hat. Sie ist eine moderne, emanzipierte Katze. Sie hat eine eigene Karriere. Sie hat als Model über drei Millionen Euro verdient«, erzählte er weiter. »Am liebsten macht sie Autowerbung. Weißt du noch, die Kampagne mit Laetitia Casta?« Er sah seinen Partner schwärmerisch an.

»Auf jeden Fall hat Choupette schon 2014 eine eigene Make-up-Kollektion herausgebracht, und aktuell durfte sie die Farben für die letzte Cruise Collection auswählen. Das ist der Look, den man trägt, wenn man auf Kreuzfahrt geht.«

»Und wie wählt eine Katze Make-up für eine Kreuzfahrt aus?«, fragte Vera zweifelnd.

»Das kann man an ihrer Mimik ablesen«, sagte Schnauzbartherbert todernst. »Wenn ihr etwas nicht gefällt, macht sie ein ›resting bitch face‹. Also auf gut Deutsch, sie schaut grantig. Kennst du ›grumpy cat‹?«

Er versuchte, eine grantig dreinblickende Katze zu imitieren. Sein Freund warf den Kopf in den Nacken und lachte schallend. Die Trankler am Nebentisch unterbrachen ihr Gespräch und schauten neugierig herüber.

Vera fiel die Kinnlade runter. Die Welt dreht sich nicht mehr lange, dachte sie.

»Auf jeden Fall hatte die Vicky den Nagellack aus der Choupette-Kollektion auf den Nägeln«, fuhr Herbert fort. »Eine Traumfarbe. Ein ganz grelles Rot. Wie ein roter Goldfisch.«

»Wahrscheinlich hat die Farbe Choupette deshalb so gut gefallen«, ergänzte sein Freund. »Der Lack heißt ›Koi‹.

Nach den Koi-Karpfen, die wie mutierte Goldfische ausschauen. Und die Kollektion ist TOTAL limitiert. Von dem Lack gab es vielleicht zehn Stück in Österreich, und die waren sofort weg. Ich schwör dir, die werden in ein paar Wochen um 1.000 Euro auf eBay gehandelt.«

Vera machte sich eifrig Notizen. Dass sie das Gespräch aufnahm, hatten die beiden Herberts abgelehnt, aber es war auch so aufschlussreich genug gewesen. Sie hatte eine Spur. Eva hatte nicht fantasiert. Paul hatte sich wirklich mit einer Frau getroffen. Einer Frau, die neonroten Nagellack trug, Nagellack in derselben Farbe wie der, mit dem Pauls Brust vor seinem Tod beschmiert worden war.

*

»Das ist der größte Schwachsinn, den ich je gehört habe!«, polterte Franz Grandits ins Telefon. »Sie wollen mir weismachen, zwei schwule Kurgäste hätten Ihnen den anonymen Tipp gegeben, Paul Achleitner sei von einer Frau namens Vicky ermordet worden, die goldfischroten Nagellack trägt, der von einer Katze ausgewählt wurde?«

Vera biss sich auf die Lippen. So zusammengefasst klang ihre Theorie tatsächlich schwachsinnig.

»Es ist ein ganz besonderer Nagellack! Von dem gibt es nur ein paar Stück in Österreich.«

Vera versuchte, Terrain zu gewinnen.

»Jetzt sage ich Ihnen mal was, Frau Horvath. Unser Labor hat den Nagellack untersucht. So schlau, dieser Spur nachzugehen, waren wir nämlich schon längst. Und wissen Sie was?«

Nein, Vera wusste nicht, was.

»Diese Nagellacke sind alle gleich. Wurscht, ob man den billigen im Drogeriemarkt kauft oder den sauteuren in der

Parfümerie. Wenn das die Frauen wüssten, würden sie nicht so viel Geld für die teuren Marken beim Fenster rausschmeißen. Sogar die Farben sind gleich. So ein Rot haben Dutzende Firmen im Angebot. Dutzende! Die gibt's bei jedem ›BIPA‹.«

»Aber das ist ein Look Lack«, sagte Vera, »von Chanel.«

Doch Franz Grandits hatte schon aufgelegt.

»Diese Lokal-Journalisten sind eine einzige Pest«, schimpfte er. »Kommen mit den wildesten Geschichten an, nur damit sie uns dann zitieren und wieder einen Blödsinn schreiben können.«

»Soll ich nicht trotzdem überprüfen, ob Anfang Juni eine Vicky auf Kur da war?«, fragte Marlies, nachdem sie die ganze Geschichte gehört hatte.

»Tu, was du nicht lassen kannst«, sagte Franz Grandits, »aber ich kann dir jetzt schon sagen, was rauskommt: gar nichts. Diese anonymen Zeugen waren Wichtigtuer, die in die Zeitung kommen wollten. Weißt, wie viele Trottel es da draußen gibt, die einen Tanz machen, nur damit ihr Bild in der Lokalzeitung ist?«

Die Auswertung der Gästedaten schien ihm recht zu geben. Rund um das Wochenende zur »Nacht der Ballone« hatten Frauen namens Veronika und Vanessa gekurt, auch eine Valerie und eine Valburga. Aber keine Viktoria oder Vicky.

KAPITEL 45
DER FRAUENDREISSIGER

Das Wachstum des Geweihs wird beim Hirsch über das männliche Geschlechtshormon Testosteron gesteuert.

»Die alten Germanen glaubten, den Frauen wohne etwas Heiliges und Seherisches inne; deshalb achteten sie auf ihren Rat und hörten auf ihren Bescheid.« Johannas Stimme klang klar und dunkel, als sie diesen Satz aussprach, mit dem sie das aktuelle Treffen des »Klubs der Grünen Daumen« eröffnete.

Vera lächelte verzaubert. Sie liebte es, diese Geschichten aus alter Zeit zu hören.

»Wir haben heute den 15. August«, fuhr Johanna fort, »und die nächsten 30 Tage sind eine ganz besondere Zeit, speziell für uns Frauen. Heilkräuter haben jetzt ihre höchste Heilkraft. Man nennt diesen Zeitraum deshalb auch den ›Frauendreißiger‹. Frauendreißiger deshalb, weil die Kräuterkunde, traditionell gesehen, eine weibliche Kunst ist. Kultiviert und weitergegeben von Frauen, die dafür eine besondere Gabe, eine Intuition hatten.«

»Hexen«, sagte Mathilde.

»Ja, Kräuterhexen«, bestätigte Johanna. »Das kann man durchaus so sagen. Kräuter wurden früher nicht nur zu Heilzwecken, sondern auch für magische Rituale verwendet, und einige von ihnen galten als Schutz- oder Zauberpflanzen. In vorchristlicher Zeit durchstreiften Frauen und Kinder in der Sommermitte die Wiesen und sammelten körbeweise Kräuter. Vor allem die Hebammen und Heilerinnen deckten sich mit Vorräten für den Winter ein. Es gab dabei auch bestimmte Rituale, die beim Pflücken beachtet wurden.«

Johanna las weiter aus ihrem Skript vor.

»Der Brauch, Kräuterbuschen zu sammeln und den Göttern zu weihen, geht auf das keltische Fest ›Lugnasad‹ zurück, das Fest des Lichts, das zwischen Mitte Juli und Mitte August zelebriert wurde. Der Lichtgott Lug feierte Hochzeit mit der Göttin der Erde, und alle Menschen waren aufgefordert mitzufeiern. Es war ein Fest des Feuers, bei dem gefeiert, ausgiebig gegessen, getrunken und getanzt wurde. Ein wichtiger Bestandteil des Festes war das Binden von Kräuterbuschen, die mit einem Segensgebet geweiht wurden. Unter dem Christentum wurde die Kräuterweihe unter den Schutz der Heiligen Maria gestellt – seither feiert man diesen Brauch am 15. August, zu Maria Himmelfahrt. Die Legende besagt, dass, als am dritten Tag nach Marias Begräbnis die Apostel ihr Grab besuchten, ihr Leichnam fehlte. Stattdessen war das Grab voll mit Rosen, Lilien und Heilkräutern.«

Vera musste bei Johannas Erzählung sofort wieder an Paul und ihr Hügelbeet denken. Diese Geschichte würde sie wohl nie wieder loslassen.

»Mir tuan zu Maria Himmelfahrt in da Kira imma uan Kreitabuschn segna lossn«*, sagte Mitzi. »Fian Herrgottswinkl.«**

* Wir lassen in der Kirche immer einen Kräuterbuschen segnen.
** Für den Herrgottswinkel.

Sie erzählte von ihrem Herrgottswinkel, einem Eckschränkchen über dem Küchenbankerl, in dem sie ihr Kruzifix, ihren Rosenkranz und die Bibel aufbewahrte. Auch der geweihte Palmzweig und Sterbebildchen von Verstorbenen, die bei Begräbnissen verteilt werden, um der Toten zu gedenken, fanden sich dort.

»Ein Kräuterbuschen im Herrgottswinkel sollte Haus und Hof vor Krankheiten, Naturkatastrophen und bösen Mächten schützen«, erklärte Johanna. »Solche Kräuterbuschen werden auch nicht weggeworfen, sondern im Winter zum Räuchern verwendet, besonders in den zwölf Raunächten zwischen Weihnachten und Dreikönigstag.«

»Was für Kräuter kommen in so einen Kräuterbuschen?«, fragte Vera.

»Die wichtigste Pflanze für den Kräuterbuschen ist die Königskerze«, erklärte Johanna. »Die Königskerze nannte man früher auch ›Unholdenpflanze‹. Man glaubte, sie schütze vor bösem Zauber. Dann auch noch Beifuß, Baldrian, Arnika, Johanniskraut, Liebstöckl, Ringelblume. Je nach Brauchtum und Gegend variiert die Anzahl. Es gibt Sträuße aus sieben, neun, zwölf oder gar 33, 77 und 99 Pflanzen. Da spielt die Zahlenmagie mit hinein. Eine bestimmte Anzahl von Kräutern im Buschen soll die Wirkung verstärken.«

Johanna räusperte sich, richtete ihre Lesebrille und fuhr mit dem Vortrag fort. »Rituale und Heilkräuter gehören seit Urzeiten zusammen. Unsere Vorfahren hatten eine viel stärkere Verbindung zur Natur und zu den Pflanzen. Bestimmte Rituale verstärkten nach ihrem Glauben generell die Wirkung der Kräuter, waren aber auch ein Ausdruck für Achtung, Ehrfurcht und Dankbarkeit. Deshalb wurden beim Pflücken der Pflanze auch Beschwörungen und Gebete gesprochen. Und Wurzeln durfte man niemals mit einem Eisenwerkzeug ausgraben. Stattdessen verwendete man sakrale Werkzeuge wie Hirschgeweihe oder Grabgabeln aus Lindenholz. Der Hirsch und die Linde galten früher als heilig.«

»Wauns dunnert hot, hot mei Oma imma trockene Kreitln aufd' haaße Herdplottn gschmissn und gsogt: Hortnau und Düll, mochts Weida stüll.«*

»Hartheu oder Hartenau sind alte Namen des Johanniskrautes«, sagte Johanna. »Darüber haben wir schon das letzte Mal gesprochen. Dill ist ebenfalls ein Schutzkraut bei Unwetter. Heute kombiniert man für den Kräuterbuschen vielerorts wilde Kräuter und Gartenpflanzen: eine Königskerze in der Mitte des Buschens, eine Rose für die Muttergottes, Getreideähren als Dank für unser tägliches Brot. Ich gebe auch gerne Frauenmantel, Kornblume, Quendel und Wegwarten dazu und hänge den Buschen dann unter den Arkaden auf.«

»Isabella hat euch eine Liste mit diversen Pflanzen und deren Symbolik und Wirkung zusammengestellt«, fuhr Johanna fort.

Die Kräuterpädagogin verteilte Zettel. Vera wusste inzwischen, was diese Berufsbezeichnung beinhaltete: Kräuterpädagoginnen befassten sich mit heimischen Nahrungs- und

---

* Wenn es gedonnert hat, hat meine Oma immer trockene Kräuter auf die heiße Herdplatte geschmissen und gesagt »Hartenau und Dill, macht's Gewitter still«.

Heilpflanzen und deren Anwendung, und dafür musste man einen Lehrgang absolvieren.

Die Frauen gingen jetzt mit diesen Listen durch Johannas Garten und hatten die Erlaubnis, nach Lust und Laune passende Pflanzen für ihre individuellen Kräuterbuschen zu pflücken.

Nur Vera war nicht ganz bei der Sache.

»He, träumst du?« Mathilde stieß Vera den Ellenbogen in die Rippen. Sie trug heute ein getupftes hellblaues Kleid und hatte ihre Stirnfransen zu einer riesigen Tolle toupiert. Für diese Frisur war sicher eine halbe Flasche Haarspray draufgegangen.

»Ehrlich gesagt, denke ich gerade an die Eva«, antwortete Vera.

»Ist die noch immer … in Eisenstadt?« Mathilde vermied das Wort Gefängnis bewusst.

»Ja. Aber ich glaub einfach nicht, dass sie das war. Ich würde ihr echt gerne helfen.«

Sie erzählte Mathilde in knappen Worten von ihren Ermittlungen und der Reaktion der örtlichen Polizei.

»Schwule Kurgäste und Karl Lagerfelds Katze, die Make-up macht. Das hört sich echt abgefahren an«, staunte Mathilde.

»Ich glaube trotzdem, dass die beiden Herberts das nicht erfunden haben«, sagte Vera, »die Frau gibt es. Das sagt mir meine weibliche Intuition.«

»Deine Kräuterhexenintuition«, lachte Mathilde. »Also wenn es diese Frau gibt, dann finden wir die auch. Wie hat die noch mal ausgesehen? Kannst du mir eine Beschreibung geben?«

»Blonde lange Haare, Mitte bis Ende 30, fesch, goldfischroter Nagellack«, sagte Vera.

»Dann klappern wir einfach alle Hotels und Pensionen in Bad Tatzmannsdorf ab. Wenn das kein Geist war, muss die ja wer gesehen haben.«

»Das hab ich schon versucht, aber die Hotels haben alle abgeblockt wegen Datenschutz«, seufzte Vera.

»Weil du nicht von da bist.« Mathilde schlug sich auf den Mund. »Nein, entschuldige, du bist natürlich schon von da, aber du warst einfach zu lange weg. Wichtigste Regel im Südburgenland: Du kriegst alles raus, du musst nur wen kennen, der wen kennt, der wen kennt.«

»Ich glaub nicht, dass das eine Regel ist, die nur im Südburgenland gilt«, sagte Vera ein bisschen eingeschnappt. Dass Mathilde sie nicht als Einheimische sah, wurmte sie.

»Schon, aber viele Leute hier sind ziemlich ängstlich und devot. Sie haben gehörig Respekt vor Autoritäten, davor, eine Regel zu brechen, etwas falsch zu machen. Das ist geschichtlich bedingt. Die Südburgenländer mussten sich ständig anderen Herrschern beugen. Die sind nicht so selbstbewusst wie zum Beispiel die Tiroler. Aber wenn sie wem vertrauen, helfen sie dir, wirst sehen.«

Vera wusste, dass Mathildes Küchenchef ein Tiroler war. Dennoch wusste sie nicht, was sie von diesen Stereotypen halten sollte. Eigentlich mochte sie keine Verallgemeinerungen.

Sie sah Mathilde zweifelnd an.

»Vertrau mir«, versprach Mathilde, »ich lass meine Beziehungen spielen. Eine blonde, fesche junge Kurgastfrau fällt in Bad Tatzmannsdorf auf, glaub mir.«

KAPITEL 46
VERA AUF DEM FRIEDHOF

Küken können schon im Ei über Pieptöne miteinander kommunizieren – deshalb schlüpfen sie meist auch gleichzeitig.

Vera saß unter den Arkaden und brütete über ihrem Laptop. Queen Latifah saß in ihrem improvisierten Nest in einer alten Apfelkiste in der Scheune und brütete über elf Eiern. Elf Eiern!!! Das hatte auch nur passieren können, weil sie und Letta in ihrem Pferdevirus dieses Gelege schlichtweg übersehen hatten. Vera wurde ganz anders bei dem Gedanken an die Größe des zu erwarteten Hühnernachwuchses.

Die ideale Brutzeit war zwar im Frühjahr und nicht im Hochsommer, aber Queen Latifah hatte es sich in den Kopf gesetzt, dies unbedingt jetzt zu tun.

Letta war natürlich begeistert und hatte in aller Eile einen kleinen marder- und rattendichten Paddock aus Holz und Gitter rund um die Apfelkiste angebracht und Futter und Wasser bereitgestellt. Bis jetzt hatte Vera das Huhn aber noch nicht drangehen gesehen.

Letta hatte darum begonnen, dem Huhn tropfenweise Wasser an den Schnabel laufen zu lassen. Und hob sie alle drei Tage aus dem Nest, damit sie sich entleeren konnte. Dabei pickte das Huhn dann zum Glück auch ein paar Körner, bevor es sich wieder auf die Eier setzte.

»Bist du sicher, dass da überhaupt Küken drin sind?«, fragte Veras Mutter zweifelnd. »Es gibt Hühner, die sitzen auf Eiern, bis sie sterben, wenn da nichts schlüpft.«

»Sie war zumindest sehr intim mit dem Hahn schräg vis-à-vis«, betonte Vera.

»Hoffentlich ist Carla wieder da, wenn die Küken schlüpfen«, sagte Letta.

»Hoffentlich«, sagte Vera. Sie war in dieser Mordsache noch um keinen Deut weitergekommen. Für die Polizei schien klar zu sein, dass Eva und Finz dahintersteckten, aber das konnte und wollte Vera einfach nicht glauben.

»Kommst du mit? Ich mach einen Ausflug nach Apetlon. Ich muss auf den Friedhof, eigentlich kannst du mich ja fahren mit dem schicken Auto von deiner Freundin.« Hilda Horvath war direkt wie immer.

»Was willst du auf dem Friedhof in Apetlon?«, wunderte sich Vera. »Das ist im Nordburgenland. Dort liegt doch niemand von uns?«

»Muss was erledigen«, sagte Hilda vage. »Ich lad dich auch zum Essen ein. Komm mit, allein fahren ist so fad.«

Vera zögerte. Aber dann gab sie sich einen Ruck. Warum eigentlich nicht, ein bisschen Ablenkung würde ihr guttun.

Der kleine Friedhof in Apetlon war im Burgenland vor allem bekannt, weil hier 30 Waldohreulen wohnten. Von denen ließ sich aber jetzt am hellen Tag keine blicken. Sonst wären die Vögel Zeugen eines ungewöhnlichen Vorgangs geworden:

Hilda schaute sich auf dem Friedhof mehrmals in alle Richtungen um, und als die Luft rein war, zauberte sie einen Strauß rote Rosen aus einer großen Papiertüte und legte diesen auf das Grab eines Mannes, der laut den Angaben auf seinem Grabstein erst kürzlich im hohen Alter verstorben war.

Vera war so überrascht, dass sie zu stottern begann. Ihre Gedanken überschlugen sich.

»Mama, was soll das? Wer ist das? Hattest du was? Warum legst du dem Mann Rosen aufs Grab? Warst du mit dem mal zusammen?«

Hilda grinste verschlagen. »Ach wo. Der Mann ist mir wurscht, aber ich kann seine Witwe nicht leiden. Die will ich ein bisschen ärgern. Die war immer schon ein eifersüchtiges Weib. Die flippt aus, wenn sie die Rosen findet.«

»So was macht man aber nicht!«, sagte Vera streng.

»Du hast ja keine Ahnung«, entgegnete Hilda. »Das sind meine Ex-Nachbarn, als du dauernd in Brasilien warst. Weißt eh, in dem Haus vis-à-vis, wo jetzt die Bachblütenberaterin mit ihrem arbeitsscheuen Mann wohnt. Aber die, die ich ärgern will, war die Nachbarin aus der Hölle. Das kannst du dir gar nicht vorstellen, was die mir alles anschauen hat lassen. Und das nur, weil ich einen lebenden Christbaum im Garten gepflanzt habe. Deswegen ist die durchgedreht. Der Baum würde einen Schatten in ihren Garten werfen, der Baum muss weg. Bei der Gemeinde haben sie mich angezeigt, nur wegen einem Christbaum, und wie das nichts genutzt hat, hat die blöde Funsen Streusalz rund um den Baum verteilt und Nägel in den Stamm geschlagen. Ich hab dann ein Schild vor ihrem Haus aufgestellt. Auf dem stand: ›Hier lebt eine Baummörderin!‹ Damit das ganze Dorf weiß, was das für eine ist. Und von da an war Krieg. Bis dann ihr Mann in Pension gegangen ist und die endlich weggezogen sind. Und stell dir vor, jetzt ist noch immer keine Ruhe. Jetzt geht mich die blöde Kuh im Internet deppert an. Dabei habe ich die schon dreimal blockiert, aber jetzt schreibt sie halt blöde Kommentare unter meinen Kommentaren. Du kannst dir gar nicht vorstellen, was die für einen Topfen schreibt. So alte vertrottelte Weiber sollten gar kein Internet haben. Für das Internet muss man geistig rege sein. Man muss sich informieren, so wie ich.«

»Mama, nimm die Blumen da weg.«

»Sicher nicht!« Hilda Horvath schüttelte beharrlich den Kopf und reckte trotzig die Nase in die Luft.

»Ich will mit deinen komischen Racheaktionen nichts zu tun haben«, beharrte Vera. »Du machst mich ja quasi zur Komplizin.«

»Musst eh nicht zuschauen, dann geh halt inzwischen eine Runde. Ich glaub, ich schreib noch eine Karte und leg sie zu den Rosen. Hast du einen Lippenstift da?«

Vera schüttelte den Kopf, konnte sich aber ein Grinsen nicht verkneifen. Lustig war ihre Mutter schon. Nur zur Feindin durfte man sich Hilda echt nicht machen. »Ich warte beim Auto«, sagte sie.

Sie ging langsam die Grabreihen zum Parkplatz zurück. Und las gedankenverloren die Namen und Inschriften auf den Grabsteinen.

Ein Spruch berührte sie besonders.

»Bedecke nicht meine Brust mit Weinen und Seufzen. Sprich nicht voll Kummer von meinem Weggehen, sondern schließe deine Augen, und du wirst mich unter euch sehen, jetzt und immer.«

Der Tote, der hier lag, hieß Hans Tschida. Tschida, wie die Irene, die frühere Geliebte von Paul.

Vera war auf einmal wie elektrisiert. Ob das hier ihr Mann war? Tschidas gab es im Nordburgenland wie Sand am Meer. Aber das Geburts- und Sterbedatum kamen hin.

»So, ich bin fertig.« Hildas Stimme riss sie aus ihren Gedanken. »Jetzt können wir essen gehen. In Apetlon gibt es das ›Gasthaus zum fröhlichen Arbeiter‹, die kochen dort gut. Ich hab eh schon einen Hunger.«

Das Gasthaus hatte seinen Namen, weil sich hier in den 20er und 30er Jahren des letzten Jahrhunderts die Arbeiter gerne getroffen hatten, um nach der Lohnauszahlung ein Achterl Wein zu trinken. Das hob die Stimmung und so entstand der Zusatz »zum fröhlichen Arbeiter«.

Rache machte offenbar hungrig. Hilda bestellte sich ein Cordon Bleu mit Bergkäse und Rohschinken und einem eingebackenen scharfen Pfefferoni.

Vera entschied sich für die pannonische Fischsuppe mit ordentlich Fisch und Beuschl, noch mehr Paprika und ein bisserl Tarhonya. Die ungarischen Teigwaren gaben der Suppe eine angenehme Molligkeit.

Das Cordon Bleu war riesig. Hilda ließ sich den Großteil schmecken, musste dann aber doch aufgeben. »Haben Sie ein bisschen Pensionistensilber?«, fragte sie den Wirt mit Augenaufschlag. Der brachte ihr grinsend die Alufolie zum Einwickeln der Reste und fing auch sofort ein Gespräch mit Hilda über die Vorzüge der pannonischen Küche an.

Für Vera war die Gelegenheit günstig, die Frage zu stellen, die ihr schon die ganze Zeit auf den Lippen lag. »Sind Sie eigentlich mit einer Irene Tschida verwandt, deren Mann letztes Jahr bei einem Autounfall verstorben ist? Wir waren gerade auf dem Friedhof … Aua.«

Hilda hatte Vera fest unter dem Tisch getreten und sah sie warnend an.

Dass Vera ausplauderte, dass sie gerade auf dem Friedhof gewesen waren, war ihr natürlich gar nicht recht.

Der Wirt schien zum Glück nichts bemerkt zu haben. Er kratzte sich nachdenklich hinter dem Ohr.

»Na ja, wir Tschidas sind alle irgendwie verwandt. Aber mit der Irene Tschida bin ich nicht direkt verwandt oder verschwägert. Ich kenn sie aber, weil ihr Mann Hans hier im Ort begraben ist und sie den Leichenschmaus bei uns gemacht hat.«

Vera jubelte innerlich: Bingo! Was für ein Zufall. Sie erinnerte sich an die Worte von Irene Tschida.

»Die Irene hat mir erzählt, dass es bei der Trauerfeier zu einer unschönen Szene gekommen ist«, sagte Vera so unauffällig wie möglich. Sie wusste, dass ein guter Wirt niemals über seine Gäste tratscht. Also musste sie so tun, als wäre sie bereits im Bilde.

»Trauer stellt viel mit den Menschen an«, sagte der Mann nur knapp. »Sie soll sich die Vorwürfe ihrer Schwägerin nicht so zu Herzen nehmen, das war ein Unfall.«

»Ich geh mal aufs Klo«, sagte Hilda. Als sie nach zehn Minuten zurückkam, war sie noch selbstzufriedener als zuvor.

»Ist alles in Ordnung?«, fragte Vera. »Du warst so lange weg.«

»Natürlich ist alles in Ordnung«, sagte Hilda resolut.

»Los, du kannst zahlen, wir können heimfahren.«

Von wegen, ich bin eingeladen, dachte Vera.

Hilda drängte Vera zum Parkplatz, stieg in Pauls Wagen, schnallte sich an, legte das Alupäckchen mit dem übrig gebliebenen Cordon Bleu auf die Fensterablage und setzte ihre Sonnenbrille auf.

»Du solltest mich als Rechercheuse anstellen«, sagte sie. »Die Schwägerin heißt Stephanie, ist Friseurin und hat dieser Irene beim Leichenschmaus einen Almdudler ins

Gesicht geschüttet, weil die was mit dem Mann von deiner Eva hatte.«

»Das hast du alles am Klo erfahren?« Vera war fassungslos.

»Natürlich nicht. Ich bin nach hinten zu den Mistkübeln, wo die ungarischen Küchenhilfen zum Rauchen hingehen. Ich kann ja Ungarisch. Russisch kann ich auch. Das mussten alle im Burgenland lernen nach dem Krieg. Das haben die russischen Besatzungsmächte bestimmt. Odin dva tri foneticheskikh. Das war jetzt Russisch, nicht Ungarisch. Ungarisch geht so: Egy kettő három fonetikus. Du hättest ja auch Ungarisch lernen können in der Schule. Schon deiner Urgroßmutter zuliebe. Die war Ungarin, Gott hab sie selig. Aber nein, du musstest ja Portugiesisch als Freifach nehmen. Wir wissen alle, wo das hingeführt hat. Was du mitgemacht hast mit diesem Brasilianer. Und die arme Letta, ohne Vater. Ein Ungar wäre besser gewesen. Den könnt ich besuchen fahren und was erzählen. Weil in ein Flugzeug setz ich mich nicht. Da sind die Strahlen so schlimm wie bei einem Panoramaröntgen. Da kriegt man Krebs, wenn man so lange fliegt.«

»Mama, kannst du bitte beim Thema bleiben.«

»Du bedank dich erst einmal bei deiner Rechercheuse und gib zu, dass Ungarisch eine wichtige Sprache ist und dass es ein Fehler war, nicht Ungarisch zu lernen.«

»Danke, Mama. Es war ein Fehler, nicht Ungarisch zu lernen.«

Hilda pfiff fröhlich vor sich hin.

»Und weiter?«, bohrte Vera.

»Nichts weiter«, sagte Hilda. »Das war alles, was ich erfahren habe. Mehr hab ich nicht gefragt. Man darf die Menschen ja nicht bedrängen. Das mögen sie nicht. Vor allem die Ungarn nicht. Die sind ein stolzes Volk.«

»Ja, aber wie heißt diese Stephanie noch und wo ist sie Friseurin?«

»Das wirst du ja wohl allein herausfinden. Du bist doch Journalistin und hast ein Internet. Können wir jetzt bitte ›Radio Burgenland‹ hören.«

Vera drehte das Radio auf. Marianne Mendt sang »Wia a Glockn«.

Hilda sang lautstark mit. Sie liebte alte Schlager.

Vera brachte ihre Mutter nach Hause und lieferte sie samt Cordon Bleu vor der Haustür ab.

»Seit wann habt ihr eigentlich eine GoPro*?«, fragte Hilda zum Abschied.

»Wir haben keine GoPro«, sagte Vera.

»Aber da hängt eine Fernbedienung für eine GoPro auf deinem Schlüsselbund.«

»Die muss an Pauls Autoschlüssel gewesen sein«, sagte Vera. »Ich habe meine einfach dazugehängt, damit ich in der Früh nicht zwei Schlüsselbunde suchen muss. Woher weißt du überhaupt, wie so was aussieht?«

»Weil ich geistig rege bin und mich informiere«, sagte Hilda.

»Wenn die Eva die GoPro nicht braucht, würde ich sie nehmen, frag sie mal.«

»Mama, die Eva ist im Gefängnis. Ich kann sie gar nichts fragen.«

»Na, im Gefängnis braucht sie sicher keine GoPro. Das ist ja logisch. Denk einmal mit«, sagte Hilda.

---

* Besonders kleiner Action Camcorder.

KAPITEL 47
VERA MACHT EINE ENTDECKUNG

Cymothoa exigua, eine parasitäre Assel, ist der einzige bisher bekannte Parasit, der ein ganzes Körperteil seines Wirts ersetzen kann. Zuerst ernährt sich der Parasit von der Zunge eines Fisches, bis er diese komplett ersetzt und dabei auch die Funktion der Zunge übernimmt.

Vera betrachtete den Schlüsselbund, der vor ihr lag. An Pauls Autoschlüssel hingen ein Hausschlüssel und ein Plastikteil, das sie bis jetzt für die Garagensteuerung gehalten hatte.

Aber Hilda hatte recht gehabt. Es war eine Fernbedienung für eine Kamera.

Wozu brauchte Paul eine GoPro? Und noch viel wichtiger: Warum war ihm diese Kamera so wichtig, dass er die Fernbedienung dazu allzeit bereit auf seinem Autoschlüssel hatte? War das nicht eine Kamera für Menschen, die sich gerne irgendwo herunterstürzen, im Affentempo, auf Skiern, Mountainbikes, Skate-, Snow- und Sonstwasboards?

So viel Vera aus Evas Erzählungen wusste, betrieb Paul außer dem Training in seiner privaten Kraftkammer keinen Sport. Außer man zählte Sex als Sport. Von dem schien Paul ja reichlich gehabt zu haben, glaubte man den Tratschereien.

Sie musste den Namen der Schwägerin herausfinden, die der Tschida Irene am Begräbnis den Almdudler ins Gesicht geschüttet hatte. Sie rief Irene an. Mailbox. Keine Antwort.

Eva hätte den Namen gewusst. Aber Eva war im Gefängnis, und bis zur Haftprüfung durfte niemand mit ihr sprechen. Ob sie noch einmal die Polizei anrufen sollte? Die würden den Namen im Handumdrehen rausfinden. Aber dann dachte Vera daran, wie dieser Inspektor sie abgeschasselt hatte. Auf eine zweite Standpauke über ihre angeblich schwachsinnigen Theorien hatte sie keine Lust. Sie brauchte Beweise.

Sie musste mehr über diese Art von Kamera herausfinden. Sie wusste, wen sie anrufen würde. Den einzig technikaffinen Menschen in ihrem Bekanntenkreis. Obwohl die Bezeichnung Bekannter eigentlich so was von nicht traf. Tom.

»Wozu braucht einer, der nie Actionsport macht, eine GoPro?«

»Dir auch einen schönen Tag. Rufst du eigentlich immer nur an, wenn du was von mir willst?«

»Wer sagt, dass ich was von dir will? Ich will nur was wissen«, sagte Vera schnippisch.

Tom lachte. »Na ja, von dir hab ich mich schon immer gerne ausnutzen lassen.«

Vera versuchte, nicht auf seine Doppeldeutigkeit einzugehen. Obwohl sie sich insgeheim über die Anspielungen freute. Er flirtete also doch noch mit ihr.

»Also zur GoPro. Der Vorteil ist, dass sie so unglaublich klein und leicht ist. Mein Nachbar hat eine, der hängt sie an eine Drohne und kontrolliert damit seine Erdbeerfelder. Der hat vier Hektar Erdbeeren, die alle zu unterschiedlichen Zeiten reif werden. So muss er nicht ständig die Reihen ablaufen, sondern kann das ganz bequem vom Liegestuhl aus erledigen.«

»Der Paul hat aber keine Erdbeerfelder.«

»Ah, um den Bondage-Typen geht es wieder. Na, der hat sicher Pornos damit gedreht.«

»Das war ja klar, dass du wieder an so was denkst.«

»Actioncam-Pornos sind eine eigene Kategorie auf Amateur-Pornoseiten.«

»Na, du musst es ja wissen.«

»Beleidigst du alle Experten, die du interviewst?« Tom hatte schon wieder diesen neckenden Unterton, der Vera wahnsinnig machte. »Um was geht es jetzt eigentlich?«

»Ich hab die Autoschlüssel vom Paul, und da hängt eine Fernbedienung für eine Actionkamera dran.«

»Dann lass uns die suchen.«

»Im Auto hab ich schon überall gesucht.«

»Nicht im Auto, bei ihm zu Hause.«

»Das ist ein Tatort. Den hat die Spurensicherung gesperrt.«

»Na, dann ziehen wir halt auch so Papieranzüge und Handschuhe an. Die gibt's in jedem Baumarkt mit Malereibedarf.«

»Du bist verrückt.«

»Deswegen liebst du mich noch immer.«

»Einbildung ist auch eine Bildung.«

»Heute Abend 20.15 Uhr beim Todesstern? Es soll regnen, und im Fernsehen ist ein Landkrimi, da sind dann wenigstens keine neugierigen Nachbarn auf der Straße.«

Vera musste lachen. Sie hatte auch immer gefunden, dass das Haus der Achleitners aussah wie der Todesstern in »Star Wars«. »Okay, heute Abend um 20.15 Uhr.«

Vera zitterte vor Aufregung, als sie die Tür zum Haus der Achleitners aufsperrte. Tom legte ihr beruhigend die Hand auf die Schulter. Eine Sekunde lang hatte Vera Angst, die Alarmanlage würde losgehen. Aber Eva hatte ihr erzählt, dass diese immer ausgeschaltet war, weil es in der Vergangenheit ständig zu teuren Fehlalarmen gekommen war. »Unsere Alarmanlage ist die Elfriede. Eine neugierigere Nachbarin gibt es nicht«, hatte sie gesagt. Aber von der Elfriede war zum Glück nichts zu sehen. Vera und Tom hatten keine Maleranzüge an, aber Vera hatte zwei Paar dünne Latexhandschuhe mitgebracht, die sich die beiden übergestreift hatten. Solche zog sie immer an, wenn sie Chilis schnitt.

Die Atmosphäre im Haus wirkte leer und verlassen. So als ob hier schon lange niemand mehr gewohnt hätte und nicht nur ein paar Wochen.

Alles war penibel aufgeräumt. Nichts lag oder stand herum. Nur auf dem Boden vor den riesigen Glasfenstern lagen ein paar tote Fliegen.

Vera hatte keine Ahnung, wo sie zu suchen beginnen sollten. Sie ging zum Küchenblock und öffnete ein paar Laden.

Unglaublich, wie ordentlich es bei der Eva war. Kochlöffel, Teigschaber, Pfannenwender, Schöpflöffel. Alles lag sauber in Reih und Glied. Bei Vera ließ sich die Lade manchmal gar nicht öffnen, verklemmte sich, weil alle Küchenutensilien wild durcheinander lagen.

»Ich glaube nicht, dass du in der Küche suchen brauchst«, zwinkerte Tom ihr zu. »Lass uns lieber ins Schlafzimmer gehen.«

Vera musste innerlich grinsen. Konzentrier dich, befahl sie sich stumm. Er redet immer so deppert. Das hat nichts zu bedeuten. Aber sie merkte, dass ihre Angst und Aufregung dafür sorgten, dass sie sich noch stärker zu Tom hingezogen fühlte als sonst. Vera räusperte sich und schluckte den Frosch in ihrem Hals hinunter.

»Das Schlafzimmer ist oben.«

Sie fanden den Raum auf Anhieb. Betonwände, graue Bettwäsche, nur offene Möbel, keine Schubladen. Das Schlafzimmer der Achleitners wirkte so steril und kühl wie der Schauraum eines unglaublich teuren Möbelhauses. Vera fühlte sich schlecht, als sie die lederbezogene Box öffnete, die eindeutig ihrer Freundin gehörte. Die Box enthielt nur Belangloses: eine Gesichtscreme, Ohropax und CBD-Tropfen. Aber es fühlte sich falsch an, in Evas privaten Sachen zu wühlen. »Du machst das, um ihr zu helfen«, sprach sie sich leise Mut zu. Sie mochte auch die Gedanken nicht, die ihr beim Anblick des Bettes durch den Kopf gingen. Was hatte Eva ihr erzählt? Paul hatte »Sachen« von ihr verlangt. Was für Sachen?

»Also hier ist sicher nichts versteckt, denn hier kann man nichts verstecken«, sagte Tom: »Wo ist der Bondage-Raum?«

»Das Fitnesscenter muss im Keller sein, aber ich war da auch noch nie.«

Sie gingen die offene Treppe wieder hinunter. »Gib mir die Hand«, sagte Tom.

Er erinnert sich daran, dass ich Höhenangst habe, dachte Vera, und das Wissen darum machte sie froh. Toms Hand fühlte sich warm und fest an. Ihre eigene Hand war eiskalt.

Das Fitnesscenter war leicht zu finden. Die Absperrungsbänder der Polizei ignorierten sie. Es war seltsam, in diesem Raum zu sein, den sie nur von den Bildern aus dem Internet und der Zeitung kannten.

Vera und Tom standen vor der breiten weißen Doppelliege aus Leder, und obwohl diese nackt und leer war, sahen sie Paul immer noch dort liegen. Gefesselt und geknebelt, mit Nagellack auf der Brust. Hier war er möglicherweise auch gestorben. Vera hätte am liebsten wieder nach Toms Hand gegriffen. Aber dann fehlte ihr dazu der Mut.

Tom inspizierte das Kästchen neben der Liege. »Gleitgel, Brustklemmen und Handschellen«, sagte er. »Nicht schwer auszumalen, auf was der gestanden ist.«

Er drehte sich zu Vera um und sah sie prüfend an. »Leg dich da einmal her.«

Sie sah ihn erschrocken an. »Ganz sicher nicht! Spinnst du?«

Tom verdrehte die Augen. »Was du schon wieder glaubst. Ich will dich hier nicht flachlegen, sondern schauen, von wo man am besten filmen kann.«

Vera merkte, dass sie rot anlief. Sie setzte sich auf die Kante der Ledercouch. »Kunstleder«, registrierte sie, als ihre Hand die Oberfläche berührte. War offenbar leichter zu reinigen.

»Du musst dich schon gescheit hinlegen«, sagte Tom, »spreiz bitte die Beine.«

»Du kannst mich mal.«

»Später vielleicht. Jetzt lass uns bitte bei der Sache bleiben.«

»Du redest immer so blöd sexistisch daher.«

»Man hört, was man hören will.«

Vera verdrehte die Augen. Das war das Schlimme an diesen Dialogen mit Tom, sie ärgerten sie und gefielen ihr gleichermaßen. Und jeder wollte immer das letzte Wort behalten.

Sie ließ sich mit größtem Widerwillen zurückfallen. Ihre Beine ließ sie fest geschlossen.

»Was, wenn der die GoPro nicht mit einer Drohne rumschwirren hat lassen, sondern irgendwo fest installiert hat?«, überlegte Tom. »Der hatte doch ein Pantscherl nach dem anderen, wie man so hört. Die Weiber, die er hier gebumst hat, wollten sich sicher nicht freiwillig filmen lassen.«

Vera fuhr hoch. »Du meinst so was wie eine Nannycam, mit der man Babysitter filmt?«

»Ja, genau, so was.«

»Nur dass hier kein Plüsch-Teddybär ist, in dessen Kopf man so was verstecken könnte.«

Vera ließ ihre Augen durch den Raum schweifen. Von wo aus könnte man sie gut filmen?

Tom folgte ihrem Blick. »Nur dass da leider nichts ist außer einer Wand. Falls er hier wirklich gefilmt hat, hat er vermutlich doch einfach ein Stativ verwendet. Und die Frauen haben mitgespielt. Ich glaub, du kannst wieder aufstehen.«

»Nein, wart noch«, sagte Vera. Ihr Nacken wurde steif und begann zu schmerzen. Sie legte nun endlich den Kopf ab.

»Du willst es also doch hier mit mir treiben. Hier. Bist du sicher?« Tom kam näher und beugte sich über sie.

»Nein, du Idiot.« Veras Blick war gerade hinauf zur Decke gerichtet. »Aber ich will wissen, was ist das weiße Kasterl da über mir?«

»Das ist der Rauchmelder«, sagte Tom. »Alle neu gebauten Häuser haben jetzt so was. Das ist Vorschrift.«

»Bist du sicher?«, fragte Vera.

»Ja«, sagte Tom.

»Ich nicht«, sagte Vera. »Die Abdeckung hat in der Mitte ein Loch.« Sie fühlte sich plötzlich wie elektrisiert.

Sie nahm den kleinen Tisch, der neben der Liege stand, und stellte diesen auf die Liege. Dann kletterte sie hinauf und versuchte, die Abdeckung zu ergreifen.

»Lass das, hör auf, da so herumzuturnen, das ist lebensgefährlich«, warnte Tom. »Ein Toter reicht.«

Aber dann hörte er auf zu protestieren und kam Vera zu

Hilfe. Er nahm sie bei den Hüften und hob sie hoch, damit sie die Abdeckung ergreifen und abziehen konnte.

Das Plastik war sperrig. Vera war nicht sicher, in welche Richtung sie es drehen sollte.

Sie versuchte es mit Gewalt, spürte, wie sich einer ihrer Fingernägel dabei schmerzhaft nach hinten bog, aber dann löste sich die Abdeckung endlich.

Überall Gaffaband. Graues doppelseitiges Klebeband. Und dazwischen ein Objektiv.

»Siehst du, was ich sehe?«, freute sich Vera.

»Ja«, sagte Tom, »eine Kamera. Eine verdammte Kamera. Ich pack's nicht.« Er kratzte sich am Kopf. »Diese Hütte hier hat mindestens 500 Quadratmeter, und du hast die verdammte Kamera gefunden. Das ist, wie wenn man eine Stecknadel im Heuhaufen findet.«

Er hatte immer noch die Hände um ihre Hüften gelegt. Vera fiel Tom um den Hals. Vor Freude, vor Erleichterung. Sie wusste es nicht.

»Gib mir den Autoschlüssel«, sagte Tom.

Er ging zum Bildschirm an der Wand und schaltete diesen ein.

»Da läuft kein Kabel, das Ding muss über WLAN verbunden sein. Gibt es hier WLAN?«

Vera griff nach ihrem Handy. »Ja.«

»Dann lad bitte auch gleich die Bedienungsanleitung für die GoPro runter. Ich sag dir gleich, welches Modell.«

Vera wollte Tom schon drüberfahren und sagen, dass sie nicht seine verdammte Sekretärin war und er das bitte selber runterladen sollte, aber dann tat sie wie geheißen. Streiten konnten sie später auch noch.

Tom las sich die Information durch, fand die Fernbedienung für den Bildschirm und drückte ein paar Knöpfe.

»Spätestens jetzt bin ich froh, dass du da bist«, sagte Vera. »Ich kann nicht mal unsere eigene TV-Fernbedienung daheim gescheit bedienen, das macht immer die Letta.«

»Ich weiß auch noch nicht genau, was ich da mache«, gab Tom zu.

»Nicht, dass du was löschst«, sagte Vera.

»Ich lösch schon nichts«, beruhigte Tom sie.

Der Bildschirm flackerte auf. Stöhnen war zu hören. Ein Pärchen war zu sehen, aus der Vogelperspektive. Die Kamera im vermeintlichen Rauchmelder hatte für gestochen scharfe Bilder gesorgt. Eine Frau saß auf einem Mann und bewegte sich rhythmisch. Der Mann war Paul. Die Frau hatte schwarz gefärbte Haare, ein Arschgeweih und Titten, die fast waagrecht von ihrem Körper abstanden. »Silikon Valley«, sagte Tom.

»Das ist die Zieserl«, keuchte Vera atemlos. »Die Eva hat immer vermutet, die hat sicher ein Arschgeweih. Jetzt haben wir den Beweis.«

»In der Mordsache beweist das aber gar nichts«, sagte Tom.

Er griff zur Fernbedienung und wollte das Video abdrehen.

»Nein, lass«, sagte Vera, »ich will mir das zu Ende ansehen.«

»Turnt dich das etwa an?«

»Nein, aber ich weiß auch nicht – vielleicht sagen sie noch was.«

»Außer ›Oh ja‹ und ›Gib's mir, Baby‹? Die Chancen stehen nicht allzu gut.«

»Die sind eh gleich fertig«, sagte Vera und beobachtete, wie die Zieserl über dem Paul zusammenbrach, theatralisch stöhnte, die Augen verdrehte und sich auf ihn warf. Ob sie selber auch so komische Laute von sich gab, wenn sie Sex hatte?

Die Zieserl hatte ihren Kopf in Pauls Halskuhle verborgen. Paul schaute Richtung Decke direkt in die Kamera und grinste selbstzufrieden. »Jetzt ist aber noch nicht Schluss, blas mir einen«, sagte er.

Nur, dass Vera und Tom nie erfahren würden, ob die Zieserl Sylvia dieser Aufforderung nachgekommen war, weil der Bildschirm auf einmal zu flackern und flimmern begann und die Aufnahme beendet war und alles schwarz war.

»The End«, sagte Tom und griff zur Fernbedienung, um auszuschalten. »Na super, jetzt hast du den Beweis, dass der Paul fremdgeht. Ein Motiv, warum deine Freundin ihn umgebracht haben könnte.« Aber da flackerte der Bildschirm auf einmal wieder auf. Und der Paul war wieder zu sehen. Nur die Zieserl war nicht mehr da. Der Paul war ganz alleine auf der Lederliege. Er sah erwartungsvoll drein. Und in der nächsten Sekunde war da eine blonde Frau, die seine Erwartungen zu erfüllen schien.

»Wer ist das? Ich kenn die nicht«, sagte Tom.

»Ich auch nicht«, sagte Vera.

Die Frau hatte elastische Therabänder in den Händen, und Paul ließ sich bereitwillig fesseln. Nur als sie ihm ein Theraband als Knebel anlegen wollte, schüttelte er auf einmal panisch den Kopf. Es wirkte, als ob er etwas sagen wollte, aber unfähig war, die richtigen Worte zu finden. Die Frau ignorierte sein Gebrabbel und legte ihm das Band um den Mund. Paul sackte wieder zusammen und schien wegzudösen.

Gefesselt und geknebelt sah er aus wie ein armes Würstel, und sein Glied, das er eben noch in Höchstform präsentiert hatte, war zusammengefallen und eingerollt wie ein Würmchen.

Eine ganze Ewigkeit lang sahen Vera und Tom den Paul nur so da auf der Liege kauern. Er wirkte wie ein Hinrichtungsopfer vor der Exekution. Sein Kopf war nach vorne gefallen. Er war mit einem Fitnessband geknebelt, und es schien, als würde er schwer Luft bekommen. Man hörte ihn röcheln und schnaufen. Sein Blick wirkte glasig und verwirrt.

Plötzlich sprach die Frau. Die Stimme war schneidend, kalt, bestimmt: »Ich will, dass du dich entschuldigst. Ich will, dass du eine ganzseitige Anzeige im ›Burgenländischen Boten‹ schaltest und dich öffentlich bei meiner Familie entschuldigst.«

Die Frau kam näher. »Du bist ein mieses Schwein«, sagte sie. »Du hast den Hans ins Grab gebracht und seinem Sohn den Vater genommen. Du bist ein Ehebrecher und ein Mörder. Du bist der letzte Dreck. Und wenn du dich nicht entschuldigst, werde ich dich ruinieren. Die ganze Welt wird erfahren, was für ein perverses Schwein du bist. Deine Familie, deine Kunden. Niemand wird mehr etwas mit dir zu tun haben wollen. Hörst du mich? Sieh mich an, du Schwein.«

Paul hob den Kopf. Sein Blick wirkte glasig. Wie auf Drogen.

Die Frau kam näher, erschien im Bild. Aus dieser Kameraperspektive sah man nur ihren Oberkopf. Sie war blond.

Vera ergriff Toms Arm. »Da ist sie, wir haben sie.«

»Psst, pass auf, er will was sagen.«

Aber Paul stöhnte nur. Er schien gestresst zu sein. Schweiß stand auf seiner Stirn. Er nickte heftig mit dem Kopf. Wollte etwas sagen. Aber bedingt durch den Knebel hörte man nur undeutliches Lallen.

Die Frau trat näher und zog ihm den Knebel herunter. »Ich höre nichts. Ich will, dass du was sagst.«

Paul sagte nichts. Lachte auf einmal nur hysterisch los. Das Lachen hörte sich irre an.

Die Frau ging näher und schlug ihn mit voller Wucht ins Gesicht. »Du lachst nicht mehr, du Schwein, du nicht, es hat sich ausgelacht.«

Sie riss Pauls Kopf an den Haaren zurück. Schlug noch einmal mit der Faust zu und noch einmal. »Ich höre nichts.«

»Oh Gott, die bricht ihm die Nase«, sagte Vera entsetzt.

Paul hörte endlich auf zu lachen. »Ja, ja, ja«, lallte er.

»Der spürt sich nicht, der ist voll drauf«, flüsterte Tom.

Die Frau zog ihm das Fitnessband wieder über den Mund.

Dann griff sie in ihre Tasche und holte etwas heraus. Eine Flasche Nagellack. Sie ließ den Inhalt genüsslich über Pauls Brust rinnen. Ein P, ein I, ein G.

»Das ist Chanel. Die Herberts hatten recht.« Vera erkannte die typisch viereckige Flasche der Luxusmarke. »Es ist Chanel!«, frohlockte Vera und schlug sich vor Aufregung die Hand vor den Mund. »Der Look Lack!«

»Wir werden jetzt ein paar hübsche Bilder von dir machen«, sagte die Blonde, zückte ihr Handy und fotografierte ihr Opfer von allen Seiten. »Und wenn dein Inserat in der nächsten Ausgabe nicht erscheint, werde ich diese Bilder online stellen. Schauen wir mal, ob dann irgendeiner noch was mit dir zu tun haben will. Dann bist du erledigt. Glaubst du, dass dann noch irgendein Politiker bei dir anstreifen will? Ich glaub nicht. Dann kannst gleich wieder deine Sachen packen und umziehen. Samt deiner Familie, wenn die dich noch will.«

Sie verschwand aus dem Bild. »Ich meine es ernst. Du hast 14 Tage. Keinen Tag länger.«

Schritte entfernten sich.

Die Frau musste gegangen sein.

Paul sah flehentlich Richtung Kamera. Es schien, als würde er versuchen, mit seiner Zunge das Fitnessband von seinen Lippen wegzuschieben. Aber er schaffte es nicht. So sehr er auch seine Lippen bewegte. Er wirkte bei diesen erfolglosen Versuchen wie ein Fisch auf dem Trockenen. Er schnaufte und hustete. Tränen rannen über sein Gesicht, das immer verschwollener und dicker wurde.

»Oh Gott, ist das schrecklich«, sagte Vera.

Zehn Minuten lang sahen sie Paul zu, wie er sich wand und schnaufte, röchelte und hustete, weinte und stöhnte. Irgendwann fiel sein Kopf nach vorne. Und es war still.

Vera merkte, dass sie auch begonnen hatte zu zittern und zu weinen. Tränen liefen über ihr Gesicht. Das Ganze war schrecklich, beklemmend und unwirklich zugleich.

»Glaubst du, dass er tot ist? Ich meine, ich weiß, dass er tot ist. Aber glaubst du, dass wir ihm gerade beim Sterben zugesehen haben?«

»Ich weiß es nicht«, sagte Tom. Aber auch er war weiß wie die Wand.

Veras Telefon läutete.

Sie fuhr zusammen. Erschrak. Nahm wie in Trance den Anruf an.

»Vera, ich bin es, die Mathilde. Du, ich hab dir ja gesagt, dass ich mich umhören werde wegen deiner geheimnisvollen Kurgastfrau. Also hab ich mit der Regina von der Rezeption geredet. Und die kann sich voll erinnern. Da war nämlich eine, auf die deine Beschreibung zutrifft. Und die Regina kann sich deshalb so gut an die erinnern, weil ihr die voll auf den Zeiger gegangen ist, die hat sich nämlich immer in letzter Sekunde vom Abendessen abgemeldet. Und die ist gekommen und gegangen, wie sie wollte. Da gibt's ja echt ein paar, die glauben, so eine Kur ist ein Urlaub und man kann da machen, was man will. Die sind sich zu gut für Regeln. Und wenn die Regina sie daran höflich erinnert, wird sie von denen auch noch blöd angeredet.«

Der Schock über das eben Gesehene saß Vera noch in den Knochen. Sie hörte Mathildes Sätze wie durch eine ferne Nebelwand. Aber die Kernaussage kam bei ihr an.

»Du hast Vicky gefunden«, sagte sie ungläubig.

»Nix Vicky. Die, die ich meine heißt Stephanie, Stephanie Lentsch und ist Friseurin in Neusiedl.«

Vera ließ die Hand, in der sie das Handy hielt, sinken.

»Sie heißt Stephanie«, sagte sie. »Die Frau in dem Video ist mit größter Wahrscheinlichkeit Stephanie Lentsch. Was tun wir jetzt?«

»Du hast genug getan«, sagte Tom. »Du rufst jetzt die Polizei an.«

KAPITEL 48
VERA FINDET STEPHANIE

1493 vermerkte auch Christoph Kolumbus die Sichtung von »Meerjungfrauen« vor der Küste von Haiti. Er schrieb, dass »diese nicht ganz so hübsch waren, wie sonst dargestellt.« Außerdem hätten sie Gesichter, »die an die von Männern erinnern.« Heute geht man davon aus, dass er in seinem Tagebuch von Rundschwanzseekühen schrieb.

»Am liebsten würde ich Sie festnehmen.« Franz Grandits war sauer. Stocksauer. »Illegales Betreten eines gesperrten Tatortes, Behinderung der Polizeiarbeit …«

»Also Moment mal, Frau Horvath hat die Polizei nicht behindert, sondern geholfen, wichtiges Beweismaterial zu sichern.« Toms Stimme klang bestimmt. Er hatte die Kriminalpolizei angerufen und Franz Grandits und seiner Kollegin das Filmmaterial vorgespielt.

Vera war dabei aus dem Raum gegangen und hatte sich auf die Stiegen gesetzt. Ihr war übel. Sie hätte es nicht ertragen, sich Pauls Todeskampf noch einmal anzusehen. Sie hörte das Gemurmel der Beamten. »Es sieht so aus, als wäre er erstickt. Vielleicht war er auf Drogen, hat sich erbrochen, konnte nicht ausspucken. Das müssen sich unsere Leute anschauen.«

Sie ging in die Küche und nahm sich ein Glas Wasser. Franz Grandits folgte ihr. »Was haben Sie hier überhaupt verloren gehabt? Wie sind Sie hereingekommen?« Er sprach mit ihr wie mit einem ungezogenen Schulmädchen. Veras Widerstandsgeist regte sich.

»Ich schreibe nicht, dass Ihre Leute bei der Durchsuchung des Kellers geschlampt haben, wenn Sie mich ab jetzt in die Ermittlungen miteinbeziehen«, sagte Vera aufsässig.

Franz Grandits stand der Mund offen. »Wollen Sie mich erpressen? Wer glauben Sie eigentlich, dass Sie sind? Schon allein dafür kann ich Sie auf der Stelle festnehmen. Dass sich diese Pseudojournalisten so wichtig nehmen. Spielen Sie sich nicht als Aufdeckerin der Nation auf. Sie schreiben für ein Lokalblattel. Über Gartenausstellungen!«

»Komm, Franz, beruhig dich.« Marlies versuchte, ihren Kollegen zu beschwichtigen. »Frau Horvath, wir machen ganz sicher keinen Deal mit dem ›Burgenländischen Boten‹. So was gibt es nur im Fernsehen. Wir werden das jetzt alles überprüfen, und dann wird das Ganze dem Untersuchungsrichter präsentiert. Und wenn es später eine öffentliche Erklärung gibt, werden Sie es zeitgerecht erfahren. Und ansonsten halten Sie sich ab jetzt aus der Sache raus. Haben Sie mich verstanden?«

Vera schob trotzig den Kopf vor, quetschte dann aber doch ein kaum hörbares »Ja« zwischen ihren zusammengepressten Lippen hervor. Tom konnte sich ein Grinsen nicht verkneifen.

»Sie halten sich aber trotzdem bereit. Wir müssen noch Ihre Aussage aufnehmen, und da werden wir noch einige Fragen an Sie haben.«

»Klar«, sagte Vera knapp. »Kann ich jetzt gehen?« Sie wollte nur mehr weg von diesem Todesstern. Todesstern. Jetzt war der Name schreckliche Realität geworden.

»Ich komm noch mit zu dir«, sagte Tom. »Wir kommen morgen aufs Revier und machen die offizielle Aussage.«

»Du hast ihnen nicht gesagt, dass du einen Verdacht hast, wer die Frau in dem Video ist«, sagte er zu Vera, als sie im Auto saßen.

»Weil ich erst selber mit ihr reden will. Außerdem sind mir die so goschert dahergekommen.«

»Stolz und stur. Das warst du schon immer«, resümierte Tom.

»Sag du mir nicht, wie ich bin«, erwiderte Vera.

»Und du musst immer das letzte Wort haben.«

Als Tom vor Veras Haus ankam, war es auf einmal ganz selbstverständlich, dass er sich nicht von ihr verabschiedete, sondern mit ihr ins Haus ging. Keiner von beiden wollte in dieser Nacht allein sein.

*

»Was sagst du zu den Aufnahmen?«, fragte Marlies ihren Kollegen Franz Grandits. »Es sieht nicht so aus, als hätte man ihn vorsätzlich getötet«, antwortete der. »Ich bin mir nicht mal sicher, ob er überhaupt getötet wurde oder an dem Zeug krepiert ist, das er offenbar intus hatte. Der war ja in der Kreativszene. Da gibt's Drogen, die kann sich unsereins gar nicht vorstellen. Und was haben wir jetzt davon? Einen Haufen Arbeit haben wir. Schreibarbeit. Nichts wie Ärger mit diesen Zuagroasten.«

»Na, zumindest haben wir jetzt eine Aufnahme von einer Verdächtigen. Ich lasse ein Standbild von dem Video machen. Wenn die hier unterwegs war, finden wir sie.«

Stephanie Lentsch stand beim Hintereingang ihres Friseursalons und rauchte. Es war Montag 9.30 Uhr. Montags war ihr Laden geschlossen, aber Stephanie war hergekommen, um die Deko neu zu arrangieren. Ihr Geschäft war einer dieser schicken neuen Concept Stores, der die schicken, reichen Zuagroasten rund um den Neusiedler See ansprechen sollte.

Die Einrichtung war im Vintage Retro Stil gehalten. Es gab einen Barberbereich, eine Coffeebar mit Cold Brew Kaffee und glutenfreien Brownies und eine Ecke, in der minimalistische Kosmetik und Kleidung angeboten wurde, in der man nicht nur in den Strandbars rund um den Neusiedler See eine gute Figur machte.

Stephanie dämpfte die Zigarette aus, ging zurück in ihren Store und begutachtete das Schaufenster.

In der Auslage saß eine lebensgroße Puppe auf einem Stuhl. Die Puppe war nackt, trug eine Perücke, langes blondes Haar bedeckte ihre Blöße. Sie sah aus wie Rapunzel. Stephanie griff zur Schere und schnitt die linke Hälfte der Haare zu einem kinnlangen Bob, die rechte Hälfte ließ sie lang. Die Puppe war jetzt im wahrsten Sinne des Wortes halbnackt. Sie würde die kurzen Haare noch zu einer mondänen Welle formen. Ja, das sah gut aus, das würde Aufmerksamkeit erregen. So progressiv. Das würde ihrer Klientel gefallen. Sie drapierte die abgeschnittenen Haare kunstvoll zu Füßen der Puppe.

Es klopfte an der Scheibe. Eine Frau stand davor. Brünette Haare, Pferdeschwanz. Anthrazitfarbenes Sackkleid mit asymmetrischem Saum. Sicher nicht von da. So zog sich keine Hiesige an.

Stephanie trat vor die Tür. »Wir haben heute geschlossen«, sagte sie, »aber wir können gerne einen Termin vereinbaren.« Sie ging zum Pult beim Eingangsbereich.

»Ich bin wegen Paul Achleitner da«, sagte Vera.

Stephanie hielt in ihrer Bewegung inne und steckte die Schere ein.

»Ach«, sagte sie, »ich hab mich schon gefragt, wann endlich jemand vorbeikommen wird.«

*

Die Heißluftballons erschienen Stephanie wie Drachen, die Feuer spuckten. Jäh und unbändig schossen die Flammen heiß und ohrenbetäubend nach oben, füllten die Ballons nach und nach mit ihrem heißen Atem. Was für eine Kraft, was für eine Energie dabei freigesetzt wurde, um das scheinbar Unmögliche möglich zu machen. Nur mit heißer Luft vom Boden abzuheben und zu fliegen. Der Stoff bewegte sich, und die Ballons dehnten sich aus, bis sie je rund 3.500 Kubikmeter Luft in sich hatten. Die Seile spannten sich. Die Körbe fingen an, am Boden zu tanzen. Noch ein heißer Feuerstoß und noch einer. Bis die Feuerdrachen dann ganz sanft in die Lüfte schwebten.

Die Menschen in der »Nacht der Ballone« hatten sich rund um die Wiese gruppiert und beobachteten das Schauspiel gebannt. Sie saßen im Gras, lachten, tranken, aßen. Ein einziges riesiges Picknick. Ein Volksfest. Und mitten in diesen Freudentaumel hinein torkelte Paul. Stephanie hatte sofort erkannt, dass mit Paul etwas nicht stimmte. Erst hatte sie gedacht, er wäre einfach nur besoffen. Aber als sie dann sah, wie er den Kaugummi von der Straße kratzte, wusste sie, der Typ war high.

Sie hatte früher, vor ihrer Selbstständigkeit, einmal einen Friseurkollegen gehabt, der sich am Wochenende regelmäßig mit Partydrogen zugedröhnt hatte. Einmal hatte er sie auf so ein Rave mitgenommen. »MDMA« zum Tanzen und »LSD«, damit es einem das Hirn so richtig durchschüttelte.

Stephanie hatte nur ein halbes »Zuckerl« genommen und sofort Halluzinationen bekommen. Einmal und nie wieder, war ihr Fazit gewesen. Paul sah aus, als wäre sein Hirn schon ordentlich durcheinandergeschüttelt.

Stephanie sah, wie er ins Gras sank, seine Schuhe auszog und selig die Blumen und Grashalme streichelte, die ihn umgaben. Sie sah auch, wie Paul jäh aufschreckte, zu schreien begann, zur Schießbude lief und eines der Gewehre an sich riss. Sie sah, wie der Schießbudenbesitzer versuchte, ihm das Gewehr zu entreißen, wie die Passanten versuchten, Paul zu beruhigen, wie er sich Schuhe und Kleider vom Leib riss, Dämonen beschwor und schließlich splitternackt in den Springbrunnen sprang.

Aller Augen waren in diesem Moment auf Paul gerichtet. Niemand achtete auf Stephanie, die sich zu dem Bündel Kleider, das er zurückgelassen hatte, hinunterbeugte. Sie hielt kurz inne, überlegte und griff dann nach dem Leinenjackett, in dem sie seinen Schlüsselbund ertastete.

Paul rannte, als wäre der Leibhaftige hinter ihm her. Er rannte durch die Menschenmenge, und die Leute ließen ihn passieren. Je weiter er Richtung Vogelsangwald kam, desto weniger hatten die Leute eine Ahnung, wie sie den nackten, nassen Paul einordnen sollten. Ein Flitzer, ein Nachtjogger, ein Provokateur, eine Werbeeinlage des Tourismusverbandes? »Reduce to yourself?«

Stephanie hatte sich das Sakko angezogen und verfolgte Paul. Sie ging regelmäßig zum Boxtraining. Sie war megafit. Sie sah ihn in den kleinen Wald oberhalb der Kirche laufen und sprintete hinterher. Hier, im Schutz der Bäume, blieb Paul endlich stehen, kauerte sich unter einen Busch, als würde er sich verkriechen wollen. Zitterte und weinte.

Stephanie kam behutsam näher. »Schhhhh«, sagte sie, »alles wird gut. Ich bring dich nach Hause.«

Sie legte ihre Hand auf seine Stirn. Die war glühend heiß. »Meerjungfrau«, sagte Paul. »Du bist die Meerjungfrau.« Er strahlte wie ein kleines Kind.

Stephanie zog Paul das Jackett an. Sie hielt kurz inne, warum hatte sie nicht auch seine Hose mitgenommen oder zumindest die Boxershorts. Sie nahm ihre eigene Weste und band diese Paul um die Hüften. Es wäre zu auffällig, mit einem Splitternackten zu ihrem Auto zu gehen, das auf dem großen Parkplatz neben dem Vogelsangwald stand. Aber so würde es gehen. Zum Glück war es mittlerweile dunkel geworden. Sie nahm Paul an der Hand. »Komm«, sagte sie. Er lächelte noch immer und folgte ihr. Direkt ins Verderben.

Paul fühlte sich, als wäre sein Körper im Stand-by-Modus. Sein Kopf pochte und war dumpf, als hätte jemand eine Käseglocke über ihn gestülpt. Er war unfähig zu denken, etwas Sinnvolles zu sagen, er schlummerte in sich selbst. In einem dunklen warmen Loch. Einem Kaninchenloch. Alice im Wunderland. Das war sogar recht angenehm. Wie lange er so fühlte? Fünf Minuten, fünf Stunden? Er wusste es nicht. Irgendwann tauchte er aus dem Loch auf und bemerkte, dass er sich auf der Liege in seinem Fitnessraum befand. Wo war sein Schlüssel? Er wollte in seine Hosentasche fahren, aber da fiel ihm auf, er hatte gar keine Hose an. Er fühlte das kühle Kunstleder unter seinem Hintern. Sein Hintern war nackt. Er war nackt. Er hörte die Stimme einer Frau. Er sah nach rechts. Er erkannte die Stimme. Das war die Vicky.

Die scharfe Blondine mit der unterkühlten Aura. Paul triumphierte. Er hatte es ja gewusst. Die stand auf ihn. Die Vicky untersuchte gerade seine Fitnessutensilien und griff nach den Therabändern. Ah, die stand auf Bondage. Er spürte, wie er eine Erektion bekam. Das musste er filmen. Wo war der verdammte Schlüssel. Er wollte schon die Vicky danach fragen. Aber da bemerkte er sein Jackett, das neben ihm lag. Ja klar, da war der Schlüssel. Er musste ihn ja bei sich haben, wie wäre er sonst ins Haus gekommen? Der Filmauftritt konnte beginnen. Er griff nach der Fernbedienung und drückte den Knopf.

*

»Paul war ein riesengroßes Arschloch. Immer schon. Nichts als Lügen und Scheiße. Schon allein diese vorgetäuschte Katzenphobie. Die hat er doch nur erfunden, damit er bei meiner Schwägerin, der Irene, auf der Couch landen kann.« Stephanie hatte sich eine Zigarette angeraucht. »Meine Schwägerin glaubt, sie ist die große Frau Psychologin, aber die hat das nicht durchschaut.« Sie lachte höhnisch. »Jede Friseurin hat da mehr Menschenkenntnis.«

»Mein armer Bruder Hans hat anfangs überhaupt nicht gecheckt, was da rennt. Der ist sogar noch rübergerannt und hat die scheiß Fische gefüttert, während die es woanders getrieben haben. Der war ja so vertrauensselig.

Aber ich hab gleich bemerkt, dass zwischen dem Achleitner Paul und dem Hans seiner Frau was läuft. Bin denen nachgefahren. Hab sie beobachtet. Sie sind immer in die halbfertige Siedlung gefahren zum Schnackseln. Jeder von den Bauarbeitern wusste Bescheid. Jeder.« Stephanie zog heftig an ihrer Zigarette und blies den Rauch aus. »Ich hab dem Hans davon erzählt. Erst wollte ich nicht. Ich hab wochenlang überlegt, ob ich was sagen soll oder nicht. Ich hab gewusst, wenn ich es ihm sage, bricht es ihm das Herz.

Aber das ganze Dorf hat schon geredet. Meine Kundinnen haben mich darauf angesprochen. Hätte ich zulassen sollen, dass er als Einziger der Dumme ist?«

»Und dann hatte Ihr Bruder einen Unfall?«, fragte Vera.

»Unfall?« Stephanie fuhr abrupt herum. Einen Augenblick lang dachte Vera, sie wollte sich auf sie stürzen. »Das war kein Unfall, der ist krepiert, weil er die beiden in flagranti erwischt hat. Sein Herz ist stehen geblieben. Die haben ihm das Herz gebrochen.«

Ihr Gesicht war hassverzerrt, maskenartig. »Meine feine Schwägerin und dieses Pseudo-Architektenarschloch. Ich konnte ihn doch nicht damit davonkommen lassen. Also bin ich auf Kur gefahren und habe mich mit ihm angefreundet. Das war ein Kinderspiel. Er hatte keine Ahnung, wer ich war. Ich wusste nicht, wann ich die Gelegenheit haben würde, ihn zu einem Geständnis zu zwingen. Aber dann kam diese Gelegenheit bei der ›Nacht der Ballone‹. Ich hab gesehen, wie er ausgezuckt ist. Ich hab ihn gefunden und nach Hause gebracht. Er dachte, ich wollte was von ihm. Dabei wollte ich nur, dass er endlich zugibt, was er uns angetan hat.«

»Ich weiß, was in der ›Nacht der Ballone‹ passiert ist«, sagte Vera, »Paul hat alles gefilmt. Er hatte da so eine Art heimliches Pornokino im Fitnessraum. Er hat die Kamera aktiviert, bevor Sie ihn gefesselt haben.«

Stephanie sagte eine Minute lang kein Wort. Sie wirkte überrascht, aber auch erleichtert.

»Er hat es gefilmt. Wirklich? Oh mein Gott, das ist großartig. Dann wissen Sie, dass ich ihn nicht getötet habe. Ich habe nie im Traum daran gedacht, ihn zu töten. Ich wollte nur, dass er seine Schuld eingesteht. Ich wollte, dass er dazu steht, was er getan hat.«

»Frau Horvath, ich glaube, ich träume. Haben wir uns nicht klar ausgedrückt? Was zum Teufel tun Sie hier?«

Vera fuhr herum. Franz Grandits und Marlies Murlasits standen hinter ihr. »Wir sind von der Kriminalpolizei, Frau Lentsch, wir müssen uns unterhalten.«

Stephanie sah zu Vera. »Ich dachte, *Sie* sind von der Kriminalpolizei.«

»Ich bin vom ›Burgenländischen Boten‹«, sagte Vera.

»Das ist jetzt aber nicht wahr, oder?« Stephanie Lentsch blickte sie ungläubig an.

»Doch.« Vera nickte. Sie überlegte kurz, ob sie eine Visitenkarte zücken sollte, ließ es dann aber doch bleiben. Die ganze Situation war ohnehin schon skurril genug.

»Na, dann wird man über Pauls Schuld ja doch noch in der Zeitung lesen«, sagte Stephanie trocken. Ein zufriedenes Lächeln spielte auf ihren Lippen.

»Ich hätte mir gleich denken können, dass Sie nicht von der Zivilpolizei sind, für eine Polizistin sind Sie viel zu gut angezogen.« Sie blickte zu der südburgenländischen Polizistin. Marlies trug ein langes T-Shirt über ihrer Bundfaltenhose. Alles schön weit geschnitten, damit man die Dienstwaffe nicht gleich sah. Und die zusätzlichen Kilos, die sie sich mit der ganzen Tiefkühlkost hinaufgefressen hatte.

Aber Marlies Murlasits würde sich von dieser Tussi sicher nicht provozieren lassen.

»Sie sind festgenommen. Sie stehen unter Mordverdacht im Zusammenhang mit dem Tod von Paul Achleitner«, sagte sie so professionell wie möglich. Dieser Satz kam ihr nicht alle Tage über die Lippen. »Hier«, sagte Stephanie, griff in ihre Tasche und reichte der Polizistin ihre Friseurschere, »ich nehme mal an, spitze Gegenstände müssen vorher abgegeben werden.«

Diese Stephanie war kalt wie eine Hundeschnauze. Marlies und Franz hatten noch nie eine Verdächtige in einem Mordfall gesehen, die dermaßen abgeklärt und gefasst wirkte.

Ehrlich gesagt hatten die beiden noch nicht allzu viele Verdächtige in einem Mordfall gesehen. Im Burgenland wurde nicht viel gemordet. Im Süden schon gar nicht. Und ob das hier überhaupt eine Mörderin war, musste auch noch geklärt werden.

»Ich hab noch eine Frage«, sagte Vera zu Stephanie, als diese abgeführt wurde: »War das wirklich Choupettes Look Lack von Chanel?«

»Jetzt fangt die schon wieder mit dem Blödsinn an«, schimpfte Franz. Aber Marlies stieß ihrem Kollegen den Ellenbogen in die Rippen.

»Koi Carp«, Stephanie nickte. »Ja, das war er. Es war Zufall, dass ich gerade den eingesteckt hatte, aber im Nachhinein gesehen finde ich diese kleine Reverenz zu Pauls Lieblingshobby durchaus passend.«

KAPITEL 49
DER WEG ZUR HÖLLE IST LEICHT

Laut einer wissenschaftlichen Studie kann der Rauch des weißen Salbeis Bakterien in der Luft töten. Somit entsteht ein sauberes Raumklima.

Johanna saß in ihrem Bauernladen und strich frische hausgemachte Kirschmarmelade auf den selbst gebackenen Striezel. Eigentlich hatte sie zwei Striezel gebacken. Einen mit Rosinen und einen ohne. Eva mochte keine Rosinen. Vera schon.

Sie brachte den Teller zu dem kleinen Tisch im hinteren Eck ihres Ladens. »Da, greift's bitte ordentlich zu. Ich habe noch mehr. Und du bist ohnehin viel zu dünn.« Sie sah Eva mitleidig an. Offenbar hatte die im Gefängnis nicht nur nichts geredet, sondern auch nichts gegessen.

Vera blickte zum Fenster hinaus. Alles in Ordnung. Die Mädchen spielten mit den Hunden. Warfen sich einen kleinen roten Gummiball zu, den die Hunde im Flug zu fangen versuchten. Wie die in den letzten Monaten gewachsen waren. Die Mädchen und die Hunde. Draußen fuhr ein Mähdrescher vorbei. Nächste Woche würde in Oberwart die »Inform«, die traditionelle Landwirtschaftsausstellung, stattfinden. Dann war der Sommer vorbei. »Ich lass euch jetzt allein«, sagte Johanna. »Ich bin im Garten. Wenn ihr noch einen Kaffee wollt, drückts euch einen runter.« Damit verließ sie den Raum.

»Was ist eigentlich in dieser Nacht passiert?«, fragte Vera. Sie hatte den Auftrag, über die Aufklärung des Falles Achleitner für den »Burgenländischen Boten« zu schreiben, und Eva hatte sich einverstanden erklärt, mit ihr darüber zu reden, was in der »Nacht der Ballone« passiert war.

»Erst war ich beim Finz, aber das schreib bitte nicht. Als ich nach Hause kam, war Paul noch nicht da. Ich war natürlich erleichtert. Das hätte sonst ein Theater gegeben. ›Wo warst du? Mit wem warst du wo? Hast du dich mit dem Gärtner rumgetrieben.‹ Aber so hab ich mir das erspart. Ich konnte nicht schlafen und bin in die Küche gegangen, um mir etwas zu trinken zu holen, und da habe ich bemerkt, dass beim Stiegenabgang zum Fitnessraum das Licht gebrannt hat. Also bin ich nachschauen gegangen. Oh Gott, Vera, ich hab die Geschichte jetzt schon so oft erzählen müssen. Du weißt doch schon längst, was dann war. Der Paul war dort, gefesselt und tot.«

»Wie ist es dir gegangen, als du ihn so gesehen hast«, fragte Vera.

»Wie es mir gegangen ist? Das hat mich noch niemand gefragt ...« Eva überlegte. »Das hört sich jetzt schrecklich an. Aber zuerst war ich wütend. Ich hab mir gedacht, er hat irgendeine Flitschen gebumst und ist dabei an die Falsche geraten. Eine, die bei seinen perversen Spielchen den Spieß umgedreht hat.« Sie machte eine Pause. »Und dann war ich erleichtert. Aber das kannst du nicht schreiben. Das versteht niemand. Nicht einmal du verstehst das.«

»Irgendwie schon«, sagte Vera. »Du hast viel mitgemacht.«

»Dann hab ich den Finz angerufen. Er hat sofort abgehoben und ist gekommen. Er hat gesagt, er kümmert sich um alles, dass ich wieder schlafen gehen soll. Dass mir das alles am nächsten Tag nur vorkommen wird wie ein böser Traum. Und so war es dann auch. Nur dass ich aus dem bösen Traum nie mehr aufgewacht bin. Bis heute nicht.«

Vera blickte auf Evas Unterarm. Sie hatte sich tätowieren lassen. Die Haut rund um das frische Tattoo war gerötet und geschwollen. Ein lateinischer Schriftzug in roter Tinte: »facilis descensus averni« – der Weg zur Hölle ist leicht.

»Hast du sie gekannt?«, fragte Vera.

»Wen? Die Stephanie?«

Eva schüttelte den Kopf. »Nein, aber der Hans hat viel von ihr erzählt. Damals, im Nordburgenland. Als wir noch Nachbarn und Freunde waren.« Sie lachte bitter. »Er ist total an seiner Schwester gehangen, war stolz auf sie, weil sie so eine erfolgreiche Businessfrau war. Es war irgendwie der Klassiker. Die Eltern sind früh gestorben. Krebs hoch zwei. Dadurch hatten die dann eine besonders enge Beziehung. Und die Stephanie hat sich wohl um alles gekümmert, alles gecheckt. Der Hans war ja eher der weiche, sanfte Typ. Seine Frau, die Irene, war der Stephanie ähnlich. Wahrscheinlich mochten sich die beiden deswegen nicht. Die Stephanie hat die Irene gehasst, das war schon so, bevor die Affäre mit dem Paul losging. Trotzdem. Schon komisch, dass sie so seelenruhig in ihrem Salon gewartet hat, bis man sie findet.«

»Ich glaube, sie war sich einfach keiner Schuld bewusst. Sie hat Paul nicht getötet, sie hat ihn nur bestraft. Sie hat auch gesagt, sie hatte nichts mehr zu verlieren. Sie hatte schon alles verloren, was ihr wichtig war«, sagte Vera. »Hat die Polizei eigentlich schon herausgefunden, woran Paul wirklich gestorben ist?«

»Sie nehmen an, an einem anaphylaktischen Schock. Ich habe der Polizei erzählt, dass der Paul eine ausgeprägte Latexallergie hatte. Unser Hausarzt hat das bestätigt. Das wusste die Stephanie nicht, als sie ihn mit dem Theraband geknebelt hat.«

»Und dann auch noch deine Engelstrompete«, sagte Vera.

»Welche Engelstrompete«, fragte Eva und zog die Augenbrauen hoch. »Geh bitte, ich hatte die Blumen nur kurz eingefrischt. Das kann keine Wirkung gehabt haben.« Sie sah Vera streng an.

»Ja, ich weiß schon, das schreib ich natürlich auch nicht«, beruhigte Vera sie.

»Sonst sag ich, dass das deine Idee war«, sagte Eva.

»Ich glaub, in der Geschichte hängen schon genug Leute drin. Hast schon gehört, die Zieserls lassen sich scheiden?«, fragte Vera.

»Echt?« Eva lachte. »Na, zumindest sollte die kein Problem haben, neuen Wohnraum zu finden. Die bauen einfach zwei neue Siedlungen.«

»Was machst du mit dem Haus?«, fragte Vera.

»Verkaufen«, sagte Eva knapp. »Der Makler hat nur gemeint, es wird nicht leicht sein, das anzubringen. Erstens, weil es so teuer ist, und dann wegen dem, was im Keller passiert ist. Das kauft kein Hiesiger. Aber irgendein depperter Zuagroasta wird sich schon finden.« Sie lachte bitter.

»Und der Finz?«

»Was soll sein mit dem Finz?«

»Eva. Ich weiß, dass du ihn magst. Oder bist du sauer, dass er der Polizei alles gesagt hat und du wegen ihm im Gefängnis warst?«

Eva schüttelte den Kopf. »Nein, er ist ein gerader Michel, und das mag ich. Es ist halt alles nur blöd gelaufen.«

»Also wirst du ihn wiedersehen?« Vera gab keine Ruhe.

»Zunächst sehe ich ihn mal bei Gericht. Wir sind beide angeklagt, wegen Störung der Totenruhe.«

Vera, die gerade einen Schluck Kaffee genommen hatte, bekam einen Lachanfall und fing zu husten an. »Ernsthaft? Störung der Totenruhe! Wahnsinn. Das gibt es wirklich, das glaub ich nicht. Und überhaupt. Du kannst es ja mit dem Finz langsam angehen«, sagte sie, als sie sich wieder beruhigt hatte.

»Du geh es lieber mit dem Tom langsam an«, gab Eva zurück.

»Der Tom geht es seit 20 Jahren so langsam an, dass wir frühestens zusammenkommen, wenn wir 60 sind«, sagte Vera. »Und außerdem, wir leben nicht in so einem Heimatfilm, wo die Frau an den Ort ihrer Kindheit zurückzieht, ihre Jugendliebe, den Dorfcasanova, wieder trifft, und der ihr dann seine Liebe gesteht und ihr bis ans Ende seiner Tage monogam und treu ergeben bleibt.«

Eva lachte: »Schade, die Story würde mir gefallen.«

Die Tür öffnete sich. »Seid ihr fertig?«, fragte Johanna, »weil ich jetzt gleich offiziell aufsperre. Draußen sind urviele Leute. Das ist die Mundpropaganda. Seit in der Zeitung gestanden ist, dass die Eva Mitglied im ›Klub der Grünen Daumen‹ ist, will jeder mein Geschäft sehen.«

»Ich geh lieber hinten raus«, sagte Eva. Vera begleitete sie. Eva pfiff nach den Hunden.

Es war kühler geworden. Sie sah prüfend in den Himmel.

»Nächste Woche ist Schulbeginn«, sagte Johanna, »da dreht sich das Wetter. Wir müssen uns Gedanken über das Herbstprogramm machen. Was haltet ihr von Kochen mit Uhudlertrauben und Walnüssen, oder Herbstgemüse, Kürbis und Quitte? Wurzeln wäre auch ein tolles Herbstthema, oder Räuchern.«

»Die Ideen gehen uns sicher nicht aus«, sagte Vera beim Verabschieden.

Johanna drehte sich um und ging zurück in ihren Laden. Dutzende Menschen drängten herein. »Mag jemand einen Kaffee?«, fragte Johanna. »Ich habe auch noch frischen Striezel mit Kirschmarmelade, wenn wer Hunger hat.«

»War das nicht gerade die Achleitner?«, sagte eine Frau mit übertrieben gezupften Augenbrauen und Glitzershirt. »Die ist ja a ka Guade*, die hatte sicher was mit dem von der ›Inkaerde‹ laufen. Ich hab die ständig zusammen gesehen. Dieses Zuagroastengsindl hat ka Moral.«

Das war die Elfriede, die »Leider-noch-Nachbarin« von der Eva. Die hatte die Johanna schon gefressen.

»Und wenn schon«, sagte Johanna deshalb auch leichthin, »kennst du nicht den Spruch: Vergiss den Prinzen, nimm den mit dem Rasenmäher? Und überhaupt, du musst es ja am besten wissen. Was verlangt der Achmed aktuell in der Stunde für seine Liebesdienste?«

Die anderen Kunden, die den Dialog gehört hatten, feixten und lachten.

Elfriede lief feuerrot an und verließ schimpfend das Geschäft. »Pass auf, was du sagst, das ist Verleumdung, du spinnerte Kräuterhexe.«

Johanna lachte. Gegen solche Beleidigungen war sie immun. Aber hier herrschte eindeutig dicke Luft. Sie würde als nächstes Thema für den Gartenklub das Räuchern behandeln. Räuchern vertrieb böse Energien. Räuchern war perfekt, wenn Dinge aus dem Lot geraten, aus dem Rhythmus gefallen waren.

* Die ist auch keine Gute.

»Ich bin gleich wieder da«, sagte sie zu ihren Kunden. Sie ging in den Garten zur Kräuterspirale und wählte Kräuter für ihr Räucherwerk aus. Salbei, Lavendel, Beifuß. Die würden bis nächste Woche rascheltrocken sein, perfekt für ein reinigendes Räucherwerk.

Unter dem Lavendelbusch lag etwas Rotes. Johanna bückte sich. Es war ein roter Ball. Der Ball, mit dem Evas Hund immer spielte. Sie wollte ihn schon aufheben und einstecken, damit sie ihn später Eva zurückgeben konnte, da bemerkte sie, dass das Hundespielzeug auf der einen Seite schon ganz zerbissen war. »Der taugt nichts mehr. Ich werde ihr einen neuen kaufen«, sagte sie, marschierte zur Mülltonne und warf den kaputten Ball hinein.

Dann nahm sie die Kräuter in den Arm und ging mit wiegenden Schritten zum Hofladen zurück.

ENDE

KAPITEL 50
EPILOG: ES IST ETWAS PASSIERT

Was nie jemand erfuhr: Die Speicherkarte der GoPro war zu diesem Zeitpunkt längst erschöpft.

Paul war seit Stunden hier im Keller gefesselt gelegen. Nachdem er wieder klar denken konnte, sein Rausch nachgelassen hatte, waren ihm diese Stunden wie eine Ewigkeit vorgekommen. Er hatte gebrüllt, so gut wie man halt brüllen konnte, wenn man mit einem beschissenen Latexband geknebelt war. Es hatte mehr wie das Röhren eines liebestollen Hirsches geklungen. Aber es hatte ihn ohnehin niemand gehört. Eva war nicht da. Wo war sie, verdammt noch mal? Wo trieb sie sich seit zwei Tagen rum? Die spurte auch überhaupt nicht mehr. Sie musste bei dieser Vera sein oder bei diesem beschissenen Gärtner. Er würde sie umbringen, wenn da was lief. Er schnaufte. Er bekam immer schwerer Luft zum Atmen. Diese verdammte Allergie. Seine Lippen waren geschwollen und juckten, seine Nase und seine Augen rannen. Seine Arme, die am Rücken zusammengebunden waren, waren taub und schmerzten. Er hatte sich angepisst, und der Urin juckte auf seiner Haut, genauso wie dieser klebrige Lack auf seiner Brust. Er fror. Seine Zunge klebte an seinem Gaumen. Er hatte Kopfschmerzen.

Das alles nur wegen dieses gestörten Weibs. Dieser Vicky. Und weil sich seine fetzendepperte Frau irgendwo in der Gegend herumtrieb, statt zu Hause zu sein, wie es sich für eine anständige Frau gehörte.

Und dann stand die Eva auf einmal doch da.

Es gibt viele mögliche Reaktionen, wenn man seinen Mann splitternackt gefesselt und geknebelt im Keller findet. Überraschung, Panik, Mitleid, Angst. Eva empfand nichts von alledem. Sie empfand einfach nur den unbändigen Drang zu lachen.

»Uhmmmpfff«, machte Paul hinter seinem Knebel.

Er fing an, sich zu winden und zu drehen und mit den zusammengebundenen Füßen in die Luft zu treten, was freilich erfolglos war. Er saß mit ausgestreckten Beinen auf der Liege, und seine Hände waren hinter seinem Rücken an eine schwere Eisenhantel gefesselt, die bewegte sich keinen Millimeter.

Als Eva ihn da so grunzen und strampeln sah, musste sie noch mehr lachen.

»Uhhhhüümpf«, machte Paul und warf die Beine, die ebenfalls mit einem Theraband aneinandergefesselt waren, in die Luft.

Das Ganze sah so bizarr aus, dass Eva von einer weiteren Lachattacke erfasst wurde.

Sie konnte gar nicht mehr aufhören. Ihre Bauchmuskeln fingen an zu schmerzen. Jedes Mal, wenn sie dachte, sie hätte nun genug gelacht, sah sie zu Paul, und ein weiterer Lachanfall überrollte sie. Das mussten die Nerven sein. Eva hatte das Gefühl, seit 24 Stunden auf einer emotionalen Achterbahn zu sein, die immer schneller fuhr. Und aktuell hatte sie das Gefühl, ihr Waggon entgleiste. Sie lachte, bis ihr die Tränen kamen, und sie fürchtete, sie müsste sich jeden Moment in die Hose machen.

»Uhhhüühüüüühüüü.« Pauls Gegrunze klang jetzt ärgerlich. Fast schon drohend. Wollte er ihr drohen? In dieser Situation. In die er wohl geraten war, weil er sie schon wieder beschissen hatte? In ihrem gemeinsamen Haus? Mit einer, die für die Inszenierung seiner grotesken Sexspielchen offensichtlich ein anderes Finale gefunden hatte als das, was Paul im Sinn gehabt hatte?

War das die Zieserl gewesen? Na, dann, Hut ab! Die war ja offenbar doch cooler, als angenommen.

Eva wischte sich die Lachtränen aus den Augen und trat näher. Sie sah das Rot auf Pauls Brust. Kurz erschrak sie. War er verletzt? Ach nein, das sah nach Farbe aus. Lippenstift? Nein, Lack. »Pig«, stand da, »Schwein.« Für die deutsche Übersetzung hatte die Farbe offenbar nicht gereicht.

Eva spürte die nächste Lachattacke. Der Paul, das Schweindi. Na, da hatte der Paul aber büßen müssen.

Sie zog Paul das Theraband, das über seinen Mund gebunden war, tiefer, sodass es wie ein Halsband um seine Kehle baumelte.

Paul schnappte nach Luft. Er keuchte. Er schnaubte. Er atmete mehrmals tief ein und aus.

Er schluckte und räusperte sich. Er wollte etwas sagen. Er wollte ihr etwas sagen. Eine Erklärung? Eine Entschuldigung?

Stattdessen fing er zu brüllen an.

»Was lachst du so deppert, du blöde Kuh? Du brauchst nicht so deppert lachen. Da gibt es nichts zu lachen«, schrie er wutschnaubend. »Lach nicht so deppert. Bind mich los.«

Eva zuckte zusammen. Sie wollte dem Befehl schon Folge leisten. Da hielt sie mitten in der Bewegung inne. Blöde Kuh? Hatte er eben blöde Kuh zu ihr gesagt? Sie hatte ihn in flagranti nach irgendwelchen perversen Sexspielchen erwischt, und er beleidigte sie.

Paul wurde ungeduldig. »Eva, tua weida. Tua endlich weida!«

Sie trat einen Schritt zurück und blickte ihm direkt ins Gesicht. Die Ader auf seiner Schläfe war blau angelaufen und pulsierte. In seinem rechten Mundwinkel hing ein Speichelfaden. Auf seiner Nase war ein gelblich glänzender Mitesser. Eva ekelte sich plötzlich vor Paul.

»Und was, wenn nicht?«

»Was heißt, wenn nicht? Spinnst jetzt komplett?«

»Was, wenn ich dich nicht losbinde?«, sagte Eva. Es klang wie eine rein rhetorische Frage. Aber nachdem sie die Worte ausgesprochen hatte, verspürte sie ein immer noch ungewohntes Gefühl. Ein Gefühl, das sie in Pauls Gegenwart so noch nie verspürt hatte. Das Gefühl von Macht und Überlegenheit.

Paul war verdutzt.

»Du bindest mich jetzt sofort los, oder es passiert was!«, zischte er böse.

Eva zuckte zusammen. »Es passiert was.« Das war immer die Drohung gewesen, die ihr am meisten Angst eingejagt hatte. Warum eigentlich, was sollte denn passieren? Dass er sie beschimpfte, schlug, gegen ihren Willen vögelte? Das war sie doch ohnehin schon gewöhnt. Sie atmete tief ein. Er konnte ihr nichts tun. Zumindest nicht, solange er gefesselt war. Sie würde ihn schon allein deshalb nicht losbinden, solange er so drauf war. Ganz sicher nicht. Er hatte sich in diese Situation manövriert und sollte einmal im Leben die Konsequenzen seines Handelns verspüren.

»Ich bind dich nicht los!«, sagte sie leichthin. »Vielleicht kommt ja die Flitschen, die dich gefesselt hat, zurück und tut es.«

»Aaarrrghhh!« Paul schrie vor Frust auf. Eva erschrak und zuckte zusammen, fasste sich aber sofort wieder. Er war nur laut geworden. Er konnte ihr nichts tun.

Paul bemerkte ihre Stoik und änderte seine Taktik.

»Das war keine Flitschen, das waren Einbrecher«, beteuerte er.

»Geh bitte, verkauf mich nicht für blöd«, sagte Eva. »Was sind denn das für Einbrecher, die dich in deiner Kuschelecke nackt ausziehen und ›Pig‹ auf deine Brust schreiben? Ich bind dich nicht los.«

»Aaaarrghhhhh!« Paul brüllte erneut und riss an seinen Fesseln. »Wart nur, bis ich freikomme, du depperte Goaß! Du wirst was erleben. Das zahl ich dir zehnmal heim. Ich mach dir das Leben zur Hölle.«

Der Wutausbruch war wie ein Orkan, aber Eva ließ sich davon nicht mehr umwehen so wie früher. Er hat keine Macht mehr über mich! Diese Erkenntnis traf Eva wie ein Blitz. Auf einmal sah sie Paul mit ganz anderen Augen. Sie stand nicht mehr unter seiner Fuchtel. Er war weder toll noch übermächtig. Er war nur ein geifernder, nackter, mittelalter Mann, der leere, dumme Drohungen ausstieß. Erbärmlich. Er war erbärmlich. Ein Wicht. Ein Wurm.

»Mein Leben ist schon die Hölle«, stellte sie richtig, »viel zu lange schon. Aber nicht mehr lange. Ich mach das nicht mehr mit. Ich werde dich verlassen. Ich gehe.«

Sie drehte sich um und ging zur Stiege.

»Eva, spinn nicht. Eva. Eva, bleib hier. Ich sag's dir nur noch einmal …«

Sie ging die Stiegen hinauf. »Die Putzfrau kommt um 10 Uhr. Die bindet dich sicher los. Bis dahin kannst über deine Sünden nachdenken.«

»Eva. Bleib da. Eva, ich muss mit dir reden.«

Als Paul sah, dass Eva es ernst meinte, bekam er Angst. Seine Stimme änderte sich schlagartig, klang plötzlich schmeichelnd, lieb, fast schon schuldbewusst.

»Eva, bleib stehen. Bitte. Ich weiß, ich hab Scheiß gebaut. Aber ich glaube, jemand hat mir gestern Drogen gegeben, oder K.-o.-Tropfen oder so. Ich war gestern bei der ›Nacht der Ballone‹ nicht ich selbst. Ich kann mich auch an gar nichts erinnern. Ich weiß nicht mal, wie ich hierhergekommen bin. Du musst mir glauben. Ich schwöre es. Eva, bitte, geh nicht weg.«

Eva drehte sich um. Dass Paul jetzt so bettelte, gefiel ihr.

Sie glaubte ihm kein Wort, aber sie kostete seine Beteuerungen aus.

»Eva, bitte komm her. Ich muss dir etwas sagen.«

Eva ging zurück zur Liege.

»Was musst du mir sagen?«

Paul schluckte.

»Ich will dir sagen, dass es mir leidtut.«

»Was tut dir leid?«

Paul merkte, dass er Terrain zurückeroberte.

»Alles tut mir leid. Ich war ein Schwein. Ich geb es ja zu. Aber ich hab dich letzte Nacht nicht betrogen, ich schwöre es. Eva, ich liebe dich doch. Bitte sei lieb, Eva, bitte binde mich los.«

Eva dachte nach.

Vielleicht konnten sie das doch wie vernünftige erwachsene Menschen lösen. Sie überdachte ihre geplante Racheaktion noch mal. Die Putzfrau würde der Schlag treffen, wenn sie den Paul in ein paar Stunden nackt im Keller finden würde. Zum Schluss würde sie die Polizei holen. Die Leute würden reden. Das konnte sie sich ersparen und auch der Carla.

Sie seufzte, kniete sich vor der Liege hin und versuchte, das Theraband um Pauls Fuß zu lösen.

»So ist es brav«, sagte Paul.

Eva merkte, wie Ärger in ihr aufstieg. »Brav«, hatte er tatsächlich »brav« gesagt?

Sie ließ versehentlich das Gummiband los, das sie eben über seine Knöchel ziehen wollte und dieses schnalzte schmerzhaft gegen Pauls von den Fesseln malträtierte Haut.

Paul schrie auf und trat reflexartig nach Eva. Sein Tritt traf sie mit voller Wucht in den Unterleib.

»Aua, verdammt!« Tränen schossen ihr in die Augen. Sie hielt schützend die Hände über ihren Bauch.

»Geh bitte, ich hab dich kaum erwischt. Das war ein Versehen. Stell dich nicht so an.«

Hatte sie vor drei Minuten tatsächlich noch angenommen, er würde nun endlich nett und normal zu ihr sein?

»Ich stell mich nicht an. Ich bin schwanger«, sagte sie eisig.

Paul lachte ungläubig.

»Geh, erzähl mir nichts. Du und schwanger. Das ist ein Scherz, oder? Wir pudern ja so gut wie nie miteinander.«

Ein böser Verdacht keimte in seinem Hirn auf. Der Gärtner. Was, wenn sie von dem schwanger war? Die Nachbarin hatte so Anspielungen gemacht, als sie das letzte Mal Eier heraufgebracht hatte. Dass er besser auf seine Gattin aufpassen sollte, weil der mit der Unkrauterde allen verheirateten Weibern untern Rock gehen würde.

Eifersucht und Zorn ergriffen ihn mit jäher ungebremster Heftigkeit.

Paul sah plötzlich rot. »Hast dich von dem Loser flachlegen und schwängern lassen!«

Wann hatte er zum letzten Mal mit Eva geschlafen? Paul versuchte, sich daran zu erinnern, aber er wusste es nicht. Und diese Gedächtnislücke bestätigte ihn noch mehr in seinem Verdacht. »Weiß der Himmel, wie oft ihr euch schon getroffen habt. Hinter meinem Rücken. Sogar die Nachbarin weiß schon Bescheid.« Pauls Augen waren ganz schmal geworden. »Ich hab doch gesehen, wie du den immer angaffst. Aber eines sage ich dir, das hat ein Nachspiel, für dich und ihn. Den hol ich mir. Den mach ich fertig. Ich mach euch beide fertig. Hörst du mich? Du kannst dich schon mal anfangen zu fürchten. Du Flittchen, du Hure. Mir Eifersuchtsszenen machen und sich vom Gärtner schwängern lassen!«

Eva hielt sich die Ohren zu und rannte aus dem Raum. Sie setzte sich oben in die Garderobe. Sie hörte Paul immer noch brüllen. »Eva, komm sofort zurück, oder es passiert was.« Er schimpfte sie alles, was man einen Menschen nur schimpfen konnte. Alle Schimpfworte, die sie kannte, und auch solche, die sie noch nie gehört hatte. Evas Gedankenkarussell drehte sich immer schneller. »Es wird nie aufhören, es wird nie aufhören«, murmelte sie.

Sie blickte in den Garderobenspiegel. Sie erkannte sich fast nicht. Eine verhärmte, eingeschüchterte, blasse Frau blickte zurück. Eva wollte nicht mehr diese Frau sein. Sie musste etwas tun, oder es würde immer so weitergehen. Immer. Und immer. Es war ganz egal, was sie jetzt tat. Ob sie ihn nun losband oder darauf wartete, dass ihn die Putzfrau fand. Sie würden immer wieder in solche Situationen geraten, und jedes Mal würden sie eine weitere Grenze der Gewalt und Respektlosigkeit überschreiten.

Es würde nie aufhören, aber es musste aufhören. Er musste endlich den Mund halten. Es musste Ruhe sein. Endlich Ruhe.

In der Garderobe lag ein roter Gummiball. Sie wusste plötzlich, wie sie ihn zum Schweigen bringen würde. Eva nahm den Gummiball und ging wieder in den Keller. Sie zitterte am ganzen Körper, Tränen rannen über ihr Gesicht.

Paul spuckte noch immer Gift und Galle. »Du bist das

Letzte«, schrie er, »der dümmste, unfähigste Trampel, der mir je untergekommen ist. Wenn mir dein Vater nicht die Kohle gegeben hätte, hätte ich dich nie genommen.«

»Ich hasse dich«, schrie Eva. »Ich hasse dich. Halt endlich den Mund.« Sie merkte, wie ihre Stimme sich überschlug. Wie sie hysterisch wurde. »Halt den Mund«, kreischte sie. »Du sollst endlich deine verdammte Goschen halten.«

»Ich hoffe, du verlierst es. Ich hoffe, du gehst bei der Geburt von dem Bangert drauf. Ich hoffe, ihr geht's beide drauf«, brüllte Paul. »Meine hast ja auch immer verloren, nicht einmal zum Kochen und Kinderkriegen taugst was.« Er lachte irre. Wie von Sinnen.

Bei Eva brannten alle Sicherungen durch. Sie stürzte sich auf Paul. Der war so überrascht, dass ihm kurz der Mund offen stand. Eva nutzte den Moment, stopfte ihm brutal den Gummiball in den Mund und zog das Theraband, das noch immer um seinen Hals baumelte, so hoch, dass es nun auch die Nase bedeckte. Sie hatte es getan. Sie hatte ihm das verdammte Maul gestopft.

Paul bäumte sich auf wie ein wildes Tier. Die Kräfte, die er dabei mobilisierte, waren so stark, dass er es kurz schaffte, die Hantel hochzustemmen. Eva hatte Angst, die Gummifesseln könnten reißen. Aber dann verließen Paul die Kräfte. Die Hantel knallte auf die Liege zurück. Er versuchte verzweifelt, den Ball auszuspucken. Aber auch das gelang ihm nicht. Seine Augäpfel poppten fast aus dem Kopf. Er röchelte und röchelte. Sein Blick war auf einmal nicht mehr wütend, sondern panisch und fast verwundert. Er blickte Eva mit weit aufgerissenen Augen an.

Eva hielt seinem Blick stand. Sie sah nicht weg. Diesmal würde sie nicht nachgeben, diesmal nicht. Sie wusste nicht, wie lange sie da gestanden war. Ihm in die Augen sah, ihm zusah, bis das Röcheln und Schnaufen immer ruhiger und schwächer wurde.

»Ich darf nicht nachgeben. Ich darf nicht nachgeben. Ich darf nicht nachgeben.« Der Satz war wie ein Mantra, an dem sie sich die ganze Zeit über festhielt.

Dann brach Pauls Blick. Eva hatte nicht nachgegeben. Eva hatte gewonnen.

Sie fühlte keinen Triumph, keine Erleichterung, aber auch keine Reue, keine Schuld. Sie fühlte gar nichts.

Sie trat näher und nahm ihm den Ball aus dem Mund. Der Ball war ekelhaft nass und schleimig. Eva würgte. Sie atmete ein paar Mal tief ein und aus und wartete, bis der Brechreiz nachließ.

Sie trug den Ball mit spitzen Fingern zum Waschbecken, wusch ihn, trocknete ihn ab und steckte ihn in die Tasche. Dann griff sie zu ihrem Handy.

»Finz, es ist etwas passiert. Ich glaube, der Paul ist tot.«

GLOSSAR DER ÖSTERREICHISCHEN UND BURGENLÄNDISCHEN AUSDRÜCKE

ausgfratschelt/ ausfratscheln	jemanden aushorchen
Bangert	Balg, (uneheliches)Kind
brunzen	pinkeln
Budel	Verkaufstheke
daherzahn	bringen, herbeibringen
Fettn/ in der Fettn	im Vollrausch
Gärtnerschakl/Schakl	Handlager, Hilfskraft
grantig	schlecht gelaunt
Grehe	Arkadengang
grindig	schmutzig, verwahrlost
gstopft	reich
Gtsätten	steinige Wiese
hamdrahn	umbringen

iwahaps	überhaps, nach Gefühl
Kramuri	Gerümpel
Marie	Geld
Masel	Glück
Muschkateln	Pelargonien
Netsch	kleiner Geldbetrag
Oide	Alte
Pantscherl	Affäre
Pleampl	Einfaltspinsel
Sandler, Sandlerin	Obdachlose
sierig	geizig
überzoid	überzahlt
Urlioma	Urgroßmutter
verbrunzt	verliebt
Verhackertes	Speck-Aufstrich
Wickl/Wickel	Streit, Auseinandersetzung

DANKSAGUNGEN & HULDIGUNGEN

Am Freitag, dem 13. März 2020, klappte ich den Laptop auf und beschloss im Lockdown, dieses Buch zu schreiben.

Ich schrieb jeden Tag 10.000 Zeichen. Der **beste aller Ehemänner** sorgte dafür, dass ich dabei nicht verdurstete (Do you want tea or G&T, Darling?). Er ertrug meine Mordfantasien und wanderte mit seinem Laptop in die Küche aus, weil ich ihn jedes Mal giftig anschaute, wenn er mich beim Denken störte. Er half mir auch oft beim Denken. Danke dafür. Der **beste aller Söhne** wunderte sich, dass ich noch geistesabwesender war als sonst: Was arbeitest du jetzt eigentlich, Mama? Mama, hörst du mir überhaupt zu?

Nach 140.000 Zeichen im Schreib-Lockdown trieb mich die Einsamkeit in die Sozialen Netzwerke. Dort lud ich ein, über Handlungsstränge mitzuentscheiden. Innerhalb kürzester Zeit stimmten Hunderte Komplizen Woche für Woche über das Schicksal meiner Figuren ab. Liebe **Mitmörderinnen und Mitmörder**, dieses Buch ist euer Denkmal. Ihr seid die Besten und ihr werdet euch überall wiederfinden.

Langjährige Freunde wurden in der analogen Welt zu konspirativen Spießgesellen. Danke an **Niki** fürs Entwickeln & Kritisieren, an **Sigrid** fürs Wissen & Korrigieren, an **Bar-**

bara, Sandra und **Kathi** fürs Testlesen und Mitfiebern, an **Tina** für dein Gartenwissen & deine Kindheitserinnerungen und an **Petra** für deine wertvollen Einsichten einer voll integrierten Zuagroasten. *Das Ranking der Namen wurde übrigens gelost. Ich setz mich nämlich sicher nicht in die Nesseln.*

Andere Freunde halfen mit ihrem Know-how, **Alex** recherchierte eine benötigte Kamera, **Johannes** brachte mir Jägerlatein bei und **X** und **Y** und **Z** verrieten mir so viel über Postenschacher, Lokalpolitik und die Baubranche, dass sie lieber anonym bleiben wollen. Ich danke euch im Geheimen.

Das wichtigste Fachwissen fehlte aber noch. Ich hatte keine Ahnung, wie man einen Mord begeht, also recherchierte ich. **Gerald Dunst**, Inhaber der »Sonnenerde« in Riedlingsdorf, die Inspiration für die »Inkaerde« war, verriet mir, wie man Leichen rückstandslos beseitigt. Gerichtsmediziner **Universitätsprofessor Doktor Christian Reiter** zeigte auf, welche Fehler passieren können. Und **Marion Bieler** (zum Zeitpunkt der Recherche Pressesprecherin der LPD Burgenland) erklärte, wie die Polizei daraus Rückschlüsse zieht. Danke an euch alle. Ich hoffe, ich werde dieses Wissen nie in der Praxis brauchen.

Die Medien begannen, sich für das interaktive Buchprojekt zu interessieren. Artikel erschienen, ich gab Radiointerviews. Mein britischer Ehemann schüttelte den Kopf: »Ernsthaft? Die berichten über ein Buch, das es nicht gibt?« »Kommt schon noch«, sagte ich hoffnungsfroh. Immerhin hatte ich schon ein Cover (Danke, **Lena**!), Autorenfotos (Danke, **Vanessa, Rafaela & Nico**), eine Website mit

Logo (Danke, **Tine**) und den besten Schlussredakteur (Huldigung an **Klaus**).

Das noch nicht vorhandene Buch und ich gerieten ins Gerede. Ich wurde darauf aufmerksam gemacht, dass sich der eine oder andere Südburgenländer, ob meines Fabulierens, betroffen fühlen könnte. Eine schreckliche Vorstellung. Ich lief durch den ganzen Bezirk und erzählte allen, die ich traf, dass sie in dem Buch, das – irgendwann bald einmal – erscheinen würde, nicht gemeint wären und machte mich damit erst recht verdächtig. Auf der Post fragten mich Fremde, ob ich DIE Autorin wäre. Ich nickte geschmeichelt und verschwieg die Wahrheit: Eine Autorin ist man erst, wenn man ein Buch FERTIG geschrieben hat.

Anfang Oktober schickte ich eine 30-seitige Leseprobe an den Gmeiner-Verlag in Deutschland. Eine Woche später mailte mir **Claudia Senghaas** die Zusage. Ich war mir erst nicht sicher, ob sie sich nicht geirrt hatte. Die hatten doch noch nicht mal das ganze Buch gelesen? Als ich sie anrief, lachte sie nur und sagte, sie wisse schon, was sie täte. Danke an meine großartige Lektorin und das ganze Team, dass ihr von der ersten Sekunde an »Zuagroast« geglaubt habt. Der Vertrag wurde am Freitag, dem 13. November unterzeichnet.

Jetzt bleibt nur mehr eines zu sagen:

Danke, **liebe Leserin** und **lieber Leser,** dass Sie dieses Buch gekauft haben und damit Teil dieser aufregenden Reise geworden sind. Ich hoffe, Sie hatten beim Lesen genauso viel Spaß wie ich beim Schreiben. Und falls Sie überlegen sollten, ob in »Zuagroast« der, die oder das real sind oder waren, kann ich Sie beruhigen.

Das alles hätte passieren können, aber es ist nichts passiert – und das ist gut so.

BONUSMATERIAL:

Mit dieser Krimikurzgeschichte gewann die Autorin den Publikumspreis des ORF-Burgenland-Literaturwettbewerbes »Textfunken«.

BÖSE MÄNNER BRENNEN GUT

Vera war froh, als sie von der unebenen Schotterstraße auf den roten Teppich treten konnte. Sie hatte schon ewig keine hohen Schuhe mehr getragen und fühlte sich entsprechend wacklig auf den Beinen. Sie versuchte, ein Bein vor das andere zu setzen, wie die angehenden Topmodels im Fernsehen. »Nicht staksen, nicht zu viel Hüftschwung, locker laufen, Mädchen, laufen.« Sie konnte die hohe dominante Stimme der deutschen Modeldompteuse richtig hören. Wer sagt, dass Fernsehen nicht bildet?

»Würden Sie bitte hier zu unserer Fotowand kommen«, der Fotograf winkte sie zur Seite. Hier war ein Hintergrund mit dem Logo des Parkhotels aufgebaut worden. Wie in Hollywood. Da fehlt nur mehr Orlando Bloom. Orlando und sie würden ein schönes Bild abgeben. Aber ihre Begleitung war heute ihre Mutter Hilda. Das hatte man davon, wenn man Mitte 40 und Single war und es keinen Orlando weit und breit gab.

Hilda hatte sofort darauf bestanden mitzukommen, als sie erfuhr, dass das Parkhotel anlässlich der Eröffnung der neuen Saunalandschaft zum Festakt lud. Vera war als Redakteurin des »Burgenländischen Botens« auf der Gästeliste.

»Hierher schauen, bitte.« Hilda setzte ihr Fotolächeln auf. Ihre Zahnkronen blitzten strahlend weiß. Sie trug ihr bestes Dirndl und war für den Event extra beim Friseur gewesen.

Dort hatte sie sich längere Stirnfransen schneiden lassen als die Uschi Glas. »Das verdeckt die Falten«, hatte sie zu Vera gesagt. »Das könntest du dir auch machen lassen, du hast auch schon Stirnfalten.« Vera reckte das Kinn nach vorne, um ihren Hals zu straffen. Auch das hatte sie bei den Topmodels im Fernsehen gelernt. Aber da hatte der Fotograf schon abgedrückt und sich abgewandt, denn ein anderer Gast, der ihm wesentlich interessanter erschien, hatte den roten Teppich betreten. Vera und Hilda waren plötzlich Luft für ihn. Denn der Mann, der soeben im hellen silbergrauen Anzug den roten Teppich betrat, war ein Star. Gernot Pechler. DER Gernot Pechler. Der Fußballkönig, der in den Nullerjahren der Held der Nation gewesen war und der jetzt als beliebter TV-Moderator im Privatfernsehen die Nation unterhielt. Er präsentierte Erfolgsformate wie »Schlag den Schlagerstar«, »Eine Million für Deinen Mann« oder »Weg mit der Alten, her mit der Neuen«. Er war ein Quotenwunder. Zumindest wenn man auf diese Art von Reality-TV stand.

»Ich kann den Typen nicht ausstehen«, sagte Nadja, die sich unbemerkt neben Hilda und Vera gestellt hatte. Sie zog eine Grimasse: »Der Typ ist so ein selbstverliebter Lackaffe.«

Nadja war Redakteurin beim »ORF Burgenland« und eine Freundin von Vera.

»Können Sie bitte Platz machen?«, der Fotograf scheuchte Vera, Nadja und Hilda zur Seite.

Jetzt war die Bühne frei für Gernot Pechler. Der warf sich auch sofort in Pose. Fesch war er ja, der Pechler. Ein attraktiver Mittvierziger, mit athletischer Figur und einem jugendlichen glatten Gesicht.

Zu glatt, dachte Vera, und zu gebräunt. »Ich tippe auf Botox und Solarium«, flüsterte sie Nadja zu. »Ich tippe darauf, dass der bei uns am Medientisch sitzt«, sagte Nadja düster.

»Wer sitzt bei uns am Medientisch«, fragte Hilda entzückt: »Der Gernot Pechler? Die Frau Fuith aus dem Bauernladen fällt tot um, wenn sie das hört. Obwohl, die glaubt mir das vielleicht gar nicht, dass ich und der Pechler … Ich brauch ein Foto mit dem.« Und bevor Vera sie aufhalten konnte, hüpfte sie schon zurück vor die Fotoleinwand und stellte sich neben den verdutzten Promi, der professionell verbindlich lächelte, während der Fotograf zu ihrem großen Glück einfach weiterfotografierte.

Vier Sekunden einatmen, sechs Sekunden die Luft anhalten, acht Sekunden ausatmen. Claudia Ivansitz, die Restaurantleiterin des Parkhotels, versuchte, ihre Nerven zu beruhigen. Aber die Atemübung hatte genau den gegenteiligen Effekt. Sie wurde immer nervöser. Bei dem Teil mit dem Luftanhalten glaubte sie, ihre Brust würde zerspringen, und das Zeitintervall für das Ausatmen kam ihr ewig lange vor. Zu lange. Da ersticke ich ja, dachte sie panisch. Von wegen acht Sekunden. Sie schnappte schon nach fünf gierig nach neuer Luft.

»Ach Scheiß drauf, ich geh eine rauchen!« Sie ging durch die Küche nach draußen, setzte sich auf die Bierkiste neben den Mistkübeln, die das Personal extra für diesen Zweck hier deponiert hatte, und zündete sich eine Zigarette an. Ihre Hand zitterte, als sie das Feuerzeug bediente.

Gierig zog sie am Filter, inhalierte den Rauch und spürte, wie ihr das Nikotin ins Blut schoss. Heute war es also so weit, heute würde sie ihn wiedersehen. Nach all dieser Zeit. Ob er sie noch wiedererkennen würde. Wahrscheinlich nicht. Sie waren damals noch so jung gewesen. Das war alles so lange her. Es war ja schon kaum mehr wahr. Aber Claudia hatte keine Sekunde davon vergessen. Wie hätte sie auch vergessen können.

»Claudia, kommst du, das Service will wissen, ob sie schon mit dem Flying Buffet anfangen sollen …« Der Souschef steckte seinen Kopf durch die Hintertür.

Seufzend drückte Claudia ihre Zigarette am Boden aus und stand auf. Sie strich ihr Kostüm glatt. »Ich komm ja schon.«

Sie wusch sich die Hände am Handwaschbecken neben der Spüle, trocknete sie ab und schnupperte an ihren Fingern, um zu überprüfen, ob diese nur ja nicht mehr nach Nikotin rochen. Dann ging sie zu der Anrichte, auf der die Tabletts mit den Häppchen standen. Mini-Sandwiches mit Leberaufstrich von der südburgenländischen Weidegans, Terrine vom Waller aus dem Neusiedlersee, winzige Krautstrudel und Grammelpogatscherl. Die Häppchen waren so klein, dass man damit eine Puppenstube bestücken hätte können. Aber sie sollten den Appetit der Gäste ja nur anregen und nicht stillen. Das eigentliche Menü würde nach der Begrüßung und den Reden serviert werden. »Das kann raus«, sagte sie zum wartenden Servierpersonal.

Der Festsaal des Hotels hatte sich bereits gefüllt. Die Gäste standen in Grüppchen beisammen und nippten an Uhudlerfrizzante und dem Cocktail des Hauses, der aus naturtrüben Apfelmost aus der Region und burgenländischem Gin bestand.

Claudia zuckte kurz zusammen, als plötzlich ein Knacksen im Lautsprecher zu hören war und Gernot Pechler auf die Bühne trat, um die anwesende Lokalprominenz zu begrüßen. Als er zu sprechen begann, wurde ihr plötzlich übel. Sie griff zum Brandy, mit dem eigentlich die Nusspalatschinken flambiert wurden, schenkte vier Fingerbreit von dem hochprozentigen Getränk in ein Wasserglas und kippte den Inhalt hinunter. Der Souschef, der das bemerkt hatte, hob fragend die Augenbrauen. Claudia ignorierte ihn. Dass man ausgerechnet den Pechler als Moderator engagiert hatte. Das Leben nahm manchmal wirklich eigenartige Wendungen.

»Das Geschwafel von den Politikern war fad, nur unnötiges Blabla, aber Sie haben das super gemacht«, sagte Hilda zu Gernot Pechler. Sie saß am Medientisch neben dem TV-Idol und war nach zwei Gläschen Uhudlerfrizzante noch direkter als sonst.

Gernot Pechler lächelte geschmeichelt. Er hatte keine Ahnung, wer diese aufdringliche Person war, aber wenn sie am Medientisch saß, musste sie wichtig sein. Wahrscheinlich war das die Seniorchefin. Seniorchefinnen in Hotels hatten meist solche Festtags-Dirndlkleider an. Ihre Tochter sah auch nicht schlecht aus. Dunkle lange Haare, aparte Figur.

Hilda bemerkte Gernots Blick. »Können Sie die Vera nicht in Ihre Sendung einladen?«, fragte sie lauernd, »in die, wo Männer ihre alten Frauen gegen eine neue eintauschen. Die Vera hat immer so ein Pech mit Männern.«

»Mama«, Vera lief vor Scham und Ärger hochrot an.

»Wenn es doch wahr ist«, sagte Hilda: »Der brasilianische Modefotograf war zum Kren reiben, und deine Jugendliebe, der Ginproduzent vom Eisenberg, ist auch keinen Deut besser. Mit dem brauchst dir nicht wieder was anfangen. Ein aufgewärmter Kelch schmeckt nicht. Hab ich nicht recht?«

Sie schaute triumphierend in die Runde.

»Vielleicht solltest du in die Sendung«, konterte Vera: »Du bist auch Single.«

»Ich bin nicht Single, ich bin Witwe, mein Kind, das ist ein Riesenunterschied. In meinem Alter ist ein neuer Partner kein Thema mehr.«

»Aber ich bitte Sie, Sie sind doch nicht alt, ich habe Sie beide für Schwestern gehalten«, log Gernot: »Sie müssen doch Dutzende Verehrer haben.«

»Natürlich hab ich die«, sagte Hilda stolz: »Ich werde ständig im Kurpark angesprochen. Aber in meinem Alter tu ich mir keinen Mann mehr nach Hause, weil die Männer über 70, die suchen alle nur eine Pflegerin. Mehr als ein Kaffee ist da bei mir nicht drin. Ich sag dann immer zu den Männern, ambulant nehm ich sie, aber stationär auf keinen Fall.«

Gernot Pechler lachte schallend.

Vera verdrehte innerlich die Augen. »Sie haben eine lustige Mutter«, sagte Gernot Pechler und zwinkerte ihr verschwörerisch zu. Wenn die Mutter vermutlich die Seniorchefin war, dann hatte die Junge sicher auch irgendwas mit dem Hotel zu tun. Vielleicht war das die Schwester oder die Schwägerin vom Besitzer. Er war besser nett zu ihr. Immerhin hatte er für das bisschen Moderieren eine stattliche Summe eingestreift. Dafür konnte man schon ein bisschen nett sein. »Darf ich Ihnen noch Wein einschenken?« Er beugte sich zu Vera und streifte dabei leicht ihren Arm. Vera zuckte nicht zurück. Ein gutes Zeichen.

Claudia führte die Faust zum Mund und biss sich auf die Knöchel, als sie sah, wie der Pechler diese Journalistin umgarnte. Sie nahm eine Flasche Rotwein und ging zum

Medientisch. »Darf ich Ihnen einschenken? Wir servieren gleich die Hauptspeise. Steaks vom Zickentaler Moorochsen. Ich empfehle dazu den Ried Reihburg vom Weingut Schiefer, ein ganz besonderer Blaufränkischer vom Eisenberg.«

»Gerne, nur zu«, sagte der Pechler. Er hatte sie nicht einmal angesehen. Claudia hatte schon oft die Erfahrung gemacht, dass man als Kellnerin gar nicht richtig als Mensch wahrgenommen wurde.

Sie schenkte den Damen am Tisch ein und füllte dann schwungvoll das Glas, das er ihr entgegenhielt. Schau mich an, dachte sie stumm. Aber er sah nur zu Vera. Und plötzlich brannten bei Claudia die Sicherungen durch. Sie schwenkte die Flasche und schüttete den restlichen Inhalt in den Schoß des Moderatoren.

Gernot Pechler sprang auf, als hätte ihn eine Tarantel gestochen, und fing an, mit der Serviette, die zerknüllt am Tisch gelegen war, über seine helle Hose zu wischen.

»Nicht reiben«, rief Hilda. »Sie reiben den Wein nur stärker ins Gewebe. Haben wir Salz? Wir brauchen Salz.« Sie griff zur Salzmühle und fing an, Salz über den Schritt des TV-Moderators zu mahlen.

»Ach, das tut mir so leid«, sagte Claudia übertrieben schuldbewusst, »ich habe keine Ahnung, wie das passieren konnte.«

»Oh Gott, das sieht aus, als hätte er die Regel bekommen«, flüsterte Nadja Vera aufgeregt zu. Sie klang ein kleines bisschen schadenfroh.

»Bitte kommen Sie mit nach hinten, wir bringen das in Ordnung«, sagte Claudia.

Gernot war stocksauer, ließ sich aber nichts anmerken. Wie ein begossener Pudel ging er so dicht wie möglich hinter Claudia her, damit die Gäste seinen blutroten Schritt nicht sahen.

Claudia führte ihn zu dem kleinen Gästezimmer neben der Rezeption, in dem sich manchmal die Rezeptionisten ausruhten, oder in dem sich Gäste bei einem Late-Check-out vor der Abreise umziehen und frisch machen konnten. Heute war das Zimmer leer, dafür hatte sie gesorgt. Nur zwei Rollcontainer mit frischgebügelten Spa-Badetüchern standen da. Die waren auch für die Rezeption für die Ausgabe an Spa-Besucher gedacht.

»Am besten, Sie ziehen die Hose aus und einen Bademantel an, dann kann ich versuchen, den Fleck auszuwaschen, und die Hose anschließend trocken föhnen.«

Gernot ging ins Bad und tat wie geheißen. Als Star mit einer eigenen Garderobiere war er es gewöhnt, sich vor dem Dienstpersonal umzuziehen, und fand die Situation weniger seltsam, als es Claudia erwartet hatte.

Die Badezimmertür war offen.

Er beobachtete, wie die hübsche Blondine über das Waschbecken gebeugt dastand und seine Hose mit Seife und einer Mini-Nagelbürste, die sie aus ihrer Handtasche gezaubert hatte, bearbeitete. Irgendwo hatte er diese Frau schon mal gesehen.

»Haben wir schon einmal miteinander zu tun gehabt? Sie kommen mir irgendwie bekannt vor.«

Claudia blickte auf und sah ihm direkt in die Augen. Große blaue Augen, aber nicht klar wie ein Bergsee, also so wie Augen, die oft in Schlagern besungen werden, sondern ein wolkiges, undurchsichtiges Blau. Klar, er kannte sie, er wusste nur nicht, wo er sie hintun sollte. Er dachte angestrengt nach. Aber es fiel ihm einfach nicht ein. Es war ein ähnlich lästiges Gefühl, wie wenn man ein Wort auf der Zunge hatte, aber es beim besten Willen nicht über die Lippen bekommt.

Claudia drehte das Wasser ab, legte die Hose zur Seite und kam auf ihn zu. »Klar kennen wir uns, aber wie es scheint, hast du mich vergessen.«

Sie lachte. Das Lachen klang ein bisschen gekünstelt.

Gernot Pechler stutzte. Dass diese Frau ihn plötzlich so vertraut duzte, verwirrte ihn. Sie kam noch näher. Er wich einen Schritt zurück, stieß mit den Kniekehlen rücklings gegen die Bettkante. Seine Beine gaben nach und er plumpste aufs Bett. Claudia beugte sich über ihn. Ein Schauer durchfuhr Gernot Pechler. Er verspürte Überraschung, Angst, aber auch Erregung. Sie fuhr mit dem Daumen über seine Unterlippe. Der Daumen roch nach Seife. »Ich denke, ich muss deine Erinnerung später ein bisschen auffrischen.« Sie küsste ihn unvermutet auf den Mund. Ohne Zunge, aber ihr Mund war leicht geöffnet und ihre Lippen waren feucht.

Gernots Bademantel war aufgeklafft, er spürte, dass sein Schwanz unter der vom Wein rosa gefärbten, feuchten Unterhose hart wurde. Er griff nach ihrem Handgelenk. »Und warum später und nicht jetzt?«

»Bist du verrückt, die Rezeptionistin hat uns hereingehen gesehen. Was glaubst du?«

Claudia schüttelte seine Hand ab. »Ich sag dir was, um 22 Uhr ist das Feuerwerk. Da gehen alle raus, sich das anschauen. Auch die von der Rezeption. Da treffen wir uns wieder hier. Hier ist die Schlüsselkarte. Aber jetzt sei ein braver Bub und reiß dich zusammen.«

Gernot grinste. »Vorfreude ist die schönste Freunde.«

»Dann freu dich schon mal«, sagte Claudia und verließ das Zimmer.

Ein paar Minuten später ging Gernot beschwingt zum Tisch zurück. Er hatte noch immer keine Ahnung, woher er diese Claudia kannte, aber eigentlich war es ihm auch egal. Wahrscheinlich hatten sie mal einen One-Night-Stand gehabt. Mein Gott, er war immer schon ein Star gewesen, früher als Fußballer, dann als Moderator, er hatte Hunderte Weiber gehabt. Ein schlechtes Gewissen hatte er deswegen nie gehabt. Das waren Groupies. Die waren auch nur auf das eine aus. Die wussten ja, auf was sie sich einließen.

»Sie waren aber lange weg«, sagte Hilda: »Sie haben was verpasst, das Steak war köstlich.«

»Ich lasse Ihnen gleich Ihre Hauptspeise bringen«, sagte Claudia, die sich dem Tisch erneut genähert hat, »und hier ist ein frisches Glas Reihburg, speziell für Sie.«

Diesmal blickte Gernot sie dankbar und begehrlich an, als sie ihm das Getränk überreichte. Geht doch, dachte sie.

Gernot schmeckte der Wein so gut, dass er sich nach der Hauptspeise noch ein Glas von Claudia bringen ließ. Diese südburgenländischen Blaufränkischen waren doch ganz besondere Tropfen. Allerdings waren die auch ganz schön schwer. Er bemerkte, dass ihm der Alkohol rasend schnell zu Kopf stieg. Seine Zunge wurde schwer und es fiel ihm immer schwerer, auf Hildas Scherze angemessen zu reagieren. Er schenkte sich ein großes Glas Wasser ein. Er musste nüchtern bleiben, schließlich hatte er in einer halben Stunde ein Date mit einer willigen Blondine. So wie die rangegangen war, stand ihm einiges bevor. Er freute sich darauf. Seit seine Frau das zweite Kind bekommen hatte, war mit der sexuell gar nichts mehr anzufangen.

Endlich gab der Hoteldirektor das Zeichen, dass alle raus auf die Terrasse gehen sollten, das Feuerwerk würde gleich beginnen. »Kommen Sie.« Hilda hielt ihrem Tischherrn den Ellenbogen hin in der Erwartung, er würde sie hinausführen. Das hatte sie schon den ganzen Abend geplant. Wieder etwas, was sie der Frau Fuith vom Bauernladen erzählen konnte.

Aber zu ihrer großen Enttäuschung gab ihr der berühmte Moderator einen Korb. »Ich muss mal für kleine Königstiger«, lallte er. »Ich komme dann nach.«

»Bist du deppert, der ist blunzenfett«, sagte Nadja zu Vera, als Gernot schwankend Richtung Foyer ging.

»Oder er nimmt Drogen«, sagte Hilda fachmännisch. »Es gibt viele österreichische Promis, die sich Haschisch spritzen.«

»Haschisch spritzt man nicht, das raucht man«, sagte Vera.

»Na, du kennst dich ja gut aus«, sagte Hilda spitz.

»Wenn er kifft, dann hat er danach sicher Lust auf Süßes«, blödelte Nadja, »spätestens beim Dessert nach dem Feuerwerk sehen wir ihn wieder.«

Aber sie sollte sich täuschen. Denn Gernot tauchte weder zum Feuerwerk noch danach wieder auf. »Vielleicht war er einfach nur bis 22 Uhr bezahlt und wollte nicht länger bleiben«, sagte Vera, »er ist ja nicht zum Spaß hier.« Damit sollte sie allerdings recht behalten.

Die Feuerwehrsirene heulte durch die Nacht. Willhelm Neubauer von der freiwilligen Ortsfeuerwehr Bad Tatzmannsdorf griff schlaftrunken zu seinem Handy. Die Brandmeldezentrale hatte bereits eine SMS mit Infos zum Einsatzort geschickt.

»Was ist los?«, fragte seine Frau schlaftrunken.

»Im Parkhotel brennt es«, sagte er zu seiner Frau.

»Wahrscheinlich wieder ein Saunabrand, für brennende Adventskränze ist es noch zu früh«, murmelte sie schlaftrunken. Als Frau eines Feuerwehrmannes gehörten Brände zu ihrem Alltag.

Keine zehn Minuten später saß Willhelm mit seinen Kollegen im Feuerwehrauto auf dem Weg zum Parkhotel. Die 30 Kilometer pro Stunde-Beschränkung im Kurort ignorierten sie.

Als Erstes begutachtete Willhelm die Mappe über die Brandschutzanlage. Der erste Brandmelder, der losgegangen war, befand sich im Erdgeschoss in einem kleinen fensterlosen Zimmer neben der Rezeption, das überraschte ihn. Zeitverzögert waren auch Brandmelder in den anderen Stockwerken losgegangen. Noch mehr Brandherde, oder Rauch, der durch die Lüftungen des Erdgeschosses gedrungen war? Er gab Anweisungen, die Lage zu überprüfen. Dann ging er zu dem Zimmer, in dem der erste Brandmelder losgegangen war und legte vorsichtig seine Hand auf die Tür. Die Tür war heiß.

Alles, was sich jetzt abspielte, war eine oft geübte Routine. Atemschutztrupp und Reservetrupp ausrüsten, Verteiler setzen, Schlauch legen. Tür einen Spalt öffnen, in die Knie gehen und Wasser Richtung Decke spritzen, um die Temperatur zu senken. Tür wieder zu, damit es durch den Sauerstoffeintritt nicht zu einem Flammeninferno kommt, Procedere wiederholen und dann noch einmal. Bis man sich endlich ein Bild über das Geschehen machen konnte.

»Da liegt ein Mann«, sagte der erste Feuerwehrmann, als sie die Tür endlich weit genug öffnen konnten, um ins Innere zu sehen.

»Verletzt?«, fragte sein jüngerer Kollege, der bei jedem Einsatz immer noch voll kindlicher Hoffnung nach einem Happy End war.

Willhelm wusste die Antwort, schon bevor er den Puls fühlte. Der Mann war mindestens 20 Minuten in einem Zimmer voller Rauchgas gelegen. »Nein, er ist tot.«

Er starrte in ein Gesicht, das er bisher nur im Fernsehen gesehen hatte. »Scheiße, ich kenn den, das ist der Gernot Pechler.«

»Ich weiß wirklich nicht, warum du da schon wieder mitkommen willst«, fragte Vera ihre Mutter leicht genervt. »Ich muss beruflich ins Parkhotel. Ich brauche O-Töne für die geplante Reportage. Die letzten 24 Stunden im Leben von Gernot Pechler.«

»Was sind O-Töne?«, fragte Hilda.

»Na, Originaltöne, Aussagen von Zeugen, ein Statement vom Hoteldirektor, all das.«

Die Tatsache, dass der beliebte österreichische Star auf tragische Weise verstorben war, beschäftigte das Land.

Gleich zwei Tageszeitungen hatten dem Liebling der Nation ein Cover gewidmet.

»Selbstentzündung in der Wäschekammer« und »In Frottee in den Tod«.

Denn schuld an dem Feuer waren laut Experten die dicht gestapelten frischgebügelten Badetücher im Zimmer gewesen. Und die Tatsache, dass das Hotel so viele Ayurveda-Ölmassagen mit Leinöl anbot. Weil das weniger stank als das Sesamöl, das traditionell in Indien verwendet wurde. Öl lässt sich schwer auswaschen. Ölreste bleiben im Textilgewebe zurück. Und wenn die Badetücher noch heiß zusammengelegt und in den Rollcontainern zu dichten Stapeln geschlichtet werden, kann sich das Öl selbst entzünden. Was für ein blöder Zufall, dass sich der berühmte Moderator ausgerechnet in dieses Zimmer gelegt hatte, um seinen Rausch auszuschlafen. »Er hatte noch die Zimmerkarte, die ich ihm gegeben habe, als er den Unfall mit der Hose hatte«, hatte Claudia Ivansitz der Polizei erzählt. Dass der berühmte Ex-Fußballer alleine und recht besoffen in das Zimmer gewankt war, hatten mehrere Augenzeugen bestätigt. Ein Fan hatte sogar ein Foto von ihm gemacht. Mit Zeitangabe am Smartphone. 21.57 Uhr. Danach waren alle beim Feuerwerk gewesen und dann beim Dessert. Das Essen war gegen Mitternacht vorbei gewesen. Vera und Hilda waren, wie alle anderen externen Gäste, kurz darauf aufgebrochen. Kurz nachdem alle weg waren, war der Feueralarm losgegangen.

»Ich fahr auf jeden Fall mit, wenn du mich nicht mitnimmst, fahr ich extra. Das ist ein freies Land. Wenn ich im Parkhotel einen Kaffee trinken will, dann tu ich das auch«, sagte Hilda.

»Gut«, gab Vera nach, »aber dann bleib bitte im Café und stör mich nicht bei der Recherche.«

»Ich störe nie«, sagte Hilda, »ich bin eine Bereicherung.«

Während Vera ihr Interview mit dem Hoteldirektor hatte, setzte sich Hilda ins Thermencafé und bestellte eine Schwarzwälder Kirschtorte und einen kleinen Braunen mit einem Schuss Obers und einem Kandisin.

»Ist die Restaurantleiterin da?«, fragte sie.

»Wieso, ist was mit der Torte nicht in Ordnung?«, fragte die junge Servierkraft.

»Nein, alles okay«, beruhigte Hilda, »ich bin eine Freundin ihrer Mutter, ich muss ihr nur eine Nachricht überbringen.«

»Soll ich die Claudia anrufen, dass sie raufkommt, sie hat heute frei und ist sicher unten im Personalhaus.«

»Nein, danke«, log Hilda, »ich hab eh ihre Handynummer.«

Sie zahlte und machte sich dann auf den Weg zum Personalhaus.

»Ich such die Claudia«, sagte sie zu dem Gärtner, der vor dem einstöckigen Gebäude den Rasen mähte.

»Nummer 12«, sagte der.

Das ist das Gute, wenn man so alt und harmlos aussieht wie ich. Die Leute verraten einem alles, dachte Hilda.

Sie klopfte bei Tür Nummer 12.

Claudia öffnete die Tür. Sie trug einen Jogginganzug und hatte die Haare zu einem Knödel hochgesteckt. Sie hatte tiefe Schatten unter den Augen. Es wirkte, als hätte sie die Nacht durchgemacht.

»Was wollen Sie?«, fragte sie schroff.

»Ich hab gesehen, wie Sie in das Zimmer gegangen sind«, sagte Hilda leise. »In das, das nachher abgebrannt ist,« fügte sie hinzu. »Als wir gegangen sind, bin ich noch mal zurück, weil ich meinen Schal vergessen habe, und da habe ich Sie reingehen sehen.« Sie stellte den Fuß in die Tür, wie beim Tatort: »Lassen Sie mich rein?«

Claudia wich mechanisch zurück und ließ sie eintreten. Sie wirkte wie ein Roboter. »Wollen Sie mich erpressen?«

»Nein, ich will es nur verstehen. Ich glaube nicht, dass Sie böse sind. Also glaube ich, dass er ein sehr böser Mann gewesen sein muss.«

Claudia sank auf die Couch des winzigen spärlich möblierten Zimmers. Sie war in sich zusammengesunken. Sie wirkte wie eine aufblasbare Puppe, der langsam die Luft entwich. Hilda setzte sich auf den Sessel neben den Schreibtisch und sagte lange nichts.

Dann fing sie als Erste zu reden an. »Dieser Moderator ist so schnell betrunken gewesen. Ein Hallodri wie der, der verträgt mehr. Und er war auch nicht nur normal betrunken. Der war wie ferngesteuert. Und da habe ich mich erinnert. An früher. Ich hatte auch einmal einen bösen Mann. Und als der dann krank geworden ist und Rohypnol zum Schlafen und gegen die Schmerzen verschrieben bekommen hat, da habe ich gesehen, wie ich ihn damit kontrollieren konnte. Also habe ich es getan und ihm mehr Rohypnoltropfen gegeben und immer mehr, bis endlich a Rua war.« Sie machte ein Pause, bevor sie weitersprach, damit sich das Gesagte bei ihrem Gegenüber setzen konnte: »Sie haben ihm auch was in den Wein gegeben, gell Kinderl.« Sie nahm Claudias Hand. Diese begann, lautlos zu weinen. »Magst mir erzählen, was er getan hat, glaub einer Alten wie mir, das Reden hilft.«

»Es ist so schrecklich und so peinlich«, flüsterte Claudia, die Tränen liefen ihr jetzt in Strömen über das Gesicht.

Hilda setzte sich neben sie und fing an, ihren Rücken zu streicheln. »Ich hab dir mein Geheimnis erzählt, also kannst du mir auch deines erzählen.«

Sie wartete, bis Claudia sich ausgeweint hatte. Sie sagte kein Wort mehr, wartete einfach, bis die Jüngere zu reden begann. Sie wartete eine kleine Ewigkeit. Geduld war eine Stärke des Alters. Irgendwann fing Claudia an zu sprechen.

»Ich war so jung, 17 und so verliebt in ihn. Ich hab mir jedes Match angeschaut. Jedes. Ich bin immer hinter dem Tor der gegnerischen Mannschaft gestanden und hab ihn auf mich zukommen gesehen, denn er war ja der Stürmer.

Und ich hab gehofft, dass er mich bemerkt, und irgendwann hat er mich wirklich bemerkt, und ich durfte mit ihm und seinen Kollegen nach dem Match was trinken gehen. Wir waren in der Wiener Neustadt und sie haben dort in einem Hotel geschlafen und da haben sie mich mitgenommen. Sie haben gesagt, da steigt eine Party. Ich war mit einer Freundin unterwegs, aber die wollte nicht mehr mit, also bin ich alleine mit, aber da war keine Party. Und da ist es dann passiert.« Sie stockte.

»Hat er dich vergewaltigt?«, fragte Hilda.

»Schlimmer. Er hat gesagt, ich muss es mit seinen Freunden tun. Und als ich mich geweigert habe, haben die es trotzdem getan. Und er hat zugeschaut und gelacht. Und danach hat er gesagt, dass ich eine billige Flitschen bin und mich schleichen soll.«

Sie schaute auf. Jung und blass sah sie aus. Wie ein Kind.

»Dann war er ein böser Mann«, sagte Hilda fest, »hast du es je jemandem erzählt?«

Claudia schüttelte den Kopf. »Ich hab mich zu Tode geniert und mein Vater hätte mich erschlagen, wenn er gehört hätte, dass ich so blöd war und mit denen mitgegangen bin.«

Claudia sah sie ängstlich an: »Werden Sie es jemandem erzählen?«

»Natürlich nicht«, sagte Hilda, »ich hab es dir ja vorher gesagt. Du kennst mein Geheimnis und ich deines! Wir haben uns gegenseitig in der Hand.«

Sie machte eine Pause.

»Wie hast du eigentlich geschafft, dass das Feuer genau in dieser Zeit ausgebrochen ist?«, fragte sie.

»Ich hab die Badetücher zusätzlich mit Leinöl angespritzt,

und als Sie mich ins Zimmer gehen gesehen haben, habe ich nachgeholfen, mit einem kleinen Bunsenbrenner aus der Küche, mit denen man die Crème brûlée flambiert. Ich hab im Internet recherchiert, wie solche Selbstentzündungsbrände bei der Wäsche ablaufen können, damit ich keinen Fehler mache.«

»Das steht im Internet, gut zu wissen«, sagte Hilda.

»Gut zu wissen wofür?«, fragte Claudia.

»Na, falls ich wieder an einen bösen Mann gerate.« Hilda zwinkerte ihr verschwörerisch zu: »Ich werde ja im Kurpark ständig von Männern angesprochen.«

UND SO GEHT ES WEITER MIT DEM KLUB DER GRÜNEN DAUMEN …

»**Hamdraht**« erscheint im Frühjahr 2022

LESEPROBE.

KAPITEL 1
MATHILDE BEKOMMT EIN TATTOO

Der Schmerz war schneidend, brennend, schabend. Winzige Blutstropfen traten aus der verletzten Haut, vermischten sich mit der flüssigen Farbe. Der Tätowierer griff zu einem Tuch und wischte sorgsam über die Haut. Mathilde versuchte, ruhig und gleichmäßig zu atmen und sich zu entspannen. »Geht es noch?«, fragte der Tätowierer.

Mathilde nickte. »Wenn ich mich beim Kochen schneide oder verbrenne, tut das mehr weh.«

Es war schon ihre achte Sitzung. Das Motiv wuchs und wuchs. Buntstieliger Mangold, rote Chilis, gelbe Tomaten, eine lila-weiß gefleckte Melanzani, grüner Koriander. Auf Mathildes Arm und Schulter entspross ein ganzes Gemüsepotpourri.

»Koriander mag ich nicht, der schmeckt nach Seife«, sagte der Tätowierer lächelnd.

»Da sind deine Gene schuld«, sagte Mathilde, »manche Menschen haben Geruchsrezeptoren, die Koriander nach Seife schmecken lassen.« Sie war froh über das Gespräch, es lenkte sie ab.

»Wie geht es in der Arbeit?«, fragte der Tätowierer.

»Ich habe gekündigt«, sagte Mathilde. Der Tätowierer schnalzte mit der Zunge, während er die Feder seiner Tätowiermaschine in ein winziges Farbtöpfchen mit grüner Farbe tauchte. Das Töpfchen stand in einem Patzen Vaseline auf der Arbeitsplatte, damit es nicht verrutschen oder umkippen konnte.

Mathilde dachte kurz daran, wie sie in ihrer Ausbildung zur Köchin gelernt hatte, Dessertschälchen mit Marzipan auf dem Teller festzukleben, damit diese beim Servieren nicht verrutschten. Eigentlich dasselbe Prinzip.

»Ich bin dort nicht weitergekommen«, sagte sie, »der Küchenchef hat immer mehr Convenience Food eingekauft. Schnitzel vom Fließband, Kartoffelsalat aus dem Kübel, Packerlsuppen. Er sagt, das ist die Zukunft.«

»Pfui Teufel«, sagte der Tätowierer.

»Na ja, das Zeug schmeckt nicht mal so schlecht. Die Lebensmitteltechnik wird immer besser. Und man spart unglaublich viel Zeit bei der Zubereitung. Aber mich langweilt das.«

»Ich verstehe«, sagte der Tätowierer. »Eine Arbeit, die keinen Spaß mehr macht, macht keinen Sinn.« Der Tätowierer hatte vor vier Jahren sein gut gehendes Tattoo-Studio in der Stadt aufgegeben und war ins Nirgendwo gezogen. Dorthin, wo es garantiert keine Nachbarn gab, keinen Handyempfang und einen nicht einmal das Navi fand. Die, die ihn finden wollten, fanden ihn trotzdem.

»Und was machst du jetzt?«, fragte er.

Mathilde strahlte: »Ich fange in drei Wochen als Küchenchefin im ›Fia-mi‹ an.«

»Wo?«

»Im ›Fia-mi‹. Das ist Dialekt und bedeutet ›Für mich‹. Ein neues Vitalressort an einem Fischteich zwischen Litzelsdorf und Oberdorf, die wollen dort moderne, regionale Küche, viel Gemüse und Wildkräuter.«

»Na, dann sollte ich dir wohl noch ein paar Bärlauchblätter stechen«, sagte der Tätowierer.

»Bärlauch gibt es nur in Rechnitz. Mach mir besser eine Schafgarbe, die hat so tolle Doldenblüten«, lachte Mathilde.

»Das nächste Mal«, lächelte der Tätowierer, legte sein Werkzeug beiseite.

»Ich geb dir noch was von meiner Salbe mit, die ist selbst gemacht.«

Mathilde schnupperte daran. Die Salbe roch nach Bienenhonig und Fichtenharz.

»Meine Tattoos sind in drei Tagen verheilt«, sagte der Tätowierer stolz.

Mathilde bewunderte das bunte Gemüsebild auf ihrer Haut. »Mein alter Chef würde auszucken«, sagte sie. Aber das »Kurfürsten-Hotel« war Vergangenheit. Die holistisch orientierten Inhaber des »Fia-mi« waren hoffentlich weniger engstirnig.

Als Mathilde die kurvigen Straßen der Buckligen Welt in Richtung Südburgenland hinunterfuhr, blickte sie immer wieder auf ihren Arm. Das Tattoo tat kaum weh. Das mussten die Endorphine sein.

Sie lenkte ihren alten Chevrolet Malibu Richtung Bernstein. Das Auto hieß Patsy, war aus dem Jahre 1983 und zum größten Teil weinrot, nur die Lackierung auf der Seite erinnerte an Holzmaserungen. Mathilde liebte Patsy so sehr, dass sie ihr auch ihren unglaublichen Benzin-Durst verzieh.

Patsy war ihr teuerstes Hobby. Neben dem Gerhard.

Mathilde parkte Patsy vor dem windschiefen alten Bauernhof ein, den sie gemeinsam mit dem Gerhard vor sechs Jahren bei einer Versteigerung spottbillig erworben hatte. Die Idee mit dem Hof war Gerhards Idee gewesen. Mathilde hatte sich erst gesträubt, weil sie fand, dass der Hof eine schlechte Energie hatte.

»Das bildest du dir nur ein, weil es hier so aussieht«, hatte der Gerhard gesagt. Und »ausgesehen« hatte es tatsächlich. Das Unkraut rund um den Hof war meterhoch gewesen. Dazwischen lagen wie achtlos weggeworfen Eisenstangen, rostiger Stacheldraht und ein kaputtes, rosa lackiertes Kinderfahrrad. Der Anblick des verbeulten Kinderfahrrads hatte sie auf eine seltsame Art betroffen und traurig gemacht.

»Ich weiß nicht«, hatte Mathilde zweifelnd gesagt, »ein Versteigerungshaus. Das heißt, die vorherigen Besitzer müssen in einer verzweifelten Lage gewesen sein. Verzweiflung, das bedeutet Streit und oft auch Alkoholismus und Gewalt. Ein Haus inhaliert so was.«

Aber dann hatte der Gerhard sie doch überzeugt, dass man sich dieses Schnäppchen nicht wegen einer »esoterischen Spinnerei« durch die Finger gehen lassen sollte. Und Mathilde hatte den Kaufvertrag mit unterschrieben und gleich danach zum Räucherwerk gegriffen, um die schlechte Energie zu vertreiben.

Heute, sechs Jahre später, zweifelte sie immer noch daran, dass dieser Hauskauf eine gute Idee gewesen war. Nicht wegen der schlechten Energie der Vorbesitzer. Nein, wegen der immer schlechter werdenden Energie zwischen ihr und dem Gerhard. Und dagegen half das ganze Räuchern und Lüften nicht.

Als sie den Gerhard vor sieben Jahren kennengelernt hatte, war er ein aufstrebender junger Bildhauer gewesen. Die Kritiker hatten sich mit Lobhudeleien überschlagen, angesichts dessen, was der Gerhard aus Holz, Ton und Metall schuf. Sie lobten seine radikale Brutalität im Umgang mit Materialien und Formen. Sie waren voll der Begeisterung über seine schonungslose Ästhetik.

Nur Geld verdienen ließ sich damit nicht. Ein einziges Mal hätte der Gerhard einen wirklich lukrativen Auftrag einfahren können. Da hatte der Bürgermeister der Nachbargemeinde eine Skulptur für den neuen Hauptplatz bestellt. Aber als die dann geliefert wurde, hatte der Bürgermeister einen Rückzieher gemacht. »Bist deppert worn, Gerhard? Kim sufurt und ram des schiarche Graffl wieder weg!«*

Das schiarche Graffl sah aus wie eine Mischung aus Fitness- und Foltergerät. »Das ist kein Graffl. Das ist Mahnmal gegen den Optimierungswahn des modernen Menschen«, hatte der Gerhard wütend gebrüllt.

»Des schaut aus wie wos, des in der Hinterkammer vom Oberwarter Laufhaus steht«, hatte der Bürgermeister entgegnet.

»Du musst das ja wissen«, hatte der Gerhard zornig gekontert.

* Komm sofort und räum das hässliche Gerümpel weg!

Es war das erste und letzte Mal gewesen, dass von öffentlicher Hand ein Auftrag an den Gerhard herangetragen worden war. Seither künstlerte er nur mehr für sich selbst. Und im Garten des windschiefen Bauernhauses mehrten sich Skulpturen, die bei Mathilde dieselben gruseligen Assoziationen weckten wie das Kinderfahrrad, das beim Einzug dort gelegen hatte.

»Machen Sie sich auf die Suche nach dem verlorenen Geschmack neben der eigenen Haustür«, hatte ihr ihr neuer Chef, Arno Radeschnig, beim Einstellungsgespräch eingeschärft.

Er hatte natürlich von Essen gesprochen, aber Mathilde musste über die Doppeldeutigkeit dieses Satzes nachdenken, als sie langsam zum Haus hinaufging, vor dem kopflose Figuren mit schablonenhaften Waffen Spalier standen. Die stählernen Umrisse von Messern und Harpunen ließen sie langsam aber sicher an Gerhards Gemütszustand zweifeln.

Der Gerhard selbst stand über eine Werkbank gebeugt und drosch mit einem Vorschlaghammer auf ein Stück Dachrinne ein. Mit seinem zerzausten Bart und seinen wilden rötlich blonden Locken sah er aus wie ein Wikinger, dachte Mathilde. Wie ein Wikinger, der langsam blad wurde. Aber daran war sie auch ein bisschen schuld. Sie und ihre gute Küche. Mathilde selbst war auch nicht die schlankste.

Gerhard war so in seine Arbeit vertieft, dass er Mathilde nicht bemerkte, als diese ins Haus ging. Sie war froh darüber.

Das Bauernhaus hatte kein Vorzimmer. Man stand sofort in der Küche, und diese sah aus, als hätte hier ein Gelage stattgefunden. Sie ließ die Schuhe an. Sonst wäre sie nur in den Dreck gestiegen, der hier rumlag. Morgen würde sie putzen. Morgen. Seufzend fing sie an, Teller und Tassen wegzuräumen und in den Geschirrspüler zu schlichten. Gerhard rührte im Haushalt keinen Finger. Er war Künstler, kein Hausmann.

»Und ich bin sein depperter Lotsch, der hackelt, ihm hinterherräumt und das alles bezahlt«, ärgerte sich Mathilde. Auf der Kommode, in der sie das alte ungarische Herend-Porzellan ihrer Oma aufbewahrte, stapelten sich die Rechnungen.

Die mussten warten, bis sie das erste Gehalt vom »Fia-mi« bekommen würde.

Mathilde schaltete die Kaffeemaschine ein, ging zur Brotdose und nahm den Striezel raus, den sie gestern gebacken hatte. Der Anschnitt war trocken, weil der Gerhard vergessen hatte, das Bienenwachstuch darüber zu wickeln. Auf dem Schneidbrett lag ein dreckiges marmeladebeschmiertes Buttermesser. Daneben stand ein offenes Glas Ribiselmarmelade*. In der Marmelade waren kleine weiße Flecken zu sehen. Schimmel? Nein, Butter. Gerhard musste das selbe Messer für Marmelade und Butter benutzt haben, obwohl ihm Mathilde Hunderte Male eingeschärft hatte, das nicht zu tun, da die Marmelade dann schneller schimmlig werden würde. Sie nahm den letzten sauberen Kaffeelöffel aus der Lade und fischte stirnrunzelnd die Butterflankerl raus.

Dann bereitete sie sich einen Kaffee zu, schnitt ein Stück Striezel ab und bestrich die angetrocknete Seite mit Butter. Die Butter war streichfähig, was daran lag, dass der Gerhard vergessen hatte, sie in den Kühlschrank zurückzulegen. Weil der das schon öfters vergessen hatte, war die Butter außen schon ganz gelb und schmeckte ein bisschen komisch.

Mathilde merkte, wie sich der Ärger in ihrem Bauch zu einem Knäuel formte. Ein nagendes, brennendes Gefühl, das sie nur allzu gut kannte. Sie atmete tief durch. Sie wollte

* Rote Johannisbeermarmelade

sich nicht ärgern, sie hatte keine Kraft mehr, sich zu ärgern, und auch keine Lust. Sie musste die Speisekarte für das »Fia-mi« fertig machen.

Sie räumte den Stapel Werbeprospekte vom Tisch. Sie hatte schon oft gedacht, die Werbung abzubestellen, aber dann würde sie auch die Gratiszeitungen für den Bezirk nicht mehr bekommen, und das wäre schade. Denn dann würde sie auch nicht mehr wissen, was los war. In der Gratiszeitung hatte sie auch gelesen, was für ein Kapazunder ihr neuer Chef war. Dieser Arno Radeschnig war nicht einfach nur ein Hotelier, der war ein berühmter Coach und Persönlichkeitstrainer. Die wichtigsten Menschen des Landes – Politiker, Sportler, Manager besuchten seine Seminare, um von ihm zu erfahren, wie man gesünder, glücklicher und erfolgreicher wurde. Sogar der Bundeskanzler soll sich von ihm beraten haben lassen.

Mathilde hatte zuvor noch nie von Arno Radeschnig gehört, aber das lag vermutlich daran, dass sie sich noch nie mit Lebensberatern auseinandergesetzt hatte. Das Internet war auf alle Fälle voll mit Links zu Arno Radeschnig. Es gab Bücher, Seminare, Multimedia-Programme und Trainingssysteme, die von Tausenden und Abertausenden Menschen genutzt wurden. Gesundheit, Sport, Beziehungen, Job, Finanzen, Zeitmanagement. Arno Radeschnig hatte für jeden Lebensbereich die richtige Strategie zum Erfolg.

Und genauso erfolgreich sollte auch die Küchenlinie im »Fia-mi« werden.

»Lebensmittel sind Medizin, und ich denke dabei an traditionell burgenländische Medizin«, hatte der Hotelier salbungsvoll gesagt. Dass diese erst erfunden werden musste, hatte er nicht dazugesagt.

Mathilde schnappte sich ihr Tablet und dachte nach. Regional sollten die Gerichte sein. Aber wenn sie an regionale Gerichte dachte, fielen Mathilde nur fette und kohlenhydratreiche Spezialitäten der südburgenländischen Arme-Leute-Küche ein: Grammelpogatscherl, Bohnensterz, Krautstrudel. Alles mit viel Schweineschmalz zubereitet und somit nicht der leichten, modernen, ganzheitlichen Philosophie des Ressorts entsprechend.

»Ich muss ganz von vorne anfangen«, sagte Mathilde leise zu sich, »welches Gemüse wächst bei uns?« Sie dachte an ihr Tattoo, das durch die Plastikfolie, die der Tätowierer darübergeklebt hatte, nur schemenhaft zu sehen war. Was für eine immerwährende Gedächtnisstütze das doch war. Mathilde visualisierte Tomaten, Paprika, Chili, Rüben, Gurken …

Eine leichtere Variante der Umurkensuppe – der burgenländischen Gurkenkaltschale – könnte funktionieren. Ihr Gehirn begann zu arbeiten. Oder mit Goldhirse gefüllte Minipaprika mit Tomatensoße.

Mathilde scannte ihre Rezeptdatenbank. Was hatte sie schon einmal gekocht? Wie könnte man das variieren?

Pflücksalat mit bitteren Rübensprossen und Pfirsichen. Was wäre, wenn sie statt der Pfirsiche süße Kirschen vom Leithaberg nehmen würde.

Je mehr sie an Essen dachte und je weniger an Gerhard, desto mehr besserte sich auch ihre Laune. Eine neue Idee poppte auf.

»Zuispeis« aus Kürbis und Weißkraut, garniert mit frischen Mikrogreens. Da gab es doch eine neue Firma in Oberwart, die diese produzierte. Sie machte sich eifrig Notizen am Tablet. Sie wusste, sie war auf dem richtigen Weg. Von wegen traditionell burgenländische Medizin. Dem Südburgenland stand eine Küchenrevolution bevor.

€3,50 3/123